KB097662

Фёдор Михайлович Достоевский

Братья Карамазовы

•

까라마조프 형제들 3

창비세계문학

87

•

까라마조프 형제들 3

•

표도르 미하일로비치 도스또옙스끼

홍대화 옮김

창비

차례

•

제4부

제10편 소년들

1. 꼴랴 끄라소뜨낀 11

2. 아이들 19

3. 학생 28

4. 주치까 40

5. 일류샤의 작은 침대 옆에서 52

6. 조숙함 78

7. 일류샤 89

제11편 형 이반 표도로비치

1. 그루셴까의 집에서 96

2. 아픈 발 111

3. 작은 악마 128

4. 찬송과 비밀 139

5. 형이 아니야, 형이 아니야! 161

6. 스메르쟈꼬프와의 첫번째 만남 171

7. 스메르쟈꼬프와의 두번째 만남 187

8. 스메르쟈꼬프와의 세번째이자 마지막 만남 201

9. 악마, 이반 표도로비치의 악몽 226

10. "이건 그가 한 말이야" 257

제12편 오심

1. 운명적인 날 267

2. 위험한 증인들 277

3. 의학적 감정과 호두 한근 292

4. 행운이 미쨔에게 미소 짓다 300

5. 갑작스러운 파국 315

6. 검사의 논고, 성격 묘사 330

7. 사건의 연대기적 개괄 346

8. 스메르쟈꼬프에 대한 논고 355
9. 불꽃 튀는 심리분석, 질주하는 삼두마차, 검사 논고의 대미 370
10. 변호인의 변론. 양날의 검 388
11. 돈은 없었다. 도둑질도 없었다 395
12. 그리고 살인도 없었다 405
13. 사상을 타락시키는 매문 평론가 418
14. 촌사람들이 고집을 부리다 431

에필로그
1. 미쨔를 구할 계획 442
2. 한순간에 거짓이 진실이 되다 451
3. 일류셰치까의 장례식, 바위 옆에서의 조사 463

작품해설 /『까라마조프 형제들』,
도스또옙스끼의 사상과 예술세계의 집대성 479
작가연보 499
발간사 505

일러두기

1. 이 책은 Ф. М. Достоевский, *Собрание сочинений в 12-томах*. T, 11, T, 12 (Москва: Правда 1982)을 번역 저본으로 삼았다.
2. 각주에서 저자의 주는 '—원주'로 표시했다. 그밖의 주는 옮긴이의 것이다.
3. 원문에 일부 외국어로 표기된 부분은 뜻을 적고 괄호 안에 원문의 외국어를 밝혔다.
4. 외국어는 가급적 현지 발음에 준하여 표기하되, 일부 우리말로 굳어진 것은 관용을 따랐다.
5. 이 책에 인용된 성경 구절은 공동번역성서(대한성서공회 1977; 1999)를 따랐다.

제4부

제10편
소년들

1. 꼴랴 끄라소뜨낀

11월 초였다. 우리 도시는 영하 11도의 얼음판이었다. 밤사이 얼어붙은 땅에 메마른 눈이 약간 내렸고, '건조하고 살을 에는 듯한'[1] 바람이 눈보라를 일으켜 우리 도시의 울적한 거리들, 특히 장이 서는 광장 위로 눈송이를 뿌렸다. 흐린 아침이지만 눈은 그쳤다. 남편과 사별한 끄라소뜨끼나[2]의 아담하고 안팎으로 아주 깔끔한 집은 광장에서 멀지 않았고, 쁠로뜨니꼬프 상점에서 가까웠다. 지방 서기관이었던 끄라소뜨낀 자신은 이미 오래전인 십사년 전에 세상

1 네끄라소프의 시 「비 오기 전에」의 한구절을 변형한 것이다.

2 러시아에서 성(姓)은 여성인지 남성인지에 따라 형태가 달라진다. 남성인 경우는 자음으로 끝나고 여성인 경우 마지막 자음에 모음 'a'를 붙여 나타낸다. 끄라소뜨끼나는 끄라소뜨낀의 아내로 여성이기에 'a'를 붙여 만들어진 형태다. 끄라소뜨낀에게 딸이 있었다면 그 딸의 성도 끄라소뜨끼나가 된다.

을 떠났으나, 여전히 상당한 미모에 서른살가량 된 그의 부인은 살아서 '본인의 자산'으로 깨끗한 집에서 생활하고 있었다. 상냥하면서 꽤나 명랑한 성격의 그녀는 정직하고 얌전하게 살아가고 있었다. 남편이 죽었을 때 불과 열여덟살이었던 그녀는 겨우 일년 남짓 그와 함께 살았고 막 아들을 낳은 뒤였다. 그뒤로, 그러니까 그가 죽은 순간부터 그녀는 자신의 모든 것을 자신의 보배인 아들 꼴랴를 키우는 데 쏟아부었고, 십사년 내내 정신없이 그를 사랑해왔다. 그리고 물론 기쁨을 맛보기보다 매일 아들이 아프지나 않을까, 감기에 들까, 너무 장난을 치지나 않을까, 식탁에 올라갔다가 떨어지지나 않을까 등등의 염려를 하느라 죽을 듯이 두려움에 떨며 비할 데 없는 고통을 겪었다. 꼴랴가 초등학교에, 나중에는 우리 중학교에 다니자, 어머니는 그의 학업을 도와주기 위해 모든 과목을 공부했고, 선생님들과 그 부인들과 사귀는 데 매달렸고, 학교 친구들이 꼴랴를 건드리지 않도록, 놀리지 않도록, 때리지 않도록 그들에게 알랑거리기까지 했다. 그래서 소년들은 그녀 때문에 그를 조롱하며 엄마의 응석받이라고 놀릴 지경이었다. 그러나 소년은 자신을 보호할 줄 알았다. 학급에 퍼진 확실한 소문에 따르면, 그는 용감한 소년, '엄청나게 센' 소년이었다. 그는 민첩했고, 고집 센 성격에 대범하고 진취적인 기상을 갖고 있었다. 그는 공부도 잘해서 심지어는 수학에서도, 세계사에서도 다르다넬로프 선생의 콧대를 꺾어놓을 정도라는 소문이 자자했다. 소년은 콧대를 세우고 모두를 깔보듯 내려다보았지만, 좋은 친구였기 때문에 거드름을 피우지는 않았다. 그는 학생들의 존경심을 마땅히 받아야 할 것처럼 받아들였지만 친절한 태도를 지켰다. 중요한 것은, 그가 도를 넘지 않아서 필요할 때에 자제할 수 있었고, 학교 교사들과의 관계에서도 결코 마지막 선을 넘지 않았다는 점이다. 그 선을 넘는 실수는 무질서와 반란, 무법천지가 되어 용인되지 않을 만한 것들이었다. 그렇지만 그는 기회 있을 때마다 장난치기를, 그것도 최후의 악동처럼 장난치기를 마다하지 않았는데, 그냥 장난을 친다기보다 뭔가 복잡한 것을 꾸미고, 기발한 것을 만들어내고, '기이한 행동'을 하고 우쭐대는 식이었다. 무엇보다 그는 자존심이 아주 셌다. 심지어 그는 어머니에게도 거의 왕처럼 군림했고, 자신과의 관계에서 복종하게 만들었다. 그녀는 그에게 복종했는데, 오, 그녀는 소년이 자기를 '별로 사랑하지 않는다'는 생각만 해도 견딜 수 없을 정도여서 이미 오래전부터 그에게 복종하고 있었다. 그녀는 끊임없이 꼴랴가 자신에게 '무정하다'고 느꼈고, 그래서 히스테리에 싸여 눈물을 흘리며 그에게 냉정하다고 비난할 때도 종종 있었다. 소년은 그러는 것이 싫어서 그에게 진심을 말해달라고 요구하면 할수록 일부러 더 완고하게 구는 듯했다. 그러나 그건 일부러 그러는 것이 아니라 저절로 그렇게 되는 것이었다. 그것이 그의 성격이었다. 그 어머니는 잘못 알고 있었다. 소년은 어머니를 매우 사랑했지만, 그가 '학생다운 말로 표현했듯' '송아지처럼 애교를 떠는 게' 싫었던 것이다.

아버지가 돌아가신 후 남겨진 책장에는 몇권의 책이 소장되어 있었다. 꼴랴는 책 읽는 것을 좋아해서 그 책들을 벌써 몇번이나 읽었다. 어머니는 이 때문에 당황하지는 않았지만, 다만 소년이 놀러 나가는 대신 책을 들고 몇시간씩 책장 옆에 서 있을 수 있다는 데 가끔 놀라곤 했다. 그렇게 꼴랴는 그 나이에 결코 읽어서는 안 될 것들까지 읽고 말았다. 소년은 장난을 칠 때 일정 수위를 넘는 것을 좋아하지 않았는데도 불구하고, 최근에는 어머니를 정말로 놀래주는 장난들을 치곤 했다. 사실 부도덕한 것은 아니었지만 그래도 절망을 불러일으킬 만큼 분별없는 짓들이었다. 때마침 올해 7월 여름방학 기간에 엄마와 아들은 70킬로미터 정도 떨어진 다른 군에 있는 어느 먼 친척 여자 집에 일주일간 머문 적이 있었다. 그 친척의 남편은 철도역(이반 표도로비치 까라마조프가 한달 후 모스끄바로 떠난 바로 그 역으로 우리 도시에서 가장 가까운 역이다)에서 근무했다. 그곳에서 꼴랴는 철도를 자세히 살펴보는 것으로 시작해, 집으로 돌아와 그 새로운 지식으로 자기 중학교 학생들 사이에서 으스댈 수 있다는 것을 깨닫고는 철도 시간표까지 골똘히 연구했다. 마침 그곳에서 그는 의기투합할 수 있는 몇명의 소년들을 만날 수 있었다. 그들 중 한명은 역관驛館에 살았고 다른 소년들은 이웃에 살았는데, 모두 열두살에서 열다섯살 사이의 어린 소년들로 전부 해서 예닐곱명이었고, 그들 중에는 우리 도시에서 간 아이들도 두명 있었다. 소년들은 함께 장난을 치며 놀았는데, 역관에 손님으로 머문 지 네댓새 되는 날에 어리석은 소년들 사이에 2루블을 걸고 정말 있을 수 없는 내기가 벌어졌다. 그것은 다름 아니라, 아이들 중에서 거의 가장 어렸고 그래서 나이 먹은 소년들에게 약간 무시를 당하던 꼴랴가 자존심에서인지 혹은 거리낌 없는 대담함 때문이었는지, 밤 11시 기차가 올 때 선로 사이에 엎드렸다 기차가 전속력으로 자기 위를 지나갈 때까지 꼼짝 않고 누워 있겠다고 제안했던 것이다. 사실, 미리 연구해본 데 따르면 선로 사이에 몸을 쭉 뻗고 납작 엎드려 있을 수만 있다면 기차가 질주해도 누워 있는 사람이 다치지 않으리라는 것은 분명했지만, 그래도 어떻게 누워 있을 수 있단 말인가! 꼴랴는 누워 있을 거라고 부득부득 고집을 피웠다. 처음에는 다들 그를 비웃으며 거짓말쟁이, 허풍쟁이라고 놀렸지만, 그럴수록 그를 더 부추기는 셈이 되었다. 무엇보다 이 열다섯살짜리들이 몹시 우쭐대면서 처음에는 그를 '꼬마' 취급해 친구로 끼워주지 않는 바람에, 그게 참을 수 없이 기분 나빴던 것이다. 그래서 아이들은 역을 출발한 기차가 전속력으로 질주할 만한 거리인, 역에서 1킬로미터 떨어진 곳으로 저녁 무렵에 나가보기로 결정을 내렸다. 소년들이 모였다. 달이 뜨지 않아 어둡다 못해 거의 깜깜한 밤이었다. 정해진 시간에 꼴랴는 선로 사이에 누웠다. 내기를 한 나머지 다섯명의 아이들은 심장이 조여오는 것을 느끼며 결국에는 공포와 후회 속에서 철로 옆 둑길 아래 관목숲에서 기다렸다. 마침내 역을 떠난 기차가 멀리서 달려오는 소리가 들리기 시작했다. 어둠 속에서 두개의 붉은 등이 빛났고, 괴물은 우레 같은 소리를 내며 다가왔다. "도망쳐, 선로에서 멀리 도망쳐!" 공포로 죽을 것만 같은 소년들이 관목숲 사이에서 꼴랴에게 외쳤지만, 때는 이미 늦었다. 기차는 사납게 돌진해와서 쏜살같이 지나갔다. 소년들은 꼴랴에게 달려갔다. 그는 꼼짝도 않고 누워 있었다. 소년들은 그를 잡아끌며 일으켜세우기 시작했다. 그는 갑자기 벌떡 일어나더니 말없이 칠둑으로 내려섰나. 아래로 내려온 그는 그들을 놀래주려고 일부러 죽은 척 누워 있었다고 선언했지만, 훗날 한참이 지나서 어머니에게 실은 정말로 정신을 잃었었다고 고백했다. 그렇게 해서 그는 영원히 '독한 녀석'이라는 별명을 얻게 되었다. 그는 백지장처럼 창백한 모습으로 숙소로 돌아왔다. 다음날 신경성 오한을 가볍게 앓았지만, 마음만큼은 참으로 유쾌하고 기쁘고 만족스러웠다. 사건은 금방 들통나지 않고 우리 도시로 돌아온 뒤에야 중학교에 소문이 퍼졌고, 마침내는 교장의 귀에까지 들어갔다. 하지만 이때 꼴랴의 어머니가 아들을 위해 교장에게 달려가 애걸했고, 존경받고 영향력 있는 선생 다르다넬로프가 그를 두둔하면서 구제를 간청하는 바람에 사건은 없었던 일로 사그라들었다. 그리 나이 많지 않은 독신남 다르다넬로프로 말하면, 몇년 동안이나 열정적으로 끄라소뜨끼나에게 빠져 있었고, 벌써 일년쯤 전에는 마음 가득 존경을 담고 두려움과 조심스러움에 떨며 그녀에게 청혼한 적이 있었다. 다르다넬로프로서는 이 아름답지만 지나치게 고결하고 상냥한 부인이 자신을 전혀 혐오스러워하지 않는다고 꿈꿀 만한 몇가지 미묘한 징후들을 알아차리고 있었다. 하지만 그녀는 그를 받아들이는 것은 아들을 배신하는 것이라고 생각해 그의 제안을 단번에 거절했다. 꼴랴의 미친 듯한 장난기가 이 얼음을 깨준 듯, 그를 변호해줌으로써 다르다넬로프는 사실 에둘러서나마 희망의 암시 비슷한 것을 받았다. 다르다넬로프는 보기 드물게 순수하고 섬세한 사람이었기 때문에 그것만으로도 당분간은 넘치는 행복감을 느끼기에 충분했다. 그는 소년을 사랑했지만 그래도 그에게 환심을 사려는 시도를 모욕으로 여겼고, 수업시간에는 그를 엄격하고 까다롭게 다루었다. 그러나 꼴랴 자신도 그와 거리를 두었으며 수업을 훌륭하게 예습해서 반에서 이인자 행세를 하며 다르다넬로프를 무뚝뚝하게 대했다. 게다가 반 아이들 모두 꼴랴가 세계사에서는 다르다넬로프를 '깨부술' 만큼 강하다고 확실하게 믿고 있었다. 사실 꼴랴는 그에게 "트로이를 누가 세웠지요?"라는 질문을 던진 적이 있었다. 이 질문에 다르다넬로프는 민족들에 대해, 그들의 이동과 이주에 대해, 그 시대에 대해, 신화에 대해 전반적으로 깊이 있게 답했을 뿐 누가 트로이를 세웠는지, 정확히 어떤 인물들이었는지에 대해서는 답하지 못했고, 그 질문을 어쩐지 쓸모없고 근거가 희박한 것으로 치부했다. 그러나 소년들은 다르다넬로프가 트로이를 누가 세웠는지 모른다고 확신하게 되었다. 꼴랴는 아버지가 돌아가시면서 남겨준 책장에 있던 스마라그도프의 책[3]에서 트로이의 시조에 대해 읽어 알고 있었다. 일은 마침내 모든 소년이 그것에 관심을 가지게 되는 결과를 낳았지만, 끄라소뜨낀은 자신의 비밀을 털어놓지 않았고 박식하다는 명성도 흔들림 없이 그의 뒤를 따라다니게 되었다.

철로 사건 이후 꼴랴는 어머니와의 관계에서 달라졌다. (죽은 끄라소뜨낀의 부인) 안나 표도로브나는 아들의 위험한 장난을 알게 되자 두려운 나머지 거의 정신이 나갈 지경이었다. 그녀는 무서운 히스테리 발작을 간헐적으로 며칠 동안이나 일으켰고, 이로 인해 몹시 놀란 꼴랴는 다시는 그런 짓을 되풀이하지 않겠다고 자기 명예와 고결함을 걸고 맹세했다. 그는 성상 앞에 무릎을 꿇고 맹세했고, 끄라소뜨낀나 부인의 요구에 따라 아버지에 대한 기억을 걸고 맹세했다. 그 바람에 '대장부' 꼴랴도 '감정'이 격해져서 여섯살 꼬마처럼 울음을 터뜨렸고, 어머니와 아들은 그날 하루 종일 서로를 부둥켜안고 온몸을 떨며 눈물을 흘렸다. 다음날 꼴랴는 이전처럼 '무정한' 아이로 깨어났지만, 더 과묵하고 더 겸손하고 더 진지하고 더 생각이 많아져 있었다. 하긴 한달 반쯤 후에 그는 또다른 장난질에 빠져 그 이름이 우리 도시의 치안판사에게까지 들어가게 되었으나, 그 장난은 전혀 다른 종류의 우스꽝스럽고 어리석기 짝이 없는 것으로, 나중에 드러난 바에 따르면 그 자신이 저지른 것이 아니고 그도 어쩌다 말려든 것에 불과했다. 그러나 이에 대해서는 나중에 얘기하도록 하겠다. 그 어머니는 여전히 부들부들 떨며

3 1840년 뻬쩨르부르그에서 출판된 스마라그도프의 『고등학생을 위한 고대사 입문』에는 트로스와 그의 아들 일루스가 트로이의 시조로 기록되어 있다.

괴로워했는데, 다르다넬로프는 그녀가 불안해하면 할수록 더 희망을 품었다. 꼴랴도 이런 측면에서 다르다넬로프의 마음을 잘 이해하고 파악하고 있었다는 점은 지적해두어야겠다. 그리고 물론 그는 그 '감정들' 때문에 그를 마음 깊이 경멸했다. 이전에는 불손하게도 어머니 앞에서 다르다넬로프의 속셈이 무엇인지 알고 있다고 넌지시 암시하며 경멸감을 드러내기까지 했다. 그러나 철로 사건 이후 그는 이 일에 관해 태도를 바꾸었다. 그는 어떤 암시도, 심지어는 아주 에두른 암시조차도 하려 들지 않았고, 어머니 앞에서는 다르다넬로프에 대해 더 존중하며 언급해서, 예민한 안나 표도로브나는 그 마음을 이해하고 한없이 고마워했다. 그러나 전혀 상관없는 손님이 아주 우연히 다르다넬로프에 대해 조금이라도 이야기할 때 그 자리에 더구나 꼴랴가 있으면, 그녀는 부끄러워 온 얼굴이 장미처럼 발갛게 달아올랐다. 그런 순간에 꼴랴는 얼굴을 찌푸리고 창밖을 보거나, 털북숭이에 옴투성이인 덩치 큰 개 뻬레즈본을 거칠게 소리쳐 부르곤 했다. 그는 그 개를 한달 전쯤 어디선가 갑자기 주워 집으로 데리고 들어와서는 어째선지 어느 친구에게도 보여주지 않고 남모르게 방 안에서 키웠다. 그 개에게 얼마나 갖가지 재주를 가르치고 교육하고 닦달을 했는지, 가련한 강아지는 그가 학교에 가느라 집을 비우면 큰 소리로 울부짖다가 그가 돌아오면 환희에 차서 쉰 목소리로 짖으며 미친 듯이 달려나가 온갖 재롱을 떨고 몸을 땅에 굴리고 죽은 척하는 등 배운 재주를 다 보여주었는데, 시켜서가 아니라 마음에서 우러난 감사와 감격으로 오로지 열정에 넘쳐 그러는 것이었다.

아, 참, 내가 잊었는데, 독자들에게 이미 낯익은 소년 퇴역 이등대위 스네기료프의 아들 일류샤가 학교 친구들이 자신의 아버지를

'수세미'라고 놀리자 아버지 편을 들던 중 누군가의 허벅지를 연필 깎는 칼로 찌른 적이 있는데, 그 찔린 소년이 바로 꼴랴 끄라소뜨낀이라는 것을 말해두어야겠다.

2. 아이들

그리하여 북풍이 몰아치는 추운 11월의 어느날 아침, 소년 꼴랴 끄라소뜨낀은 집에 앉아 있었다. 일요일이었고 수업은 없었다. 그러나 이미 11시 종이 울렸고, 그는 '한가지 아주 중요한 일 때문에' 반드시 외출해야만 했다. 그런데 그는 결정적으로 집 전체의 수호자로서 홀로 남아 있었는데, 이 집의 어른들이 모두 어떤 기이하고 특수한 상황 때문에 집을 비우는 일이 벌어졌기 때문이다. 홀로된 끄라소뜨끼나의 집에는 그녀가 기거하는 집 말고도 이 건물에서 유일하게 현관을 통해 드나들 수 있는 곁채가 딸려 있었는데, 방 두개짜리의 이 작은 곁채에는 의사 부인이 어린아이 둘을 데리고 세들어 살고 있었다. 이 의사 부인은 안나 표도로브나와 동갑내기로 그녀의 절친한 친구였다. 남편인 의사는 일년쯤 전에 처음에는 오렌부르그 어딘가로 갔다가 따슈껜뜨로 갔는데, 소식이 끊긴 지 벌써 반년 정도나 되어가고 있었다. 그러므로 끄라소뜨끼나 부인과의 우정이 남겨진 의사 부인의 슬픔을 누그러뜨리지 않았다면 의사 부인은 상심해서 눈물 속에서만 살았을 것이다. 이 모든 운명의 가혹함을 완성할 참인지 토요일에서 일요일로 넘어가는 밤에 의사 부인의 하나뿐인 하녀 까쩨리나가 아침녘에 아기를 낳을 것 같다는 소식을 알려왔는데, 이는 주인으로서는 전혀 예상치 못한 돌발 사건이었다. 아무도 그것을 눈치챈 사람이 없었으므로 이 일은 모든 이에게 거의 기적처럼 여겨졌다. 놀란 의사 부인은 그래도 아직 시간이 있으니 까쩨리나를 이런 경우에 적합한 우리 도시의 조산원에 보내야겠다고 판단했다. 그녀는 이 하녀를 아주 아꼈기 때문에 자신의 계획을 즉각 실행에 옮겨 그녀를 그곳으로 데려갔을 뿐 아니라 그녀와 함께 거기 머물렀다. 그후 벌써 아침이 되어 그들은 어째서인지 바로 끄라소뜨끼나 부인의 우정 어린 관여와 도움을 요청했는데, 이런 경우에 부인은 누군가에게 뭔가를 물어보기도 하고, 일종의 보호를 해줄 수도 있었던 것이다. 이렇게 두 귀부인이 집을 비웠고, 끄라소뜨끼나 부인의 하녀 아가피야 할머니마저 장을 보러 나갔다. 그런 바람에 꼴랴는 얼마 동안 '꼬맹이들', 즉 저희끼리만 남은 의사 부인의 어린 아들딸의 보호자이자 파수꾼이 되어버렸다. 꼴랴는 집을 지키는 것이 두렵지 않았다. 더구나 그에게는 뻬레즈본이 있지 않은가. 뻬레즈본은 현관 의자 아래 납작 엎드려 '움직이지 말라'는 명령을 받았고, 바로 그런 이유로 방마다 돌아다니던 꼴랴가 현관으로 들어설 때마다 머리를 떨며 꼬리로 바닥을 세차게 두번 내리쳤지만, 아, 오라는 휘파람 신호는 울리지 않았다. 꼴랴는 불쌍한 개를 엄하게 바라보았고, 개는 다시 순종하여 얼어붙은 채 꼼짝 않고 있었다. 그런데 꼴랴를 당혹스럽게 한 것이 있다면 그것은 유일하게 '꼬맹이들'이었다. 물론 그는 까쩨리나에게 일어난 뜻밖의 사건에 대해서는 깊은 경멸감을 품고 바라보았지만, 저희끼리만 남겨진 꼬맹이들을 무척 사랑했기 때문에 벌써 그들에게 어린이책을 가져다준 터였다. 큰딸인 여덟살짜리 나스짜는 책을 읽을 줄 알았지만, 어린 꼬맹이인 일곱살짜리 소년 꼬스짜는 나스짜가 책 읽어주는 것을 듣기를 아주 좋아했다. 물론 끄라소뜨낀은 두 사람을 나란히 세워놓고 함께 병정놀이를 하든지 집 전체를 돌아다니며 숨바꼭질을 하든지 해서 그들을 더 재미있게 해줄 수도 있었을 것이다. 이전에도 벌써 그렇게 논 적이 여러번 있었고, 그렇게 하는 걸 꺼리지 않았기 때문에, 언젠가 끄라소뜨낀이 자기 집에서 셋집 꼬마들과 말타기 놀이를 하며 곁마처럼 폴짝폴짝 뛰고 고개를 수그린다는 소문이 학급에 돈 적이 있었다. 그러나 끄라소뜨낀은 열세살짜리 동갑내기들과 '우리 시대에' 말타기 놀이를 하는 건 정말 수치스러운 일일 수 있지만, 자기가 그렇게 하는 것은 '꼬맹이들'을 위한 것이고 그들을 사랑하기 때문이며, 그런 그의 감정에 대해서는 아무도 감히 뭐라 할 수 없다고 그 비난에 당당히 반박했다. 그의 두 '꼬맹이'는 그를 숭배했다. 그러나 이번만큼은 놀아줄 여유가 없었다. 한가지 그가 직접 해야 할 아주 중요한 일, 언뜻 보기에는 거의 비밀스럽기까지 한 일이 있었던 것이다. 그런데 시간이 흘러도 아이들을 맡길 아가피야는 여전히 시장에서 돌아올 기미가 보이지 않았다. 그는 몇번이나 현관방을 지나 의사 부인의 집 문을 열고 걱정스럽다는 듯이 꼬맹이들을 바라보았다. 꼬맹이들은 그의 명령에 따라 책 앞에 앉아서 문을 열 때마다 곧 그가 들어와 뭔가 멋지고 재미있는 일을 벌일 거라는 기대를 품고 말없이 얼굴 가득 웃어 보였다. 그러나 꼴랴는 안절부절못하며 들어가지 않았다. 마침내 11시 종이 울리자, 그는 만일 십분 뒤에도 '저주스런' 아가피야가 돌아오지 않는다면 더이상 기다리지 않고, 물론 '꼬맹이들'한테서 그가 없다고 겁을 집어먹거나 심한 장난질을 치거나 무서워서 울지 않겠다는 다짐을 받아낸 뒤, 외출해야겠다고 단단히 마지막 결정을 내렸다. 그럴 생각으로 그는 고양이털 깃이 달린 겨울용 솜코트를 입고 어깨에 가방을 멘 뒤, '이런 추위에' 밖에 나갈 때면 꼭 덧신을 신으라고 어머니가 여러번 당부했음에도 현관을 지날 때는 덧신을 같잖다는 표정으로 바라보고는 장화만 신고 밖으로 나섰다. 그가 옷을 입은 모습을 본 뻬레즈본은 온몸을 신경질적으로 비틀며 꼬리로 바닥을 세차게 치면서 심지어 애처로운 울음소리까지 냈지만, 꼴랴는 그 개가 열정적으로 날뛰려는 것을 보고는 규율을 해치는 짓이라는 결론을 내리고 아주 잠깐이지만 그를 의자 아래 버려두었다가 현관방 문을 연 뒤에야 갑자기 휘파람을 불었다. 개는 미친 듯이 벌떡 일어나 기쁨에 겨워 그의 앞에서 맹렬히 펄쩍펄쩍 뛰었다. 현관방을 지나면서 꼴랴는 '꼬마들'이 있는 방문을 열어보았다. 둘은 아까처럼 작은 탁자 앞에 앉아 있었는데, 이미 책은 읽지 않고 뭔가 열띤 토론을 벌이고 있었다. 이 아이들은 문제가 되는 일상사와 관련된 다양한 주제들을 놓고 자주 말다툼을 벌였는데, 늘 누나 나스쨔가 이기게 마련이었다. 꼬스쨔는 누나에게 동의하지 않으면 거의 언제나 꼴랴 끄라소뜨낀에게 하소연하러 왔고, 꼴랴의 결정은 양쪽 모두에게 절대적인 선고나 마찬가지였다. 이번에는 '꼬맹이들'의 논쟁이 끄라소뜨낀의 관심을 약간 끌었기 때문에, 그는 그들의 말을 들어보려고 문가에 멈춰섰다. 아이들은 그가 듣고 있는 것을 보고 더 흥분해서 자신들의 논쟁을 이어갔다.

"절대로, 절대로 못 믿어." 나스쨔가 열띠게 종알거렸다. "산파 할머니들이 어린 아기들을 채소밭 양배추 이랑들 사이에서 주워온다니. 지금은 벌써 겨울이고 이랑 같은 건 없어. 그러니까 할머니는 까쩨리나에게 딸을 데려다줄 수 없다고."

"휴!" 꼴랴는 속으로 휘파람을 불었다.

"아니면 이런 거지. 할머니들이 어디서든 데려오긴 하지만, 결혼한 사람한테만 데려다주는 거야."

꼬스쨔는 나스쨔를 뚫어지게 바라보면서 그 말을 듣고 곰곰 생각해보는 것 같았다.

"나스쨔, 누나는 참 바보구나." 그가 마침내 흥분하지 않은 단호한 어조로 말했다. "까쩨리나는 결혼도 안 했는데 어떻게 아기가 생길 수 있어?"

나스쨔가 무섭게 열을 올렸다.

"넌 아무것도 몰라." 누나는 성을 내며 그의 말을 끊었다. "어쩌면 까쩨리나에게 남편이 있었지만 감옥에 있는 걸지도 몰라, 그러니까 이렇게 낳는 거지."

"정말로 까쩨리나 남편이 감옥에 있어?" 남의 말을 잘 믿는 꼬스쨔가 진지하게 물었다.

"아니면 이런 거지." 나스쨔가 자신의 첫번째 가정을 완전히 잊은 듯 내팽개치고는 급하게 말을 막았다. "까쩨리나한테 남편은 없어, 그건 네 말이 옳아. 하지만 까쩨리나는 결혼을 하고 싶어하고, 어떻게 결혼할지 생각하고 또 생각했어. 맨날 생각하고 지금까지 생각하다보니 이제 까쩨리나에게 남편이 아니라 아기가 생긴 거야."

"그렇게 된 거구나." 완전히 패배한 꼬스쨔가 동의했다. "전에 그런 말을 해주지 않았으니 내가 알 턱이 있나."

"자, 얘들아," 꼴랴가 그들을 향해 방 안으로 걸음을 옮기며 말했다. "이제 보니 너희들, 위험한 녀석들이구나."

"뻬레즈본도 같이 왔어?" 꼬스쨔가 헤벌쭉 웃고는 손가락을 튕기며 뻬레즈본을 불렀다.

"꼬맹이들아, 내가 어려움에 처했어." 끄라소뜨낀이 진지하게 말문을 열었다. "너희가 나를 도와주어야겠다. 아가피야는 물론 지금까지 나타나지 않는 걸 보니 분명 다리라도 부러진 모양이야. 그건 틀릴 리가 없이 확실한 일이야. 그런데 나는 나가봐야 하거든. 날 놓아줄 거지, 그렇지?"

아이들은 걱정스럽게 눈짓을 주고받았고, 그들의 한껏 웃던 얼굴에 불안한 표정이 떠올랐다. 하지만 그들은 아직 그가 무엇을 원하는 건지 충분히 이해하지 못했다.

"내가 없다고 장난을 치진 않겠지? 책장에 기어오르다 다리를 부러뜨리진 않겠지? 무섭다고 너희끼리 울지도 않겠지?"

아이들의 얼굴에 무서운 걱정의 빛이 떠올랐다.

"그 대신 너희한테 뭘 하나 보여줄게. 청동으로 만든 작은 대포야. 진짜 화약을 넣어 발사할 수도 있어."

아이들의 얼굴이 순식간에 환해졌다.

"대포를 보여줘요." 얼굴이 온통 환해진 꼬스쨔가 말했다.

끄라소뜨낀은 주머니에 손을 넣었다가 청동으로 만든 작은 화포를 꺼내 탁자에 올려놓았다.

"자, 보여줄게! 봐, 바퀴가 달렸지." 그가 장난감을 탁자 위에서 굴렸다. "쏠 수도 있어. 산탄을 장전하면 쏠 수 있어."

"그럼, 죽일 수 있어요?"

"다 죽일 수 있어, 조준만 잘하면 돼." 끄라소뜨낀은 화약을 어디에 넣고 산탄을 어디에 재는지 설명하고, 뇌관 모양을 한 작은 구멍을 가리키며 발사 후에는 반동이 일어난다고 얘기해주었다. 아이들은 큰 호기심을 보이며 귀를 기울였다. 반동이 일어난다는 말이 특히 그들의 상상에 충격을 주었다.

"오빠한테 화약도 있어요?" 나스쨔가 물었다.

"있지."

"화약도 보여줘요." 소녀는 간절히 부탁한다는 듯 얼굴 가득 미소를 지었다.

끄라소뜨낀은 가방에 손을 넣어 진짜 화약이 조금 들어 있는 작은 유리병을 꺼냈다. 말린 종이 안에는 약간의 산탄도 들어 있었다. 그는 유리병의 마개를 뽑아 손바닥에 화약을 조금 붓기까지 했다.

"자, 봐, 그런데 어디든 불씨가 없어야 할 텐데, 안 그러면 폭발해서 우리 모두를 가루로 만들어버릴 거야." 끄라소뜨낀이 효과를 높이려 경고했다.

아이들은 기쁨을 더해주는 경건한 공포심을 품고 화약을 바라보았다. 그러나 꼬스쨔는 산탄이 더 마음에 들었다.

"산탄은 타지 않죠?" 소년이 물었다.

"그래, 타지 않아."

"산탄 조금만 주세요." 그가 애원하는 목소리로 말했다.

"조금 줄게, 자, 가져, 하지만 내가 돌아올 때까지, 내가 돌아오기 전까지는 너희 엄마한테 보여주면 안 돼. 이게 화약인 줄 알고 무서워 돌아가실걸, 너희를 회초리로 때리실 거야."

"엄마는 우리를 절대로 때리지 않아요." 나스쨔가 곧바로 대꾸했다.

"알아, 그냥 말을 그럴듯하게 하느라 그랬어. 엄마를 절대로 속이면 안 돼, 그런데 이번만큼은 내가 돌아올 때까지 어쩔 수 없어. 그러니까 꼬맹이들아, 난 가도 되지, 그렇지? 내가 없다고 무서워서 울지 않을 거지?"

"울-거-예-요." 꼬스쨔가 벌써 울 채비를 하면서 말끝을 늘어뜨렸다.

“울 거예요, 진짜 울 거예요!” 나스짜도 놀라서 빠른 말투로 맞장구쳤다.

“아, 참, 얘들아, 얘들아, 너희가 얼마나 위험한 나이인지. 할 수 없구나, 병아리들아, 얼마가 걸리든 너희랑 앉아 있는 수밖에. 그런데 시간이, 시간이, 어휴!”

“빼레즈본한테 죽은 척하라고 해봐요.” 꼬스짜가 부탁했다.

“하는 수 없지, 빼레즈본한테 기댈 수밖에. 이리 와, 빼레즈본!” 꼴랴는 개에게 명령을 내렸고, 개는 알고 있는 재주를 모두 보여주었다. 개는 보통 집 지키는 개 크기로 회색 도는 연보랏빛 털북숭이 개였다. 오른쪽 눈은 애꾸눈이었고 왼쪽 귀는 어째서인지 잘려 있었다. 개는 큰 소리로 짖고, 펄쩍 뛰고, 뒷발로 걷다가 벌렁 뒤로 자빠져서는 네발을 쳐들고 죽은 듯이 움직이지 않고 누웠다. 이 마지막 재주를 부리고 있을 때 문이 열리면서 끄라소뜨낀나의 마흔 살 정도 된 뚱뚱한 주근깨투성이 하녀가 문턱에 나타났다. 그녀는 구입한 식료품이 담긴 장바구니를 손에 들고 장에서 돌아오는 길이었다. 그녀는 왼손에 장바구니를 든 채 서서 개를 바라보았다. 꼴랴는 아무리 아가피야를 기다렸어도 이 공연을 끊지 않고, 빼레즈본에게 얼마간 죽은 시늉을 시키고서야 마침내 그에게 휘파람을 불었다. 개는 벌떡 일어나 자신의 의무를 다했다는 기쁨에 펄쩍펄쩍 뛰었다.

“그만, 이놈의 개!” 아가피야가 나무라듯 말했다.

“그대, 여성, 왜 늦은 거야?” 끄라소뜨낀이 다그치는 말로 물었다.

“여성이라니, 요 꼬마가!”

“꼬마라니?”

"그래, 꼬마야. 내가 늦었으면 그럴 만한 이유가 있는 거지, 네가 뭔데 상관이야." 아가피야는 난로 근처에서 부산하게 몸을 놀리며 웅얼거렸지만, 전혀 불만스럽지 않고 화도 나지 않은 목소리였다. 오히려 이 유쾌한 도련님과 농담 따먹기를 할 기회가 생겨 기쁜 듯 아주 만족스러운 목소리였다.

"들어봐, 실없는 할멈." 끄라소뜨낀이 소파에서 일어나면서 말했다. "할멈은 이 세상 모든 성스러운 것을 걸고, 아니 그보다 더한 뭐든지 걸고 내가 없는 동안 한눈팔지 않고 저 꼬맹이들을 돌봐주겠다고 맹세할 수 있어? 난 나가봐야 해서."

"내가 왜 너한테 맹세를 하는데?" 아가피야가 웃음을 터뜨렸다. "어쨌든 애들은 내가 돌봐줄 거야."

"아니, 할멈 영혼의 영원한 구원을 걸고 맹세하지 않으면, 안 그러면 난 안 나갈 거야."

"그럼 나가지 마. 나하고 무슨 상관이람. 밖은 엄동설한이니 집에 있어."

"꼬맹이들," 꼴랴는 아이들을 향해 말했다. "내가 오기 전까지, 아니면 너희 엄마가 오기 전까지 이 어지가 너희랑 함께 있을 거야. 너희 어머니도 오실 때가 한참 지났으니까. 게다가 너희한테 아침밥도 챙겨줄 거야. 애들에게 뭐든 줄 거지, 아가피야?"

"그건 할 수 있지."

"잘 있어라, 병아리들아, 그럼 난 안심하고 나간다. 할멈," 그가 아가피야 옆을 지나며 엄숙하게 속삭이듯 말했다. "까쩨리나에 대해 보통 할망구들이 하는 어리석은 거짓말은 하지 마, 애들이 아직 어린 걸 생각해야지. 가자, 뻬레즈본!"

"꺼져." 아가피야는 성을 내면서 거칠게 대꾸했다. "웃기는 녀석이야! 그런 소릴 하다니 네 녀석은 회초리로 맞아야 해."

3. 학생

그러나 꼴랴는 이미 그녀의 소리를 듣고 있지 않았다. 마침내 그는 집을 나설 수 있었다. 대문 밖으로 나온 그는 주위를 둘러보고는 어깨를 움츠리고 "춥군!"이라고 말한 뒤 거리를 따라 똑바로 걷다가 장터 광장과 연결되는 오른쪽 골목으로 방향을 틀었다. 광장에 못 미쳐 있는 어느 집에 다다른 그는 대문 옆에 서서 주머니에서 호루라기를 꺼내 마치 약속된 신호를 보내듯이 세게 불었다. 채 일분도 기다리기 전에 쪽문에서 발그레한 얼굴의 열한살쯤 된 소년이 불쑥 튀어나왔는데, 역시나 따뜻하고 깨끗하고 맵시까지 있는 외투 차림이었다. 그는 예비학급[4]에 속한(당시 끄라소뜨낀은 그보다 두 학년 위였다) 소년 스무로프로 부유한 관리의 아들이었다. 소년의 부모는 그가 구제불능 망나니로 유명한 끄라소뜨낀과 어울리는 것을 허락하지 않은 듯했고, 그래서 스무로프는 분명 지금 몰래 빠져나온 모양이었다. 이 스무로프는, 독자들이 잊지 않았겠지만, 두달 전 도랑 너머에서 일류샤에게 돌을 던졌던 소년들 무리 중의 한명으로, 그때 알료샤 까라마조프에게 일류샤에 대해 이야기해준 소년이었다.

"한시간 내내 기다렸어요, 끄라소뜨낀." 스무로프가 단호한 표

4 러시아는 중등학교(우리나라 학제에서 중·고등학교를 합친 교육기관으로 김나지움, 기술학교 등이 이에 속한다) 1학년에 들어가기 전에 예비학급을 운영한다. 대학과 대학원의 경우도 마찬가지이다.

정으로 말했고, 소년들은 광장을 향해 발걸음을 옮겼다.

"늦었어." 끄라소뜨낀이 대답했다. "사정이 있었거든. 그런데 너, 나랑 어울린다고 매 맞는 거 아니야?"

"괜찮아요, 매는 왜 맞아? 뻬레즈본도 같이 온 거죠?"

"뻬레즈본도."

"뻬레즈본도 거기 데려갈 거예요?"

"데려갈 거야."

"아, 주치까가 있었다면!"

"주치까는 그럴 수 없어, 주치까는 없는걸. 미지의 어둠 속으로 사라졌다고."

"아, 이러면 안 될까요." 스무로프가 갑자기 멈춰섰다. "일류샤 말로는 주치까도 뻬레즈본처럼 털북숭이에 똑같이 연한 회색이라던데. 이 개가 바로 주치까라고, 얘가 맞는다고 얘기하면 안 될까? 어쩌면 일류샤가 믿지 않을까?"

"학생, 거짓말을 멀리하라, 그게 첫째고, 선한 일을 위해서라도 그렇게 해라, 이게 둘째야. 무엇보다 내가 간다는 말은 거기 알리지 않았길 바라."

"그럴 리가, 그 정도는 나도 알아요. 하지만 뻬레즈본은 일류샤를 위로하지 못할 거야." 스무로프가 한숨을 쉬었다. "그거 알아요? 일류샤의 아버지인 수세미 대위가 우리한테 말하길 오늘 검은 코를 가진 진짜 마스티프종 강아지를 데려올 거래. 그걸로 일류샤를 위로할 생각이라는데, 과연 그럴 수 있을까요?"

"일류샤는 어때?"

"아, 나빠, 나빠! 그애는 결핵인 거 같아요. 정신은 멀쩡한데 다만 헐떡거려. 숨 쉬는 걸, 숨 쉬는 걸 힘들어해요. 며칠 전에는 부축

해달래서 장화를 신겨줬는데, 걸으려고 하더니 쓰러지는 거예요. 그런데 그애는 '아, 아빠, 내가 전에 신던 장화가 형편없다고, 전에도 이걸 신으면 불편하다고 했잖아요' 하더라고. 그애는 장화 때문에 넘어졌다고 생각하지만 그냥 기운이 없어서 그런 거예요. 일주일도 못 살 거야. 게르쩬시뚜베가 왕진을 다니고 있어요. 지금 그 집 사람들은 다시 부자가 됐거든, 돈이 많아."

"사기꾼."

"누가 사기꾼이야?"

"의사들, 의학에 종사하는 떨거지들 몽땅 말이야, 전체적으로 다 그렇지만 개별적으로도 마찬가지야. 나는 의학을 부정해. 무익한 제도야. 하지만 난 이 모든 걸 조사해볼 생각이야. 그런데 너희는 어쩌다가 그런 감상적인 일을 벌인 거야? 너희 학급 전체가 그 집에 드나드는 거 같던데?"

"전부는 아니고, 우리 반 열명 정도가 항상, 매일 그 집에 가요. 별일 아니야."

"이 모든 일에서 내가 놀란 건 알렉세이 까라마조프의 역할이야. 자기 형이 낼모레면 그 범죄로 재판을 받는데, 그 사람은 애들이랑 이런 감상적인 일에 그렇게 많은 시간을 쏟다니."

"이 일에 감상적인 구석이라곤 전혀 없어요. 형도 지금 일류샤랑 화해하러 가잖아."

"화해한다고? 웃기는 말이네. 아무튼 난 누가 내 행동을 분석하는 걸 용납하지 않아."

"일류샤가 형을 보면 얼마나 기뻐할까! 형이 올 줄은 상상도 못했을 거야. 왜 그렇게 오랫동안 와보지 않은 거예요?" 스무로프가 돌연 흥분해서 외쳤다.

“사랑스런 꼬마야, 그건 내 일이지 네 일이 아니야. 나는 내 의지에 따라 내 나름대로 가는 거고, 너희 모두는 알렉세이 까라마조프가 그리 끌고 갔으니까 간 거고, 차이가 있지. 그리고 네가 어떻게 알아? 어쩌면 난 전혀 화해하러 가는 게 아닐 수도 있잖아. 바보 같은 소릴 다 하네.”

“절대 까라마조프 때문이 아니에요, 전혀 그 사람 때문이 아니라고. 그냥 우리 스스로 드나들기 시작한 거야. 물론 처음에는 까라마조프와 함께 갔지. 그리고 여기 바보 같은 구석은 전혀 없어요. 처음엔 한명이 갔고, 다음엔 다른 애가 갔고, 그런 거야. 그 아버지가 우리가 가니까 엄청나게 기뻐하셨어요. 형, 알아? 일류샤가 죽으면 대위는 그냥 미쳐버릴 거예요. 대위는 일류샤가 죽어간다는 걸 알아요. 우리가 일류샤랑 화해해서 대위가 얼마나 좋아했는지 몰라. 일류샤는 형에 대해 묻고는 더이상 아무 말도 하지 않았어요. 묻고는 입을 다문 거야. 대위는 미치든지 목을 맬 거야. 대위는 전에도 미친 사람처럼 굴었으니까. 그런데 알아? 대위는 점잖은 사람이에요, 그때는 실수한 거지. 이 모든 게 그때 대위를 때린 그 부친 살해범 잘못이야.”

“어쨌든 까라마조프는 내게 수수께끼야. 나는 오래전에 그 사람과 인사를 나눌 기회가 있었는데, 때에 따라서 나는 오만하게 구는 걸 좋아하거든. 하여간 난 그 사람에 대해 어떤 의견을 갖고 있는데, 좀더 확인해보고 나서 설명할 필요가 있어.”

꼴랴는 엄숙하게 입을 다물었다. 스무로프 또한 그랬다. 물론 스무로프는 꼴랴 끄라소뜨낀을 숭배했고 그가 자기와 동등하다고는 감히 생각지 않았다. 하지만 꼴랴는 지금 ‘자기 의지에 따라 자기 나름대로’ 가는 거라고 설명했고, 꼴랴가 갑자기 지금, 바로 오늘

갈 마음을 먹은 데에는 분명 뭔가 수수께끼가 있는 것이기 때문에 그는 상당히 흥미를 느꼈다.

그들은 이제 타지에서 온 수레와 새가 잔뜩 모여 있는 장터 광장을 지났다. 도시의 아낙들이 차양 아래에서 가락지빵과 실 등을 팔고 있었다. 일요일에 이렇게 몰려드는 것을 우리 도시에서는 그저 순박하게 정기시定期市라고 부르는데, 정기시는 한해에도 여러번 섰다. 삐레즈본은 아주 기분이 좋아서 오른쪽 왼쪽으로 뛰며 끊임없이 냄새를 맡아댔다. 다른 개와 마주치면 특히 좋아하며 개들끼리의 규칙대로 서로의 냄새를 맡았다.

"나는 현실을 관찰하는 걸 좋아해, 스무로프." 꼴랴가 불쑥 말문을 열었다. "개들은 마주치면 서로 냄새를 맡는다는 걸 너는 알아챘니? 이건 개들 공통의 어떤 자연법칙이야."

"응, 어쩐지 우스워요."

"그러니까 우스운 게 아냐, 네가 틀렸어. 자연에 우스운 거라곤 없어, 편견을 가진 사람이 보기엔 그렇게 보인다 해도. 만일 개들이 판단하고 비판할 수 있다면 그들의 지배자인 사람들 사이의 사회적 관계에서 그들 보기에 훨씬 더 많진 않더라도 마찬가지로 우스꽝스러운 점들을 흔히 발견할걸. 내가 거듭 이 말을 하는 건 우리한테 어리석은 점이 훨씬 많다고 확신하기 때문이야. 이건 라끼찐의 생각인데, 훌륭한 생각이지. 나는 사회주의자야, 스무로프."

"사회주의자가 뭔데?" 스무로프가 물었다.

"그건 말이지, 모두가 평등하고, 모두에게 공동의 재산이 있고, 결혼이란 게 없고, 종교와 법은 각자 원하는 대로고, 나머지 다른 것도 그런 거야. 넌 아직 그것까지 알기엔 덜 자랐어. 너한테는 일러. 근데 춥다."

"그래, 영하 12도래. 조금 전에 아버지가 온도계를 봤어."

"너도 알아챘지, 스무로프, 한겨울에는 영하 15도나 18도라도 지금만큼 춥게 느껴지진 않아. 아직 눈도 별로 안 왔는데 뜻밖에 불쑥 영하 12도의 강추위가 찾아드는 지금만큼은 말이야. 이건 사람들이 아직 적응을 못 했다는 뜻이지. 사람 일이란 전부 습관이야. 모든 것, 심지어 국가적, 정치적 관계에 있는 것도 모두 습관이지. 습관은 중요한 원동력이야. 근데 저 농민 참 웃긴 사람이다."

꼴랴는 선량한 얼굴에 털외투를 입은 건장한 농민을 가리켰다. 그는 추위 때문에 벙어리장갑을 낀 손으로 손뼉을 치고 있었다. 그의 긴 황갈색 턱수염은 추위로 온통 성에가 서려 있었다.

"농민 수염이 얼었네요!" 꼴랴가 그의 옆을 지나면서 큰 소리로 놀리듯이 외쳤다.

"많은 사람들 수염이 얼었지." 농민이 조용히 타이르듯 대답했다.

"아저씨한테 싸움 걸지 말아요." 스무로프가 지적했다.

"괜찮아, 화내지 않아. 좋은 사람이거든. 안녕하세요, 마뜨베이."

"안녕."

"정말로 마뜨베이예요?"

"마뜨베이지. 몰랐단 말이냐?"

"몰랐어요. 그냥 넘겨짚은 거예요."

"나 참, 십중팔구 학교에 다니겠지?"

"학교에 다니죠."

"학교에서 꽤나 매를 맞지?"

"꼭 그런 건 아니지만, 그냥 좀."

"아프진 않냐?"

"안 아플 수가 없죠."

"에이, 사는 게 그렇지!" 농민은 진심으로 한숨을 내뱉었다.

"안녕히 가세요, 마뜨베이."

"잘 가라, 꽤나 귀여운 녀석이구나, 정말."

소년들은 앞으로 걸어나갔다.

"저 사람은 좋은 농민이야." 꼴랴가 스무로프에게 말했다. "나는 민중과 이야기하는 게 좋고, 정당하게 그들을 인정해주는 게 언제나 기뻐."

"왜 학교에서 매 맞는다고 거짓말을 한 거예요?" 스무로프가 물었다.

"그 사람을 안심시킬 필요가 있었어."

"무슨 말이야?"

"봐, 스무로프, 난 사람이 첫마디에 못 알아듣고 계속해서 물어보는 게 싫어. 설명할 수 없는 것도 있거든. 그 농민의 생각으로는 학생은 매질을 당하게 마련이고 또 그래야만 해. 매를 안 맞으면 그게 무슨 학생이냐는 거지. 그런데 갑자기 내가 그에게 우리 학교에서는 매질을 하지 않는다고 하면, 농민은 그 말에 실망하겠지. 그런데 넌 그걸 이해 못 하잖아. 민중과 이야기 나누는 법을 알아야 해."

"그래도 제발 싸움은 걸지 말아요, 안 그러면 그때 거위하고 그랬던 것처럼 또 사건이 일어날 거야."

"겁나냐?"

"웃지 마, 꼴랴형, 난 정말 무섭다고요. 아버지가 끔찍하게 화내실 거야. 형하고 절대 어울리지 말라고 하셨거든."

"걱정 마, 이번엔 아무 일도 없을 거야. 안녕하세요, 나따샤." 그가 차양 밑에서 물건을 파는 상인 여자 중 한명에게 소리를 질렀다.

"내가 무슨 나따샤야, 난 마리야야." 아직 그렇게 나이 든 축에 들지 않는 상인 여자가 새된 소리로 대꾸했다.

"마리야라니 좋네요, 안녕."

"아유, 이런 망나니 같으니라고. 다신 얼씬대지 마라, 저리 가!"

"지금은 시간이 없어요, 시간이. 다음 일요일에 아줌마랑 얘기할게요." 꼴랴는 마치 자기가 아니라 그녀가 말을 건 것처럼 손을 내저었다.

"내가 뭐 하러 일요일에 너랑 얘길 하니? 네가 들러붙었지 내가 들러붙은 게 아니잖아, 이 망나니 같으니라고." 마리야가 호통을 쳤다. "너 같은 건 흠씬 두들겨패줘야 하는 건데, 정말, 이 천하에 말썽꾸러기야!"

마리야와 나란히 노점에서 물건을 팔던 다른 상인 여자들 사이에서 웃음이 터졌는데, 도시의 노점이 늘어선 회랑 아래에서 난데없이 상점의 점원 같아 보이는 사람이 화가 잔뜩 난 채로 툭 튀어나왔다. 그는 우리 도시 출신의 상인이 아니라 타지에서 온 사람으로, 긴 푸른색 농민외투에 짙은 황갈색 곱슬머리에는 챙 달린 모자를 쓰고 길고 창백한 얼굴에는 얽은 자국이 있는 젊은이였다. 웬일인지 그는 바보같이 흥분해서는 대뜸 꼴랴를 주먹으로 위협했다.

"난 널 알아." 그가 화가 나서 소리쳤다. "내가 널 안다고!"

꼴랴는 그를 뚫어지게 쳐다보았다. 언제 이 사람과 몸싸움이라도 했는지 기억해내려 했다. 그러나 거리에서 몸싸움을 벌인 적이 하도 많아서 상대를 일일이 기억할 수가 없었다.

"안다고요?" 그가 비꼬듯 물었다.

"난 널 알아! 난 널 안다고!" 상인이 바보처럼 되풀이했다.

"거 잘됐네요. 하지만 난 시간이 없어서요, 실례."

"너 또 말썽 부릴 테냐? 난 널 알아! 너 또 말썽 부릴 거지?"

"이봐요, 내가 말썽을 부리든 말든 그건 당신 일이 아니잖아요." 꼴랴는 멈춰서서 그를 계속 살펴보며 말했다.

"내 일이 아니라니?"

"그렇죠, 당신 일이 아니죠."

"그럼 누구 일인데? 누구? 누구 일이냐고?"

"에이, 이봐요, 그러니까 뜨리폰 니끼찌치 일이지, 당신 일이 아니라고요."

"뜨리폰 니끼찌치가 도대체 누구야?" 청년은 여전히 흥분해 있었지만 바보스럽게 놀라 꼴랴를 응시했다. 꼴랴는 엄숙하게 그를 훑어보았다.

"보즈네셰니예[5]엔 갔다 왔어요?" 그가 돌연 엄격하고 고집스럽게 청년에게 물었다.

"보즈네셰니예라니, 거긴 왜? 아니, 안 갔어." 청년은 살짝 어리둥절했다.

"사바네예프를 알아요?" 꼴랴가 좀더 고집스럽고 좀더 엄격하게 물었다.

"웬 사바네예프? 아니, 몰라."

"그럼 악마한테나 가버려요!" 꼴랴는 갑자기 말을 자르고 재빨리 몸을 오른쪽으로 돌려 사바네예프도 모르는 바보와는 말하는 것 자체가 경멸스럽다는 듯이 빠른 걸음으로 제 갈 길을 가기 시작

5 예수승천대축일. 부활절로부터 40일 후가 되는 날이다.

했다.

"너, 거기 서, 야! 사바네예프가 뭐야?" 정신을 차린 청년은 또다시 잔뜩 흥분했다. "도대체 무슨 소릴 하는 거야?" 그는 갑자기 상인 아낙들에게로 몸을 돌려 멍한 얼굴로 그들을 바라보았다.

아낙들이 웃음을 터뜨렸다.

"똑똑한 꼬마야." 한 사람이 말했다.

"사바네예프가 대체 누구냐고?" 청년은 오른팔을 휘두르며 미친 듯이 되풀이했다.

"틀림없이 꾸지미체프 집에서 일한 사바네예비치를 말하는 거야. 그래, 틀림없어." 한 아낙이 문득 추측해냈다.

청년은 도무지 모르겠다는 듯 그녀를 쳐다보았다.

"꾸지미체프라고?" 다른 아낙이 또 말했다. "그 사람이 무슨 뜨리폰이야? 그 사람은 꾸지마지 뜨리폰이 아니야. 저애는 뜨리폰 니끼찌치라고 했으니 그 사람이 아니야."

"뜨리폰도 아니고, 사바네예프도 아니고, 치조프인가보다." 지금까지 입을 다물고 진지하게 듣고 있던 세번째 아낙이 갑자기 말을 가로챘다. "알렉세이 이바니치[6]라고 부르지, 치조프, 알렉세이 이바노비치."

"바로 맞아, 치조프야." 네번째 아낙이 고집스럽게 단언했다.

당황한 청년은 이 여자 저 여자를 번갈아 쳐다봤다.

"저 녀석이 그걸 왜 물어본 거예요, 왜 물어본 거냐고요, 착한 아줌마들!" 그가 거의 절망에 빠져 소리쳤다. "'사바네예프를 알아요?' 하고 물었잖아요, 사바네예프가 누군지 누가 알겠냐고!"

6 이바노비치의 약칭.

"자넨 바보구먼, 사바네예프가 아니라 치조프, 알렉세이 이바노비치 치조프라고 했잖아!" 그 상인 아낙이 가르치듯 엄하게 그에게 소리쳤다.

"치조프라니? 아니, 그게 누군데요? 알면 말해봐요."

"키다리 코흘리개인데, 여름에 장에 앉아 있었잖아."

"치조프가 나하고 무슨 상관인데요, 아줌마들, 네?"

"내가 어떻게 알아, 치조프가 무슨 상관인지."

"그 사람이 당신하고 무슨 상관인지 누가 알겠어." 다른 여자가 그의 말을 받았다. "네가 이렇게 들쑤셔놨으면 그 사람이 너하고 무슨 상관인지는 네가 알아야지. 정말로 몰라?"

"누굴요?"

"치조프를."

"제기랄, 아줌마도 치조프도 다 악마한테나 가버려! 저 녀석을 박살내버릴 테다. 날 놀렸어!"

"치조프를 박살낸다고? 치조프가 널 박살내겠지! 넌 바보야!"

"치조프가 아냐, 치조프 말고, 이 심술궂고 못된 아줌마야, 저 꼬마를 박살내겠다고요! 저 녀석을 이리 끌고 와, 끌고 오라고, 날 놀렸다니까!"

아낙들이 웃어댔다. 그러나 꼴랴는 승리한 얼굴로 이미 멀찌감치 걸어가고 있었다. 스무로프는 멀리서 소리 지르는 사람들을 돌아보며 그 곁에서 걸었다. 그는 꼴랴가 사건에 휘말릴까봐 여전히 겁이 났지만 그래도 아주 즐거웠다.

"아까 그 사람한테 물어본 사바네예프는 누구예요?" 그가 대답을 짐작하면서 꼴랴에게 물었다.

"내가 어떻게 알아, 사바네예프가 누군지. 저녁까지 저렇게들 소리를 지를 거야. 난 사회 모든 계층의 바보들을 건드리는 게 좋아. 저기 바보가 또 하나 있네. 저 농민 말이야. 잘 기억해둬, '어리석은 프랑스인보다 더 어리석은 사람은 없다.' 하지만 러시아인의 얼굴도 본성을 그대로 드러내지. 저 사람 얼굴을 보면 바보라고 쓰여 있잖아? 바로 저 농민 말이야, 그렇지?"

"저 사람은 내버려둬요, 꼴랴형, 그냥 지나가자."

"절대로 그냥 내버려두지 않을 거야, 이제 막 시작했는걸. 에이! 안녕하신가요, 농민 양반!"

지나가던 건장한 농민이 고개를 들고 소년을 쳐다보았는데 분명 벌써 술에 취한 듯했다. 농민은 둥글고 순박한 얼굴에 희끗희끗한 구레나룻을 기르고 있었다.

"너도 잘 있었냐, 날 놀리는 게 아니라면 말이야." 그가 느릿느릿 대답했다.

"만약 놀리는 거라면요?" 꼴랴가 웃음을 터뜨렸다.

"놀리는 거라면, 놀리려무나. 신의 가호가 있기를. 괜찮아, 그래도 돼. 농담이야 언제든 할 수 있지."

"잘못했어요, 아저씨. 놀린 거예요."

"하느님이 용서하실 거야."

"아저씨도 용서하실 거죠?"

"용서하고말고. 가봐라."

"그런데 보니 아저씨, 아저씨는 정말 현명한 농민이시네요."

"너보다야 현명하지." 농민이 느닷없이, 여전히 위엄 있게 대꾸했다.

"그럴 리가요." 꼴랴는 약간 어리둥절했다.

"확실해."

"그럼 그렇다 치죠."

"그렇다니까 얘야."

"잘 가세요, 농민 아저씨."

"잘 가라."

"농민들도 다 달라." 꼴랴가 잠시 말이 없다가 스무로프에게 말했다. "저렇게 똑똑한 사람을 만날 줄 어떻게 알았겠어. 난 언제나 기꺼이 민중의 지성을 인정하지."

멀리 성당의 시계가 11시 30분을 울렸다. 소년들은 길을 재촉해 이등대위 스네기료프의 집까지 아직 상당히 남은 먼 길을 거의 이야기도 하지 않고 빠른 걸음으로 걸었다. 집까지 스무걸음쯤 남은 곳에서 멈춰선 꼴랴는 스무로프에게 먼저 가서 까라마조프를 여기로 불러달라고 명했다.

"미리 냄새를 맡아볼 필요가 있어." 그가 스무로프에게 말했다.

"왜 불러내라는 거예요?" 스무로프가 반대하려고 했다. "그냥 들어가요. 형이 가면 다들 엄청나게 기뻐할 거야. 뭐 하러 이 추운 데서 인사하려고?"

"왜 이 추위에 그 사람을 불러내는 건지는 내가 알아." 꼴랴는 고압적으로 말을 잘랐다.(그는 조무래기들을 이렇게 다루기를 무척 좋아했다.) 스무로프는 명령을 수행하기 위해 달려갔다.

4. 주치까

꼴랴는 엄숙한 얼굴을 하고 울타리에 기대어 알료샤가 나타나기를 기다렸다. 그렇다, 그는 이미 오래전부터 그를 만나고 싶었다.

그는 알료샤에 대해 소년들로부터 많은 이야기를 들었지만, 이제까지 소년들이 이야기해줄 때 겉으로는 늘 경멸하듯 무관심한 태도를 취했고, 전해주는 얘기를 다 듣고는 심지어 알료샤를 '비판'하기까지 했다. 그러나 속으로는 그와 무척이나, 무척이나 사귀고 싶었다. 알료샤에 대해 들은 모든 이야기에는 어딘가 호감이 가고 매력적인 점이 있었다. 그러므로 지금 이 순간이 중요했다. 첫째, 얼굴에 먹칠하는 망신을 당하지 말고, 독자성을 보여주어야 했다. '안 그러면 나를 열세살짜리, 저애들과 똑같은 꼬마로 생각할 거야. 그런데 저 꼬마들이 그 사람한테 무슨 의미가 있지? 만나면 물어봐야겠다. 그런데 내 키가 이렇게 작다니 정말 맘에 안 드네. 뚜지꼬프는 나보다 어린데도 머리 절반 정도는 더 크잖아. 하지만 내 얼굴은 똑똑해 보이지. 잘생기진 않았어. 못생긴 얼굴이란 건 나도 알아. 하지만 똑똑해 보이지. 날 너무 드러낼 필요는 없어, 그러지 않고 대뜸 껴안고 환대하면 그 사람은 생각하기를…… 쳇, 만일 그렇다면…… 얼마나 불쾌한 일이냐……'

꼴랴는 온 힘을 다해 가장 독자적인 모습을 보이려고 기를 쓰며 마음을 졸였다. 무엇보다 그를 괴롭힌 것은 '추한 얼굴'보다는 키, 자신의 작은 키였다. 지난해부터 그는 자기 집 벽 한구석에 자신의 키를 재 연필로 표시하기 시작했고, 그뒤로 두달에 한번씩 마음을 졸이며 벽에 다가가 얼마나 자랐는지 재보고 있었다. 그런데 아! 안타깝게도 정말로 아주 손톱만큼씩밖에 자라지 않았고, 그래서 그는 가끔 절망에 빠지곤 했다. 하지만 얼굴로 말할 것 같으면, 그의 얼굴은 전혀 '추하지' 않았을뿐더러 반대로 하얗고 창백한데다 주근깨가 있는 꽤나 곱상한 얼굴이었다. 크지 않지만 생기 있는 회색 눈동자는 대범한 눈빛이었고, 자주 감정으로 불타오르곤 했다.

광대뼈는 약간 넓고 입술은 작고 그리 두껍지 않았지만 아주 아름다웠다. 코는 작고 확실히 들창코였다. '완전히 들창코야, 완전히 들창코!' 거울을 볼 때마다 꼴랴는 속으로 중얼거리며 늘 화가 나서 거울 앞을 벗어나곤 했다. '과연 정말로 똑똑해 보이는 얼굴일까?' 그는 때로 그 점도 의심하면서 생각하곤 했다. 그러나 얼굴과 키에 대한 근심이 그의 모든 영혼을 사로잡았다고 생각해서는 안 된다. 오히려 거울 앞에서 보내는 시간이 아무리 상처가 되었다 해도 그는 스스로 자신의 활동을 규정한 대로 '사상과 현실생활에 헌신하느라' 오래지 않아 그것을 금세 잊어버리곤 했다.

알료샤는 곧 나타나 서둘러 꼴랴에게 다가왔다. 몇걸음 만에 그는 알료샤의 얼굴에 아주 기쁨이 넘친다는 것을 알게 되었다. '내가 온 게 정말로 저렇게 기쁜 걸까?' 꼴랴는 만족스러워하며 생각했다. 그런데 여기서 마침 알려둘 것은, 알료샤는 우리가 그의 이야기를 한 이래 많이 변했다는 점이다. 그는 이제 긴 사제복을 벗고 아름답게 수놓은 프록코트 차림에 짧게 자른 머리에는 부드러운 둥근 모자를 쓰고 있었다. 이 모든 것이 그를 무척 아름답게 만들어 그는 아주 미남으로 보였다. 그의 곱상한 얼굴은 언제나 명랑한 기색이었는데, 그 명랑함은 어딘지 조용하고 평화로웠다. 알료샤는 방 안에 앉아 있던 차림 그대로 외투 없이 그를 보러 나와서 꼴랴를 놀라게 했다. 분명 서둘렀던 것이다. 그는 곧장 꼴랴에게 손을 내밀었다.

"마침내 여기 와줬군요. 모두 얼마나 기다렸는지 모릅니다."

"이유가 있었는데, 곧 아시게 되겠지요. 어쨌든 만나게 되어 반갑습니다. 오래전부터 이런 기회를 고대하고 있었고 말씀도 많이 들었습니다." 꼴랴가 약간 가쁜 숨을 쉬며 중얼거렸다.

“그러잖아도 벌써부터 알고 지냈어야 했는데, 나도 꼴랴에 대해 얘기 많이 들었습니다. 하지만 여기는, 이곳에는 좀 늦게 왔네요.”

“여긴 좀 어떤가요?”

“일류샤는 몸이 아주 안 좋습니다. 아무래도 죽을 것 같아요.”

“무슨 말씀이세요! 정말 의학이란 야비하군요, 까라마조프씨.” 꼴랴가 열을 내며 소리쳤다.

“일류샤는 자주, 아주 자주 꼴랴 얘기를 했어요, 심지어 꿈에서 헛소리를 하면서도요. 꼴랴가 그 아이에게 이전에 아주, 아주 소중한 사람이었던 게 분명해요…… 그 일이…… 칼 사건이 있기 전까지요. 거기엔 또 이유가 있겠지만…… 이건 꼴랴의 개인가요?”

“제 개예요. 뻬레즈본이죠.”

“주치까가 아니고요?” 알료샤가 꼴랴의 얼굴을 안타깝게 바라보았다. “그 개는 그렇게 사라져버리고 만 건가요?”

“알아요, 여러분 모두 주치까를 원하고 있다는 걸. 다 들었어요.” 꼴랴가 수수께끼 같은 미소를 지었다. “들어보세요, 까라마조프씨, 제가 모든 걸 설명할게요. 저는 그 일 때문에 왔고, 당신을 불러낸 것도 우리가 안에 들어가기 전에 미리 모든 걸 설명하려고 그런 겁니다.” 그는 활기차게 말문을 열었다. “보세요, 까라마조프씨, 여름에 일류샤가 예비학급에 들어왔죠. 우리 학교의 예비학급이면 알 만하죠, 그 꼬마들, 조무래기들 말이에요. 아이들은 곧장 일류샤에게 싸움을 걸었어요. 저는 두 학년 위여서 물론 멀찌감치 옆에서 지켜보기만 했지요. 보아하니 일류샤는 몸집도 작고 약하지만 굴복하긴커녕 심지어 아이들과 맞싸우더군요. 자존심이 센 아이였고, 눈동자가 빛나더라고요. 저는 그런 애들을 좋아해요. 그런데 아이들이 그애를 더 심하게 괴롭히는 거예요. 무엇보다 그 당시 그애 외투가 허름했고 발목 위까지 올라오는 짤막한 바지에 장화도 다 낡은 거였죠. 아이들은 그것 때문에도 그애를 괴롭혔어요. 업신여긴 거죠. 아니, 저는 그런 걸 싫어해서 곧장 일류샤를 보호하고 아이들을 크게 나무랐어요. 아이들을 때려주기까지 했는데, 그래도 그애들은 저를 숭배하지요, 아세요, 까라마조프씨?" 꼴랴가 우쭐해서 자랑했다. "더구나 저는 아이들을 정말 좋아합니다. 지금 저희 집에서도 병아리들 두마리가 제 어깨에 앉아 놀거든요. 오늘도 저를 못 가게 막더라고요. 결국 아이들은 일류샤를 때리지 않게 되었고, 저는 그 아이를 제 보호 아래 뒀지요. 제가 보니 이 소년은 자존심이 강해요, 그건 장담하죠, 자존심이 강해요. 하지만 결국 저에게 노예처럼 헌신하고, 제가 내린 아주 사소한 명령이라도 따르고, 하느님 말처럼 제 말에 순종하고 저를 흉내내게 되었죠. 그애는 수업시간 사이 쉬는 시간이면 제게 왔고, 저는 그애와 함께 다녔어요. 일요일에도요. 우리 중학교에서는 상급반 학생이 하급반 아이와 친하게 지내면 다들 웃어요. 하지만 그건 편견입니다. 제가 그러고 싶으면 그만인 거죠, 안 그런가요? 저는 그 아이를 가르치고 발전시키는 겁니다. 말해보세요, 그 아이가 제 마음에 든다면 제가 왜 그 아이를 발전시키면 안 되는 거죠? 당신도, 까라마조프씨, 저 모든 병아리들과 함께 어울리는데, 그건 실은 젊은 세대에게 영향을 끼치고 그들을 발전시켜주고 유익한 역할을 하고 싶으신 거죠? 고백하자면, 제가 들어 알게 된 당신 성격의 그런 점이 무엇보다 제 마음을 끌었습니다. 하지만 본론으로 들어가죠. 저는 그 소년이 감수성이 예민해지고 감상적으로 변하는 것을 보았습니다. 그런데, 아실지 모르지만 저는 태어날 때부터 그런 도를 넘는 애정이라면 질색입니다. 더구나 모순도 보이더군요. 자존심이 센데, 저한테는 노예처럼 헌신합니다. 그런데 노예처럼 헌신하다가도 갑자기 눈동자를 빛내면서 저에게 동의하려 하지 않고 논쟁을 벌이며 마구 성을 내거든요. 저는 가끔 여러 사상들을 안내하기도 했습니다. 그 아이는 그 사상들에 동의하지 않는 것도 아니면서 그저 개인적으로 저에게 반항하는 게 빤히 보였어요. 왜냐하면 제가 그애의 상냥함에 냉정함으로 답했기 때문이죠. 그애를 길들이기 위해서 저는 그애가 상냥하면 할수록 더 차갑게, 일부러 더 그렇게 행동했습니다. 그게 제 신념이니까요. 저는 성격을 훈련시키고 다져서 사람을 만들 작정이었습니다…… 그리고 그다음엔…… 물론 당신은 몇마디만 해도 제 말을 이해하시겠죠. 갑자기 그애가 하루, 이틀, 사흘 어쩔 줄 모르고 비통해하는 게 보였어요. 그건 이미 상냥함 때문이 아니라 뭔가 다른, 더 강하고 더 고차원적인 것 때문이었어요. 대체 무슨 비극이지? 저는 생각했지요. 그애에게 가서 사정을 알아냈어요. 그애가 어떻게 해서 고인이 되신(당시에는 살아 계셨지요) 당신 아버지의 하인 스메르쟈꼬프와 알게 되었는지 모르겠지만, 그 사람이 바보 같은 그애에게 어리석은 짓을, 그러니까 짐승 같은 짓, 비열한 짓을 가르쳤던 거예요. 빵 한조각, 빵의 부드러운 부분을 가져다 그 속에 바늘을 집어넣고 그걸 집 지키는 아무 개에게나 던지라고, 개들이 배가 고파 그 조각을 씹지도 않고 삼키면 무슨 일이 일어날지 보라고 말입니다. 그러고서 두 사람은 그런 빵조각을 만들어 털북숭이 주치까에게 던졌습니다. 그 개는 먹이를 주지 않아 하루 종일 마당에서 바람에 대고 짖어댔다던데(그런 멍청한 울부짖음을 좋아하세요, 까라마조프씨? 저는 참을 수가 없습니다), 그 빵조각을 그 녀석에게 준 거예요. 개는 부리나케 달려들어 빵조각을 삼키고는 비명을 지르며 빙글빙글 돌다가 내달렸습니다. 달리면서 계속 쇳소리를 내지르다 사라졌어요. 이건 일류샤 자신이 제게 해준 얘기입니다. 저에게 털어놓고서 그애는 울고 또 울면서 저를 안고 온몸을 떨었어요. '달리다가는 쇳소리를 내지르고, 또 달리다가는 쇳소리를 내질렀어' 이런 말을 계속 되풀이했는데, 그 장면이 그애에게 큰 충격이었던 거죠. 뭐, 제가 보기엔 양심의 가책이었어요. 저는 그 일을 심각하게 받아들였습니다. 무엇보다 저는 그전 일도 있고 해서 아이에게 교훈을 주고 싶었습니다. 그래서 고백하건대, 그 순간 잔머리를 굴려 어쩌면 전에 없는 분노를 느낀다는 듯 행동하고야 말았습니다. '너는 비열한 짓을 했어, 너는 비열한이야. 물론 소문을 퍼뜨리고 다니진 않겠지만 당분간 너와는 절교야. 이 일을 깊이 생각해보고 앞으로 너와 관계를 지속할지 아니면 비열한으로서 너를 영원히 버릴지 스무로프(지금 저와 함께 온 소년입니다, 언제나 제게 충성스럽지요)를 통해 알려주지.' 이것이 그애에게 무섭도록 충격을 줬어요. 솔직히 말해서 제가 그때 지나치게 엄격했나 하는 생각도 들었지만, 그게 당시 제 생각이었으니 어쩌겠습니까. 하루 뒤에 저는 소년에게 스무로프를 보내서 더이상 '말도 하지 않겠다'라고 전했습니다. 이건 두 친구가 절교할 때 우리끼리 말하는 방식입니다. 실은 속으로 저는 그애를 그저 며칠만 따돌리다가 뉘우치는 기색을 보이면 다시 손을 내밀 작정이었습니다. 그게 저의 확고한 생각이었어요. 그런데 어떻게 됐는지 아세요? 스무로프에게 들으니, 그애는 갑자기 눈을 반짝이며 외쳤다네요. '끄라소뜨낀한테 내 말을 전해. 이제 난 바늘이 든 빵조각을 모든 개에게 던질 거라고, 모든 개, 모든 개한테!' 저는 생각했지요. '반항하는 거군. 좀더 따돌릴 필요가 있겠어.' 그래서 그애를 완전히 경멸하기 시작했고, 만날 때마다 외면하거나 비웃어줬습니다. 그러다 갑자기 그애 아버지의 그 사건, 기억하시죠, 그 수세미 사건이 일어난 겁니다. 이제 이해하시겠죠, 그애는 이미 무섭게 분노하게 돼 있었던 거예요. 아이들은 제가 그애를 버린 걸 알고 결국 달려들어 '수세미, 수세미' 하면서 놀려댔지요. 그리고 그때 아이들이 그애를 심하게 때리는 바람에 소년들 사이에 싸움이 벌어진 겁니다. 저도 몹시 안타깝게 생각해요. 수업을 마치고 모두가 나왔을 때 그 아이가 운동장에서 모두에게 덤벼들었습니다. 때마침 저는 열걸음 정도 떨어진 데서 그 아이를 보고 있었습니다. 맹세코 당시 제가 웃었던 기억은 없어요. 오히려 저는 그때 그애가 몹시, 몹시 가여워서 잠시나마 그애를 보호하러 달려갈 뻔했습니다. 그러나 그애는 제 시선과 마주치자 갑자기 무슨 생각이 들었는지 연필 깎는 칼을 들고 달려들어 제 허벅지에 꽂았어요. 바로 오른쪽 다리에요. 저는 꿈쩍도 하지 않았습니다. 솔직히 저는 가끔 꽤 용감하거든요, 까라마조프씨. 저는 그저 '내 모든 우정에 대한 대가로 또 한번 찌르고 싶진 않냐? 그렇다면 전적으로 네 뜻에 맡기지'라고 말하듯 경멸 어린 시선으로 그애를 바라보기만 했습니다. 그러나 그애는 두번은 찌르지 못하고, 그 상황을 견디지 못해 놀라서 칼을 내던지고 큰 소리로 울음을 터뜨리며 달아났습니다. 저는 물론 고자질은 하지 않았고 선생님들 귀에 이야기가 들어가지 않도록 모든 아이에게 입막음을 시켰습니다. 어머니에게도 상처가 다 아문 다음에야 말씀드렸어요. 사실 상처라고 해봐야 별거 아니고 할퀸 수준이었지만요. 나중에 들으니 그날 그 아이가 돌을 던지고 당신 손가락을 깨물었다고 하더군요. 하지만 그 아이가 어떤 상태였는지 아시겠지요! 어쩌겠습니까, 제가 어리석게 군걸요. 그애가 병이 났을 때 저는 용서하러, 그러니까 화해하러 찾아가지 않았는데, 지금은 후회가 됩니다. 하지만 그때 제겐 특별한 목표가 있었지요. 이게 이야기의 전부입니다…… 제가 정말 어리석게 행동한 것만 같네요……"

"아, 정말 안타깝군요." 알료샤가 흥분해서 탄식했다. "내가 그 애와 꼴랴 사이에 있었던 일을 알았더라면 진작에 직접 꼴랴에게 가서 같이 그애에게 가보자고 부탁했을 텐데요. 믿을지 모르지만, 그애는 병중에 열이 나서 헛소리를 할 때도 꼴랴를 부릅니다. 꼴랴가 그 아이에게 그렇게 소중한 사람인 줄 미처 몰랐네요. 그런데 정말로, 정말로 주치까는 못 찾았습니까? 그애 아버지와 소년들이 도시를 이 잡듯 찾아다녔답니다. 믿을지 모르겠지만, 그 아픈 아이가 눈물을 흘리며 내가 있는 자리에서 세번이나 아버지에게 말하더군요. '그것 때문에 내가 아픈 거야, 아빠, 내가 그때 주치까를 죽였어요. 그래서 하느님이 나를 벌하시는 거예요.' 그애는 그 생각을 떨쳐낼 수가 없는 거예요! 지금이라도 주치까를 찾아서 죽지 않았다는 걸, 살아 있는 모습을 보여주기만 한다면 아이는 기뻐서 다시 살아날지도 몰라요. 우리 모두 꼴랴에게 기대를 걸고 있었습니다."

"어째서 제가, 바로 제가 주치까를 찾을 거라고 기대하셨나요?" 꼴랴가 몹시 궁금해하며 물었다. "왜 다른 사람이 아니라 바로 제게 기대를 거신 거죠?"

"꼴랴가 주치까를 찾고 있고, 찾는 대로 데려올 거라고 들었거든요. 스무로프가 뭔가 그 비슷한 이야기를 했어요. 무엇보다 우리는 주치까가 살아 있고, 어디선가 그 개를 본 사람들이 있다고 확신시키려 했습니다. 소년들이 어디선가 살아 있는 토끼를 데려다주었는데, 아이는 그걸 보기만 하더니 겨우 미소를 짓고는 토끼를 들판에 풀어주라고 부탁했습니다. 우린 그렇게 했어요. 방금 그 아버지가 돌아오면서 아들에게 마스티프종 강아지를 데려왔어요. 그분도 어디서 강아지를 얻어와서 아이를 위로하려 한 건데, 상황이 더 나빠진 것 같네요……"

"말해주세요, 까라마조프씨, 그 아버지는 어떤 분인가요? 저는 그분을 알지만, 까라마조프씨 생각에는 어떤가요? 광대, 어릿광대인가요?"

"아, 아닙니다. 감수성이 아주 예민하지만 어쩌다보니 억눌려 지내온 그런 분입니다. 그런 사람들의 광대짓은 화가 나서 다른 사람들을 비아냥대는 것 비슷한데, 소심하고 굴욕적으로 지내온 탓에 그 사람들 앞에서 감히 대놓고 진실을 말할 수 없기 때문이지요. 그러니까 끄라소뜨낀, 그런 광대짓은 때론 몹시 비극적인 겁니다. 그분에게 지금 일류샤는 모든 것, 세상 모든 것이라서, 일류샤가 죽으면 그분은 슬퍼서 미치든지 아니면 자살할 겁니다. 지금 그분을 보고 있자면 거의 그런 확신이 드는군요!"

"알겠습니다, 까라마조프씨. 당신은 사람을 잘 이해하시는군요." 꼴랴가 진지하게 덧붙였다.

"개를 데려온 걸 보고 바로 주치까를 데려왔다고 생각했어요."

"잠깐만요, 까라마조프씨, 어쩌면 우리는 그 개를 찾을 수 있을지도 몰라요. 하지만 이 개는 뻬레즈본이에요. 지금 이 개를 방으로 들여보내면 마스티프종 강아지보다 일류샤를 더 즐겁게 해줄지도 모르죠. 기다려주세요, 까라마조프씨, 이제 뭔가를 알게 되실 겁니다. 아, 맙소사, 제가 너무 오래 붙잡아두었군요!" 꼴랴가 갑자기 소리쳤다. "이 추위에 프록코트 하나만 걸치셨는데 이렇게 붙잡아

두다니. 보세요, 보세요, 제가 얼마나 이기주의자인지! 오, 우린 모두 이기주의자예요,[7] 까라마조프씨!"

"걱정 말아요. 사실 춥긴 해도 나는 감기에 잘 걸리지 않거든요. 아무튼 들어갑시다. 참, 이름이 뭔지, 꼴랴라는 건 아는데, 그다음은 뭔가요?"

"니꼴라이 이바노프 끄라소뜨낀입니다. 아니면 관청식으로 아들 끄라소뜨낀이라고 부르죠." 꼴랴는 어째선지 웃음을 터뜨리고는 갑자기 덧붙였다. "물론 저는 니꼴라이라는 제 이름을 싫어해요."

"왜요?"

"진부하고 상투적이라서요."

"열세살이지요?" 알료샤가 물었다.

"곧 열네살이 됩니다. 이주 후면 열네살이에요. 아주 금방이죠. 처음 알게 된 기념으로 제 성격을 단번에 알 수 있도록 미리 제 약점을 한가지 고백할게요, 까라마조프씨. 그러니까, 저는 나이를 묻는 걸 싫어해요. 아니, 싫어하는 것 이상입니다…… 그리고 저에 대해, 예를 들어 저를 비방하는 소문이 퍼졌는데, 제가 지난주에 예비학급 학생들과 도둑놀이를 했다는 거예요. 제가 그 놀이를 한 건 사실이에요. 하지만 저 자신을 위해서, 저 혼자 재미있자고 놀았다는 건 확실히 중상모략입니다. 저는 이 얘기가 틀림없이 당신한테까지 들어갔을 거라고 생각하는데, 하지만 저는 저 자신을 위해서가 아니라 그애들을 위해서 놀아준 겁니다. 왜냐하면 저 없이 그애

7 체르니솁스끼(Н. Г. Черныше́вский, 1828~89)의 소설 『무엇을 할 것인가』에 나온 합리적 이기주의론을 암시한다. 계몽과 교육을 통해 무엇이 진정으로 자신에게 이익이 되는 것인지 깨닫는다면 불합리한 폭력과 악, 욕심에서 벗어나 함께 잘사는 세상을 만들 수 있다는 사상이다. 도스또옙스끼는 『지하에서 쓴 수기』를 비롯해 여러 소설에서 이 사상을 비판한다.

들은 아무것도 생각해내지 못하니까요. 우리 도시에서는 맨날 이런 헛소문이 퍼집니다. 확실히 말하는데, 여기는 헛소문의 도시예요, 확실하다니까요."

"자기 자신의 만족을 위해서 놀았다 한들, 그게 뭐 어떻습니까?"

"자신을 위해서…… 당신이 말타기 놀이를 하진 않으시겠지요?"

"이렇게 생각해보세요." 알료샤가 미소를 지었다. "예를 들어, 어른들은 연극을 보러 가는데, 극장에서는 온갖 주인공들의 모험이 상연되지요. 어떤 때는 도둑들과의 모험이고, 어떤 때는 전쟁 장면도 나오죠. 이것 역시 같은 종류 아닐까요? 어린 사람들이 쉬는 시간에 전쟁놀이나 도둑놀이를 하는 것은 어린 영혼에서 탄생하기 시작한 예술이고, 예술을 향한 욕구입니다. 그런 놀이들은 때로 극장 공연보다 훨씬 더 그럴듯한데, 차이라면 다만 어른들은 배우들을 보러 가지만 어린 사람들은 그들 자신이 배우라는 데 있죠. 하지만 그건 자연스러운 겁니다."

"그렇게 생각하십니까? 그게 까라마조프씨의 확신입니까?" 꼴랴가 그를 뚫어지게 쳐다보았다. "아주 흥미로운 의견을 말씀해주셨어요. 저는 이제 집에 가면 이 문제를 두고 머리를 좀 굴려보겠습니다. 고백하는데, 저는 당신에게서 뭔가 배울 수 있기를 기대했습니다. 저는 배우러 왔습니다, 까라마조프씨." 꼴랴는 진지하고 열정적인 목소리로 결론을 맺었다.

"나도 그랬어요." 알료샤가 그의 손을 잡고 미소를 지었다.

꼴랴는 알료샤에게 무척이나 만족했다. 무엇보다 그는 자신이 알료샤와 아주 동등한 위치에 서 있다는 사실이 놀라웠다. 알료샤는 '다 큰 어른'을 대하듯 그와 이야기를 나누었던 것이다.

"제가 한가지 재주를 보여드릴게요, 까라마조프씨. 이것 또한 하나의 연극 공연이지요." 그가 좀 흥분해서 웃었다. "저는 그러려고 왔거든요."

"우선 왼쪽에 있는 주인집에 들릅시다. 거기다 외투를 벗어두세요. 방이 좁고 후텁지근해서요."

"오, 저는 잠시 들른 거니 외투를 입은 채로 잠깐만 앉아 있을게요. 뻬레즈본은 여기 현관방에 남아서 죽을 겁니다. '이리 와, 뻬레즈본, 엎드려, 죽어!' 보세요, 이 녀석은 죽었어요. 우선 들어가서 상황을 보고, 나중에 필요할 때 휘파람을 불 거예요. '이리 와, 뻬레즈본!' 그러면 이 녀석이 곧장 미치광이처럼 뛰어들어오는 걸 보게 될 겁니다. 스무로프가 그 순간 문 열어주는 것만 잊지 않으면요. 제가 모든 걸 알아서 할 테니, 당신은 재주나 구경하시면 되는 거죠……"

5. 일류샤의 작은 침대 옆에서

우리가 익히 아는 퇴역 이등대위 스네기료프의 가족이 사는 이미 낯익은 방은 이 순간 모여 있는 많은 사람들로 인해 후텁지근하고 비좁았다. 소년들 몇은 이때 일류샤 옆을 지키고 있었는데, 스무로프처럼 그들 모두는 자신들을 일류샤와 만나 화해하게 한 사람이 알료샤라는 것을 부인할 테지만, 그럼에도 그것은 사실이었다. 이번 일에서 그는 솜씨를 발휘해 그들이 한 사람씩 차례로, '도를 넘는 애정'을 내보이지 않으면서도 전혀 의도한 게 아니라 우연인 것처럼 일류샤와 만나도록 했다. 이것은 일류샤의 괴로움을 크게 덜어주었다. 전에는 적이었던 모든 소년이 보여준 다정하기까지 한 우정과 연민에 그는 큰 감동을 받았다. 오직 끄라소뜨낀 한 명만 빠졌는데, 이것은 그의 마음에 무서운 걱정거리로 남았다. 일류샤의 쓰라린 추억 중에 가장 가슴 아픈 무엇이 있다면 그것은 바로 그의 유일한 친구이자 수호자였던 끄라소뜨낀에게 칼을 들고 달려들었던 그 일이었다. 영리한 소년 스무로프(그는 맨 먼저 일류샤와 화해하러 찾아온 소년이었다)도 그렇게 생각했다. 그러나 알료샤가 스무로프를 통해 '어떤 일로' 그를 찾아오고 싶어한다고 넌지시 전했을 때, 끄라소뜨낀은 스무로프에게 자기가 어떻게 행동할지는 자신이 알고 있고 그 누구의 조언도 바라지 않는다고, 환자를 보러 간다면 '자기 나름의 계산'에 따라 언제 갈지 결정하겠다고 '까라마조프'에게 전하라고 지시하고는 말을 막고 더이상의 접근을 차단했다. 그것이 이번 일요일이 되기 이주 전의 일이었다. 바로 이 때문에 알료샤는 마음먹은 대로 그에게 직접 찾아가지 못했다. 하지만 기다리면서도 그는 다시 한번 스무로프를 끄라소뜨낀에게 보냈다. 그러나 이 두번째 경우에도 끄라소뜨낀은 도저히 못 참겠다는 듯 거칠게 거절했으며, 만일 알료샤 본인이 찾아온다면 그 때문에라도 일류샤에게는 절대로 가지 않겠다고, 그러니 더이상 자신을 귀찮게 하지 말아달라고 전했다. 스무로프는 가장 마지막날까지도 꼴랴가 이날 아침 일류샤에게 가기로 결심했다는 것을 몰랐다. 전날 저녁 스무로프와 헤어질 때야 갑자기 꼴랴는 내일 아침에 자신도 함께 스네기료프의 집에 갈 테니 집에서 자신을 기다려달라고, 하지만 아무도 예상 못 하게 가고 싶으니 자신의 방문에 대해 아무에게도 알리지 말아달라고 말했던 것이다. 스무로프는 그의 말을 따랐다. 끄라소뜨낀이 언젠가 슬쩍 던진 "만일 그 개가 살아 있는데도 찾지 못한다면 너희는 모두 당나귀야"라는 말 때문에 스무로프는 그가 사라진 주치까를 데려올 것이라는 꿈을 갖게 되었다. 스무로프가 기회를 보다가 개에 대한 자신의 추측을 끄라소뜨낀에게 내비쳤을 때, 그는 몹시 화를 냈다. "나한테는 뻬레즈본이 있는데 남의 개를 찾아 온 도시를 뒤지고 다니다니 내가 당나귀냐? 바늘을 삼킨 개가 살아 있을 거라고 상상이나 할 수 있어? 그건 도를 넘는 애정 말고 아무것도 아니야!"

한편 일류샤는 이미 거의 이주가 되도록 방 한구석 성상 옆에 있는 자신의 작은 침대에서 나오지 못했다. 알료샤를 만나 손가락을 깨문 그날부터 그는 학교에 가지 못했다. 그날부터 시름시름 앓기 시작했는데, 처음 한달간만 해도 어떻게든 가끔 침대에서 일어나 방과 현관방을 걸어다닐 수는 있었다. 그러다 마침내 완전히 기력을 잃어 아버지의 도움 없이는 움직일 수도 없게 되었다. 아버지는 그의 머리맡에서 걱정으로 몸을 떨었고 심지어 술도 끊었다. 그는 소년이 죽을지도 모른다는 두려움에 거의 이성을 잃었다. 특히 소년의 손을 잡고 방 안을 거닐게 한 뒤 다시 침대에 눕히고 나서는 종종 갑자기 현관방의 어두운 구석으로 뛰어가 벽에 머리를 기댄 채 일류샤에게 들리지 않도록 소리를 죽여 몸부림을 치며 흐느껴 울곤 했다.

그는 다시 방으로 돌아오면 보통 어떻게 해서든 자신의 소중한 아들을 즐겁게 해주고 위로해주었다. 아이에게 옛날이야기, 우스운 일화를 얘기해주는가 하면 자기가 만난 여러 우스운 사람들 흉내를 내거나 동물들 흉내를 내면서 얼마나 우스꽝스럽게 짖거나 소리를 지르는지 보여주었다. 그러나 일류샤는 아버지가 부자연스럽게 몸을 꼬면서 광대 흉내를 내는 것을 별로 좋아하지 않았다. 소년은 불쾌한 기색을 드러내지 않으려 애썼지만, 아버지가 사회에서 억눌려 지낸다는 것을 마음 아프게 의식하고 있었고 '수세미'와 그 '무서운 날'을 끊임없이 떠올리지 않을 수 없었다. 다리를 못 쓰는 조용하고 온순한 일류셰치까의 누나 니노치까 역시 아버지가 몸을 꼬아대는 것을 좋아하지 않았다.(바르바라 니꼴라예브나로 말할 것 같으면 이미 오래전에 대학 강의를 들으러 뻬쩨르부르그로 떠난 뒤였다.) 다만 반쯤 정신이 나간 엄마만이 즐거워하며 남편이 뭔가를 흉내내거나 우스꽝스러운 몸짓을 하면 마음껏 웃어댔다. 그것만이 그녀를 위로할 수 있었다. 나머지 시간 내내 그녀는 이제 모두가 자기를 잊어버렸다는 둥 아무도 자기를 존중하지 않고 모욕한다는 둥 끊임없이 투덜대면서 울었다. 그러나 가장 최근에는 그녀도 완전히 변한 것 같았다. 그녀는 자주 일류샤가 있는 구석자리를 바라보며 생각에 잠겼다. 훨씬 더 말수가 줄어 조용해졌으며, 울게 되더라도 들리지 않게 조용히 울었다. 이등대위는 그녀의 변화를 알아채고 쓰라린 의혹을 품었다. 처음에 그녀는 소년들이 찾아오는 것을 못마땅하게 여겼고 화만 냈지만, 나중에는 아이들의 명랑한 말소리와 이야기에 즐거워하며 마침내 좋아하게 되어서 소년들이 오지 않으면 몹시 보고 싶어할 정도였다. 아이들이 뭔가 이야기하거나 놀이를 하면 그녀는 웃으면서 손뼉을 쳤다. 어떤 아이들은 자기에게로 불러 뽀뽀해주었다. 그녀는 특히 소년 스무로프를 좋아했다. 이등대위로 말할 것 같으면, 일류샤를 즐겁게 해주려고 아이들이 그 집에 나타나자 처음부터 그의 영혼은 감격스러운 기쁨과 심지어 이제 일류샤가 더이상 괴로워하지 않고 그 덕분에 곧 건강해질지도 모른다는 희망에 부풀었다. 그는 일류샤가 잘못될까봐 노심초사하면서도 아들이 한순간에 씻은 듯 나으리라는 것을 마지막까지 단 일분도 의심하지 않았다. 그는 어린 손님들을 정중하게 맞이했고, 그들 주변을 오가면서 시중을 들었을 뿐 아니라 그들을 등에 업고 다닐 기세였으며, 심지어 실제로 업으려고까지 했다. 그러나 일류샤가 그 놀이를 마음에 들어하지 않자 그만두었다. 그는 소년들을 위해 사탕과 당밀케이크, 호두 같은 것들을 사왔고, 차를 끓이고 서툴게 샌드위치를 준비했다. 한가지 말해둘 것은 그동안 내내 돈이 마르지 않았다는 점이다. 까쩨리나 이바노브나가 준 그때의 200루블을 그는 알료샤의 예언대로 곧 받아들였다. 그뒤에 까쩨리나 이바노브나는 그들의 사정과 일류샤의 병에 대해 더 자세히 알고는 직접 그들의 집을 방문해서 온 가족과 인사하고 반은 정신이 나간 이등대위의 부인까지 매혹시켰다. 이후로 그녀의 손은 돈을 아끼지 않았고, 이등대위 자신도 아들이 죽을지 모른다는 생각에 두려움에 짓눌려 예전의 자존심을 잊고 겸손하게 이 구제의 손길을 받아들였다. 그동안 까쩨리나 이바노브나의 청에 따라 의사 게르쩬시뚜베가 이틀에 한번씩 꼬박꼬박 환자를 방문해 조심스럽게 돌봤지만, 그의 방문은 별 쓸모가 없었다. 그는 소년에게 억지로 약만 잔뜩 먹였을 뿐이다. 그러나 이날, 이 일요일 아침에 이등대위의 집에서는 모스끄바에서 온 의사, 명성이 자자하다는 새 의사를 기다리고 있었다. 일부러 그를 찾아 큰돈을 주고 초빙한 사람은 까쩨리나 이바노브나였다. 실은 일류셰치까가 아니라 앞으로 적절한 때 이야기하게 될 다른 목적을 위해 초빙한 것이지만, 그가 도착하자 까쩨리나 이바노브나는 일류셰치까도 봐달라고 부탁했던 것이다. 그리고 이를 미리 이등대위에게도 알려두었다. 하지만 꼴랴 끄라소뜨낀의 방문으로 말하자면, 이등대위는 일류셰치까가 그렇게나 그리워하는 소년이 마침내 와주기를 오랫동안 고대해오긴 했지만 이렇게 정말로 오리라고는 전혀 짐작도 못 하고 있었다. 끄라소뜨낀이 문을 열고 방에 나타난 순간, 이등대위와 소년들은 모두 환자의 작은 침대 옆에 모여 이제 막 데려온 자그만 마스티프종 강아지를 에워싸고 있었다. 이 강아지는 물론 사라져 이미 죽었을 것이 틀림없는 주치까 때문에 계속 괴로워하는 일류셰치까를 즐겁게 하고 위로해주려고 이등대위가 일주일 전에 부탁해둔 강아지인데, 어제 막 태어났던 것이다. 그러나 작은 강아지, 그냥 강아지가 아니라 순종 마스티프 강아지(물론 이게 무엇보다 중요했다)를 선물받을 것이라고 사흘 전부터 들어 알고 있던 일류샤는 섬세하고 다정한 마음에서 이 선물에 기쁨을 표하기는 했지만, 모두가, 아버지도 소년들도 새 강아지가 소년의 마음을 학대당한 불쌍한 주치까의 기억으로 더 강하게 흔들어놓았음을 알게 되었다. 강아지는 그의 옆에 누워 꼬물거렸고, 그는 병색이 짙은 미소를 지으며 가냘프고 창백하고 앙상한 손으로 강아지를 쓰다듬었다. 강아지는 그의 마음에 든 게 분명했지만, 그럼에도…… 여전히 주치까는 없었고 이 강아지 역시 주치까는 아니었다. 만일 주치까와 강아지가 함께 있었다면 그때야말로 완벽한 행복이었을 텐데!

"끄라소뜨낀!" 소년들 중에서 방으로 들어오는 꼴랴를 제일 먼저 본 소년이 외쳤다. 눈에 띄게 흥분이 일었고, 소년들이 침대 양쪽으로 나뉘어 비켜서는 바람에 갑자기 일류셰치까에게 가는 길이 열렸다. 이등대위는 꼴랴를 맞으러 급히 달려왔다.

"어서 와요, 어서 와…… 귀한 손님일세!" 그가 꼴랴에게 더듬거리며 겨우 말했다. "일류셰치까, 끄라소뜨낀군이 너를 보러 왔구나……"

그러나 끄라소뜨낀은 재빨리 그에게 손을 내밀어 자기가 사교계의 예의범절을 얼마나 잘 알고 있는지 순식간에 보여주었다. 그는 누구보다 먼저 안락의자에 앉아 있던 이등대위의 부인을 향해(그녀는 마침 그 순간 소년들이 일류샤의 침대를 가로막는 바람에 새 강아지를 볼 수 없다고 아주 못마땅해서 투덜대고 있었다) 곧장 한 다리를 뒤로 끌며 대단히 예의 바르게 인사한 다음 니노치까에게 몸을 돌려 귀부인에게 하듯 절을 했다. 이 공손한 행동은 병든 부인에게 특히나 유쾌한 인상을 불러일으켰다.

"교육을 잘 받은 젊은이라는 걸 바로 알겠구나." 그녀는 두 팔을 활짝 벌리며 큰 소리로 말했다. "우리 집 다른 손님들과는 달라, 서로 목말을 타고 들어오는 애들하고는."

"무슨 소리야, 엄마, 서로 목말을 타고 들어오다니, 그게 무슨 말이야?" 이등대위는 상냥하게 중얼거렸지만 '엄마' 때문에 약간 걱정스러운 듯했다.

"그렇게들 들어오잖아, 현관방에서 서로 목말을 타고서. 점잖은 집에 들어오면서 목말을 타다니, 그게 무슨 손님이야?"

"누가, 엄마, 대체 누가 그렇게 들어왔어, 누가?"

"저기 저 꼬마가 이 꼬마 어깨에 올라타고 들어왔잖아, 저애는 저기 저애 어깨 위에……"

그러나 꼴랴는 벌써 일류샤의 작은 침대 옆에 서 있었다. 환자는 한눈에 보기에도 창백했다. 그는 침대에서 몸을 일으켜 꼴랴를 뚫어지게 빤히 쳐다보았다. 꼴랴는 자신의 예전 꼬마 친구를 거의 두 달 동안 보지 못하다가 너무도 놀라서 그의 앞에 우뚝 멈춰섰다. 이렇게 여위고 누렇게 뜬 얼굴을, 열에 들떠 끔찍하게 퀭해진 눈동자를, 이렇게 마른 손을 보게 되리라고는 상상도 하지 못했던 것이다. 그는 일류샤가 자주 가쁜 숨을 몰아쉬는 모습을, 그의 입술이

바싹 마른 모습을 슬프고 놀라운 마음으로 뚫어지게 바라보았다. 그는 일류샤 쪽으로 걸음을 옮겨 손을 내밀고는 거의 넋이 나간 듯 말했다.

"어때, 영감…… 어떻게 지내니?"

그러나 그의 말소리는 끊겨서 자연스럽게 말하기 어려웠으며, 그의 얼굴은 어쩐지 일그러지면서 입가가 떨려왔다. 일류샤는 병색이 짙은 미소를 지었지만 여전히 말할 기운이 없었다. 꼴랴는 손을 들어 무슨 생각에서인지 손바닥으로 일류샤의 머리를 쓰다듬었다.

"괜-찮-아!" 그가 일류샤에게 용기를 주려는 듯, 혹은 자신도 그 말을 왜 하는지 모르겠다는 듯 나직하게 속삭였다. 한순간 다시 침묵이 흘렀다.

"너한테 있는 게 뭐야? 새 강아지야?" 갑자기 꼴랴가 아주 무심한 투로 물었다.

"으-응!" 일류샤가 한숨을 쉬며 길게 속삭여 대답했다.

"코가 검은 놈은 사나워서 쇠사슬에 매둬야 한다더라." 꼴랴는 모든 문제가 바로 그 강아지와 검은 코에 달려 있다는 듯이 진지하고 확고하게 말했다. 그러나 문제는 그가 온 힘을 다해 자기 안의 감정, '어린아이'처럼 울음을 터뜨리고 싶은 심정을 억누르느라 애쓰고 있었음에도 여전히 이기기 어렵다는 것이었다. "자라면 쇠사슬에 묶어두어야 할 거야, 난 알아."

"아주 큰 개가 될 거야" 무리 중의 한 소년이 외쳤다.

"마스티프는 크기로 유명해, 송아지만큼 커질 거야." 갑자기 몇 명의 목소리가 함께 울렸다.

"송아지, 진짜로 송아지만 하지." 이등대위가 얼른 뛰어왔다.

"내가 일부러 그런 개를, 제일, 제일 사나운 개를 골랐단다. 이 강아지의 어미 아비 역시 크고 아주 사나운 놈들이야. 마룻바닥에서부터 이만큼이나 큰 애들이지…… 자, 앉아요, 여기 일류샤의 침대 위에, 아니면 여기 벽 쪽의 의자에라도. 어서 앉아요, 귀한 손님, 얼마나 오랫동안…… 알렉세이 표도로비치와 함께 왔나요?"

끄라소뜨낀은 일류샤의 침대 발치에 앉았다. 어쩌면 오는 길에 호기롭게 시작할 대화거리를 준비했는지 모르지만, 지금 그는 결정적으로 실마리를 잃어버리고 말았다.

"아니요…… 저는 뻬레즈본과 함께 왔어요…… 저에게 지금 그런 개가 있거든요, 뻬레즈본이라고. 슬라브식 이름이죠. 저기서 기다리고 있어요…… 제가 휘파람을 불면 뛰어들어올 거예요. 나도 개랑 같이 왔어." 그는 문득 일류샤에게로 몸을 돌렸다. "기억하지, 영감, 주치까를?" 그는 돌연 이런 질문으로 일류샤에게 충격을 주었다.

일류샤의 얼굴이 일그러졌다. 그는 고통스럽다는 듯이 꼴랴를 쳐다보았다. 문가에 서 있던 알료샤는 얼굴을 찌푸리며 꼴랴에게 주치까에 대해 이야기하지 말라고 몰래 고갯짓을 했지만, 꼴랴는 눈치채지 못했거나 아니면 눈치채고 싶지 않은 것 같았다.

"어디 있어…… 주치까는?" 일류샤가 끊어지는 목소리로 물었다.

"이런, 동생, 너의 주치까는, 휘익! 너의 주치까는 없어졌잖아!"

일류샤는 입을 다물었지만 다시 빤히 뚫어져라 꼴랴를 쳐다봤다. 알료샤는 다시 꼴랴의 시선을 붙잡아 온 힘을 다해 그에게 고갯짓을 했지만, 그는 이번에도 역시 시선을 거두고 알아채지 못한 척했다.

"어디론지 달아나서 죽었잖아. 네가 준 먹이를 먹고 어떻게 죽지 않을 수가 있겠어." 꼴랴는 매몰차게 말을 잘랐지만, 그러면서도 무엇 때문인지 그 자신도 숨이 가쁜 것 같았다. "그런데 내겐 뻬레즈본이 있어…… 슬라브식 이름이야…… 너한테 데려왔어……"

"필요-없-어!" 일류셰치까가 불쑥 말했다.

"아니야, 아니야, 필요해, 반드시 봐야 해…… 좋아할 거야. 내가 일부러 데려왔어…… 그 개처럼 털북숭이야…… 부인, 제 개를 여기로 불러와도 괜찮겠지요?" 그는 이해할 수 없을 만한 흥분에 휩싸여 별안간 스네기료프 부인을 향해 물었다.

"필요 없어, 필요 없어!" 일류샤가 슬픔으로 끊어지는 듯한 목소리로 소리쳤다. 그의 눈동자에는 비난의 불꽃이 일었다.

"자네는……" 이등대위는 벽 옆의 궤짝에 앉으려다 갑자기 달려왔다. "그건…… 다음에 해요……" 그가 중얼거렸지만, 꼴랴는 막무가내로 고집을 부리며 재빨리 스무로프를 향해 "스무로프, 문 열어!" 하고 외쳤다. 그가 문을 열자마자 꼴랴는 호루라기를 불었다. 뻬레즈본이 쏜살같이 방 안으로 뛰어들었다.

"뛰어올라, 뻬레즈본, 재주를 부려봐! 재주를 부려!" 꼴랴가 자리에서 벌떡 일어나 소리치자, 개는 곧바로 일류샤의 작은 침대 앞에 뒷발로 서서 온몸을 곧추세웠다. 누구도 예상치 못했던 일이 일어났다. 일류샤는 몸을 부르르 떨더니 갑자기 애써 온몸을 앞으로 내밀어 뻬레즈본에게 몸을 굽히고 얼어붙은 듯이 개를 바라보았다.

"이건…… 주치까야!" 그가 고통과 행복으로 갈라진 목소리로 외쳤다.

"그럼 넌 누구일 거라고 생각했는데?" 끄라소뜨낀이 낭랑하게 울리는 행복한 목소리로 힘껏 소리쳤고, 몸을 굽혀 개를 안아서 일류샤에게 올려주었다.

"봐, 영감, 보이지, 애꾸눈에 왼쪽 귀가 잘렸어. 네가 말해준 특징과 똑같아. 이 특징 덕분에 이 녀석을 찾아냈어! 그때 곧바로 찾아냈다고! 이 개는 어느 누구의 것도 아니었어요, 주인이 없었다고요!" 그는 재빨리 이등대위와 그의 아내, 알료샤, 그리고 다시 일류샤를 향해 몸을 돌리고 설명했다. "개는 표도또프의 집 뒤뜰에서 지냈고 거기서 사는 데 익숙해졌지만 사람들은 먹이를 주지 않았어. 이 개는 시골에서 도망친 떠돌이 개야…… 내가 찾아냈지…… 봐, 영감, 이 녀석은 그때 네 빵조각을 삼키지 않았던 거야. 삼켰더라면 물론 죽었겠지. 그럼 다 끝났을 거고! 용케도 빵조각을 뱉어낸 거야. 그러니까 살았지. 넌 얘가 뱉어낸 걸 알아채지 못한 거고. 뱉어냈지만 혀는 바늘에 찔렸기 때문에 그때 그렇게 비명을 지른 거야. 달아나면서 비명을 지르는 걸 보고 너는 얘가 바늘을 완전히 삼켰다고 생각했던 거고! 이 녀석은 죽어라고 비명을 지를 수밖에 없었지. 왜냐하면 개들은 입안의 피부가 아주 부드럽거든…… 사람보다 부드러워, 훨씬 부드럽다고!" 꼴랴가 기쁨에 들떠 발갛게 빛나는 얼굴로 미친 듯이 외쳤다.

일류샤는 말을 할 수 없었다. 그는 입을 헤벌리고 하얀 천처럼 얼굴이 창백해져서 무섭도록 퀭한 눈을 커다랗게 뜨고 꼴랴를 바라보았다. 이 순간이 병든 소년의 건강에 얼마나 고통스럽고도 치명적인 영향을 미칠지 끄라소뜨낀은 전혀 짐작도 하지 못했는데, 만약 이 사실을 알았다면 결코 이런 일을 꾸밀 생각은 하지 않았을 것이다. 그러나 방 안에서 이 사실을 아는 사람은 오로지 알료샤 한명뿐인 듯했다. 이등대위로 말하자면, 완전히 어린애가 된 것 같았다.

"주치까! 이게 주치까라고?" 그가 얼빠진 목소리로 외쳤다. "일류셰치까, 이게 주치까란다, 네 주치까야! 엄마, 이게 주치까래!" 그는 거의 울 것 같았다.

"나는 생각도 못 했어." 스무로프가 안타까워하며 소리쳤다. "아, 끄라소뜨낀, 끄라소뜨낀이 주치까를 찾을 거라고 했잖아. 정말 찾았네!"

"그래, 찾았네!" 누군가가 기쁘게 응답했다.

"끄라소뜨낀, 최고야!" 세번째 목소리가 울려퍼졌다.

"최고야, 최고!" 모든 소년이 소리를 지르며 박수를 보냈다.

"그만, 그만." 끄라소뜨낀이 소년들의 소리를 누르려 애쓰며 말했다. "어떻게 된 일인지 얘기해줄게. 다름 아니라 어찌된 일인지가 제일 관심사잖아! 나는 주치까를 찾아서 집으로 데려와 곧바로 숨겨두었고, 문에 자물쇠를 달고 이 마지막날까지 아무에게도 보여주지 않았어. 이주 전에 스무로프만이 알아보았는데, 나는 이 녀석을 뻬레즈본이라고 굳게 믿게 했고 저애는 알아채지 못했지. 그 사이에 나는 잠깐씩 주치까에게 온갖 재주를 가르쳤어. 이제 너희도 보게 될 거야, 얘가 어떤 걸 할 줄 아는지 말이야! 봐, 잘 훈련시켜서 그럴듯한 모습으로 네게 데려오려고 가르친 거야. 자, 이제 봐, 영감, 너의 주치까가 어떤 모습인지! 그런데 쇠고기 조각 같은 게 없을까, 그러면 지금 우스워서 배를 잡고 구를 만한 재주를 한 가지 보여줄 수 있는데. 쇠고기 한 조각, 정말 없을까요?"

이등대위는 쏜살같이 현관방을 지나 주인집 오두막으로 달려갔는데, 이등대위네 식사도 거기서 준비했던 것이다. 꼴랴는 소중한 시간을 허비하지 않으려고 몹시 서두르며 뻬레즈본을 향해 외쳤다. "죽어!" 뻬레즈본은 갑자기 빙글빙글 돌더니 등을 대고 벌렁 누워 네발을 위로 쳐든 채 꼼짝도 않고 얼어붙었다. 소년들은 웃어 댔고, 일류샤는 아까 보여준 고통에 찬 미소를 짓고 바라보았다. 뻬레즈본이 죽은 것을 누구보다 좋아한 사람은 '엄마'였다. 그녀는 개를 보고 웃음을 터뜨리고 손가락을 튕기며 녀석을 부르기 시작했다.

"뻬레즈본, 뻬레즈본!"

"절대로 일어나지 않을 거예요, 절대로." 꼴랴가 의기양양해서 자랑스럽게 외쳤다. "온 세상이 소리쳐 부른다 해도. 하지만 제가 소리치면 순식간에 일어나죠! 이리 와, 뻬레즈본!"

개는 벌떡 일어나 한껏 신이 나서 컹컹 짖으며 껑충거리기 시작했다. 이등대위가 삶은 쇠고기 한 조각을 들고 뛰어들어왔다.

"뜨겁지 않나요?" 꼴랴가 고기 조각을 받으며 점검하듯 재빨리 물었다. "아니, 뜨겁지 않네요. 개들은 뜨거운 걸 좋아하지 않죠. 다들 봐요, 일류셰치까, 보라고, 잘 봐, 영감, 왜 보질 않는 거야? 애써 데려왔는데, 얘는 보질 않네!"

새로운 재주는 코를 내밀고 꼼짝 않고 서 있는 개의 코 위에 맛있는 쇠고기 조각을 올려두는 것이었다. 불쌍한 개는 주인이 명할 때까지 꼼짝 못 하고 코 위에 고기를 얹고 서 있어야만 했다. 움직이거나 살짝 흔들리지도 않게, 삼십분이라도 그렇게 하고 있어야 했다. 그러나 꼴랴는 뻬레즈본에게 아주 잠깐만 그러도록 했다.

"잡아!" 꼴랴가 소리치자 고기는 순식간에 뻬레즈본의 코에서 입으로 빨려들어갔다. 물론 관중은 경탄하며 거의 환호성을 지르다시피 했다.

"정말로, 정말로 개에게 이걸 가르치려고, 그 때문에 이제껏 오지 않은 건가요?" 알료샤가 자기도 모르게 비난하듯 소리쳤다.

"바로 이걸 위해서죠." 꼴랴가 아주 천진하게 외쳤다. "가장 멋진 모습을 보여주고 싶었거든요."

"빼레즈본! 빼레즈본!" 일류샤가 돌연 앙상한 손가락을 튕겨 개를 불렀다.

"어쩌려고! 이 녀석을 네 침대에 올려줄게. 이리 와, 빼레즈본!" 꼴랴가 손바닥으로 침대를 탁탁 치자 빼레즈본은 화살처럼 일류샤에게 튀어올랐다. 일류샤는 두 팔로 덥석 그의 머리를 끌어안았고, 빼레즈본은 재빨리 그의 뺨을 핥았다. 일류셰치까는 개를 꽉 안은 채 침대에 몸을 뻗고 누워 개의 풍성한 털 속에 얼굴을 묻고는 모두의 시선에서 숨어버렸다.

"맙소사, 맙소사!" 이등대위가 외쳤다.

꼴랴는 다시 일류샤의 침대에 걸터앉았다.

"일류샤, 근사한 거 한가지 더 보여줄게. 내가 작은 대포를 가져왔어. 기억나지, 내가 그때 네게 이 작은 대포 얘기를 했었잖아. 네가 그랬지, '아, 그거 한번 봤으면 좋겠다!'라고. 자, 여기 가져왔어."

그러면서 꼴랴는 재빨리 주머니에서 청동 대포를 꺼냈다. 그는 스스로 너무 행복해서 그렇게 서둘렀던 것이다. 다른 때 같으면 빼레즈본이 불러일으킨 효과가 지나가기를 기다렸겠지만, 지금은 온갖 자제심 따위를 무시하고 서둘렀다. '이렇게들 행복해하니, 자, 여기 또다른 행복이 있다!' 하는 식으로 그 자신이 아주 도취해 있었다.

"나는 관리 모로조프의 집에 있던 이 물건을 오래전부터 눈여겨봐뒀어. 너를 위해, 영감, 너를 위해서 말이야. 이 대포는 그 집에 쓸

모도 없이 놓여 있더라고. 그의 형한테서 얻었대. 그래서 내 아버지 책장에 있던 『마호메트의 친척, 혹은 건강에 좋은 바보짓』[8]이라는 책과 바꿨지. 모스끄바에서 백년 전에 나왔는데, 아직 검열이 없을 때여서 책이 아주 방탕해. 모로조프는 이런 책을 좋아하거든. 고맙다고까지 하던걸……"

꼴랴는 모든 사람 앞에 작은 대포를 내밀어 보여서 모두가 살펴보며 즐길 수 있었다. 일류샤도 몸을 일으켜 오른팔로는 여전히 뻬레즈본을 안고 환희에 차서 장난감을 바라보았다. 꼴랴가 자기에게 화약이 있으니 "만일 부인들만 불안해하지 않는다면" 지금이라도 대포를 쏘아보겠다고 선언하자 그 효과는 극에 달했다. '엄마'는 좀더 가까이에서 대포를 볼 수 있게 해달라고 부탁했고, 그 부탁은 즉시 이루어졌다. 바퀴 달린 청동 대포가 마음에 쏙 든 그녀는 그것을 무릎 위에 놓고 굴리기 시작했다. 대포를 쏴보는 걸 허락해달라는 요청에 그녀는 완전히 동의했는데, 실은 무얼 부탁하는지조차 전혀 이해하지 못했다. 꼴랴는 화약과 산탄을 보여주었다. 퇴역 군인인 이등대위 자신이 아주 소량의 화약을 뿌려 장전했고, 산탄은 다음번으로 미뤄두자고 청했다. 그는 대포를 바닥에 놓고 포구를 사람이 없는 쪽으로 돌리고는 뇌관에 화약 세알을 밀어 넣고 성냥으로 불을 붙였다. 화려한 발사가 이루어졌다. 엄마는 몸을 움찔했다가 곧 기쁨에 겨워 웃음을 터뜨렸다. 소년들은 말없이 씩씩하게 지켜보았고, 이등대위는 일류샤를 바라보며 더없는 행복을 느꼈다. 꼴랴는 대포를 들어올려 산탄과 화약과 함께 곧바로 일류샤에게 선물했다.

8 1785년 프랑스어를 러시아어로 번역, 출간한 책으로 콘스탄티노플에서 프랑스 사람이 겪는 사랑의 모험을 담고 있다.

"이건 내가 너를 위해 가져온 거야, 너를 위해! 오래전부터 준비했어." 그는 행복에 가득 차 다시 한번 되풀이했다.

"아, 나한테 줘요! 아니, 대포는 나한테 선물하는 게 좋겠어!" 갑자기 엄마가 꼭 어린아이처럼 졸라댔다. 그녀의 얼굴은 자기에게 주지 않을까봐 두려운 마음에 슬프고 불안한 기색이었다. 꼴랴는 당황했다. 이등대위는 걱정이 되어 안절부절못하기 시작했다.

"엄마, 엄마!" 그는 얼른 그녀에게 다가갔다. "대포는 당신 거야, 당신 거. 하지만 아이한테 선물한 거니까 일류샤가 갖고 있으라고 하자. 그래도 대포는 당신 거나 마찬가지야, 일류셰치까는 언제든 당신이 갖고 놀게 해줄 테니. 이건 우리 집에서 모두 같이 갖고 노는 거야, 다 같이……"

"싫어, 싫어, 다 같이 갖고 노는 거 싫어. 완전히 내 거가 아니면 싫다고. 이건 일류샤 거 아니야." 엄마는 울음을 터뜨릴 기세로 계속했다.

"엄마, 가지세요, 자요, 가지세요!" 일류샤가 갑자기 소리쳤다. "끄라소뜨낀, 이거 엄마에게 선물해도 괜찮지?" 그는 자신의 선물을 다른 사람에게 선물했다고 기분 나빠할까 두려운 듯 애원하는 표정으로 끄라소뜨낀을 보며 말했다.

"물론이지." 끄라소뜨낀은 즉시 동의하고는 일류샤의 손에서 대포를 받아 아주 공손하게 절하며 엄마에게 직접 선물했다. 엄마는 감동한 나머지 울음을 터뜨렸다.

"일류셰치까, 예쁜 것, 누가 엄마를 사랑하는지 알겠구나!" 그녀는 감동한 목소리로 외치고 곧장 무릎 위에서 대포를 굴리기 시작했다.

"엄마, 손에 입맞추게 해줘." 남편은 그녀에게 뛰어가 곧바로 뜻한 대로 했다.

"누가 또 제일 사랑스런 젊은이냐 하면, 바로 이 착한 아이지!" 부인은 고마워서 끄라소뜨낀을 가리키며 말했다.

"화약은, 일류샤, 이제부터 네가 원하는 만큼 갖다줄게. 지금 우리가 직접 만들고 있거든. 보로비꼬프가 성분을 알아냈어. 초석 24, 유황 10, 자작나무 목탄 6, 이걸 전부 한꺼번에 빻아서 물을 섞어 부드럽게 될 때까지 이긴 다음에 체로 걸러내면 화약이 되는 거야."

"스무로프가 그 화약에 대해 벌써 말해줬는데, 아빠는 그게 진짜 화약은 아니라고 하셨어." 일류샤가 대답했다.

"왜 진짜 화약이 아니지?" 꼴랴가 얼굴을 붉혔다. "우리 것도 불은 붙는데. 하긴 나도 잘 모르지만……"

"아니요, 나는 그런 뜻으로 한 말이 아니라," 이등대위가 갑자기 미안한 듯한 얼굴로 다가왔다. "실은 진짜 화약은 그렇게 만드는 게 아니라고 말했지만 별 뜻은 없었어요. 그렇게 만들 수도 있지요."

"저는 잘 몰라요, 아저씨가 더 잘 아시겠죠. 우리는 돌로 된 포마드통에 넣고 불을 붙였는데 잘 타더라고요. 완전히 타서 재만 아주 조금 남았어요. 그런데 그건 그냥 반죽이었을 뿐이니까 체에 거르면…… 그런데 불낀은 우리 화약 때문에 아버지한테 엄청 맞았대. 그 얘기 들었어?" 그가 문득 일류샤를 보고 물었다.

"들었어." 일류샤가 대답했다. 그는 크나큰 흥미와 만족감을 느끼며 꼴랴의 말을 듣고 있었다.

"우리가 화약 한병을 만들어서 그애 침대 밑에 두었는데, 그애 아버지가 그걸 보신 거야. 폭발할 수도 있다고 말씀하셨대. 그러곤 그애를 회초리로 때리셨어. 학교로 나를 고발하러 가시려고까지 했지. 이젠 그애를 나랑 어울리지도 못하게 하셔. 이제 아무도 나랑 어울리지 못한다니까. 스무로프도 어울리면 안 돼. 나는 모든 집에서 유명해졌거든. 나더러 '싹수가 노란 녀석'이라고 한다더군." 꼴랴가 경멸하듯 미소를 지었다. "이게 전부 철로 사건에서부터 시작된 거야."

"아, 우리도 그 모험 얘기를 들었어요." 이등대위가 외쳤다. "어떻게 거기 엎드려 있었나요? 기차 밑에 엎드렸을 때 정말 전혀 놀라지 않았나요? 무서웠겠죠?"

이등대위는 꼴랴 앞에서 잘 보이려 무진 애를 썼다.

"별로 그렇진 않았어요." 꼴랴가 무심한 투로 대답했다. "내 명성을 무엇보다 망가뜨린 건 그 저주받은 거위 새끼야." 그는 다시 일류샤 쪽으로 몸을 돌렸다. 그러나 이야기하는 동안 아무렇지 않은 척하려 했지만 그는 감정이 복받쳐 계속 말을 더듬었다.

"아, 나도 그 거위 얘기 들었어!" 일류샤가 얼굴이 온통 환해져서 웃음을 터뜨렸다. "애들이 얘기해주었는데, 난 잘 이해를 못 했어. 정말로 판사한테 재판을 받은 거야?"

"제일 어리석고 제일 하찮은 일인데 우리 도시에서는 보통 그런 걸로 큰일을 지어낸다니까." 꼴랴가 거리낌 없이 말했다. "한번은 내가 광장을 걸어가는데, 마침 사람들이 거위들을 몰고 온 거야. 나는 멈춰서서 거위들을 구경했어. 비시냐꼬프라는 이곳 청년이, 지금은 쁠로뜨니꼬프 상점에서 배달원으로 일하고 있는데, 나를 보고 갑자기 '너 왜 거위를 그렇게 보는 거냐?' 하더라고. 나도 그 사람을 쳐다봤지. 멍청해 보이는 둥그스름한 상판에 스무살 정도 됐는데, 너도 알지만 나는 민중을 절대로 거부하지 않아. 오히려 어울리길 좋아하지, 우린 민중과 너무 동떨어져 있거든. 그건 내 원칙이야. 당신은 웃고 계시는 것 같네요, 까라마조프씨?"

"아니요, 전혀. 얘기를 잘 듣고 있습니다." 알료샤는 가장 순박한 표정으로 대답했고, 미심쩍어하던 꼴랴도 곧바로 용기를 얻었다.

"제 이론은요, 까라마조프씨, 명확하고 단순합니다." 그는 곧 다시 기쁜 기색으로 서둘러 말을 이었다. "저는 민중을 믿고 언제나 기꺼이 그들에게 정당성을 부여합니다. 하지만 절대로 민중의 응석은 받아주지 않아요. 그건 필수조건[9]이에요…… 맞아, 거위 얘기를 하고 있었지. 그래서 내가 그 바보에게 대답했어. '거위가 무슨 생각을 할지 생각하고 있어.' 그 사람은 나를 정말로 어리석은 얼굴로 바라보면서 '거위가 무슨 생각을 한다고?'라고 하더군. 그래서 '저기 귀리 실은 수레가 서 있는 게 보이지. 자루에서 귀리가 새나와서 거위가 바퀴 밑으로 목을 빼고 낟알을 쪼아먹고 있잖아' 했지. '아주 잘 보이는데' 하더라고. '지금 저 수레를 조금만 앞으로 밀면 거위의 목이 바퀴에 잘리지 않을까? 어때?'라고 했더니 '틀림없이 잘릴 거야' 하더군. 그 사람은 입을 헤벌리고 웃으며 아주 좋아 죽더라고. 내가 '자, 갑시다, 청년, 가서 해봐요'라고 했더니 '그러자' 하더라. 재주를 부리는 데는 그다지 오래 애쓸 필요도 없었어. 그 청년이 눈에 띄지 않게 고삐 옆에 섰고, 나는 거위들을 몰려고 그 옆에 섰지. 그때 농민은 한눈을 팔며 누군가와 이야기를 하느라 나는 거위를 몰고 자시고 할 것도 없었어. 거위들이 제풀에 귀리를 먹으려고 수레바퀴 아래로 목을 쭉 뻗었으니까. 내가 청년에게 눈짓을 했고, 청년이 고삐를 잡아당겼지. 그랬더니 끼익, 바퀴

9 sine qua, 라틴어로 '필수조건'.—원주. 다만, 라틴어로 필수조건 은 sine qua non 이다.

가 지나가면서 거위들의 목이 두 동강이 난 거야! 그런데 운도 없게 바로 그 순간 모든 농민이 우리를 발견하고 한목소리로 떠들어대기 시작했어. '네 녀석이 일부러 그랬구나!' '아니에요, 일부러 그런 거 아니에요.' '아니야, 일부러 그랬어!' 그렇게 소리를 지르더라고. '판사한테 가자.' 그러고는 나를 붙잡았어. '네 녀석도 여기 있었고, 너도 도왔지, 온 시장 사람이 죄다 너를 안다!' 웬일인지 정말로 시장 사람들이 전부 나를 알더라고." 꼴랴는 우쭐해서 덧붙였다. "우리 모두 판사에게 끌려갔고, 거위도 가져갔어. 청년은 겁을 먹고 울부짖기 시작했는데, 정말이지 여자처럼 대성통곡을 하더군. 거위 장수가 소리를 질러댔어. '이런 식이면 거위는 죄다 죽겠네!' 그리고 물론 증인들도 있었지. 판사는 순식간에 일을 처리했어. 배상금으로 거위 장수에게 1루블을 주고 거위는 청년이 가지라는 거였지. 그리고 이런 장난질은 앞으로 절대 하지 말라고 경고했어. 청년은 계속해서 여자처럼 울부짖었어. '이건 제가 한 게 아니라 저 녀석이 시킨 거예요'라면서 나를 손가락질했지. 나는 아주 냉정하게, 절대로 내가 시킨 게 아니고 나는 다만 기본적인 생각을 표현하고 구상을 말했을 뿐이라고 했지. 네페도프 판사는 실쭉 웃더니 자기가 웃은 데 대해 스스로 화를 내더라고. 그러고는 나한테 '학생은 말이야, 앞으로는 그런 구상 따위는 표현하지 말고 그 대신 책 앞에 앉아서 공부를 더 하도록 즉시 학교 당국에 알리겠다'라고 하더군. 하지만 학교 당국에 내 일을 알리지는 않았어. 그건 그냥 농담이었던 거지. 하지만 소문이 퍼져서 이 일이 정말로 선생님들 귀에까지 들어갔어. 우리 도시의 소문은 정말 빠르거든! 특히 고전 선생 꼴바스니꼬프가 들고일어났는데, 또 한번 다르다넬로프가 변호해줬지. 꼴바스니꼬프는 우리 학교 모든 사람한테 초록 당나귀처럼 못되게 굴어. 일류샤, 너 들었니, 그 선생이 결혼해서 미하일로프 집안에서 지참금으로 1천 루블을 받았는데, 신부가 첫손가락에 꼽을 만큼 못생겼대. 3학년 학생들이 곧바로 경구를 지었다더라.

> 양아치 꼴바스니꼬프가 결혼을 했대
> 3학년 학생들 놀라 까무러칠 소식.

이거 말고도 더 있는데 너무 웃겨. 다음에 가져와 보여줄게. 나는 다르다넬로프에 대해서는 아무 말도 안 할래. 박식한 사람이지, 확실히 박식한 사람이야. 나는 그런 사람을 존경해. 나를 변호해줬다고 그러는 건 전혀 아니고……"

"그런데 형은 트로이를 세운 사람이 누구냐 하는 문제에서 그 선생님을 이겼잖아!" 그 순간 끄라소뜨낀에게 너무도 자부심을 느낀 스무로프가 불쑥 끼어들었다. 거위 이야기가 그의 마음에 꼭 들었던 것이다.

"정말로 이겼단 말인가요?" 이등대위가 비위를 맞추듯 말을 이었다. "트로이를 누가 세웠느냐는 얘기죠? 선생님을 이겼다는 얘기는 들었어요. 일류셰치까가 그때 내게 말해줬지요……"

"아빠, 꼴랴형은 뭐든 다 알아요. 우리 중에서 제일 똑똑해요!" 일류셰치까도 맞장구쳤다. "아닌 척하지만 모든 과목에서 우리 학교 일등이에요."

일류샤는 한없이 행복한 마음으로 꼴랴를 바라보았다.

"트로이 얘기는 별거 아니야, 쓸데없는 소리지. 나 자신은 그 문제는 하찮은 거라고 생각해." 꼴랴가 자신만만하면서도 겸손하게 대꾸했다. 그는 이미 완전히 침착함을 되찾았지만 아직은 약간 불안했다. 그는 자신이 너무 흥분했다고, 예를 들면 거위 얘기를 할 때 너무 열을 내서 떠들어댔다고 느꼈는데, 그 이야기를 듣는 동안 내내 알료샤는 침묵을 지키며 진지한 얼굴을 하고 있어서 이 자존심 강한 소년은 점차 심장이 긁히듯 안절부절못하는 상태가 되었다. '그가 침묵하는 건 내가 그의 칭찬을 받고 싶어한다고 생각해서 나를 경멸하기 때문은 아닐까? 그렇다면, 만일 그가 그렇게 생각한다면, 나는……'

"나는 정말로 그 문제는 하찮은 거라고 생각해." 그는 다시 한번 거만하게 잘라 말했다.

"나는 트로이를 누가 세웠는지 알아." 문득 이제까지 거의 한마디도 하지 않던 까르따쇼프라는 소년이 전혀 뜻밖에 말문을 열었다. 과묵하고 겉보기에도 수줍음이 많을 것 같은, 열한살 정도 되어 보이는 아주 잘생긴 소년이었다. 그는 문 바로 옆에 있었다. 꼴랴는 놀라움을 품고, 그러나 여전히 거만한 태도로 그를 바라보았다. 문제는 '누가 트로이를 세웠는가?'라는 질문이 전학급에서 비밀에 부쳐졌다는 것이었다. 그 문제를 피고들기 위해서는 스마라그도프를 읽어야 했다. 그런데 스마라그도프는 꼴랴 말고는 누구의 집에도 없었다. 그런데 언젠가 꼴랴가 몸을 돌린 틈에 소년 까르따쇼프가 그의 책들 사이에 있던 스마라그도프를 얼른 펼쳤는데, 때마침 트로이의 시조에 대해 이야기하는 대목이 나와 보았던 것이다. 꽤 오래전에 있었던 일인데, 그는 어쩐지 쑥스러워하며 트로이의 시조가 누군지 안다고 공개적으로 알릴 결심을 하지 못하고 있었다. 뭔가 일이 잘못될까봐, 그 때문에 꼴랴가 어떻게든 창피를 줄까봐 두려웠던 것이다. 그런데 지금은 어째선지 참지 못하고 말해버렸다. 사실 오래전부터 그러고 싶었던 것이다.

"그래, 누가 세웠지?" 꼴랴는 그의 표정을 보고 그가 정말로 알고 있다는 것을 알아채고는, 물론 모든 결과에 즉각 대응할 태세를 갖춘 뒤 깔보듯 오만하게 그에게로 몸을 돌렸다. 전체 분위기에 불협화음이라 할 만한 것이 일었다.

"트로이를 처음 세운 사람은 테우크로스, 다르다노스, 일로스, 트로스야." 소년은 단숨에 또박또박 말하고 나서 순식간에 얼굴이 온통 발개졌다. 너무 발개져서 보기가 민망할 정도였다. 그러나 소년들은 모두 그를 뚫어지게 바라보았다. 잠시 그렇게 바라보다가 그 눈동자들이 갑자기 단박에 꼴랴에게로 쏠렸다. 꼴랴는 경멸 어린 냉정함을 품고 그 대담한 소년을 계속해서 눈으로 훑었다.

"그럼, 그들이 어떻게 건국했지?" 그가 마침내 선심 쓰듯 입을 뗐다. "도시 혹은 국가를 세운다는 건 대체 무엇을 의미하지? 그들은 뭘 한 거야? 와서 벽돌을 쌓았다는 거야, 뭐야?"

웃음소리가 울려퍼졌다. 잘못을 저지른 소년은 분홍빛에서 진홍빛으로 변했다. 그는 입을 다물었고 울음을 터뜨릴 기세였다. 꼴랴는 그를 그런 상태로 일분 정도 내버려두었다.

"민족의 확립 같은 역사적 사건에 대해 논하기 위해서는 말이야, 먼저 그것이 의미하는 바가 무엇인지 이해할 필요가 있어." 그가 가르치듯 또박또박 말했다. "하지만 나는 이런 아주머니들이나 하는 수다는 중요하게 여기지 않아, 세계사도 그다지 대단하게 생각지 않고." 그는 이제 모든 사람을 향해 별것 아니라는 듯 불쑥 덧붙였다.

"그러니까 세계사를 말인가요?" 이등대위가 별안간 놀라서 물었다.

"예, 세계사를요. 인류의 일련의 어리석음을 배우는 거예요, 그게 다죠. 저는 수학과 자연과학만 존중해요." 꼴랴는 이렇게 으스대면서 알료샤를 흘낏 보았다. 그는 여기서 오로지 그 사람의 의견만을 두려워했다. 그러나 알료샤는 여전히 침묵을 지켰고, 여전히 진지했다. 지금 알료샤가 뭔가 한마디 하면 그것으로 모든 게 마무리되었을 텐데, 알료샤는 입을 다물고 있었고, '그의 침묵은 경멸일 수도 있었다.' 그래서 꼴랴는 몹시 불안해졌다.

"또한 우리는 지금 고전어들을 배우고 있는데, 그건 미친 짓일 뿐 그 이상은 아니에요…… 까라마조프씨, 이번에도 제게 동의하지 않으시겠죠?"

"동의하지 않아요." 알료샤가 차분하게 미소 지었다.

"고전어는, 제 의견을 물으신다면, 치안 수단일 뿐이고 오로지 그런 목적으로만 도입된 겁니다." 꼴랴는 또다시 조금씩 숨을 헐떡였다. "그것들은 지루하기 때문에, 능력을 둔하게 만들기 때문에 도입된 거예요. 지루한데 더 지루하게 만들려면 어떻게 할까? 둔한데 더 둔하게 하려면 어떻게 할까? 그러다가 바로 고전어들을 생각해낸 겁니다. 이게 그 언어들에 대한 제 생각의 전부입니다. 바라건대 이 의견은 바뀌지 않을 거예요." 꼴랴는 단호하게 말을 마쳤다. 그의 양 볼에는 홍조가 피어올랐다.

"그건 사실이야." 열심히 듣고 있던 스무로프가 돌연 낭랑하고 확신에 찬 목소리로 동의했다.

"자기는 라틴어 일등이면서!" 무리 가운데 한 소년이 갑자기 소리쳤다.

"맞아요, 아빠, 꼴랴형은 라틴어를 해요, 반에서 라틴어 일등이에요." 일류샤도 대꾸했다.

"그래서 어쨌다고?" 꼴랴는 그 칭찬에도 무척 기분이 좋았지만 변명을 할 필요가 있다고 느꼈다. "내가 라틴어를 달달 외우는 건 그래야 하기 때문이야, 어머니에게 과정을 마치겠다고 약속하기도 했고. 내 생각에는 하겠다고 한 건 잘해야 해. 하지만 고전주의는 마음 깊이 경멸해, 그 모든 저열함을…… 동의하지 않으시겠죠, 까라마조프씨?"

"왜 '저열함'이라는 거죠?" 알료샤가 또다시 미소를 지었다.

"보세요, 모든 고전은 모든 언어로 번역되어 있으니 고전 연구를 위해서 라틴어가 필요한 건 아니죠. 오로지 치안 목적을 위해서고, 능력을 둔하게 하기 위해서죠. 그런데 어떻게 저열하지 않다는 거죠?"

"그 모든 걸 누가 가르쳐줬나요?" 알료샤가 마침내 크게 놀라서 물었다.

"첫째, 누가 가르쳐주지 않아도 저 스스로 이해할 수 있고요, 둘째로 알아두실 건, 제가 지금 고전 번역에 대해서 한 얘기는 바로 꼴바스니꼬프 선생님이 3학년 학급 전체에 큰 소리로 말씀하신 겁니다……"

"의사선생님이 오셨어요!" 그동안 내내 입을 다물고 있던 니노치까가 갑자기 외쳤다.

정말로 집의 대문으로 호흘라꼬바 부인 소유의 마차가 들어서고 있었다. 아침 내내 의사를 기다렸던 이등대위는 부랴부랴 그를 맞으러 대문으로 달려갔다. 엄마는 옷매무새를 가다듬고 점잔을 뺐다. 알료샤는 일류샤에게 다가가 베개를 고쳐주었다. 니노치까는 의자에 앉은 채 그가 침대를 정돈해주는 것을 불안한 마음으로 바라보았다. 소년들은 서둘러 작별인사를 했고, 그들 중 몇명은 저녁에 들르겠다고 약속했다. 꼴랴가 뻬레즈본을 부르자 뻬레즈본이 침대에서 뛰어내렸다.

"나는 안 가, 안 갈 거라고!" 꼴랴가 일류샤에게 서둘러 말했다. "현관방에서 기다리다가 의사선생님이 가시면 다시 올게, 뻬레즈본이랑 같이."

그러나 이미 의사가 들어와 있었다. 그는 곰털 외투 차림에 짙은 색 구레나룻을 길게 길렀고 윤이 나도록 턱수염을 깎은 위엄 있는 신사였다. 문지방을 넘어선 그는 망연자실한 듯 갑자기 멈춰섰다. 분명 잘못 왔다고 생각한 것 같았다. "이게 뭐야? 내가 어디 있는 거지?" 그는 어깨에서 털외투도 벗지 않고 머리에서 챙 달린 물개가죽 모자도 벗지 않은 채 중얼거렸다. 모여 있는 사람들, 가난한 방안 정경, 한구석으로 밧줄에 걸린 속옷가지들에 어안이 벙벙했던 것이다. 이등대위는 코가 땅에 닿을 만큼 허리를 굽혀 절을 했다.

"여깁니다요, 여기요." 그는 비굴하게 중얼거렸다. "여기가 맞습니다요, 저희 집, 저희 집이 맞아요."

"스네기료프요?" 의사가 큰 소리로 점잖게 발음했다. "스네기료프씨가 당신입니까?"

"예, 접니다요."

"아!"

의사는 다시 한번 꺼림칙하다는 듯이 방 안을 둘러보고 외투를 휙 벗었다. 어깨에 달린 묵직한 훈장에 모두 눈이 부실 지경이었다. 이등대위는 날아 떨어지는 외투를 받아들었고, 의사는 모자를 벗었다.

"환자는 어디 있나요?" 그가 큰 소리로 재촉하듯 물었다.

6. 조숙함

“어떻게 생각하세요, 의사가 뭐라고 할까요?” 꼴랴가 빠른 말투로 이야기했다. “그런데 참 불쾌한 얼굴이네요, 그렇지 않나요? 의학은 정말 참을 수가 없어요.”

“일류샤는 죽을 겁니다. 그런 생각이 드네요.” 알료샤가 슬프게 대답했다.

“사기꾼들! 의사들은 사기꾼이에요! 그런데 아무튼 저는 당신을 알게 되어서 기쁩니다, 까라마조프씨. 오래전부터 알고 싶었어요. 이렇게 슬프게 만나게 되어서 안타까울 따름이죠.”

꼴랴는 뭔가 더 열렬하게, 더 격정적으로 말하고 싶었지만 어쩐지 움츠러드는 느낌이었다. 알료샤는 그것을 알아채고 미소를 지으며 그의 손을 잡았다.

“저는 오래전부터 당신을 보기 드문 분이라 생각하고 전적으로 존경해왔어요.” 꼴랴는 다시 당황해서 두서없이 중얼거렸다. “당신은 신비주의자로 수도원에 있었다고 들었습니다. 당신이 신비주의자라는 건 알지만…… 그게 절 막지는 못했어요. 현실과 부딪치면 당신은 치유될 거예요…… 당신 같은 기질은 그렇게 되지 않을 수 없죠.”

“무얼 보고 신비주의라는 거죠? 무얼 치유한다는 건가요?” 알료샤는 약간 놀랐다.

“하느님이니 뭐니 하는 것들 있잖아요.”

“아니, 정말 하느님을 믿지 않는 겁니까?”

“아니, 오히려 저는 하느님을 전혀 반대하지 않아요. 물론, 하느님은 하나의 가설이지만요…… 질서를 위해 하느님이 필요하다는 건 인정해요…… 세계질서와 기타 등등을 위해서요…… 만일 하느님이 없다면 만들어내기라도 했어야겠죠." 꼴랴가 얼굴을 붉히면서 덧붙였다. 문득 자신이 가진 지식을 자랑하고 얼마나 '어른'인지 보여주려 한다고 알료샤가 생각할 것 같은 느낌이 들었던 것이다. '나는 저 사람 앞에서 내 지식을 전혀 자랑하고 싶지 않아.' 꼴랴는 격분하며 생각했다. 그러자 갑자기 몹시 불쾌해졌다.

"고백하건대, 전 이 모든 논쟁에 발을 들여놓는 게 참을 수 없이 싫습니다." 그는 잘라 말했다. "하느님을 믿지 않더라도 인류를 사랑할 수는 있어요, 어떻게 생각하세요? 볼떼르는 신을 믿지 않았지만 인류를 사랑했잖아요?[10]"('또, 또!' 그는 속으로 생각했다.)

"볼떼르는 하느님을 믿었지만 조금만 믿은 것 같아요. 그리고 인류도 조금만 사랑한 것 아닌가 싶네요." 알료샤는 자기 또래나 심지어 손윗사람과 이야기하듯 조용하고 침착하게, 아주 자연스럽게 말했다. 꼴랴는 알료샤가 볼떼르에 대한 의견을 내는 데 망설이며 이 문제의 해답을 그 자신, 어린 꼴랴에게 넘기는 것 같은 그의 말투에 놀랐다.

"볼떼르를 정말 읽었나요?" 알료샤가 결론적으로 물었다.

"아니요, 읽었다기보다는…… 하지만 『깡디드』[11]는 러시아어 번역으로 읽었습니다……낡고 기괴한, 우스꽝스러운 번역으로요……"('또, 또!')

10 벨린스끼(Виссарион Г. Белинский, 1811~48)의 비평문 「고골에게 쓴 편지」에 나온 구절을 인용한 것이다. 벨린스끼는 대표적인 서구주의자로 러시아 문학비평에서 사회적 비평의 지평을 연 비평가다.

11 1759년 출판된 볼떼르의 풍자적 철학소설. 영국의 계몽주의 시인 포프와 독일 철학자 라이프니츠의 철학을 조롱하고 있다.

"이해가 되던가요?"

"아, 예, 전부요…… 그러니까…… 어째서 제가 이해를 못 했을 거라고 생각하세요? 물론 괴상한 대목들이 많지만…… 저는 그것이 철학소설이고 사상을 표현하기 위해 쓰였다는 것 정도는 알 수 있어요……" 꼴랴는 이미 완전히 혼란에 빠져 있었다. "저는 사회주의자입니다, 까라마조프씨, 어쩔 도리 없는 사회주의자예요.[12]" 그는 밑도 끝도 없이 이렇게 말을 맺었다.

"사회주의자요?" 알료샤가 웃음을 터뜨렸다. "언제 그렇게 될 시간이 있었습니까? 열세살밖에 안 된 것으로 아는데요?"

꼴랴는 얼굴을 찡그렸다.

"첫째, 열세살이 아니라 열네살입니다. 이주만 지나면 열네살이에요." 그는 얼굴을 붉혔다. "둘째, 제 나이가 이것과 무슨 상관인지 전혀 이해가 안 됩니다. 문제는 제 신념이 어떤 것이냐지 나이가 아니잖습니까, 그렇지 않나요?"

"나이가 더 들면 신념에 나이가 어떤 의미를 지니는지 스스로 알게 될 겁니다. 내 생각에 꼴랴는 자신의 말을 하고 있지 않는 것 같군요." 알료샤는 겸손하고 평온하게 대답했고, 꼴랴는 격렬하게 그의 말을 가로막았다.

"그만하세요, 까라마조프씨는 순종과 신비주의를 원하시는군요. 예를 들어, 기독교 신앙은 하층계급을 노예 상태로 붙잡아두기 위해 부자와 귀족만을 위해 봉사해왔다는 건 동의하시죠,[13] 그렇지

12 꼴랴는 1855년에 문예지 『북극성』 제1권에 게재된 게르첸(А. И. Герцен, 1812~70)의 「알렉산드르 2세에게 보내는 편지」에 나온 말을 그대로 반복하고 있다. 『북극성』은 1855~68년 게르첸과 오가료프(Н. П. Огарёв)가 출간한 문예지이다.

13 꼴랴의 말은 벨린스끼의 「고골에게 쓴 편지」에 나오는 말들에 대한 작가의 응

않나요?"

"아, 그걸 어디서 읽었는지 압니다. 분명 누군가가 가르쳐준 거예요." 알료샤가 탄식했다.

"잠깐만요, 어째서 무얼 읽은 게 분명하다는 거죠? 그리고 아무도 가르쳐주지 않았습니다. 저 혼자서도 알 수 있다고요…… 물론, 저는 그리스도를 부정하지 않습니다. 그는 전적으로 휴머니스트였고, 만일 우리 시대에 살았다면 곧장 혁명가들에게 합류했을 겁니다. 두드러진 활약을 했겠지요…… 그건 틀림없습니다."

"그런 걸 다 어디서, 대체 어디서 알게 된 겁니까! 어떤 바보랑 어울린 거죠?" 알료샤가 외쳤다.

"제발요, 진실은 감출 수 없는 겁니다. 물론 제가 어느 기회로 라끼찐씨와 자주 이야기를 나누긴 했지만…… 벨린스끼 영감도 그렇게 말했다더군요."

"벨린스끼가요? 기억나지 않네요. 그 사람은 어디에도 그런 말을 쓰지 않았어요."

"쓰지 않았다면 말로 했겠죠. 저는 그걸 어떤 사람한테 들었는데…… 그렇지만, 제길……"

"벨린스끼를 읽었나요?"

"그러니까…… 아니요…… 다는 읽지 않았습니다. 그렇지만…… 따찌야나에 대한 대목, 왜 그 여자가 오네긴과 함께 가지 않았는가[14] 하는 대목은 읽었습니다."

답이다.

14 벨린스끼의 「알렉산드르 뿌시낀의 작품에 관하여」에 관한 아홉번째 비평문을 염두에 두고 하는 말이다. 뿌시낀의 소설 『예브게니 오네긴』의 내용과 관련이 있다.

“왜 오네긴과 가지 않았나요? 그래, 그걸 정말 이해했습니까?”

“제발요, 저를 스무로프 같은 꼬마로 대하시는 것 같군요.” 꼴랴는 화가 나서 말을 받아쳤다. “하지만 부디 저를 그렇고 그런 혁명가로 생각진 말아주세요. 저는 종종 라끼찐씨 말에 동의하지 않거든요. 따찌야나에 대해서라면, 저는 여성해방에는 전혀 찬성하지 않습니다. 저는 여성이 종속적 존재이고 순종해야 한다는 걸 인정합니다. 나뽈레옹이 말했듯이 여성의 일은 뜨개질이죠(Les femmes tricottent).” 꼴랴는 어째선지 웃음을 보였다. “최소한 그 점에 있어서만큼은 저도 그 사이비 위인의 신념을 전적으로 공유합니다. 저는 또, 예컨대 조국을 떠나 아메리카로 도망가는 건 저열한 짓이라고, 저열한 것보다 더 나쁜 어리석은 짓이라고 인정합니다. 우리나라에서도 인류를 위해 유익한 일을 많이 할 수 있는데 어째서 아메리카로 가는 거죠? 더구나 바로 이 시점에요. 생산적인 활동이 아주 많잖아요. 저는 그렇게 답했습니다.”

“답하다니, 누구에게요? 누가 꼴랴를 벌써 아메리카로 초대한 겁니까?”

“고백하는데, 그렇게 부추겼지만 제가 거절했습니다. 물론 이건 우리끼리 하는 말입니다, 까라마조프씨. 아시겠죠, 아무에게도 말하지 마세요. 이건 까라마조프씨한테만 하는 말이니까요. 저는 제3국[15]의 발톱에 낚여 쇠사슬다리에서 교화를 당하고 싶진 않거든요.

그대, 쇠사슬다리 옆

15 비밀경찰 부서를 뜻한다. 1838년부터 뻬쩨르부르그의 쩨쁘니다리 옆에 이 부서 건물이 지어졌다. 현재는 빤쩰레이모놉스끼다리 옆 폰딴까 강변 16번지 건물이다.

그 건물을 기억하게 되리라![16]

기억하세요? 멋진 시죠! 어째서 웃으세요? 제가 온통 허튼소리를 했다고 생각진 않으시겠죠?"('만일 아버지의 서재에 『종』이 이것 한부만 있고 거기서 내가 읽은 거라곤 더이상 아무것도 없다는 걸 그가 알면 어쩌지?' 하고 언뜻 생각한 꼴랴는 소름이 돋았다.)

"오, 아니요, 나는 전혀 웃고 있지 않고, 꼴랴가 허튼소리를 했다고도 전혀 생각지 않습니다. 맙소사, 모든 게 정말 옳은 말이라 그럴 생각도 없습니다! 그런데 뿌시낀을, 『오네긴』을 읽었습니까? 그래서 방금 따찌야나에 대해 말한 거죠?"

"아니요, 아직 읽진 않았지만 읽고 싶습니다. 저는 편견이 없어요, 까라마조프씨. 이쪽저쪽의 말을 모두 듣고 싶습니다. 그런데 왜 물어보셨지요?"

"그냥요."

"말해주세요, 까라마조프씨, 저를 몹시 경멸하시죠?" 꼴랴는 돌연 말을 자르고 마치 도전이라도 할 듯이 알료샤 앞에서 몸을 쫙 폈다. "제발 솔직하게 말해주세요."

"경멸한다고요?" 알료샤가 놀라서 그를 바라보았다. "어째서요? 꼴랴처럼 멋진 천성을 가진 사람이 아직 삶을 시작도 하기도 전에 그런 온갖 조잡한 헛소리 때문에 벌써 비틀어진 것이 슬플 따름입니다."

16 1861년 『북극성』 제6권에 게재된 시 「모스끄바에서 뻬쩨르부르그로 보낸 편지」의 앞부분이다. 이 앞부분은 잡지 『종』에 게재되지 않았지만 이 시 뒷부분이 『종』 221호(1866년 6월 1일자)에 게재되었다. 『종』은 게르쩬과 오가료프가 1857~67년 해외에서 출판한 혁명적 잡지로 러시아 내에서는 불법적으로 유통되었다.

"제 천성에 대해서라면 걱정 마세요." 꼴랴는 말을 막았는데, 약간은 자기만족감을 느끼고 있었다. "저는 의심이 많아요, 그렇죠. 어리석을 정도로 의심이 많고, 거칠다 할 정도로 의심이 많아요. 당신은 지금 웃고 계신데, 제게는 마치 그게……"

"아, 나는 전혀 다른 일로 웃는 겁니다. 무슨 일인가 하면, 얼마 전에 러시아에 사는 어떤 독일인이 오늘날 우리 젊은이들에 대해 쓴 촌평을 읽었거든요. '러시아 학생들에게 이제까지 전혀 알지도 못했던 천체도를 보여줘보라. 다음날이면 그는 그 지도를 고쳐서 돌려줄 것이다'라고 썼더군요. 무지함과 무한한 자부심, 이것이 그 독일인이 러시아 학생들에 대해 하고 싶은 말이었습니다."

"아, 정말 맞는 얘기예요!" 꼴랴가 갑자기 웃음을 터뜨렸다. "맞아요, 정확해요! 브라보, 독일 놈! 하지만 그 어리석은 사람은 좋은 측면을 보지 않았군요. 어떻게 생각하세요? 자부심은 제쳐두고요. 그건 젊어서 그런 거니 고칠 필요가 생기면 고쳐지겠죠. 그 대신 아주 어린 시절부터 독립적인 정신, 사상과 신념의 대범함이 있지요. 권위 앞에서는 소시지 같은 그들 식의 노예근성하곤 다르죠…… 어쨌든 그 독일인이 말 한번 잘했네요! 브라보, 독일 놈! 하지만 어쨌거나 독일 놈들은 목을 매달아야 해요. 그놈들이 과학에 강하다 해도, 어쨌든 그놈들은 목을 매달아야 해요……"

"왜 목을 매달아야 하죠?" 알료샤가 미소를 지었다.

"뭐, 제가 바보 같은 소릴 했는지도 모르겠네요, 인정합니다. 저는 가끔 아주 어린애 같아져서 뭔가가 기쁘면 참지 못하고 온갖 허튼소리를 지어내거든요. 아무튼, 자, 우리가 이렇게 쓸데없는 말을 지껄이는 동안에 저 의사는 웬일인지 저기서 오래 있네요. 어쩌면 저기서 '엄마'와 다리를 못 쓰는 니노치까를 살펴보는지도 모르죠.

저는 니노치까가 마음에 들었어요. 나올 때 갑자기 제게 '왜 좀더 일찍 오지 않았어요?' 하고 속삭이더군요, 비난이 담긴 목소리로요! 아주 착하고 가련한 여자 같아요."

"그래요, 맞아요! 여기 드나들다보면 그녀가 어떤 사람인지 알게 될 겁니다. 세상만사를 제대로 평가할 수 있으려면 저런 분들을 알아가는 게 훨씬 유익하지요. 바로 저런 분들과의 사귐에서 많은 걸 알게 될 거예요." 알료샤가 열띤 목소리로 지적했다. "그게 꼴랴를 더 훌륭하게 만들어줄 겁니다."

"아, 좀더 일찍 오지 않은 게 얼마나 안타까운지, 저 자신이 원망스럽네요!" 꼴랴가 쓰라린 심정으로 탄식했다.

"그래요, 정말 안타까워요. 그 가련한 어린애를 얼마나 기쁘게 했는지 직접 봤잖아요! 그애는 꼴랴를 기다리느라 기진맥진했어요!"

"그런 말 마세요! 정말 제 마음을 아프게 하시네요. 하지만 저는 그런 소리를 들을 만도 하죠. 자존심 때문에, 이기적인 자존심과 저열한 지배욕 때문에 오지 않은 거니까요. 저는 거기서 평생 벗어나지 못할 겁니다, 평생 애쓰더라도 말이에요. 이제 알겠어요, 저는 여러가지로 비열한 놈이에요, 까라마조프씨!"

"아니요, 꼴랴는 훌륭한 품성을 지녔어요, 비록 좀 비틀어지긴 했지만. 꼴랴가 저 고결하고 병적으로 감수성이 예민한 소년에게 어떻게 그토록 큰 영향을 미쳤는지 나는 아주 잘 알겠어요!" 알료샤가 열렬하게 응답했다.

"그렇게 말씀해주시다니!" 꼴랴가 외쳤다. "그런데도 나는 무슨 상상을 한 건지. 저는 지금 여기 있는 동안 벌써 몇번이나 까라마조프씨가 저를 경멸한다고 생각했어요! 제가 까라마조프씨의 의건을 얼마나 소중하게 여기는지 아신다면!"

"꼴랴는 정말로 어쩌면 그렇게 의심이 많은가요? 그 나이에! 하긴 저쪽 방에서 꼴랴가 말할 때 보면서 분명히 아주 의심이 많을 거라는 생각은 했어요."

"그렇게 생각하셨어요? 눈썰미가 좋으시네요, 정말로, 정말로요! 장담하는데, 제가 거위 얘기를 할 때, 분명 그때 그런 생각이 드셨겠죠. 그 자리에서 제가 잘난 체하려 안달이 났다고 당신이 저를 깊이 경멸할 거라고 생각했거든요. 그래서 그 때문에 갑자기 까라마조프씨가 미워져서 허튼소리를 하기 시작한 거였어요. (이건 지금, 여기 나와서 한 말이지만) 나중에 제가 '만일 하느님이 없다면 만들어내기라도 했어야 한다'라고 했을 때도, 저는 지나치게 나서서 교양을 자랑했다는 생각이 들었어요. 더구나 그 문구는 책에서 읽은 건데도요. 하지만 맹세코 허영심 때문에 나서서 자랑한 건 아니고 그냥, 잘은 모르지만 어쩐지 기뻐서, 확실히 기뻐서 그랬던 것 같아요…… 기쁘다고 다른 사람을 붙잡고 어깨에 매달리는 건 몹시 창피한 일이란 걸 알지만요. 저도 그건 알아요. 하지만 그 대신 이제는 까라마조프씨가 저를 경멸하지 않는다는 걸, 그게 다 저 혼자 생각이라는 걸 알게 됐어요. 오, 까라마조프씨, 저는 몹시 불행합니다. 제가 무슨 상상을 하는지 아세요? 저는 때로 모든 사람이, 그러니까 온 세상이 저를 비웃는다는 생각이 들고, 그럴 때면 사물을, 모든 질서를 그냥 부숴버리고 싶은 마음이에요."

"그래서 주변 사람들을 괴롭히는 거지요." 알료샤가 미소 지었다.

"주변 사람들을 괴롭히게 되죠, 특히 어머니를. 까라마조프씨, 말씀해주세요, 지금 제가 굉장히 우습죠?"

"그런 생각은 하지 말아요, 아예 생각도 하지 말아요!" 알료샤가 외쳤다. "뭐가 우습다는 건가요? 사람이 우스워지거나 혹은 우스워 보이는 건 종종 있는 일이고, 그게 그리 대순가요? 더구나 요새는 유능한 사람들이 거의 모두 자신이 우스워 보일까봐 끔찍하게 두려워하고, 그래서 불행해집니다. 다만 내가 놀라는 것은 꼴랴가 너무 일찍 그렇게 느끼기 시작했다는 거예요. 하긴 나는 이런 점을 이미 오래전부터 감지해왔고 꼴랴 한 사람한테서만 느끼는 건 아니에요. 요즘은 어린아이나 다름없는 소년들조차 그 때문에 괴로워합니다. 이건 거의 미친 짓이에요. 그런 자존심에는 악마가 깃들어 있습니다. 바로 악마가 모든 세대 속에 기어들어간 거예요." 그를 뚫어지게 쳐다보던 꼴랴의 예상과 달리, 알료샤는 전혀 웃지 않은 채 덧붙였다. "꼴랴도 모든 사람처럼 그러고 있는 겁니다." 알료샤가 결론을 내렸다. "다시 말해 아주 많은 사람과 마찬가지지만, 그렇다고 꼭 다른 모든 사람처럼 될 필요는 없습니다."

"모두가 다 그렇다 해도요?"

"네, 설사 모두가 그렇다 해도요. 꼴랴 혼자만이라도 그렇게 되지 말아요. 꼴랴가 정말로 모든 사람과 똑같은 사람은 아니니까요. 조금 전에도 꼴랴는 자신의 추하고 우스꽝스럽기까지 한 면을 인정하는 것을 부끄러워하지 않았잖아요. 요즘 누가 그런 점을 인정합니까? 아무도 그러지 않아요. 나아가 그런 자아비판을 할 필요 자체를 생각지 않게 되었죠. 모두와 똑같아지지 말아요. 설사 꼴랴 혼자만 똑같지 않더라도 그렇게 남아야죠."

"멋지군요! 제가 까라마조프씨를 잘못 보지 않았어요. 당신은 사람을 위로할 줄 아시네요. 오, 제가 얼마나 당신을 보고 싶어했는데요, 까라마조프씨, 얼마나 오래전부터 당신과 만나고 싶었는데요! 정말로 당신도 저를 생각하셨나요? 조금 전 까라마조프씨도 저를 생각했다고 말씀하셨지요?"

"예, 나 역시 꼴랴 얘기를 듣고 생각했지요…… 그리고 꼴랴가 어느정도는 자존심 때문에 이런 질문을 했다 해도 상관없습니다."

"아세요, 까라마조프씨, 우리는 사랑 고백과 비슷한 걸 하고 있네요." 꼴랴가 작고 수줍은 듯한 목소리로 말했다. "이런 건 우습지 않나요, 그렇죠?"

"전혀 우습지 않고, 설사 우습다 해도 좋은 일이니 괜찮습니다." 알료샤가 환하게 웃었다.

"있잖아요, 까라마조프씨, 지금 저와 함께 있는 게 약간은 부끄럽다는 데 동의하시죠…… 저는 눈을 보면 알아요." 꼴랴가 어딘지 엉큼하게, 그러나 거의 행복감에 차서 웃었다.

"뭐가 부끄럽지요?"

"그런데 어째서 얼굴을 붉히세요?"

"얼굴을 붉히도록 만들었잖아요!" 알료샤는 웃음을 터뜨렸고 정말로 온통 얼굴이 빨개졌다. "뭐, 좀 부끄럽긴 하지만 왠지는 모르겠네요, 모르겠어요……" 그가 당황한 듯한 기색으로 중얼거렸다.

"아, 제가 얼마나 까라마조프씨를 사랑하고, 이 순간을 얼마나 소중히 여기는지, 그건 바로 까라마조프씨가 저와 있는 걸 어쩐지 부끄러워하기 때문이에요! 왜냐하면 당신도 저와 똑같은 거니까요!" 꼴랴가 진정으로 환희에 차서 탄성을 질렀다. 그의 뺨이 타오르며 눈동자가 반짝였다.

"들어보세요, 꼴랴, 그런데 꼴랴는 살면서 아주 불행한 사람이 될 겁니다." 어째서인지 알료샤는 갑자기 이런 말을 했다.

"알아요, 압니다, 당신은 정말 모든 걸 미리 알고 계시네요!" 꼴랴는 곧바로 수긍했다.

"그러나 전체적으로는 어쨌든 삶을 축복으로 여길 겁니다."

"바로 그렇죠! 만세! 당신은 예언자예요! 오, 우리는 잘 통할 겁니다, 까라마조프씨. 아세요, 무엇보다 저는 당신이 저를 완전히 동등한 사람으로 대해주는 게 너무너무 좋아요. 우리는 동등하지 않죠, 그렇죠, 동등하지 않아요, 당신이 한수 위죠! 하지만 우리는 잘 통할 거예요. 아세요, 저는 지난 한달 동안 줄곧 스스로에게 말했어요. '만나서 대번에 영원한 친구가 되거나, 아니면 처음 만날 때 갈라서서 죽을 때까지 적이 될 것이다!'"

"그렇게 말하면서 물론 나를 이미 사랑한 거죠!" 알료샤가 유쾌하게 웃었다.

"사랑했죠, 지독하게 사랑했어요. 사랑해서 당신 꿈까지 꾼걸요! 그런데 어떻게 이 모든 걸 이미 알고 계시나요? 아, 저기 의사 선생님이네요. 맙소사, 무슨 말을 해줄까요. 좀 보세요, 얼굴이 어떤지!"

7. 일류샤

의사는 다시 털외투를 몸에 감고 머리에 모자를 쓴 모습으로 오두막에서 나왔다. 그의 얼굴은 거의 화가 난 채 뭔가 더러운 것이 묻었을까 두려운 듯 몹시 꺼림칙한 표정이었다. 그는 언뜻 현관방에 눈길을 던지고 알료샤와 꼴랴를 엄한 눈초리로 바라보았다. 알료샤가 문에서 마부에게 손짓을 했고, 의사를 데려온 마차가 바깥문을 향해 다가왔다. 이등대위가 의사의 뒤를 따라 쏜살같이 튀어나와 절한 뒤 거의 굽실거리며 마지막 말을 들으려고 그를 멈춰세웠다. 그 가련한 사람의 얼굴은 거의 사색이 되었고, 그 눈빛에는 두려움이 가득했다.

"나리, 나리…… 정말입니까?" 그는 마지막 기원을 품고 의사를 바라보며 말문을 여는 듯했지만 말을 맺지 못하고 절망에 빠져 두 손을 마주쳤다. 마치 지금 의사가 하는 말로 가련한 소년에게 내려진 선고가 정말로 바뀔 수 있다고 생각하는 듯했다.

"어쩌겠습니까! 나는 신이 아닙니다." 의사가 익숙해진 위압적인 목소리로 대답했다.

"의사선생님…… 나리…… 곧 그렇게 될까요? 곧요?"

"각-오를 단-단-히 하십시오." 의사는 음절 하나하나를 힘주어 또박또박 말하고는 시선을 내리깔고 문턱을 넘어 마차로 발걸음을 옮기려 했다.

"나리, 주님을 봐서라도!" 이등대위가 두려움에 차서 다시 그를 멈춰세웠다. "나리…… 정말로 무슨 수를, 무슨 수를 써도, 어떻게도 살릴 수 없는 건가요?"

"이제는 내 힘으로는 도리가 없-습-니-다." 의사가 조급하게 말했다. "하지만 음," 그는 돌연 멈춰섰다. "만일 예컨대…… 환자를…… 지금 당장 지체 없이('지금 당장 지체 없이'라는 말을 의사는 엄격하다기보다 거의 분노한 듯이 발음했기 때문에 이등대위는 몸을 부르르 떨기까지 했다) 시-라-꾸-사[17]로 보-낸-다-면, 그러면…… 좋-은 기-후-조-건으로 인해…… 어쩌면 기-적-이 일어날 수도 있겠죠……"

17 이딸리아 시칠리아섬 남동쪽의 도시.

"시라꾸사라고요!" 이등대위는 아직 무슨 소린지 못 알아듣겠다는 듯이 외쳤다.

"시라꾸사는 시칠리아섬에 있어요." 꼴랴가 설명해주기 위해 느닷없이 끼어들었다. 의사가 그를 쳐다보았다.

"시칠리아로! 선생님, 나리," 이등대위는 망연자실했다. "선생님 눈으로 직접 보셨잖아요!" 그는 양손을 사방으로 휘저으며 자기 살림살이를 가리켜 보였다. "엄마는요, 가족은요?"

"아-니요, 가족은 시칠리아섬에 가는 게 아닙니다. 당신 가족은 깝까스로 가야 합니다, 이른 봄에요…… 당신 딸은 깝까스로, 부인은…… 류머티즘으로 봤을 때 역시 깝까스의 온천에서 치료를 거친 뒤…… 즉각 빠-리의 정신과의사 레-뻴-레-띠-예의 병원으로 보-내-야 합니다. 내가 그 의사 앞으로 소개장을 써드릴 수 있습니다. 그러면…… 어쩌면 기적이 일어날 수도……"

"선생님, 선생님! 좀 보시라고요!" 이등대위는 절망에 빠져 갑자기 두 팔을 휘두르며 현관방의 칠이 다 벗어진 통나무벽을 가리켰다.

"그건 내가 상관할 일이 아니지요." 의사가 피식 웃었다. "나는 단지 마지막 수단을 묻는 질문에 과-학-이 할 수 있는 답을 말한 것뿐입니다, 나머지는…… 안타깝게도……"

"걱정 말아요, 의원 나리, 내 개가 물진 않을 테니." 의사가 문간에 서 있는 뻬레즈본을 좀 걱정스럽다는 듯 보는 것을 알아채고 꼴랴가 큰 소리로 잘라 말했다. 꼴랴의 목소리에는 화난 기색이 역력했다. 그는 일부러 의사가 아니라 '의원 나리'라고 말했는데, 그 자신이 나중에 밝혔듯 '모욕을 주려고 그랬던' 것이다.

"뭐-라-고?" 의사가 고개를 번쩍 들고 놀란 듯이 꼴랴를 쏘아보았다. "저 녀석은 대체 뭡니까?" 그는 설명을 요구하듯 갑자기 알료샤에게로 얼굴을 돌렸다.

"뻬레즈본의 주인입니다, 의원 나리, 내 신분에 대해선 걱정 마시죠." 꼴랴가 또다시 또박또박 대꾸했다.

"즈본[18]이라고?" 뻬레즈본이 뭔지 이해하지 못한 의사가 거듭 물었다.

"그 개가 어디 있는지도 모르는군. 잘 가세요, 의원 나리, 시라꾸사에서 봅시다."

"저-건 누굽니까? 대체 누구, 누구죠?" 의사는 돌연 격분했다.

"이곳 학생입니다, 의사선생님. 장난꾸러기예요, 신경 쓰지 마세요." 알료샤가 얼굴을 찌푸리고 재빨리 말했다. "꼴랴, 그만해요!" 그가 끄라소뜨낀에게 외쳤다. "신경 쓰실 필요 없습니다, 선생님." 그는 다시 약간 초조하게 되풀이했다.

"회-초-리, 회-초-리를 쳐야 해요, 회-초-리를!" 어째서인지 이제 너무도 광분한 의사는 발을 구를 기세였다.

"그런데 아세요, 의원 나리, 사실 내 뻬레즈본은 물지도 몰라요!" 꼴랴가 낯빛이 파랗게 질려 눈을 번득이며 떨리는 목소리로 말했다. "가, 뻬레즈본!"

"꼴랴, 한마디만 더 하면 영원히 절교할 겁니다!" 알료샤가 명령조로 소리쳤다.

"의원 나리, 세상 천지에 이 니꼴라이 끄라소뜨낀에게 명령할 수 있는 존재가 있다면 그건 바로 이분입니다." 꼴랴가 알료샤를 가리켰다. "이분께는 순종하지요. 잘 가세요."

18 '소리'라는 뜻이다.

꼴랴는 그 자리를 떠나 문을 열고 빠른 걸음으로 방 안으로 들어가버렸다. 뻬레즈본도 그의 뒤를 따라 몸을 날렸다. 의사는 알료샤를 바라보며 오초 정도 얼어붙은 듯이 서 있다가 "이런, 이런, 이건 대체 뭐가 뭔지 모르겠군!"이라고 크게 되뇌며 얼른 마차로 걸어갔다. 이등대위가 그가 마차에 앉는 걸 도우러 달려갔다. 알료샤는 꼴랴의 뒤를 따라 방으로 들어갔다. 꼴랴는 일류샤의 침대 옆에 서 있었다. 일류샤는 그의 손을 잡고 아버지를 불렀다. 잠시 후 이등대위도 돌아왔다.

"아빠, 아빠, 이리 오세요⋯⋯ 우리⋯⋯" 일류샤는 몹시 흥분해서 중얼거리다가 분명 말할 힘도 없는 듯 돌연 바싹 마른 두 팔을 앞으로 늘어뜨리고 온 힘을 다해 그들 두 사람, 꼴랴와 아빠를 한꺼번에 꽉 끌어안고서 자신의 몸을 그들에게 꼭 붙였다. 이등대위는 말없이 흐느끼며 온몸을 부들부들 떨었고 꼴랴의 입술과 턱도 흔들렸다.

"아빠! 아빠! 난 아빠가 얼마나 불쌍한지 몰라요, 아빠!" 일류샤가 슬프게 신음했다.

"일류셰치까⋯⋯ 귀여운 아가⋯⋯ 의사선생님 말씀이⋯⋯ 건강해질 거란다⋯⋯ 행복하게 살 거래⋯⋯ 의사선생님이⋯⋯" 이등대위가 말을 시작했다.

"아, 아빠! 새 의사선생님이 아빠에게 무슨 말을 했는지 알아요⋯⋯ 저도 봤어요!" 일류샤는 이렇게 외치고 다시 온 힘을 다해 두 사람을 자신에게 꼭 붙이며 아빠의 어깨에 얼굴을 묻었다.

"아빠, 울지 마세요⋯⋯ 내가 죽으면 다른 아이, 좋은 아이를 데려다가⋯⋯ 저 모든 애들 중에서 착한 애를 골라 일류샤라고 부르고 나 대신 사랑해주세요⋯⋯"

“그만해, 친구, 건강해질 거라니까!” 끄라소뜨낀이 화가 난 것처럼 크게 소리를 질렀다.

“그래도 아빠, 나를, 나를 절대로 잊으면 안 돼요.” 일류샤가 말을 이었다. “내 무덤에 와서…… 참, 그러니까 아빠, 나를 우리가 같이 산책하러 다니던 큰 돌 옆에 묻어줘요. 그리고 거기로 나한테 끄라소뜨낀과 함께 저녁에 찾아와줘요…… 뻬레즈본도…… 기다릴게요…… 아빠, 아빠!”

그의 목소리가 끊겼고, 세 사람은 서로를 안은 채 서서 이미 말이 없었다. 니노치까는 자기 의자에 앉아 조용히 눈물을 흘렸고, 모두가 우는 것을 본 엄마도 갑자기 울기 시작했다.

“일류셰치까! 일류셰치까!” 그녀가 소리쳤다.

끄라소뜨낀이 갑자기 일류샤의 포옹에서 몸을 뺐다.

“잘 있어, 친구, 식사시간이라 어머니가 기다리셔.” 그가 빠르게 말했다. “미리 말씀드리고 올 걸 정말 속상하다! 많이 걱정하고 계실 거야…… 하지만 밥 먹고 곧바로 너한테 올게. 하루 종일, 저녁 내내 있으면서 얘기도 이만큼, 이만큼 많이 해줄게! 뻬레즈본도 데려올게. 뻬레즈본이 울부짖어서 널 귀찮게 할 테니까, 지금은 내가 데려가고. 잘 있어!”

그러고서 그는 현관방으로 뛰쳐나갔다. 울음을 터뜨리고 싶지는 않았지만 현관방에서 어쩔 수 없이 울음을 터뜨리고 말았다. 알료샤가 그러고 있는 그를 발견했다.

“꼴랴, 약속한 대로 꼭 와야 해요, 안 그러면 일류샤가 무척 슬퍼할 거예요.” 알료샤가 간곡하게 말했다.

“꼭 올게요! 아, 전에는 왜 오지 않겠다고 맹세했던 건지.” 꼴랴는 울면서, 이제 우는 것을 부끄러워하지도 않고 중얼거렸다. 그 순간 이등대위가 방에서 튕기듯 나와서는 곧장 등 뒤로 문을 닫았다. 그의 얼굴은 미친 듯이 흥분했고 입술도 떨고 있었다. 그는 두 젊은이 앞에 서서 두 팔을 쳐들었다.

"착한 아이는 필요 없어요! 다른 아이는 필요 없다고요!" 그는 이를 악물고 거칠게 속삭였다. "예루살렘아, 내가 너를 잊는다면…… 내 혀가……"[19]

그는 숨이 막히는 듯 말을 맺지 못하고 힘없이 나무의자 앞에 무릎을 꿇었다. 두 주먹으로 머리를 꽉 누르고 오두막에서 그의 쇳소리를 듣지 못하도록 온 힘을 다해 억누르면서 꺼이꺼이 괴상한 울음소리를 냈다. 꼴랴는 거리로 뛰어나갔다.

"안녕히 가세요, 까라마조프씨! 당신도 오실 거죠?" 그가 알료샤에게 화가 난 듯 날카로운 목소리로 외쳤다.

"저녁에 꼭 오겠습니다."

"저분이 예루살렘에 대해 뭐라고 하신 거예요…… 그게 무슨 말이죠?"

"그건 성경 구절입니다. '예루살렘아, 내가 너를 잊는다면,' 즉 내가 나 자신에게 가장 귀한 것을 모두 잊는다면, 그래서 뭔가와 바꾼다면 그때는 천벌을 받을 것이다……"

"알겠습니다, 충분해요! 꼭 오세요! 가자, 뻬레즈본!" 그는 사납게 개에게 소리치고는 성큼성큼 빠른 걸음으로 집으로 향했다.

19 시편 137:5-6 일부를 인용했다.

제11편
형 이반 표도로비치

1. 그루셴까의 집에서

알료샤는 상인 모로조바의 집에 사는 그루셴까를 만나러 소보르나야 광장을 향해 걸었다. 그녀는 아침 일찍 페냐를 보내 자기에게 꼭 들러달라고 간곡히 청해왔다. 페냐에게 물어본 결과 알료샤는 아씨가 어제부터 어쩐지 유난히 불안해한다는 것을 알게 되었다. 미쨔가 체포된 뒤 이 두달 사이에 알료샤는 미쨔의 부탁이 있거나 내킬 때마다 종종 그녀를 방문하곤 했다. 미쨔가 체포되고 사흘 만에 그루셴까는 몸져누워 거의 오주 동안이나 앓았다. 그 오주 가운데 일주일은 인사불성으로 누워 있었다. 이제 간신히 문밖출입을 하게 된 지 이주쯤 되었는데, 그녀의 얼굴은 몹시 변해서 수척해지고 누렇게 떠 있었다. 그러나 알료샤가 보기에는 어쩐지 더 매력적으로 변한 것 같았고, 그는 그녀의 방에 들어설 때마다 그녀와 시선을 마주치는 것이 좋았다. 그녀의 시선에는 뭔가 확고하고 사려 깊은 면이 더 단단하게 자리 잡은 듯했다. 다소간의 정신적 변화가 엿보였고, 변함없이 겸허하면서도 뭔가 돌이킬 수 없이 완강한 결의를 드러내고 있었다. 양미간에 세로로 팬 잔주름이 그녀의 사랑스런 얼굴에 언뜻 준엄해 보일 만큼 자신의 내면에 집중한 듯한 사색의 표정을 더해주었다. 이를테면 이전의 변덕스러움은 흔적도 없이 사라져 보이지 않았다. 이 가련한 여인은 약혼하자마자 약혼자가 무서운 범죄로 체포되는 불행을 겪은 뒤 병마에 시달렸고, 앞으로 재판부가 거의 피할 수 없이 위협적인 판결을 내릴 것이 분명한데도 불구하고, 여전히 자신의 젊음이 주는 명랑함을 잃지 않았다는 것이 알료샤에게는 놀랍게 여겨졌다. 예전에 오만하던 그녀의 눈동자는 이제 어떤 고요함으로 빛나고 있었다. 하긴…… 하긴…… 그 눈동자는 흐리멍덩해지지 않았을뿐더러 이전의 걱정거리 하나가 더욱더 커져서 그녀의 마음을 사로잡을 때면 약간은 불길한 광채로 다시금 불타오르곤 했다. 이 걱정의 대상은 여전히 단 한 사람, 그루셴까가 병들어 누웠을 때 헛소리로 중얼거리기까지 했던 까쩨리나 이바노브나였다. 알료샤는 까쩨리나 이바노브나가 언제든 찾아볼 수 있음에도 감방에 갇힌 미짜를 한번도 찾아가지 않았는데도 불구하고, 그루셴까가 미짜 때문에, 죄수 미짜 때문에 그녀를 끔찍하게 질투하고 있다는 것을 알고 있었다. 이 모든 상황이 알료샤에게는 다소간 어려운 과제로 여겨졌다. 왜냐하면 그루셴까는 그 한 사람에게만 마음을 털어놓고 끊임없이 조언을 구했는데, 그는 때로 그녀에게 아무 말도 해줄 수 없었기 때문이다.

그는 근심스러운 마음으로 그녀의 집에 들어섰다. 그녀는 벌써 집에 와 있었다. 미쨔를 보고 삼십분쯤 전에 돌아왔는데, 그를 맞으려 탁자 앞에서 벌떡 일어나 재빨리 움직이는 것으로 보아 그녀가 자신을 아주 초조하게 기다렸다는 것을 알 수 있었다. 탁자에는 카드가 놓였고 '바보놀이'판이 벌여져 있었다. 탁자 맞은편 가죽소파에는 잠자리가 마련되어 있었고, 거기에 가운과 수면용 모자를 쓴 막시모프가 반쯤 누워 있었다. 그는 아마도 병들어 쇠약해진 것 같았지만 달콤한 미소를 짓고 있었다. 이 집 없는 노인은 두달쯤 전에 그루셴까와 함께 모끄로예에서 돌아온 뒤 그녀의 집에 눌러앉아 이후로 그 집을 떠나지 않았다. 그때 비가 몰아치는 궂은 날씨에 그녀와 함께 집에 도착한 그는 몸이 젖어 놀란 토끼처럼 말없이 소파에 앉아 조심스레 애걸하는 미소를 짓고 그녀에게서 눈길을 떼지 않았다. 지독한 슬픔에 빠진데다 이미 오한이 시작된 그루셴까는 돌아온 뒤 처음 삼십분 정도는 여러 자질구레한 일들로 그를 거의 잊고 있다가 문득 그를 뚫어지게 바라보았다. 그는 가련하고 당황한 얼굴로 그녀의 눈을 보고 히히 웃었다. 그녀는 페냐를 불러 그에게 먹을 것을 주라고 명했다. 그날 하루 종일 그는 거의 꼼짝도 하지 않고 자기 자리에 앉아 있었다. 그래서 어두워져서 덧창을 닫을 때 페냐가 주인에게 물었다.

"그런데 아씨, 저분을 묵게 두실 건가요?"

"그래, 소파에 자리를 마련해드려." 그루셴까가 대답했다.

자세히 사정을 물어본 그루셴까는 그가 지금 정말로 아무데도 갈 데가 없다는 것과, '은인 깔가노프씨가 더이상은 받아주지 않겠다고 대놓고 전하며 5루블을 선물로 주셨다'는 것을 알게 되었다. "세상에, 그러면 여기 있어요." 그루셴까는 우울한 마음으로 결론을 내리고 그에게 동정 어린 미소를 지었다. 그녀의 미소를 보고 노인은 얼굴을 일그러뜨렸고, 고마움에 겨워 입술을 떨며 울음을 터뜨렸다. 그렇게 해서 그날 이후로 이리저리 떠돌던 이 식객은 그녀의 집에 남게 되었다. 심지어 그녀가 병이 들었을 때도 그는 이 집을 떠나지 않았다. 페냐와 그녀의 어머니인 그루셴까의 요리사가 그를 내쫓지 않고 계속 먹을 것을 주며 그를 위해 소파에 잠자리를 봐주었다. 이후에 그루셴까는 그에게 익숙해지기까지 해서, 미쨔에게 다녀올 때면(그녀는 몸이 조금 회복되자마자 완전히 건강해지기도 전에 그에게 다니기 시작했다) 울적함을 떨쳐내려고, 오로지 자신의 슬픔을 생각하지 않기 위해 '막시무시까'[1]와 앉아서 온갖 쓸데없는 얘기를 나누었다. 노인은 흥미로운 얘기도 곧잘 할 줄 아는 것으로 밝혀져 마침내 그녀에게 없어서는 안 될 존재가 되어버렸다. 그루셴까는 매일도 아니고 언제나 잠깐씩 들르는 알료샤를 제외하고는 거의 아무도 만나지 않았다. 그녀의 상인 영감은 그때 이미 중병에 걸려 몸져누워서 도시 사람들 말에 따르면 '다 죽어가고 있었고', 실제로 미쨔의 재판이 끝난 지 일주일 만에 사망했다. 마지막이 가까운 것을 예감한 그는 죽기 삼주 전에 마침내 아들과 며느리, 손자 들을 위층 자기 방으로 불러들여 자기 곁을 떠나지 말라고 명했다. 또한 바로 그 순간부터 그루셴까를 집에 들이지 말고, 만일 찾아오면 그녀에게 "오래오래 행복하게 살고, 이 집을 완전히 잊으라고 명하셨습니다"라는 말을 전하도록 엄명을 내렸다. 그럼에도 그루셴까는 거의 매일 사람을 보내 문병했다.

"드디어 왔군요." 그녀는 소리치며 카드를 내던지고 알료샤에게 반갑게 인사했다. "막시무시까가 오지 않을 거라고 겁을 줬어요.

1 남자이름 막심의 애칭.

아, 얼마나 알료샤가 필요했는지 몰라! 여기 탁자로 와서 앉아요. 어떻게, 커피 줄까요?"

"네, 좋습니다." 알료샤가 탁자 앞에 앉으며 말했다. "배가 많이 고파요."

"그럼 페냐, 페냐, 커피!" 그루셴까가 외쳤다. "벌써 한참 전부터 커피를 끓이고 있었어요, 알료샤를 기다리고 있었죠. 파이도 가져와, 뜨겁게 해서. 아니, 잠깐, 알료샤, 이 파이 때문에 엄청난 일이 있었어요. 이걸 감방에 있는 그 사람한테 가져갔는데, 믿을 수 있어요, 그이는 먹지도 않고 이걸 나한테 던지는 거야. 파이 하나는 아예 바닥에 내팽개치고 발로 짓밟았다니까. 나는 '교도관에게 맡겨 둘게. 저녁때까지 먹어야지 안 그러면 지독한 악의가 당신을 먹어버린 거야' 하고는 나와버렸죠. 또 싸운 거예요. 믿을 수 있겠어요? 몇번을 가도 꼭 싸우게 된다니까."

그루셴까는 흥분해서 이 모든 말을 속사포처럼 내뱉었다. 막시모프는 곧바로 겁을 집어먹고 눈을 내리깔고 미소를 지었다.

"이번에는 무슨 일로 싸우셨어요?" 알료샤가 물었다.

"전혀 상상도 못 했던 일로! 생각해봐요 글쎄, '옛 사람'을 질투하더라니까. 그 사람 말이 '어째서 그 녀석을 돌봐주는 거야, 그러니까 당신이 그 녀석을 먹여살리기 시작했다는 거지?' 하는 거예요. 계속 질투해요, 맨날 질투한다고! 먹으면서도 자면서도 질투해요. 지난주에 한번은 꾸지마도 질투하더라니까."

"'옛 사람'에 대해서는 형도 알고 있었잖아요?"

"거참, 맨 처음부터 오늘까지 다 알고 있죠. 그런데 오늘 갑자기 일어나서 욕을 하는 거예요. 그이가 한 말을 입에 담기도 창피해요. 그이는 바보예요! 내가 나올 때 라끼뜨까가 형을 보러 왔더라고요.

어쩌면 라끼뜨까가 형을 부추기는 걸까요, 응? 어떻게 생각해요?" 그녀는 약간 두서없이 덧붙였다.

"형은 당신을 사랑합니다. 그래서 그래요, 너무 사랑하죠. 이번에는 마침 예민해져 있었던 것뿐이에요."

"어떻게 예민하지 않을 수 있겠어요, 내일이 판결인데. 나도 내일 일에 대해 형에게 말할 게 있어 갔던 거예요, 알료샤, 내일 어떻게 될지 생각하면 끔찍해요! 형이 예민하다지만, 나도 얼마나 예민해져 있는데요. 그런데도 형은 그 폴란드인 생각이나 하다니! 그런 바보가 어디 있어요! 그래도 막시무시까를 질투하지는 않겠죠."

"제 아내도 저 때문에 질투를 많이 했지요." 막시모프가 끼어들었다.

"당신 때문에요?" 그루셴까가 마지못해 웃음을 보였다. "누굴 질투했어요?"

"젊은 하녀들을요."

"에이, 그만둬요, 막시무시까, 전 지금 웃을 기분 아니에요. 신경질이 날 지경인걸요. 아무리 눈을 크게 뜨고 쳐다봐도 그 파이는 안 드릴 거예요. 당신한테 해로워요. 발삼balsam주도 안 드릴 거예요. 이분 시중을 들다보니 우리 집이 꼭 양로원 같아요, 정말." 그녀가 웃음을 터뜨렸다.

"저는 이 양로원에 있을 자격이 없어요. 전 하찮은 존재입죠." 막시모프가 울먹이며 말했다. "저보다 더 쓸모있는 사람에게 선행을 베푸시는 게 나을 겁니다요."

"에이, 누구나 쓸모 있죠, 막시무시까. 누가 더 쓸모 있는지 그걸 어떻게 알겠어요. 그 폴란드 사람이라도 없었다면 얼마나 좋았을까. 알료샤, 오늘 또 바보같이 그 사람까지 병이 났어요. 그 사람한테도 갔었거든요. 그 사람한테도 파이를 보낼 거예요. 보내지도 않았는데 미쨔가 보낸다고 비난을 하니 일부러라도, 이젠 일부러라도 보낼 거예요! 아, 저기 페냐가 편지를 가져오네요! 하, 참, 이건 또 폴란드인들이 보낸 거예요. 또 돈을 달라네!"

빤 무샬로비치는 정말로 자신의 습관대로 무척이나 길고 수식어를 잔뜩 붙인 편지를 보내왔다. 그는 3루블을 빌려달라고 청했는데, 편지에는 석달 안에 갚겠다는 차용증이 첨부되어 있었고 차용증에는 빤 브루블렙스끼의 서명도 있었다. 그루셴까는 '옛 사람'으로부터 그런 차용증이 딸린 편지를 이미 수도 없이 받아왔다. 이런 일은 이주쯤 전, 그루셴까가 건강을 회복한 직후부터 시작되었다. 그러나 그녀는 두 폴란드인이 자신이 아픈 사이 여러번 문병을 왔었다는 것을 알고 있었다. 그루셴까가 받은 첫 편지는 커다란 편지지에 집안의 문장紋章이 찍혔고 너무 길고 끔찍할 만큼 모호하고 수식어가 많아서 그루셴까는 아무것도 이해할 수 없어 반만 읽고 그냥 던져버리고 말았다. 더구나 그때는 그런 편지까지 신경 쓸 여력이 없었다. 이 첫 편지에 뒤이어 다음날 두번째 편지가 왔고, 빤 무샬로비치는 2천 루블을 아주 짧은 기간 동안만 빌려달라고 부탁해왔다. 그루셴까는 그 편지도 답장 없이 치워버렸다. 이후로 여전히 무게를 잡고 수식어를 잔뜩 붙인 편지가 매일 한통씩 줄줄이 왔는데, 빌려달라는 액수는 점점 줄어서 100루블, 25루블, 10루블까지 줄었다. 그리고 마침내 그루셴까는 1루블만 빌려달라고 간청하는, 두 폴란드인이 서명한 차용증이 첨부된 편지를 받게 되었던 것이다. 그러자 그녀는 문득 그들이 불쌍해졌고, 그래서 해질녘 어스름에 그들을 직접 찾아갔다. 그녀는 끔찍하리만큼 가난한 처지에 놓인 두 폴란드인을 발견했는데, 그들은 먹을 것도, 땔감도, 담배도 떨어져 거지나 다름없었고 집주인 여자에게 빚을 진 채 살고 있었다. 모끄로예에서 미짜에게 딴 200루블은 순식간에 어디론가 사라지고 없었다. 그러나 그루셴까를 놀라게 한 것은 그 두 사람이 거만하게 거드름을 피우고 자존심을 내세우며 대단히 예의범절을 지키는 과장된 말투로 그녀를 맞았다는 점이다. 그루셴까는 그냥 웃음을 터뜨리고는 '옛 사람'에게 10루블을 쥐여주었다. 그녀는 미쨔에게 웃으면서 이 이야기를 해주었고, 그때 미쨔는 조금도 질투하지 않았다. 그런데 그뒤로 두 폴란드인은 그루셴까에게 들러붙어 매일 돈을 부탁하는 편지를 폭탄처럼 보내오기 시작했고, 그녀는 그들에게 매번 조금씩 돈을 보내주었다. 그러자 오늘 미쨔가 갑자기 지독한 질투심을 폭발시켰던 것이다.

"바보처럼 내가 미쨔에게 가는 길에 아주 잠깐 그 사람에게 들렀거든요. 역시 병이 났다니까요, 그 사람, 내 옛 애인도 말이에요." 그루셴까가 다시 부산하게 서두르며 말문을 열었다. "나는 웃으면서 미쨔에게 그 얘기를 했어요. 글쎄, 내 폴란드 사람이 기타를 치면서 내게 옛 노래를 불러주더라고 얘기했더니, 미쨔는 내가 감격해서 그 사람을 따라갈 거라고 생각했는지 욕을 하면서 펄쩍 뛰는데…… 그러니 나는 폴란드인들에게 반드시 파이를 보낼 테야! 페냐, 그 사람들이 여자애를 보냈니? 자, 그애에게 3루블을 주고 파이를 열개 싸서 갖다주라고 해라. 그리고 알료샤, 내가 그 사람한테 파이를 보냈다고 미쨔에게 꼭 말해줘요."

"무슨 일이 있어도 말하지 않을 거예요." 알료샤가 미소를 지으며 말했다.

"아이, 그이가 괴로워할 거라고 생각하는군요. 그이는 일부러 질투하는 거예요, 실은 그이는 아무려나 상관없죠." 그루셴까가 슬프게 말했다.

"왜 일부러 그런다는 거죠?" 알료샤가 물었다.

"당신 바보네요, 알료셴까, 그렇게 똑똑하면서 아무것도 모르다니. 난 형이 나 때문에 질투를 해서 속상한 게 아니에요. 오히려 형이 전혀 질투하지 않으면 속상하겠죠. 난 그런 사람이에요. 질투한다고 화를 내진 않아요. 나 자신도 마음이 사납고 나 자신도 질투심이 많으니까요. 다만 그 사람이 나를 전혀 사랑하지 않는 게, 지금 일부러 질투하는 척하는 게 기분 나쁜 거예요. 내가 눈이 먼 줄 아나? 내가 모를까봐? 그 사람이 갑자기 내게 그 여자, 바로 까찌까 얘기를 하는 거예요. 그 여자는 이러저러한 사람인데, 나를 위해 재판에 모스끄바에서 의사를 모셔왔다, 나를 구하려고 최고의 학식을 갖춘 최고의 변호사를 데려왔다나. 그러니까 내 면전에서 그 여자를 칭찬한다는 건, 그건 그 여자를 사랑한다는 거죠, 파렴치한 같으니! 자기가 내 앞에서 잘못을 저질렀으면서 나를 잘못한 사람으로 만들려고 트집을 잡는 거예요, 나 혼자한테만 뒤집어씌우는 거야. '너는 나를 만나기 전에 먼저 그 폴란드인과 있었잖아, 그러니 나와 까찌까의 일 정도야 괜찮아' 바로 이런 거죠! 나 한 사람한테만 모든 잘못을 뒤집어씌우려 한다니까요. 일부러 트집을 잡는 거예요, 일부러, 당신한테 말하지만, 난 그저……"

그루셴까는 앞으로 어쩌겠다는 건지 말을 다 맺지도 못하고 손수건으로 눈을 가린 채 울음을 터뜨렸다.

"형은 까쩨리나 이바노브나를 사랑하지 않아요." 알료샤가 확고하게 말했다.

"사랑하는지 안 하는지는 내가 곧 알아내고 말 거예요." 그루셴까가 눈에서 손수건을 떼며 험악한 말투로 말했다. 그녀의 얼굴이 일그러졌다. 알료샤는 온유하고 조용하고 명랑하던 그녀의 얼굴이 음울하고 표독스러운 표정으로 바뀌는 것을 슬픈 마음으로 바라보았다.

"이런 어리석은 얘기는 그만해요!" 그녀가 갑자기 말을 끊었다. "그것 때문에 당신을 부른 건 전혀 아니에요, 알료샤, 귀여운 사람. 내일이면, 내일이면 어떻게 될까? 그것 때문에 괴로워요! 오로지 그것만이 괴로워요! 모두를 둘러봐도 아무도 이 생각은 하지 않고, 아무도 이 일에 상관하지 않아요. 그래도 알료샤는 생각을 하겠죠? 내일이면 판결이 나오는데! 어떤 판결을 내릴지 말해봐요! 이건 그 하인이, 그 하인이 죽인 건데! 맙소사! 그 하인 대신 정말로 형에게 형벌을 내릴까요? 아무도 형을 변호해주지 않을까요? 그 하인은 아예 건드리지도 않았다면서요, 응?"

"그 사람도 심문을 받았습니다." 알료샤가 생각에 잠겨 지적했다. "하지만 모두들 그 사람이 아니라고 결론을 내렸지요. 지금 그 사람은 심한 병에 걸려 누워 있어요. 그 이후로, 뇌전증 발작 이후로 병이 났죠. 정말로 아픕니다." 알료샤가 덧붙였다.

"맙소사, 당신이 직접 변호사한테 가서 얼굴을 맞대고 얘기를 좀 해보지그래요, 뻬쩨르부르그에서 3천 루블을 주고 데려왔다던데."

"우리 세 사람, 저, 이반형, 그리고 까쩨리나 이바노브나가 3천 루블을 냈고요, 2천 루블을 내고 모스끄바에서 의사를 데려온 건 바로 까쩨리나 이바노브나예요. 변호사 페쮸꼬비치는 돈을 더 요구했을 텐데, 이 사건이 러시아 전역에 알려져서 모든 신문과 잡지에서 떠들어대니까 명성을 얻기 위해 오겠다고 한 거죠. 너무 유명한 사건이 되었으니까요. 저는 어제 그 사람을 만났습니다."

"그래서, 어쨌어요? 그 사람과 얘기해봤어요?" 그루셴까가 얼른 큰 소리로 물었다.

“그는 듣기만 하고 아무 말도 하지 않던데요. 자기한테 이미 어떤 분명한 의견이 있다고 하더군요. 하지만 제 말을 고려해보겠다고는 약속했습니다.”

“고려해보겠다니! 사기꾼들이야! 미짜를 파멸시킬 거예요! 참, 그런데 의사는, 의사는 또 왜 데려온 거예요?”

“전문가 자격으로요. 형이 미쳤다고, 정신착란 상태에서 아무 의식 없이 죽였다는 결론을 내려는 거죠.” 알료샤가 조용히 미소를 지었다. “다만 형은 동의하지 않을 거예요.”

“아, 만일 형이 죽였다면 그게 맞는 말이겠죠!” 그루셴까가 탄식했다. “그때 그 사람은 미쳤어요, 완전히 미쳤었어. 그건 나, 나, 비열한 내 잘못이에요! 다만 형이 죽인 건 아니에요, 안 죽였어요! 그런데도 모두가 형이 죽였다고, 도시 전체가 형에게 그러고 있잖아요. 심지어 페냐와 그 여자도 그렇게 증언해서 형이 죽인 것처럼 되었고요. 그 상점에서도, 그 관리도 그러고, 그전에는 선술집에서도 그렇게들 들었다고 하고! 모두가, 모두가 형과 반대편이고 그렇게 떠들어대잖아요.”

“네, 그런 증언들이 끔찍하게 늘었어요.” 알료샤가 침울하게 지적했다.

“그리고리도, 그리고리 바실리치[2]도 문이 열려 있었다고 고집을 피우잖아요, 자기가 봤다고 억지를 부리면서. 그 사람 고집을 꺾을 도리가 없어요, 내가 달려가서 그에게 직접 이야기를 했는데도. 지금은 욕을 더하고 있어요!”

2 바실리예비치의 약칭.

"네, 어쩌면 그게 형한테 가장 불리한 증언일지도 몰라요." 알료샤가 말했다.

"미쨔가 정신이상이라는 말이 맞아요, 지금 미쨔는 정말 그렇거든요." 그루셴까가 돌연 아주 걱정스럽고 은밀한 표정으로 말했다. "알아요, 알료셴까? 오래전부터 당신한테 이 얘기를 하고 싶었어요. 매일 그 사람에게 가는데 난 그저 놀랍기만 하다니까요. 말해줘요, 당신은 어떻게 생각하는지. 미쨔는 요즘 계속해서 무슨 얘길 하는 거죠? 말을 하고 또 하는데, 난 아무것도 알아들을 수가 없어요. 뭔가 유식한 얘기를 하는데, 내가 어리석어서 이해를 못 한다는 생각이 들긴 하지만. 그러니까 미쨔가 갑자기 내게 아이 얘기를, 어떤 아이 얘기를 하는 거예요. '어째서 아이들이 가련할까?' 그러더라고요. '나는 지금 아이들을 위해 시베리아로 가는 거야. 나는 죽이지 않았지만, 시베리아로 가야 해!'라고요. 이게 무슨 소리예요, 아이들이 다 뭐냐고요. 난 전혀 이해를 못 하겠어요. 미쨔가 이런 소릴 하면 나는 그냥 울음을 터뜨렸어요. 미쨔가 어찌나 이 얘길 하며 울던지 그래서 나도 울음을 터뜨린 거죠. 그런데 미쨔는 갑자기 내게 입을 맞추고 성호를 그어주더라고요. 이게 뭘까요, 알료샤, 그 '아이들'이라는 게 뭘까요?"

"라끼찐이 웬일인지 형에게 수시로 드나든다 했더니." 알료샤가 미소를 지었다. "하지만…… 그 얘기는 라끼찐 때문은 아닌 것 같네요. 어제는 제가 형에게 가지 못했는데, 오늘은 가볼게요."

"아니, 이건 라끼뜨까가 아니라 동생 이반 표도로비치가 혼란스럽게 하는 거예요. 이반이 미쨔에게 다니면서 이렇게 만드는 거라고요……" 그루셴까는 이렇게 말하고서 갑자기 말을 끊었다. 알료샤는 놀란 듯 그녀를 바라보았다.

“다닌다고요? 정말로 이반형이 큰형을 찾아갑니까? 미쨔형이 직접 내게 이반은 한번도 온 적이 없다고 말했는데요.”

“아이 참…… 참, 내가 이 모양이네! 그만 실토하고 말았네요!” 그루셴까가 당황해서 온통 얼굴을 붉히면서 소리쳤다. “잠깐만요, 알료샤, 아무 말도 하지 말아요. 내가 말실수를 해버렸으니 그냥 사실대로 다 말할게요. 이반은 형에게 두번 다녀갔는데, 첫번째는 이반이 여기 막 돌아왔을 때, 급히 모스끄바에서 돌아온 직후로, 내가 아직 앓아눕기 전이죠. 두번째는 일주일 전이었어요. 이반이 미쨔에게 이 얘기는 알료샤에게 하지 말라고 했대요. 절대로 말하지 말라고 하고 비밀스럽게 다녀갔죠.”

알료샤는 깊은 상념에 젖은 채 앉아서 뭔가를 생각하고 있었다. 이 소식은 분명 그를 놀라게 한 것 같았다.

“이반형은 미쨔형의 일에 대해 나하고 이야기하지 않아요.” 그가 천천히 말했다. “아니, 이 두달 동안 형은 나와 거의 말을 하지 않았어요. 내가 찾아가면 형이 꺼리는 듯해서 삼주째 형에게 가지 않았죠. 음…… 만일 이반형이 일주일 전에 거기 갔다면…… 그 일주일 사이에 정말로 미쨔형에게 어떤 변화가 일어났다는 거네요……”

“변화, 변화!” 그루셴까가 얼른 말을 잡아챘다. “그 두 사람에게는 비밀이 있어요, 비밀이 있었다고요! 미쨔 입으로 내게 비밀이라고 말했고, 그 비밀 때문에 그이는 마음이 편치 못한 거죠. 이전엔 명랑했는데, 지금도 명랑하긴 하지만 다만, 알아요? 이렇게 머리를 흔들면서 방 안을 걸어다녀요, 오른쪽 손가락으로 관자놀이의 머리칼을 잡아당기면서. 그러면 나는 벌써 그이의 마음에 뭔가 걱정이 있다는 걸 알죠…… 난 알아요!…… 그렇지 않으면 명랑했는데, 오늘도 명랑했고요!”

"하지만 예민해졌다고 말했잖아요?"

"예민하면서도 명랑했어요. 형은 계속 예민했어요, 매순간. 그러다가는 명랑해지고 또 그런 다음엔 갑자기 다시 예민해지고요. 알아요, 알료샤, 나는 계속 형한테 놀라고 있어요. 그렇게 무서운 일이 코앞에 닥쳤는데, 어떤 때는 사소한 일에도 꼭 아이처럼 웃어댄다니까요."

"그런데 형이 이반형에 대해 제게 말하지 말라고 한 게 정말이에요? 그렇게 말했어요, 말하지 말라고?"

"그렇게 말했어요, 말하지 말라고. 중요한 건, 형이, 미쨔가 당신을 무서워한다는 거예요. 비밀이 있는 거죠, 자기가 비밀이라고 말하기도 했고…… 알료샤, 귀여운 사람, 들러서 알아봐줘요, 그이의 비밀이 뭔지. 그리고 나한테 와서 알려줘요." 그루셴까가 돌연 소리를 지르며 애원했다. "내 저주스런 운명을 미리 알 수 있게 이 가련한 나를 도와줘요! 그것 때문에 알료샤를 부른 거예요."

"그게 뭐든 당신과 관련이 있다고 생각하는 거예요? 만일 그렇다면 당신이 있을 때 비밀 얘기는 하지도 않았겠죠."

"몰라요, 어쩌면 나한테 말하고 싶은데 차마 못 하는 건지도 모르죠. 경고만 해주고요. 비밀이 있다고 하면서 그 비밀이 뭔지는 말하지 않았으니까요."

"당신 자신은 그게 뭐라고 생각하는데요?"

"뭐라고 생각하느냐고요? 이제 끝장이구나, 그렇게 생각하죠. 그 세 사람이 내 최후를 마련했다고, 왜냐하면 거기엔 까찌까도 끼어 있으니까요. 모든 게 까찌까, 그 여자가 꾸민 거예요. 미쨔가 '그 여자는 이런저런 사람이야'라고 했는데, 그 말은 나는 바로 그 이런저런 사람이 못 된다는 거죠. 미쨔는 미리 말한 거예요, 나한테 경고한 거죠. 날 버릴 생각을 하는 거라고요. 그게 여기 숨은 비밀의 전부예요! 셋이서 생각해낸 거죠, 미찌까, 까찌까, 그리고 이반 표도로비치가. 알료샤, 오래전부터 당신한테 묻고 싶었던 게 있어요. 일주일 전에 미쨔가 문득, 이반이 까찌까한테 자주 찾아가는 걸 보니 그 여자한테 푹 빠진 거라고 말해주던데요. 형이 나한테 한 이 말이 사실이에요, 아니에요? 날 단칼에 베어버리는 말이라도 괜찮아요."

"당신에게 거짓말은 하지 않을게요. 이반형은 까쩨리나 이바노브나에게 반하지 않았어요, 저는 그렇게 생각해요."

"그래요, 나도 그때 그렇게 생각했어요! 그이가 나한테 거짓말을 하는 거죠, 파렴치한 사람 같으니, 정말! 지금 질투한 것도 나중에 나한테 다 뒤집어씌우려고 그러는 거고요! 그이는 바보예요, 꼬리도 숨길 줄 모르니. 너무 솔직한 사람이라니까…… 나는 정말 그이를, 그이를! '당신은 내가 죽였다고 믿고 있지.' 미쨔가 내게 이런 소릴 하더라니까요, 바로 내게. 그렇게 나를 비난했다고요! 신의 가호가 있기를! 조금만 기다려봐요, 재판에서 까찌까는 나한테 호되게 당할 테니! 거기서 내 딱 한마디만 해줄 거예요, 아니…… 모든 걸 말할 테야!"

그녀는 또다시 슬프게 울음을 터뜨렸다.

"제가 당신에게 확실히 말씀드릴 수 있는 건요, 그루셴까," 알료샤가 자리에서 일어나면서 말했다. "첫째, 형은 당신을 사랑하고, 세상 누구보다 더 사랑한다는 거예요, 당신 한분만을요, 제 말을 믿으세요. 저는 알아요. 확실히 알아요. 둘째로, 저는 형한테서 비밀을 캐내고 싶지 않아요. 하지만 만일 오늘 형이 직접 제게 말해준다면 곧바로 형에게 그걸 당신께 말해주기로 약속했다고 말해줄 거예요. 그러고서 당신에게 와서 알려드릴게요. 다만…… 제가 보기에…… 까쩨리나 이바노브나는 관련이 없고, 그 비밀이라는 건 뭔가 다른 것과 관련된 걸 겁니다. 틀림없이 그럴 거예요. 까쩨리나 이바노브나와 관련된 거라니, 당치도 않죠. 그런 생각이 드네요. 그럼, 안녕히 계세요!"

알료샤는 그녀와 악수를 했다. 그루셴까는 계속 울고 있었다. 그는 그녀가 자신의 위로를 별로 믿지 않지만, 슬픔을 날려버리기 위해서는 속마음을 털어놓는 편이 그녀에게 좋았음을 알았다. 이런 상태로 그녀를 버려두고 가는 것이 안쓰러웠지만, 그는 서둘렀다. 그에게는 할 일이 많았다.

2. 아픈 발

여러가지 일 중에서 제일 먼저 할 일은 호흘라꼬바 부인 집에서의 일이었기 때문에, 그는 그 일을 얼른 마치고 미쨔에게 늦지 않게 가기 위해 서둘러 그곳으로 향했다. 호흘라꼬바 부인은 삼주째 약하게 몸살을 앓고 있었다. 어째서인지 발이 부어올라서 완전히 몸져눕지는 않았어도 어쨌든 낮에는 매력적이면서도 점잖은 실내복을 입고 내실의 긴 안락의자에 반쯤 누워서 지냈다. 알료샤는 호흘라꼬바 부인이 병이 났음에도 한껏 멋을 부리고 있다는 것을 단박에 알아차리고 악의 없는 미소를 지었다. 레이스, 리본, 가슴이 파인 풍성한 블라우스 같은 것을 입었고, 알료샤는 왜 그런 옷차림을 하는지 이유를 눈치챘지만 쓸데없는 생각이라고 털어버렸다. 최근 두달 동안 호흘라꼬바 부인의 집에는 다른 손님들과 더불어 청년 뻬르호찐이 드나들기 시작했다. 알료샤는 벌써 한 나흘 정도 이 집을 방문하지 않았기 때문에 집 안에 들어서자마자 곧바로 리자에게 가보려고 했다. 리자가 어제 어린 하녀를 보내 '아주 중요한 일'이 있으니 곧 와달라고 간곡하게 부탁했고, 그 일이라는 것이 여러 이유로 그의 흥미를 끌었기 때문에 리자를 보려 했던 것이다. 그러나 어린 하녀가 리자에게 그의 도착을 알리러 간 사이 호흘라꼬바 부인이 누군가로부터 벌써 그가 도착했다는 이야기를 듣고 즉시 '아주 잠시만이라도' 자기에게 들러달라고 그를 불렀다. 알료샤는 먼저 그 어머니의 청을 들어드리는 것이 낫겠다고 판단했다. 안 그러면 그가 리자의 방에 앉아 있는 사이 그 어머니가 수시로 사람을 보낼 것이 뻔했기 때문이다. 호흘라꼬바 부인은 어쩐지 특별히 화려하게 차려입고 언뜻 보기에 극도로 신경질적인 흥분 상태로 긴 안락의자에 누워 있었다. 그녀는 환호성을 지르며 알료샤를 맞이했다.

"정말이지 오랫동안, 오랫동안, 정말 한참이나 못 봤네요! 꼬박 일주인인가요, 아니, 아, 겨우 나흘 전 수요일에 우리 집에 오셨었군요. 리즈를 보러 오셨겠지요. 틀림없이 내가 못 듣게 살금살금 곧바로 리즈에게 가려 하셨을 거예요. 사랑스런, 사랑스런 알렉세이 표도로비치, 그애가 나를 얼마나 걱정시키는지 아신다면! 하지만 그 얘기는 나중에 해요. 가장 중요한 일이긴 해도 나중에요. 사랑스런 알렉세이 표도로비치, 나는 나의 리자를 당신한테 완전히 맡길게요. 조시마 장상께서 돌아가신 뒤로, 주여, 그 영혼이 편히 잠들게 하소서!(그녀는 성호를 그었다) 그뒤로는 당신이 새 양복을 멋지게 입고 있어도 나는 당신을 엄격한 계율수도사처럼 보고 있어요. 여기 어디서 그렇게 훌륭한 재봉사를 구하셨나요? 아니, 아니,

이건 중요한 일이 아니니 나중에 얘기하죠. 내가 당신을 가끔 알료샤라고 불러서 미안해요, 하지만 난 할머니이고, 그러니 내겐 모든 것이 허용되니까요." 그녀는 애교스럽게 미소를 지었다. "하지만 이 얘기 역시 나중에 하죠. 중요한 건 내가 중요한 일을 잊지 말아야 한다는 건데, 제발, 내가 얘기에 너무 몰두하면 당신이 직접 상기시켜주세요. '중요한 게 뭐죠?' 하고요. 아, 지금 뭐가 중요한지 내가 어떻게 알겠어요! 리즈가 당신에게 한 약속, 당신과 결혼하겠다는 어린아이 같은 약속을 취소했을 때부터, 알렉세이 표도로비치, 당신은 물론 모든 게 오랫동안 휠체어에 앉아 있던 병든 소녀의 어린애 같은 장난스런 환상에 불과했다는 걸 이해하셨겠죠. 지금은 그애가 걸어다니니 다행이지만요. 까쨔가 모스끄바에서 당신의 그 불행한 형님을 위해 데려온 새 의사가, 아 맞아, 내일…… 내일 무슨 일이 일어날지! 나는 내일 일만 생각하면 죽을 거 같아요! 무엇보다 호기심이 북받쳐서요…… 한마디로 그 의사가 어제 우리 집에 와서 리즈를 봤어요…… 저는 한번 왕진에 50루블을 드렸지요. 그런데 이 얘기도 아닌데, 이것도 아닌데…… 보세요, 내가 지금 또 완전히 오락가락이네요. 허둥대서 그래요. 왜 이리 서두르느냐고요? 나도 모르겠어요. 지금 나한텐 모든 게 뒤죽박죽이에요. 당신이 지루해서 나한테서 펄쩍 달아날까봐 두렵네요. 그래서 당신만 쳐다보게 돼요. 아, 하느님! 그런데 우리가 왜 이러고 앉아 있는 거죠. 우선, 커피, 율리야, 글라피라, 커피를!"

알료샤는 얼른 감사하다고 인사하고 이제 막 커피를 마셨다고 말했다.

"누구 집에서요?"

"아그라페나 알렉산드로브나 댁에서요."

"그러니까…… 그 여자 집에 있었군요! 아, 그 여자는 모두를 파멸시켰다는데, 나는 모르겠어요. 사람들 말로는 그 여자가 늦게나마 성인聖人이 되었다더군요. 하기야 더 일찍이 그랬으면 좋았을 텐데, 지금에야 그게 무슨 소용이겠어요? 아무 말 마세요, 조용히, 알렉세이 표도로비치, 내가 얼마나 할 말이 많은지 아무 말도 못 할 것만 같아요. 이 끔찍한 재판에…… 나는 반드시 갈 거예요, 준비를 해뒀어요, 나를 휠체어에 태워 데려가도록. 도와주는 사람들이 있으면 나도 앉아 있을 수는 있으니까요. 당신도 아시겠지만, 나도 증인의 한 사람이에요. 내가 무슨 말을 하게 될까요, 무슨 말! 나는 무슨 말을 해야 할지도 모르겠어요. 선서를 해야겠지요, 그렇죠, 네?"

"그렇습니다, 하지만 부인이 재판에 출석하실 수 있으리라고는 생각되지 않네요."

"난 앉아 있을 수 있다고요. 아, 나를 헷갈리게 하시네요! 이 재판, 이 야만적인 행동, 그뒤론 모두가 시베리아로 갈 테고, 다른 사람들은 결혼을 할 테고, 이 모든 것이 빠르게, 빠르게 진행되고, 모든 게 변하겠죠. 그리고 마침내 아무 일도 없던 것처럼 모두 늙어 오늘내일하게 될 거예요. 그러라죠, 나는 지쳤어요. 아, 까쨔, 정말 매혹적인 아가씨(cette charmante personne), 그 아가씨가 내 모든 희망을 산산조각 내버렸어요. 이제 그 아가씨는 당신 형님을 따라 시베리아로 갈 테고, 그런데 당신의 다른 형님은 그 아가씨를 따라가서 이웃 도시에 살 테고, 모두가 서로를 괴롭히게 되겠죠. 그게 나를 미치게 만들지만, 무엇보다 중요한 건 모든 게 공개되어 있다는 거예요. 뻬쩨르부르그와 모스끄바의 모든 신문에서 기사를 수백만번 썼을 거예요. 아, 그래요, 생각해보세요, 나에 대해서도, 내가 당신 형님의 '애인'이었다고 썼더군요. 나는 그 추악한 단어를 입에 올리기도 싫어요. 생각해보세요, 자, 한번 생각해보시라고요!"
"그건 있을 수 없는 일입니다! 어디서 그렇게 썼던가요?"
"지금 보여드릴게요. 어제 받아서 어제 읽었어요. 여기 뻬쩨르부르그 신문 『소문』의 이 대목이에요. 이 『소문』은 올해부터 발행되기 시작했는데, 저는 소문이라면 끔찍하게 좋아해서 정기구독하고 있어요. 그런데 이렇게 뒤통수를 치네요. 그게 어떤 소문인지 밝힌 거죠. 자, 여기, 이 부분요, 읽어보세요."
그녀는 알료샤에게 자기 베개 밑에 있던 신문 한장을 내밀었다.
그녀는 혼란스럽다기보다는 어쩐지 기진맥진해 있었고, 그녀의 머릿속은 정말로 모든 것이 뒤죽박죽되어 있는 것 같았다. 신문 기사는 아주 전형적인 것으로 물론 그녀를 아주 낯뜨겁게 할 만한 것이었다. 그러나 어쩌면 그녀로서는 다행스럽게도 그 순간 그녀는 한가지 일에 집중할 힘이 없었고, 그 덕분에 일분 후에는 신문에 대해서도 잊고 전혀 다른 일로 넘어갈 수 있었다. 알료샤는 이 끔찍한 재판에 대한 소식이 이미 러시아 전역에 퍼진 것을 오래전에 알고 있었고, 주여, 자신의 다른 형과 까라마조프 집안 전체, 심지어 그 자신에 대해서도 믿을 만한 기사들과 더불어 지나치게 야만적인 기사와 보도 들을 이 두달 사이에 다 읽어보았다. 어느 신문은 심지어 그가 형의 범죄 후에 두려워서 계율수도사가 되어 은둔했다는 기사를 싣기도 했다. 다른 신문은 그 기사를 부정하면서 오히려 그가 장상 조시마와 함께 수도원의 금고를 털어 '수도원에서 도주했다'는 기사를 냈다. 『소문』에 실린 이번 기사는 "스꼬또쁘리고니엡스끄[3]로부터(안타깝게도 이것이 우리 도시의 이름

3 도스또옙스끼가 말년에 살았던 도시 스따라야 루시에는 가축시장이 있었는데, 이 도시 이름은 그 가축시장(러시아어로 '스꼬또쁘리곤니 리노끄'скотопригонный

이고, 나는 이 이름을 오랫동안 감추어왔다) 까라마조프의 재판에 즈음하여"라는 제목이었다. 기사는 짧았고 호흘라꼬바 부인에 대해서는 아무런 직접적인 언급도 없었다. 모든 이름은 익명이었다. 다만 지금 떠들썩하게 재판을 받게 된 범죄자가 퇴역한 육군 대위로, 뻔뻔한 게으름뱅이에다 농노제 지지자인 이자는 줄곧 연애질에 몰두했고, 특히 "외로워서 권태를 느끼는 몇몇 귀부인들"에게 영향력을 미쳤다고 보도하고 있었다. 그 "권태를 느끼는 부인들" 중에서 이미 성숙한 딸이 있음에도 불구하고 여전히 젊어지려 애쓰는 한 부인이 그의 유혹에 넘어가 범죄가 일어나기 불과 두시간 전에 금광을 찾으러 함께 곧바로 도망가자면서 3천 루블을 제안했다고 씌어 있었다. 그러나 이 악한은 권태에 빠진 마흔살이나 먹은 미모의 부인과 함께 시베리아로 가느니 아버지를 죽이고 그에게서 즉시 3천 루블을 훔치는 것이 낫겠다고 생각했다는 것이다. 이 점잖지 못한 보도는 으레 그렇듯 부친살해와 옛 농노제의 부도덕성을 고발하는 고결한 분노로 끝맺고 있었다. 알료샤는 호기심을 품고 기사를 읽은 뒤 신문을 접어 호흘라꼬바 부인에게 돌려주었다.

"그게 어떻게 내가 아니겠어요?" 그녀가 다시 재잘거렸다. "그건 나예요, 내가 거의 한시간이나 그에게 금광을 캐러 가라고 제안했거든요. 그런데 느닷없이 '마흔살이나 먹은 미모'의 여인이라니! 내가 정말 그런 뜻으로 말했겠어요? 이건 일부러 이렇게 쓴 거예요! 영원한 심판관이시여, 마흔살이나 먹은 미모라는 말을 쓴 그

рынок)에서 따온 것이다. 도스또옙스끼의 아내 안나 그리고리예브나의 증언에 따르면 이 작품에 묘사된 지방도시의 모습은 그들이 살던 스따라야 루시와 많은 점이 흡사하다고 한다.

자를 용서하소서, 저도 그리하겠나이다, 그런데 이걸…… 이걸 누가 썼는지 아세요? 당신 친구 라끼찐이에요."

"그럴 수도 있겠죠." 알료샤가 말했다. "저는 아무 얘기도 못 들었지만요."

"그 사람, 그 사람 짓이에요, '그럴 수도'가 아니라고요! 그래서 내가 그이를 내쫓았어요…… 당신은 이 이야기를 모두 아시죠?"

"부인께서 그 친구에게 더이상 방문하지 말라고 하셨다는 건 압니다만 무엇 때문인지는…… 최소한 부인께 직접 듣지는 못했지요."

"그러니까 그 사람한테서 들었다는 거군요! 뭐라던가요, 날 욕했나요? 나를 몹시 욕해요?"

"네, 욕하더군요, 그 친구는 모든 이를 욕하니까요. 하지만 부인께서 무슨 일로 그 친구를 거절하셨는지는 그 친구한테서도 듣지 못했습니다. 저는 원래 그 친구와는 아주 드물게 만나기도 하고요. 우리는 아주 친한 사이는 아닙니다."

"자, 그럼, 내가 모든 걸 밝힐게요. 어쩔 수 없죠. 내가 회개할게요. 왜냐하면 여기에는 내가 잘못한 것도 하나 있으니까요. 하지만 그건 작은, 아주 작은, 아주아주 작은 문제라 어쩌면 전혀 없다고도 할 수 있어요. 보세요, 친애하는 알료샤." 호흘라꼬바 부인은 갑자기 장난스러운 표정을 지었고 그 입가에는 사랑스럽지만 수수께끼 같은 미소가 어른거렸다. "봐요, 나는 좀 미심쩍어서…… 날 용서하세요, 알료샤, 나는 당신에게 어머니 같은 심정이니까요…… 오, 아니, 아니, 어머니라는 말은 지금 전혀 어울리지 않으니 반대로 나는 당신에게 내 아버지 대하듯 말하는 거예요…… 그래요, 마치 조시마 장상에게 고해성사를 하듯이요. 이게 가장 적절한 표현이고 제일 어울리네요. 조금 전 나는 당신을 계율수도사라고 불렀잖아요. 그런데 그 가련한 젊은이, 당신 친구 라끼찐은(오, 맙소사, 나는 그 사람한테 화도 못 내겠어요, 화가 나고 밉지만 아주 많이는 아니에요), 한마디로 그 경솔한 젊은이는, 상상해보세요, 글쎄, 갑자기 나와 사랑에 빠졌던 것 같아요. 나는 이걸 나중에, 나중에야 문득 알아챘지만 그는 처음부터, 한 한달 전부터 우리 집에 자주, 거의 매일 오기 시작했어요, 비록 예전부터 아는 사이이긴 했지만…… 나는 아무것도 몰랐고, 그러다가 문득 깨달은 것처럼 알아채고서 몹시 놀랐어요. 아시겠지만, 나는 이미 두달 전부터 이곳에서 공무를 보는 겸손하고 사랑스럽고 존경할 만한 젊은이 뾰뜨르 일리치 뻬르호찐을 손님으로 맞기 시작했어요. 당신도 그 사람을 여러번 만났을 텐데, 그 사람은 정말 존경할 만하고 진지한 사람이잖아요? 그 사람은 매일은 아니라도(매일이라도 맞이했을 거예요) 사흘에 한번씩은 방문했고 언제나 옷을 참 잘 입었어요. 나는 젊은이들을 모두 좋아해요, 알료샤, 당신처럼 재능 있고 겸손한 젊은이들을요. 그 사람은 나랏일을 볼 만한 지성을 갖췄고 말도 너무 잘해서 나는 반드시, 반드시 그 사람을 위해 청원하려 해요. 그 사람은 외교관이 될 재목이거든요. 그 사람은 그 끔찍한 날 밤에 우리 집에 와서 나를 거의 죽음에서 구했어요. 자, 그런데 당신 친구 라끼찐은 언제나 장화를 신고 와서는 양탄자 위에 장화 자국을 내고 다니죠…… 한마디로 말해, 그 사람은 나한테 뭔가 암시를 던지더니 한번은 나가면서 느닷없이 내 손을 지독하게도 꽉 쥐는 거예요. 그 사람이 내 손을 꽉 쥐자마자 갑자기 내 발이 아프기 시작했어요. 그 사람은 전에 내 집에서 뾰뜨르 일리치를 마주치곤 했는데, 줄곧 그 사람을 조롱하고 비웃다가 나중에는 뭣 때문인지 대놓고 으르렁거리기까지 했어요. 나는 그저 그들 두 사람이 어떻게 어울리게 될까 바라만 보면서 속으로 웃었죠. 그러던 중 내가 혼자 앉아 있는데, 아니, 그때는 누워 있었어요, 내가 혼자 누워 있는데 미하일 이바노비치[4]가 글쎄, 상상이 되세요, 시를, 내 아픈 발에 바치는 아주 짧은 시를 가져온 거예요. 그러니까 내 아픈 발을 묘사한 시였죠. 잠깐만요, 이게 바로 그 시예요.

이 발, 이 귀여운 발이
살짝 병이 났구나……

아니, 또 뭐라더라, 도무지 그 시를 외울 수가 없네요, 저기 내 방에 있는데 나중에 보여드릴게요. 참 멋진 시였어요, 멋진 시, 아시겠어요, 발만이 아니라 교훈적인 내용에 멋진 사상까지 가미된. 내가 그만 그걸 잊어버렸네요. 한마디로 말해 곧바로 앨범에 끼워둘 만한 시였죠. 그래서 물론 나는 감사하다고 했고, 그 사람은 분명 흡족했을 겁니다. 그런데 고맙다는 말을 미처 다 하기도 전에 갑자기 뾰뜨르 일리치가 들이왔어요. 미하일 이바노비치 얼굴이 밤처럼 어두워지더라고요. 나는 뾰뜨르 일리치가 뭔가 그 사람을 방해했다는 걸 알아챘죠. 왜냐하면 미하일 이바노비치는 그 시를 읽어준 다음 틀림없이 곧 뭔가 말하려고 했거든요. 나는 그걸 예감하고 있었어요, 그런데 뾰뜨르 일리치가 들어온 거예요. 나는 뾰뜨르 일리치에게 시를 보여주면서 누가 그 시를 썼는지는 말하지 않았어요. 하지만 나는 그 사람이 곧 누구의 시인지 알아챌 거라고 확신

4 라끼찐의 이름과 부칭.

했어요, 정말로 그랬죠. 비록 그 사람은 지금까지도 인정하지 않고 알아채지 못했다고 말하지만요. 하지만 그건 일부러 그러는 거예요. 뾰뜨르 일리치는 곧바로 웃음을 터뜨리고는 비판을 시작했어요. 서툰 시라고, 웬 신학교 학생이 쓴 것 같다고요. 네, 그래요, 그토록 흥분해서, 아주 흥분해서 말하는 거예요! 그러자 당신 친구는 웃음을 터뜨리는 대신 갑자기 아주 성을 냈죠…… 주여, 나는 두 사람이 당장 싸우는 줄 알았어요. '이건 내가 쓴 시입니다.' 그가 말했어요. '시 따위를 쓰는 건 저열한 일이라고 생각해서 농담으로 쓴 거라고요……' 다만 '내 시는 훌륭해요, 여성의 발을 읊은 시 때문에 사람들은 당신의 뿌시낀에게 기념비를 세워주려 들지만,[5] 내게는 경향성이 있습니다. 당신으로 말하자면 농노제 옹호자고요' 라더군요. 또 그 사람 말이 '당신은 휴머니즘이라곤 전혀 갖지 못했고, 오늘날 전개되고 있는 계몽주의 정서도 전혀 느끼지 못합니다. 발전이 당신의 마음을 건드리지 못한 거죠. 당신은 관리로 뇌물이나 받아먹는 사람일 뿐이에요'라고 하더라고요. 그때 내가 비명을 지르며 두 사람에게 애원했어요. 뾰뜨르 일리치는 당신도 알다시피 겁이 없는 사람이어서 갑자기 아주 점잖은 태도를 취하더니 그 사람을 빈정거리듯 바라보며 그 사람 말을 듣더니 사과하더군요. 뾰뜨르 일리치가 '저는 몰랐습니다. 만일 알았다면 그렇게 말하지 않았을 텐데요. 도리어 칭찬을 했을 겁니다'라고 했지요. '시인들은 모두 예민하죠' 하더라고요. 한마디로 말해, 말은 가장 고결한 어조로 하면서 속으로 비웃은 거죠. 이건 그 사람이 나중에 내

5 1862년부터 뿌시낀 기념비 건립 논의가 있었으나 실제로는 1880년 6월 6일에 세워져 제막식과 함께 수많은 축하행사가 열렸다. 6월 8일 축하행사에서 도스또옙스끼는 뿌시낀에 대한 유명한 연설을 한다.

게 설명해준 거예요, 모든 게 조롱이었다고 말이에요. 나는 그때 그 사람이 진심으로 사과했다고 생각했거든요. 그때 나는 지금 당신 앞에서처럼 누운 채 생각했어요. 내 집에서 내 손님에게 예의 없이 소리를 질렀다고 미하일 이바노비치를 쫓아낸다면 품위 있는 일일까, 아닐까 하고요. 믿을지 모르겠지만 누워서 눈을 감고 계속 생각했어요. 품위 있는 일일까, 아닐까. 그리고 판단을 내릴 수 없어서 괴로워하고 또 괴로워하며 심장은 벌렁거렸죠. 소리를 지를까 말까, 한 목소리는 소리치라 하고, 다른 목소리는 아니다, 소리치지 마라! 하고요. 그 다른 목소리가 말하자마자, 나는 갑자기 소리를 질러대다가 기절했어요. 물론 소동이 벌어졌죠. 나는 갑자기 벌떡 일어나 미하일 이바노비치에게 말했어요, 이렇게 말하긴 슬프지만, 나는 더이상 당신을 우리 집에 들이기 싫다고요. 그렇게 그 사람을 쫓아낸 거예요. 아, 알렉세이 표도로비치! 나 자신이 고약하게 행동했다는 걸 알아요. 줄곧 거짓말을 했거든요. 나는 전혀 그 사람한테 화가 난 게 아니었는데, 그런데 갑자기, 중요한 건 갑자기예요, 그러는 게 좋겠다는 생각이 들었던 거예요. 그 장면이…… 믿을지 모르겠지만, 그 장면은 어쨌든 자연스러웠어요. 나는 심지어 울음을 터뜨리기까지 했고, 그후에도 며칠을 울었으니까요. 하지만 그러다 어느날 점심을 먹고 나서 금세 잊어버렸지요. 그렇게 그 사람이 우리 집에 드나들지 않게 된 지 벌써 이주가 되었고, 나는 생각했어요. 정말로 이제 아예 안 오는 건가? 그러다 갑자기 어제 저녁 무렵에 그 『소문』이 도착한 거죠. 나는 읽어보고 탄식했어요. 누가 썼겠어요, 그 사람이 쓴 거죠, 그때 집에 돌아가자마자 앉아서 쓴 거예요. 그러고는 신문사로 보냈고, 인쇄가 된 거죠. 이게 이주 동안 일어난 일이에요. 다만, 알료샤, 왜 내가 지독하게 말을 많이 하면서 정작 꼭 해야 할 말은 하지 않을까요? 아, 저절로 이렇게 말이 나온다니까요!"

"오늘 제시간에 형에게 꼭 가야 해서요." 알료샤가 웅얼거렸다.

"바로, 바로 그거요! 나한테 일깨워주셨네요! 내 말 좀 들어보세요, 심신미약[6]이 뭐예요?"

"심신미약이라뇨?" 알료샤가 놀랐다.

"법적인 심신미약 말이에요. 모든 걸 용서받을 수 있는 심신미약요. 무슨 짓을 하든 다 용서받는다던데요."

"아, 그것 말이군요."

"바로 그거 말이에요. 까짜가…… 아, 그 아가씨는 사랑스런, 정말 사랑스런 존재예요, 다만 나는 그 아가씨가 누굴 사랑하는 건지 도무지 모르겠더라고요. 얼마 전에 그 아가씨가 우리 집에 왔었는데, 도저히 알아낼 수가 없었어요. 더구나 그 아가씨 자신이 나를 피상적으로만 대하고, 내 건강 따위나 묻고는 그 이상은 아무 얘기도 안 하거든요, 게다가 말하는 투도 그렇고. 그래서 나 혼자 속으로 말하고 말았어요, 그러라지, 마음대로 하라지 뭐…… 하고요. 아, 맞아, 심신미약. 의사가 왔잖아요. 그 의사가 왜 왔는지 아시죠? 어떻게 모를 수가 있겠어요, 미친 사람인지 알아보려고 당신들이 데려왔으니, 아니, 당신들이 아니라, 까짜가요. 모든 게 까짜가 한 거죠! 자, 그런데 보세요, 전혀 미치지 않은 멀쩡한 사람이 앉아 있다가도 느닷없이 심신미약이 된다는 거예요. 그 사람은 자기가 누군지 알고 무슨 짓을 했는지도 기억하는데 심신미약이라는 거죠. 바로 드미뜨리 표도로비치가 아마도 심신미약이었을 거라는 얘기

6 1864년 대개혁 이후 변호사들이 심신미약을 호소해 감형을 청한 사례가 많았다.

예요. 새로운 사법제도가 그런 걸 도입했고, 그래서 이제 사람들이 심신미약을 알게 된 거래요. 이건 새로운 사법제도 덕분이지요. 그 의사가 그날 저녁에 대해, 그러니까 금광에 대해 내게 캐묻더군요. 그 사람이 어땠느냐고 묻더라고요. 어떻게 그게 심신미약 상태가 아니었겠어요? 와서는 돈, 돈, 3천 루블, 3천 루블을 달라고 고함을 지르고, 그러고는 가서 갑자기 사람을 죽였잖아요. 죽이고 싶지 않아, 죽이고 싶지 않아, 그렇게 말하고선 죽였다니까요. 바로 그랬기 때문에 형님은 용서받을 거예요. 자신의 의지에 반해서 죽였으니까요."

"형은 죽이지 않았습니다." 알료샤가 다소 단호하게 말을 끊었다. 염려와 초조함이 점점 더 그를 사로잡았다.

"알아요, 그리고리 영감이 죽인 거죠……"

"왜 그리고리라는 거죠?" 알료샤가 외쳤다.

"그 사람이에요, 그 사람, 그리고리요. 드미뜨리 표도로비치가 그 사람을 때렸고, 그는 쓰러져 있다가 나중에 일어나서 문이 열려 있는 걸 보고는 가서 표도르 빠블로비치를 죽인 거예요."

"어째서, 어째서요?"

"심신미약이 된 거죠. 드미뜨리 표도로비치한테 머리를 얻어맞은 뒤 정신이 들자 심신미약이 되었고, 가서 죽인 거예요. 자기가 죽이지 않았다고 말하지만 그건 어쩌면 기억을 못 하는 걸 거예요. 단지 말이죠, 만약 드미뜨리 표도로비치가 죽인 거라면 그 편이 더 나아요, 훨씬 더 나아요. 그건 이런 거예요. 내가 그리고리라고 말은 하지만, 아마도 드미뜨리 표도로비치였을 거예요. 그게 훨씬, 훨씬 더 나아요! 아, 아들이 아버지를 죽여서 훨씬 낫다는 게 아니고, 내가 그걸 칭송하는 것도 아니에요. 반대로 아이들은 부모를 공경해야죠. 다만 그래도 그 사람이라면 더 낫다는 건, 그 사람은 자기가 누군지도 인식하지 못한 채로, 아, 이렇게 말하는 게 낫겠네요, 다 기억하긴 해도 어쩌다 자기한테 그런 일이 벌어졌는지는 전혀 모르는 상태에서 했기 때문이죠. 당신이 눈물 흘릴 일도 없어지고요. 아무튼, 그 사람들은 형님을 용서할 거예요. 그게 인도주의적이잖아요, 사람들이 새로운 사법제도의 혜택을 직접 확인할 수도 있고요. 나는 몰랐는데, 사람들 말로는 그렇게 된 지 벌써 오래되었다고 하더군요. 어제 그걸 알게 되자마자 나는 너무 감동해서 곧장 당신을 부르러 사람을 보내고 싶었어요. 나중에 형님이 용서받게 되면 법정에서 곧바로 우리 집에 와서 식사를 하기로 해요. 친지들도 불러서 우리 새로운 사법제도를 위해 건배합시다. 나는 형님이 위험하다고 생각지 않아요. 더구나 손님을 아주 많이 부를 거니까, 형님이 무슨 짓이라도 하려 하면 데리고 이끌어주겠죠. 나중에 형님은 어디서든 다른 도시에서 세계적인 재판관이나 뭐든 될 수도 있죠. 형님 자신이 불행을 겪었으니까 어느 누구보다도 잘 판결할 거예요. 그리고 무엇보다 요즘 세상에 심신미약이 아닌 사람이 누가 있겠어요. 나나 당신도, 모두가 심신미약이지요. 그런 예는 수도 없이 많아요. 어떤 사람은 앉아서 로망스를 부르다가 갑자기 뭔가가 마음에 들지 않았는지 권총을 빼들고 아무한테나 총을 쐈다죠, 그런데 나중에 그 사람은 무죄 판결을 받았어요. 내가 얼마 전에 그런 기사를 봤는데, 의사들이 그렇게 확증해줬대요. 요즘은 의사들이 보증해줘요. 모두가 보증해주죠. 그런데 맙소사, 우리 리즈도 심신미약이에요. 어제 나는 그애 때문에 울었어요. 사흘째 울고 있죠. 그러다 오늘에야 그애가 그냥 심신미약일 뿐이라는 걸 깨달았어요. 오, 리즈 때문에 나는 너무 속상해요! 나는 그애가 완전히 미쳤다고 생각했어요. 그애가 어째서 당신을 부른 걸까요? 그애가 당신을 부른 건가요, 아니면 당신이 그애를 보러 온 건가요?"

"예, 리즈가 저를 불렀습니다. 이제 리즈에게 가려고요." 알료샤가 단호하게 일어나려고 했다.

"아, 다정한, 다정한 알렉세이 표도로비치, 어쩌면 그게 가장 중요한 문제일지도 몰라요." 호흘라꼬바 부인이 갑자기 울음을 터뜨리며 외쳤다. "내가 당신에게 진심으로 리즈를 맡긴다는 건 하느님께서 아세요. 그애가 당신을 엄마 몰래 부른 건 괜찮아요. 하지만 이반 표도로비치에게는, 당신 형님에게는, 용서하세요, 그렇게 쉽게 내 딸을 맡길 수 없어요, 비록 나는 여전히 그분을 가장 기사도 정신이 투철한 젊은이라고 생각하지만요. 그런데 글쎄, 어제 이반 표도로비치가 리즈에게 다녀갔어요. 나는 그걸 전혀 몰랐고요."

"뭐라고요? 어떻게요? 언제요?" 알료샤는 소스라치게 놀랐다. 그는 이미 앉지도 못하고 서서 듣고 있었다.

"말씀드릴게요. 어쩌면 이것 때문에 당신을 부른 건지도 모르겠어요, 나는 그애가 무슨 속셈으로 당신을 불렀는지도 모르겠으니까요. 바로 이렇게 된 거예요. 이반 표도로비치가 모스끄바에서 돌아온 후 내 집에 온 건 두번뿐이었어요. 첫번째는 지인으로서 방문한 거고, 두번째는 바로 얼마 전의 일인데, 까쨔가 우리 집에 와 있었고, 그걸 알고 이반 표도로비치가 들른 거죠. 물론 나는 그 사람이 그렇지 않아도 신경 쓸 일이 얼마나 많은지 알기 때문에 자주 방문해주길 기대하지도 않아요. 알다시피 이건 당신 아버지의 끔찍한 죽음과 관련된 일이니까요(vous comprenez, cette affaire et la mort terrible de votre papa). 다만 그 사람이 또 왔다는 걸 갑자기 알게 됐는데, 나한테가 아니라 리즈한테 왔던 거였죠. 그게 엿새 전 일인데, 와서는 오분 정도 앉았다 갔다더군요. 나는 그걸 사흘이나 지나서 글라피라한테서 듣고 알았어요. 그래서 내가 경악한 거예요.[7] 즉시 리즈를 불렀지만 그애는 웃기만 하더군요. 그애 말이, 그이는 내가 자는 줄 알고 내 건강을 물으러 자기한테 들렀던 거래요. 물론 그렇기도 했겠죠. 다만 리즈가, 리즈가, 오, 하느님, 그애가 얼마나 내 속을 썩이는지! 생각해보세요, 어느날 밤에는, 그러니까 당신이 마지막으로 다녀간 직후에, 나흘 전에요, 갑자기 그애가 한밤중에 발작을 일으켜서 비명을 지르고 쇳소리로 고함을 치면서 히스테리를 부리는 거예요! 어째서 내게는 그런 히스테리가 안 일어날까요? 그다음날도 발작을 일으키고 또 그다음날도 그러더니 어제, 그러니까 어제는 바로 그 심신미약을 보이는 거예요. 느닷없이 나한테 소리를 지르더라니까요. '나는 이반 표도로비치를 증오해요. 그 사람을 집에 들이지 마세요, 집에 못 오게 거절하시라고요!' 나는 그 생각지도 못한 말에 어리둥절해서 반박했죠. 무슨 일로 그런 존경받을 만한 젊은이를 거절해야 하느냐고, 더구나 그렇게 훌륭한 지성에 또 그런 불행을 겪고 있는 사람을요. 어쨌든 이 모든 이야기가 불행이지 행복은 아니잖아요, 안 그런가요? 그애는 내 말에 갑자기 웃음을 터뜨렸어요, 글쎄. 그게 얼마나 상처가 되던지. 그래도 나는 생각했죠. 저애를 웃게 해서 다행이다, 이제 발작도 지나가겠지 하고요. 더구나 나 자신도 내 허락 없이 이상한 방문을 한 것에 대해 이반 표도로비치에게 설명을 구하고 앞으로 방문을 거절하려 했거든요. 그런데 오늘 아침 리자는 눈을 뜨자마자

7 원문에는 프랑스어 'frapper'의 발음을 러시아 문자로 표기했다. frapper는 '놀라다'라는 뜻이다.

율리야에게 화를 내더니, 세상에, 그애 얼굴에 손찌검을 했어요. 이건 정말 얼토당토않은 일이죠.[8] 나는 내 하녀애들한테도 경어를 쓰는데 말이에요. 그러고서 한시간 뒤에는 또 갑자기 율리야의 다리를 부여잡고 입을 맞추는 거예요. 나한테는 사람을 보내서 자기한테 오지 말라고, 앞으로 다시는 보러 올 생각도 하지 말라고 전하고요. 그래서 내가 직접 그애를 보러 갔더니 몸을 던져 나한테 매달려 입을 맞추고 울고불고하면서도 한마디도 하지 않고 나를 방밖으로 밀어내더라고요. 그러니 나는 아무것도 알아내지 못했어요. 사랑스런 알렉세이 표도로비치, 이제 내 모든 희망은 당신에게 있어요. 물론 내 모든 삶의 운명도 당신 손에 있고요. 저는 부디 당신이 리즈 방에 가서 모든 걸 알아내주십사고 부탁드립니다. 당신 한분만이 그렇게 하실 수 있어요. 그런 뒤에 나한테, 이 어미한테 와서 말해주세요. 당신도 아시다시피 계속 이런 식이라면 정말 나는 죽어버릴 거예요. 정말 죽겠어요, 아니면 이 집에서 도망을 치든지, 더이상은 어쩔 수가 없어요. 나는 참을성 있는 사람이지만 더이상은 못 참을 것 같고, 그렇게 되면…… 그때는 끔찍한 일이 벌어질 거예요. 아, 하느님, 마침내 뾰뜨르 일리치가 왔군요!" 호흘라꼬바 부인은 들어오는 뾰뜨르 일리치 뻬르호찐을 보고 갑자기 얼굴이 환해지면서 소리쳤다. "늦으셨네요, 늦으셨어요! 자, 앉으세요. 어서 말해보세요, 어서 운명을 결정해주세요. 변호사는 뭐라던가요? 아니, 어디 가세요, 알렉세이 표도로비치?"

"리즈에게요."

"아, 그렇죠! 내가 부탁드린 거 잊지 마세요, 잊지 않으실 거죠?

8 원문에는 프랑스어 'monstrueux'의 발음을 러시아 문자로 표기했다. '도깨비 같은 일, 얼토당토않은 일'을 뜻한다.

거기 운명이 달려 있어요, 내 운명이."

"물론이죠, 가능한 한 잊지 않겠습니다…… 하지만 제가 너무 늦어서요." 알료샤가 급히 물러나면서 중얼거렸다.

"안 돼요, 가능한 한이 아니라 틀림없이, 반드시 들러주세요. 안 그러면 내가 죽겠어요!" 그의 뒤에 대고 호흘라꼬바 부인이 외쳤지만, 알료샤는 이미 방을 나가고 없었다.

3. 작은 악마

리즈의 방에 들어간 그는 예전에 아직 잘 걷지 못할 때 타던 휠체어에 반쯤 누운 그녀를 보았다. 그녀는 전혀 그를 맞으려 움직일 기색이 없었지만 명민하고 예리한 시선은 그에게 붙박여 있었다. 그 시선은 다소 타오르는 듯했지만 얼굴은 누렇게 뜨고 창백했다. 알료샤는 그녀가 사흘 만에 그토록 변하고 여위기까지 한 데 놀랐다. 그녀는 그에게 손을 내밀지조차 않았다. 그는 드레스 위에 미동도 않고 놓여 있는 가늘고 긴 손가락을 살짝 건드리고 말없이 그녀의 맞은편에 앉았다.

"서둘러 감옥에 가야 하신다는 걸 알아요." 리자가 날카롭게 말했다. "엄마가 두시간이나 붙들고 저와 율리야에 대해 얘기했겠죠."

"어떻게 아세요?" 알료샤가 물었다.

"엿들었어요. 왜 저를 그렇게 뚫어지게 보세요? 저는 엿듣고 싶으면 엿들어요. 뭐 나쁜 일인가요. 용서를 구하진 않을래요."

"뭔가에 마음이 상하셨나요?"

"반대예요, 아주 기뻐요. 지금 막 또다시, 서른번째 생각해봤는데, 당신을 거절하고 당신의 아내가 되지 않겠다고 한 건 얼마나 잘한 일인지 모르겠어요. 당신은 남편감으로는 어울리지 않아요. 제가 당신과 결혼한 뒤에 당신 다음으로 누군가를 사랑하게 되어 그에게 전해달라고 쪽지를 주면, 당신은 틀림없이 그걸 받아 전해주고 또 답변을 받아올 사람이에요. 마흔살이 돼서도 여전히 그런 쪽지 심부름을 하고 다닐 거예요."

그녀가 돌연 웃음을 터뜨렸다.

"당신한테는 뭔가 심술궂은 동시에 천진난만한 면이 있어요." 알료샤가 그녀에게 미소를 지었다.

"천진난만한 것은 제가 당신 앞에서 부끄럼을 타지 않기 때문이죠. 부끄럼을 타지 않을 뿐 아니라 당신 앞에서, 바로 당신한테는 부끄러워하고 싶지도 않아요. 알료샤, 왜 저는 당신을 존경하지 않을까요? 저는 당신을 아주 사랑하지만, 존경하지는 않아요. 만일 존경했다면 부끄럼도 없이 이렇게 말하진 않았겠죠, 그렇죠?"

"그렇죠."

"제가 당신 앞에서 부끄럼을 타지 않는다는 걸 믿으세요?"

"아니요, 믿지 않습니다."

리자는 다시 신경질적으로 웃고는 곧 빠르게 말했다.

"저는 감옥에 있는 당신 형님 드미뜨리 표도로비치에게 사탕을 보냈어요. 알료샤, 아세요, 당신은 정말 좋은 사람이에요! 당신이 그렇게 빨리 제게 당신을 사랑하지 않아도 괜찮다고 허락해줬기 때문에 저는 당신을 지독하게 사랑하게 될 거예요."

"왜 저를 불렀죠, 리즈?"

"제 소망 하나를 당신에게 알려드리고 싶어서요. 저는 누구든 저를 괴롭히다가 저와 결혼해서 또 괴롭히고 그러다가 저를 속이고 떠나버렸으면 좋겠어요. 저는 행복해지고 싶지 않아요!"

"무질서를 사랑하는 거군요?"

"아, 저는 무질서를 원해요. 집을 몽땅 태워버리고 싶다고요. 저는 몰래 다가가 조용히 불을 붙이는 걸 상상해요. 반드시 몰래 해야 해요. 사람들이 불을 끄려 하지만, 집은 계속 타오르는 거죠. 저는 다 알면서도 입을 다물고요. 아, 바보 같은 소리야! 얼마나 따분한지!"

그녀는 혐오스럽다는 듯이 휙 손을 내저었다.

"풍족하게 살아서 그래요." 알료샤가 조용히 말했다.

"그럼, 가난한 게 더 나은가요?"

"더 낫죠."

"그건 돌아가신 수도사님께서 당신에게 말씀해주신 거군요. 그건 사실이 아니에요. 제가 부자고 모든 사람이 가난하다 해도, 저는 사탕을 먹고 크림을 마실 거예요. 그러면서도 아무에게도 주지 않을 거예요. 아, 아무 말도, 아무 말도 하지 말아요." 그녀는 알료샤가 입을 열지도 않았는데 손사래를 쳤다. "당신은 전에도 늘 같은 얘길 했고, 저는 모조리 기억하고 있어요. 따분해요. 만일 제가 가난하다면 누구든 죽일 거예요. 제가 부자라도 어쩌면 죽일지 모르죠. 가만히 앉아 있으면 뭐 하겠어요! 그런데 저는 수확하고 싶어요, 호밀을 수확하고 싶다고요. 당신하고 결혼해서 당신은 농부가, 진짜 농부가 되고, 우리 집에는 망아지를 키우는 거예요, 그러실래요? 당신은 깔가노프를 아세요?"

"압니다."

"그 사람은 걸어다니면서도 계속 꿈을 꿔요. 그 사람 말이, 진짜로 사느니 꿈을 꾸는 게 낫다던데요. 몽상으로는 가장 즐거운 것도 꿈꿀 수 있지만, 사는 건 따분한 일이라고요. 그 사람은 곧 결혼할 거예요. 저한테 사랑을 고백했거든요. 당신은 팽이 칠 줄 아세요?"

"압니다."

"그 사람은 꼭 팽이 같아요. 그 사람을 팽이채로 감았다가 떨어뜨리고는 채로 치고, 치고 또 치는 거죠. 그 사람하고 결혼하면 평생 그 사람을 팽이처럼 치게 되겠지요. 저와 앉아 있는 게 부끄럽지 않으세요?"

"아니요."

"당신은 제가 거룩한 얘길 하지 않는다고 잔뜩 화가 나 있군요. 저는 거룩해지고 싶지 않아요. 가장 큰 죄를 지으면 저세상에서는 어떻게 될까요? 틀림없이 당신은 정확하게 알고 있겠죠."

"하느님이 심판하시겠죠." 알료샤는 그녀를 뚫어지게 바라보았다.

"저도 그랬으면 좋겠네요. 제가 거기 가면 저를 심판했으면 좋겠어요. 그럼 저는 모든 사람 얼굴에 대고 웃음을 터뜨릴 텐데요. 저는 이 집을 불태우고 싶어 못 살겠어요, 알료샤, 우리 집을요. 당신은 여전히 제 말을 믿지 않으시죠?"

"왜 안 믿겠어요? 열두살쯤 되는 아이들 중에도 뭐든 불 지르고 싶어 못 살겠는 아이들이 있고, 실제로 불을 지르기도 합니다. 그건 일종의 병이에요."

"거짓말, 거짓말, 그런 아이들이 있다고 쳐도 저는 그 얘기를 하는 게 아니에요."

"당신은 선한 것과 악한 것을 혼동하고 있어요. 이건 잠깐의 위기인데, 아마도 당신의 예전의 병 탓이겠죠."

"어쨌든 당신은 저를 경멸하는군요! 저는 그냥 선을 행하기 싫은 거예요. 저는 악을 행하고 싶어요. 병하고는 아무 상관없는 일이에요."

"어째서 악을 행하고 싶죠?"

"세상 어디에도 아무것도 남지 않게 하려고요. 아, 아무것도 남지 않으면 얼마나 좋을까! 알아요, 알료샤, 저는 때로 끔찍하게 나쁜 짓을, 수많은 추악한 짓을 하는 생각을 해요. 조용히 오랫동안 하는 거죠, 그러다 문득 다들 알아차리겠지요. 모두가 저를 빙 둘러싸고 손가락질하겠지만, 저는 그들 모두를 쳐다볼 거예요. 정말 기분이 좋겠죠. 이게 왜 이렇게 기분이 좋죠, 알료샤?"

"그래요, 뭐든 좋은 것을 짓밟거나, 당신이 말했듯이 불태우고 싶은 욕구, 그런 것 역시 존재하니까요."

"저는 말만 하는 게 아니라 정말 그렇게 할 거예요."

"그 말을 믿어요."

"아, 믿는다고 하다니, 제가 얼마나 당신을 좋아하는지. 당신은 조금도, 조금도 거짓말이라곤 하지 않아요. 어쩌면 당신은 제가 당신을 놀리려고 일부러 이 모든 말을 한다고 생각하겠죠?"

"아니요, 그렇게 생각하지 않습니다…… 어쩌면 그런 욕구가 조금은 있을 수 있겠지만……"

"조금 있어요. 당신 앞에서는 절대로 거짓말하지 않을게요." 그녀는 불꽃처럼 반짝이는 눈동자로 말했다.

알료샤가 무엇보다 놀란 것은 그녀의 진지함 때문이었다. 예전에는 가장 '진지한' 순간에도 명랑함과 장난기가 떠난 적이 없었는데, 지금 그녀의 얼굴에는 웃음기나 장난기의 그림자도 보이지 않았다.

"사람들이 범죄를 좋아하는 그런 순간들이 있습니다."
알료샤가 생각에 잠겨 말했다.
"맞아요, 맞아! 당신이 제 생각을 바로 말했어요. 좋아하죠, 모두가 좋아하고 언제나 좋아해요, 그냥 그런 '순간'이 있는 게 아니라. 아시겠어요, 그런 점에 대해 언젠가부터 모두가 거짓말을 하기로 약속이라도 한 거 같아요. 그래서 그뒤로는 모두가 거짓말을 하는 거죠. 모두가 나쁜 짓을 증오한다고 말하지만 속으로는 모두가 좋아한다고요."
"여전히 예전처럼 나쁜 책들을 읽으세요?"
"읽어요. 엄마가 읽고 베개 밑에 숨겨두면, 저는 그걸 훔쳐내죠."
"자신을 파괴하는 게 양심에 거리끼지 않나요?"
"저는 스스로를 파괴하고 싶어요. 이곳에 있는 어느 소년은 기차가 자기 위로 지나갈 때 철로 사이에 엎드려 있었대요! 운이 좋은 소년이죠! 들어보세요, 지금 당신 형님이 아버지를 죽였다고 재판을 받지만, 모두가 당신 형님이 아버지를 죽인 걸 좋아하거든요."
"아버지를 죽인 걸 좋아한다고요?"
"좋아하죠, 모두가 좋아해요! 모두가 끔찍하다고 말하지만, 속으로는 끔찍이 좋아해요. 우선 저부터 그런데요."
"모든 사람에 대해 당신이 하는 말은 어느정도 진실이 담겨 있기도 하죠." 알료샤가 조용히 말했다.
"아, 당신이 그런 생각을 하다니!" 리자가 환희에 차서 소리를 질렀다. "수도사의 머리로 말이에요! 믿을지 모르지만, 당신이 결코 거짓말을 하지 않기 때문에 제가 얼마나 당신을 존경하는지요, 알료샤. 아, 제가 우스운 꿈 얘기를 해드릴게요. 저는 이따금 꿈에 악마들을 봐요, 밤인 것 같은데, 제 방에 촛불을 켜고 있으면 갑자기 여기저기 악마들이 보이는 거예요. 방 구석구석, 책상 아래에도요. 문을 열면 악마들이 문 뒤에 떼로 몰려 있다가 들어와서 저를 붙잡고 싶어해요. 점점 다가와서 붙잡으려고 하죠. 제가 갑자기 성호를 그으면 그놈들은 모두 뒤로 물러나면서 두려워해요. 하지만 완전히 사라지진 않죠. 문 옆이나 구석마다 서서 기다려요. 그런데 갑자기 제가 큰 소리로 하느님을 욕하고 싶어 죽겠는 거예요. 그래서 막 욕을 하면 그놈들은 갑자기 다시 떼로 몰려와요. 너무 기뻐하면서 또다시 저를 붙잡으려 하죠. 저는 얼른 다시 성호를 긋고, 그러면 녀석들은 또 뒤로 물러나고요. 아주 재미있고 정신이 아찔해요."

"저도 같은 꿈을 꾸곤 합니다." 알료샤가 불쑥 말했다.

"정말요?" 리자가 놀라서 외쳤다. "들어보세요, 알료샤, 이건 정말 중요하니까 웃지 말고요. 서로 다른 두 사람이 똑같은 꿈을 꾼다는 게 정말로 가능할까요?"

"그럼요, 가능합니다."

"알료샤, 다시 말하는데 이건 정말 중요한 문제예요." 리자가 어쩐지 몹시 놀란 듯 말을 이었다. "꿈이 중요한 게 아니라 당신이 저와 똑같은 꿈을 꿀 수 있다는 게 중요한 거예요. 당신은 한번도 제게 거짓말한 적이 없으니, 지금도 거짓말은 하지 말아요. 그게 정말이에요? 장난으로 하는 소리 아니죠?"

"정말입니다."

리자는 어째서인지 몹시 놀라서 삼십초쯤 말이 없었다.

"알료샤, 제게 와주세요, 더 자주 와줘요." 그녀가 애원하는 목소리로 말했다.

"저는 평생 언제나 당신에게 올 겁니다." 알료샤가 확고하게 말했다.

“저는 당신 한 사람에게만 말해요.” 리자가 다시 말했다. “저 자신에게만, 그리고 당신에게만 말해요. 온 세상에서 오직 당신에게만요. 저 자신에게보다 당신한테 더 기꺼운 마음으로 말해요. 당신 앞에서는 전혀 부끄럽지 않아요. 알료샤, 어째서 당신 앞에서는 전혀 부끄럽지 않을까요, 전혀? 알료샤, 유대인들이 부활절에 아이들을 훔쳐서 칼로 벤다는 게 사실이에요?”

“모르겠습니다.”

“저한테 책이 한권 있는데, 어디선가 있었던 재판 얘기를 읽었어요. 유대인이 네살 먹은 아이를 처음에는 양 손가락을 다 자르고, 그다음에는 벽에 대고 양팔을 벌리게 해 못을 박았대요, 양팔을 벌려 못을 박았다고요. 그 유대인이 말하길 아이는 곧 죽었다는데, 그게 네시간 뒤였대요. 그게 곧 죽었다는 거죠! 아이는 신음했대요, 계속 신음했는데, 그 사람은 그런 아이를 지켜보며 즐겼다는 거예요. 이거 좋죠!”

“좋아요?”

“좋아요. 저는 이따금 생각해요, 못을 박은 건 저 자신이라고. 아이는 매달려 신음하는데 저는 아이 맞은편에 앉아 파인애플 음료를 마시는 거예요. 저는 파인애플 음료를 아주 좋아해요. 당신도 좋아하나요?”

알료샤는 말없이 그녀를 바라보았다. 누렇게 떠서 창백한 그녀의 얼굴이 돌연 일그러지고 눈이 불타올랐다.

“아세요, 저는 그 유대인 이야기를 읽고 밤새도록 눈물을 흘리며 몸을 떨었어요. 아이가 비명을 지르며 신음하는 걸(네살짜리 꼬마도 알 건 다 아니까요) 상상했어요. 그런데 마음 한구석에서는 음료 생각을 떨칠 수가 없는 거예요. 아침이 되어 어떤 사람에게 '꼭' 와달라고 편지를 보냈죠. 그 사람이 왔을 때 저는 그에게 갑자기 소년과 음료 이야기를 했어요. 모든 걸 이야기했어요, 모든 걸, 그리고 '그게 좋다'고 말했죠. 그 사람은 갑자기 웃으면서 그건 정말로 좋은 거라고 말하더군요. 그러고는 일어나서 나가버렸죠. 기껏해야 오분 정도 앉아 있었어요. 그 사람은 저를 경멸한 거죠, 그렇죠? 말해봐요, 말해봐요, 알료샤, 그 사람은 저를 경멸한 건가요, 아닌가요?" 그녀는 긴 안락의자에서 몸을 쭉 펴고 눈을 반짝였다.

"그런데," 알료샤가 흥분해서 말했다. "당신이 스스로 그를, 그 사람을 불렀습니까?"

"그랬어요."

"편지를 보냈나요?"

"네."

"바로 그것, 아이에 대해서 물어보려고요?"

"아니요, 전혀 그런 건 아니에요, 전혀요. 하지만 그 사람이 들어오자 곧 그걸 물어봤지요. 그 사람은 대답하고 웃음을 터뜨리더니 일어나서 나가버렸고요."

"그 사람은 당신에게 정직하게 행동한 겁니다." 알료샤가 조용히 말했다.

"저를 경멸한 거죠? 그래서 웃었겠죠?"

"아니요, 어쩌면 그 자신도 파인애플 음료를 믿기 때문일 겁니다. 그 사람 역시 지금 많이 아픕니다, 리즈."

"맞아요, 그 사람은 믿어요!" 리자가 눈동자를 반짝였다.

"그 사람은 아무도 경멸하지 않아요." 알료샤가 말을 이었다. "그 사람은 다만 아무도 믿지 않을 뿐입니다. 아무도 믿지 않는다면 물론, 경멸하기도 하겠죠.”

“그러니까 저도요? 저를요?”

“당신도요.”

“그건 괜찮아요.” 리자는 어쩐지 이를 악물고 말했다. “그 사람이 웃고 나가버렸을 때 저는 경멸받는 게 좋다고 느꼈어요. 손가락이 잘린 소년도 좋고, 경멸받는 것도 좋다고……”

그러고서 그녀는 왠지 독기 서린 흥분한 얼굴로 알료샤의 눈에 대고 웃음을 터뜨렸다.

“아세요, 알료샤, 아세요, 저는…… 알료샤, 저를 구해주세요!” 그녀는 갑자기 긴 안락의자에서 일어나 그에게 몸을 던지면서 그의 두 손을 꼭 잡았다. “저를 구해주세요.” 그녀는 거의 신음하다시피 했다. “제가 당신에게 한 말을 과연 세상 누구에게 할 수 있을까요? 저는 사실을, 사실을, 사실을 말했어요! 저는 모든 게 역겨워서 죽고 싶어요! 모든 게 역겨워서 살고 싶지가 않다고요! 모든 게 역겨워요, 모든 게 역겹다고요! 알료샤, 당신은 어째서 저를 전혀, 전혀 사랑하지 않는 거예요!” 그녀는 흥분한 채 말을 맺었다.

“아니요, 사랑합니다!” 알료샤가 뜨겁게 대답했다.

“저를 위해 울어주실 건가요, 그럴 거예요?”

“그럴 겁니다.”

“내가 당신의 아내가 되고 싶지 않았다는 것 때문이 아니라, 그냥 나를 위해 울어줄 수 있나요? 그냥요?”

“그럴 겁니다.”

“고마워요! 제게는 오직 당신의 눈물만이 필요해요. 나머지 모두, 전부, 한 사람도 빠짐없이 모두 저를 사형에 처하고 짓밟으라죠! 저는 아무도 사랑하지 않으니까요! 들어보세요, 아-무-도요! 오히려 증오해요! 가세요, 알료샤, 형님께 가보실 시간이에요!" 그녀는 갑자기 그에게서 몸을 뗐다.

"당신을 이렇게 두고 어찌 가나요?" 알료샤가 놀란 듯이 물었다.

"형님께 가세요, 곧 감방 문을 닫을 텐데. 어서 가세요. 여기 당신 모자가 있어요! 미쨔에게 인사를 전해주세요. 가세요, 가세요!"

그러면서 그녀는 억지로 알료샤를 문밖으로 밀어냈다. 그는 슬프고 당황스러운 마음으로 그녀를 바라보다가, 문득 자신의 오른손에 쥐여진 편지를, 꼭꼭 접어 봉인한 작은 편지를 느꼈다. 그는 그것을 얼핏 보고 순간적으로 주소를 읽었다. 이반 표도로비치 까라마조프님께. 그는 재빨리 리자를 쳐다봤다. 그녀의 얼굴은 거의 무섭게 변해 있었다.

"전해주세요, 꼭 전해주셔야 해요!" 그녀는 미친 듯이 온몸을 떨면서 명령했다. "오늘, 당장! 안 그러면 저는 목매달아 죽어버릴 거예요! 이것 때문에 당신을 불렀어요!"

그러고는 재빨리 문을 쾅 닫았다. 철컥 빗장이 걸렸다. 알료샤는 편지를 주머니에 넣고 호흘라꼬바 부인에 대해서는 까맣게 잊은 채 그녀의 방에 들르지 않고 곧장 계단으로 향했다. 알료샤가 멀어지자마자 리자는 곧바로 빗장을 풀어 문을 살짝 열고는 문틈에 손가락을 넣고 문을 있는 힘껏 쾅 닫아 손가락을 찧었다. 십초쯤 뒤에 손을 뺀 그녀는 조용히, 천천히 의자로 가 앉아서 온몸을 꼿꼿이 세우고 시꺼멓게 멍 든 자신의 손가락과 손톱 밑에 밴 피를 뚫어지게 바라보았다. 그녀의 입술이 떨렸고, 그녀는 빠르게 속삭였다.

"비열한 년, 비열한 년, 비열한 년, 비열한 년!"

4. 찬송과 비밀

알료샤가 감방 문의 벨을 울렸을 때는 이미 아주 늦은 시각이었다.(11월의 낮이 길기야 하겠는가.) 해가 져서 이미 어두워지기 시작했다. 그러나 알료샤는 아무 방해 없이 미쨔에게 들여보내줄 것을 알고 있었다. 우리나라 어디서나 마찬가지로 우리 도시에서도 그랬다. 물론 모든 예심이 종결된 직후에는 친척이나 다른 사람들이 미쨔를 면회하려면 몇가지 필수불가결한 형식적 절차를 거쳐야만 출입이 허락되었다. 그러나 나중에는 형식적 절차가 느슨해졌을 뿐 아니라 미쨔를 찾아오는 최소한의 몇몇 인물에 대해서는 자연스럽게 예외 같은 것이 정해졌다. 때로는 지정된 면회실에서 수감자와 두 사람만의 면회가 이루어질 정도였다. 그러나 그런 인물들은 극히 적었다. 기껏해야 그루셴까와 알료샤, 라끼찐이 전부였다. 그루셴까에 대해서는 경찰서장인 미하일 마까로비치 자신이 아주 호의를 보였다. 이 노인은 모끄로예에서 자신이 그녀에게 내지른 호통이 마음에 걸렸던 것이다. 나중에 모든 진실을 알게 된 그는 그녀에 대해 가졌던 생각을 완전히 바꾸었다. 이상한 일은 또 있었다. 미쨔가 범인임을 확고하게 믿으면서도, 그가 갇힌 이래 시간이 지남에 따라 경찰서장은 웬일인지 그를 훨씬 더 부드럽게 보게 되었다. '사람은 착한데, 술에 취하고 방탕한 것 때문에 스웨덴 사람처럼 망한 거야!' 그의 마음에 있던 이전의 경악은 일종의 동정심으로 바뀌었다. 알료샤로 말할 것 같으면, 경찰서장은 그를 몹시 사랑했고 전부터 그를 잘 알고 있었다. 나중에 수감자를 무척 자주 찾아오게 된 라끼찐은, 그가 늘 부르는 대로 '서장댁 귀부인들'의 가장 가까운 지인 중 한 사람으로 그들의 집에 매일 붙어살다시피 하는 사람이었다. 그는 성실한 근무자이자 온순한 노인인 교도관의 집에서 과외선생으로 있었다. 알료샤 역시 오래전부터 그 교도관을 알고 지냈고 각별한 사이였다. 교도관은 대체로 '현명함'에 대해 그와 이야기 나누기를 좋아했다. 그런데 교도관은 물론 그 자신이 '자기 머리로 그 경지에 오른' 대단한 철학자이긴 했어도, 이반 표도로비치에 대해서는 존경하는 정도를 넘어 그의 견해를 두려워하기까지 했다. 그러나 알료샤에게는 어떤 감출 수 없는 호감을 품고 있었다. 최근에 노인은 마침 외경外經을 들고 앉아 자신이 받은 인상을 시시때때로 이 젊은 친구에게 전하곤 했다. 이전에는 수도원까지 그를 찾아와서 그와 수도사제들과 몇시간씩 그것에 관해 논하곤 했다. 한마디로, 알료샤는 감방에 늦게 도착하더라도 교도관에게만 가면 만사가 잘 처리되었던 것이다. 더구나 감옥의 모든 사람이, 제일 말단 보초까지 알료샤와 친숙해진 상태였다. 물론 경비병도 상부의 허락만 있으면 빡빡하게 굴지 않았다. 미짜는 호출을 받으면 언제나 비좁은 감방을 나와 지정된 면회 장소로 내려왔다.

면회실로 들어설 때 알료샤는 이미 미짜를 보고 나오는 라끼찐과 부딪혔다. 두 사람 다 큰 소리로 이야기하고 있었다. 무슨 일인지 미짜는 그를 배웅하면서 웃고 있었고, 라끼찐은 투덜대는 듯했다. 최근에 특히 라끼찐은 알료샤와 만나기를 꺼렸고 거의 이야기도 나누지 않았으며, 인사를 나눌 때도 애써 허리를 굽히지 않았다. 이제 막 들어오는 알료샤를 보고 그는 유난히 눈썹을 찌푸리며 모피 칼라가 달린 크고 따뜻한 외투의 단추를 잠그느라 정신이 팔렸다는 듯이 그를 외면했다. 그러고는 곧바로 자신의 우산을 찾기 시작했다.

“자기 물건은 잊지 말아야지!” 그는 그저 무슨 말이든 하기 위해 중얼거렸다.

“너는 남의 것이나 잊어버리지 마라!” 미쨔가 이렇게 비꼬고는 곧장 자신의 비꼬는 말에 웃음을 터뜨렸다. 라끼찐은 대번에 울화통을 터뜨렸다.

“그런 충고는 이 라끼찐한테 말고 까라마조프네 사람들한테나 해요, 농노제 옹호자의 자손들 같으니!” 그는 갑자기 소리를 지르며 화가 나서 부들부들 떨었다.

“뭐라고? 나는 농담한 거야!” 미쨔가 소리쳤다. “휴, 제길! 사람들이 죄다 저렇다니까.” 그는 재빨리 자리를 뜨는 라끼찐을 턱으로 가리키며 알료샤에게 말했다. “내내 앉아서 웃고 즐거웠는데 갑자기 성을 발칵 내는구나! 너한테는 고개 한번 까딱이지 않고. 왜, 너희들 싸웠니? 그런데 왜 이렇게 늦은 거야? 나는 널 기다리느라 아침 내내 속을 끓였는데. 하지만 괜찮아! 이제라도 만회하면 되지.”

“왜 저 친구가 형한테 이렇게 자주 오는 거예요? 저 친구와 친해지기라도 했어요?” 알료샤 역시 라끼찐이 사라진 문을 턱으로 가리키며 물었다.

“미하일과 친해졌냐고? 아니, 그게 무슨 말이야, 그럴 리가. 저 녀석은 내가…… 비열한 놈이라고 생각해, 농담도 이해를 못 하고. 그게 저런 녀석들의 중요한 특징이지. 결코 농담을 이해 못 할 거야. 저 친구의 영혼은 매몰차고, 진부하고, 메말랐어. 꼭 내가 감방에 도착해 감방 벽을 바라봤을 때와 똑같은 상태야. 하지만 똑똑한 친구야, 똑똑하지. 그나저나 알렉세이, 이제 내 머리통도 끝장이다!”

그는 의자에 앉은 뒤 알료샤를 자기 옆에 앉혔다.

"그래요, 재판이 내일이네요. 그런데 정말 전혀 희망이 없는 건가요, 형?" 알료샤는 조심스러운 마음으로 물었다.

"그게 무슨 소리냐?" 미쨔가 어쩐지 어리둥절한 얼굴로 그를 쳐다봤다. "아, 재판 얘기구나! 제길! 우리는, 너하고 나는 지금까지 쓸데없는 얘기만 했어, 전부 재판 얘기만. 그러면서 제일 중요한 일에 대해서는 입을 다물었으니. 그래, 내일이 재판이지. 그런데 내 머리통이 끝장이란 건 재판 얘기가 아니야. 머리통이 끝장난 게 아니라 머리통 속에 든 게 날아갔다는 소리지. 왜 그렇게 비난하는 얼굴로 보는 거냐?"

"그게 무슨 말이에요, 미쨔형?"

"사상, 사상, 바로 그거 말이다! 윤리학. 그 윤리학이라는 게 뭐냐?"

"윤리학요?" 알료샤는 놀랐다.

"그래, 그건 학문이지. 그런데 어떤 학문이지?"

"그래요, 그런 학문이 있죠…… 다만…… 솔직히 말해서, 그게 어떤 학문인지는 저도 잘 설명할 수 없어요."

"라끼찐은 알더라. 라끼찐은 많이 알아, 제기랄! 수도사에 어울리지 않아. 뻬쩨르부르그로 갈 생각이래. 거기서 고상한 경향의 비평 쪽으로 나갈 거라더군. 뭐, 유익한 일을 할 수도 있고 출셋길을 닦을 수도 있겠지. 아, 저런 녀석들은 출셋길을 닦는 덴 선수야! 윤리학은 때려치워! 나는 끝났어, 알렉세이, 나는 끝났고, 너는 하느님의 사람이야! 나는 널 누구보다도 사랑해. 너를 보면 내 가슴이 뛴다고. 그런데 까를 베르나르는 어떤 사람이냐?"

"까를 베르나르요?" 알료샤는 또 한번 놀랐다.

"아니, 까를이 아니라, 잠깐만, 내가 잘못 말했다. 끌로드 베르나르[9]야. 그게 누구냐? 화학 쪽이냐?"

"틀림없이 무슨 학자일 거예요." 알렉세이가 대답했다. "다만 고백하는데, 그 사람에 대해서도 얘기해줄 게 별로 없어요. 그저 학자란 얘기만 들었고 어떤 학자인지는 모르겠어요."

"제기랄, 나도 모르겠다." 미쨔가 욕을 퍼부었다. "그게 누구든 비열한 녀석이겠지. 그건 확실해, 모두가 비열한 놈이야. 아무튼 라끼찐은 파고들겠지, 그 녀석은 틈새를 파고들 거야. 녀석도 베르나르니까. 에이, 젠장, 베르나르들! 그런 놈들이 너무 많이 생겼어!"

"대체 무슨 일이에요?" 알료샤가 집요하게 물었다.

"저 친구는 나에 대해, 내 사건에 대해 기사를 쓰고 싶어해. 그걸로 문필생활을 시작하고 싶은 거지. 그래서 드나드는 거야. 자기 입으로 설명하더구나, 뭔가 경향성을 띤 걸 쓰고 싶다고. '죽이지 않을 수 없었다, 환경에 잠식당한 것이다' 어쩌고 하는 식으로 쓸 거라고 설명하더라. 또 말하길, 사회주의 색채를 띨 거라나. 악마한테나 가라지. 색채는 색채에 불과해. 나하곤 상관없어. 저 친구는 이반을 좋아하지 않아, 증오해. 너 역시 불쌍하게 생각하고. 뭐, 그래도 저 친구는 영리한 사람이니 내가 쫓아버리지 않는 거야. 하지만 너무너무 우쭐대거든. 내가 방금 저 친구에게 말했지. '까라마조프 사람들은 비열한이지만 철학자들이다, 왜냐하면 진짜 러시아 사람은 전부 철학자니까. 너는 공부는 좀 했을지 모르지만 철학자는 못 된다. 너는 촌놈이다' 하고 말이야. 아주 독살스럽게 웃더군. 내가 또 말해줬지, '취향은 논쟁거리가 아니다'(де мыслибус non

9 Claude Bernard(1813~78). 동식물의 삶을 지배하는 공통원칙을 찾고자 했던 프랑스의 생리학자, 근대 실험의학의 창시자.

est disputandum)[10]라고. 제대로 꼬집었지? 최소한 나도 고전주의에 입문은 했다." 미쨔는 갑자기 웃음을 터뜨렸다.

"어째서 끝장이라는 거예요? 방금 그렇게 말했잖아요?" 알료샤가 말을 끊었다.

"어째서 끝장이냐고? 음! 본질적으로…… 총체적으로 보자면, 하느님이 안됐어, 바로 그 때문이야!"

"어째서 하느님이 안됐다는 거예요?"

"생각해봐, 이건 신경, 머릿속 문제야…… 그러니까 뇌 속에 신경이라는 게 있거든(제기랄)…… 이런 꼬리들이 있어, 신경들에 꼬리가 말이야…… 자, 봐라, 내가 뭔가를 눈으로 보면, 이렇게 말이다, 그러면 그 신경들이 떨리는 거야, 그 꼬리들이 말이야…… 꼬리들이 떨리기 시작하면 형상이 나타나는데, 바로 나타나는 게 아니야. 어떤 순간이, 한순간이 지나면 뭔가 그런 찰나가, 그러니까 찰나가 아니라, 찰나 따윈 악마나 잡아가라고 하고, 하나의 형상이, 대상이나 사건이 나타나는 거지. 그리고 제길, 바로 그 때문에 내가 관조하고, 그다음엔 사유하게 되는 거야…… 그건 신경 꼬리가 있기 때문이야, 내게 영혼이 있어서가 아니라. 내가 어떤 형상이나 모양을 닮은 것도 아니고.[11] 그건 죄다 어리석은 소리지. 동생아, 이건 어제 미하일이 나한테 설명해준 거다. 나는 정신이 번쩍 들었어. 알료샤, 그 과학이라는 건 정말 멋진 거다! 신인류가 등장할 거고, 나는 그걸 이해해…… 어쨌든 하느님이 안됐어!"

"그래도 그건 좋은 일이네요." 알료샤가 말했다.

10 러시아어와 라틴어를 섞어 쓰고 있다.

11 드미뜨리는 성경의 창조론에 대해 말하고 있다. 창세기에 따르면 인간은 하느님의 형상과 모양을 본떠 창조되었다고 한다.

"하느님이 안됐다는 거? 화학이야, 동생아, 화학! 어쩔 수가 없어, 신성하신 수도사님들, 조금만 옆으로 비켜주세요, 화학께서 나가시니! 라끼찐은 하느님을 사랑하지 않아, 결코 사랑하지 않아! 그게 그 사람들 모두의 가장 아픈 구석이야! 하지만 숨기고 있지. 거짓말을 하고 있는 거야. 연기를 하고 있어. '어때, 비평 분야에서 이런 사상을 좇을 건가?' 내가 물었지. '그렇게 내놓고 하게 두진 않을 거예요'라고 하면서 웃더군. '다만, 그렇다면 사람은 어떻게 되는 거지? 하느님도 없고 내세의 삶도 없는 거 아닌가? 그러면 이제 모든 것이 허용되는 건가, 무슨 짓이든 할 수 있다는 건가?'라고 물으니 '그걸 몰랐어요?'라고 하더구나. 그러고서 웃었어. '똑똑한 사람은 뭐든 할 수 있어요. 똑똑한 사람은 제 잇속을 차릴 줄 알지만, 형은 사람을 죽였으니 불행에 빠져 감옥에서 썩게 될 테죠!'라고 하더라. 나한테 그렇게 말하더란 말이다! 진짜 돼지 같은 놈이야! 예전 같으면 저런 놈은 집어던졌을 텐데, 지금은 그냥 듣고 있다. 하여간 중요한 말도 많이 하니까. 글도 잘 써. 일주일쯤 전부터 나한테 논문을 하나 읽어주기 시작했는데, 내가 거기서 일부러 세 줄 정도 뽑아서 베껴놨지. 잠깐만, 여기 있다."

미쨔는 서둘러서 조끼 주머니에서 작은 종이를 꺼내어 읽었다.

"'이 문제를 해결하기 위해서는 무엇보다 먼저 자신의 인격을 현실과 대치시켜야만 한다.' 무슨 소린지 알겠니, 모르겠니?"

"아니, 모르겠어요." 알료샤가 말했다.

그는 호기심 어린 눈으로 미쨔를 주의 깊게 살피며 그의 말을 들었다.

"나도 모르겠어. 미심쩍고 모호한데, 그래도 똑똑하긴 해. 그 친구 말이 '지금은 모두가 이렇게 써, 환경이 그러니까'라더군……

환경을 두려워하는 거야. 그 친구는 시도 쓰고 있어, 비열한 녀석이. 호흘라꼬바의 발을 노래했더군. 하하하!"

"그 얘긴 들었어요." 알료샤가 말했다.

"들었냐? 그 시도 들었어?"

"아니요."

"나한테 그 시가 있다. 자, 여기, 내가 읽어주마. 내가 말해주지 않았으니 너는 모르겠지만, 여기엔 완전히 이야기 한편이 들어 있어. 악당 같으니! 그 녀석이 삼주 전에 나를 조롱할 작정으로 말하더군. '형은 바보처럼 3천 루블 때문에 불행에 빠졌지만, 나는 저 사람들의 15만 루블을 훔칠 거요. 어느 과부와 결혼해서 뻬쩨르부르그에 석조 저택을 살 겁니다'라고 말이야. 호흘라꼬바 부인 꽁무니를 쫓아다니고 있는데, 그 여자는 젊을 때부터도 영리하지 못했는데 이제 나이 마흔이 되어서는 완전히 이성을 잃었다더군. '감수성이 아주 예민하니까 바로 그 점을 공략해서 그 여자 마음을 얻을 겁니다. 결혼해서 그 여자를 뻬쩨르부르그로 데려가 거기서 신문을 발간할 거예요' 하더라고. 어찌나 추잡하고 음탕하게 침을 질질 흘리던지, 호흘라꼬바 부인한테가 아니라 그 15만 루블에 말이야. 나한테 큰소리를 치더라. 그랬어, 날마다 나한테 와서는 여자가 자기에게 넘어오고 있다고 하더라고. 기뻐서 얼굴에서 빛이 났어. 그러더니 갑자기 쫓겨났지. 뻬르호찐 뾰뜨르 일리치가 이긴 거야, 멋지게도! 녀석을 쫓아내다니, 그 바보 같은 여자한테 뽀뽀를 잔뜩 해주고 싶다! 하여간 그때 나한테 드나들면서 그 시를 썼지. '처음으로 내 손을 더럽히며 시를 씁니다, 유혹하기 위해, 그러니까 유익한 일을 하려고요. 그 바보 같은 여자에게서 돈을 얻어내 시민의 공익을 위해 쓸 수 있어요' 뭐 그런 거였어. 저들에겐 온갖 종류의 추악한 시민 어쩌고 하는 변명이 많아! '어쨌든, 당신의 뿌시낀보다 더 잘 썼어요, 농담 같은 시에 시민적 비애를 버무렸으니까요' 하더라고. 뿌시낀에 대해 한 말은 나도 이해해. 그 작가는 정말로 재능 있는 사람인데도 발에 대해서만 묘사했으니까! 하여간 자기 시를 아주 자랑스러워했어! 그런 녀석들은 자만심이 얼마나 센지, 자만심이! '내 임의 아픈 발의 회복을 빌며' 이런 제목을 생각해냈더군. 영리한 놈이긴 해!

얼마나 아름다운 발인가!
발, 살짝 부어오른 발!
의사들이 다니며 치료를 하고
붕대를 감아 일그러뜨린다.

나는 발 때문에 괴로운 게 아니다,
그건 뿌시낀이나 노래하라지.
나는 그 머리 때문에 괴롭다,
사상을 이해하지 못하니.

겨우 조금 이해했건만,
발이 방해하는구나!
예쁜 머리가 이해하도록
발이 어서 나아야 할 텐데.[12]

12 라끼찐의 시는 드미뜨리 미나예프(Дмитрий Д. Минаев, 1835~89)가 여성의 발에 대한 환상을 표현한 뿌시낀의 시를 패러디한 것과 유사한 스타일이다.

돼지야, 정말 돼지 같은 녀석인데, 그 추잡한 녀석한테서 정말 웃긴 시가 나왔어! 정말로 '시민적 요소'를 집어넣었다니까. 그러고서 쫓겨났으니 얼마나 화를 냈는지 몰라. 이를 갈더군!"

"그 친구는 벌써 복수했어요." 알료샤가 말했다. "호흘라꼬바 부인에 대해 기고했거든요."

그러면서 알료샤는 『소문』에 난 기사 얘기를 짤막하게 해주었다.

"그건 그 녀석 짓이구나, 그 녀석!" 미쨔가 얼굴을 찡그리고 단언했다. "바로 그 녀석이야! 그 보도들…… 예를 들어 그루샤에 대해서도 얼마나 저열한 내용을 썼던지! 그 여자, 까쨔에 대해서도 마찬가지야…… 흠!"

그는 걱정에 싸여 방을 거닐었다.

"형, 저는 오래 있을 수 없어요." 침묵하던 알료샤가 말했다. "내일은 형에게 끔찍하고도 아주 중요한 날이에요. 하느님께서 형을 심판하실 텐데…… 난 놀라울 따름이에요, 형은 계속 왔다 갔다 하면서 그 중요한 일은 제쳐두고 무슨 엉뚱한 얘기만 하고 있으니……"

"아니, 놀랄 거 없다." 미쨔가 열을 내며 말을 막았다. "그럼 내가 그 냄새 나는 수캐 얘기를 해야 할까, 그러냐? 그 살인자 얘기를? 그 일이라면 충분히 얘기를 나눴잖아. 더이상 그 냄새 나는 스메르쟈샤야의 아들 얘기는 하기 싫어. 하느님이 그 녀석을 죽이시겠지. 곧 보게 될 거다. 그러니 입 다물어!"

그는 흥분해서 알료샤에게 다가오더니 문득 입을 맞췄다. 그의 눈이 불타는 듯했다.

"라끼찐은 이걸 이해 못해." 그는 어떤 환희에 빠진 것 같았다.

"너는, 너는 모든 걸 이해할 거다. 그래서 내가 너를 고대한 거야. 봐라, 나는 오래전부터 여기 이 낡아빠진 벽 안에서 네게 많은 이야기를 하고 싶었지만, 제일 중요한 것에 대해서는 침묵했어. 아직 때가 되지 않은 것 같았거든. 이제 드디어 네게 내 마음을 털어놓으려 기다려온 마지막 순간이 왔다. 동생아, 나는 최근 두달 사이에 내 안에서 새로운 사람을 느껴왔다, 내 안에서 새로운 인간이 부활했어! 내 안에 갇혀 있었지만, 이 벼락과 같은 일이 아니었다면 절대로 나타나지 않았을 그런 인간이야. 무서운 일이야! 광산에서 이십년 동안 망치로 광석을 캐내게 된대도 상관없어. 그런 건 전혀 두렵지 않아. 지금 내게 두려운 건 다른 거야. 나한테서 부활한 이 인간이 떠나지 않았으면 좋겠다는 거다! 거기 광산에서, 지하에서, 바로 내 옆에 있는 유형수들과 살인자들 속에서 나는 사람의 마음을 찾을 수 있고, 그 사람들과 하나가 될 수 있어. 거기서도 사람이 살고, 사랑하고, 괴로워할 수도 있으니까! 유형수들 속에서도 얼어붙은 심장을 일깨워 부활시킬 수 있고, 몇년이든 그 사람들을 돌보고 마침내는 그 소굴에서 세상으로 고상한 영혼, 동정을 아는 의식을 만들어내고, 천사를 부활시키고, 영웅을 되살릴 수 있으니까! 그런 사람들은 많아, 수백명은 될 거야. 우리 모두가 그 사람들에게 죄를 지었지! 왜 나는 그때 바로 그 순간에 '아이'에 대한 꿈을 꾸었을까? '어째서 아이들이 가난하지?' 그 순간 그건 내게 예언이었어! 나는 '아이들'을 위해 가는 거야. 왜냐하면 모두가 모두에게 죄를 지었으니까. 모든 '아이들'에게 죄인이니까. 작은 아이들도 있고 큰 아이들도 있으니 모두가 '아이'인 거지. 누군가는 모두를 위해 가야 할 필요가 있으니, 나는 모두를 위해 갈 거야. 나는 아버지를 죽이지 않았지만, 가야 해. 받아들이는 거야! 이 모든 생각이 내 머릿속에 들어왔어…… 바로 이 낡은 벽 안에서 말이야. 그곳엔 그런 사람이 많아, 수백명은 되겠지, 지하에 있는 사람들, 손에 망치를 든 사람들이. 오, 그래, 우리는 쇠고랑을 찰 테고 자유를 잃을 거야. 하지만 그때 우리는 깊은 슬픔 속에서 다시 기쁨 가운데 부활할 거야, 기쁨 없이 인간은 살 수 없으니까, 하지만 하느님이 기쁨을 주시고, 그게 그분의 특권, 위대한 특권이니까 우리는 하느님과 하나가 될 거야…… 주여, 기도 속에 인간은 녹아내릴지어다! 하느님 없이 내가 지하에서 어떻게 살 수 있을까? 라끼찐은 거짓말을 하고 있어. 하느님을 지상에서 몰아내면, 우리는 지하에서 그분을 부활시킬 거야! 유배지에서 강제노동을 하는 사람들은 하느님 없이는 살 수 없어, 유형수가 아닌 사람들보다 더 살 수 없어! 그때 우리, 지하의 사람들은 땅속 핵심에서부터 기쁨 넘치는 하느님께 비장한 찬송을 올릴 거야! 나는 하느님을 사랑해!"

미짜는 감정에 복받쳐 말들을 내뿜으며 거의 숨을 헐떡였다. 그는 창백했고, 그의 입술은 떨렸으며, 눈에서는 눈물이 흘렀다.

"아니야, 생명은 충만해, 지하에도 생명은 있어!" 그는 다시 시작했다. "너는 믿지 못할 거다, 알렉세이, 내가 지금 얼마나 살고 싶은지, 얼마나 존재하고 의식하고 싶은 갈망으로 가득한지. 바로 이 낡은 벽 안에서 내 안에서 그게 탄생했어! 라끼찐은 그걸 이해하지 못해, 그 녀석은 집을 짓고 세입자를 들일 생각이나 하지. 하지만 나는 너를 기다렸어. 그래, 고통이란 게 뭐지? 나는 고통이 두렵지 않아, 설사 그 고통이 끝이 없다 할지라도. 이전엔 두려웠지만, 지금은 두렵지 않아. 있잖아, 나는 어쩌면 재판에서 아예 답변을 하지 않을지도 몰라…… 내 안에 지금 이 힘이 얼마나 가득한지, 모든 고통에도 불구하고 나는 계속 싸울 거야, 오로지 나 자신에게 그 한마디, '나는 존재한다'라고 말하기 위해. 수천가지 고통 가운데서도 나는 존재하고, 고문에 몸을 비틀면서도 나는 존재한다! 기둥에 묶여 있어도 나는 존재하고 태양을 봐. 태양을 보지 못한다 해도 여전히 태양이 있다는 걸 나는 알아. 태양이 있다는 걸 아는 것, 바로 그것만으로도 완전한 삶이야. 알료샤, 너는 나의 게루빔이야. 갖가지 철학이 나를 죽도록 괴롭히지만, 다 악마한테나 가라고 해! 이반은……"

"이반형이 뭐요?" 알료샤가 그의 말을 가로채려 했지만, 미쨔는 그 말을 듣지 못했다.

"그러니까, 이전에 나는 이런 모든 의심을 전혀 갖고 있지 않았는데, 내 안에 모든 게 숨어 있었던 거야. 어쩌면 내 안에 알 수 없는 사상들이 들끓고 있었기 때문에 내가 술을 마시고 싸우고 화를 내고 했는지도 몰라. 내 안에 있는 그것들을 잠재우기 위해, 그것들을 온순하게 하고 억누르기 위해 싸웠던 거지. 동생 이반은 라끼찐이 아니야, 그애는 사상을 숨기고 있어. 이반은 스핑크스처럼 침묵하고 있어, 늘 침묵하지. 하지만 나를 괴롭히는 건 하느님이야. 오로지 하느님만이 괴롭혀. 만일 하느님이 없다면 어떻게 될까? 만일 라끼찐이 옳다면 어쩌지? 그건 인류가 만들어낸 인공적인 개념이란 말인가? 그렇다면, 하느님이 없다면 인간은 이 지상의, 세계의 대장이다. 대단하네! 다만, 인간은 하느님 없이 어떻게 선해질 수 있을까? 그게 의문이야! 나는 계속 이 얘기를 하는 거야. 그렇다면 누구를 사랑하게 될까, 인간이 말이야. 누구에게 감사할 것이며, 누구를 찬송하게 될까? 라끼찐은 웃더구나. 하느님 없이도 인류를 사랑할 수 있다고 하더라고. 그 코흘리개 쭉정이가 그렇게 주장하더라니까. 하지만 나는 도무지 이해할 수 없어. 라끼찐은 사는 게 쉽겠어. 오늘 그 친구가 내게 그러더라, '인간의 시민권의 신장을 위해 애쓰는 게 차라리 낫겠어요, 아니면 쇠고깃값이 더 오르지 않게라도 애쓰든지. 인류를 사랑하는 데는 철학보다 그게 더 단순하고 가까운 길이죠'라고. 나는 그 말에 바보 같은 답을 했어. '하느님이 없다면 너는 닥치는 대로 쇠고깃값을 올려서 1꼬뻬이까로 1루블을 벌어먹을[13] 놈이야'라고. 그 친구는 엄청 화를 내더군. 그런데 선이란 무엇이냐? 나한테 대답해봐라, 알렉세이. 나한테 어떤 선이 있다면 중국 사람에게는 또다른 선이 있어. 그러니까 상대적이란 말이지, 안 그러냐? 아니면, 상대적인 게 아닌 건가? 까다로운 문제야! 내가 이것 때문에 이틀 밤을 못 잤다고 해도 너는 비웃지 않겠지? 나는 지금 사람들이 저기서 어떻게 사는지, 어떻게 그 생각은 전혀 하지 않는지가 놀라워. 부질없다! 이반에겐 하느님이 없어. 그 녀석에겐 사상이 있지. 나하고는 차원이 달라. 하지만 그 녀석은 입을 다물고 있어. 나는 그 녀석이 프리메이슨이라고 생각해. 그애한테 물어봤지만 침묵하더군. 녀석의 샘에서 물을 좀 얻어마시고 싶었는데 입을 다물더라고. 딱 한번, 딱 한마디 하더라."

"뭐라고 했는데요?" 알료샤가 서둘러 말을 받았다.

"내가 물었지, 그렇다면 모든 게 허용된다는 거냐고. 그애는 얼굴을 찡그리더군. '표도르 빠블로비치, 우리 아버지는 돼지새끼였지만, 생각은 옳았어' 하더구나. 그런 엉뚱한 대답을 하더라고. 그게 그 녀석이 한 말 전부였어. 라끼찐보다야 낫지."

"그렇군요." 알료샤가 쓰라린 마음으로 동의했다. "언제 형을 찾아왔었어요?"

---

13 1루블은 100꼬뻬이까이다.

“그건 나중에, 지금은 다른 얘기를 하자. 나는 이제까지 이반에 대해 네게 거의 아무 말도 하지 않았다. 끝까지 미뤄왔지. 나의 이 사건이 끝나고 판결이 내려지면, 그때는 뭔가 얘기해주마, 다 얘기해줄게. 무서운 일이 하나 있는데…… 이 일에서 너는 나의 재판관이 될 거야. 하지만 지금은 이 얘기를 안 할 테다, 지금은 침묵. 자, 너는 내일 재판 얘기를 하는구나. 그런데 믿을지 모르지만, 나는 아무것도 모른다.”

“그 변호사와 이야기해봤어요?”

“변호사는 무슨! 나는 그 사람한테 다 말했어. 점잖은 사기꾼이야, 수도에서 굴러먹던. 베르나르 같은 인간이라고! 그 사람은 내 말을 눈곱만큼도 믿지 않아. 내가 죽였다고 확신하지. 나 참, 그 정도는 나도 안다고. ‘그럼 당신은 왜 나를 변호하러 온 거요?’ 하고 내가 물었지. 그런 인간들한테는 침이나 뱉어줘야 해. 의사도 데려왔더라, 날 미친놈으로 보이게 하려고. 그건 내가 용납하지 않아! 까쩨리나 이바노브나는 끝까지 ‘자기의 의무’를 다하고 싶어해, 수단과 방법을 가리지 않고!” 미쨔는 쓰디쓴 미소를 지었다. “여우 같아! 여자의 마음이란! 내가 그때 모끄로예에서 자기에 대해 ‘무서운 분노’의 여인이라고 말한 걸 그 여자도 알아! 사람들이 전해줬지. 그래, 불리한 증언들이 바닷가의 모래알처럼 많아졌어! 그리고리는 자신의 주장을 고집하고 있고. 그리고리는 정직하지만 바보야. 바보라서 정직한 사람이 많지. 이건 라끼찐의 생각이야. 그리고리는 내 적이야. 하기야 친구보다 적으로 있는 게 유리한 사람들도 있지. 까쩨리나 이바노브나를 두고 하는 얘기다만. 나는 두려워, 아, 나는 그 여자가 4500루블을 받고서 땅에 닿도록 절했다는 얘기를 법정에서 할까봐 두렵다고! 까쩨리나는 한푼도 남김이 없이 다

되갚을 거야![14] 나는 그 여자의 희생을 원치 않아! 그들은 법정에서 내게 망신을 주겠지! 나는 어떻게든 참아낼 거다. 알료샤, 까쩨리나 이바노브나에게 가서 법정에서 그 얘기를 하지 말아달라고 부탁 좀 해다오, 안 될까? 제기랄, 어쨌거나 나는 참아낼 거야! 까쩨리나 이바노브나가 불쌍하진 않아. 그 여자 자신이 원해서 그러는 거니까. 자업자득이지. 알렉세이, 나는 할 말을 할 거다." 그는 다시 씁쓸한 미소를 지었다. "다만…… 다만 그루샤는, 그루샤는, 주여! 그루샤는 무엇 때문에 그런 짐을 져야 하는 건지!" 그는 갑자기 눈물을 흘리며 탄식했다. "그루샤 때문에 힘들다. 그루샤 생각만 하면 죽을 것 같아, 죽을 것 같다고! 조금 전에도 왔다 갔는데……"

"그녀가 말해줬어요. 오늘 형 때문에 아주 속상해하더라고요."

"알아. 이놈의 성격, 악마나 잡아가라. 내가 질투가 났어! 보내면서 후회가 되어 키스해줬지만, 용서를 구하진 않았어."

"어째서 용서를 구하지 않았어요?" 알료샤가 외쳤다.

미쨔는 별안간 거의 유쾌한 듯이 웃음을 터뜨렸다.

"이 귀여운 녀석을, 주여, 보호하소서. 사랑하는 여자에게는 언제라도 잘못했다고 용서를 구해선 안 된다! 특히, 특히나 네가 사랑하는 여자에게는, 네가 아무리 잘못을 했더라도 말이다! 왜냐하면, 얘야, 여자란 말이지, 도대체 어떤 존재인지 알 수가 없지만 말이야, 최소한 나는 여자들을 조금은 알거든! 여자 앞에서 잘못을 인정해보렴. '잘못했어, 용서해줘, 미안해'라고 하는 순간 곧바로 온갖 욕을 바가지로 들어야 해! 절대로 그냥 곧바로 용서해주지 않아. 너를 걸레가 될 만큼 짓밟고, 없던 일까지 낱낱이 파헤치고, 전

14 마태오의 복음서 5:26 "분명히 말해둔다. 네가 마지막 한푼까지 다 갚기 전에는 결코 거기에서 풀려나오지 못할 것이다"에서 나온 구절이다.

부 끄집어내서는 결코 잊지 않을뿐더러 자기 하소연까지 보태고는 그제야 용서를 해준단 말이다. 그것도 여자들 중에서 제일 나은, 제일 나은 여자들이 그렇다고! 마지막 쓰레기까지 박박 긁어모아서 네 머리 위에 뒤집어씌울 거야. 너한테 말하지만, 여자들 속에는 하나같이 그런 흡혈귀 같은 성향이 들어앉아 있어, 그 천사들 속에 말이야. 그런데 여자들 없이 우린 살 수 없거든! 알겠니, 귀여운 동생아, 솔직하고 단순하게 말해주마. 아무리 괜찮은 남자라도 모두, 어떤 여자든 여자들 발밑에 깔려 살아야 해. 그게 내 신념이야. 신념이 아니면 느낌이라고 해두지. 남자는 너그러워야 해. 그렇다고 남자 체면을 구기는 게 아니야. 영웅이라도, 카이사르라도 그런다고 체면을 구기진 않지! 하지만 뭐, 그래도 용서를 구하진 마라, 절대로. 이 원칙을 기억해둬, 여자 때문에 망한 네 형 미쨔가 너한테 가르쳐주는 거니까. 아니, 나는 용서를 구하느니 차라리 그루샤에게 어떻게든 보상할 거야. 나는 그루샤를 숭배해, 알렉세이, 숭배한다고! 그루샤만 그걸 몰라. 아니, 그루샤는 사랑에 목말라해. 그루샤는 나를 괴롭혀, 사랑으로 괴롭히는 거야. 전에는 어땠는데! 전에는 악마 같은 변덕으로 날 괴롭혔는데, 이제 나는 그루샤의 영혼을 내 영혼에 받아들였고, 그루샤를 통해 사람이 되었어! 우리의 결혼을 허락해줄까? 안 그러면 질투심 때문에 나는 죽고 말 거야. 매일 그런 꿈을 꿔…… 그루샤가 나에 대해 뭐라고 하던?"

알료샤는 조금 전에 그루샤가 한 말을 그대로 되풀이했다. 미쨔는 열심히 듣고 여러가지를 되묻고는 만족스러워했다.

"내가 질투해도 화내지 않았구나." 그가 외쳤다. "진짜 여자야! '나 자신도 마음이 사납다'라니. 오, 나는 그런 여자들이 좋아, 사나운 여자들, 나를 질투할 때는 참을 수 없지만, 그건 참을 수 없지만 말이다! 그러면 우린 다투게 될 거야. 하지만 사랑할 거야, 나는 그루샤를 영원히 사랑할 거야. 우리가 결혼하게 해줄까? 유형수들도 과연 결혼하게 해줄까? 그게 문제야. 하지만 그루샤 없이 나는 못 살아……"

미쨔는 침울하게 방 안을 서성였다. 방 안은 거의 어두워졌다. 그는 갑자기 무서울 만큼 걱정에 휩싸였다.

"그러니까 비밀이라고, 비밀이란 말을 했단 말이지? 자기를 빼고 나하고 세 사람이 음모를 꾸미고 '까찌까'도 끼어 있다고? 아니야, 그루셴까, 그건 아니야. 당신이 오해한 거야, 어리석은 여자들처럼 오해한 거라고! 알료샤, 귀여운 동생아, 에이, 그래! 네게 우리 비밀을 알려주마!"

그는 사방을 둘러보고는 재빨리 자기 앞에 서 있는 알료샤에게 바짝 다가와, 실은 아무도 그들의 말을 들을 수 없는데도 불구하고 은밀하게 속삭였다. 늙은 교도관은 구석의 나무의자에 앉아 깊이 잠들어 있었고, 보초병에게까지는 아무 소리도 들리지 않는 거리였다.

"내가 우리의 비밀을 전부 털어놓지!" 미쨔가 서둘러 속삭였다. "나중에 말해주려 했다. 너 없이 내가 뭘 결정할 수 있겠냐? 너는 내 전부야. 이반이 우리보다 훨씬 위에 있다고 내가 말하긴 했다만, 너는 내 게루빔이잖냐. 네 판단만이 결정적이다. 어쩌면 네가 우위에 있는지 몰라, 이반이 아니라. 알겠냐, 이건 양심의 문제, 최고 양심의 문제야. 아주 중대한 비밀이라 나 혼자 처리할 수 없는 거야. 그래서 네게 미룬 거지. 어쨌든 지금 결정하는 건 아직 이르고, 판결을 기다릴 필요가 있어. 판결이 나면 그때는 네가 내 운명을 결정해다오, 지금은 결정하지 말고. 이제 내가 네게 말하면 듣기만 하고 결정은 내리지 말란 말이다. 잠깐, 가만있어봐, 네게 모든 걸 밝히진 않을게. 자세한 건 빼고 요지만 말해줄 테니 너는 아무 말도 하지 마라. 질문도 하지 말고 움직이지도 말고, 알았지? 그런데, 맙소사, 네 눈을 어떻게 보지? 네가 입을 다물고 있어도, 네 눈이 네 결정을 얘기할까봐 두렵구나. 아, 두려워! 들어봐라, 이반은 내게 탈출하라고 권하고 있어. 자세한 건 말하지 않을게. 모든 준비가 돼 있고 모든 게 잘 풀릴 수 있어. 가만있어, 아직 결정을 내리지 마. 그루샤와 함께 아메리카로 가라는 거야. 나는 그루샤 없이는 살 수 없으니까! 그곳에서 그루샤가 오는 걸 허락해줄까? 유형수를 결혼하게 해줄까? 이반은 아니라고 하더라. 그루샤 없이 그곳 지하에서 망치를 들고 나더러 어떻게 하라고? 그 망치로 내 머리나 박살내겠지! 그런데 또 한편으로 양심은 어쩌지? 고난으로부터 도망치는 거잖아! 계시가 있었는데 그 계시를 거부하고, 정화의 길이 있었는데 왼쪽으로 피해가는 거잖아. 이반은 아메리카에서도 '선한 기질'만 갖고 있으면 지하에 있는 것보다 더 유익한 영향을 끼칠 수 있다고 말하더라. 그래, 그런데 지하에서의 우리의 찬송은 어떻게 만들어내지? 아메리카가 뭐냐, 아메리카 역시 헛되고 헛된 것이다! 내 생각엔 아메리카에도 사기가 판을 칠 거다. 그러니 나는 십자가형을 피해 도망치는 것뿐 아니냐! 그래서 네게 얘기하는 거다, 알렉세이. 너만이 이걸 이해할 수 있지, 다른 사람은 아무도 못할 거다. 다른 사람들한테는 이게 다 어리석은 소리고 헛소리지, 내가 찬송 어쩌고 한 얘기가 전부. 사람들은 나더러 미쳤거나 바보라고 할 거야. 하지만 나는 미치지 않았고, 바보도 아니야. 이반도 찬송을 이해해. 오, 이해는 하지만, 다만 거기에 답하지 않고 입을 다물고 있지. 찬송을 믿지 않으니까. 말하지 마라, 말하지 마, 나는 네가 어떻게 생각하는지 알아. 너는 벌써 결정을 내렸구나! 결정하지 말고 나를 좀 봐다오. 나는 그루샤 없이는 살 수 없어. 재판이 끝날 때까지 기다려다오!"

미쨔는 극도로 흥분한 채 말을 마쳤다. 그는 양손으로 알료샤의 어깨를 붙들고 타오르듯 간절한 눈길로 그의 눈을 응시했다.

"유형수를 결혼하게 해줄까?" 그는 애원하는 목소리로 세번째로 되풀이했다.

알료샤는 그의 말을 들으면서 너무나 놀랐고 깊은 충격을 받았다.

"한가지만 말해줘요." 그가 말했다. "이반형이 고집을 피우고 있군요. 그런데 누가 이걸 먼저 생각해냈나요?"

"이반, 이반이 생각해냈고, 이반이 고집을 피우는 거다! 이반은 내내 나를 찾아오지 않다가 갑자기 일주일 전에 와서는 대뜸 이 얘기를 꺼내더라. 무섭게 고집을 피우고 있어. 권유가 아니라 명령을 하고 있다. 내가 자기 말을 들을 거라는 걸 의심도 하지 않아. 너한테 그랬듯 내 심장을 다 끄집어내 보여주고 찬송 얘기를 했는데도 말이다. 이반은 이 일을 어떻게 준비할 건지 얘기해줬어. 모든 정보를 알아봤단다. 하지만 그건 나중에 얘기하자. 녀석은 히스테리에 걸릴 정도로 열심이야. 중요한 건 돈이지. 이반 말로는 탈출에 1만 루블, 아메리카로 가는 데 2만 루블이 들고, 일단 1만 루블이면 된다더구나. 호화로운 탈출을 계획하고 있지."

"나한테는 절대로 말하지 말라고 명했다고요?" 알료샤가 다시 물었다.

"절대로, 아무한테도, 무엇보다 너한테, 너한테는 절대로 말하지 말라더구나. 아마도 네가 내 앞에 양심으로 서 있는 게 두려운가봐.

내가 너한테 말했다는 얘긴 이반에게 하지 마라. 오, 말하지 마!"

"형 말이 맞아요." 알료샤가 결정을 내렸다. "판결이 있기 전에는 결정할 수 없어요. 판결 후에 형 스스로 결정해요. 그때는 형 자신 안에서 새로운 사람을 발견하게 될 거고, 그 사람이 결정을 내릴 거예요."

"새로운 사람이거나 베르나르를 발견하겠지. 그리고 베르나르식으로 결정을 내리게 될 거야! 그러니 나 자신이 그 경멸할 만한 베르나르 같구나!" 미쨔가 멋쩍게 찡그리며 웃었다.

"그런데 정말로, 정말로, 형은 절대 무죄가 입증될 수 없다고 생각하는 건가요?"

미쨔는 불안하게 어깨를 으쓱이고는 부정적으로 머리를 가로저었다.

"알료샤, 귀여운 동생아, 이제 가야 할 시간이다!" 그가 갑자기 서둘렀다. "교도관이 밖에서 소리를 질렀으니 곧 여기로 올 거야. 늦었다. 이건 규칙위반이야. 어서 나를 안고 입맞추고 성호를 그어다오, 귀여운 동생, 내일의 십자가를 위해 성호를 그어줘."

그들은 서로를 안고 석별의 입맞춤을 했다.

"이반은," 미쨔가 갑자기 말했다. "탈출하라고 제안하는데, 내가 죽였다고 믿는 거야!"

그의 입가에 서글픈 미소가 떠올랐다.

"형이 물어봤어요, 믿는지 안 믿는지?" 알료샤가 물었다.

"아니, 묻지 않았어. 묻고 싶었지만 그러지 못했지. 그럴 힘이 나지 않았어. 아무튼 마찬가지야, 눈을 보면 아니까. 그럼, 잘 가라!"

그들은 또 얼른 입을 맞추었고, 알료샤가 나가려고 할 때 갑자기 미쨔가 다시 불렀다.

“내 앞에 서봐라, 이렇게.”

그는 다시 알료샤의 어깨를 양손으로 굳게 잡았다. 그의 얼굴은 갑자기 아주 창백해져서 거의 캄캄한 가운데서도 아주 또렷이 눈에 띌 정도였다. 입술은 일그러졌고, 눈길은 알료샤에게 고정되어 있었다.

“알료샤, 주 하느님 앞에서처럼 있는 그대로 내게 말해다오. 너는 내가 죽였다고 믿느냐, 아니냐? 너는, 너 자신은 믿느냐, 아니냐? 완전한 진심을 말해다오, 거짓말하지 말고!” 그는 알료샤에게 미친 듯이 소리쳤다.

알료샤는 온몸이 흔들리는 것 같았고 뭔가가 심장을 날카롭게 스치듯이 고동치는 소리가 들렸다.

“그만둬요, 형, 무슨 소릴……” 그는 당황한 듯이 웅얼거렸다.

“솔직히 말해, 솔직히, 거짓말하지 말고!” 미쨔가 되풀이했다.

“형이 살인자라곤 단 한순간도 믿은 적 없어요.” 알료샤의 가슴에서 갑자기 떨리는 목소리가 솟구쳐 나왔다. 그는 자기가 하는 말의 증인으로 하느님을 청하듯 오른손을 쳐들었다. 그 순간, 미쨔의 얼굴 전체가 감격으로 환히 빛났다.

“고맙다!” 마치 기절했다 깨어나 한숨을 내뱉듯 그는 말끝을 길게 늘이면서 내뱉었다. “너는 방금 나를 살렸어…… 믿을지 모르겠지만, 이제까지 너한테 묻기가 두려웠다. 너한테, 너한테 묻는 게 말이야! 자, 가봐, 가거라! 내게 내일을 위해 용기를 주었으니, 하느님이 너를 축복하실 거다! 자, 가서 이반을 사랑해주렴!” 미쨔에게서 마지막 말이 튀어나왔다.

알료샤는 온통 눈물범벅이었다. 미쨔는 그를, 알료샤를 그토록 의심하고 그토록 믿지 못했던 것이다. 이 모든 것이 전에는 꿈에도 생각지 못했던 불행한 형의 마음에 감춰진 출구 없는 슬픔과 절망을 알료샤 앞에 갑자기 드러내 보여주었다. 별안간 한없는 깊은 연민이 순식간에 그를 사로잡아 괴롭혔다. 심장이 찔린 듯이 아파왔다. "이반을 사랑해주렴!" 미쨔가 방금 한 이 말이 문득 떠올랐다. 그러잖아도 그는 이반에게 가는 길이었다. 아침부터 반드시 이반을 만날 필요가 있었다. 이반은 미쨔 못지않게 그를 괴롭히고 있었고, 큰형을 만나고 난 지금은 어느 때보다도 더욱 그랬다.

5. 형이 아니야, 형이 아니야!

이반에게 가는 길에 그는 까쩨리나 이바노브나가 세들어 사는 집 옆을 지나게 되었다. 그는 돌연 발걸음을 멈추고 들러보기로 마음을 먹었다. 까쩨리나를 보지 않은 지 벌써 일주일이 넘었다. 그런데 지금, 그날 전야인 오늘만큼은 이반이 그녀의 집에 있을 거라는 생각이 들었던 것이다. 초인종을 울린 후 중국식 등불로 희미하게 밝혀진 계단을 올라갈 때 위에서 내려오는 사람이 보였다. 그와 나란해지자 그는 형을 알아보았다. 그러니까 그는 벌써 까쩨리나 이바노브나의 집을 다녀가는 길이었다.

"아, 너였구나." 이반 표도로비치가 무뚝뚝하게 말했다. "그럼, 잘 가라. 까쩨리나 이바노브나에게 가는 길이냐?"

"네."

"안 가는 게 좋을 텐데. 지금 '흥분 상태'거든. 너를 보면 더 심란해질 거야."

"아니에요, 아니에요!" 위에서 순식간에 문이 열리고 갑자기 어떤 목소리가 외쳤다. "알렉세이 표도로비치, 형님을 보고 오는 길인가요?"

"예, 거기 다녀오는 길입니다."

"저한테 뭐든 전하는 말이 있던가요? 들어오세요, 알료샤. 당신도요, 이반 표도로비치, 꼭, 꼭 다시 들어오세요. 제 말 들-으-세-요!"

까짜의 목소리가 강한 명령조라서 이반 표도로비치는 잠시 주춤했지만, 알료샤와 함께 다시 올라가기로 마음먹었다.

"엿들었군!" 그는 성난 듯 혼잣말을 했지만 알료샤는 그 말을 들었다.

"외투는 입은 채 있겠습니다." 이반 표도로비치가 홀로 들어서면서 내뱉었다. "저는 앉지 않겠습니다. 일분 이상은 머물지 않을 테니까요."

"앉으세요, 알렉세이 표도로비치." 까쩨리나 이바노브나가 말했는데, 자신은 여전히 선 채였다. 그사이 그녀는 약간 변해 있었고 검은 눈동자는 음산한 불꽃으로 빛나고 있었다. 나중에 알료샤는 그 순간 그녀가 무척 아름다워 보였다고 기억했다.

"무슨 말을 전하라던가요?"

"한가지뿐입니다." 알료샤는 그녀의 얼굴을 똑바로 쳐다보며 말했다. "당신 스스로 욕되게 하지 마시고 법정에서 그 일에 관해서는 절대로 증언하지 말아달라고……" 그는 말을 약간 더듬었다. "두분 사이에 있었던 일에 대해서는…… 처음 두분이 알게 된 그때…… 그 도시에서요……"

"아, 그 돈 때문에 땅에 닿도록 절한 얘기 말이군요!" 그녀가 쓰게 웃으면서 말을 가로챘다. "왜요, 그이 자신 때문에, 아니면 저 때문에 두렵다던가요, 네? 그 사람이 저더러 욕되게 하지 말라고 했다니, 누구를요? 자기를, 아니면 저 자신을요? 말해보세요, 알렉세이 표도로비치."

알료샤는 그녀의 말뜻을 이해하려 애쓰면서 그녀를 뚫어지게 쳐다보았다.

"당신도, 형도요."

"그렇군요." 그녀는 어째서인지 독살스럽게 말을 자르고는 갑자기 얼굴을 붉혔다. "당신은 아직 저를 잘 몰라요, 알렉세이 표도로비치." 그녀가 음울하게 말했다. "그리고 저도 아직 저 자신을 모르겠어요. 어쩌면 내일 증인신문을 마치면 당신은 저를 발로 짓밟고 싶어질지도 몰라요."

"정직하게 증언해주세요." 알료샤가 말했다. "그것으로 충분합니다."

"여자들은 때로 정직하지 않을 때가 있죠." 그녀는 이를 악물고 말했다. "불과 한시간 전만 하더라도 저는 그 괴물 같은 사람…… 그 악당하고 관련된 게 끔찍하다고 생각했어요…… 그런데 이젠 아네요, 그 사람은 여전히 제게는 한 사람의 인간이에요! 그 사람이 죽인 게 정말일까요? 그 사람이 죽인 건가요?" 그녀가 돌연 히스테리를 부리며 이반 표도로비치를 향해 소리쳤다. 알료샤는 곧바로 그녀가 그 질문을 이반 표도로비치에게, 어쩌면 자신이 오기 바로 일분 전까지도 던졌을지 모른다는 것을 깨달았다. 그것은 처음도 아니고 백번도 넘게 되풀이된 질문이었고, 그 질문은 다툼으로 끝났을 것이다.

"저는 스메르자꼬프에게 갔었어요…… 그 사람이 살인자라고 저를 확신시킨 사람은 당신, 당신뿐이에요. 저는 다만 당신 말을 믿은 것뿐이고요!" 그녀는 여전히 이반 표도로비치를 향해 말을 이었다. 그는 긴장한 듯한 웃음을 보였다. 알료샤는 그 허물없는 당신이라는 말을 들으며 몸을 부르르 떨었다. 그는 두 사람 사이를 의심조차 하지 못했던 것이다.

"자, 이제 됐어요." 이반이 잘라 말했다. "저는 가겠습니다. 내일 오지요." 그는 즉시 몸을 돌려 방을 나가 곧장 계단을 내려갔다. 까쩨리나 이바노브나는 갑자기 명령하는 듯한 몸짓으로 알료샤의 두 손을 잡았다.

"저 사람 뒤를 따라가세요! 저 사람을 쫓아가요! 저 사람을 한순간도 혼자 버려두지 마세요." 그녀가 빠르게 속삭였다. "저 사람은 미쳤어요. 저 사람 정신이 이상하다는 걸 모르시겠어요? 저 사람은 열병에 걸렸어요, 신경성 열병요! 의사가 제게 말해줬어요. 가세요, 어서 저 사람을 뒤쫓아가세요."

알료샤는 벌떡 일어나 이반 표도로비치의 뒤를 쫓아 달려갔다. 이반 표도로비치는 미처 오십보도 가지 않은 상태였다.

"무슨 일이냐?" 그는 알료샤가 뒤쫓아오는 것을 보고 갑자기 그에게로 몸을 돌렸다. "내가 미쳤으니까 뒤를 쫓아가보라고 명했구나. 내 다 안다." 그가 화난 듯이 덧붙였다.

"그건 물론 까쩨리나 이바노브나가 잘못 알고 있는 거지만, 형이 아프다는 말은 맞아요." 알료샤가 말했다. "방금 까쩨리나 이바노브나의 집에서 형의 얼굴을 봤는데 아주 아픈 얼굴이었어요, 아주 아파 보여요, 이반형!"

이반은 멈추지 않고 걸어갔다. 알료샤는 그의 뒤를 따라갔다.

"너 아니, 알렉세이 이바노비치, 사람이 어떻게 미치는지?" 이반이 갑자기 조용하게, 이제 전혀 화난 기색도 없는 목소리로 물었다.

갑자기 그 목소리에는 더없이 순박한 호기심이 서려 있었다.
"아니, 몰라요. 광기에도 여러 종류가 있을 테니까요."
"사람이 미쳐갈 때 자기 자신을 관찰할 수 있을까?"
"그런 경우에는 자신을 분명하게 관찰할 수 없다고 생각하는데요." 알료샤가 놀라서 대답했다. 이반은 잠시 침묵했다.
"나하고 뭐든 얘기하고 싶다면 제발 화제를 바꿔다오." 그가 갑자기 말했다.
"참, 잊을지도 모르니, 여기 형에게 보내는 편지예요." 알료샤가 조심스레 말하고는 주머니에서 리자의 편지를 꺼내어 내밀었다. 그들은 마침 가로등 쪽으로 다가가고 있었다. 이반은 금세 그 필체를 알아보았다.
"아, 이건 그 작은 악마가 보낸 거구나!" 그는 사악하게 웃고는 봉투도 뜯지 않고서 곧장 조각조각 찢어서 바람에 날려버렸다. 종잇조각이 사방에 휘날렸다.
"열여섯살도 채 안 된 것 같은데 벌써부터 구애를 하다니!" 그는 다시 거리를 따라 발걸음을 옮기면서 경멸하는 투로 말했다.
"구애를 하다뇨?" 알료샤가 소리를 질렀다.
"뻔하지, 타락한 여자들이 하듯 구애하는 거야."
"무슨 말이에요, 이반형, 그게 무슨 소리예요?" 알료샤가 슬픈 목소리로 열심히 편들었다. "아직 어린아인데, 형은 어린아이를 모욕하는 거예요! 리자는 아파요, 아주 많이 아프다고요. 그애 역시 어쩌면 미쳐가고 있는지도 몰라요…… 나는 형에게 편지를 전하지 않을 수도 있었지만…… 하지만 또 한편으로 리자를 구하기 위해서 형한테서 무슨 말이든 듣고 싶었어요……"
"나한테서 들을 말 같은 건 없다. 리자가 아이라곤 하지만, 나는 그애 유모가 아니야. 그만해라, 알렉세이. 더이상 말하지 마. 나는 생각조차 하지 않은 일이야."

그들은 또다시 일분 정도 침묵했다.

"저 여자는 내일 법정에서 어떻게 행동해야 할지 알려달라고 오늘 밤새도록 성모마리아에게 기도할 거야." 그는 다시 날카롭고 매섭게 말했다.

"형은…… 형은 까쩨리나 이바노브나 이야기를 하는 건가요?"

"그래. 저 여자는 자신이 미찌까를 구원할 것인가, 아니면 파멸시킬 것인가를 두고 자기 영혼을 비춰달라고 기도할 거다. 알겠니, 그 여자 자신도 모르는 거야. 미처 준비가 안 된 거지. 저 여자 역시 나를 유모로 생각하고 내가 진정시켜주기를 바라고 있지."

"까쩨리나 이바노브나는 형을 사랑해요, 형." 알료샤가 슬픈 심정으로 말했다.

"어쩌면 그럴지도 모르지. 하지만 나는 까쩨리나 이바노브나를 좋아하지 않아."

"까쩨리나 이바노브나는 괴로워하고 있어요. 어째서 형은 그분에게…… 희망을 주는 말들을 하는 거예요?" 알료샤가 조심스러운 비난을 담아 말을 이었다. "나는 형이 까쩨리나 이바노브나에게 희망을 주었다는 걸 알아요. 이런 소릴 해서 미안하지만." 그가 덧붙였다.

"나는 지금 마땅히 해야 할 행동을 할 수 없어. 까쩨리나 이바노브나와의 관계를 끊고 솔직하게 털어놓을 수가 없다고!" 이반이 신경질적으로 말했다. "살인자에게 선고가 내려질 때까지 기다려야 해. 만일 내가 지금 까쩨리나 이바노브나와 관계를 끊으면 그 여자는 내게 복수하고 싶은 마음에 내일 법정에서 그 불한당에게 무슨 짓을 할지 몰라. 그 여자는 미쨔를 증오하고, 또 자기가 증오한다는 걸 알고 있으니까. 지금은 이 모든 게 거짓이야, 거짓 위에 거짓인 거지! 내가 아직 관계를 끊지 않는 한 까쩨리나 이바노브나는 희망을 품을 거고, 내가 그 불한당을 재앙에서 건지고 싶어한다는 걸 아는 한 그 불한당을 파멸시키지 않을 거야. 그 저주스런 판결이 내려질 때까지만!"

'살인자'와 '불한당'이라는 단어가 알료샤의 마음에서 아프게 메아리쳤다.

"까쩨리나 이바노브나가 무엇으로 큰형을 파멸시킬 수 있다는 거예요?" 그가 이반의 말을 곱씹으며 물었다. "미쨔를 곧바로 파멸시킬 만한 뭔가를 까쩨리나 이바노브나가 증언할 수 있다는 건가요?"

"너는 아직 몰라. 그 여자 손에 문서가 하나 있어, 미쪤까가 직접 손으로 쓴, 미쪤까가 표도르 빠블로비치를 죽였다는 걸 수학적으로 증명하는 문서가."

"있을 수 없는 일이에요!" 알료샤가 외쳤다.

"왜 있을 수 없다는 거지? 내가 직접 읽었는데."

"그런 문서가 있을 리 없어요!" 알료샤가 열띤 소리로 거듭 말했다. "큰형은 살인자가 아니니까 그럴 리 없어요. 아버지를 죽인 건 큰형이 아니에요, 큰형이 아니야!"

이반 표도로비치가 갑자기 발걸음을 멈췄다.

"네 생각으로는 그럼, 누가 살인자라는 거냐." 그는 언뜻 보기에 냉정한 듯 물었지만, 그 어조에는 어떤 오만함이 어려 있었다.

"누가 죽였는지는 형이 알잖아요." 알료샤가 조용히, 예리하게 말했다.

"누굴 말하는 거지? 그 미친 천치 뇌전증 환자 말이냐? 스메르쟈꼬프?"

알료샤는 문득 온몸이 떨려오는 것을 느꼈다.

"누군지는 형이 알잖아요." 그의 입에서 이 말이 힘없이 비어져 나왔다. 그는 숨을 헐떡였다.

"그래, 누구 말이냐, 누구?" 이반은 거의 광분해서 고함쳤다. 한순간에 완전히 자제심을 잃은 모습이었다.

"내가 아는 건 오직 한가지뿐이에요." 알료샤는 여전히 속삭이듯 말했다. "아버지를 죽인 사람은 형이 아니에요."

"'형이 아니에요'라니! '형이 아니다'라니 무슨 소리야?" 이반은 얼어붙었다.

"아버지를 죽인 사람은 형이 아니에요, 형이 아니야!" 알료샤가 확신에 차서 되풀이했다.

침묵은 삼십초 정도 지속되었다.

"내가 죽이지 않았다는 건 나도 알아. 너 헛소리하는 거냐?" 이반은 창백한 얼굴을 일그러뜨려 웃으며 말했다. 그는 알료샤를 잡아먹을 듯이 쏘아보았다. 둘 다 가로등 옆에 서 있었다.

"아니에요, 이반형, 형은 살인자는 자신이라고 몇번이나 스스로에게 말했잖아요."

"내가 언제 그랬어? 나는 모스끄바에 있었어…… 내가 언제 말했단 거냐?" 이반이 완전히 얼이 빠진 듯 중얼거렸다.

"이 무서운 두달 동안 형은 혼자 있을 때 여러번 자신에게 말했어요." 알료샤는 조금 전처럼 조용히, 또박또박 말했다. 그러나 그는 자신의 의지가 아니라 어떤 알 수 없는 명령에 순종하듯, 제정신이 아닌 듯했다. "형은 스스로를 비난하면서, 살인자는 다른 사람이 아니라 바로 형 자신이라고 고백했잖아요. 하지만 죽인 건 형이 아니에요. 형은 잘못 생각하고 있는 거라고요. 형은 살인자가 아니에요. 내 말 듣고 있어요? 형이 아니에요! 형에게 이 말을 전하라고 하느님이 나를 보내셨어요."

두 사람은 침묵했다. 침묵은 길게, 일분이나 이어졌다. 두 사람은 선 채로 서로의 눈을 바라보았다. 둘 다 창백했다. 이반이 갑자기 온몸을 떨더니 알료샤의 어깨를 꽉 붙들었다.

"너, 내 방에 왔었구나!" 그가 이를 악물고 속삭였다. "그놈이 왔을 때, 밤에 내 방에 왔던 거야. 실토해…… 너, 그놈을 봤지, 본 거지?"

"누굴 말예요…… 미짜를 말하는 거예요?" 알료샤가 당황해서 물었다.

"미짜가 아니라, 그 불한당은 악마한테나 가라고 해!" 이반은 미친 듯이 부르짖었다. "그 녀석이 나한테 드나든다는 걸 넌 알고 있지? 어떻게 알았는지 말해!"

"그 녀석이 누구예요? 형이 누굴 말하는 건지 모르겠어요." 알료샤는 이제 겁에 질려서 웅얼거렸다.

"아니야, 넌 알고 있어…… 그렇지 않고서야 네가 어떻게…… 네가 모른다는 건 말이 안 돼……"

그러나 갑자기 그는 자제심을 되찾으려 애쓰는 것 같았다. 선 채로 뭔가를 숙고하는 모습이었다. 기이한 냉소가 그의 입술을 일그러뜨렸다.

"형," 알료샤가 다시 떨리는 목소리로 말문을 열었다. "나는 형이 내 말을 믿을 거라서 이 말을 한 거예요. 나는 알아요. 나는 내 삶을 다 걸고 이 말을 할 거예요, 형이 아니라고! 내 삶을 다 걸고서.

듣고 있어요? 형이 이 순간부터 영원히 나를 증오하게 되더라도, 형에게 이 말을 해주라고 내 영혼에 불어넣어준 분은 하느님이에요……"

그러나 이반 표도로비치는 이미 완전히 자제심을 되찾는 데 성공한 것 같았다.

"알렉세이 표도로비치," 그가 냉정하게 비웃으며 말했다. "나는 선지자나 뇌전증 환자는 질색이야, 특히 하느님의 사자라면 더구나. 너도 아주 잘 알 텐데. 지금 이 순간부터 나는 너와의 연을 끊겠다, 아마도 영원히. 부탁인데 이 교차로에서 당장 나를 떠나다오. 하긴 집에 가려면 너는 이 골목으로 가야겠지. 특히 오늘 내 집을 방문하는 건 삼가줘! 알겠니?"

그는 몸을 돌려 단호한 걸음으로 뒤도 돌아보지 않고 곧장 걸었다.

"형," 그의 등 뒤에서 알료샤가 소리쳤다. "만일 오늘 형에게 무슨 일이 생기거든, 무엇보다 먼저 나를 생각해줘요!"

그러나 이반은 대답하지 않았다. 알료샤는 이반이 어둠 속으로 완전히 몸을 감출 때까지 교차로의 가로등 옆에 서 있었다. 그런 뒤 몸을 돌려 천천히 골목길을 따라 집을 향해 걷기 시작했다. 그도 이반 표도로비치도 각자 다른 집에 세를 들어 살고 있었다. 둘 중 아무도 표도르 빠블로비치의 텅 빈 집에 살기를 원치 않았던 것이다. 알료샤는 어느 상인 집의 가구 딸린 방을 빌려 쓰고 있었고 이반 표도로비치는 그와 꽤나 멀리 떨어진 곳에, 풍족한 관료 부인 소유의 훌륭한 집 곁채에 넓고 상당히 편안한 거처를 마련했다. 그러나 곁채 전체에서 그의 시중을 드는 사람은 완전히 귀먹은 아주 나이 많은 노파 한명뿐이었는데, 노파는 관절염이 심해서 저녁 6시에 잠자리에 들면 아침 6시에나 일어났다. 이반 표도로비치는 이 두달 동안 이상할 정도로 까다롭게 굴지 않았고 완전히 혼자 지내기를 아주 좋아했다. 심지어 그는 자기가 쓰는 방을 손수 청소했고, 자기 거처의 다른 방에 들어가는 경우도 드물었다. 자기 집 대문에 도착해서 그는 초인종 손잡이를 잡았다가 멈칫했다. 온몸이 사악한 전율로 떨리는 것을 느꼈던 것이다. 그는 문득 초인종 손잡이를 놓고 침을 뱉고는 뒤돌아 완전히 반대 방향, 도시의 맞은편 끝을 향해 빠른 걸음으로 걷기 시작했다. 그곳은 그의 거처에서 2킬로미터 정도 떨어진 작고 기울어진 통나무집으로, 그 집에는 예전에 표도르 빠블로비치의 이웃에 살면서 그의 부엌에 수프를 얻으러 다녔던 마리야 꼰드라찌예브나가 세 들어 살고 있었는데, 전에 스메르쟈꼬프는 그녀에게 노래를 부르며 기타를 연주해주기도 했었다. 그녀는 예전 집을 팔고서 지금은 오두막에 가까운 이 집에서 어머니와 함께 살고 있었는데, 표도르 빠블로비치가 죽은 직후부터 병들어 다 죽어가는 스메르쟈꼬프가 그들의 집에 옮겨와 있었다. 지금 이반 표도로비치는 갑작스럽고 억누를 수 없는 한가지 생각에 이끌려 바로 그를 향해 갔던 것이다.

6. 스메르쟈꼬프와의 첫번째 만남

이반 표도로비치가 모스끄바에서 돌아온 뒤 스메르쟈꼬프와 함께 이야기를 나누는 것은 이번이 벌써 세번째였다. 비극이 일어난 뒤 돌아온 바로 당일에 그는 처음으로 스메르쟈꼬프를 만나 이야기를 나누었으며, 그런 지 이주 뒤에 다시 그를 찾아갔다. 그러나 두번째 만남 이후에는 스메르쟈꼬프와 만나기를 그만두었기 때문에 그를 보지 못한 지 벌써 한달이 지났고, 그에 대한 얘기는 거의 들은 것이 없었다. 당시 이반 표도로비치는 아버지가 죽은 지 닷새째 되는 날에야 모스끄바에서 돌아왔으므로 그의 관도 보지 못했다. 장례식은 그가 돌아오기 전날 치러졌던 것이다. 이반 표도로비치가 그렇게 늦어진 까닭은, 알료샤가 그의 모스끄바 주소를 정확히 몰라서 전보를 보내기 위해 까쩨리나 이바노브나에게 도움을 청했는데 그녀 역시 현재 주소를 몰랐기에, 이반 표도로비치가 모스끄바에 도착하자마자 자신의 자매와 이모를 찾아갈 거라는 생각에 그들에게 전보를 보냈기 때문이었다. 그러나 그가 그들을 찾아간 것은 모스끄바에 도착하고 나흘째 되는 날이었고, 물론 그는 전보를 읽자마자 즉각 가슴 졸이며 우리 도시로 달려왔다. 우리 도시에서 그가 제일 처음 만난 사람은 알료샤였는데, 알료샤와 이야기를 나눈 뒤 그는 알료샤가 미쨔를 의심조차 하려 들지 않고 우리 도시의 다른 모든 사람과 정반대로 스메르쟈꼬프를 곧바로 살인자로 지목하는 데 크게 놀랐다. 나중에 경찰서장, 검사를 만나 기소와 체포 관련해 세부 사항을 알게 된 그는 알료샤에게 더욱 놀랐고 그의 의견을 극도로 고양된 형제애와 미쨔에게 느끼는 연민 때문이라고 생각했는데, 이반이 아는 한 알료샤는 미쨔를 몹시 사랑했던 것이다. 이반이 형 드미뜨리 표도로비치에게 처음이자 마지막으로 느낀 감정에 대해 두어마디만 해두겠다. 그는 형을 결단코 좋아하지 않았고, 이따금 그에게 연민을 느꼈지만 그것은 혐오에까지 이를 만큼 크나큰 경멸과 뒤섞인 연민이었다. 미쨔의 전부가, 심지어 그 형체조차 극도로 마음에 들지 않았다. 이반은 그를 향한 까쩨리나 이바노브나의 사랑을 분노를 품고 바라보았다. 아무튼 그가 피의자가 된 미쨔를 만난 것도 도착한 당일이었고, 그 만남은 그가 범인이라는 확신을 누그러뜨리기는커녕 더욱 강화시켰다. 그가 그때 본 형은 불안하고 병적인 흥분 상태에 있었다. 미쨔는 말이 많았지만 얼이 빠진 듯 산만했으며, 아주 거친 말로 스메르쟈꼬프를 비난하면서도 몹시 혼란스러워했다. 무엇보다 여전히 고인이 그에게서 '훔쳐간' 3천 루블에 대해 많은 이야기를 했다. "그 돈은 내 거야, 그건 내 거라고." 미쨔는 같은 말을 되풀이했다. "설사 내가 그걸 훔쳤다 해도 그건 정당한 일이었을 거야." 그는 자신에게 불리한 모든 증거를 거의 논박하지 않았고, 자신에게 유리하게 해석할 때도 아주 두서없고 불합리했다. 한마디로 말해 그는 이반 앞에서든 누구 앞에서든 자신을 변호할 마음이 전혀 없었고, 오히려 화를 내면서 오만하게 혐의를 무시하고 욕을 하면서 성을 냈다. 문이 열려 있었다는 그리고리의 증언에 대해서는 경멸의 미소를 지으며 그것은 "악마가 열어놓은 것"이라고 말할 뿐이었다. 그러나 그 사실에 대해서도 그는 조리 있는 설명은 전혀 내놓지 못했다. 이 첫 만남에서 그는 '모든 것이 허용된다'고 주장하는 사람들은 자신을 의심하고 심문할 자격이 없다고 거칠게 말함으로써 이반을 모욕하기까지 했다. 대체로 그는 이번에도 이반 표도로비치에게 아주 퉁명스러웠다. 이 미쨔와의 만남 직후 그길로 이반 표도로비치는 스메르쟈꼬프에게 찾아갔다.

모스끄바에서 달려오던 중에 열차 안에서 내내 그는 스메르쟈꼬프에 대해, 떠나기 전날 그와 나눈 마지막 대화에 대해 생각했다. 많은 점이 혼란스러웠고 많은 점이 수상쩍었다. 그러나 예심판사에게 증언하면서 이반 표도로비치는 때가 될 때까지 한동안 그 대화에 대해 입을 다물었다. 모든 것을 스메르쟈꼬프와 만날 때까지 미뤄두었던 것이다. 그는 당시 시립병원에 누워 있었다. 의사 게르쩬시뚜베와 병원에서 이반 표도로비치를 맞이한 의사 바르빈스끼는 이반 표도로비치의 집요한 질문에 스메르쟈꼬프의 뇌전증은 의심할 여지가 없다고 확실하게 대답했고, “그 참극이 있던 날 그가 발작이 일어난 척한 건 아닐까요?”라는 질문에는 놀라움을 표하기까지 했다. 그들은 그 발작이 예사롭지 않아서 며칠이나 지속적으로 반복되는 바람에 환자의 생명이 극도로 위험했으며, 조처를 취하고 난 이제야 환자의 소생을 긍정적으로 이야기할 수 있는 것이라고 이반 표도로비치에게 설명했으며, (의사 게르쩬시뚜베가 덧붙이길) 그럼에도 그의 정신은 “평생은 아니라도 상당히 오랜 기간” 일부 이상이 있을 수 있다고 했다. “그러니까 그가 지금 미쳤다는 건가요?”라고 이반 표도로비치가 초조하게 묻자 그들은 “아직 완전한 의미에서 그런 것은 아니지만 약간 비정상적인 면은 보인다”라고 대답했다. 이반 표도로비치는 그 비정상적인 면이 무엇인지 직접 알아보기로 마음먹었다. 병원에서는 곧바로 면회를 허락해주었다. 스메르쟈꼬프는 격리병동에 수용되어 침대에 누워 있었다. 그 옆에는 어떤 허약한 도시의 상인이 또다른 침대를 차지하고 있었다. 그는 수종水腫으로 온몸이 퉁퉁 부어 내일이나 모레를 넘기지 못할 것 같았고 물론 대화를 방해할 수도 없었다. 스메르쟈꼬프는 이반 표도로비치를 보자 못 믿겠다는 듯이 헤벌쭉 웃었는데, 첫 순간에는 심지어 겁을 집어먹은 듯했다. 적어도 이반 표도로비치는 그렇게 느꼈다. 그러나 그것도 한순간이었고, 나머지 시간 동안은 내내 평온한 태도를 보여 이반 표도로비치는 놀랍기까지 했다. 그를 처음 보자마자 이반 표도로비치는 의심할 여지 없이 그의 병세가 위중하다는 것을 확신할 수 있었다. 그는 아주 쇠약했고 어럽사리 혀를 놀리는 듯 느리게 말했다. 몸은 아주 여위었고 얼굴은 누렇게 떠 있었다. 면회하는 이십여분 동안 그는 머리가 쑤시고 온몸이 찢어질 듯 아프다고 투덜댔다. 거세파 신도처럼 마른 그의 얼굴은 더 작아진 듯했고, 관자놀이에 엉긴 머리카락은 헝클어졌고 닭의 볏처럼 멋을 냈던 앞머리는 가느다란 머리카락 한움큼만 위로 비쭉 솟아 있었다. 그러나 뭔가를 암시하듯 실눈을 뜬 왼쪽 눈은 이전의 스메르쟈꼬프의 모습 그대로였다. "영리한 사람과는 잠시 이야기하는 것도 흥미롭다"라는 말이 그 순간 이반 표도로비치에게 떠올랐다. 그는 스메르쟈꼬프 발치의 등받이 없는 의자에 앉았다. 스메르쟈꼬프는 침대 위에서 고통스럽게 온몸을 뒤척였지만, 먼저 말문을 열지는 않고 침묵한 채 별로 흥미도 없다는 듯이 그를 바라보았다.

"나와 이야기할 수 있겠나?" 이반 표도로비치가 물었다. "많이 괴롭히진 않을 거다."

"물론이죠." 스메르쟈꼬프가 가는 목소리로 웅얼거렸다. "오신지 오래되셨습니까?" 그는 당황한 방문객의 용기를 북돋는 듯 너그럽게 덧붙였다.

"오늘에야 왔다…… 난장판을 벌여놓은 걸 처리하러 왔지."

스메르쟈꼬프가 한숨을 쉬었다.

"왜 한숨을 쉬는 거냐? 너는 알았잖아?" 이반 표도로비치가 대뜸 호통을 쳤다.

스메르쟈꼬프는 잠시 굳게 입을 다물었다.

"어떻게 모를 수가 있겠습니까? 진작부터 분명했죠, 진작부터요. 다만 일이 이렇게 될 줄이야 제가 어찌 알았겠습니까?"

"이렇게 되다니 무슨 소리야? 둘러대지 마! 지하창고로 갈 때 뇌전증 발작이 일어날 거라고 네가 미리 말했잖아? 서슴없이 콕 찍어서 지하창고라고 했잖아."

"심문할 때 그렇게 진술하셨어요?" 스메르쟈꼬프가 느긋하게 호기심을 보였다.

이반 표도로비치는 갑자기 화가 치밀었다.

"아니, 아직은 하지 않았지만, 반드시 진술할 테다. 너는 지금 내게 많은 걸 해명해야 해, 이놈, 날 갖고 노는 건 용납하지 않을 거란 걸 알아둬라!"

"주 하느님처럼 도련님께 제 모든 희망을 걸고 있는데 제가 도련님을 갖고 놀 이유가 뭐가 있겠습니까!" 스메르쟈꼬프는 잠시 눈을 감았다 떴을 뿐 여전히 아주 평온하게 말했다.

"첫째," 이반 표도로비치가 몰아붙였다. "나는 뇌전증 발작을 미리 알 수 없다는 걸 알고 있다. 내가 알아봤으니 둘러댈 생각은 마라. 날짜와 시간을 예견할 순 없어. 너는 어떻게 그때 날짜와 시간, 게다가 지하창고라는 장소까지 예견할 수 있었던 거냐? 일부러 발작이 일어난 척 흉내를 낸 게 아니라면 바로 그 창고로 떨어질 거라는 걸 어떻게 미리 알 수 있었느냔 말이다."

"창고는 반드시 가야 했습니다, 하루에도 몇번씩이나요." 스메르쟈꼬프는 서두르지 않고 말끝을 길게 늘였다. "정확히 일년 전에도 제가 다락에서 떨어졌지요. 발작이 일어날 날짜와 시간을 미리 알 수 없다는 건 꼭 맞는 말씀이지만, 예감은 언제나 있을 수 있지요."

"너는 날짜와 시간을 예견했어."

"이곳 의사들한테 제 병인 뇌전증에 대해 좀더 잘 알아보세요, 나리. 진짜 발작이었는지 아니었는지요. 이 문제에 대해서는 나리께 더 드릴 말씀이 없습니다."

"지하창고는? 지하창고는 어떻게 예견한 거냐?"

"지하창고가 나리를 사로잡았구먼요! 창고로 가면서 저는 너무 무섭고 잔뜩 의심이 들었습니다. 나리가 안 계시고 이 세상에 저를 보호해줄 사람이 더이상 없다는 생각에 더욱 공포심이 들었지요. 그때 지하창고로 가면서 생각했습니다. '이제 발작이, 발작이 일어나 나를 쓰러뜨리는 게 아닐까?' 바로 그 의심 때문에 갑자기 피할 수 없는 경련이 목구멍으로 치밀었던 겁니다…… 그대로 굴러떨어졌고요. 이 모든 걸, 그 전날 저녁에 문가에서 나리와 나눈 대화까지 게르쩬시뚜베 의사선생님과 니꼴라이 빠르페노비치 예심판사님께 자세히 말씀드렸습니다. 그분들이 전부 조서에 기록했고요. 이곳의 바르빈스끼 의사선생님은 모든 사람 앞에서 바로 그 생각 때문에 이 모든 일이 일어난 거라고, 바로 그 의심 때문에, '내가 쓰러지지 않을까?' 의심하는 바람에 일어난 거라고 특히나 강조하셨습니다. 그렇게 발작에 사로잡혔던 겁니다. 불가피하게 그런 일이 일어날 수밖에 없었다, 그건 오로지 제 공포심 때문이었다고 조서에도 기록했고 말이죠."

이렇게 말하고 스메르쟈꼬프는 피로로 기진맥진한 듯 깊은 숨을 몰아쉬었다.

"그러니까 네가 진술할 때 그걸 밝혔단 말이지?" 이반 표도로비치가 다소 당황스러워하며 물었다. 그는 그때 둘이 나눈 대화를 밝히겠다는 말로 그를 위협하려 했는데, 상대방이 이미 직접 모든 것을 밝혔다는 것이다.

"제가 무서울 게 뭐가 있겠습니까? 모든 진실을 있는 그대로 다 기록하라죠." 스메르쟈꼬프가 단호하게 말했다.

"문가에서 너와 내가 나눈 대화를 있는 그대로 말했다고?"

"아니요, 모든 걸 있는 그대로 말한 건 아닙니다."

"그때 나한테 자랑했던 것처럼 발작을 흉내낼 수 있다는 말도 했느냐?"

"아니요, 그것도 말하지 않았죠."

"그러면 이제 말해봐라, 너는 그때 왜 나를 체르마시냐로 보내려 했지?"

"모스끄바로 떠나실까봐 두려워서요. 체르마시냐는 그래도 좀 더 가깝잖아요."

"거짓말, 너 자신이 나한테 멀리 떠나라고 권했잖아. '죄로부터 멀리 떠나세요'라고 했잖아."

"그건 제가 그때 집안에 재앙이 일어날 걸 예감해서, 진심 어린 충정에서 나리가 안타까워서, 나리께 느낀 우정 때문에 그랬던 겁니다. 나리보다 저 자신을 더 안타깝게 여겼지요. 죄에서 멀리 떠나시라고 말씀드린 건, 나리가 집에 나쁜 일이 있을 거라는 걸 알고 아버지를 보호하기 위해 남으시라고 그랬던 겁니다."

"그럼 더 확실하게 말하지 그랬느냐, 이 바보야!" 이반 표도로비치가 갑자기 발끈했다.

"어떻게 더 확실하게 말씀드릴 수 있었겠습니까? 그건 제 속의 공포심이 드리는 말씀인데요. 더구나 나리가 화를 내실 수도 있고요. 물론 제가 드미뜨리 표도로비치가 어떤 추악한 일을 저지르지는 않을까, 어쨌든 그 돈을 자기 거라고 생각하니 돈을 가져가지는 않을까 걱정할 수는 있었지만, 그렇게 살인으로 끝나리라고는 짐작이나 했겠습니까? 그저 주인님이 봉투에 싸서 매트리스 밑에 넣어둔 3천 루블을 강탈해갈 거라고만 생각했는데, 죽인 겁니다. 그걸 어떻게 짐작이나 할 수 있었겠습니까, 나리?"

"너도 짐작할 수 없었다면서 그럼 나는 어떻게 그걸 짐작하고 남아 있을 수 있었겠느냐? 무슨 앞뒤 안 맞는 소릴 하는 거야?" 이반 표도로비치가 생각에 잠겨 말했다.

"그래서 제가 나리를 모스끄바 대신 체르마시냐로 가시라고 했던 거니까, 그걸로 나리가 짐작하실 만도 하죠."

"그걸로 어떻게 짐작한단 말이냐!"

스메르쟈꼬프는 아주 지쳐 보였고, 다시 잠깐 입을 다물었다.

"제가 모스끄바에서 체르마시냐 쪽으로 마음을 돌리시도록 권했다면, 그건 나리가 좀더 가까이 계시길 바랐다는 뜻이죠. 모스끄바는 멀고, 드미뜨리 표도로비치는 나리가 멀지 않은 곳에 계신 걸 알면 그렇게까지 용기를 내진 못할 거라는 바로 그 점에서, 나리도 짐작하실 만했지요. 무슨 일이 생기면 가능한 한 빨리 와서 저를 보호해주실 수도 있고, 더구나 제가 그때 그리고리 바실리치가 병이 났다는 것과, 뇌전증 발작이 일어날까 두렵다는 말씀도 드렸으니까요. 돌아가신 분의 방에 들어갈 수 있는 신호를 알려드리면서 드미뜨리 표도로비치노 서들 동해 그 신호를 알게 되었다는 걸 나리께 설명드렸으니, 어떻게든 그분이 그 방에 들어가리라는 걸 짐작하고 체르마시냐조차 가시지 않고 아예 남아 계실 수도 있다고 생각한 거지요."

'아주 조리 있게 말하는군.' 이반 표도로비치는 생각했다. '우물우물하긴 해도 말이야. 게르쩬시뚜베는 대체 뭘 보고 정신이 이상하다는 거야?'

"너는 내게 교활한 장난을 치고 있구나. 악마한테나 가버려!" 그는 화가 나서 소리를 질렀다.

"고백하는데, 그때 저는 나리가 벌써 다 짐작하고 계신다고 생각했습니다." 스메르쟈꼬프가 무척이나 순진한 표정으로 반박했다.

"그걸 짐작했다면 내가 집에 남았겠지!" 이반 표도로비치는 다시 발끈하며 소리쳤다.

"뭐, 저는 또 나리가 모든 걸 짐작하시고도 한가지 죄를 피해 되도록 빨리 떠나신 거라고 생각했죠. 오로지 두려움을 피해 어디로든 도망치려는 생각 하나로요."

"너는 모든 사람이 너처럼 겁쟁이라고 생각한 거냐?"

"죄송합니다, 저는 나리도 저 같은 줄로 생각했지요."

"물론 내가 짐작했어야 했지." 이반은 흥분했다. "그래, 나는 네가 뭔가 추악한 짓을 하리란 걸 짐작했었어…… 아무튼 너는 그저 거짓말을 하고 있는 거야, 또 거짓말을 하는 거라고." 그는 문득 무언가를 떠올리고서 외쳤다. "그때 네가 사륜마차로 다가와 내게 했던 말을 기억하나, '영리한 사람과는 잠시 이야기하는 것도 흥미롭다', 그 말은 내가 떠나는 게 기쁘다는 뜻 아니었나? 그래서 칭찬한 것 아니었어?"

스메르쟈꼬프는 다시, 또 한번 더 한숨을 내쉬었다. 그의 얼굴이 상기되는 것 같았다.

"만일 기뻤다면," 그가 약간 숨을 헐떡이면서 말했다. "그건 오로지 나리가 모스끄바가 아니라 체르마시냐로 가시는 데 동의했기 때문입니다. 그러면 어쨌든 더 가까이 계신 거니까요. 다만 저는 그때 그 말을 칭찬으로 한 게 아닙니다, 질책이었지요. 나리는 그걸 분간 못 하셨어요."

"무슨 질책?"

"그런 재앙을 예견하면서도 친부를 남겨두고 우리를 보호하지 않고 떠나신다는 데 대한 원망요. 왜냐하면 저는 언제든 그 3천 루블을 훔쳤다는 누명을 쓸 수 있었으니까요."

"악마한테나 가버려!" 이반이 다시 욕을 내뱉었다. "잠깐, 너는 그 신호, 그 노크 신호, 그것도 예심판사와 검사에게 말했느냐?"

"전부 있는 그대로 말했습니다."

이반 표도로비치는 속으로 다시 한번 놀랐다.

"내가 그때 뭔가를 생각했다면," 그가 다시 시작했다. "그건 오로지 네 쪽에서 어떤 추악한 짓을 저지르리라는 거였어. 드미뜨리는 살인을 할 순 있다 해도 도둑질을 할 거라고는 믿지 않았다, 그때는…… 하지만 네 녀석은 온갖 추악한 짓을 다 저지를 수 있는 놈이지. 너 자신이 내게 뇌전증 발작을 흉내낼 수 있다고 말했잖아. 너는 대체 왜 그런 말을 한 거냐?"

"오로지 순진해서 그랬죠. 저는 평생 단 한번도 일부러 뇌전증 발작을 흉내낸 적이 없습니다. 그냥 나리 앞에서 자랑하고 싶어서 그런 것뿐입니다. 어리석어서 그런 거라고요. 당시 저는 나리를 정말 좋아했고, 나리한테 솔직했던 겁니다."

"형은 네가 죽였고 네가 훔쳤다고 대놓고 너를 비난하던데."

"그분한테 더이상 무슨 수가 있겠습니까?" 스메르자꼬프가 쓰게 비웃었다. "그렇게나 증거가 많은데 누가 그분 말을 믿을까요? 그 일이 있은 후 그리고리 바실리예비치가 문이 열린걸 봤다고 했는데, 어쩌겠습니까. 신의 가호가 있기를! 자기 목숨을 구하려고 몸부림치는 거죠……"

그는 조용히 입을 다물었다가 문득 뭔가가 생각난 듯이 덧붙였다.

"자, 보세요, 또 똑같은 얘기라고요. 그 사람들은 그게 제 손이 한 짓이라고 저한테 전부 뒤집어씌우려 합니다. 그 얘기는 저도 벌써 들었지요. 설사 제가 뇌전증 발작을 흉내내는 데 귀신이라고 쳐도, 정말로 제가 그때 나리 아버님께 무슨 꿍꿍이가 있었다면 제가 나리께 그런 흉내를 낼 줄 안다고 미리 말씀드렸겠습니까? 만일 제가 살인을 계획했다면 자신에게 불리한 증거가 될 말을, 그것도 친아들에게 미리 했을까요, 정말로? 그게 있을 수 있는 일입니까? 정반대로, 그런 건 결코 있을 수 없는 일이겠죠. 지금 저와 나누는 이야기는 유령 말고는 아무도 들을 수 없습니다. 만일 나리께서 검사님과 니꼴라이 빠르페노비치에게 알리신다 해도, 그건 전적으로 저를 변호해주시게 되는 겁니다. 애초에 그렇게 순진한 사람이 어떻게 악당일 수 있겠느냐, 할 테니까요. 이건 모두들 아주 잘 판단할 겁니다."

"들어봐." 이반 표도로비치는 스메르쟈꼬프의 마지막 논증에 놀라서 대화를 끊고 자리에서 일어났다. "나는 너를 전혀 의심하지 않고, 네게 혐의를 두는 걸 심지어 우습다고 생각한다…… 나를 안심시켜주니 오히려 너한테 고맙구나. 이제 간다. 또 들르마. 잘 있거라, 어서 회복하고. 뭐 필요한 건 없나?"

"모두 감사합니다. 마르파 이그나찌예브나가 옛정이 있어 저를 잊지 않고 필요한 건 전부 도와주고 있습니다. 착한 사람들이 매일 찾아와주고요."

"또 보자. 그런데 네가 흉내낼 수 있다는 건 말하지 않겠다…… 그러니 조언하는데, 너도 그 얘기는 하지 마라." 이반은 어째서인지 갑자기 이렇게 말했다.

"잘 알겠습니다. 나리께서 말씀하지 않으시면 저도 그때 문가에서 나눈 이야기는 일절 밝히지 않을 겁니다……"

그런데 이반 표도로비치는 밖으로 나와 복도를 채 열걸음도 지나지 않아서 문득 스메르쟈꼬프의 마지막 말에 뭔가 모욕적인 의미가 숨겨져 있다는 느낌을 받고야 말았다. 그는 돌아가고 싶었지만 그것은 그냥 언뜻 든 느낌이어서 "어리석은 짓이야!"라고 하고는 서둘러 병원 밖으로 나왔다. 무엇보다 그는 스메르쟈꼬프가 아니라 자신의의 형 미쨔에게 죄가 있다는 상황에 참으로 안도감을 느꼈다. 그 반대여야 마땅한데도 불구하고 말이다. 왜 그런지는 그때 그로서는 판단하고 싶지 않았고 그 느낌을 파헤치는 데 거부감마저 들었다. 그저 어서 뭔가를 잊고 싶을 뿐이었다. 그뒤로 이어진 며칠 동안 미쨔를 괴롭히는 모든 증거를 더 가까이에서 더 철저하게 알게 되면서 그는 미쨔의 범죄를 완전히 확신하게 되었다. 아주 하찮은 사람들, 예를 들면 페냐와 그녀의 어머니 같은 사람들의 증언도 가히 충격적이었다. 뻬르호찐과 술집, 쁠로뜨니꼬프 상점, 모끄로예의 증인들에 대해서는 말할 것도 없었다. 무엇보다 미쨔를 옥죄는 것은 그 증언의 상세함이었다. 비밀스런 '노크 신호'에 대한 정보는 문이 열려 있었다는 그리고리의 진술만큼이나 예심판사와 검사를 놀라게 했다. 그리고리의 아내 마르파 이그나찌예브나는 이반 표도로비치가 캐묻자, 스메르쟈꼬프가 밤새도록 그들의 방 칸막이 뒤 '우리 침대에서 세걸음도 채 떨어지지 않은 데' 누워 있었다고 진술했다. 비록 그녀 자신은 깊이 잠들어 있었지만 거기서 그가 신음하는 소리에 몇번이고 잠에서 깼다고 했다. "계속 신음했어요, 끊임없이 신음했어요." 이반이 게르쩬시뚜베와 이야기를 나누면서 스메르쟈꼬프는 결코 미친 게 아니라 몸이 쇠약해진 것 같다는 의심을 전했을 때, 노인은 옅은 미소만 지었을 뿐이다. "그가 지금 특히 열중하고 있는 게 무언지 아십니까?" 그가 이반 표도로비치에게 물었다. "프랑스어 단어집을 통째로 외우고 있어요. 그의 베개 밑에 노트가 있는데, 누군가가 프랑스어 단어를 러시아 문자로 써줬더군요, 하하하!" 이반 표도로비치는 마침내 모든 의심을 버렸다. 이제 그는 혐오감 없이는 형 드미뜨리에 대해 생각할 수 없었다. 그래도 한가지 이상한 점이 있었다. 알료샤가 "모든 점으로 미루어보아" 죽인 사람은 드미뜨리가 아니라 스메르쟈꼬프라는 입장을 완강하게 고수하고 있다는 것이었다. 이반은 늘 알료샤의 의견을 중요하게 여겼고, 따라서 지금은 그를 이해할 수 없었다. 알료샤가 미짜에 대해 자신과 이야기할 기회를 만들려 하지 않고, 결코 그 스스로는 먼저 말을 꺼내지 않으며 이반의 질문에 답변만 하는 것도 이상했다. 이반 표도로비치는 이 점을 아주 강하게 의식하고 있었다. 그러나 그와 동시에 그는 전혀 상관없는 일에 온통 몰두해 있었다. 모스끄바에서 돌아온 뒤 처음 얼마간 그는 단연코 까쩨리나 이바노브나를 향한 불꽃처럼 격렬한 열정에 사로잡혀 있었던 것이다. 하지만 지금은 이후 이반 표도로비치의 전생애에 영향을 미친 이 새로운 열정에 대해 이야기할 때가 아니다. 이것은 또다른 이야기, 또다른 소설의 바탕이 될 수 있을 것이나, 그걸 언제 쓰게 될지는 나 자신도 잘 모르겠다. 아무튼 이미 얘기했듯이 이반 표도로비치가 까쩨리나 이바노브나의 집에서 나와 알료샤와 함께 걸어가다가 "나는 까쩨리나 이바노브나를 좋아하지 않아"라고 말했을 때, 그 순간 그는 지독한 거짓말을 한 것이었다. 사실 그는 가끔 죽이고 싶을 만큼 그녀를 증오하긴 했지만 미친 듯이 그녀를 사랑하고 있었다. 이는 많은 이유가 모여 그렇게 된 것이었다. 미짜에게 벌어진 일에 엄청난 충격을 받은 그녀는 자신에게 다시 돌아온 이반 표도로비치에게 무슨 구원자라도 대하듯 달려들었다. 그녀는 감정적으로 짓밟히고 상처 입어 분노한 상태였다. 그런데 이전에 자신을 그토록 사랑했던 사람이, 오, 그녀는 그 사실을 아주 잘 알고 있었는데, 그녀가 언제나 그 마음과 지성을 자신보다 높이 평가하고 있던 사람이 다시 나타났던 것이다. 그러나 그 엄격한 아가씨는 사랑하는 사람의 억누를 수 없는 욕망과 자신에게 빠진 그의 까라마조프적 도취에도 불구하고 자신의 전부를 희생물로 내주지는 않았다. 그와 동시에 그녀는 미쨔를 배신했다는 회한으로 끊임없이 괴로워했고, 이반과 무섭게 다툴 때(그들은 자주 다투었다) 그에게 대놓고 그 점을 이야기했다. 그가 알료샤와 이야기하면서 '거짓 위에 거짓'이라고 부른 것이 그것이었다. 물론 여기에는 정말로 많은 거짓이 있었고, 이것이 무엇보다 이반 표도로비치를 분노하게 했다…… 그러나 이 모든 얘기는 나중에 하기로 하자. 한마디로 말해 그는 얼마간 스메르쟈꼬프를 거의 잊고 지냈다. 그러나 그를 찾아간 지 이주가 지나자 이전과 마찬가지로 이상한 생각들이 다시 그를 괴롭히기 시작했다. 떠나기 전 표도르 빠블로비치의 집에 있던 마지막날 밤에 왜 도둑처럼 조용히 계단을 내려가 아버지가 아래층에서 무얼 하고 있는지 엿들었을까를 끊임없이 스스로에게 되묻기 시작했다고 말하는 것만으로도 충분할 것이다. 왜 나중에 그 일을 떠올릴 때는 혐오감이 들었을까, 왜 다음날 아침 여행길에서 갑자기 괴로워했을까, 왜 모스끄바로 들어서면서 스스로에게 "나는 비열한 놈이야!"라고 말했을까? 그리고 지금 그는 다시 이것 때문에 까쩨리나 이바노브나도 잊을 수 있겠다는 생각이 들 만큼 이 고통스러운 생각들에 강하게 사로잡혔다! 그가 그런 생각을 하고 있을 때 마침 거리에서 알료샤를 마주친 적이 있었다. 그는 즉시 알료샤를 멈춰세우고 질문을 던졌다.

“식사 후에 드미뜨리가 집에 쳐들어와서 아버지를 때렸던 일, 기억하지? 그후에 내가 네게 마당에서 ‘희망할 권리’를 지니지 않은 사람은 없다고 말했잖아. 말해봐, 그때 너는 내가 아버지의 죽음을 원한다고 생각했니, 그렇지 않니?”

“그렇다고 생각했어요.” 알료샤가 조용히 대답했다.

“사실 그랬어, 짐작하고 말고 할 것도 없지. 하지만 그때 너는 내가 ‘한마리의 뱀이 다른 뱀을 잡아먹기를’ 원한다는, 그러니까 드미뜨리가 되도록 빨리 아버지를 죽였으면 하고 바란다는 생각이 들었니? 나 자신도 그걸 도울 생각이 없지 않다는 생각이 들었느냐고?”

알료샤는 약간 창백해져서 말없이 형의 눈을 바라보았다.

“어서 말해!” 이반이 소리쳤다. “나는 어떻게든 그때 네가 무슨 생각을 했는지 알고 싶다. 나한테는 진실이 필요해, 진실이!” 그는 벌써부터 어떤 분노를 품고 알료샤를 바라보며 힘겹게 숨을 몰아쉬었다.

“용서해줘요, 난 그때 그렇게 생각했어요.” 알료샤는 이렇게 속삭였고, ‘상황을 누그러뜨릴 만한 말은 단 한마디도’ 덧붙이지 않았다.

“고맙다!” 이반은 잘라 말하고는 알료샤를 버려둔 채 빠른 걸음으로 제 갈 길을 가기 시작했다. 그때부터 알료샤는 형 이반이 어쩐지 자신에게서 급속도로 멀어지기 시작했고 자신을 싫어하는 것 같다고 느꼈고, 나중에는 그 자신도 이반을 찾지 않게 되었다. 그런데 그 순간 알료샤와 만난 직후에 이반 표도로비치는 집에 들르지 않고 돌연 다시 스메르쟈꼬프에게로 향했다.

7. 스메르쟈꼬프와의 두번째 만남

그때 이미 스메르쟈꼬프는 병원에서 퇴원한 뒤였다. 이반 표도로비치는 그의 새 거처를 알고 있었다. 그의 거처는 현관방을 사이에 두고 이어진 두채의 오두막 가운데 쓰러져가는 작은 통나무집이었다. 한쪽 오두막에 마리야 꼰드라찌예브나가 어머니와 함께 자리를 잡았고, 다른 쪽 오두막에 스메르쟈꼬프가 따로 살고 있었다. 그가 어떤 이유로 그들 집에 살고 있는지는 하느님만이 아실 일이었다. 공짜로 살고 있는지, 아니면 돈을 내고 있는지도 말이다. 나중에 사람들은 그가 마리야 꼰드라찌예브나의 약혼자 자격으로 그들 집에 자리를 잡고 공짜로 살고 있다고들 생각하게 되었다. 그 어머니도 딸도 그를 몹시 존경했고, 그를 자신들보다 높은 사람으로 대했다. 이반 표도로비치는 문을 열어줄 때까지 두드린 후 현관방으로 들어서서 마리야 꼰드라찌예브나의 안내에 따라 곧장 스메르쟈꼬프가 차지하고 있는 왼쪽의 '하얀 오두막'으로 들어갔다. 그 오두막에는 타일을 바른 벽난로가 있었는데 불을 아주 활활 지펴놓고 있었다. 벽에 발린 푸른색 벽지는 사실 온통 너덜너덜했고 벽지 아래 틈새에는 엄청나게 많은 바퀴벌레들이 우글거리며 그칠 줄 모르고 부스럭거리는 소리를 내고 있었다. 가구도 형편없었다. 양쪽 벽에 붙인 두개의 긴 나무 의자와 탁자 옆에 놓인 의자 두개가 전부였다. 탁자는 그냥 나무로 만든 것이었지만 그래도 분홍색 무늬가 있는 식탁보로 덮여 있었다. 두개의 작은 창에는 제라늄 화분이 하나씩 놓여 있었다. 방 한구석에는 성상들이 든 함이 놓여 있었다. 탁자 위 쟁반에는 심하게 우그러진 작은 청동 사모바르와 찻잔 두개가 놓여 있었다. 그러나 스메르쟈꼬프는 이미 차를 마신 뒤여서 사모바르의 불은 꺼져 있었다…… 그 자신은 탁자 뒤 등받이 없는 긴 의자에 앉아 공책을 들여다보며 펜으로 뭔가를 긁적이고 있었다. 그의 옆에는 잉크병이 양초를 꽂은 주철 촛대와 함께 놓여 있었다. 이반 표도로비치는 스메르쟈꼬프의 얼굴을 보자마자 병에서 완전히 회복되었다는 것을 알 수 있었다. 그의 얼굴은 생기 있었고 살도 붙었으며 관자놀이의 머리털도 포마드를 발라 잘 정돈되어 있었다. 그는 솜을 넣은 알록달록한 실내복을 입고 있었는데, 아주 낡아서 너덜너덜했다. 그의 코에는 이반 표도로비치가 이전에 한번도 본 적 없는 안경이 걸려 있었다. 이런 하찮기 짝이 없는 것들이 갑자기 이반 표도로비치의 화를 갑절이나 돋우는 듯했다. '짐승 같은 놈이 안경까지 끼고 있군!' 스메르쟈꼬프는 천천히 고개를 들고 안경 너머로 들어오는 사람을 뚫어지게 바라보았다. 그러다가 조용히 안경을 벗고 의자에서 일어났는데, 공손한 구석이라곤 없이 어쩐지 굼뜬 몸짓이었다. 오로지 어쩔 수 없이 차려야 하는 최소한의 예의만 차리겠다는 듯했다. 이 생각이 순식간에 이반의 머릿속을 스쳤고, 그는 모든 것을 곧바로 알아챘다. 결정적으로 중요한 것은 악의에 찬데다 불쾌하고 오만하기까지 한 스메르쟈꼬프의 시선이었다. '어째서 쓸데없이 드나드는 거야, 그때 전부 얘기했는데 무엇 때문에 다시 온 거지?'라고 말하는 듯했다. 이반 표도로비치는 겨우 자제심을 발휘했다.

"네 집은 덥구나." 그는 선 채로 외투를 벗으면서 말했다.

"벗으시죠." 스메르쟈꼬프가 말했다.

이반 표도로비치는 외투를 벗어 의자에 던지고는 떨리는 손으로 의자를 잡아 재빨리 탁자 쪽으로 끌어다 앉았다. 스메르쟈꼬프는 그보다 먼저 자신의 의자에 자리를 잡았다.

"먼저, 여기는 우리뿐이냐?" 이반 표도로비치가 아주 빠른 어조로 엄격하게 물었다. "저쪽에서 우리 말소릴 듣진 못하겠지?"

"아무도 못 들을 겁니다. 직접 보셨잖아요, 현관방이 있으니까요."

"이봐, 너, 내가 널 보러 병원에 갔을 때 네가 뭐라고 지껄였지? 내가 네가 뇌전증 발작을 흉내내는 데 귀신이란 소릴 하지 않으면 너도 예심판사에게 문가에서 우리가 나눈 대화를 일절 밝히지 않겠다고 했잖아? 일절이란 게 뭐냐? 그때 너는 무슨 생각으로 그런 소릴 한 거냐? 나를 위협한 거냐, 그런 거야? 내가 너와 무슨 결탁이라도 했다는 거냐, 그래서 내가 널 두려워하기라도 한다는 거야, 그래?"

이반 표도로비치는 분노에 휩싸여 말했는데, 말을 돌리거나 은근히 다가가는 것 따위는 경멸스러우니 탁 터놓고 말하겠다는 뜻을 상대가 분명히 알도록 하겠다는 의도인 듯했다. 스메르쟈꼬프의 눈은 사악하게 번득였고 왼쪽 눈이 찡긋거렸다. 그는 습성대로 침착하고 차분했지만, 곧바로 답변했다. '숨김없이 말하길 바라시는군. 그럼 이제 낱낱이 말해주지' 하는 투였다.

"그때 제가 생각했던 요지는, 제가 그런 말을 한 이유는, 나리가 친아버님이 살해될지도 모른다는 걸 알면서도 희생되게 버려두고 떠났고, 그래서 사람들이 나리의 감정이나 또다른 것들에 대해 흉악한 결론을 내리지 않을까 해서였습니다. 그래서 당국에 알리지 않겠다고 약속했던 거죠."

스메르쟈꼬프는 겉보기에 서둘지 않고 자제하는 듯 말했지만, 이미 그의 목소리에는 뭔가 확고하고 고집스럽고 사악하고 뻔뻔할 만큼 도전적인 감정이 서려 있었다. 그는 이반 표도로비치를 당돌

한 눈길로 바라보았고, 이반 표도로비치는 눈앞이 아뜩했다.

"뭐라고? 뭐가 어째? 네놈이 미친 거 아니냐?"

"제 정신은 말짱합니다."

"그러면 정말로 내가 그때 살인이 벌어질 걸 알았단 말이냐?" 마침내 이반 표도로비치는 소리를 지르며 주먹으로 탁자를 쾅 내리쳤다. "'또다른 것들'이란 게 무슨 뜻이냐? 말해, 비열한 자식!"

스메르쟈꼬프는 침묵하면서 여전히 그 뻔뻔한 시선으로 이반 표도로비치를 계속 노려보았다.

"말해, 이 구역질나는 사기꾼아, '또다른 것들'이 뭐냔 말이다." 그가 으르렁댔다.

"아까 제가 말한 '또다른 것들'은 그러니까 나리 자신이 당시 아버님의 죽음을 몹시 바라고 계셨다는 뜻입니다."

이반 표도로비치는 벌떡 일어나 온 힘을 다해 주먹으로 그의 어깨를 내리쳤고, 그 바람에 그는 벽 쪽으로 밀쳐졌다. 순식간에 그의 얼굴은 눈물범벅이 되었고, "나리, 약한 사람을 때리다니 부끄러운 짓입니다!"라고 말한 그는 갑자기 코를 풀고는 엉망으로 더러워진 푸른 바둑판무늬 면 손수건으로 눈을 가리고 조용히 흐느끼기 시작했다. 일분 정도가 흘렀다.

"이제 됐다! 그만해!" 마침내 이반 표도로비치가 다시 의자에 앉으며 명령조로 말했다. "마지막 인내심마저 버리게 하지 마라!"

스메르쟈꼬프는 눈에서 더러운 손수건을 떼어냈다. 쪼글쪼글한 얼굴의 잔주름이 모조리 방금 겪은 모욕감을 표현하고 있었다.

"그러니까 너, 이 비열한 자식, 그때 내가 드미뜨리와 한패가 돼서 아버지를 죽이고 싶어한다고 생각했다는 거지?"

"당시 나리의 생각은 제가 모르죠." 스메르쟈꼬프가 몹시 기분이 상한 듯 말했다. "그래서 바로 그 점에 대해 나리 마음을 떠보려고 나리가 대문으로 들어설 때 제가 멈춰세웠던 겁니다."

"뭘 떠봐? 뭘?"

"바로 이런 상황이죠, 나리께서 아버님이 어서 살해되길 원하는지, 아닌지 말입니다."

무엇보다 이반 표도로비치를 격분시킨 것은 스메르쟈꼬프가 고집스럽게 버리려 들지 않는 그 집요하고 뻔뻔스러운 말투였다.

"아버지를 죽인 건 너구나!" 그가 불현듯 외쳤다.

스메르쟈꼬프는 경멸 어린 미소를 지었다.

"제가 죽이지 않았다는 건 나리 자신이 확실히 알고 계시잖아요. 영리한 사람이라면 그 일에 대해 더이상 말하지 않을 거라고 생각하는데요."

"하지만 왜, 왜 그때 너는 나를 의심하는 마음이 생긴 거냐?"

"나리도 아시다시피 그저 겁이 나서였지요. 당시 저는 공포에 떨면서 모든 걸 의심하게 된 상태였습니다. 그래서 나리도 떠보기로 마음먹었는데, 만약 나리도 형님이 바라시는 것과 똑같은 걸 원하신다면 모든 건 끝장이 날 테고, 그럼 저도 같이 파리새끼처럼 죽을 거라고 생각했기 때문입니다."

"이봐, 너는 이주 전엔 그렇게 말하지 않았어."

"병원에서 나리와 이야기하면서 똑같이 생각했습니다. 다만 쓸데없는 말을 하지 않아도 나리께서 이해하실 거라고, 제일 영리하신 분이니 나리 자신이 노골적인 얘기는 원치 않으실 거라고 생각했지요."

"뭐가 어째! 대답해라, 대답해, 나는 꼭 들어야겠다. 내 무엇이, 도대체 내 어떤 점이 네 그 비열한 마음속에 나에 대해 그렇게 저열한 의심을 불러일으킨 거냐?"

"직접 살인을 하시는 건 무슨 일이 있어도 나리 자신이 하실 수 없지요, 원하지도 않으실 테고요. 다른 누군가가 죽여주길, 그걸 바라신 겁니다."

"아주 태연하게 잘도 그런 소릴 지껄이는구나, 아주 침착해! 왜 내가 그걸 원해, 무엇 때문에 내가 그걸 원했다는 거냐?"

"무엇 때문이냐고 물으시다니요? 유산 때문이죠." 스메르쟈꼬프가 독기를 품고서 어쩐지 복수하듯 말을 가로챘다. "당시 아버님이 돌아가시고 나면 세 형제분은 각자가 아무리 적어도 4만 루블 정도는 받으실 수 있었습니다. 어쩌면 그보다 더 많을 수도 있고요. 하지만 표도르 빠블로비치가 바로 그 부인, 아그라페나 알렉산드로브나와 결혼하면 그 부인은 결혼하자마자 재산을 전부 자기한테로 돌려놓았겠지요. 그분은 그렇게 바보가 아니니까요. 그러면 세 형제분 모두 부친이 돌아가셔도 2루블도 못 받으셨을 겁니다. 그런데 그때 결혼이 성사되기까지 시간이 얼마나 남아 있었을까요? 머리카락 한올 정도뿐이었습죠. 그 부인이 새끼손까락 하나만 까닥했으면 아버님은 그 즉시 쏜살같이 교회로 달려가셨을 겁니다."

이반 표도로비치는 자제하느라 고통스러울 지경이었다.

"좋아." 마침내 그가 내뱉었다. "너도 봤지, 나는 벌떡 일어서지도 않았고, 너를 때리지도 않았고, 죽이지도 않았다. 더 이야기해봐라. 그러니까 네 생각에는 내가 드미뜨리형이 그 일을 하도록 점찍고 기대하고 있었단 거냐?"

"나리가 어떻게 그분께 기대하지 않을 수 있었겠습니까. 사람을 죽이면 그길로 귀족의 모든 권리, 관등, 재산을 빼앗기고 유형을 가게 되는데요. 그렇게 되면 부친 사후에 형님 몫이 나리와 동생분 알렉세이에게 넘어가게 되지요. 똑같이. 그러니까 4만이 아니라 두 분이 각자 6만 루블씩 갖게 되시는 거죠. 그러니 나리는 당시 분명 드미뜨리 표도로비치께 기대를 거셨겠죠."

"너 때문에, 너 때문에 내가 화를 자초했구나! 잘 들어, 이 악당 놈아, 만일 그때 내가 누군가에게 기대를 걸었다면 그건 당연히 너지, 드미뜨리가 아니야. 나는 맹세코 네놈이 뭐든 추악한 짓을 벌일 거라고 예견했어…… 그때…… 나는 네놈에게서 받은 인상을 기억한단 말이다!"

"저도 그때 아주 잠시 나리가 저를 염두에 두신다고 생각했지요." 스메르쟈꼬프가 조롱하듯 히죽 웃었다. "그러니까 그때 그런 식으로 나리 자신을 제 앞에 드러내 보이신 거로군요. 나리가 저를 염두에 두시고도 떠나신 거면 그건 네가 부친을 죽인다 해도 상관없다, 나는 방해하지 않겠다, 이런 식으로 정확히 말씀하신 거나 마찬가지니까요."

"비열한 자식! 그렇게 생각했단 말이지!"

"모든 게 바로 체르마시냐 덕분에 이루어졌죠. 진정하세요! 나리는 모스끄바로 떠날 채비를 하면서 체르마시냐에 들러달라는 부친의 청은 거절하셨습니다! 그런데 제 어리석은 말 한마디에 갑자기 동의하셨잖습니까! 그때 무엇 때문에 체르마시냐로 가겠다고 동의하신 겁니까? 별 이유 없이 제 말 한마디에 모스끄바가 아니라 체르마시냐로 가셨다면, 그건 저한테 뭔가를 기대하신 거지요."

"아니야, 맹세코 아니라고!" 이반이 이를 갈면서 부르짖었다.

"어떻게 아니란 말씀인가요? 정반대로 아버님의 아들로서 나리는 당시 제가 그런 말을 했다고 제일 먼저 저를 경찰서에 끌고 가서 때리시거나 했어야죠…… 적어도 그 자리에서 제 면상을 치셔야 했어요. 그런데 나리는 전혀 화내지 않고 오히려 친절하게도 어리석기 짝이 없는 제 말을 곧바로 실행에 옮겨 그대로 떠나버리셨습니다. 아버님의 목숨을 지키기 위해 남으셨어야 하는데, 아주 황당한 일이었지요…… 그러니 어떻게 제가 그런 결론을 내리지 않을 수 있겠습니까?"

이반은 눈살을 찌푸린 채 부들부들 떨리는 두 주먹을 무릎으로 받치고 앉아 있었다.

"그래, 네 면상을 후려치지 않은 게 정말 유감이구나……" 그가 쓴웃음을 지었다. "그때 너를 경찰서에 끌고 갈 순 없었지. 누가 내 말을 믿었겠으며, 내가 무슨 증거를 내세울 수 있었겠나. 상판을 갈기는 거…… 그 생각을 미처 못 한 게 분하다. 사람을 치는 건 불법이지만, 너를 묵사발로 만들었을 텐데."

스메르쟈꼬프는 거의 즐기듯이 그를 바라보았다.

"인생에서 일반적인 경우에," 그는 언젠가 표도르 빠블로비치의 식탁 뒤에 서서 신앙에 대해 그리고리 바실리예비치와 논쟁을 벌일 때 그를 조롱하며 보였던 자기만족적이면서도 교훈적인 말투로 지껄였다. "인생에서 일반적인 경우에 상판을 갈기는 건 진짜로 법으로 금지되어 있고, 모두가 때리기를 그만두었죠. 하지만 인생에서 특별한 경우에는 우리나라뿐 아니라 전세계에서, 가장 완벽하다는 프랑스 공화국에서조차 모두 하나같이 아담과 하와 시절처럼 때리기를 계속하고 있고, 그건 절대로 멈추지 않을 겁니다. 그런데 나리는 그때 그 특별한 경우에도 감히 때리지 못하셨지요."

"네 녀석이 지금 이거, 프랑스어를 배우는 거냐?" 이반이 탁자에 놓인 공책을 고갯짓으로 가리켰다.

"언젠가 제가 유럽의 행복한 곳들에 가게 될지도 모르는데, 제

교양에 도움이 되도록 그걸 좀 배우면 왜 안 되겠습니까?"

"잘 들어라, 이 나쁜 자식." 이반은 눈동자를 번득이며 온몸을 떨었다. "나는 네 고발이 두렵지 않아, 나에 대해 하고 싶은 대로 증언해. 지금 여기서 내가 너를 때려죽이지 않은 건 오로지 네가 그 범죄를 저질렀다고 의심하기 때문이고, 너를 법정으로 끌고 갈 거기 때문이야. 나는 네놈을 다 폭로할 테다!"

"제 생각에는 입을 다무시는 게 나을 텐데요. 아무 죄 없는 저를 뭘 가지고 고발하시렵니까, 그리고 누가 그 말을 믿을까요? 일을 벌이시기만 하면 저는 죄다 말할 겁니다. 어떻게든 저 자신을 보호해야 하지 않겠습니까?"

"지금 내가 너를 두려워한다고 생각하는 거냐?"

"제가 지금 나리께 한 말을 법정에서 전혀 믿어주지 않는다고 쳐요. 하지만 세상 사람들은 믿을 겁니다. 나리는 수치스러워하실 테고요."

"이거 또 그 '영리한 사람과는 잠시 이야기하는 것도 흥미롭다'는 말이냐, 응?" 이반이 이를 갈면서 말했다.

"바로 맞히셨습니다. 영리한 사람이 되십쇼."

이반 표도로비치는 분노로 온몸을 떨면서 일어나 외투를 입고는 더이상 스메르쟈꼬프에게 대꾸하지 않고 눈길조차 주지 않은 채 빠른 걸음으로 오두막을 나왔다. 신선한 저녁 공기가 그를 상쾌하게 해주었다. 하늘에는 달이 선명히 빛나고 있었다. 무시무시한 악몽 같은 상념과 감각이 그의 마음속에서 들끓었다. '지금 스메르쟈꼬프를 고발하러 갈까? 뭐라고 고발하지? 어쨌든 녀석은 죄가 없는데. 도리어 녀석이 날 고발할 거야. 정말로 그때 나는 무슨 목적으로 체르마시냐에 갔던가? 무슨 목적으로, 왜?' 이반 표도로비치는 자문했다. '그래, 물론 나는 뭔가를 기대했어, 녀석의 말이 맞아……' 그는 백번째로 또다시 아버지의 집에서 마지막날 밤에 자신이 계단 위에서 아버지를 염탐하던 장면을 떠올렸다. 그런데 지금 그는 그때 자신이 뭔가에 찔린 것처럼 한자리에 멈춰서 있었다는 것이 고통스럽게 기억났다. '그래, 그때 나는 그걸 기다렸어, 사실이야! 나는 그걸 원했어, 나는 바로 살인을 원했어! 내가 살인을 원했던 걸까, 정말로 그랬던 걸까? 스메르쟈꼬프를 죽여버려야 해! 내가 지금 스메르쟈꼬프를 죽일 용기를 내지 못하면, 나는 살 가치도 없어!' 이반 표도로비치는 집에 들르지 않고 곧바로 까쩨리나 이바노브나에게 갔고, 그가 그 집에 나타나자 그녀는 깜짝 놀랐다. 그는 미친 사람 같았다. 그는 그녀에게 스메르쟈꼬프와 나눈 대화를 모조리, 사소한 것까지 전했다. 까쩨리나가 아무리 진정시키려 해도 그는 도저히 마음의 안정을 찾을 수 없었고, 내내 방 안을 이리저리 서성이며 뜨문뜨문 이상한 소리를 해댔다. 마침내 자리에 앉은 그는 탁자에 팔꿈치를 괴고 양손으로 머리를 받치고는 이상한 경구를 읊조렸다.

"만일 드미뜨리가 죽인 게 아니라 스메르쟈꼬프라면, 그때는 물론 나도 그놈과 공범이야, 왜냐하면 내가 녀석을 부추겼으니까. 내가 녀석을 부추겼나, 아직 모르겠어. 하지만 드미뜨리가 아니라 스메르쟈꼬프가 죽였다면, 물론 나도 살인자야."

이 말을 듣고 까쩨리나 이바노브나는 말없이 자리에서 일어나 책상으로 다가가더니 그 위에 놓여 있던 상자를 열어 종이 한장을 꺼내서 이반 앞에 놓았다. 그 종이는 이반 표도로비치가 나중에 형 드미뜨리가 아버지를 죽였다는 '수학적 증거물'이라고 알료샤에게 밝힌 바로 그 문서였다. 그것은 까쩨리나 이바노브나의 집에서 그루셴까가 그녀를 모욕한 일이 있은 뒤 미쨔가 수도원으로 가던 알료샤를 들판에서 만난 바로 그날 저녁에 취한 상태로 까쩨리나 이바노브나에게 쓴 편지였다. 그때 알료샤와 헤어진 뒤 미쨔는 그루셴까에게 달려갔다. 그가 그녀를 만났는지 아닌지는 모르겠으나, 그날 밤에 그는 선술집 '수도'에 나타나 언제나 그러듯 취하도록 술을 마셨다. 술에 잔뜩 취한 그는 펜과 종이를 달라고 해서 자신에게 치명타가 될 문서를 끄적거렸던 것이다. 그것은 극도로 흥분해서 두서없는 말을 잔뜩 늘어놓은 이른바 '취중' 편지였다. 취한 사람이 집에 돌아와 아내나 식구 누군가에게 몹시도 열을 내며 방금 자신이 얼마나 모욕을 당했는지, 자신을 모욕한 사람이 얼마나 파렴치한 인간인지, 반대로 그 자신은 얼마나 훌륭한 사람인지, 그 파렴치한 인간을 자신이 어떻게 혼내줄 것인지 따위를 줄줄이, 횡설수설 늘어놓으며 잔뜩 흥분해서 탁자를 주먹으로 내리쳐가며 술에 취해 눈물을 흘리며 읊조리는 식으로 쓴 편지였다. 선술집에서 편지지로 준 것은 질 나쁜 평범한 종잇조각으로 뒷면에는 무슨 계산 내역이 적혀 있었다. 취해서 쓸 말이 많아진 탓에 분명 자리가 모자랐던 모양으로, 미쨔는 사방 가장자리까지 다 채웠을 뿐 아니라 마지막 몇줄은 쓴 것 위에 열십자 모양으로 덧붙여 쓰기까지 했다. 편지는 다음과 같은 내용이었다.

운명적인 까쨔! 내일 돈을 구해서 당신에게 3천 루블을 주리다, 그리고 안녕, 무서운 분노의 여인이여, 하지만 안녕, 내 사랑! 끝을 냅시다! 내일 모든 사람한테 돈을 구해볼 거요, 사람들한테서 못 구하면, 당신에게 약속하는데, 이반이 떠나기만 하면 아버지에게 가서, 그 머리를 깨서라도 베개 밑에서 돈을 빼올 거요. 내 감방에 가더라도 3천 루블을 갚으리다. 이제 안녕. 당신 앞에서 나는 비열한 놈이니, 땅에 닿도록 절을 하오. 나를 용서하오. 아니, 차라리 용서하지 마시오. 그 편이 당신에게나 내게나 더 낫겠소! 난 다른 여자를 사랑하니 당신의 사랑을 받기보다는 감방에 가는 게 낫소. 오늘 당신은 그 여자에 대해 너무나 잘 알게 됐으니, 어떻게 용서할 수가 있겠소? 내가 그 도둑놈을 죽여버릴 거요! 모두를 떠나 동쪽으로 갈 거요. 아무도 알고 싶지 않고, 그 여자도 알고 싶지 않소. 나를 괴롭히는 건 당신 혼자만이 아니라 그 여자도 마찬가지니까. 잘 있으시오!

추신. 저주의 말을 쓰고 있지만, 나는 당신을 숭배하오! 내 마음속에서 그 소리를 듣고 있소. 아직 현 한가닥이 남아 울리고 있소. 심장이 두쪽 나는 게 낫겠군! 난 스스로 목숨을 끊을 거지만, 그래도 우선 그 수캐부터 죽일 거요. 그 수캐에게서 3천 루블을 빼앗아 당신에게 던져주리다. 당신 앞에서 나는 파렴치한이었지만, 도둑놈은 아니오! 3천 루블을 기다리시오. 수캐의 매트리스 밑에 분홍색 끈이 있소. 나는 내 도둑놈을 죽일 뿐 도둑놈이 아니오. 까짜, 나를 경멸의 눈길로 보지 마시오. 드미뜨리는 도둑이 아니라, 살인자요! 멍청히 서서 당신의 오만함을 참아내지 않기 위해 아버지를 죽이고 자신을 파멸시켰소. 당신을 사랑하지 않기 위해서. 그런 거요.

다시 추신. 당신의 발에 입맞추며, 안녕!

또다시 추신. 까쨔, 하느님께 기도해주오, 사람들이 내게 돈을 빌려주도록. 그러면 나는 피를 묻히지 않아도 되니까. 하지만 만일 주지 않으면 피를 흘려야겠지! 나를 죽여주시오!

노예이자 적

D. 까라마조프

이반은 '문서'를 다 읽고, 확신에 차서 일어났다. 그러니까 죽인 사람은 스메르쟈꼬프가 아니라 형인 것이다. 스메르쟈꼬프가 아니니, 따라서 그 자신도 아닌 것이다. 이 편지는 갑자기 그의 눈에 수학적인 의미를 갖게 되었다! 그로서는 미쨔가 범인이라는 것을 더는 의심할 이유가 없었다. 덧붙여 말해두자면, 미쨔가 스메르쟈꼬프와 공모해서 죽였으리라는 의심은 한번도 한 적이 없었고 그것은 사실과도 맞지 않았다. 이반은 완전히 안심했다. 다음날 그는 스메르쟈꼬프와 그의 조롱을 떠올리고 경멸감만 느꼈을 뿐이다. 며칠 뒤에는 자신이 스메르쟈꼬프의 의심에 그렇게 고통스럽게 기분 나빠할 수 있었다는 것이 놀랍기까지 했다. 그는 그를 경멸하고 잊어버리기로 마음먹었다. 그렇게 한달이 지났다. 그는 스메르쟈꼬프에 대해 더이상 아무에게도 묻지 않았지만, 두어번 지나는 말로 그가 많이 아프고 제정신이 아니라는 말을 들었다. 한번은 '미친 채로 죽을 거다'라고 젊은 의사 바르빈스끼가 그에 관해 말했고, 이반은 그 말을 기억하고 있었다. 그달 마지막주에 이반은 몸이 아주 좋지 않다고 느꼈다. 그는 이미 까쩨리나 이바노브나가 모스끄바에서 초빙해 재판 직전에 도착한 의사에게 진찰을 받으러 다니고 있었다. 바로 이 무렵 그와 까쩨리나 이바노브나의 관계는 극도로 예민해져 있었다. 그들은 서로 사랑에 빠진 두명의 적과 같았다. 까쩨리나 이바노브나가 잠깐이지만 다시 강렬하게 미쨔에게 끌린 것이 이반을 완전히 격분하게 만들었던 것이다. 이상하게도 우리가 묘사한 까쩨리나 이바노브나의 집에서의 마지막 장면, 그러니까 알료샤가 미쨔를 만나고 그녀에게 갔던 그때까지 지난 한달 동안 한번도 그, 이반은 그녀로부터 미쨔가 범인임을 의심한다는 말을 들은 적이 없었는데, 그런데도 그녀는 '계속해서 미쨔에게 되돌아갔으며', 그는 그 회귀를 너무나도 증오했던 것이다. 또한 놀라운 것은 그가 날이 갈수록 점점 더 강하게 미쨔를 증오한다고 느끼면서도 그와 동시에, 까쨔가 그에게 다시 끌려서가 아니라 바로 미쨔가 아버지를 죽였기 때문에 증오한다고 생각했다는 것이다. 그는 스스로 이 점을 느끼고 충분히 의식하고 있었다. 그럼에도 그는 재판이 있기 열흘쯤 전에 미쨔를 찾아가 탈주 계획을 제안했다. 그 계획은 오래전부터 숙고된 것이 분명했다. 여기에는 이런 조치를 취하도록 만든 중요한 이유 말고도 스메르쟈꼬프의 한마디, 이반과 알료샤가 아버지로부터 받을 유산의 총액이 4만에서 6만 루블로 늘어날 테니 형이 유죄 판결을 받는 것이 유리하다는 그 한마디에서 받은 아물지 않은 상처도 한몫을 했다. 그는 미쨔의 탈주를 성사시키기 위해 자기 몫에서 3만 루블을 희생하기로 마음먹었던 것이다. 그때 형을 면회하고 돌아오면서 그는 무섭도록 슬프고 당혹스러웠다. 문득 자신이 탈주를 원하는 것은 그 일에 3만 루블을 희생해서 마음의 상처를 다스리기 위해서만이 아니라, 뭔가 다른 이유가 있다는 느낌이 들기 시작했던 것이다. '마음속으로는 나 역시 살인자이기 때문은 아닐까?' 그는 자문해보았다. 막연하지만 강렬한 뭔가가 그의 영혼을 고통스럽게 했다. 무엇보다 이 한달 내내 그의 자존심은 격심한 고통을 겪어왔지만, 이것은 나중에 얘기하기로 하겠다…… 알료샤와 이야기를 나눈 뒤 이반 표도로비치는 자기 거처의 초인종을 울리려다 불현듯 스메르쟈꼬프에게 가기로 결심했다. 갑작스럽게 가슴속에서 끓어오르기 시작한 유난한 분노에 굴복했던 것이다. 문득 알료샤가 있을 때 까쩨리나 이바노브나가 자신에게 소리치던 장면이 떠올랐다. "그 사람(즉 미쨔)이 살인자라고 나한테 단언한 사람은 당신 하나뿐이잖아요!" 이 말을 떠올린 이반은 얼어붙고 말았다. 이제까지 단 한번도 미쨔가 살인자라고 그녀에게 단언한 적이 없었고, 오히려 스메르자꼬프를 보고 돌아와서는 그녀 앞에서 자기 자신을 의심했었다. 오히려 그런 사람은 그녀였다. 그녀가 그때 그에게 그 '문서'를 내놓아 형의 범죄 사실을 증명하지 않았던가! 그런데 이제 갑자기 그녀는 "내가 직접 스메르쟈꼬프에게 갔었어요!" 하고 소리를 지른 것이다. 언제 갔었단 말인가? 이반은 그 일에 대해 전혀 몰랐다. 이 말은 그녀가 미쨔의 유죄에 그다지 확신이 없다는 뜻이다! 스메르쟈꼬프는 그녀에게 무슨 말을 했을까? 그는 그녀에게 도대체 뭐라고, 무슨 말을 했을까? 무서운 분노가 그의 마음에서 타올랐다. 어떻게 삼십분 전에 그녀가 그런 말을 하도록 내버려둘 수 있었는지, 왜 그때 소리를 지르지 않았는지 그는 스스로를 이해할 수 없었다. 그는 초인종을 놔두고 스메르쟈꼬프를 향해 내달렸다. '어쩌면 이번에는 그 녀석을 죽여버릴지도 몰라.' 가면서 그는 생각했다.

8. 스메르쟈꼬프와의 세번째이자 마지막 만남

길을 절반쯤 갔을 무렵, 그날 아침 일찍부터 그랬던 것처럼 세차고 건조한 바람이 일어 잘고 빽빽하고 메마른 눈을 흩날렸다. 눈은 땅으로 떨어졌지만 쌓이지 못하고 바람에 휘감기며 곧 본격적으로 눈보라를 일으켰다. 스메르쟈꼬프가 살고 있는 시내 구역에는 가로등이 거의 없었다. 이반 표도로비치는 눈보라에 개의치 않고 어둠 속에서 본능적으로 길을 분간하며 발걸음을 옮겼다. 머리가 아팠고, 관자놀이가 고통스러울 정도로 욱신거렸다. 손가락마다 쑤시는 것을 느꼈고, 경련이 일었다. 마리야 꼰드라찌예브나의 집에 미처 도착하기도 전에 이반 표도로비치는 술에 취해 혼자 걷는 키 작은 남자를 만났다. 그는 기운 덧저고리를 입고 비틀비틀 걸으며 투덜대고 욕을 하다가 갑자기 취해서 쉰 목소리로 노래를 부르기 시작했다.

아, 반까는 뻬쩨르[15]로 떠났고,
나는 그를 기다리지 않으리!

그러나 그는 이 두번째 행에서 멈췄다가 다시 누군가를 욕했고, 그러고는 다시 똑같은 노래를 불러댔다. 이반 표도로비치는 이미 한참 전부터, 그에 대해 전혀 의식조차 못 할 때부터 그에게 무서운 증오심을 느꼈는데, 이제야 갑자기 그것을 깨닫게 되었다. 그 즉시 그는 작은 남자를 주먹으로 완전히 때려눕히고 싶은 마음이 들었다. 그 순간 때마침 그들은 서로를 지나치게 되었고, 남자는 심하게 비틀거리다 힘껏 이반에게 부딪쳤다. 이반은 광포하게 그를 밀쳐냈다. 남자는 날아가 얼어붙은 땅에 통나무처럼 패대기쳐졌고, 단 한번 아프다는 듯이 아아! 신음을 내고는 말이 없었다. 이반은 그에게 한걸음 다가섰다. 그는 의식을 잃은 채 꼼짝도 하지 않고 벌렁 나자빠져 있었다. '얼어죽겠군!' 이반은 생각하고, 다시 스메르쟈꼬프를 향해 걸음을 옮겼다.

손에 초를 들고 문을 열러 달려나온 마리야 꼰드라찌예브나는

15 뻬쩨르는 뻬쩨르부르그의 약칭.

현관방에서부터 빠벨 표도로비치(즉 스메르쟈꼬프)가 몹시 아프고, 누워 있는 정도가 아니라 거의 제정신이 아닌 것 같으며 심지어 차도 치우라고 명했다고, 차도 마시고 싶어하지 않는다고 속삭였다.

"그래서, 그 녀석이 행패라도 부립니까?" 이반 표도로비치가 거칠게 물었다.

"웬걸요, 반대로 아주 조용합니다. 다만 그분과 너무 오래 이야기를 나누진 말아주세요……" 마리야 꼰드라찌예브나가 부탁했다.

이반 표도로비치는 문을 열고 오두막 안으로 들어섰다.

방 안에는 지난번처럼 불이 지펴져 있었지만 약간의 변화가 눈에 띄었다. 등받이 없는 긴 의자들 중 하나를 들어냈고 그 자리에는 가죽을 씌운 크고 낡은 마호가니 소파가 놓여 있었다. 그 위에는 꽤나 깨끗한 흰 베개와 함께 이부자리가 깔려 있었다. 이부자리 위에는 전과 같은 실내복을 입고 스메르쟈꼬프가 앉아 있었다. 탁자를 소파 앞으로 옮겨놓아서 방이 더 좁아 보였다. 탁자 위에는 노란 표지의 두꺼운 책이 놓여 있었지만, 스메르쟈꼬프는 그것을 읽지도 않고 아무것도 하지 않은 채 앉아 있던 모양이었다. 그는 한참을 말없이 눈길로만 이반 표도로비치를 맞이했는데, 그가 온 것에 조금도 놀라지 않은 듯했다. 그의 얼굴은 많이 변해서 아주 여위고 누렇게 떠 있었다. 눈은 움푹 꺼졌고 눈 밑은 검푸르죽죽했다.

"정말로 아픈 모양이로구나?" 이반 표도로비치가 걸음을 멈췄다. "오래 붙들고 있지 않을 테니 외투는 벗지 않겠다. 어디 좀 앉을 데가 있나?"

그는 탁자 맞은편 구석으로 가서 의자를 탁자 쪽으로 당겨 앉았다.

“왜 보기만 하고 말이 없지? 질문이 한가지 있어서 왔다. 맹세컨대 답을 듣기 전에는 이 방에서 나가지 않을 테다. 까쩨리나 이바노브나가 찾아온 적이 있나?”

스메르쟈꼬프는 줄곧 아까처럼 조용히 이반을 쳐다보며 한참을 침묵하다가 갑자기 손을 한번 휘젓고는 그를 외면했다.

“뭐야?” 이반이 소리쳤다.

“아무것도 아닙니다.”

“뭐가 아무것도 아니란 거야?”

“그래요, 왔었습니다만 나리하곤 상관없잖습니까. 그만하세요.”

“아니, 그만하지 않겠다! 말해, 언제 왔었지?”

“기억도 안 납니다. 잊어버렸어요.” 스메르쟈꼬프는 경멸의 미소를 짓더니 갑자기 다시 이반에게로 얼굴을 돌리고 미칠 듯한 증오의 시선으로 그를 보았다. 한달 전의 만남에서와 똑같은 시선이었다.

“오히려 나리가 아프신 것 같네요. 얼굴이 창백하신 게 몰골이 말이 아니에요.” 그가 이반에게 말했다.

“내 건강일랑 상관 말고 말해, 무얼 물어보더냐?”

“어째서 나리 눈이 누렇게 되셨을까, 흰자가 완전히 누러네요. 많이 괴로우신 겁니까?”

그가 경멸하듯 미소 짓고는 갑자기 크게 웃음을 터뜨렸다.

“잘 들어, 나는 답을 듣지 않고는 안 나가겠다고 말했다!” 이반이 무섭게 화를 내며 소리쳤다.

“왜 저한테 들러붙는 겁니까? 왜 저를 괴롭히시냐고요?” 스메르쟈꼬프가 고통스러운 얼굴로 말했다.

“에이, 악마 같은 녀석! 나는 너한테는 관심 없어. 질문에나 답해, 그럼 당장 갈 테니까."

"나리께 대답할 말이 없습니다!" 스메르쟈꼬프가 다시 눈을 내리깔았다.

"분명히 말하는데, 내가 답하도록 만들 테다!"

"왜 계속 저를 괴롭히십니까?" 스메르쟈꼬프가 갑자기 경멸이라기보다 혐오감을 품고 그를 똑바로 쳐다보았다. "내일 재판이 시작돼서 이러시는 겁니까? 나리한테는 아무 일도 없을 겁니다, 제발 믿으세요! 집에 가서 편히 주무세요, 아무것도 두려워하지 마시고."

"네 녀석 말은 이해를 못 하겠다…… 내일 내가 뭘 두려워한단 거지?" 이반은 놀라서 말했는데, 정말로 어떤 경악이 갑자기 차갑게 그의 영혼에 밀려들었다. 스메르쟈꼬프는 그를 주시하고 있었다.

"이-해-를-못 하시겠다고요?" 그는 비난하듯이 말끝을 늘였다. "영리한 사람은 이런 코미디를 벌이는 게 취미인가보죠!"

이반은 말없이 그를 바라보았다. 자신의 예전 하인이 지금 자신에게 던지는 뜻밖의 말투, 이 터무니없이 오만한 말투가 심상찮았다. 그래도 지난번에는 이런 말투가 아니었던 것이다.

"나리께 말씀드리는데, 두려워하실 게 없습니다. 나리에 대해서는 아무 증언도, 아무 증거도 없어요. 손을 떠시네요. 왜 손가락을 그렇게 떠시는 겁니까? 집으로 가세요, 죽인 건 나리가 아니니까요."

이반은 몸을 부르르 떨었다. 알료샤 생각이 났던 것이다.

"내가 아니란 건 나도 알아……" 그가 웅얼거렸다.

"아-세-요?" 스메르쟈꼬프가 다시 말을 가로챘다.

이반은 벌떡 일어나 그의 어깨를 움켜잡았다.

“다 말해라, 이 독사 같은 놈아! 다 말해!”

스메르쟈꼬프는 조금도 겁먹지 않았다. 그저 미친 듯한 증오심을 품고 그를 노려볼 따름이었다.

“그렇다면 나리께서 죽이신 게 맞겠죠.” 그가 이반에게 독살스럽게 속삭였다.

이반은 뭔가를 깨달은 듯 의자에 털썩 주저앉았다. 그는 악의에 찬 미소를 지었다.

“또 그때의 일을 말하는 거냐? 지난번에 했던 그 얘기?”

“네, 지난번에도 제 앞에 서서 모든 것을 이해하셨고, 지금도 이해하고 계시죠.”

“네가 미친놈이라는 것만은 이해하고 있다.”

“정말 지겹게 구시네요! 지금 눈을 맞대고서 왜 서로를 속이고 코미디를 연출해야 합니까? 아니면 모든 걸 저한테 뒤집어씌우고 싶으신 건가요? 제 눈앞에서? 나리가 죽이셨어요, 나리가 주범입니다. 전 그저 나리를 따르는 충성스런 하인 리차르도[16]였을 뿐이고, 나리가 하신 말씀에 따라 그 일을 저지른 겁니다.”

“저질렀다고? 참말로 네가 죽인 거냐?” 이반은 소름이 끼쳤다.

그의 뇌 속의 뭔가가 흔들리는 것 같았고, 온몸에 차가운 전율이 일었다. 그러자 스메르쟈꼬프 자신도 놀란 얼굴로 그를 바라보았다. 이반이 진실로 경악하는 모습이 마침내는 그를 정말로 놀라게 했던 것이다.

16 스메르쟈꼬프는 제2부 제5편에서 이미 자신을 충성스러운 리차르도라고 부른 적이 있는데, 그때는 미쨔와 관련해서였다. 리차르도는 프랑스 중세 로망스의 러시아어본 『왕자 보바의 이야기』에 나오는 왕 그비돈의 충성스런 하인 이름. 리차르도가 그비돈의 충성스런 하인인 만큼이나 그 왕을 죽이려는 왕비의 충성스런 하인이기도 했다는 점이 아이러니다.

"정말로 나리는 아무것도 모르셨단 말입니까?" 그가 이반의 눈을 들여다보며 일그러진 미소를 짓고는 믿을 수 없다는 듯이 중얼거렸다.

이반은 마치 혀를 잃은 것처럼 여전히 그를 바라보고만 있었다.

아, 반까는 뻬쩨르로 떠났고,

나는 그를 기다리지 않으리,

갑자기 그의 머릿속에서 이 노랫소리가 울렸다.

"아느냐, 나는 네 녀석이 꿈일까봐, 내 앞에 유령이 앉아 있는 걸까봐 두렵다." 그가 중얼거렸다.

"여기 우리 두 사람 말고, 그 어떤 제3의 존재 말고 유령 같은 건 없습니다. 지금 이곳에는 틀림없이 그가, 제3의 존재가 있어요, 바로 우리 두 사람 사이에요."

"그가 누구지? 누가 있단 거야? 제3의 존재란 게 뭐야?" 이반 표도로비치가 놀라서 얼른 주위를 둘러보고 방 구석구석 누가 있는지 찾으며 물었다.

"제3의 존재는 하느님이죠, 바로 하느님의 섭리요. 섭리가 지금 우리 옆에 있는 겁니다. 다만 나리는 그걸 찾지도, 발견하지도 못하시겠지만요."

"네가 죽였다는 건 거짓말이야!" 이반이 미친 듯이 부르짖었다. "너는 미친놈이든지, 아니면 지난번처럼 나를 놀리는 거야!"

스메르쟈꼬프는 아까처럼 전혀 겁먹지 않고 여전히 시험하듯이 그를 눈으로 좇았다. 그는 도무지 불신을 떨칠 수 없었고, 여전히 이반이 '모든 것을 알면서도 자기 한 사람한테만 뒤집어씌우려' 한다고 여겼다.

“잠깐만요.” 마침내 그는 힘없는 목소리로 말하고는 갑자기 탁자 밑에서 자신의 왼쪽 다리를 당겨 바지를 걷어올렸다. 그는 목이 긴 흰 양말에 구두를 신고 있었다. 스메르쟈꼬프는 서두르는 기색 없이 양말 끈을 풀고 양말 안쪽 깊숙이 손가락을 집어넣었다. 이반 표도로비치는 그를 바라보다가 문득 놀라서 경련을 일으키며 몸을 떨었다.

“미친놈!” 그는 부르짖으며 자리에서 벌떡 일어나 뒷걸음질을 치다가 벽에 등을 부딪고는 몸을 곧추세워 벽에 붙어버린 것 같았다. 미칠 듯한 공포를 느끼며 그는 스메르쟈꼬프를 바라보았다. 그는 이반이 경악하는 데 조금도 당황하지 않고 여전히 손가락으로 뭔가를 붙잡아 끄집어내려 애쓰는 듯 양말 속을 뒤졌다. 마침내 뭔가를 붙잡아 끄집어내기 시작했다. 이반 표도로비치가 보기에 그건 무슨 종잇장들이거나 종이묶음 같았다. 스메르쟈꼬프는 그것을 꺼내어 탁자에 올려놓았다.

“자요!” 그가 조용히 말했다.

“뭐야?” 이반이 떨면서 물었다.

“살펴보세요.” 스메르쟈꼬프가 여전히 조용히 말했다.

이반은 탁자로 한걸음을 옮겨 그 묶음을 들고 펼치려다가, 돌연 어떤 징그럽고 무서운 파충류라도 건드린 듯 손가락을 움츠렸다.

“나리 손가락이 다 떨리는군요, 경련하듯이.” 스메르쟈꼬프는 그것을 알아채고 직접 침착하게 종이를 펼쳤다. 포장지 안에는 100루블짜리 무지갯빛 지폐 세묶음이 있었다.

“여기 다 있습니다, 안 세봐도 3천 루블 그대로죠. 받으세요.” 그가 고갯짓으로 돈을 가리키며 이반에게 권했다. 이반은 의자에 털썩 주저앉았다. 그는 종잇장처럼 창백했다.

"너 때문에 까무러치겠다…… 그 양말에……" 그가 이상하게 코웃음을 치며 말했다.

"정말로, 정말로 나리는 지금까지 모르셨나요?" 스메르쟈꼬프가 다시 물었다.

"아니, 몰랐어. 나는 줄곧 드미뜨리라고만 생각했어, 형! 형이라고! 아!" 그가 갑자기 양손으로 머리를 감쌌다. "이봐, 너 혼자 죽인 거냐? 형 없이 했어, 아니면 형과 같이 한 거냐?"

"오직 나리하고만 함께했지요. 나리하고 함께 죽였습니다. 드미뜨리 표도로비치는 죄가 없어요."

"좋아, 좋아…… 내 얘기는 나중에. 어째서 내가 계속 떨리는 건지…… 말도 안 나오네."

"그때는 용감하셨잖아요. '모든 것이 허용된다'고 하셨죠. 그런데 이제 와서 그렇게 놀라시다니!" 스메르쟈꼬프가 어이없다는 듯 중얼거렸다. "레몬수라도 드시렵니까? 곧 가져오라고 하죠. 한결 기분이 좋아지실 겁니다. 우선 이것부터 치우고요."

그러면서 그는 다시 고갯짓으로 묶음을 가리켰다. 그는 문에 대고 마리야 꼰드라찌예브나에게 레몬수를 만들어오라고 부르기 위해 일어나려고 움직였지만, 우선 그녀가 돈을 보지 못하게끔 가릴 것을 찾다가 처음에는 손수건을 꺼내려 했다. 하지만 손수건이 너무도 지저분해서, 이반이 들어오면서 본 대로 탁자에 유일하게 놓여 있던 두꺼운 노란색 책을 들어 돈을 가렸다. 책의 제목은 '우리의 하느님과 연합한 사제 시리아의 성 이삭의 말씀'이었다. 이반 표도로비치는 기계적으로 그 제목을 훑었다.

"레몬수는 관둬." 그가 말했다. "내 얘기는 나중에 하자고. 얼른 앉아서 말해봐, 어떻게 한 거냐? 모조리 말해보라고……"

"외투라도 벗으세요, 온통 땀범벅이시네요."

이반 표도로비치는 그제야 깨달은 듯 외투를 벗어 의자에서 일어나지도 않고 긴 의자로 던졌다.

"말해봐, 어서 말해보라고!"

그는 다소 진정된 듯했다. 그는 스메르쟈꼬프가 이제 모든 것을 말해줄 것이라 확신하며 기다렸다.

"그걸 어떻게 했는지요?" 스메르쟈꼬프가 한숨을 내쉬었다 "제일 자연스러운 방식으로 했죠, 바로 나리가 말씀하신 대로요……"

"내 얘기는 나중에 하라고." 이반은 다시 말을 막았지만, 이제는 아까처럼 소리를 지르지 않았고 완전히 자제심을 찾은 듯했다. "어떻게 그 짓을 저질렀는지나 자세히 말해. 순서대로 죄다. 하나도 빼먹지 말고. 자세하게, 중요한 건 자세하게야. 어서."

"나리가 떠나신 뒤 저는 그때 지하창고에서 굴러떨어졌지요……"

"발작이었던 거냐, 아니면 그런 척한 거냐?"

"당연하게도 그런 척한 겁니다. 전부 흉내를 낸 거였죠. 계단 맨 아랫단까지 조용히 내려와 얌전히 드러누워서는 눕자마자 울부짖은 거죠. 사람들이 와서 실어갈 때까지 몸부림을 쳤습니다."

"잠깐! 그럼 내내, 나중에 병원에서도 줄곧 그런 척한 거냐?"

"그건 절대 아닙니다. 다음날 아침, 아직 병원에 가기 전에 진짜로 발작이, 정말로 지독한 발작이 일어났습니다. 요 몇년 동안 그런 발작은 없었죠. 이틀 동안 정말로 정신을 잃었습니다."

"좋아, 좋아. 계속해봐."

"사람들이 저를 칸막이 뒤의 침대에 눕혔고, 저는 그럴 거라는 걸 알고 있었죠. 마르파 이그나찌예브나는 제가 아플 때마다 밤새 늘 저를 자기들 방 칸막이 뒤에 눕혔으니까요. 그분들은 제가 태어났을 때부터 한결같이 제게 친절하게 대해주셨죠. 저는 밤새 신음했습니다, 물론 조용히요. 그러면서 줄곧 드미뜨리 표도로비치가 오길 기다렸습니다."

"기다렸다고, 너한테 오길?"

"뭐 하러 제게 오겠습니까, 집으로 오기를 기다린 거죠. 저는 그날 밤 그분이 오리라는 걸 추호도 의심하지 않았습니다. 제가 없으니 아무 정보도 얻지 못했을 테고, 담장은 뛰어넘을 수 있으니, 반드시 담장을 넘어 집으로 들어와 뭐든 일을 저지를 거라고 생각했지요."

"만일 오지 않았다면?"

"그러면 아무 일도 없었을 거고요…… 드미뜨리 표도로비치가 안 왔으면 저도 결단을 내리지 못했을 겁니다."

"좋아, 좋아…… 더 알아듣게 얘기해봐, 서둘지 말고, 하나도 빼먹지 않는 게 중요해!"

"저는 그분이 표도르 빠블로비치를 죽이길 기다렸습니다…… 그건 확실했죠. 왜냐하면 제가 벌써 그렇게 준비해둔 셈이니까요…… 마지막 이틀 동안…… 무엇보다 중요한 건 그 신호를 그분이 알고 있었다는 겁니다. 그동안 그분은 마음에 의심과 분노가 쌓였으니 그 신호를 써서 집에 숨어들 게 틀림없었죠. 그건 틀림없었어요. 그래서 저는 그분을 기다렸습니다."

"잠깐." 이반이 말을 가로막았다. "형이 죽였다면 돈을 훔쳐갔어야지. 너도 그렇게 생각했을 거 아니냐. 그런데 어떻게 형이 떠난 후에 네가 돈을 훔친 거냐? 알 수가 없구나."

"드미뜨리 표도로비치는 절대로 돈을 찾지 못했을 겁니다. 돈이 매트리스 밑에 있다고 가르쳐드린 게 바로 접니다. 다만 그건 사실이 아니었죠. 처음에는 전처럼 보석함에 있었습니다. 표도르 빠블로비치가 온 세상 사람 중에서 믿는 건 저 하나뿐이었기 때문에, 나중에 제가 돈뭉치를 구석에 있는 성상 뒤로 옮기라고 권해드렸습니다. 거기 있으리라고는 아무도 짐작하지 못할 거라고, 급히 침입한 경우에는 더구나요. 그래서 그것, 돈뭉치는 구석의 성상들 뒤에 놓여 있었습니다. 돈을 매트리스 밑에 두는 건 정말 우스운 일이었겠죠. 주인님이라면 적어도 그걸 보석함에 넣어 열쇠를 채웠을 겁니다. 그런데 여기서는 모두가 돈이 매트리스 밑에 있었던 것처럼 믿더군요. 어리석은 생각이에요. 그러니까 만일 드미뜨리 표도로비치가 살인을 저질렀다 해도 아무것도 찾지 못하고 살인자들이 늘 그렇듯 옷깃 스치는 소리만 나도 두려워서 얼른 도망갔거나 아니면 체포되었을 겁니다. 그러면 저는 다음날이나 그날 밤이라도 언제든 성상 뒤에 손을 넣어 바로 그 돈을 가져갈 수 있었겠죠. 모든 걸 드미뜨리 표도로비치에게 뒤집어씌우고 말입니다. 그러니 저는 언제든 희망을 가질 수 있었던 거죠."

"그러면, 만일 형이 죽이지 않고 때리기만 했다면?"

"만일 죽이지 않았다면 물론 저는 감히 돈을 가져갈 생각도 못하고 그대로 두었겠죠. 하지만 의식을 잃을 정도로 때린다면, 그때는 제가 돈을 훔치고 나중에 표도르 빠블로비치에게서 돈을 강탈한 사람은 다름 아니라 드미뜨리 표도로비치였다고 보고하면 되는 거죠."

"잠깐…… 혼란스럽구나…… 그러니까 죽인 건 아무튼 드미뜨리고, 너는 돈만 훔쳤다는 거냐?"

"아니요, 그분이 죽인 게 아닙니다. 하기야, 저는 지금도 그분이 살인자라고 나리께 말씀드릴 수 있습니다만…… 이제 나리 앞에서 거짓말을 하고 싶진 않네요. 왜냐하면…… 왜냐하면 지금 제가 보듯이 나리는 이제까지 전혀 알지 못했고 자기 잘못을 저한테 뒤집어씌우려고 제 면전에서 가장한 것도 아니지만, 그럼에도 이 모든 죄는 나리에게 있으니까요. 나리는 살인이 벌어질 걸 알았고, 모든 것을 알면서도 저한테 죽이도록 내버려두고는 떠나셨잖습니까. 그러니까 오늘 저녁에 저는 나리 면전에서 이 모든 일에서 살인의 주범은 오로지 나리 한분이라고, 죽인 사람은 저라 해도 저는 제일의 주범이 아니라고 나리께 증명하고 싶습니다! 나리가 바로 법적 살인자입니다!"

"어째서, 어째서 내가 살인자냐? 오, 하느님!" 이반은 자신과 관련된 모든 얘기는 대화의 끝으로 미루자고 한 말을 잊고 마침내 참을 수가 없었다. "또 체르마시냐 얘기냐? 잠깐, 말해봐, 만일 내가 체르마시냐로 가는 걸 네가 동의로 받아들였다면, 너는 왜 내 동의가 필요했던 거냐? 지금 그건 어떻게 설명할래?"

"나리가 동의했다는 확신이 들어야 제가 나리가 돌아와서 잃어버린 3천 루블 때문에 속을 끓이지 않으시리라는 걸 알았을 테니까요. 그래야 설사 당국에서 무엇으로든 드미뜨리 표도로비치 대신 저를 의심하거나 제가 드미뜨리 표도로비치와 공모했다고 의심한다 해도 나리가 저를 다른 사람들로부터 보호해주시리란 걸 알 수 있고요…… 그리고 유산을 받으면 이후에 사시는 동안 내내 제게 보상해주시겠죠, 나리는 제 덕분에 그 유산을 받게 되신 거니까요. 그렇지 않고 표도르 빠블로비치가 아그라페나 알렉산드로브나와 결혼한다면 나리는 아무것도 받지 못하실 테니까요."

"아! 너는 나를 그런 식으로 나중까지 평생 괴롭히려고 했구나!" 이반이 이를 갈았다. "만일 내가 그때 떠나지 않았다면, 너를 고발했다면 어떻게 되었을까?"

"그때 나리가 뭘 고발하실 수 있었을까요? 체르마시냐로 가시라고 나리께 슬쩍 언질을 드린 거요? 그건 말도 안 되는 어리석은 짓이죠. 더구나 그런 대화를 나눈 뒤에도 나리는 가거나 남거나 하실 수 있었죠. 만일 남으셨다면 그때는 아무 일도 일어나지 않았을 겁니다. 저는 나리가 이 일을 원치 않으신다는 걸 알고 아무 짓도 하지 않았을 테니까요. 만일 가셨다면 그건 저를 재판에 넘기지 않으시겠다는 뜻이고, 3천 루블에 대해서도 용서하겠다는 걸 보증하신다는 뜻이죠. 그러면 나중에라도 나리는 저를 결코 못살게 구실 수 없지요. 재판에서 제가 모든 것을 말할 수 있으니까, 제가 훔치거나 죽인 게 아니라 — 그런 말은 하지도 않았을 겁니다 — 나리 자신이 훔치고 죽이라고 저를 부추겼지만 저는 다만 동의하지 않았다고 말했을 테니까요. 그러니 저는 당시 나리가 저를 어떻게 해도 궁지에 빠뜨릴 수 없게끔 나리의 동의가 필요했던 겁니다. 나리 쪽에서 어떤 증거도 갖고 있지 않다 해도, 저는 언제든 나리가 부친의 죽음을 얼마나 갈망했는지 폭로해서 나리를 궁지에 빠뜨릴 수 있으니까요. 제가 한마디만 하면 세상 모두는 그 말을 믿었을 테고, 그러면 나리는 평생 수치심을 이기지 못하셨을 겁니다."

"그러니까 내가, 내가 그런 갈망을 가졌었단 말이냐? 그래?" 이반이 다시 이를 갈았다.

"말할 것도 없이 그러셨죠. 그리고 제게 동의하심으로써 말없이 그 일을 허락하신 거고요." 스메르쟈꼬프가 확신에 찬 눈으로 이반을 바라보았다. 그는 몹시 기력이 빠져서 조용히, 피곤한 기색으로 말했지만 내면에 숨은 무언가가 그를 달구고 있었고, 분명 어떤 의도가 있는 듯 보였다. 이반은 그것을 예감했다.

“계속해봐.” 이반이 그에게 말했다. “그날 밤 얘기를 계속하라고.”

“그리고 뭐가 더 있겠습니까! 누워 있자니 주인님이 지르는 비명 소리가 들리더군요. 그전에 그리고리 바실리치가 갑자기 일어나 나갔는데, 별안간 신음을 내지르고는 다시 조용해졌고 깜깜하기만 했습니다. 저는 누워서 기다렸는데, 심장이 고동쳐서 참을 수가 없었습니다. 마침내 일어나서 나갔죠. 왼쪽에 정원으로 난 창이 열려 있는 게 보여서, 저는 주인님이 살아서 앉아 있는지 어떤지 엿보려고 왼쪽으로 걸음을 옮겼습니다. 귀를 기울이니 주인님이 왔다 갔다 하며 탄식하는 소리가 들렸습니다. 살아 있었죠. 에잇, 하고 생각했습니다! 창으로 다가가 ‘접니다’ 하고 주인님을 불렀습니다. 주인님이 제게 ‘그놈이 왔었다, 왔다가 도망가버렸어!’ 하더군요. 그러니까 드미뜨리 표도로비치가 왔다 갔단 말이었죠. ‘그리고리를 죽였어!’ 하기에 ‘어디서요?’ 제가 속삭였습니다. ‘저쪽, 구석에.’ 주인님이 가리키며 역시 속삭이더군요. ‘기다려보세요’ 하고서 저는 구석으로 찾으러 갔다가 담장 옆에 누워 있는 그리고리 바실리치와 부딪쳤습니다. 온통 피범벅이 되어 의식을 잃고 있었죠. 그러니 드미뜨리 표도로비치가 왔다 간 게 확실했습니다. 그때 갑자기 제 머릿속에 즉시 이 모든 걸 끝내야 한다는 생각이 번득였습니다. 그리고리 바실리치가 아직 살아 있다 해도 의식을 잃었으니 한동안은 아무것도 볼 수 없을 테니까요. 단 한가지 위험이 있다면 마르파 이그나찌예브나가 갑자기 깨면 어쩌나 하는 거였습니다. 그 순간 그 위험을 자각하고 있긴 했지만, 그 욕망이 저를 완전히 사로잡아 마음을 빼앗아버렸습니다. 저는 다시 창 밑으로 가서 주인님께 말했습니다. '그분이 여기 오셨습니다, 아그라페나 알렉산드로브나가 오셨다고 알리라 하십니다.' 그러자 주인님은 아기처럼 온몸을 부르르 떨었습니다. '여기 어디? 어디냐?' 그렇게 흥분해서 한숨을 쉬면서도 못 믿는 것 같더라고요. '저기요' 했죠. '저기 서 계십니다. 문을 열어주세요!' 주인님은 창밖으로 저를 보면서 믿을까 말까 문 열어주기를 두려워하더라고요. 저를 무서워해서 그러는 거라고 생각했습니다. 우스웠죠. 그때 문득 그루셴까가 와 있다고 눈앞에서 창틀을 두드려 신호를 하자는 생각이 들었습니다. 제 말은 못 믿는 듯했지만 신호를 하자마자 곧바로 문을 열러 달려나오더군요. 문이 열렸습니다. 제가 들어가려 했더니 주인님은 버티고 서서 저를 가로막았습니다. '그루셴까는 어디 있나? 어디 있어?' 주인님이 저를 보면서 몸을 떨었습니다. '그래, 이렇게 나를 무서워하다니 상황이 좋지 않은걸!' 저는 생각했죠. 주인님이 저를 들여보내지 않거나 소리를 지르거나 마르파 이그나찌예브나가 달려올까봐, 아니면 다른 무슨 일이든 벌어질까봐 무서워서 다리에서 힘이 빠지더군요. 그때 기억은 잘 나지 않지만 저는 틀림없이 문 앞에 창백한 모습으로 서 있었을 겁니다. 주인님께 속삭였습니다. '예, 저기, 저기 창 밑에 계십니다. 아니, 안 보이세요?' 했죠. '네가 그루셴까를 데려와라, 네가 데려와!' 하기에 '그분은 무서워하고 계세요. 큰 소리에 놀라 관목 뒤에 숨었습니다. 나오셔서 서재에서 직접 불러보세요' 했죠. 주인님은 창으로 달려가더니 창틀에 초를 세웠습니다. '그루셴까, 그루셴까, 어디 있니?' 하고 외쳤죠. 그렇게 외치긴 했지만 창밖으로 몸을 내밀려 하진 않고, 저한테서 떨어지지 않으려 했죠. 무서워서 그랬던 겁니다. 제가 너무 무서워서 감히 저한테서 떨어질 엄두가 안 났던 거죠. '저기 계시네요' 했지요.(저는 창으로 다가가서 몸을 쑥 내밀었습니다) '저기 관목 사이에서 나리께 웃고 계시네요. 보이세요?' 주인님은 갑자기 그 말을 믿었고, 부르르 떨면서 창밖으로 한껏 몸을 내밀었습니다. 정말 그루셴까한테 깊이 빠졌으니까요. 저는 그때 주인님 탁자에 있던 주철 문진을 집어들고, 기억하시죠, 무게가 1킬로그램도 더 될 겁니다, 힘껏 휘둘렀습니다. 뒤에서 문진 모서리로 정수리를 내리쳤지요. 소리도 못 지르더군요. 순식간에 털썩 주저앉았고, 저는 한번 더, 또 한번 더, 그렇게 세번을 내리쳤어요. 세번째 내리칠 때 완전히 부순 걸 느꼈습니다. 갑자기 벌러덩 자빠지면서 얼굴이 위로 향했는데, 온통 피범벅이었어요. 살펴보니 저한테는 피 한방울 튀지 않았더라고요. 문진을 닦아서 제자리에 놓고, 성상 뒤를 뒤져서 돈을 봉투에서 꺼낸 다음 봉투와 분홍색 끈은 바닥에 버렸습니다. 정원으로 나갔죠, 온몸을 떨면서요. 곧장 구멍 난 사과나무로 갔습니다. 그 구멍은 나리도 아시죠? 저는 오래전에 그걸 봐놨습니다. 그 안에 천조각과 종이를 넣어뒀어요. 오래전부터 준비했지요. 돈을 전부 종이로 싼 다음 다시 천으로 싸서 깊숙이 쑤셔박았습니다. 그건 거기 이주 넘게 놓여 있었어요, 고스란히 다 말입니다. 나중에 퇴원한 뒤에야 꺼냈지요. 저는 침대로 돌아와 누워서 두려움에 떨며 생각했습니다. '그리고리 바실리예비치가 죽었다면 일은 아주 잘못될지도 모른다. 하지만 죽지 않고 깨어난다면 아주 잘 풀릴 거야, 그리고리 바실리치는 드미뜨리 표도로비치가 왔다 갔다고 증언해줄 테니까. 그러면 드미뜨리 표도로비치가 죽이고 돈을 가져간 게 되지.' 그때 저는 불확실한 상황에 초조해져서 마르파 이그나찌예브나가 어서 깨도록 크게 신음 소리를 냈습니다. 마침내 마르파 이그나찌예브나가 일어나서 제게로 달려오려다가 그리고리 바실리예비치가 없는 걸 봤죠. 이어서 마르파 이그나찌예브나가 정원에서 비명을 지르는 소리가 들렸습니다. 자, 밤새 일은 이렇게 진행된 거고, 저는 아주 마음을 놓게 되었습니다."

말하던 이가 말을 그쳤다. 이반은 죽음 같은 침묵을 지키며 꼼짝도 하지 않고 그의 얼굴에 눈길을 박은 채 그의 말에 귀를 기울였다. 스메르쟈꼬프는 이야기하면서 가끔 그를 쳐다봤지만, 대체로 다른 데 눈길을 주고 있었다. 이야기를 다 마친 뒤에는 그 자신이 흥분했는지 무겁게 한숨을 내쉬었다. 그의 얼굴에는 땀이 배어 있었다. 그러나 그가 후회하고 있는지 어떤지는 짐작할 수 없었다.

"잠깐," 이반이 무언가 생각하면서 말을 받았다. "문은 어떻게 된 거지? 아버지가 네게 문을 열어주었다면, 그리고리는 어떻게 너보다 먼저 문이 열린 걸 볼 수 있었지? 그리고리가 너보다 먼저 봤다고 했잖아?"

희한하게도 이반은 아주 평온한 목소리로, 심지어 아까와 전혀 다르게 아주 선선한 어조로 물었기 때문에, 만일 누군가가 그들의 방문을 열고 들여다봤다면 틀림없이 그들이 앉아서 뭔가 흥미롭지만 일상적인 주제에 대해 사이좋게 이야기를 나누고 있다고 생각했을 것이다.

"그 문으로 말하자면, 그리고리 바실리예비치가 열린 것을 본 것처럼 착각한 겁니다." 스메르쟈꼬프가 얼굴을 찡그리며 웃었다. "제가 말씀드리는데, 그 노인은 사람이라기보다 꼭 고집불통 거세마 같아요. 보지도 않았는데 본 것처럼 느낀 겁니다. 그 고집은 꺾을 수가 없어요. 그 노인이 그렇게 만들어준 게 저와 나리께는 행운이었죠. 그 덕분에 마침내 꼼짝없이 드미뜨리 표도로비치가 죄를 뒤집어썼으니까요."

"들어봐," 이반 표도로비치가 다시 혼란스러운 듯이 뭔가 생각을 모으려 애쓰면서 말했다. "들어보라고…… 너한테 묻고 싶은 게 많았는데 잊어버렸다…… 계속 잊어버리고 착각하는구나…… 그래! 이거 하나만 말해다오. 왜 봉투를 뜯어서 바닥에 내버린 거지? 어째서 그냥 봉투째로 가져가지 않았냐고…… 네가 봉투를 그렇게 할 필요가 있었다고 말한 것 같아서 말이다. 그런데 왜 그래야 했는지 이해할 수가 없구나……"

"거기엔 몇가지 이유가 있습니다. 예를 들어 저처럼 상황을 잘 알고 익숙한 사람, 돈을 이미 자기 눈으로 보았고, 그걸 어떻게 봉투에 싸서 봉인하고 겉에 받을 사람 이름을 썼는지 본 사람이라면, 살인을 저지른 후에 무엇 하러 그 봉투를 뜯어보겠습니까? 그 짓을 저지를 때 돈이 봉투 안에 틀림없이 들었다는 걸 안 그래도 잘 알고 있는데 말이죠. 강도가 저 같은 사람이라면 오히려 봉투는 아예 뜯지도 않고 그냥 주머니에 쑤셔넣고 얼른 도망쳤겠죠. 그런데 드미뜨리 표도로비치라면 전혀 다르죠. 그분은 돈봉투에 대해 들은 풍월로만 알았지 직접 눈으로 본 적이 없어요. 침대에서 그걸 끄집어냈다면 그 안에 정말로 돈이 들었는지 아닌지 보려고 그 자리에서 얼른 뜯어봤을 겁니다. 그리고 봉투는 버렸겠지요, 나중에 증거물로 남을 거라고는 미처 생각도 못 하고. 왜냐하면 그분은 어설픈 도둑인데다 태생이 귀족이라 이전에는 대놓고 도둑질을 해본 적이 없고, 설사 도둑질하기로 마음을 먹었대도 그건 도둑질을 하려 해서가 아니라 자기 것을 되찾으려 그런 것일 뿐이니까요. 그분은 전부터 그 얘기를 온 도시에 동네방네 떠들고 다녔고, 심지어는 표도르 빠블로비치에게 가서 자기 몫을 되찾아올 거라고 모든 사람 앞에서 큰소리치기까지 했지요. 저는 이런 생각을 심문받을 때 검사님께 분명하게 말씀드리진 않고 오히려 저 자신도 이해하지 못하는 척, 제가 귀띔한 게 아니라 마치 그분들 스스로 생각해낸 듯이 슬쩍 암시만 했습니다. 그랬더니 검사님은 제 암시에 군침까지 흘리시더라고요."

"그러면 정말로, 정말로 이 모든 게 네가 그때 그 자리에서 궁리해낸 거란 말이냐?" 이반 표도로비치는 놀란 나머지 이성을 잃고 소리쳤다. 그는 새삼 경악하며 스메르쟈꼬프를 바라보았다.

"무슨 그런 말씀을, 어떻게 그 일을 저지르면서 모든 걸 생각해낼 수 있겠습니까? 미리 곰곰이 생각해둔 거지요."

"그래…… 그래, 악마가 너를 도왔단 말이로구나!" 이반 표도로비치가 다시 외쳤다. "아니, 너는 어리석지 않아, 너는 내가 생각한 것보다 훨씬 영리해……"

그는 분명 방을 서성이고 싶은 듯 일어섰다. 그는 무서운 근심에 사로잡혔다. 그러나 탁자가 길을 가로막아 탁자와 벽 사이를 간신히 지나야 해서 그는 그 자리에서 몸을 돌려 다시 자리에 앉았다. 서성이지 못했다는 데 갑자기 분노한 듯 그는 아까처럼 거의 이성을 잃고 부르짖었다.

"들어봐, 이 빌어먹을 놈, 비열한 녀석아! 내가 아직까지 너를 죽이지 않았다면 그건 내일 법정에서 증언할 때까지 아껴두려고 그런 거라는 걸 모르겠느냐? 하느님은 아실 거다." 이반은 한 손을 위로 쳐들었다. "어쩌면 내가 죄를 지었고 어쩌면 내가…… 아버지가 죽기를 은밀히 원했는지도 몰라…… 하지만 맹세코 나는 네가 생각하는 것만큼 그렇게 죄를 짓진 않았어. 어쩌면 너를 전혀 부추기지 않았을지도 몰라. 아니야, 아니야, 부추기지 않았어! 하지만 이

러거나 저러거나 좋아. 나는 내일 자수할 테다, 내일 법정에서. 나는 결심했어! 모든 걸 말할 테다, 모든 걸. 하지만 우리는 함께 출두해야 해! 네가 나에 대해 법정에서 무슨 말을 하든, 네가 어떤 증언을 하든 받아들이겠다. 나는 네가 두렵지 않아. 오히려 나 스스로 모든 걸 확증해줄 거야! 하지만 너도 법정에서 자백해야 해! 반드시, 반드시 그래야만 해. 같이 가는 거야! 반드시 그렇게 될 거야!"

이반은 엄숙하고 당당하게 열정적으로 말했다. 그의 번쩍이는 시선만 보더라도 그렇게 되리라는 것이 분명했다.

"나리는 편찮으세요, 제가 보니, 정말 편찮으시네요. 눈이 완전히 노래요." 스메르쟈꼬프가 전혀 빈정거리는 기색 없이 심지어 동정하듯이 말했다.

"같이 가는 거야!" 이반이 되풀이했다. "같이 안 가더라도, 나 혼자라도 자백할 테다."

스메르쟈꼬프는 깊은 생각에 잠긴 듯 잠시 입을 다물었다.

"그런 일은 없을 겁니다, 나리도 가시지 않을 거고요." 그가 마침내 단호하게 말했다.

"나를 이해 못 하는구나!" 이반이 비난하듯 소리쳤다.

"모든 사람 앞에서 자백하시면 나리는 수치스러워 못 견디실 겁니다. 지금 단도직입적으로 말씀드리는데, 제가 나리께 그런 말을 한 적이 없다고, 나리가 병 때문이거나(이게 더 그럴듯해 보이지만) 형님을 불쌍히 여겨서 자신을 희생하려고 그러는 거라고, 그래서 제게 뒤집어씌우는 거라고, 왜냐하면 어쨌거나 평생 저를 사람이 아니라 날벌레로 취급했으니까 그런 거라고 제가 말하면, 모든 건 소용없어질 겁니다. 누가 나리 말을 믿을까요, 나리에게 하나라도 증거가 있습니까?"

“이봐, 네 녀석이 나를 확신시키려고 지금 돈을 보여줬잖아.”

스메르쟈꼬프는 돈을 덮었던 시리아의 성 이삭을 들어 옆으로 치웠다.

“이 돈을 가져가세요.” 스메르쟈꼬프가 한숨을 쉬었다.

“물론 가져갈 거다! 하지만 이것 때문에 살인을 해놓고 왜 내게 주는 거냐?”이반이 깜짝 놀라서 그를 보았다.

“제게 이 돈은 전혀 필요 없습니다.” 스메르쟈꼬프가 손을 한번 내젓고 떨리는 소리로 말했다. “예전에는 새 삶을 시작할 생각을 했었죠. 이 돈으로 모스끄바든 아니면 외국에서든, 무엇보다도 ‘모든 게 허용된다’라니까, 그런 꿈을 꾸었죠. 이건 사실 나리가 저한테 가르쳐주신 겁니다. 나리는 그때 많은 얘기를 해주셨으니까요. 영원하신 하느님이 없다면 아무런 선도 없으며, 아니, 그때는 있을 필요도 전혀 없다, 이건 참말이잖아요. 저는 그렇게 판단했습니다.”

“네 머리로 그런 결론에 도달했단 말이냐?” 이반이 일그러진 미소를 지었다.

“나리의 지도를 받았지요.”

“그러면, 지금 돈을 돌려주는 걸 보니 하느님을 믿게 됐나보구나?”

“아니요, 믿지 않습니다.” 스메르쟈꼬프가 속삭였다.

“그런데 왜 돌려주는 거냐?”

“그만하세요…… 말해봤자입니다!” 스메르쟈꼬프가 다시 한번 손을 내저었다. “나리 자신이 모든 게 허용된다고 그때 줄곧 말씀하셨잖아요. 그런데 지금은 왜 그렇게 불안해하시나요, 나리 자신이? 심지어 자신을 고발하려 하시기까지 하다니…… 하지만 그런 일은 절대로 일어나지 않을 겁니다! 나리는 자백하러 가지 않으실 테니까요!" 스메르자꼬프가 다시 자신감에 차서 확고하게 결론을 내렸다.

"두고 봐!" 이반이 말했다.

"그런 일은 일어날 수 없습니다. 나리는 아주 영리하세요. 돈을 사랑하시죠, 저는 그걸 알고 있습니다. 나리는 명예도 좋아하시죠, 왜냐하면 아주 오만하시니까요. 여성의 아름다움도 극도로 사랑하시죠. 하지만 무엇보다도 평온한 만족 속에서 아무에게도 굽히지 않고 사는 걸 좋아하십니다. 그걸 무엇보다 사랑하세요. 법정에서 그런 수모를 겪고 영원히 삶을 망치고 싶진 않으실 겁니다. 나리는 표도르 빠블로비치와 똑같아요. 모든 자식 중에서 나리가 그분을 제일 많이 닮았죠. 영혼이 하나란 말입니다."

"네 녀석은 어리석지 않아," 이반이 한방 맞은 듯이 말했다. 피가 얼굴로 솟구쳤다. "전에는 네가 어리석다고 생각했다만. 이제 보니 넌 진지하구나!" 갑자기 그는 스메르쟈꼬프를 전혀 새롭다는 듯 바라보면서 지적했다.

"나리는 오만함 때문에 제가 어리석다고 생각하신 거죠. 돈을 받으세요."

이반은 3천 루블 돈뭉치를 들어 무엇으로 싸지도 않고 주머니에 넣었다.

"내일 법정에서 이걸 보여줄 테다." 그가 말했다.

"거기서는 아무도 나리 말을 믿지 않을 겁니다. 이제 나리는 충분한 재산의 축복을 받으셨으니, 나리 자신의 금고에서 꺼내왔다고들 하겠죠."

이반은 자리에서 일어났다.

"거듭 말하는데, 너를 죽이지 않은 건 오로지 네가 내일 내게 필요해서야, 잊지 말고 기억해둬!"

"그럼 죽이세요. 지금 죽이시라고요." 스메르쟈꼬프는 갑자기 이반을 바라보며 이상한 어조로 말했다. "감히 그러지도 못할 거면서." 그가 쓰게 웃으며 덧붙였다. "아무것도 할 용기가 없어요, 전엔 용감했던 양반이!"

"내일 보자!" 이반은 외치고는 나가려고 몸을 움직였다.

"잠깐만요…… 그걸 다시 한번 보여주세요."

이반은 돈뭉치를 꺼내어 그에게 보여주었다. 스메르쟈꼬프는 십초가량 그것을 바라보았다.

"자, 가세요." 그가 팔을 한번 휘젓고는 말했다. "이반 표도로비치!" 그가 갑자기 이반의 뒤통수에 대고 다시 말했다.

"무슨 일이야?" 이미 나가는 중이던 이반이 뒤를 돌아봤다.

"안녕히 가세요!"

"내일 보자!" 이반은 다시 외치고 오두막을 나섰다.

눈보라는 여전히 계속되고 있었다. 그는 첫걸음을 호기롭게 내디뎠지만, 갑자기 비틀거리는 듯했다. '이건 뭔가 신체적으로 안 좋은 거야.' 그는 일그러진 미소를 지으며 생각했다. 어떤 기쁨 비슷한 것이 그의 영혼으로 밀려들었다. 그는 자신 안에서 일종의 무한한 확고함을 느꼈다. 최근에 그를 지독히도 괴롭혔던 동요에 끝이 왔다. 결정은 내려졌고 '이제 변하지 않을 것이다'라고 그는 행복감에 젖어 생각했다. 그 순간 그는 뭔가에 발이 걸려 하마터면 넘어질 뻔했다. 멈춰선 그는 아까 자기가 밀쳐버린 남자가 발아래 바로 그 자리에, 아무 의식도 움직임도 없이 쓰러져 있는 것을 보았다. 눈보라가 거의 그의 얼굴 전체를 뒤덮고 있었다. 이반은 돌연 그를 붙들어 등에 업고 끌고 가기 시작했다. 오른쪽 집에서 불빛이

비치는 것을 보고 다가간 그는 덧창을 두드렸고, 집주인 상인이 대답하자 농민을 파출소로 데려갈 수 있게 도와달라고, 그렇게 해주면 3루블을 주겠다고 즉석에서 약속했다. 상인이 채비를 하고 밖으로 나왔다. 이반 표도로비치는 농민을 파출소에 데려가 앉히고 당장 의사의 진찰을 받게끔 '비용'을 넉넉히 냈다. 다만 말해둘 것은 그가 이 일에 거의 한시간가량을 붙잡혀 있었다는 점이다. 그러나 이반 표도로비치는 아주 만족했다. 그의 생각은 날개를 펼쳐 활발하게 작동하고 있었다. '만일 내일 일에 대해 확고하게 결정을 내리지 않았다면,' 그는 문득 쾌감을 느끼며 생각했다. '걸음을 멈추고 저 남자를 파출소에 데려다주느라 한시간 동안이나 있지 않았을 거고 그가 얼어 죽는다 해도 침을 뱉고 옆을 지나쳤을 거야.' 그 순간 그는 크나큰 만족감을 느끼며 잠시 생각했다. '그런데도 저기 저 사람들은 내가 미쳤다고 생각하겠지!' 집에 거의 다 온 그는 불현듯 갑작스런 의문에 멈춰섰다. '지금 당장 검사에게 가서 모든 걸 밝혀야 하는 게 아닐까?' 그러나 그는 다시 집으로 방향을 돌리고 결정을 내렸다. '모든 건 내일 한꺼번에 하자!' 그는 속으로 이렇게 속삭였는데, 이상하게도 모든 기쁨과 만족감이 순식간에 거의 사라져버렸다. 그리고 자신의 방에 들어섰을 때는 뭔가 얼음처럼 차가운 것이 그의 심장을 스쳤다. 그것은 어떤 회상 같은 것, 더 정확히 말하자면 이 방에 지금 이 순간 존재하면서 과거에도 존재했던 고통스럽고 혐오스러운 뭔가를 떠올리게 했다. 그는 지쳐서 소파에 주저앉았다. 노파가 그에게 사모바르를 가져왔고 그는 차를 끓였지만 그것에 손도 대지 않았다. 그는 노파를 아침까지 오지 말라고 하고 내보냈다. 소파에 앉으니 머리가 빙빙 도는 느낌이었다. 아프고 힘이 없는 것이 느껴졌다. 잠이 드는가 싶었지만 불안해하며 자리에서 일어나 잠을 쫓으려고 방을 서성였다. 때로 어렴풋이 그는 자신이 섬망에 빠진 것 같다고 느꼈다. 그러나 점차 그를 온통 사로잡은 것은 병이 아니었다. 그는 다시 자리에 앉아서 뭔가를 살피듯 가끔씩 주위를 두리번거리기 시작했다. 몇번을 그렇게 했다. 마침내 그의 시선이 한 지점에 똑바로 꽂혔다. 이반은 미소를 지었지만, 그의 얼굴은 분노로 가득 찼다. 그는 양손으로 머리를 단단히 받치고 오랫동안 그 자리에 앉은 채 계속해서 아까 그 지점, 맞은편 벽 앞에 놓인 소파를 노려보았다. 거기 있는 뭔가가, 어떤 대상이 분명 그를 자극하고 불안하게 하고 괴롭히는 것 같았다.

9. 악마, 이반 표도로비치의 악몽

나는 의사가 아니지만, 이반 표도로비치의 병의 특징에 대해 독자에게 무어든 설명해야 할 결정적 순간이 왔다고 느낀다. 미리 한가지만 이야기해두겠다. 그는 바로 그날 저녁에 마침 섬망증 직전에 다다랐는데, 그 병은 오래전부터 그를 사로잡아 쇠약하게 만들었지만 그는 고집스럽게 그에 저항해왔던 것이다. 나는 의학을 전혀 모르지만 감히 내 가정을 말하자면, 어쩌면 그는 지독하게 긴장된 의지력을 발휘해 잠시나마 병마를 밀어낼 수 있었고 물론 완전히 극복하기를 꿈꾸었을지도 모른다. 그는 자신이 건강하지 않다는 것을 알았지만 앞으로 있을 운명적인 순간에, 반드시 출석해 담대하고 단호하게 증언하고 '자기 자신 앞에서 스스로를 변호해야만 하는' 이때에 환자가 되는 것이 끔찍할 만큼 싫었다. 그런데 그는 앞서 언급했듯이 까쩨리나 이바노브나가 품은 환상에 따라 모스끄바에서 초빙해온 새 의사를 찾아간 적이 있었다. 의사는 그의 말을 듣고 진찰한 뒤 그의 뇌에 일종의 이상이 생겼다는 결론을 내렸고, 이반이 몹시 꺼리며 했던 고백에도 전혀 놀라지 않았다. "당신 상태로는 얼마든지 환영도 볼 수 있지요"라고 의사는 단언했다. "물론 검사를 해봐야겠지만…… 우선 지체 없이 본격적인 치료를 시작해야 합니다. 안 그러면 악화될 테니까요." 그러나 이반 표도로비치는 그의 방을 나온 뒤 그 현명한 충고를 실행에 옮기지 않았고, 치료를 위해 자리보전하라는 말도 무시했다. '아직 걸어다니고 힘도 있는데 뭐. 쓰러진다면야 다른 문제지만. 그때는 원하는 사람더러 치료하라지.' 그는 손을 한번 내젓고는 이렇게 결정을 내렸다. 그리하여 그는 지금 자신이 거의 섬망증에 걸렸다는 것을 의식하면서도 앉아서, 이미 말했다시피 맞은편 벽 앞에 놓인 소파의 어떤 대상을 뚫어져라 바라보고 있었다. 문득 보니 거기에는 어떤 사람이 앉아 있었는데, 어떻게 들어왔는지는 신만이 알 일이었다. 이반 표도로비치가 스메르쟈꼬프의 집에서 돌아와 방에 들어섰을 때만 해도 그는 거기 없었던 것이다. 그는 어떤 신사, 더 정확히 말해서 이른바 러시아식 신사로, 프랑스인들이 말하듯 '쉰이 될락 말락 한'(qui frisait la cinquantaine) 이미 젊지 않은 나이에, 많이 세지 않은데다 숱도 무성한 긴 머리를 하고 구레나룻을 쐐기 모양으로 기르고 있었다. 밤색 재킷을 입었는데, 분명 질 좋은 재킷이었지만 지은 지 삼년쯤 되어 이미 유행이 완전히 지난 낡은 옷으로, 사교계의 풍족한 사람들 중에 그런 옷을 입고 다니는 사람은 벌써 이년 전부터 아무도 없었다. 셔츠와 스카프 모양의 긴 넥타이는 멋쟁이 신사가 입는 것과 같은 식이었지만, 더 가까이에서 들여다보면 셔츠는 지저분했고 폭이 넓은 스카프는 몹시 낡은 것이었다. 손님의 바둑판무늬 바지는 멋지게 몸에 맞았지만 역시나 지나치게 밝은색인데다 어쩐지 너무 좁아서 요즘 사람들은 입지 않는 옷이었다. 부드러운 흰색 털모자도 마찬가지였는데, 손님은 요즘 계절에 맞지 않게 그걸 쓰고 있었다. 한마디로 말해 상당히 주머니 사정이 좋지 않은 가운데서도 갖춰입은 차림새였다. 신사는 아직 농노제 시절에 번창했던, 육체노동을 할 줄 모르는 예전 지주 부류에 속하는 듯했다. 그는 분명 상류층과 사교계를 접한 적이 있고 한때 친분도 맺었으며 아직까지도 유지하고는 있지만, 젊은 시절에는 즐거운 삶을 살다가 얼마 전 농노제 폐지 이후로는 차츰 가난해져서 선량한 옛 지인들의 집을 전전하는, 행동거지가 품위 있는 식객 비슷한 신세가 된 듯했다. 지인들은 그가 붙임성 있고 온화한 성격에 점잖은 사람이라고 생각하여 그를 집에 맞아들이고 어떤 손님하고든 자기 식탁에 그를 합석시키기는 했지만, 물론 그의 자리는 변변치 못했다. 얘기도 좀 할 줄 알고 카드도 좀 섞을 줄 알지만 억지로 엮으려 들면 결정적으로 어떤 일에든 책임지기를 싫어하는 식객, 이 온화한 성격의 신사는 보통 독신으로 미혼이거나 홀아비이고, 아이가 있을 수도 있지만 그 아이들은 늘 어딘가 멀리 어느 숙모나 이모의 집에서 양육되고 있다. 그리고 신사는 그런 친척들이 있다는 것을 부끄러워하기라도 하듯 상류층의 사교모임에서는 거의 언급하지 않는다. 그는 자신의 영명축일과 생일에 가끔 아이로부터 축하 편지를 받고 답장을 보내기도 하지만, 차츰 멀어져 아이에게서도 완전히 정을 뗀다. 이 불청객의 외모는 선량하다고는 할 수 없어도 역시 온화해 보이는 모습이었고, 상황에 따라 판단해서 얼마든지 호의 어린 표정을 지을 준비가 되어 있었다. 시계는 차지 않았지만 검은 리본이 달리고 거북이 등딱지로 세공한 손잡이가 있는 안경을 끼고 있었다. 오른손 가운뎃손가락은 싸구려 오팔이 박힌 커다란 금반지로 멋을 부렸다. 이반 표도로비치는 잔뜩 화가 나서 침묵을 지키며 말문을 열려고도 하지 않았다. 손님은 식객처럼 기다리며 앉아 있었는데, 안내받은 방에서 주인과 함께 차를 마시러 아래층으로 내려왔지만 주인이 뭔가로 바빠서 얼굴을 찌푸리고 생각에 잠긴 모습을 보고는 입을 다문 모양새였다. 그러나 주인이 시작하기만 하면 그는 모든 종류의 친절한 대화에 참여할 준비가 되어 있었다. 별안간 그의 얼굴에 뜻밖에 걱정스러운 빛이 떠올랐다.

"들어보게," 그가 이반 표도로비치에게 말문을 열었다. "미안하지만, 그저 상기시켜주려고. 자네는 스메르쟈꼬프에게 까쩨리나 이바노브나에 대해 알아보러 갔었잖나. 그런데 까쩨리나 이바노브나에 대해서는 아무것도 알아보지 않고 나왔으니, 분명 깜박 잊은 모양이군……"

"아, 그래!" 이반의 입에서 이런 말이 튀어나왔고 그의 얼굴은 근심으로 어두워졌다. "그래, 잊어버렸어…… 하지만 이젠 상관없지, 모든 걸 내일로 미뤘으니." 그는 혼잣말로 중얼거렸다. "그런데 너는," 그가 손님에게 성을 내며 말을 걸었다. "그건 나 스스로가 기억해냈어야 했어, 그 때문에 걱정이 되어 괴로워하고 있었으니까! 그런데 이렇게 네가 튀어나오다니, 나 스스로 기억해낸 게 아니라 네가 나한테 언질을 주었다고 네 존재를 믿게 하려는 거냐?"

"그럼 믿지 말지 그러나." 신사가 상냥하게 미소를 지었다. "강요하면 그게 어디 믿음이겠나? 더구나 믿음에는 어떤 증거도 도움이 안 되니까, 특히 물질적인 증거들은 말이야. 사도 토마는 부활한 그리스도를 보았기 때문이 아니라 그전부터 믿기를 원했기 때문에 믿은 거지. 그래, 예를 들면 강신술사[17]들은…… 나는 그들을 아주 좋아하는데…… 생각해보게, 그들은 자신들이 믿음에 유용하다고 생각하는데, 저세상에서 온 악마들이 그들에게 뿔을 보여주기 때문이라는 거야. 그들 말이 '이건 말하자면 저세상이 있다는 물질적 증거다'라는 거지. 저세상과 물질적 증거, 좋-지! 그럼에도 결국 악마가 증명되었다고 해서 하느님이 증명된 건지는 알 수 없지. 나는 관념론자 무리의 일원이 되고 싶어. 거기서 반론을 펼 거라네. '나는 현실주의자지 유물론자가 아니야, 하하하!'라는 말일세."

"이봐," 이반 표도로비치가 갑자기 탁자 뒤에서 일어났다. "나는 지금 분명히 헛것을 보고 있어…… 헛소리를 하고 있는 게 틀림없다고…… 실컷 떠들어봐, 나는 상관없어! 넌 지난번처럼 나를 광란에 빠지게 할 순 없어. 난 단지 뭔가가 수치스러운 거야…… 방 안을 거닐고 싶군…… 지난번처럼 가끔은 네가 안 보이고 목소리도 안 들리지만 네가 뭘 웅얼대는지는 늘 짐작할 수 있어. 왜냐하면 이건 나니까, 네가 아니라 나 자신이 웅얼대고 있는 거니까! 다만 지난번에 내가 자고 있었는지 아니면 생시에 널 본 건지를 모르겠네. 나는 이제 이렇게 수건에 찬물을 적셔서 머리에 댈 거야. 그럼 너는 증기처럼 사라지겠지."

이반 표도로비치는 구석으로 가서 수건을 집어 말한 대로 했고, 젖은 수건을 머리에 대고 방 안을 이리저리 거닐기 시작했다.

"나는 우리가 곧장 너나들이를 하게 된 게 마음에 드네." 손님이 말문을 열었다.

---

17 죽은 영혼들의 사후의 삶을 인정하고 그들과 소통할 수 있다고 생각하는 사람. 도스또옙스끼는 1876년 『작가 일기』에서 강신술을 지지하는 사람들과 여러차례 논쟁을 벌였다.

"바보 같으니." 이반이 웃음을 터뜨렸다. "그럼 내가 너한테 당신이라고 할 줄 알았나? 난 지금 기분이 좋아, 다만 관자놀이가 아프군…… 정수리도…… 그러니 제발 지난번처럼 궤변을 늘어놓진 마. 꺼질 수 없다면 뭐든 즐거운 얘길 하라고. 아니면 남의 험담이나 해, 너는 식객이니까 험담이나 하라고. 참 나, 이런 악몽이 들러붙다니! 하지만 난 네가 두렵지 않아. 나는 너를 극복할 거니까. 정신병원으로 데려가진 못할걸!"

"거참 멋지군(C'est charmant), 식객이라. 내가 바로 그런 사람이지. 이 세상에서 내가 식객이 아니면 누가 그렇겠나? 참, 나는 자네 말을 듣고 좀 놀랐는데, 세상에, 자네는 나를 정말로 조금씩 실재하는 무엇으로 받아들이기 시작한 것 같은데? 지난번엔 그렇게나 고집을 피우며 환상이라고 하더니……"

"단 한순간도 너를 진짜 실재한다고 생각한 적 없어." 이반이 불같이 화를 내며 소리를 질렀다. "너는 허상이고, 너는 내 병이고, 너는 환영이야. 나는 널 없앨 방법을 모를 뿐이야, 그러니 얼마간 고통을 당해야겠지. 너는 내 환각이야. 너는 나 자신의 구현이야, 하지만 나의 단 한 측면…… 내 생각과 감정의, 하지만 가장 추악하고 어리석은 생각과 감정의 구현일 뿐이지. 그런 점에서 너는 심지어 내게 흥미롭기도 해, 내가 널 상대할 시간만 있다면……"

"잠깐, 잠깐만, 자네의 거짓말을 드러내주지. 자네가 아까 가로등 옆에서 알료샤에게 욕설을 퍼부으며 '그 녀석한테서 그걸 알아냈구나! 그 녀석이 나한테 드나든다는 걸 어떻게 알았는지 말해'라고 고함을 질렀을 때, 그건 내 얘기였어. 그러니 한순간이라도 나를 믿었던 거지, 내가 진짜로 존재한다고." 신사는 부드럽게 웃었다.

"맞아, 그건 내가 약해져서 그런 거였어…… 하지만 나는 널 믿을 수 없어. 지난번엔 내가 자고 있었는지 걸어다니고 있었는지 모르겠군. 어쩌면 나는 그때 너를 꿈에서 봤는지도 모르지, 절대 현실에서 본 게 아니야."

"아까는 알료샤한테 왜 그렇게 사납게 굴었지? 알료샤는 사랑스러운 아인데. 조시마 장상 일로 알료샤한테 내가 미안하군."

"알료샤 얘긴 하지 마! 네가 감히 어떻게, 종놈 주제에!" 이반은 다시 웃음을 터뜨렸다.

"욕하면서도 웃고 있군. 좋은 징조일세. 하지만 오늘 자네는 지난번보다 내게 상냥한데. 나는 왜 그런지 아네. 그 위대한 결심 때문이지……"

"결심에 대해선 아무 말도 하지 마!" 이반이 격분해서 소리쳤다.

"알았네, 알았어, 그건 고결한 일이지, 멋진 일이야(c'est noble, c'est charmant). 자넨 내일 가서 형을 변호하기 위해 자신을 희생하겠지…… 기사다운 일이야(c'est chevaleresque)."

"입 다물어, 발로 차버릴 테다."

"그러면 내 목적은 달성되는 거니까 얼마쯤 기쁠 걸세. 발길질을 하면 내가 실재한다는 걸 자네가 믿는단 소리니까. 환영한테 발길질을 할 순 없잖아. 농담은 그만하지. 나한테는 상관없으니 원한다면 욕을 하라고. 그렇지만 나한테 한움큼이라도 예의를 갖추는 게 좋지 않겠나. 바보라는 둥 종놈이라는 둥, 그게 무슨 소리야!"

"너를 욕하는 건 나를 욕하는 거야!" 이반이 다시 웃음을 터뜨렸다. "너는 나야, 나 자신이라고, 상판만 다른 나란 말이야. 너는 내가 생각한 걸 말할 뿐…… 더이상 아무것도 아니야…… 네가 내게 새로운 걸 말해줄 능력 따윈 없어."

"내가 자네와 생각이 같다면 그건 내게 영광일 뿐이지." 신사는 겸손하면서도 자신감 있게 말했다.

"다만 내 생각 중에서도 죄다 추악하고, 무엇보다 어리석은 것들만 고른단 거야. 너는 어리석고 비열해. 끔찍하게 어리석어. 아니야, 나는 너를 참을 수 없어! 이걸 어쩌지, 어째야 하나!" 이반이 이를 갈았다.

"친구, 나는 어쨌든 신사이고 싶고 또 그렇게 대해줬으면 좋겠네." 이미 양보할 태세를 갖추고 어느정도는 순박한 식객으로서의 선량한 욕망이 솟구쳐 손님이 말했다. "나는 가난하네, 하지만…… 내가 아주 고결하다고는 말하지 않겠지만 그래도…… 일반적으로 사회에서 나는 타락한 천사라는 게 자명한 사실로 받아들여지고 있지. 맙소사, 내가 한때 천사였다는 것이 상상이 되지 않아. 만일 언젠가 그랬다 해도 너무 오래된 일이니 잊어버렸다고 죄가 되진 않겠지. 현재의 나는 점잖은 사람이라는 평판만 소중히 여기면서 유쾌한 사람이 되려고 애쓰며 그럭저럭 살고 있네. 나는 진실로 사람들을 사랑한다네. 오, 그런데도 얼마나 많은 험담을 해대는지! 지금처럼 자네들의 땅으로 옮겨올 때면 때로 내 삶이 실재하는 무엇처럼 흘러가는데, 나는 이게 무엇보다 마음에 드네. 나 자신이 자네와 마찬가지로 환상적인 것 때문에 고통스러운데, 그래서 나는 자네들의 땅에 발을 디딘 리얼리즘이 좋다네. 여기 자네들에게는 모든 것의 윤곽이 분명하고 자네들의 세상은 공식과 기하학이 지배하지만 우리 세계에서는 모든 것이 부정방정식이니 말일세! 나는 이곳을 돌아다니며 꿈을 꾸네. 나는 꿈꾸는 걸 좋아하지. 더구나 지상에 오면 나는 미신을 믿게 되거든. 웃지 말게, 제발. 나는 내가 미신을 믿게 된다는 것 자체가 마음에 드네. 나는 여기서 자네들의 모든 습관을 내 것으로 만들어서, 러시아식 사우나에 가는 것도 좋아하지. 상상할 수 있겠나, 나는 상인들과 사제들과 함께 증기탕을 즐기는 걸 좋아한다네. 내 꿈은 말이야, 몸무게가 110킬로그램도 넘는 뚱뚱한 장사꾼 마누라의 육신을 입고서, 영원히 돌이킬 수 없이 입고서 그 여자가 믿는 걸 죄다 믿게 되는 거야. 내 이상은 성당에 들어가 순결한 마음으로 초를 바치는 거라네. 그러면 내 고통도 끝이 나겠지. 그리고 자네들 손에 치료를 받는 것도 좋아하게 됐네. 여름에 천연두가 돌기에 나도 고아원에 가서 예방접종을 했지. 그날 내가 얼마나 만족했는지 자넨 모르겠지. 그리고 슬라브 형제들을 위해 10루블을 희사했네![18] 자네는 듣지도 않는군. 알고 있나, 자네는 오늘 기분이 아주 안 좋구먼." 신사는 잠시 입을 다물었다. "자네가 어제 의사에게 다녀온 걸 알고 있네…… 그래서, 자네 건강은 어떤가? 의사가 뭐라던가?"

"바보 같은 녀석!" 이반이 말을 잘랐다.

"반대로 자네는 너무 영리하지. 자네 또 욕하는 건가? 나는 동정심 때문에 물은 게 아니라 그저 물어본 거야. 그러니 대답은 하지 말게. 요새는 관절염이 또 도졌군……[19]"

"바보 같은 녀석." 이반이 다시 반복했다.

"자네는 또 자기 얘기만 하는군. 나도 작년에 마찬가지로 관절염에 걸렸었고, 지금까지도 기억에 생생하네."

"관절염에 걸린 악마라고?"

---

18 1768~1878년 이어진 러시아와 터키 간의 갈등을 암시하는 말이다. 이 시기에 공식적으로 10회의 선전포고가 있었고, 러시아의 명분은 발칸 지역 정교도들을 이슬람의 멍에로부터 해방시키겠다는 것이었다. 정교회측에 악마가 내려와 10루블을 희사했다는 말에 도스또옙스끼의 아이러니가 담겨 있다.

19 중세의 전설에 따르면 악마는 천상에서 지상으로 던져졌을 때 다리를 다쳐 관절염에 걸렸다고 한다. 악마의 다리에는 염소의 발굽이 달렸다는 전설도 있다.

"내가 간혹 육신을 입는 이상 왜 아니겠나? 육신을 입었으니 그 결과도 받아들여야지. 나는 사탄이라 인간적인 것은 뭐든 내게도 전혀 낯설지 않다네.[20]"

"뭐라고? 어떻다고? 사탄에게 인간적인 것이 있다니…… 악마치곤 어리석지 않은 말이군."

"마침내 마음에 들었다니 기쁘군."

"그 말은 나한테서 나온 말이 아닌데." 이반은 충격을 받은 듯 멈춰섰다. "그 말은 한 번도 내 머릿속에 떠오른 적이 없는데, 이상하군……"

"새로운 말이지, 안 그런가(C'est du nouveau, n'est-ce pas)? 이번에는 성실하게 굴기로 하고 자네에게 설명해주지. 들어봐, 꿈에서 특히 위에 탈이 났든지 아니면 뭔가 다른 이유가 있어서 악몽을 꿀 때, 사람은 아주 예술적인 꿈을 꾸곤 하지. 아주 복잡하고 실제적인 현실, 사건, 혹은 복잡한 줄거리를 지닌, 가장 고상한 영적 비상에서 시작해 망또의 작은 단추까지 예상도 못 할 만큼 세세하게 연결되어 있는 그런 수많은 사건들의 세계를 꿈에 보는 건데, 맹세코 레프 똘스또이도 그런 꿈은 창작하지 못할 거야. 하지만 그런 꿈을 꾸는 사람들은 때로는 작가들하고는 아무 상관 없는 아주 평범한 사람들, 관리, 신문 칼럼니스트, 사제 같은 이들이라네…… 이건 정말 어려운 문제지. 어떤 장관은 내게 심지어 자신의 가장 훌륭한 생각들은 꿈을 꿀 때 떠오른다고 고백하지 않았겠나. 지금도 바로 마찬가지야. 내가 자네의 환영이긴 하지만 악몽을 꿀 때처럼

20 로마의 극작가 테렌티우스(Publius Terentius Afer, B.C. 185?~B.C. 159?)의 대사를 교묘하게 패러디한 문장으로, 테렌티우스의 원문은 "나는 인간이고, 인류에 속한 것 중 그 무엇도 내게 낯설지 않다"이다.

나는 자네 머리에 이제까지 한번도 떠오른 적 없는 독창적인 것들을 말하고 있으니, 자네 생각을 되풀이하는 건 아닌 거지. 그럼에도 나는 자네의 악몽에 불과할 뿐 그 이상은 아니야."

"거짓말이야. 네 목적은 네가 독자적으로 존재하고 내 악몽이 아니라는 걸 나한테 믿게 하려는 거잖아. 그런데 이젠 자기가 꿈이라고 스스로 주장하다니."

"친구, 오늘 나는 특별한 방법을 취했는데 거기에 대해선 나중에 설명해주지. 잠깐, 내가 어디서 말을 멈췄더라? 그래, 내가 그때 감기에 들렸는데, 다만 자네들 세상에서가 아니라 아직 저쪽에 있을 때……"

"저쪽 어디? 말해봐, 내 집에 오래 있을 작정이냐? 꺼져버릴 수 없어?" 이반은 거의 절망에 빠져 소리를 질렀다. 그는 걸음을 멈추고 소파에 앉아 다시 탁자에 팔을 괴고 양손으로 머리를 감쌌다. 머리에서 젖은 수건을 들어 짜증스러운 모습으로 던져버렸다. 분명 도움이 되지 않았던 것이다.

"자네는 신경이 망가졌어." 신사는 넉살 좋고 태평하면서도 아주 정겨운 표정으로 지적했다. "자네는 내가 감기에 걸릴 수 있다는 데 화를 내지만, 그건 아주 자연스럽게 그렇게 된 거야. 나는 그때 장관 부인 자리를 노리던 뻬쩨르부르그의 어느 상류층 귀부인의 외교관 파티에 서둘러 갔었지. 그래, 프록코트에 하얀 넥타이, 장갑으로 차려입었지만 내가 어디에 있었는지는 하느님만 아실 거야. 자네들이 있는 땅으로 내려오려면 공간을 날아 이동할 필요가 있었는데…… 물론 그건 한순간이면 되지만 태양 광선으로도 꼬박 팔분이 걸리는 거리를, 생각해보게, 프록코트를 입고 가슴이 활짝 트인 조끼를 입은 채였으니. 정령은 몸이 얼지 않지만 육신으로 변했을 때는…… 한마디로 내가 너무 변덕스럽게 길을 떠난 거지. 그 공간이라는 게 고공, 궁창穹蒼 위의 물[21]은 어찌나 차갑던지…… 정말 어찌나 차갑던지 추위라는 말로 다 표현할 수 없을 정도였어. 상상할 수 있겠나, 영하 150도였다네! 시골 아가씨들의 장난질은 유명하지. 영하 30도 추위에 청년에게 도끼를 핥아보라고 하거든. 그러면 혀가 순식간에 얼어붙어서 멍청이는 혀 껍질이 벗겨져 피를 흘리는 거지. 영하 30도만 해도 그런데 영하 150도라니, 내 생각에는 손가락이 있었다면 도끼에 대는 순간 없어지는 것 같았을 거야…… 거기 도끼가 있을 수만 있다면 말이야……"

"거기 도끼가 있을 수 있나?" 문득 이반 표도로비치가 건성으로, 증오 섞인 어조로 말을 가로막았다. 그는 자신의 섬망증을 믿지 않으려고, 완전히 정신착란에 빠지지 않으려고 온 힘을 다해 저항하는 중이었다.

"도끼라고?" 손님이 놀라서 되물었다.

"그래, 거기 도끼가 있으면 어떻게 되겠어?" 이반 표도로비치가 갑자기 몹시 사납고 완강하게 고집을 부리며 소리를 질렀다.

"허공에 도끼가 있으면 어떻게 되겠느냐고? 대단한 발상이군(Quelle idée)! 만일 좀더 멀리 날아간다면 내 생각에는 이유도 모르는 채 위성처럼 지구 주위를 돌게 될 것 같은데. 천문학자들은 도끼가 뜨고 지는 걸 계산하겠지, 가추끄[22]는 그걸 달력에 기입할 테고. 그게 다야."

21 사탄은 창세기의 개념을 사용하고 있다. 창세기 1:6-7 "하느님께서 '물 한가운데 창공이 생겨 물과 물 사이가 갈라져라!' 하시자 그대로 되었다. 하느님께서는 이렇게 창공을 만들어 창공 아래 있는 물과 창공 위에 있는 물을 갈라놓으셨다."

22 A. A Гатцук(1832~91). 1870, 80년대에 매주 단위로 부록과 삽화가 곁들여진 달력을 출간했다.

"너는 어리석어, 끔찍하게 어리석어." 이반이 심술궂게 말했다. "거짓말을 하려면 더 영리하게 하란 말이다, 안 그러면 안 들을 테니. 너는 리얼리즘으로 나를 이기고 싶고 네가 실재한다고 나를 확신시키고 싶겠지만, 나는 네 존재를 믿고 싶지 않아! 믿지 않을 거야!"

"나는 거짓말을 하는 게 아니야, 전부 사실이야. 유감이지만 진실은 대개 멋지지 않거든. 보아하니 자네는 나한테서 뭔가 결정적으로 위대한 것, 어쩌면 아름다운 것을 기대하나보군. 참 안타까운 일이야, 나는 내가 할 수 있는 것만 줄 수 있을 뿐이라……"

"궤변 늘어놓지 마, 이 당나귀 같으니!"

"오른쪽 절반이 전부 마비된 것 같아 끙끙대고 잉잉대는 판국에 궤변은 무슨! 의사한테 온갖 치료를 다 받아봤지. 진단은 뛰어나게 해. 온갖 병을 똑똑히 설명해주긴 하는데, 고치질 못한단 말이야. 어느 열광적인 대학생이 말하길 '만일 죽게 되더라도 어떤 병 때문에 죽는지는 확실히 알게 되실 겁니다' 하더라고! 게다가 또 전문가들한테 보내는 게 그 사람들 특징이더군. 우리는 진단만 내리니까 이런저런 전문가한테 가보세요, 그분이 고칠 겁니다, 하는 거지. 자네한테 하는 말이지만, 모든 병을 고치던 옛날 의사는 완전히, 아예 사라져버렸어. 지금은 모조리 한 분야의 전문가들뿐이고, 전부 신문에 광고를 내지. 자네가 코가 아프다면 빠리로 가보라고 하지, 거기 유럽의 전문가가 코를 고친다는 거야. 그래서 빠리로 가면 그 의사가 코를 진찰하고 나서, 저는 오른쪽 콧구멍만 치료할 수 있습니다, 왼쪽 콧구멍은 치료하지 않으니까요, 그건 제 전문이 아닙니다, 저한테 치료를 받고 나서 빈으로 가보세요, 거기 특별한 전문가가 왼쪽 콧구멍을 마저 고쳐드릴 겁니다, 할 거라네. 그럼 어쩌겠나? 민간요법에 매달리겠지. 어느 독일인 의사는 증기탕 의자에 앉아 소금 탄 꿀로 몸을 문지르라고 조언하더군. 나는 오로지 증기탕에나 한번 더 들르려는 목적으로 갔었네. 온몸을 더럽혔지만 아무 소용이 없더군. 절망해서 밀라노에 있는 마떼이 백작[23]에게 편지를 썼더니 책과 약을 보내왔더군. 하느님이 그에게 복 주시기를! 그런데 어찌 되었는지 아나, 보리 추출물이 도움이 되었다네! 우연히 사서 한병 반을 마셨는데, 춤이라도 추고 싶을 만큼 금세 낫더군. 반드시 신문에다 그에 대한 '감사의 말'을 싣고 고마움을 표하고 싶었는데, 상상해보게, 글쎄 전혀 다른 결과가 되었지 뭔가. 단 한군데의 편집진도 그 글을 받아주지 않았어! 그들 말이 '아주 반동적이라서 아무도 믿지 않을 겁니다. 악마는 존재하지 않죠(le diable n'existe point). 실으려면 익명으로 하십시오'라고 지적하더군. 익명으로 싣는다면 '감사의 말'이 무슨 의미가 있겠나. 나는 거기 직원들과 웃었네. 내가 '우리 시대에 하느님을 믿는 건 반동적이지만 나는 악마니 나를 믿는 건 괜찮다'라고 했더니, '이해합니다, 누가 악마를 믿지 않겠습니까. 하지만 그래도 안 되겠습니다. 우리 신문의 경향성에 해가 될 수 있거든요. 혹시 농담 형식으로 하면 어떠신가요'라고 하더군. 나는 농담 형식이면 별 대단찮은 게 될 거라고 생각했지. 그래서 싣지 않았네. 믿을지 모르겠지만, 이 일은 내 마음에 상처로 남았다네. 예컨대 감사 같은 내 가장 좋은 감정도 오로지 내 사회적 위치 때문에 공식적으로는 금지되어 있으니까."

"또다시 궤변으로 빠졌군!" 이반이 증오스럽다는 듯이 이를 갈

23 Cesare Mattei(1809~96). 이딸리아의 유명한 동종요법 의사로, 몇가지 알약을 개발해 큰 수익을 얻었다.

았다.

“주께서 나를 보호해주시길. 하지만 때로는 하소연하지 않을 수가 없어. 나는 중상모략을 당했네. 지금도 자네는 끊임없이 나더러 어리석다고 하잖나. 그것만 봐도 자네는 아직 젊어. 친구, 이성만이 문제가 아니라네! 나는 천성이 선량하고 명랑하네. ‘나는 여러 소극笑劇의 주인공이지 않은가.’[24] 자네는 분명 나를 머리가 센 흘레스따꼬프[25] 정도로 여길 것 같지만, 내 운명은 그보다 훨씬 진지하다네. 나로선 결코 이해할 수 없는 오래전 규정에 따라 ‘부정의 운명’을 타고났지만, 나는 진심으로 선량하기 때문에 부정에는 전혀 소질이 없어. 아니, 부정하도록 내버려두게나. 부정 없이는 비판도 없을 테고, ‘비평 부문’이 없다면 그게 무슨 잡지겠나? 비평 없이는 모든 게 ‘호산나’ 일색이겠지. 하지만 삶에 있어서는 ‘호산나’ 하나만으론 부족하고, ‘호산나’가 되려면 회의의 시련을 통과하고 그뒤로도 그 비슷한 과정들을 거쳐야 해. 하지만 나는 이 모든 것에 참견하지 않을 거야. 내가 창조한 것도 아니고, 내게 책임이 있는 것도 아니니까. 그들은 나를 속죄양[26]으로 선택해서 비평 부문에서 글을 쓰도록 강요했고, 그렇게 해서 이 모양 이 꼴로 살게 되었지. 우리는 이 코미디를 이해해. 예컨대 나는 그저 단순히 나를 파괴해 줄 것을 요구하는 거라네. 하지만 사람들은 ‘아니, 살아야 해’라고 하더군. ‘네가 없으면 아무것도 안 돼. 세상만사가 합리적이라면 아무 일도 일어나지 않을 거다, 너 없이는 아무 사건도 일어나지

24 고골의 희곡 『검찰관』의 주인공이 3막에서 한 대사의 한구절.

25 『검찰관』의 주인공 이름.

26 원문의 뜻은 ‘속죄염소’로, 성경에서 이스라엘 민족은 속죄를 위해 염소 한마리를 택해 모든 죄를 그 염소의 머리에 덧씌워 광야로 보낸다. 여기서는 우리에게 익숙한 ‘속죄양’으로 옮겼다.

않을 텐데, 하지만 사건은 반드시 일어날 필요가 있잖나'라고 말이야. 그래서 나는 마음을 다잡고 사건이 일어나도록 봉사하고, 명령에 따라 분별없는 짓을 저지르고 다니는 거지. 사람들은 그토록 뛰어난 이성이 있음에도 이 모든 희극을 뭔가 진지한 것으로 받아들이지. 이게 그들의 비극이야. 물론 그래서 고통스러워하기도 하고. 하지만…… 그래도 여전히 살아가잖아, 실제로 살아가고 있지, 환상 속에서가 아니라. 왜냐하면 고통이란 게 바로 삶이기 때문이지. 고통이 없다면 그 삶에 무슨 만족이 있겠나, 모든 게 단 하나, 무한한 기도로 변하고 말텐데. 그건 거룩하긴 하지만 지루하기 짝이 없지. 그럼, 나는 어떠냐고? 나는 고통스러워하지만 그럼에도 사는 게 아니야. 나는 부정방정식의 x야. 모든 시작과 끝을 잃어버린 삶의 환영이고, 심지어 결국엔 나 자신을 뭐라고 불러야 할지도 잊어버렸다네. 자네는 비웃고 있군…… 아니, 비웃는 게 아니라 다시 화를 내고 있군. 자네는 언제까지나 화만 내는구먼, 자네한텐 이성이 전부겠지만, 나는 여전히 자네에게 거듭 말하겠네. 나는 몸무게가 110킬로그램도 넘는 장사꾼 마누라의 혼으로 육화해 하느님께 초를 바칠 수만 있다면 저 천상의 삶, 모든 지위와 명예도 내줄 수 있네."

"너는 하느님을 믿지 않잖아?" 이반은 증오심 가득한 미소를 지었다.

"자네가 진지하게 묻는 거라면, 이걸 자네한테 어떻게 말해야 할까……"

"하느님은 존재하나, 존재하지 않나?" 이반은 다시 광포한 집요함을 드러내며 외쳤다.

"아, 자네는 그렇게나 진지한 건가? 귀여운 친구, 나도 전혀 모르겠네. 봐, 내가 위대한 말을 지껄였어."

"모른다면서 하느님을 본다고? 아니야, 너는 독자적으로 존재하지 않아. 너는 나야, 너는 바로 나이고 그 이상은 아무것도 아니야! 너는 쓰레기고, 너는 내가 보는 환영이야!"

"그러니까 자네가 원한다면, 나는 자네와 같은 철학을 가지고 있다고 하는 게 정당한 말일 거야. 나는 생각한다, 고로 존재한다.(Je pense donc je suis) 이 말은 나도 아는데, 내 주변의 나머지 모든 것, 이 모든 세계와 하느님, 심지어 사탄까지, 이 모든 게 내게는 증명되지 않아. 이것들은 독자적으로 실재하는 것일까, 혹은 단순히 나의 유출流出, 즉 무한한 과거로부터 단독자로 존재하는 나의 연속적 확장에 불과한 것일까…… 여기서 얘기를 끊겠네, 지금 자네가 벌떡 일어나 싸우려 들 것 같으니……"

"차라리 재미있는 일화나 얘기하는 게 낫겠군!" 이반이 병든 사람의 어조로 말했다.

"재미있는 일화가 있는데, 우리 화제에도 꼭 어울리지. 그러니까, 일화라기보다 전설이지만. 자네는 나더러 '보면서도 믿지 않는다'라고 내 불신을 비난했지. 그런데 친구, 나만 그런 게 아니라 우리 저쪽도 다들 정신이 흐릿해졌는데, 그건 전부 자네들의 과학 때문일세. 아직 원자, 오감, 4대원소[27] 같은 것들이 있을 때는 아무튼 모든 게 그런대로 순조로웠네. 고대 세계에도 원자는 있었으니까. 그런데 자네들이 자네들 세계에서 '화학적 분자'나 '원형질', 그리고 또 악마나 알 뭔가를 발견했다는 걸 우리 세계에서 알았을 때, 우리는 겁을 집어먹고 꼬리를 말았지. 한바탕 혼란이 시작되었

27 고대와 중세의 자연철학에서 말하는 자연의 4원소 물, 불, 공기, 흙을 가리킨다.

네. 무엇보다 문제는 미신에 유언비어가 생겼다는 거야. 유언비어는 자네들 세계만큼이나 우리 세계에도 많고, 한방울 정도 살짝 더 많다네. 끝으로, 고발도 생겨났지. 우리 세계에도 유명한 '정보'들을 수집하는 기관이 하나 있거든.[28] 아무튼 그 기괴한 전설은 아직 중세 시대, 그러니까 자네들의 중세가 아니라 우리 중세 시대의 것인데, 우리 세계에서조차 몸무게가 110킬로그램도 넘는 장사꾼 마누라 빼고는 믿는 사람이 아무도 없는 얘기지, 이 역시 자네들 세계의 마누라가 아니라 우리 세계의 마누라 말이지만. 자네들 세계에 있는 건 우리 세계에도 다 있다네, 사실 이걸 말하는 건 금지되어 있지만, 우정을 생각해서 우리의 비밀을 자네에게 말해주는 거라네. 그 전설이란 천국에 대한 걸세. 여기 자네들의 지상 세계에 어떤 사상가이자 철학자가 있었는데 그는 '법이든 양심이든 신앙이든 모든 것을 부정했고' 무엇보다 내세를 부정했다는군. 그런데 그가 죽은 걸세. 그는 곧바로 암흑과 죽음으로 들어갈 거라고 생각했는데, 갑자기 눈앞에 내세가 등장한 거야. 그는 놀라고 분노했지. '이건 내 신념에 어긋나'[29]라고 했어. 바로 이 때문에 그는 심판을 받았다네…… 그러니까 이보게, 나를 용서하게, 나는 나만 들은 걸 전할 뿐이고 이건 그냥 전설일 뿐이니까…… 그는 심판을 받았는데, 알겠나, 1천조 킬로미터의 암흑을 통과하라는 거였네(우리도 요즘 시대에는 미터법을 쓴다네), 1천조 킬로미터를 다 가면 그에게 천국의 문이 열리고 용서받을 거라는 거였지……"

"저세상 네 세계에는 1천조 킬로미터 말고 어떤 고문이 있지?"

28 1826년 니꼴라이 1세가 정치사찰을 위해 설치한 황제 직속 제3부서를 암시한다. 1880년에 폐지되었다.

29 그리보예도프의 희곡 『지혜의 슬픔』 4막 4장에 나오는 대사.

이반은 이상하게 생기를 띠며 말을 끊었다.

"어떤 고문이냐고? 아, 묻지도 말게. 예전에는 이런저런 게 있었는데, 최근에는 도덕적인 고문이 더 많아졌어. 모두 '양심의 가책' 같은 시시한 것들이지. 이것 역시 자네들한테서 시작된 거야. '자네들의 풍속이 순화된'[30] 덕분이지. 그러니 누가 득을 봤겠나, 양심 없는 자들만 득을 본 거야. 양심이라곤 전혀 없는데 양심의 가책이 무슨 의미가 있겠나. 반면 아직 양심과 명예가 남아 있는 점잖은 사람들만 고통을 받았네…… 바로 이렇게 준비되지 않은 토양에서 낯선 제도를 베낀 개혁은 오로지 해악만 끼칠 뿐이야! 차라리 태고의 불의 심판이 나을 뻔했어. 그래, 그러니 1천조 킬로미터의 심판을 받은 그 사람은 잠시 서서 바라보고는 길바닥에 드러누워버렸지. '가지 않을 테다, 내 원칙에 따라 가지 않을 거야!' 하고 말이야. 러시아의 계몽된 무신론자의 영혼을 가져다가 고래 배 속에서 성을 내며 버틴 선지자 요나[31]의 영혼과 섞으면 바로 길바닥에 대자로 누운 이 사상가의 성격이 될 거야."

"그 사람은 무얼 깔고 누운 거지?"

"아마도 거기 있던 뭔가를 깔고 누웠겠지. 자네, 우습지 않나?"

"대단한 사람이군!" 이반은 여전히 이상하게 생기를 띠고 외쳤다. 이제 그는 뜻밖의 호기심까지 느끼며 듣고 있었다. "그래서, 그는 지금도 누워 있나?"

"그런데 그렇지가 않다네. 그자는 천년 가까이 누워 있다가 일어

30 과학, 예술, 기술이 발전함에 따라 점차 풍속이 순화된다는 생각은 18세기 프랑스 계몽철학자들의 마음을 사로잡았다. 루소와 달리 볼떼르는 이 의견에 긍정적이었다.

31 성경의 요나서에 따르면 선지자 요나는 하느님의 명령에 순종하지 않고 도망쳤다가 그 벌로 고래 배 속에 사흘간 들어갔으며 기도로 구원받았다.

나서 걷기 시작했네."

"저런 당나귀 같으니!" 이반은 소리치며 신경질적으로 하하 웃었는데, 여전히 뭔가를 생각해내려 애쓰는 듯했다. "영원히 누워 있든 1천조 킬로미터를 걸어가든 마찬가지 아닌가? 어차피 10억년은 걸어야 하잖아?"

"그보다 훨씬 더 오래 걸리지. 지금은 연필과 종이가 없군, 있으면 계산해볼 수 있을 텐데. 그는 이미 오래전에 도착했고, 바로 거기서 이 일화가 시작된다네."

"도착했다니! 어떻게 10억년이란 시간을 구한 거야?"

"자네는 여전히 이곳 우리의 지구를 생각하는군! 지금의 지구라는 것도 어쩌면 그 자체로 십억번이나 거듭되었을지 몰라. 수명을 다해서 얼어붙었다가 쪼개지고 산산이 부서져 구성요소들로 분해되고, 다시 궁창 위의 물이 되고, 다시 혜성으로, 다시 태양으로, 다시 태양에서 지구로, 이런 발전이 이미 무한히 반복되고 있는 거지, 모든 게 작은 점까지도 똑같은 모습으로 말이야. 끔찍하게 지루한 일이야……"

"자, 자, 도착해서 어떻게 됐나?"

"그는 천국의 문이 열리자마자 들어갔는데, 그의 시계에 따르면, 이건 그의 시계에 따르면 그렇단 건데, 채 이초도 지나지 않아서 (내 생각에 그의 시계는 오는 도중에 오래전에 주머니 속에서 구성요소들로 분해되었을 테지만), 아무튼 이초도 지나지 않아서 외쳤다는군, 그 이초를 위해서라면 1천조 킬로미터만 아니라 1천조 킬로미터의 제곱, 1천조 제곱의 제곱 킬로미터도 걸을 수 있겠다고! 한마디로 '호산나'를 부른 건데, 그 도가 지나쳐서 그곳의 좀더 고상한 사고방식을 지닌 어떤 이들은 처음에는 그에게 악수도 청하려 들지 않았다더군. 너무도 맹렬하게 보수주의자로 돌변한 거지. 러시아식 기질이야. 거듭 말하지만, 이건 전설이라네. 나는 들은 그대로 전할 따름이야. 우리 세계에서는 모든 주제에 대해 이런 식의 관념들이 떠돈다네."

"네 정체를 알았다!" 이반은 뭔가 결정적인 것을 떠올린 듯 거의 아이처럼 기뻐하며 외쳤다. "10억년에 대한 그 일화는 내가 지어낸 거야! 그때 나는 열일곱살이었고, 고등학교에 다니고 있었지…… 그때 나는 그 일화를 지어서 어느 친구에게 얘기해줬어. 그애 이름은 꼬로프낀이었고, 그건 모스끄바에서 있었던 일이야…… 그 일화는 아주 독특한 거여서 아무데서도 베껴왔을 수 없어. 나는 그걸 잊고 있었는데…… 그게 지금 내 머릿속에 무의식적으로 떠올랐어. 내 머리에 떠오른 거지 네가 얘기한 게 아니야! 인간은 이따금 수천가지를 무의식적으로 떠올리지, 심지어 처형장에 끌려갈 때조차…… 꿈에서도 떠올리고. 그러니 너는 바로 그 꿈이야! 너는 꿈이고, 너는 실재하지 않아!"

"자네가 나를 부정하느라 얼마나 기를 쓰는지." 신사가 웃음을 터뜨렸다. "그래도 아무튼 자네가 날 믿고 있다는 확신이 드는군."

"전혀! 백분의 일도 믿지 않아!"

"하지만 천분의 일은 믿겠지. 극히 작은 양이라도, 가장 작은 양이라도 가장 센 힘을 발휘할 수 있으니까. 믿는다고, 만분의 일이라도 믿는다고 인정하게."

"단 한순간도 그럴 리가!" 이반이 격분해서 외쳤다. "하지만 나는 너를 믿고 싶은지도 모르지." 갑자기 이반이 이상한 어조로 덧붙였다.

"저런! 바로 인정하는군! 하지만 나는 선량하니까 이번에도 자네를 돕겠네. 들어보게, 이건 내가 자네를 알아낸 거지, 자네가 나를 알아낸 게 아닐세! 나는 나를 전혀 믿지 못하게 만들려고 자네가 잊어버린 자네의 일화를 일부러 얘기한 거라네."

"거짓말! 네가 나타난 목적은 네가 존재한다는 걸 내가 믿게 하려는 거야."

"바로 그렇지. 하지만 동요, 불안, 믿음과 불신의 갈등, 이런 것들은 자네처럼 양심적인 사람에게는 때로 차라리 목을 매 죽는 게 나을 정도로 고통스럽지. 나는 자네가 나를 한방울이라도 믿는 걸 알기 때문에 이 일화를 얘기해서 자네에게 완전한 불신을 넌지시 들이민 거라네. 나는 자네를 믿음과 불신 사이로 끊임없이 끌고 다니지. 그게 바로 내 목적이야. 이건 새로운 방법이지. 자네는 나를 전혀 믿지 않게 되자마자 곧바로 내가 꿈이 아니라 진짜로 존재한다고 면전에서 나를 확신시키려 들 테니까. 나는 자네를 알아. 바로 그때 나는 내 목적을 달성하게 되는 거라네. 내 목적은 고결한 거야. 내가 자네에게 겨자씨만 한 믿음을 뿌리면 거기서 떡갈나무가 자랄 걸세. 어느 정도의 나무냐 하면, 그 나무 위에 앉으면 자네가 '사막의 수도사들과 순결한 수녀들'[32] 무리에 속하고 싶어질 정도라네. 왜냐하면 자네는 남몰래 그걸 간절히, 간절히 바라왔고, 메뚜기를 먹으면서 구원을 얻기 위해 광야를 헤맬 사람이니까."

"그러니까 너는, 이 불한당아, 내 영혼의 구원을 위해 애쓰고 있단 말이냐?"

"나도 언제든 조금이나마 선한 일을 해야 하지 않을까. 보아하니 자네는 화를 내고 있군, 화를 내고 있어!"

---

32 뿌시낀의 유명한 시 「사막의 수도사들과 순결한 수녀들」에서 딴 구절인데, 이 시는 4세기의 시리아의 성 에프렘의 시를 개작한 것이다.

"어릿광대 같으니! 너는 언젠가 메뚜기를 먹고 광야의 생활을 하며 십칠년 동안 황량한 광야에서 기도하느라 온몸이 이끼로 뒤덮인 사람들을 유혹한 적이 있나?"

"귀여운 친구, 난 그런 짓만 했어. 나는 삼라만상과 온 세계를 잊더라도 그런 사람 하나한테만 들러붙어 있단 말이야. 왜냐하면 그런 다이아몬드는 아주 값비싸니까. 그런 영혼 하나가 때로는 별자리 전체만 한 값어치가 있다네. 우리 세계에는 우리식 셈법이 있고, 그런 승리는 값비싼 거지! 그런 사람들 중에 어떤 사람은, 맙소사, 정말로 발전의 면에서 자네보다 못하지 않아, 자네는 못 믿겠지만. 그런 사람은 믿음과 불신의 심연을 동시에 직관할 수 있기 때문에, 사실 가끔은 배우 고르부노프[33]가 말했듯이 머리카락 한올 차이로 '곤두박질칠' 것 같기도 해."

"그래서 어떻게, 코라도 베였나?"[34]

"친구," 손님이 훈계조로 지적했다. "가끔은 코가 성한 채로 물러서는 것보다 코를 베인 채로 떠나는 게 나을 때도 있다네. 얼마 전에 어느 병든 후작이(틀림없이 전문가가 치료했겠지) 자신의 영적 아버지인 예수회 신부에게 고해성사를 드릴 때 말했듯이 말이야. 나도 그 자리에 있었는데, 참으로 멋지더군. 후작이 '제 코

---

33 Иван Ф. Горбунов(1831~95). 배우이자 작가, 재능 있는 즉흥이야기꾼으로, 도스또옙스끼는 그와 개인적 친분이 있었다.

34 '코와 함께 남거나 코를 갖고 떠나다'(остаться с носом или уйти с носом)라는 뇌물과 관련된 러시아어 숙어에서 나온 표현이다. 이때 '코'가 특별한 의미를 지니는 것은 아니고, 사람들이 관공서에 갖다바친 뇌물이 아무 효과를 보지 못했을 때 '코를 갖고 남다' 혹은 '코를 갖고 떠나다'라고 표현한다. 도스또옙스끼는 이 숙어에서 '코'라는 단어에 집중해 언어유희를 하는데, 이 언어유희는 뿌시낀의 경구시에서 따온 것이기도 하다. 코가 사라져 괴로워하는 관리의 이야기를 담은 고골의 단편소설 「코」를 연상시키기도 한다.

를 돌려주십시오!'라면서 자기 가슴을 치더라고. '아들이여,' 신부가 둘러댔어. '모든 것은 섭리의 현묘한 운명에 따라 채워지고, 눈에 보이는 재앙이 때로는 뒤이어 눈에 보이지 않는 크나큰 이득을 가져오기도 하네. 만일 준엄한 운명이 자네의 코를 없앴다면 앞으로 평생 누구도 자네에게 감히 코를 매단 채 남았다고 말하지 못할 테니, 그게 자네의 이득이네.' '거룩하신 신부님, 그건 위로가 되지 않습니다!' 절망한 이는 탄식했지. '오히려 저는 코가 있어야 할 자리에 붙어 있기만 하다면 평생 매일 코를 매단 채 남더라도 환영할 겁니다!' '아들이여,' 신부가 한숨을 쉬었네. '모든 복을 한꺼번에 요구할 순 없는 거라네. 그건 오늘도 자네를 잊지 않으신 하느님의 섭리에 불평하는 거야. 지금 평생 코를 매단 채 남아도 기쁘겠다고 울부짖는다면, 그것으로 이미 자네 소망은 간접적으로 실현된 거네. 코를 잃고도 여전히 코를 매단 채 남은 셈이니까……'"

"휴, 정말 어리석은 소리군!" 이반이 외쳤다.

"친구, 나는 다만 자네를 웃겨주고 싶었을 뿐이야. 맹세코 이건 진짜 예수회의 궤변이고, 맹세코 이 일은 내가 자네에게 말해준 그대로 일어났던 일이네. 이 일은 얼마 전에 일어났는데, 나도 정말 귀찮았지. 그 불행한 젊은이는 집으로 돌아와 그날 밤 권총 자살을 했거든. 나는 마지막 순간까지 그 젊은이 곁에서 떨어지지 않았네…… 예수회의 고해성사로 말할 것 같으면, 그건 진실로 삶의 슬픈 순간마다 내 가장 사랑스런 오락거리라네. 자네한테 또다른 경우를 얘기해주지. 이건 며칠 전에 있었던 일이야. 늙은 신부에게 스무살 정도 된 금발의 노르만 아가씨가 찾아왔어. 미모에 포동포동하고 멋진 몸매에 침이 줄줄 흐를 지경이었지. 그런 아가씨가 몸을 굽혀 구멍에 대고 신부에게 죄를 속삭인 걸세. '무슨 일이냐, 딸아, 정말로 또 타락한 거냐?' 신부가 탄식했네. '오, 성모마리아시여(Sancta Maria), 내가 무슨 소리를 듣는 건가, 이번엔 그 사내와 저지른 게 아니라니. 언제까지 계속 이럴 것이냐, 부끄럽지도 않단 말이냐!' '아, 나의 신부님(Ah mon père),' 죄를 지은 여자는 온통 참회의 눈물을 흘리며 대답했네. '그건 그이에게 너무도 큰 기쁨을 주고 저는 거의 힘도 들지 않는걸요'(ça lui fai tant de plaisir et à moi si peu de peine). 자, 이런 대답을 상상해보게! 그때 나는 이미 두 손 들었네. 그건 바로 본성의 외침이고, 자네가 괜찮다면, 바로 순결 그 자체보다 훌륭한 거야! 나는 곧장 그 여자의 죄를 사해준 뒤 나오려고 몸을 돌렸지. 그런데 즉시 되돌아서지 않을 수 없었어. 신부가 구멍에 대고 저녁에 만날 약속을 정하는 게 들렸거든. 노인은 완고한 사람이었는데, 한순간에 무너진 거야! 본성이지, 본성의 진리가 자기를 주장하는 거야! 어때, 자네는 코가 돌아왔나, 화를 내고 있나?"

"나를 내버려둬, 너는 떨칠 수 없는 악몽처럼 내 뇌를 두드리고 있잖아." 이반이 자신의 환영 앞에서 무기력을 느끼며 병적으로 신음했다. "나는 네가 지겨워, 참을 수 없이 괴로워! 너를 쫓아낼 수만 있다면 무슨 짓이든 하겠다!"

"거듭 말하지만, 요구를 좀 누그러뜨리게. 나한테서 '모든 위대하고 선한 것'을 요구하지 말라고. 그러면 우리 둘이 잘 지낼 수 있다는 걸 알게 될 걸세." 신사가 타이르듯 말했다. "참으로 자네는 내가 아름다운 광채 가운데 '천둥을 울리고 번개를 치며' 불에 그을린 날개를 달고 나타나지 않았다고, 이런 비천한 모습으로 자네 앞에 서 있다고 나한테 화를 내는군. 첫째는 자네의 미학적 감정이, 둘째는 자네의 자존심이 상처를 받은 거야. 즉 이렇게 위대한 사람에게서 어떻게 이런 천박한 악마가 나올 수 있느냐는 거지. 아니야, 자네한테는 벨린스끼가 그토록 조롱한 낭만주의 성향이 있단 말이야. 어쩌겠나 젊은이, 실은 조금 전에 자네에게 오려고 준비할 때 장난삼아 깝까스에서 복무하다 퇴역한 4등문관 복장을 하고 프록코트에 사자와 태양이 번쩍이는 훈장[35]을 달고 올까 생각했지만, 자네가 최소한 북극성[36]이나 시리우스성[37]도 못 되는 걸 프록코트에 꽂고 왔다고 나를 때릴까봐 두렵더군. 안 그래도 자네는 줄곧 내게 어리석다고 하잖나. 주여, 나는 자네와 지적인 면에서 대등하다고 주장할 마음은 없어. 파우스트에게 나타난 메피스토펠레스는 자신이 악을 원하지만 선만 행한다고 증언했지.[38] 거야 뭐 제 맘이지. 나는 그와는 정반대야. 나는 어쩌면 이 자연 전체를 통틀어 진리를 사랑하고 진정으로 선을 원하는 유일한 존재인지도 몰라. 십자가에서 돌아가신 말씀이 그 오른편에서 십자가형을 받은 도둑의 영혼을 품고 하늘로 올라가실 때[39] 나는 그 자리에 있었고, '호산나'를 부르는 게루빔의 환호 소리와 세라핌[40]의 우레 같은 애곡 소리를 들었네. 그로 인해 하늘과 우주 전체가 흔들렸지. 그런데 모든 거룩한 것을 두고 맹세하는데, 나는 그 찬양대에 끼어 모두와 함께 '호산나!'를 외치고 싶었다네. 나도 모르게 벌써 그 말

35 깝까스에서 복무한 러시아 관리들에게 간혹 수여된 페르시아 훈장.

36 북극성은 스웨덴 훈장이자 제까브리스뜨의 문학잡지(1823~25) 제호.

37 『시리우스성』은 1855~62년, 1869년 해외에서 간행된 문화·정치잡지.

38 괴테의 비극 『파우스트』 3장에서 메피스토펠레스의 대사 "나는 영원한 악을 원하지만 선만을 행하는 힘의 일부이다"를 가리킨다.

39 십자가에서 돌아가신 말씀은 예수 그리스도를 의미한다. 복음서에는 예수 그리스도가 두 도둑 사이에서 돌아가셨고, 오른쪽에 있는 도둑이 회개하므로 그가 천국에서 자신을 볼 것이라 말했다고 전한다.

40 게루빔 바로 다음 등급의 천사.

이 튀어나오고 가슴에서는 찬양이 터지려 했지…… 자네도 알지만 나는 아주 감수성이 예민하고 예술적으로 민감하거든. 그런데 상식이, 내 천성의 가장 불행한 특징인 그 상식이란 것이 그때 마땅한 의무의 경계 안에 나를 가두는 바람에 나는 그 순간을 놓치고 말았네! 그때 나는 생각했거든. 내가 '호산나'를 부른 뒤엔 무슨 일이 벌어질까? 그 즉시 세상의 모든 것이 스러지고 아무 사건도 일어나지 않게 될 텐데. 그러니 오로지 내 봉사의 의무와 사회적 지위에 맞춰 내 속에서 일어난 선한 순간을 억누르고 추악함을 지닌 채 남을 수밖에…… 누군가가 선이라는 영예를 모조리 취하고 나한테는 오직 추악함의 숙명만 남겨둔 거지. 나는 공짜로 사는 영예를 부러워하진 않아, 나는 명예욕이 없거든. 그래도 어째서 세상의 전존재들 중 유일하게 나만이 모든 점잖은 사람들의 저주를 받고 발길질을 당하는 운명에 처했을까? 육신을 입으면 때로는 그런 결과들도 감수해야만 하거든. 여기에 비밀이 있다는 건 나도 알아. 하지만 그 비밀을 나한테는 절대로 알려주려 하지 않지. 그렇게 되면 내가 그 비밀의 실체를 깨닫고 '호산나'를 벼락처럼 외치게 될 테니까 말이야. 그러면 즉시 필수불가결한 마이너스가 사라지고 온 세상에 분별력이 힘을 발휘하게 되겠지. 그러면 물론 그와 함께 모든 것, 심지어 신문과 잡지 따위도 끝장날 거네. 그때가 되면 사람들은 그것들을 구독하지 않게 될 테니 말일세. 그걸 알기 때문에 나는 결국 수긍하고 내가 가야 할 1천조 킬로미터를 다 걸어서 그 비밀을 알아낼 작정이야. 하지만 그렇게 될 때까지는 분노를 삼키고 마음을 다잡고 내 사명을 감당하겠어. 한 사람의 구원을 위해 수천명을 죽이는 일 말이야. 예를 들면, 단 한 사람의 의인 욥을 얻기 위해 얼마나 많은 영혼을 죽이고 얼마나 많은 정직한 사람들의 명성을 훼손해야 했는지 모른단 말이야. 태곳적에 그 욥 때문에 나를 얼마나 지독하게 조롱했던지…… 아니야, 비밀이 폭로되기 전까지 내게는 두가지 진리가 있는 거라네. 하나는 저곳의, 아직까지 내게는 전혀 알려지지 않은 그들의 진리이고, 다른 하나는 나의 진리지. 그런데 뭐가 더 깨끗할지는 아무도 모를 일이야…… 자네, 자나?"

"그럴 만도 하지." 이반이 적의에 차서 신음하듯 말했다. "내 천성의 어리석은 면, 이미 오래전에 다 겪어서 내 머릿속에서 산산이 부서져 쓰레기처럼 버려진 것을 너는 죄다 아주 새로운 것인 양 나한테 들이미는구나!"

"이번에도 제대로 비위를 맞추지 못했군! 문학적 표현으로 자네 마음을 구슬릴 생각이었는데. 그래도 그 하늘에서의 '호산나'는 정말 괜찮지 않았나? 그뒤로 하이네식의 비꼬는 어조도, 안 그런가?"

"아니야, 나는 결코 네놈 같은 종놈이 아니야! 어째서 내 영혼이 너 같은 종놈을 낳았을까?"

"친구, 나는 아주 멋지고 사랑스러운 러시아 지주 하나를 알고 있네. 젊은 사상가에 대단한 문학과 예술 애호가이고 서사시 작가이기도 한데, '대심문관'이라는 제목이 붙은 그 서사시는 큰 기대를 모았지…… 나는 오로지 그 사람만 염두에 두고 있었네!"

"나는 네가 「대심문관」을 입에 올리는 걸 금한다." 이반이 수치심에 온통 얼굴을 붉히고 외쳤다.

"그럼 「지질학적 변혁」은 어떤가? 기억나나? 그것 또한 작은 서사시지!"

"입 다물어, 안 그러면 죽여버릴 테다!"

"날 죽이겠다고? 아니, 미안, 할 말은 해야겠네. 나는 이런 기쁨을 누리러 온 거니까. 오, 나는 삶에 대한 갈망으로 몸을 떠는 열정적인 내 젊은 친구들의 꿈을 사랑해! '저곳엔 새로운 사람들이 있다.' 자네는 지난봄에 이곳으로 오려 할 무렵 이렇게 결론지었지. '그들은 모든 것을 파괴하고 식인食人의 야만으로부터 다시 시작할 생각이다. 어리석은 사람들, 나하고 논의라도 해보지! 내 생각에는 아무것도 파괴할 필요가 없이, 오로지 인류의 머릿속에서 하느님에 대한 관념만 파괴하면 돼. 바로 여기서부터 일을 시작하면 된다고! 이것, 바로 이것에서부터 시작하면 돼. 오, 아무것도 이해 못하는 눈 뜬 맹인들! 만일 인류가 한명도 빠짐없이 하느님을 부정한다면(나는 이 시기가 지질학적 변혁의 시기와 나란히 실현될 거라고 믿네) 예전의 모든 세계관, 무엇보다 예전의 모든 도덕률이 식인 없이도 자연스럽게 소멸할 거고, 완전히 새로운 것이 도래할 거다. 사람들은 삶이 줄 수 있는 모든 것을 삶에서 얻기 위해, 오로지 여기 이 세계에서의 행복과 기쁨을 위해 반드시 단결하게 될 거야. 인간은 신적이고 거인적인 자부심으로 스스로 위대해질 것이고, 그리하여 신인神人이 등장할 거야. 인간은 매순간 의지와 과학의 힘으로 자연을 무한히 정복하며, 그럼으로써 매순간 천상의 기쁨을 노래한 예전의 찬양을 대신할 만큼 고귀한 기쁨을 느끼게 될 거야. 모든 이가 필멸의 운명이고 부활은 없음을 알게 되고, 하느님처럼 긍지를 가지고 평온하게 죽음을 받아들일 거야. 이 긍지로 인해 그는 삶이 한순간이라는 것을 탄식할 이유가 없음을 깨닫고, 아무런 보상을 바라지 않고 자기 형제를 사랑하게 될 거야. 사랑은 삶의 순간만 만족시키겠지만, 예전에는 사랑의 불길이 피안의 영원한 사랑을 노래하는 송가로 번졌다면 사랑의 순간성을 의식한 것 하나만으로도 그 불길은 더 강렬하게 타오를 거야……' 운운, 뭐 그런 종류의 얘기였지. 너무도 사랑스러워!"

이반은 손으로 귀를 막고 바닥을 내려다보며 앉아 있었지만 온몸을 떨고 있었다. 목소리는 계속되었다.

"이제 문제는 이거야, 하고 내 젊은 사상가는 생각했지. 언젠가 그런 시대가 도래할 수 있을까, 아닐까? 만일 도래한다면, 모든 것이 해결되고 인류는 결정적으로 확고한 기반을 마련하게 될 것이다. 하지만 인간의 뿌리 깊은 어리석음을 고려할 때 새로운 기반을 마련하려면 천년은 걸릴 테니, 지금 이미 이 진리를 인식한 누구나 새로운 원칙 위에서 원하는 대로 모든 것을 완전히 새롭게 구축해도 좋겠다. 이런 의미에서 그에게는 '모든 것이 허용된다.' 그뿐 아니라, 설사 그 시기가 결코 도래하지 않는다 해도 어차피 하느님도, 불멸도 존재하지 않기 때문에 새로운 인간은 신인이 될 수 있으며, 설사 전세계에서 그런 사람이 단 한명이라 해도 이미 새로운 지위를 지닌 이상, 필요하다면 가벼운 마음으로 예전의 노예-인간의 온갖 도덕적 제약을 뛰어넘어도 무방하다. 하느님을 위한 법은 존재하지 않는다! 하느님이 서는 그곳이 이미 신의 자리다! 내가 서는 그곳이 이제 최고의 자리가 된다…… '모든 것이 허용된다.' 이것으로 충분하다! 이 모든 게 정말 사랑스러운 소리지. 그저 사기를 치고 싶은 것뿐이라면 어째서 진리의 기준 같은 게 필요하겠나? 하지만 우리 러시아의 현대인은 이런 식이지. 승인 없이는 사기도 칠 생각을 못 하거든. 그만큼 진리를 사랑하게 됐단 말이야……"

손님은 분명 자신의 달변에 심취한 듯 점점 더 목소리를 높여 조롱하듯이 주인을 바라보며 말했다. 그러나 그는 말을 마칠 수 없었다. 이반이 갑자기 탁자에서 잔을 낚아채 힘껏 휘둘러 웅변가에게 던졌던 것이다.

"아, 하지만 이건 결국 바보짓이야(Ah, mais c'est bête enfin)!" 소파에서 벌떡 일어난 손님이 손가락으로 몸에 튄 찻방울들을 떨어내며 외쳤다. "루터의 잉크병이 생각나는군![41] 나를 꿈이라 생각하면서 꿈에다 잔을 던지다니! 이건 여자들이나 하는 짓이야! 나는 자네가 귀를 막은 시늉만 하는 건가 의심했는데, 역시 자네는 다 듣고 있었군……"

그때 갑자기 정원으로 난 창틀을 쿵쿵 집요하게 두드리는 소리가 들렸다. 이반 표도로비치는 소파에서 벌떡 일어났다.

"이봐, 열어주는 게 좋을 거야." 손님이 외쳤다. "저건 자네 동생 알료샤야. 아주 뜻밖의 흥미로운 소식을 가져왔군. 내가 보증하지."

"닥쳐, 이 사기꾼아, 내가 너보다 먼저 알료샤인 걸 알았어. 그애라고 예감했단 말이다. 물론 이유 없이 오지는 않았을 테니, 물론 '소식'을 가져왔겠지!" 이반이 흥분해서 소리를 질렀다.

"문을 열어주게, 열어줘. 밖에는 눈보라가 치는데 저애는 자네 동생이잖나. 므시외, 날씨가 어떤지 잘 알지 않나? 이런 날씨에는 개도 바깥에 내보내지 않지(Monsieur, sait-il temps qu'il fait? C'est à ne pas mettre un chien dehors)……"

창틀을 두드리는 소리는 계속되었다. 이반은 창으로 달려가고 싶었다. 그러나 뭔가가 갑자기 그의 손과 발을 묶은 것만 같았다. 그는 밧줄을 끊으려는 듯 온 힘을 다해 몸을 버둥거렸지만 헛일이었다. 창틀을 두드리는 소리는 점점 더 크고 세차졌다. 마침내 밧줄이 끊겼고 이반 표도로비치는 소파에서 벌떡 일어났다. 그는 기묘

---

41 독일의 종교개혁가 마르틴 루터는 악마의 존재를 믿었고, 전설에 따르면 악마가 성경 번역을 방해할 때 그에게 잉크병을 던졌다고 한다.

하다는 듯 주위를 둘러보았다. 두자루의 초가 거의 다 탔고, 방금 손님을 향해 던진 찻잔은 그의 앞 탁자 위에 놓여 있었으며, 맞은편 소파에는 아무도 없었다. 창틀 두드리는 소리는 집요하게 계속되고 있었지만 방금 꿈에서 느꼈던 것만큼 그렇게 크지 않았고 오히려 아주 조심스러웠다.

"이건 꿈이 아니야! 아니야, 맹세코 이건 꿈이 아니었어. 모든 게 방금 일어났던 일이야!" 이반 표도로비치는 이렇게 외치며 창으로 달려가 통풍구를 열었다.

"알료샤, 오지 말라고 했잖아!" 그가 동생에게 화를 내며 소리쳤다. "짧게 말해, 왜 왔냐? 짧게 해, 듣고 있니?"

"한시간 전에 스메르쟈꼬프가 목을 맸어요." 알료샤가 마당에서 대답했다.

"현관으로 와, 문을 열어줄게." 이반은 이렇게 말하고 알료샤에게 문을 열어주러 갔다.

10. "이건 그가 한 말이야"

안으로 들어오면서 알료샤는 한시간쯤 전에 마리야 꼰드라찌예브나가 그의 거처로 달려와 스메르쟈꼬프가 자살한 것을 알려주었다고 이반 표도로비치에게 전했다. "사모바르를 치우러 그 사람 방에 들어갔는데, 벽에 박힌 못에 목을 맸더라고요." "당국에 신고는 했나요?"라는 알료샤의 물음에 그녀는 아무에게도 알리지 않고 "나리께 제일 먼저 한달음에 달려왔어요"라고 대답했다는 것이다. 그녀는 정신이 나간 듯 온몸을 이파리처럼 떨고 있었다고 알료샤는 전했다. 알료샤가 그녀와 함께 그들의 오두막으로 가보니 스메르쟈꼬프는 여전히 매달린 채였다. 탁자 위에는 쪽지가 있었다. "누구에게도 죄를 돌리지 않기 위해 내 의지와 뜻에 따라 나 스스로 목숨을 끊는다." 알료샤는 그 쪽지를 탁자 위에 그대로 올려두고 곧바로 경찰서장에게 달려가 모든 것을 알렸다. "거기서 곧장 형한테 온 거예요." 알료샤가 이반의 얼굴을 뚫어지게 바라보며 말을 맺었다. 이야기하는 동안 그는 이반의 얼굴 표정에 놀란 듯 줄곧 그의 얼굴에서 눈을 떼지 않았다.

"형," 그가 돌연 소리쳤다. "형은 분명 몹시 아픈가봐요! 날 보고 있지만 내가 무슨 말을 하는지 전혀 알아듣지 못하는 것 같아요."

"여기 온 건 잘한 일이다." 이반은 알료샤의 탄식을 전혀 듣지 못한 듯 생각에 잠긴 얼굴로 말했다. "나는 그 녀석이 목을 매단 걸 알고 있었어."

"누구한테 들었어요?"

"누구한테 들었는지는 몰라. 하지만 나는 알고 있었어. 내가 알고 있었나? 그래, 그자가 말해줬어. 그자가 방금 내게 말해줬어……"

이반은 방 한가운데 서서 여전히 생각에 잠긴 듯이 바닥을 내려다보며 말했다.

"그자가 누구예요?" 알료샤가 자기도 모르게 주변을 둘러보며 물었다.

"도망쳤다."

이반은 고개를 들고 조용히 미소 지었다.

"그자는 너한테 놀랐던 거야, 귀여운 녀석. 너는 '순결한 게루빔'이야.[42] 드미뜨리가 너를 그렇게 부르지, 게루빔이라고…… 우레 같은 세라핌들의 환호성! 세라핌은 뭐지? 어쩌면 하나의 성좌인지도 몰라. 어쩌면 모든 성좌가 그냥 화학 분자인지도 모르지…… 사자자리와 태양계가 있지, 너 그거 아니?"

"형, 앉아요!" 알료샤가 놀라서 말했다. "제발, 소파에 앉아요. 형은 헛소리를 하고 있어요. 베개를 베고 누워요, 이렇게. 머리에 물수건을 올려줄까요? 그러면 좀 나아질지도 몰라요."

"수건을 줘, 저기 의자에 있다. 내가 좀 전에 던져놓았어."

"저기엔 없는데요. 걱정 말아요, 내가 어디 있는지 알아요. 여기 있네." 알료샤가 방의 다른 쪽 구석, 이반의 화장대 옆에서 개어둔 채 아직 쓰지 않은 깨끗한 수건을 찾은 뒤 말했다. 이반은 수건을 이상한 눈초리로 바라보았다. 한순간 기억이 되살아난 것 같았다.

"잠깐," 그가 소파에서 일어났다. "조금 전, 한시간 전에 내가 그 수건을 거기서 집어서 물에 적셨는데. 머리에 올려놨다가 저기로 던졌는데…… 어떻게 그게 말라 있지? 다른 수건은 없었는데."

"형이 이 수건을 머리에 올렸었다고요?" 알료샤가 물었다.

"그래, 그러고서 방을 돌아다녔지, 한시간 전에…… 어째서 초가 이렇게 다 탔지? 지금 몇시냐?"

"곧 12시예요."[43]

"아니야, 아니야, 아니야!" 이반이 갑자기 소리를 질렀다. "꿈이 아니었어! 그자가 있었어, 그자가 여기 앉아 있었다고, 여기 이 소파 위에. 네가 창을 두드렸을 때 나는 그자에게 잔을 던졌어…… 바로 이 잔을…… 잠깐, 나는 그전에 잠을 자고 있었지만, 이건

42 레르몬또프의 서사시 『악마』 가운데 "빛의 거주지에서 그,//순수한 게루빔이 빛나던 그날들……"을 인용한 것이다.

43 러시아 민간신앙에 따르면 자정은 환영이 사라지고 마법이 풀리는 시간이다.

꿈이 아니야. 예전에도 이랬어. 알료샤, 나는 요즘 꿈을 자주 꾼다…… 하지만 그건 꿈이 아니라 생시 같아. 나는 걸어다니고 말을 하고 뭔가를 봐…… 그런데 자고 있는 거야. 하지만 그자는 여기 앉아 있었어. 그자는 여기 있었다고, 바로 이 소파 위에…… 그자는 끔찍하게 어리석어, 알료샤, 끔찍하게 어리석다고." 이반은 갑자기 웃음을 터뜨리며 일어나 방을 서성였다.

"누가 어리석다는 거예요? 누굴 얘기하는 거예요, 형?" 알료샤가 다시 걱정스레 물었다.

"악마! 그자가 나한테 다녀갔어. 두번이나, 거의 세번인 것 같아. 그자는, 자기가 불에 탄 날개를 달고 천둥 번개 속에서 나타나는 사탄이 아니라 그냥 별 볼일 없는 악마여서 내가 화를 낸다면서 나를 조롱하지. 하지만 그자는 사탄이 아니야, 그자가 거짓말하고 있는 거야. 그자는 참칭자야. 그자는 그냥 악마, 시시한 작은 악마야. 그자는 증기탕에 다녀. 그자의 옷을 벗기면 아마 덴마크 개처럼 길고 매끈한 꼬리가 나올걸, 70센티미터쯤 되는 갈색 꼬리 말이야……[44] 알료샤, 너 몸이 얼었구나, 눈 속에 있었으니. 차 마실래? 뭐, 식었다고? 마실 거면 차를 끓이라고 명할까? 이런 날씨에는 개도 바깥에 내보내지 않지(C'est à ne pas mettre un chien dehors)……"

알료샤는 얼른 세면대로 달려가 수건을 적신 다음 이반을 설득해 다시 앉히고 그의 머리에 물수건을 얹어주었다. 그리고 자신도 그의 옆에 앉았다.

"아까 리자에 대해 내게 무슨 얘길 한 거냐?" 이반이 다시 말문

---

44 러시아 민간신앙에 따르면 '부정한 힘'인 더러운 영들은 어떤 모습도 취할 수 있는데, 개나 고양이로 변신할 때가 가장 많다.

을 열었다.(그는 말이 굉장히 많아졌다.) “나는 리자가 마음에 들어. 내가 네게 리자에 대해 뭔가 추악한 말을 했지. 그건 거짓말이야, 나는 리자가 마음에 들어…… 내일 까쨔 때문에 걱정이다. 그게 무엇보다 걱정이야. 앞으로의 일 때문에 걱정이라고. 그 여자는 내일 나를 외면하고 발로 짓밟을 거야. 그 여자는 내가 질투 때문에 미쨔를 파멸시킬 거라고 생각하지! 그래, 그 여자는 그렇게 생각해! 그런데 결코 그렇지 않아! 내일은 십자가지 교수대가 아니야. 아니야, 나는 목을 매진 않을 거야. 너 아니, 나는 절대 자살할 수 없다는 걸, 알료샤! 비열해서 그런 걸까? 나는 겁쟁이가 아니야. 살고 싶은 열망 때문이야! 스메르쟈꼬프가 목을 맸다는 걸 나는 어떻게 알았을까? 그래, 그건 **그자**가 나한테 말해준 거야……”

“형은 누군가가 여기 앉아 있었다고 확신해요?” 알료샤가 물었다.

“저 소파, 저 구석에 앉아 있었어. 네가 그를 쫓아냈는지도 모르지. 그래, 네가 그를 쫓아낸 거야. 네가 나타나자마자 그자가 사라졌거든. 나는 네 얼굴이 좋아, 알료샤. 내가 네 얼굴을 좋아한다는 걸 아니? 그런데 **그자**는 바로 나야, 알료샤, 나 자신이야. 내 모든 저열한 것, 내 모든 비열하고 경멸스러운 것! 그래, 나는 ‘낭만주의자’야, 그자가 그렇게 지적했지…… 그게 나에 대한 험담이라도 말이야. 그자는 끔찍하게 어리석지만, 그게 그자의 힘이야. 그자는 교활해, 짐승처럼 교활해. 그자는 어떻게 하면 내 화를 돋울 수 있는지 알아. 그자는 내가 자기를 믿는다고 비웃으면서 그걸로 자기 말을 듣게 만들었어. 그자는 아이처럼 나를 속였어. 하지만 나에 대해 많은 입바른 소리를 하기도 했지. 나는 절대로 스스로에게 그런 말을 하진 못했을 거야. 알겠니, 알료샤, 알겠어.” 이반은 무척이나 진지하게 비밀 이야기를 하듯이 덧붙였다. "나는 그자가 정말로 내가 아니고, 그자이길 바랐어."

"그자가 형을 괴롭혔군요!" 알료샤가 동정 어린 눈길로 이반을 바라보며 말했다.

"나를 조롱했어! 그것도 교묘하게, 아주 교묘하게. '양심! 양심이 뭔가? 그건 나 자신이 만드는 거지. 나는 어째서 괴로워하는가? 습관 때문이다. 칠천년간의 전인류의 습관 때문이야. 그 습관을 버리면 우리는 신이 된다.' 그자는 이렇게 말했어, 그자가 이렇게 말했다고!"

"형이, 형이 아니고요?" 알료샤가 또렷이 형을 바라보다가 참지 못하고 외쳤다. "그자가 말했다고 쳐도, 그자 따윈 던져버려요, 잊어버려! 그자더러 형이 지금 저주하는 모든 걸 가져가고 다시는 얼씬도 하지 말라고 해요!"

"그래, 하지만 그자는 사악해. 그자는 나를 비웃었어. 그자는 건방지기 짝이 없어, 알료샤." 이반이 모욕감에 몸을 떨며 말했다. "그자는 나를 헐뜯었어, 갖가지로 헐뜯고 비난했어. 뻔히 내 눈앞에서 나에 대해 거짓말을 했다고. '오, 자네는 선의 위업을 실행하러 가려는 거군. 내가 아버지를 죽였다, 내가 사주해서 하인이 아버지를 죽인 거다 하고 선언하려는 거야……'"

"형," 알료샤가 그의 말을 가로막았다. "진정해요. 형이 죽인 게 아니에요. 그건 사실이 아니라고요!"

"그자가 그렇게 말했어. 그자, 그자는 그걸 알고 있어. '자네는 선의 위업을 실행하러 가려는 거군. 그런데 선을 믿진 않잖아. 그게 자네를 화나게 하고 괴롭히는 거지. 그래서 자네가 그렇게 복수심에 불타는 거야.' 그자는 나에 대해 이렇게 말했어. 그자는 자기가 무슨 말을 하는지 잘 알고 있지……"

"그건 형이 한 말이지, 그자가 한 말이 아니에요!" 알료샤가 슬퍼하며 탄식했다. "형은 병이 나서 헛것을 보고 헛소리를 하면서 스스로를 괴롭히고 있다고요."

"아니야, 그자는 자기가 무슨 말을 하는지 잘 알아. 그자가 하는 말이, 너는 자존심 때문에 가는 거고, 일어서서 이렇게 말할 거라더군. '제가 죽였습니다. 어째서 여러분은 그렇게 끔찍해하며 몸을 움츠립니까. 여러분은 거짓말을 하고 있습니다! 나는 여러분의 의견을 경멸하고, 여러분의 공포를 경멸합니다.' 이게 그자가 나에 대해 한 말이야. 그러고는 갑자기 말했어. '자네, 사람들이 자네를 칭송하기를 바라지? '범죄자에 살인자지만 얼마나 관대한 마음을 지녔는가. 형을 구하고 싶어서 자백하다니!' 하고 말이야.' 하지만 그거야말로 거짓말이야, 알료샤!" 이반이 갑자기 눈을 번득이며 외쳤다. "나는 천한 인간들의 칭송 따위 바라지 않아! 그자가 거짓말한 거야, 알료샤, 거짓말이야. 너한테 맹세해! 나는 그것 때문에 그자에게 찻잔을 던졌고, 그 녀석의 상판을 맞혔어."

"형, 진정해요, 그만해요!" 알료샤가 그를 달랬다.

"아니야, 그자는 사람을 괴롭힐 줄 알아. 그자는 잔인해." 이반은 들은 척도 않고 말을 이었다. "나는 그자가 어째서 찾아오는지 언제나 짐작하고 있었어. '자네가 자존심 때문에 간다고 쳐도, 스메르쟈꼬프는 죄가 폭로되어 유형을 갈 거고, 미쨔는 무죄가 입증될 거고, 자네는 도덕적으로만(듣고 있니, 그자는 이 말을 하면서 웃었어!) 비난받을 뿐 사람들은 자네를 칭송할 거라는 희망도 여전히 갖고 있었던 거지. 하지만 이제 스메르쟈꼬프는 죽어버렸어. 목을 맸다고. 그래도 자네는 가겠지. 갈 거야, 여전히 자네는 갈 거라고. 가겠다고 결심하지 않았나. 하지만 이런 일이 벌어졌는데 자네는 무얼 위해 가는 거지?' 무서운 말이지, 알료샤, 나는 이런 질문들을 견딜 수 없어. 누가 감히 내게 이런 질문들을 던질 수 있단 말이냐!"

"형," 알료샤는 두려움에 몸이 얼어붙는 것 같았지만, 여전히 이반이 정신을 차리게 하려는 희망을 버리지 않은 듯 그의 말을 가로막았다. "그자가 어떻게 내가 오기도 전에, 아직 아무도 몰랐고 어느 누구도 알 만한 시간이 없었는데 형에게 스메르쟈꼬프의 죽음에 대해 말할 수 있었겠어요?"

"그자가 말했어." 이반은 의심을 용납지 않는 확고한 어조로 말했다. "그자는 결국 이 말만 한 셈이야. '자네가 선을 믿는다면야 좋은 일이지. 날 믿지 않아도 좋아, 그래도 나는 원칙을 위해 가겠어, 하는 식이지. 하지만 자네는 표도르 빠블로비치와 마찬가지로 돼지새끼인데, 자네한테 선이 무슨 소용인가? 자네 희생이 아무짝에도 소용없는데 자네는 왜 가겠다는 거지? 무엇 때문에 가는지 자네 자신도 알지 못하는 거야! 오, 무엇 때문에 가는지 알 수만 있다면 자네는 뭐든 할 텐데. 자네는 결심한 것 같은가? 자네는 아직 결심하지 못했어. 밤새도록 앉아서 갈까, 가지 말까 결심하려 들겠지. 하지만 어쨌든 자네는 갈 테고, 가리라는 걸 스스로 알고 있어. 어떤 결정을 내린다 해도 그 결정은 자네한테 달린 게 아니라는 걸 스스로도 알고 있지. 자네는 차마 가지 않을 수 없어서 갈 걸세. 어째서 차마 가지 않을 수 없는지는 스스로 알아내게. 그게 자네에게 던지는 수수께끼야'라고. 그러고는 일어나서 가버렸어. 네가 오니까 그자가 가버렸다고. 그자가 나를 겁쟁이라고 불렀어, 알료샤! 그 수수께끼의(Le mot de l'énigme) 답은 내가 겁쟁이라서야! '그런 독수리는 높이 비상할 수 없지!' 그자가 이런 말을 했어, 이런 말을! 스메르쟈꼬프도 같은 소릴 했지. 그자를 죽여버려야 해! 까쨔는 나를 경멸해, 벌써 한달 전부터 알고 있었어. 이젠 리자도 경멸하려 들 테지! '자네는 칭송받고 싶어서 가는군'이라니, 짐승 같은 거짓말이야! 너도 나를 경멸하는구나, 알료샤. 이제 나는 너를 다시 증오한다. 그 악당도 증오해, 그 악당도 증오한다고! 그런 악당은 구하고 싶지 않아, 유형지에서 죽어버리라지! 그 악당이 찬송가를 부르기 시작했어! 오, 나는 내일 갈 거야, 가서 그자들 앞에 서서 모두의 눈에 침을 뱉어줄 테다!"

그는 극도로 흥분해서 벌떡 일어나 수건을 내던지고는 다시 방 안을 거닐기 시작했다. 알료샤는 조금 전에 그가 한 말을 떠올렸다. '나는 걸어다니고 말을 하고 뭔가를 봐…… 그런데 자고 있는 거야.' 바로 지금 그 일이 일어나고 있는 듯했다. 알료샤는 그의 곁을 떠나지 않았다. 달려가서 의사를 데려와야 한다는 생각이 머리에 어른거렸지만, 형을 혼자 두기가 두려웠다. 그를 맡길 사람이 아무도 없었던 것이다. 그는 여전히 쉬지 않고 지껄이고 입을 다물지 않고 또 지껄였지만 이미 전혀 소리에 맞지 않았다. 심지어는 단어도 제대로 내뱉지 못하다가 갑자기 그 자리에서 심하게 휘청거렸다. 그러나 알료샤는 때맞춰 그를 붙들 수 있었다. 이반은 고분고분 자신을 침대로 데려가게 두었다. 알료샤는 이럭저럭 그의 옷을 벗기고 자리에 눕혔다. 그리고 두시간쯤 더 그의 옆에 앉아 있었다. 환자는 미동도 없이 조용히 고른 숨을 내쉬며 깊은 잠에 빠져들었다. 알료샤는 베개를 가져와 옷도 벗지 않은 채 소파에 누웠다. 잠들기를 기다리며 그는 미쨔와 이반을 위해 기도했다. 비로소 이반의 병이 이해되기 시작했다. '오만한 결심의 고통, 깊은 양심 때문이로군!' 그가 믿지 않는 하느님과 하느님의 진리가 여전히 복종하고 싶지 않은 그의 마음을 정복한 것이다. '그래,' 베개를 베고 누운 알료샤의 머릿속에 이런 생각이 스쳤다. '그래, 스메르자꼬프가 죽었으니 이제 아무도 이반의 증언을 믿지 않겠지. 하지만 형은 가서 증언할 거야!' 알료샤는 조용히 미소를 지었다. '하느님이 승리하실 거야!' 그는 생각했다. '형은 진리의 빛 속에서 부활하든지, 아니면…… 자신이 믿지 않는 것을 섬겼다는 이유로 자신과 모든 이에게 복수하며 증오 속에서 파멸하겠지.' 알료샤는 슬픈 마음으로 이렇게 덧붙이고는 이반을 위해 다시금 기도했다.

제12편
오심

1. 운명적인 날

앞서 얘기한 사건이 있은 다음날 아침 10시에 우리 지방법원의 법정이 열려 드미뜨리 까라마조프에 대한 재판이 시작되었다.

여기서 미리 강조해서 말해둘 것이 있다. 나는 법정에서 일어난 모든 일을 마땅히 상세하게, 순서대로 충실히 전달하는 것은 완전히 내 능력 밖의 일이라고 생각한다. 모든 것을 기억해서 모든 것을 제대로 설명하려면 책 한권이, 그것도 아주 두꺼운 책 한권이 필요할 듯하다. 그러니 내게 개인적으로 충격을 주었고 특별히 기억나는 것만을 전달한다고 해서 불평하지는 말기를 바란다. 내가 부차적인 것을 아주 중요한 것으로 받아들였을 수도 있고, 없어서는 안 될 가장 눈에 띄는 세부사항을 완전히 빠뜨렸을 수도 있다…… 하지만 변명은 하지 않는 것이 낫겠다. 나는 할 수 있는 만큼 할 것이고, 독자들은 스스로 내가 최선을 다했다는 것을 이해하게 될 것이다.

우선, 법정으로 들어가기 전에 그날 특히 나를 놀라게 한 일부터 언급하겠다. 그런데 그 일은 나 한 사람뿐 아니라, 나중에 알고 보니 다른 모든 사람을 놀라게 했던 것이다. 그것은 바로 다음과 같은 일이었다. 이 사건이 너무도 많은 사람의 관심을 끌었고, 그래서 모두 재판이 시작되기만을 초조하게 기다렸으며, 우리 지역의 많은 사람이 벌써 이 두달 사이에 많은 얘기를 하고 추측하고 탄식했다는 것은 모두가 알고 있었다. 이 사건이 전러시아에 알려졌다는 것 역시 모두가 알고 있었지만, 바로 그날 법정에서 드러난 바와 같이 우리 지역만이 아니라 전국 방방곡곡의 모든 사람 한명 한명에게 그토록 열렬하고 자극적인 충격을 주었으리라고는 아무도 상상하지 못했던 것이다. 그날을 즈음해 우리 주의 도시들뿐 아니라 러시아의 몇몇 다른 도시들과 마침내 모스끄바와 뻬쩨르부르그에서도 손님들이 우리 도시로 몰려들었다. 법률가들이 몰려왔고, 몇몇 저명인사들과 귀부인들 또한 도착했다. 방청권은 진즉에 동이 났다. 남자들 중에서 특별히 지체 높고 이름 있는 방문객들을 위해서는 재판이 열리는 재판석 바로 뒤에 특별석까지 마련되었다. 그곳의 한줄을 여러 귀빈이 차지했는데, 그런 일은 우리 도시에서 한번도 허용된 적이 없는 것이었다. 특히 부인들, 우리 도시와 다른 도시에서 온 부인들이 많이 보였는데, 내 생각에 그들이 전체 방청객의 절반은 되어 보였다. 여기저기서 온 법률가들만 하더라도 얼마나 많던지, 은밀한 청탁과 애걸로 방청권이 일찍이 동이 나는 바람에 어디에 앉혀야 할지 모를 지경이었다. 법정의 끝, 연단 뒤에 재빨리 임시로 특별 칸막이를 설치해 여기저기서 몰려온 법률가

들을 모조리 그 뒤로 들여보내는 것을 내 눈으로 확인했다. 자리를 아끼려고 의자를 칸막이 밖으로 전부 들어냈기 때문에 그들은 그곳에 서 있을 수 있는 것도 행운이라고 생각했고, 모여든 군중은 서로 어깨를 부딪치며 '재판' 내내 빽빽이 들어차 거의 한덩어리가 되어 서 있었다. 부인들, 특히 외지에서 온 부인들 중 몇명은 잔뜩 화려하게 차려입은 모습으로 법정의 이층 방청석에 나타났지만, 대부분의 부인들은 옷차림 따위는 잊은 듯했다. 그들의 얼굴에서는 신경질적이고 탐욕스러운, 병적일 정도의 호기심을 읽을 수 있었다. 법정에 모인 이 집단에 대해 반드시 지적해야 할 가장 눈에 띄는 특징 중 한가지는, 나중에 많은 관찰들도 입증했듯이 거의 모든 부인, 적어도 대다수가 미쨔의 편에 서서 그를 옹호했다는 점이다. 이는 주로 그가 여성의 마음을 정복한 사람이라 여겨졌기 때문인 듯했다. 부인들은 연적인 두 여인이 출두하리라는 것을 알고 있었다. 그중 한 사람, 까쩨리나 이바노브나는 특히 모든 사람의 관심을 끌었다. 그녀에 대해 희한하기 짝이 없는 얘기들이 많았고, 특히 미쨔의 범행에도 불구하고 그를 향해 그녀가 바치는 애정과 관련해서 놀라운 일화들이 회자되고 있었다. 특히 그녀의 오만함(그녀는 우리 도시 누구의 집도 거의 방문하지 않았다)과 '귀족들과의 인맥'에 대해 말이 많았다. 그녀가 유형지까지 범죄자와 동행해서 지하 탄광 어디서라도 결혼식을 올릴 수 있게 해달라고 정부에 탄원할 작정이라는 말도 떠돌았다. 사람들은 그에 못지않은 흥분 속에서 까쩨리나 이바노브나의 연적 그루셴까가 법정에 나타나기만을 기다리고 있었다. 그들은 고통스러울 정도의 호기심을 품고 두 연적, 오만한 귀족 아가씨와 '매춘부'가 재판 전에 만나기를 고대했다. 그렇지만 그루셴까는 우리 도시의 부인들에게 까쩨리나 이바노브나보다 더 유명했다. 우리 도시의 부인들은 '표도르 빠블로비치와 불행한 그의 아들을 파멸시킨 여인'인 그녀를 전부터 보아 왔고, 아버지와 아들이 '아주 평범하고 심지어 거의 아름답지도 않은 러시아 소시민 여자'한테 그 정도로 빠졌다는 데 모두가 한마음으로 놀라워했다. 나는 심지어 바로 우리 도시에서 미쨔 때문에 몇 건의 심각한 부부싸움이 있었다는 것을 잘 알고 있다. 많은 부인이 이 끔찍한 사건에 대한 견해 차이로 남편들과 대판 싸웠고, 그후로 이 부인들의 남편들이 모두 피고에게 이미 우호적이지 않을 뿐 아니라 잔뜩 화가 난 채로 법정에 나타나게 된 것은 당연했다. 대체로 남성들은 여성들과는 반대로 피고에게 적대적이었다고 확실히 말할 수 있다. 엄숙하게 찌푸린 얼굴들이 보였고 심지어 완전히 적의에 찬 이들도 있었는데, 사실 그런 쪽이 더 많았다. 미쨔가 우리 도시에 머무는 동안 그중 많은 사람을 개인적으로 모욕한 것도 사실이다. 물론 어떤 방청객들은 거의 즐거워하기까지 했고 미쨔의 운명에는 상당히 무관심했지만 그럼에도 재판 중인 이 사건에 대해서는 그렇지 않았다. 모두가 재판 결과에 관심을 보였고, 사건의 도덕적 측면이 아니라 현대법적 측면을 중시하는 법률가를 제외한 대부분의 남자들이 범죄자를 단호하게 응징하기를 원했다. 모두를 흥분시킨 것은 저명한 페쮸꼬비치의 도착이었다. 그의 재능은 러시아 전역에서 유명했고, 떠들썩한 형사사건을 변호하기 위해 그가 지방에 나타난 것도 이번이 처음은 아니었다. 그가 변론을 맡으면 그 사건들은 언제나 러시아 전역에 유명해져서 오랫동안 기억되었다. 우리의 검사와 재판을 담당한 판사에 대해서도 몇가지 얘기가 떠돌았다. 우리 검사가 페쮸꼬비치와의 대결 때문에 떨고 있고, 뻬쩨르부르그에서 처음 경력을 쌓던 무렵부터 두 사람은 오랜 적수라는 얘기가 나돌았다. 뻬쩨르부르그 시절 이래 누군가에게 끊임없이 눌리면서 재능을 제대로 인정받지 못했다고 느낀 자존심 강한 우리의 이뽈리뜨 끼릴로비치가 까라마조프 집안 사건으로 그 영혼을 부활시키고 시들해진 경력을 되살릴 것을 꿈꾸고 있지만, 페쮸꼬비치만큼은 그를 두렵게 한다는 것이었다. 그러나 페쮸꼬비치 앞에서 그가 떨고 있다는 견해는 전혀 그럴듯하지 않았다. 우리의 검사는 위험 앞에서 기가 죽는 성격의 사람이 아니라 오히려 위험이 커질수록 활기를 얻는 사람이었다. 아무튼 우리의 검사가 지나치게 격정적이고 병적으로 감수성이 풍부하다는 점은 지적해둘 필요가 있겠다. 다른 사건에서 그는 자신의 혼을 모두 쏟아부어 마치 그 판결에 자신의 운명과 전재산이 걸린 것처럼 행동하기도 했던 것이다. 이를 두고 법조계 사람들은 그를 좀 비웃었는데, 그런 특징 때문에 우리 검사는 러시아 전역은 아니라 해도 우리 법정에서의 그의 소박한 지위를 고려해 짐작할 수 있는 것보다 더 큰 명성을 얻었기 때문이다. 사람들은 특히 심리학에 쏟는 그의 열정을 비웃었다. 하지만 내 생각에는 모두가 잘못 생각하고 있었다. 내가 보기에 우리 검사는 사람됨과 성격에서 많은 사람이 생각하는 것보다 훨씬 더 진지한 것 같았다. 그러나 이 병약한 사나이는 법조계 활동 초기에 첫발을 뗄 때부터 이후로도 평생토록 제대로 자리를 잡지 못했다.

우리 법정의 판사로 말할 것 같으면, 높은 교양을 갖추었고 인도적이며 가장 현대적 사상을 지닌 사람으로, 자기 직무에 실제적으로 유능하다는 것 정도만 말할 수 있겠다. 그는 자부심이 상당히 강했지만 출세에는 그다지 관심을 기울이지 않았다. 그의 삶의 주 목적은 선각자가 되는 것이었다. 더구나 그는 인맥과 재산이 있었다. 나중에 알려진 바에 따르면 그는 까라마조프 집안 사건을 상당히 열의를 갖고 바라보았지만 어디까지나 일반적인 의미에서만 그랬다. 그를 사로잡은 것은 그 현상과 그것의 분류, 그것을 사회적 토대의 산물이자 러시아적 요소의 특성을 드러내는 현상으로 바라보는 견해 등이었다. 사건의 사적 특성과 그 비극성, 마찬가지로 사건 관련자들의 개성에 대해 그는 다분히 냉담하고 추상적으로 대했는데, 그것은 마땅히 그래야만 하는 것이기도 했다.

재판이 시작되기 한참 전부터 법정은 사람들로 꽉 찼다. 우리 도시의 법정은 아주 넓은 홀로, 천장이 높고 소리가 잘 울렸다. 약간 높은 곳에 자리한 재판석 오른쪽에는 배심원들을 위한 탁자와 두 줄의 의자가 준비되어 있었다. 왼쪽에는 피고석과 변호인석이 있었다. 법정 중앙, 재판석 근처에는 '증거물'이 놓인 탁자가 있었다. 그 위에 표도르 빠블로비치의 피 묻은 흰색 비단 실내복, 살인도구로 강력히 추정되는 운명적인 구리공이, 소매가 피범벅인 미쨔의 셔츠, 피로 흠뻑 젖은 손수건을 쑤셔넣어 호주머니 뒤쪽이 피로 얼룩진 그의 프록코트, 피가 말라붙어 이제는 완전히 누렇게 변한 손수건, 미쨔가 자살하기 위해 뻬르호찐의 집에서 장전했다가 모끄로예의 뜨리폰 보리소비치가 몰래 빼낸 권총, 그루셴까에게 줄 3천 루블이 든, 수신인이 적힌 봉투, 그 봉투를 묶었던 가느다란 분홍끈, 그밖에도 많은 물건이 있었지만 일일이 언급하지는 않겠다. 방청석은 약간의 거리를 두고 떨어진 홀 깊숙한 곳에서 시작되었는데, 그 난간 앞에는 이미 증언을 마쳤지만 법정에 남아 있어야 할 증인들을 위한 의자들이 놓여 있었다. 10시에 재판장, 배석판사, 명예 조정판사로 이루어진 재판부가 등장했다. 물론 그뒤를 따라 곧바로 검사도 입장했다. 재판장은 체구가 다부지고 땅딸막한 사람으로 보통 키보다 작았고, 치질에 걸린 듯한 얼굴에 희끗희끗한 머리카락을 짧게 자르고 훈장의 붉은 리본을 두른 쉰살가량의 사람이었는데, 어떤 훈장이었는지는 기억나지 않는다. 검사는 내가 보기에, 아니 나만 아니라 모든 사람이 보기에도 창백하다 못해 얼굴이 거의 초록색이 되어 있었는데, 내가 보기에 고작 사흘 전만 해도 아주 멀쩡해 보였던 그는 어쩐지 하룻밤 사이에 부쩍 여윈 것 같았다. 재판장은 법정 감독관에게 배심원들이 모두 참석했느냐는 질문으로 말문을 열었다. 하지만 나는 이런 식으로는 얘기를 더이상 계속할 수 없다는 것을 알고 있다. 왜냐하면 많은 얘기가 제대로 들리지 않았고 어떤 것은 놓쳐서 깊이 이해하지 못했으며 어떤 것은 기억해두는 걸 잊었기 때문인데, 무엇보다 앞에서 이미 말했다시피 무슨 얘기가 있었는지, 무슨 일이 있었는지 전부 되새기자면 문자 그대로 시간도, 지면도 부족할 것이기 때문이다. 다만 배심원들 가운데 이편과 저편, 즉 변호인측과 검사측에 의해 거부된 사람은 많지 않다는 것만은 알고 있다. 열두명 배심원들의 구성은 기억한다. 네명은 우리 도시의 관리였고, 두명은 상인이었으며, 여섯명은 우리 도시의 농민과 성공인이었다. 내가 기억하기로 재판이 시작되기 한참 전부터 우리 도시 사람들은, 특히 부인들이 약간의 놀라움을 품고 묻곤 했다. "이렇게 미묘하고 복잡하고 심리적인 사건을 결과적으로 관리 나부랭이와 농민 들의 심판에 맡기다니, 그런 관리들 따위가, 더구나 농부들이 무얼 제대로 이해할 수 있을까요?" 사실 배심원단에 참여한 네명의 관리 모두 지위가 낮은 하급관리에다 나이도 많았다. 그중 한명만이 좀 젊은 축에 속할 뿐 다들 우리 사회에서 이름도 알려지지 않은데다 적은 봉급으로 겨우 먹고살면서 틀림없이 어디에도 내보일 만하지 못한 늙은 부인과 맨발로 돌아다닐 법한 여러 자식을 부양하고, 여가시간이면 번번이 어딘가에서 카드놀이나 하며 시간을 보낼 뿐 책이라고는 한줄도 읽지 않을 게 당연한 사람들이었다. 두 상인은 점잖은 모습이었지만 어쩐지 이상하리만큼 과묵하고 자세가 굳어 있었다. 그중 한 사람은 턱수염을 밀고 독일식 옷차림을 하고 있었고, 다른 이는 잿빛 수염을 기르고 어깨에 두른 붉은 띠 위에 무슨 메달을 달고 있었다. 상공인과 농민에 대해서는 따로 말할 것도 없다. 우리 스꼬또쁘리고니옙스끄의 상인들은 거의 농민이나 다름없이 농사를 짓는다. 그중 두명은 역시 독일식 차림새였고, 그래서 그런지 나머지 네 사람보다 더 지저분하고 볼품사나웠다. 그러니 예컨대 그들을 보자마자 '저런 사람들이 이런 사건에 대해 무얼 이해할 수 있을까?' 라는 생각이 참으로 떠오를 만도 했다. 더구나 그들의 얼굴은 엄숙하고 찌푸린 채라 어쩐지 이상할 정도로 위압적이다 못해 거의 위협적인 인상을 불러일으켰다.

마침내 재판장은 퇴역 9등문관 표도르 빠블로비치 까라마조프 살해사건의 공판을 시작한다고 선언했는데, 당시 그가 정확히 어떻게 표현했는지는 다 기억나지 않는다. 법정 감독관에게 피고를 데려오라는 명령이 내려졌고, 미쨔가 나타났다. 법정은 완전히 조용해져서 파리 소리도 들릴 정도였다. 다른 사람한테는 어땠는지 모르지만, 미쨔는 내게 몹시 불쾌한 인상을 불러일으켰다. 무엇보다 그는 막 새로 지은 프록코트를 입고 끔찍하게 멋을 부린 모습으로 나타났다. 나중에 알게 된 사실인데, 그는 일부러 그날에 맞춰 자신의 치수를 간직하고 있던 모스끄바의 예전 재봉사에게 프록코트를 주문했다는 것이다. 또한 그는 맵시 좋은 와이셔츠를 입고 최고급의 검은 가죽장갑을 끼고 있었다. 그는 눈길도 돌리지 않고 정면을 똑바로 보며 70센티미터쯤 되는 보폭 넓은 걸음걸이로 성큼성큼 걸어 더없이 침착한 태도로 자기 자리에 앉았다. 그 뒤를 이어 곧바로 변호인으로 그 유명한 페쮸꼬비치가 나타났고, 법정에는 일종의 억눌린 듯 무거운 웅성거림이 퍼져갔다. 그는 키가 크고 삐쩍 마른 사람으로 길고 가느다란 다리에 무척이나 길고 가늘고 창백한 손가락을 갖고 있었고, 면도한 얼굴에는 꽤 짧은 머리를 수수하게 빗어넘겼으며, 조소인지 미소인지 가끔씩 입술을 비죽이 일그러뜨렸다. 겉보기에 마흔살 정도 되어 보였다. 그의 얼굴은 눈만 아니면 그런대로 보기 좋았을 것이다. 크지 않은 그의 눈은 무표정했는데, 두 눈 사이가 보기 드물게 좁아서 그 사이를 갈라놓는 것은 길쭉하고 가느다랗게 솟은 콧대뿐이었다. 한마디로 이런 외모는 어딘지 분명히 새의 형상을 닮아서 사람들을 놀라게 했다. 그는 프록코트에 흰색 넥타이를 매고 있었다. 나는 재판장이 미쨔에게 한 첫 질문, 이름과 신분 등을 물은 것을 기억한다. 미쨔는 어쩐지 날카롭게, 뜻밖에도 큰 소리로 대답해서 재판장은 고개를 움찔하며 거의 놀라서 그를 바라보았다. 이후 심리에 소환된 사람들 명단, 즉 증인과 감정인 명단이 낭독되었다. 명단은 길었다. 증인들 중 네명은 출석하지 않았는데, 예비심문 때 이미 증언했으나 당시에는 빠리에 가 있던 미우소프, 병으로 불출석한 호흘라꼬바 부인과 지주 막시모프, 갑작스럽게 죽은 스메르쟈꼬프가 그들이었다. 마침 그의 죽음에 대한 증언이 경찰에 의해 제출되었다. 스메르쟈꼬프의 소식에 법정에는 대단한 동요와 웅성거림이 일었다. 물론 방청객 중의 많은 이들이 이 갑작스러운 자살 소식을 미처 모르고 있었던 것이다. 그러나 특히 충격적이었던 것은 미쨔의 돌발 행동이었다. 스메르쟈꼬프의 소식이 전해지자마자 그는 갑자기 자기 자리에서 법정 전체를 향해 소리쳤다.

"개 같은 녀석은 개같이 죽어 마땅하다!"[1] 변호인이 그에게 달려갔고 재판장이 또 한번 이런 일이 반복된다면 엄중한 조치를 취할 것이라고 그에게 경고했던 것이 기억난다. 미쨔는 간간이 고개를 끄덕였지만, 후회하는 기색은 전혀 없이 변호인에게 낮은 목소리로 몇번이나 되풀이해서 말했다.

"안 그러겠습니다, 안 그럴게요! 불쑥 튀어나왔습니다! 더는 안 그러겠습니다!"

그리고 물론 이 짤막한 에피소드는 배심원들과 방청객의 견해를 그에게 유리하지 못한 쪽으로 만들었다. 성깔을 드러내고 자신이 어떤 사람인지를 스스로 소개한 셈이었으니 말이다. 이런 인상을 던진 가운데 법원 서기가 기소장을 낭독했다.

기소장은 간략했지만 면밀했다. 이 사람이 어째서 구속되었는지, 어째서 재판에 회부되었는지 등에 대한 가장 주요한 이유들만 기술되어 있었다. 그럼에도 기소장은 내게 강렬한 인상을 남겼다. 서기는 또렷하고 낭랑한 목소리로 또박또박 읽었다. 이 비극 전체가 다시금 숙명적이고 냉혹한 조명을 받으며 모든 사람 앞에서 선명하게 집약되어 떠올랐다. 낭독이 끝난 뒤 재판장이 미쨔에게 위압적인 큰 목소리로 물었던 것이 기억난다.

"피고, 자신의 죄를 인정합니까?"

미쨔는 갑자기 자리에서 일어났다.

"술에 취했고 방탕하게 살았다는 죄만은 인정합니다." 그는 뜻밖에도 거의 극단적일 만큼 흥분한 목소리로 다시금 부르짖었다.

1 1842년 러시아의 낭만주의 시인 레르몬또프가 결투로 사망했다는 소식을 듣고 니꼴라이 1세가 한 말이라고 전해진다.

"나태하게 살고 싸움질을 일삼은 것도요. 저는 영원히 성실한 인간이 되고 싶었지만 그 순간 운명이 저를 꺾은 겁니다! 하지만 저의 적이자 아버지인 노인의 죽음에 대해서는 죄가 없습니다! 그 강도짓에 대해서도, 아니요, 아닙니다, 죄가 없습니다, 죄가 있을 수도 없고요. 드미뜨리 까라마조프는 비열한이지만 도둑놈은 아닙니다!"

이렇게 외친 후 그는 분명 온몸을 떨면서 자리에 앉았다. 재판장은 다시 훈계조로 짤막하게 질문에만 답하고 관련 없는 내용을 정신 나간 듯 외치지 말라고 주의를 주었다. 이어 심리에 들어가라고 명했다. 선서를 위해 모든 증인이 입정했다. 그때 나는 그들 모두를 한꺼번에 볼 수 있었다. 하지만 피고의 형제들은 선서 없이 증언하는 것이 허용되었다. 사제와 재판장이 주의사항을 훈시한 후, 증인들을 데리고 나가 가급적 떨어뜨려서 각자의 자리에 앉혔다. 그런 다음 한 사람씩 호명하기 시작했다.

2. 위험한 증인들

재판장이 검사측과 변호인측 증인들을 보호하기 위해 조를 나누었는지 어쨌는지, 어떤 순서에 따라 호명하도록 정해졌는지는 나도 모른다. 틀림없이 모든 것이 그런 구분과 순서에 따라 이루어졌을 것이다. 내가 아는 것은 다만 먼저 불려나온 것은 검사측 증인들이었다는 사실이다. 거듭 말하지만, 나는 모든 심문을 일일이 기술할 마음은 없다. 더구나 내 묘사는 어느정도는 쓸데없는 것이 될 텐데, 검사와 변호인이 변론에 들어가자 그간 청취된 모든 증언의 흐름과 의미가 그들의 입을 통해 선명하고도 마땅한 조명을 받으면서 한점으로 수렴되는 듯했기 때문이다. 그 두 사람의 훌륭한 진술을 나는 적어도 군데군데라도 완벽하게 기록해놓았고 때가 되면 여러분께 전해드릴 작정이다. 그와 마찬가지로 나는 이 소송에서 벌어진 전혀 예기치 못한 극단적인 일화 한가지도 전할 것인데, 그 일화는 법정에서 미처 변론이 시작되기도 전에 갑자기 발생해 재판의 위협적이고도 치명적인 결말에 명백한 영향을 미쳤다. 다만 여기서는 재판의 맨 처음 순간부터 이 '사건'의 특성이 모든 이가 알아챌 만큼 선명하게 부각되었다는 점만 말해두겠다. 그것은 검사측의 힘이 변호인측이 지닌 수단에 비해 비상하게 우세했다는 점이다. 준엄하기 짝이 없는 법정에서 모든 사실이 집중적으로 분류되기 시작해 점차 그 끔찍함과 피의 전모가 드러나게 된 첫 순간부터, 모두가 그 점을 단박에 알아차렸다. 이 사건은 전혀 논란의 여지가 없으며, 의혹의 소지도 없고, 본질적으로 어떠한 변론도 필요 없으며, 변론은 요식행위에 불과하고, 피고는 유죄이며 명백하게 유죄고 최종적으로 유죄라는 것을 모두가 어쩌면 제일 첫 단계부터 깨달았는지 모른다. 이 흥미로운 피고의 무죄석방을 하나같이 초조하게 갈망하던 부인들마저 모두 그가 완전히 유죄임을 확신했다고 나는 생각한다. 나아가 그가 유죄임이 그렇게까지 명백하지 않았다면 그들은 실망했을지도 모른다는 생각조차 드는데, 왜냐하면 그 경우 피고가 무죄석방되는 대단원에서 극적 반전의 효과가 없을 수도 있기 때문이다. 그럼에도 모든 부인들이 그가 무죄석방될 것이라고 거의 마지막 순간까지 전적으로 확신했다는 점은 이상한 일이다. '유죄지만, 요즘 유행하는 새로운 사상과 새로운 감정에 따라 인도주의 차원에서 무죄석방될 것이다'

운운. 이것을 보기 위해 그들은 그렇게나 조바심을 내며 이곳으로 달려왔던 것이다. 남자들은 검사와 유명한 페쮸꼬비치 간의 대결에 훨씬 더 관심을 보였다. 모두가 놀라며 자문하고 있었다. 페쮸꼬비치처럼 유능한 사람이 이렇게 가망 없는 사건, 이렇게 별 볼일 없는 사건에서 무얼 할 수 있을까? 그래서 그들은 긴장한 채 관심을 품고 그의 위대한 진행을 찬찬히 지켜보았다. 그러나 페쮸꼬비치는 제일 마지막까지, 그의 최종변론 직전까지도 모두에게 수수께끼로 남아 있었다. 경험 많은 사람들은 그에게 어떤 체계가 있고 뭔가 계획된 것이 있으며 그의 앞에 어떤 목표가 있다는 것을 느꼈지만, 그게 무엇인지 짐작하기란 거의 불가능했다. 그러나 그의 확신과 자신감은 한눈에 드러났다. 더구나 사람들은 그가 우리 도시에 머문 짧은 시간 동안, 기껏해야 사흘 정도밖에 되지 않는 기간에 사건을 놀랄 만큼 파악하고 '세밀한 부분까지 분석했다'는 점을 알고 만족스러워했다. 나중에 사람들은 예컨대 그가 어떻게 검찰측의 모든 증인을 적시에 '곤경에 빠뜨리고' 최대한 혼란스럽게 했는지, 무엇보다 어떻게 그들의 도덕적 명성을 흠집 내고 그럼으로써 자연스럽게 그들의 증인에 손상을 가했는지에 대해 이야기했다.[2] 하지만 그가 여러모로 단지 유희를 위해, 그러니까 일반적인 변호 기법을 하나도 빠짐없이 활용함으로써 일종의 법률적 과시를 하기 위해 이렇게 했다고 생각하는 이들도 있었다. 그가 모든 증언을 '손상시킴'으로써 어떤 결정적인 큰 이득을 얻어내지 못했고, 그 점은 누구보다 그가 더 잘 알고 있어서 자신의 생각, 때가 되면

2 당시 유행하던 변호 기법의 하나로, 도스또옙스끼는 이를 러시아의 유명한 법률학자이자 변호사 B. Д. 스빠소비치(1829~1906)에게서 알게 되어 『작가 일기』 1876년 2월, 2장 III에서 지적하고 있다.

갑자기 드러내 보일, 아직까지는 변호를 위해 숨겨놓은 어떤 무기를 예비로 가지고 있다고들 생각했기 때문이다. 그러나 어쨌든 우선은 자신의 힘을 의식하면서 심심풀이로 장난을 치고 있는 것 같았다. 예를 들면 표도르 빠블로비치의 예전 하인으로 '정원으로 난 문이 열려 있었다'라는 가장 엄청난 진술을 한 그리고리 바실리예비치를 심문할 때, 변호인은 자기 차례가 되자 그에게 집요하게 매달려서 질문을 퍼부었다. 그리고리 바실리예비치는 법정의 크기에도, 그의 말을 듣고 있는 어마어마한 방청객의 존재에도 전혀 당황하지 않고 평온하게, 거의 위엄 있는 태도로 법정에 출두했다는 점을 여기서 지적해둬야겠다. 그는 마르파 이그나찌예브나와 단둘이 대화를 나누듯 확신에 차서 증언했고, 그저 좀더 정중했을 따름이다. 그를 혼란스럽게 하기란 불가능했다. 검사는 처음에 까라마조프 집안의 가정사를 세세한 것까지 한참 동안 캐물었다. 그 집안의 가정사가 선명하게 표면으로 드러났다. 증인이 솔직하고 공평무사하다는 것이 눈에 보였고 귀에 들렸다. 예를 들어 그는 깊은 존경심을 품고 예전 주인을 기억하면서도, 어쨌든 그 아버지가 미쨔에게 부당했고 "아이들을 제대로 양육하지 않았으며, 자신이 아니었으면 어린 소년인 그는 만신창이가 되었을 것"이라고 미쨔의 어린 시절을 얘기하며 덧붙였다. "아들 어머니의 세습영지에 대해 아버지가 아들을 속인 것 역시 온당치 못했습니다." 표도르 빠블로비치가 재산 계산에서 아들을 속였다고 확언할 만한 어떤 근거가 있느냐는 검사의 질문에 그리고리 바실리예비치는 근거가 될 만한 사실을 아무것도 제시하지 못해 사람들을 의아하게 했지만, 그럼에도 그는 아들과의 계산이 '부당했다'면서 그에게 정확히 '몇천 루블을 더 지불했어야만 했다'는 주장을 고수했다. 검사는 표도르 빠블로비치가 미쨔에게 정말로 유산을 덜 지불했느냐는 이 질문에 유난히 집착하면서 이후에도 알료샤와 이반 표도로비치, 그리고 질문할 수 있는 모든 증인에게 예외 없이 물었지만, 아무에게서도 정확한 답변을 얻어내지 못했다는 점을 때맞추어 지적해둬야겠다. 모두가 그 사실을 확인해주었지만 아무도 명확한 증거를 제시하지 못했다. 드미뜨리 표도로비치가 쳐들어와 아버지를 때리고 다시 돌아와 죽이고 말겠다고 위협한 식사 장면을 그리고리가 묘사하자, 법정에는 음산한 분위기가 퍼져나갔다. 더구나 그 늙은 하인은 쓸데없는 말을 하지 않고 자신만의 독특한 언어로 침착하게 얘기했는데, 그게 오히려 무서울 정도의 달변으로 여겨졌다. 그는 그때 자기 얼굴을 때리고 짓밟았던 미쨔에게서 받은 모욕에 대해서는 화내지 않는다고, 이미 오래전에 용서했노라고 말했다. 죽은 스메르쟈꼬프에 대해서는 성호를 그으면서 재주 있는 젊은 놈이었지만 어리석은데다 병에 짓눌려 있었고 무엇보다 극심한 무신론자였는데, 그건 표도르 빠블로비치와 그의 큰아들[3]이 가르친 것이라는 의견을 밝혔다. 스메르쟈꼬프의 정직성에 대해서는 거의 열을 올리며 보증했고, 스메르쟈꼬프가 살아생전에 주인나리가 떨어뜨린 돈을 주웠는데 숨기지 않고 갖다바쳤으며 주인나리는 그 보상으로 '금화를 선물로 줬다'고, 그뒤로 모든 면에서 그를 신뢰했다고 전했다. 정원으로 난 문이 열려 있었다는 것에 대해서는 완강히 고수하며 보증했다. 그러나 그가 너무도 많은 심문을 받았기에 나는 다 기억할 수도 없다. 마침내 심문이 변호인에게 넘어왔고, 그는 제일 먼저 표도르 빠브로비치가 '특별한 부인'을 위해 3천 루블을 숨겨

3 그리고리는 표도르 빠블로비치의 맏아들로 미쨔가 아니라 이반을 들고 있다.

놓았던 '듯하다는' 봉투에 대해 묻기 시작했다. "그 봉투를 직접 본 적이 있습니까, 수십년 동안이나 주인과 가장 가깝게 지낸 분으로서?" 그리고리는 보지 못했고, '모두가 그것에 대해 말하게 된 그 때까지는' 그런 돈이 있다는 말을 들어본 적도 없다고 대답했다. 검사가 재산분할에 대해 질문했을 때처럼 페쮸꼬비치는 이 봉투에 대한 질문을 물을 수 있는 모든 증인에게 던졌는데, 아주 많은 이들로부터 그 얘기를 듣긴 했지만 아무도 그 봉투를 본 사람은 없다는 대답만 들었을 뿐이다. 이 질문에 대한 변호인의 집착은 모두가 아주 처음부터 알아챌 수 있었다.

"괜찮으시다면 이런 질문을 드려도 되겠습니까?" 페쮸꼬비치는 갑자기 아주 뜻밖의 질문을 던졌다. "예심에서 밝혀진 대로 당신이 그날 저녁 자기 전에 좀 나아질까 해서 아픈 허리에 문지른 발삼, 혹은 그 약술은 무엇으로 만드나요?"

그리고리는 멍하게 심문자를 바라보며 잠시 입을 다물었다가 중얼거렸다.

"세이지를 넣었습니다."

"세이지뿐이었나요? 다른 건 기억나지 않습니까?"

"질경이도 넣었습니다."

"혹여 후추도 넣지 않으셨나요?" 페쮸꼬비치가 호기심을 드러냈다.

"후추도 넣었죠."

"그뿐 아니라 다른 것들도 넣었겠죠. 그것들을 전부 보드까에 담그셨군요?"

"알코올에 담갔습니다."

법정에서 들릴락 말락 웃음소리가 일었다.

"보세요, 더구나 알코올에 담그셨군요. 등을 문지른 뒤에는 병에 있던 나머지 내용물을 부인만 아는 경건한 기도를 외면서 마시지 않았습니까?"

"마셨습니다."

"많이 마시지는 않았습니까? 대략 얼마나요? 작은 술잔으로 한 잔, 아니면 두잔?"

"물컵으로 한잔은 마셨습니다."

"물컵으로 한잔씩이나요. 어쩌면 한컵 반이었을 수도 있겠군요?"

그리고리는 입을 다물었다. 뭔가를 깨달은 것 같았다.

"순純알코올을 한컵 반이나 마셨다면 기분이 꽤 괜찮았을 것 같은데, 어떻게 생각하시나요? 정원으로 난 문만이 아니라 '천국 문이 열린 것'[4]도 볼 수 있지 않았을까요?"

그리고리는 여전히 침묵했다. 법정 안에 다시 웃음이 훑고 지나갔다. 재판장은 몸을 들썩이기 시작했다.

"확실히 모르시는 것 아닌가요?" 페쮸꼬비치는 점점 더 파고들었다. "정원으로 난 문이 열린 걸 보았다는 그 순간 혹시 주무시고 있었는지 아닌지, 정말 아시겠습니까?"

"제 두 발로 서 있었습니다."

"그것이 주무시고 있지 않았다는 것을 증명해주지는 못합니다." (또다시 법정에 웃음이 일었다). "만일 그 순간 누군가가 당신에게 뭔가를 물었다면, 예컨대 올해가 몇년도인지 같은 질문을 했다면 당신은 대답하실 수 있었겠습니까?"

4 요한의 묵시록 4:1 "그 뒤에 나는 하늘에 문이 하나 열려 있는 것을 보았습니다"에서 나온 구절이다.

"그건 모르겠습니다."

"올해가 몇년도인지, 우리식 연대 계산으로 지금이 기원후 몇년인지 모른단 말씀입니까?"

그리고리는 당황한 기색으로 자신을 괴롭히는 사람을 뚫어지게 바라보며 서 있었다. 이상하게도 그는 정말로 올해가 몇년도인지 모르는 것 같았다.

"혹시 당신 손에 손가락이 몇개인지는 아십니까?"

"저는 남의 집에서 종살이를 하는 사람입니다." 그리고리가 갑자기 큰 소리로 또박또박 끊어 말했다. "높으신 분께서 저를 조롱하는 게 좋으시다면, 저는 참을 수밖에 없지요."

이 말에 페쮸꼬비치는 약간 당황했고, 재판장이 개입하면서 좀 더 적합한 질문을 던져야 한다고 변호인에게 훈계조로 상기시켰다. 페쮸꼬비치는 그 말을 경청하고 품위 있게 절한 뒤 심문을 마치겠다고 선언했다. 물론 방청객에게도 배심원들에게도, 그런 치료를 받은 상태에서는 '천국 문을 보았을' 수도 있다는 것과 더구나 지금이 기원후 몇년인지도 모르는 사람의 증언이라는 데 대해 손톱만 한 의심이라도 남게 되었고, 어쨌든 변호인은 소기의 목적을 달성한 셈이었다. 그러나 그리고리가 나가기 전에 또다른 에피소드가 벌어졌다. 재판장이 피고를 향해 이 증언과 관련해 뭔가 할 말이 있느냐고 물었을 때였다.

"문 얘기 말고는 모두 사실대로입니다." 미쨔가 큰 소리로 외쳤다. "제 머리를 빗기고 이를 잡아준 데 감사하고, 제가 때린 것을 용서해줘서 고맙습니다. 저 노인은 평생 정직했고, 700마리의 푸들만큼이나 아버지에게 충성스러웠습니다."

"피고, 단어를 잘 선택하세요." 재판장이 엄중하게 말했다.

"저는 푸들이 아닙니다." 그리고리가 투덜거렸다.

"그렇다면 제가 푸들입니다, 제가!" 미쨔가 소리쳤다. "모욕적이라면 그 말은 제게 돌리고, 저 노인에게는 용서를 구합니다. 저 노인에게 저는 짐승처럼 잔혹했습니다! 이솝한테 역시 잔혹했습니다."

"이솝이라니 그건 또 무슨 소립니까?" 재판장이 또다시 엄중하게 문제를 제기했다.

"삐에로…… 제 아버지, 표도르 빠블로비치 말입니다."

재판장은 다시 한번 위압적이고 엄중하게 단어와 표현을 더 신중하게 선택하라고 미쨔에게 지적했다.

"이런 식으로 하면 당신 스스로 재판관들의 의견에 불리한 영향을 미칠 뿐입니다."

증인 라끼찐을 심문할 때도 변호인은 꼭 마찬가지로 모든 일을 대단히 솜씨 있게 처리했다. 여기서 말해둘 것은 라끼찐이 가장 중요한 증인 중 한명이었으며 검사도 두말할 것 없이 중요하게 여겼다는 점이다. 그는 모든 것을 알고 있었고, 그것도 놀랍도록 많은 것을 알고 있었으며, 모든 사람의 집에 드나들면서 모든 것을 보고 모든 사람과 이야기를 나누었고, 표도르 빠블로비치의 생애와 까라마조프 집안 모든 사람에 대해 아주 상세히 알고 있는 것으로 드러났다. 사실 그는 3천 루블이 든 봉투에 대해서는 미쨔로부터만 들어 알고 있었을 뿐이었다. 하지만 그는 선술집 '수도'에서의 미쨔의 행적, 그가 스스로 자신의 명예를 훼손한 언행에 대해 진술했고, 이등대위 스네기료프의 '수세미' 이야기도 전했다. 그러나 특수한 항목, 표도르 빠블로비치가 영지 관련 계산에서 미쨔에게 얼마나 빚진 게 있었는지에 대해서는 아무리 라끼찐이라고 해도 아무것도 말해줄 수 없었고, 그저 전반적으로 경멸스러운 성품을 지적하는 것으로 교묘히 빠져나갔다. "그러니까 아무도 이해할 수도, 규정할 수도 없는 엉망진창의 까라마조프적 특성 가운데서 그들 중 누가 죄가 있는지, 누가 누구에게 빚을 졌는지 대체 누가 파악할 수 있겠습니까?" 그는 범죄가 벌어져 재판 중인 이 비극을 모든 면에서 농노제의 낡은 풍습의 산물이자 적절한 제도가 없어 고통과 무질서에 빠져 있는 러시아의 산물이라고 묘사했다. 한마디로, 그에게 말할 수 있는 기회가 주어졌던 것이다. 이 재판에서 라끼찐 씨는 처음으로 자신을 드러내고 사람들의 주목을 받게 되었다. 검사는 증인이 이 범죄를 다룬 논문을 잡지에 기고하려 준비 중이라는 것을 알았고, 나중에 그 논문의 생각 중 몇가지를 자신의 논고에(뒤에서 보게 될 것이다) 인용하기도 했으니, 그 논문을 이미 알고 있었다는 말이 된다. 증인이 묘사한 정경은 암울하고 치명적인 것으로 부각되어서 '유죄 의견'을 강력히 뒷받침해주었다. 라끼찐의 진술은 대체로 그 사상이 독창적인데다 드높은 고상함으로 청중을 사로잡았다. 심지어 두세번 갑작스럽게 박수가 터져나오기도 했는데, 농노제와 무질서로 인해 고통받는 러시아를 언급한 바로 그 대목에서였다. 그러나 어쨌든 라끼찐은 젊은이답게 작은 실언을 했고, 변호인은 즉각 그것을 훌륭하게 이용하는 데 성공했다. 라끼찐은 물론 자신도 의식하고 있던 성공과 드높은 고상함에 취하는 바람에 그루셴까에 관해 널리 알려진 사항에 대한 질문에 답하면서 아그라페나 알렉산드로브나를 '상인 삼소노프의 첩'이라고 약간 경멸하듯 칭하고 말았던 것이다. 페쮸꼬비치가 즉각 그 단어를 들어 꼬투리를 잡는 바람에 그는 그 말을 되돌리기 위해 값비싼 대가를 치러야만 했다. 이 모든 것은 변호인이 그렇게 짧은 시간에 그렇게 내밀하고 세세한 부분까지 사건을 파악하고 있으리라고 라끼찐이 전혀 예상치 못했기 때문에 벌어진 일이었다.

"죄송합니다만," 변호인은 자기가 심문할 차례가 되자 아주 상냥하고 공손하기까지 한 미소를 짓고 입을 뗐다. "당신은 물론 관구감독청이 발간한 소책자 『작고하신 장상 조시마 신부 생애전』을 쓰신 바로 그 라끼찐씨가 맞으시죠? 저는 심오한 종교적 사상으로 충만하고 신부님께 바치는 뛰어나고 경건한 헌사까지 들어 있는 그 책을 얼마 전에 아주 만족스럽게 읽었습니다."

"출간하려고 쓴 건 아닙니다…… 나중에 출간이 되었지만요." 라끼찐은 뭔가 얼이 빠진 듯 거의 수치심까지 비치며 중얼거렸다.

"오, 그것참 멋지군요! 당신 같은 사상가는 모든 사회 현상에 아주 폭넓게 관여할 수 있고 그래야 합니다. 주교님의 후원으로 선생의 아주 유익한 소책자는 세상에 퍼져 상당히 유익한 영향을 미치고 있습니다…… 그런데 저는 당신한테서 한가지 꼭 알고 싶은 게 있습니다. 당신은 방금 스베뜰로바양와 아주 가까운 사이였다고 말씀하셨지요?"(특별히 언급해두는데Nota bene, 그루셴까의 성은 '스베뜰로바'였다. 나는 이것을 이날 심리가 진행되는 동안 처음으로 알게 되었다.)

"제가 알고 지내는 모든 이들에 대해 책임을 질 수는 없습니다…… 저는 젊은 사람이고…… 게다가 만나는 모든 사람에 대해 책임질 수 있는 사람이 누가 있겠습니까." 이렇게 말하고 라끼찐은 온통 얼굴을 붉혔다.

"이해합니다, 충분히 이해합니다!" 페쮸꼬비치는 자신도 당황한 듯 얼른 열렬히 사과하면서 외쳤다. "다른 모든 사람과 마찬가지로 당신 역시 이곳 젊은이들이 바치는 꽃다발을 기꺼이 받아들이는 그 젊고 아름다운 여성과 친분을 맺는 데 관심을 가질 수 있지요.

하지만…… 저는 한가지를 알고 싶습니다. 스베뜰로바양은 두어 달 전에 젊은 까라마조프, 알렉세이 표도로비치를 간절히 소개받고 싶어했다고 알고 있습니다. 스베뜰로바양은 당신이 알료샤 까라마조프를, 그것도 당시 입고 있던 수도복 차림 그대로 그 집으로 데려오면 25루블을 주겠다고 약속했습니다. 그를 데려오기만 하면 곧바로 주겠다고요. 그리고 알려진 대로 그 일은 이 사건의 근거가 된 비극적 사고가 일어난 바로 그날 저녁에 성사되었습니다. 당신이 알렉세이 까라마조프를 스베뜰로바양에게 데려갔고 그때 스베뜰로바양으로부터 25루블을 사례금으로 받았는지, 저는 당신에게서 그 얘기를 듣고 싶습니다."

"그건 장난이었습니다…… 저는 왜 변호사님이 그 일에 관심을 가지는지 이유를 모르겠네요. 그건 장난으로 받은 겁니다…… 나중에 돌려주려고요……"

"그러니까 받으셨군요. 하지만 지금까지 돌려주지 않으셨고요…… 아니면 돌려주셨습니까?"

"그건 별것도 아닌 일입니다……" 라끼찐이 중얼거렸다. "저는 그런 질문에는 답하지 않겠습니다…… 물론 돌려줄 거고요."

재판장이 개입했지만 변호인은 라끼찐씨에 대한 자신의 심문은 끝났다고 알렸다. 라끼찐씨는 약간 기가 꺾여 무대를 내려왔다. 어쨌거나 그의 말로 인해 최고로 고상하다는 그의 인상은 손상되었고, 페쮸꼬비치는 그를 눈으로 배웅하면서 방청객에게 '자, 보십시오, 여러분의 고상한 고발자가 어떤 사람인지!'라고 말하는 듯했다. 미짜측에서도 아무 일 없이 지나가진 않았던 것으로 기억한다. 라끼찐이 그루셴까에 대해 언급할 때 보인 말투에 화가 난 그는 자기 자리에서 갑자기 "베르나르!" 하고 외쳤다. 라끼찐에 대한 심문이 끝난 뒤 재판장이 피고에게 뭔가 할 말이 없는지 묻자 미쨔는 날카롭게 소리쳤다.

"저 녀석은 이미 피고로 구금돼 있는 저한테서도 돈을 빌려갔습니다! 같잖은 베르나르에 출세주의자, 하느님도 믿지 않고 장상님도 속였습니다!"

물론 미쨔는 표현이 거칠다고 다시 주의를 받았지만, 어쨌든 라끼찐씨는 아주 끝장나고 말았다. 이등대위 스네기료프의 증언도 운이 좋지 않았는데, 전혀 다른 이유에서였다. 그는 더러운 옷에 더러운 장화를 신은 너저분한 모습으로 법정에 섰는데, 온갖 경고와 예비 '심사'를 받았음에도 불구하고 만취 상태로 판명되었던 것이다. 미쨔가 가한 모욕을 묻는 질문에 그는 갑자기 답변을 거부했다.

"마음대로 하쇼. 일류셰치까가 말하지 말라고 명했소. 저세상에서 하느님이 갚아주실 거요."

"누가 말하지 말라고 명했다는 거죠? 누구를 말씀하시는 겁니까?"

"일류셰치까, 내 아들요. '아빠, 아빠, 그 사람이 얼마나 아빠를 모욕한 거야!' 바위 옆에서 말했어요. 지금은 죽어가고 있습니다……"

이등대위는 갑자기 흐느끼며 재판장의 발밑에 털썩 엎드렸다. 방청객들이 웃는 가운데 그는 황급히 끌려나갔다. 검사가 노렸던 효과는 완전히 물거품이 되었다.

변호인은 계속해서 온갖 수단을 동원했고, 점점 더 자신이 얼마나 사소한 부분까지 사건을 조사했는지 보여주어 사람들을 놀라게 했다. 예를 들어 뜨리폰 보리소비치의 증언은 상당히 강렬한 인상을 불러일으켰고 물론 미쨔에게는 지극히 불리한 것이었다. 그는 사건이 일어나기 한달쯤 전에 미쨔가 처음 모끄로예의 자기 집에 왔을 때 쓴 돈이 족히 3천 루블은 된다고, '그보다 적다 해도 조금 적게' 썼을 것이라고 손가락을 꼽으며 헤아렸다. "집시여자들한테 뿌린 돈만 해도 얼만데요! 이가 들끓는 농민들에게도 '길에서 50꼬뻬이까씩 뿌리는' 정도가 아니라 작게 잡아도 25루블짜리 지폐 한장씩은 선물로 주었고 절대 그 이하로 주진 않았습니다요. 그 사람들이 그때 그냥 돈을 얼마나 훔쳤는지! 도둑놈은 안 그래도 손을 내버려두지 않는데, 본인이 돈을 뿌려대는데 대체 어떻게 도둑을 잡겠습니까! 우리나라 민중은 죄다 도둑이라서 영혼이고 뭐고 안중에도 없습죠. 처녀애들, 우리 시골 처녀애들은 또 어떻고요! 그뒤로 우리 마을은 부자가 됐습니다, 전에는 가난하던 것들이요." 한마디로, 그는 모든 지출 내역을 상기해서 정확히 계산해냈다. 그렇게 해서 1,500루블만 썼고 나머지는 부적주머니에 넣어두었다는 가정은 생각도 못 하게 되었다. "제 눈으로 봤습니다, 저분 손에 3천 루블이 1꼬뻬이까처럼 쥐여져 있는 걸요. 제 두 눈으로 똑똑히 봤습죠. 우리 같은 사람이 계산 하나 못 할까봐서요!" 뜨리판 보리소비치는 온 힘을 다해 '당국'의 비위를 맞추려 애쓰면서 이렇게 외쳤다. 그러나 변호인 심문으로 넘어오자, 변호인은 그 증언을 반박해보려고도 하지 않고 갑자기 미쨔가 체포되기 한달 전, 즉 모끄로예에서의 첫번째 술판 때 취해서 현관방 바닥에 떨어뜨린 100루블을 마부 찌모페이와 농민 아낌이 뜨리폰 보리소비치에게 주워다주자 그가 그들에게 그 대가로 1루블씩 주었다는 말부터 시작했다. "그러니까 그때 당신은 그 100루블을 까라마조프씨에게 돌려주었습니까, 안 돌려주었습니까?" 뜨리폰 보리소비치는 핑계를 대려 했지만, 농민들까지 심문을 받은 후에는 100루블을 전달받은 것을 인정했다. 다만 그때 드미뜨리 표도로비치에게 전액을 깨끗이,

'아주 정직하게' 돌려주었지만 그때 그분이 너무 취해서 제대로 기억하지 못할 것'이라고 덧붙였다. 어쨌든 농민들을 증인으로 불러내기 전까지 그는 100루블을 발견한 사실을 부인했기 때문에, 취한 미쨔에게 그 돈을 돌려주었다는 그의 진술은 자연히 큰 의심을 사게 되었다. 이렇게 해서 검사가 내세운 가장 위험한 증인들 중 한 명이 또다시 의심을 사고 몹시 체면을 구긴 채 물러갔다. 폴란드인들에게도 같은 일이 벌어졌다. 그들은 오만하고 당당하게 등장했다. 그들은 첫째, '둘 다 국왕을 위해 복무한 몸이며' '미쨔씨'는 그들의 명예를 매수하기 위해 3천 루블을 제안했고, 그들 눈으로 그의 손에 큰돈이 쥐여진 것을 보았다고 소리 높여 증언했다. 빤 무샬로비치는 진술할 때 지독할 만큼 폴란드어를 많이 섞어 썼고, 그것이 재판장과 검사의 눈에 자신의 위상을 높여준다고 생각하자 마침내 완전히 기세등등해져서 폴란드어로만 진술했다. 그러나 페쮸꼬비치는 그들조차 자신의 그물로 사로잡아버렸다. 다시 불려나온 뜨리폰 보리소비치는 발뺌하려 했지만, 어쨌든 결국에는 그가 가져다준 카드 한벌을 브루블렙스끼가 자기 것으로 바꿔치기했고 빤 무샬로비치가 반끄 게임에서 사기도박을 했음을 인정해야만 했다. 깔가노프도 자기 차례가 되어 증언하면서 이를 다시 확인해주었고, 두 폴란드인은 망신을 당한 채 방청객들의 웃음소리를 들으며 자리를 떴다.

그뒤로도 가장 위험한 증인들 거의 모두에게 똑같은 일이 벌어졌다. 페쮸꼬비치는 그들 모두에게 도덕적으로 창피를 주고 그들의 기를 죽였다. 재판 애호가들과 법률가들은 감탄을 거듭하면서도 이 모든 것이 크고 결정적인 무언가에 기여할 수 있을지 의구심을 품고 있었다. 거듭 말하지만 모두가 비극적으로 기울어만 가는 그의 유죄 판결을 돌이킬 수 없는 것으로 느끼고 있었기 때문이다. 그러나 사람들은 '위대한 마법사'의 자신만만함과 태연함을 지켜보며 기대감을 품었다. '저런 사람'이 괜히 뻬쩨르부르그에서 왔을 리 없으며, 빈손으로 돌아갈 위인이 아니라는 것이었다.

3. 의학적 감정과 호두 한 근

의학적 감정鑑定 역시 피고에게 그다지 도움이 되지는 못했다. 나중에 드러나기로 페쮸꼬비치 역시 그것에 그다지 기대를 걸지 않았던 듯하다. 기본적으로 이것은 오로지 모스끄바에서 일부러 유명한 의사를 불러온 까쩨리나 이바노브나의 완강한 요청 덕분에 이루어진 일이었다. 물론 그런다고 변호가 잘못될 리 없었고, 더 바람직한 경우에는 뭔가 유리해질 수도 있었다. 하지만 의사들 간에 약간의 의견 차이가 있어 좀 우스꽝스러운 상황이 벌어졌다. 감정을 맡은 전문가들은 우리 도시에 초빙된 유명한 의사와 우리 도시의 의사 게르쩬시뚜베, 마지막으로 젊은 의사 바르빈스끼였다. 뒤의 두 사람은 검사의 소환을 받았고, 그냥 증인으로도 출석했다. 감정인 자격으로 첫번째로 심문을 받은 사람은 게르쩬시뚜베였다. 그는 반백의 벗어진 머리에 중키, 다부진 체격의 칠순의 노인이었다. 우리 도시에서는 모두 그를 높이 평가하고 존경했다. 그는 양심적인 의사였고 훌륭하고 경건한 사람으로 헤른후트파 내지 '모라비아형제단'[5]에 속했는데, 나도 정확히는 모르겠다. 그는 이미 오래

5 18세기에 독일 작센주 헤른후트에서 일어나 18~19세기 러시아에 확산된 종교·사회운동. 사람들의 도덕적 재교육을 표방했다.

전부터 우리 도시에서 품위를 지키며 고고하게 살고 있었다. 선량하고 인정이 많아 가난한 환자들과 농부들을 무료로 치료해주었고 그들의 초라한 움막이나 오두막을 다니며 약값을 두고 오기도 했지만, 노새처럼 고집이 셌다. 어떤 생각이 머릿속에 자리 잡으면 그의 생각을 바꾸기란 불가능했다. 마침 말이 나온 김에 하자면, 외지에서 온 유명한 의사가 우리 도시에서 머문 지 이삼일도 안 되어 의사 게르쩬시뚜베의 능력에 대해 지극히 모욕적인 평가를 했다는 것은 우리 도시의 거의 모든 사람이 아는 일이었다. 문제는 모스끄바 의사가 왕진비로 최소한 25루블 이상을 받는데도 불구하고 우리 도시의 몇몇 사람이 그가 와준 데 기뻐하며 돈을 아끼지 않고 그의 조언을 받으려 달려갔다는 점이었다. 물론 그가 오기 전까지 이 모든 환자를 치료한 사람은 게르쩬시뚜베였는데, 이제 이 유명한 의사는 가는 데마다 아주 신랄하게 그의 치료를 비판했다. 심지어 막판에는 환자가 나타나자마자 대놓고 묻기까지 했다. "자, 여기서 누가 당신을 망가뜨린 겁니까, 게르쩬시뚜베요? 허허!" 의사 게르쩬시뚜베도 물론 이 모든 일을 알고 있고 있었다. 그런데 바로 이 세명의 의사가 차례로 심문을 받기 위해 출두했던 것이다. 의사 게르쩬시뚜베는 곧장 '피고의 지적 능력이 비정상이라는 것은 자명하게 알 수 있다'라고 진술했다. 그런 뒤, 내가 이 대목에서는 생략하고 지나가겠지만, 자신의 어떤 견해를 제시하며 그는 이 비정상성은 무엇보다 피고가 이전에 했던 수많은 행동에서뿐 아니라 지금 이 순간에도 발견된다고 덧붙였다. 어떤 점에서 그것이 드러나는지 설명해달라는 요청에 노의사는 "그는 아름다운 여성을 대단히 좋아하는 사람이라 지금 부인들이 자신에 대해 무슨 말을 할지 많이 생각했을 것이고, 그러므로 법정에 들어설 때 부인들이 앉아 있는 왼쪽의 방청석을 보는 게 더 걸맞을 텐데, 그의 상황에 비추어볼 때 이례적이라 할 기묘한 태도로 병사처럼 꼿꼿하게 걸으며 시선은 정면을 고수했다"라는 점을 지적하며 자신의 독특한 진술을 마쳤다. 덧붙여 말해둘 것은, 그가 아주 기꺼운 마음으로 러시아어로 많은 말을 했음에도 그의 말 한마디 한마디에 독일어투가 섞여 있었다는 점이다. 그러나 그는 그런 것에 전혀 당황하지 않았다. 평생 그는 자신의 러시아어가 모범적이며 '러시아인들보다 더 낫다'고 생각하는 약점을 지니고 있었고, 러시아 속담이 세상 그 어떤 속담보다 훌륭하고 표현력이 뛰어나다고 주장하며 번번이 러시아 속담을 즐겨 쓰곤 했던 것이다. 또한 그는 대화를 나눌 때 산만함 때문인지 아주 잘 아는 단어도 갑자기 머릿속에서 달아난 듯 가장 평범한 단어들마저 잊곤 했다는 점을 지적해둬야겠다. 그것은 독일어로 얘기할 때도 마찬가지였다. 그럴 때면 그는 잃어버린 단어를 찾아 붙잡으려는 듯 자기 얼굴 앞에서 손을 휘저었는데, 사라진 단어를 찾아내기 전까지는 아무도 그에게 말을 계속하게 만들 수 없었다. 피고가 입정하면서 부인들을 바라봤어야 한다는 그의 지적은 방청객들 사이에서 속삭임의 파문을 불러일으켰다. 우리 도시의 부인들은 모두 이 노인을 좋아했고, 평생 결혼하지 않은 그가 경건하고 순결하며 여성을 최고의 이상적 존재로 바라본다는 것을 알고 있었다. 그런 만큼 그의 이 뜻밖의 지적은 몹시 이상하게 여겨졌다.

자기 차례가 되어 심문을 받은 모스끄바의 의사는 피고의 정신 상태를 심지어 '최악으로' 이상한 상태로 간주한다고 단호하게 거듭 확언했다. 그는 '정신착란'과 '편집증'에 대해 갖가지 유식한 말을 내뱉었고, 수집한 모든 사실로 미루어보아 피고는 체포 전 며칠 동안 의심할 여지 없는 병적 착란 상태에 있었으며, 만일 범죄를 저질렀다면 설사 그것을 의식하고 있었다 해도 거의 불가항력으로 한 짓으로, 그를 사로잡은 병적인 정신적 충동에 맞설 힘이 없어서 그랬을 거라고 결론지었다. 그러나 그 의사는 착란 외에 편집증도 발견했는데, 그의 말에 따르면 그것은 이미 곧장 완전한 정신이상으로 이어질 것을 예고하고 있었다.(특별히 언급해두는데Nota bene, 지금 나는 내 말로 바꿔서 전하고 있지만 의사는 아주 학술적인 전문용어를 써서 설명했다.) "그의 모든 행동은 상식과 논리에 반합니다." 의사는 말을 이었다. "제가 보지 못한 것, 즉 그 범죄와 모든 참사에 대해서는 말하지 않겠습니다만, 사흘 전에 저와 이야기를 나눌 때도 피고의 시선은 이해할 수 없을 만큼 고정되어 있었습니다. 전혀 필요치 않은데 갑자기 웃기도 했고요. 쉬지 않고 터무니없는 노여움을 표출하고, '베르나르, 에티카' 같은 이상한 말과 다른 엉뚱한 말들을 했고요." 그러나 의사는, 피고가 다른 모든 실패와 모욕에 대해서는 상당히 가볍게 회상하고 말았지만 자신이 속았다고 생각하는 3천 루블에 대해서만큼은 비상한 분노를 느끼지 않고는 말하지 못한다는 점에서 특히 그 편집증이 발견된다고 말했다. 끝으로, 조서에 따르면 그는 마찬가지로 전에도 3천 루블 얘기가 나올 때마다 거의 미친 듯이 흥분했다는데, 그럼에도 사람들은 그가 사심 없고 청렴한 사람이라고 증언한다는 것이다. "피고가 입정할 때," 모스끄바 의사는 자신의 진술을 끝맺으며 비꼬듯이 덧붙였다. "똑바로 정면을 보는 것이 아니라 부인들 쪽을 봤어야 한다는 제 학문적 동료의 견해에 대해, 저는 그 결론의 경박함뿐만 아니라 그것이 철저히 잘못된 것이라는 점을 지적해야겠습니다. 저는 피고가 자신의 운명이 결정되는 법정에 들어올 때 미동도 없이 정면만 볼 수는 없었으리라는 점, 그것이 그 순간 피고의 비정상적 정신 상태를 드러내는 징후로 간주될 수 있다는 점에 완전히 동의하지만, 그와 동시에 피고가 부인들이 있는 왼쪽이 아니라 반대로 오른쪽으로 시선을 돌려 변호인을 봤어야 한다고 주장하는 바입니다. 변호인의 도움에 피고의 모든 희망이 걸려 있고 피고의 전운명이 지금 그의 손에 달려 있으니까요." 의사는 단호하고 완강하게 자신의 의견을 표명했다. 그러나 두 사람 다음으로 심문을 받은 의사 바르빈스끼가 예기치 못한 결론을 내리면서 두 정통한 감정인 간의 견해 차이에 특별한 우스꽝스러움을 부여했다. 그가 보기에 피고는 전이나 지금이나 완전히 정상적인 상태이고, 설사 그가 체포되기 전에 진짜로 극도로 신경질적인 흥분 상태였다고 할지라도 그것은 아주 명백한 여러 이유, 질투심, 분노, 계속되는 숙취 같은 것들 때문에 충분히 일어날 수 있는 일이며, 그러므로 이런 신경질적인 상태에 지금 얘기되고 있는 특별한 '정신착란'이 포함될 리는 없다, 피고가 입정할 때 왼쪽 혹은 오른쪽을 봤어야 한다는 것에 관해서는, '자신의 변변치 못한 소견에 따르자면' 피고는 입정할 때 실제로 그랬듯이 정면을 똑바로 응시했어야 한다고 본다, 왜냐하면 바로 그의 정면에 그의 전운명이 달려 있는 재판장과 재판 구성원이 앉아 있기 때문이고, "그래서 그는 정면을 똑바로 응시함으로써 그 순간 자신의 정신이 완전히 정상임을 증명한 것입니다." 젊은 의사는 다소 흥분해서 이렇게 자신의 '변변찮은' 진술을 마무리했다.

"브라보, 의원 양반!" 미쨔가 자기 자리에서 외쳤다. "바로 그렇소!"

물론 미쨔는 제지당했지만 젊은 의사의 의견은 재판부에만큼이나 방청객에게도 아주 결정적인 영향을 미쳤다. 나중에 드러난 바에 따르면 모두가 그의 말에 동의했던 것이다. 그런데 증인으로서 심문을 받은 의사 게르쩬시뚜베가 이번에는 전혀 뜻밖에도 갑자기 미쨔에게 유리한 증언을 했다. 우리 도시에 오래 산 사람이자 오래전부터 까라마조프 집안을 잘 알고 있던 그는 검사측에 아주 흥미로운 증언을 몇가지 하고는 갑자기 뭔가 생각난 듯 덧붙였다.

"하지만 저 가련한 젊은이는 어린 시절에도, 이후에도 훌륭한 마음씨를 지녔기 때문에 비할 데 없이 훌륭한 운명을 살 수 있었을 겁니다. 그건 제가 압니다. 하지만 러시아 속담에 이런 말이 있습니다. '누군가에게 지혜가 있다면 좋은 일이지만, 지혜로운 손님이 찾아와준다면 더욱 좋은 일이다, 그때는 지혜가 두배가 될 테니……'"

"지혜가 있는 건 좋지요, 두배가 되면 더 좋고요." 검사가 참다못해 슬쩍 끼어들었는데, 그는 노인이 자신의 말이 듣는 이에게 어떤 느낌을 불러일으키는지, 남들이 자신의 말을 기다리든지 말든지 간에 언제나 둔한 감자처럼 자기만족에 빠져 자신의 독일식 재치를 상당히 높게 평가하면서 느릿느릿 장황하게 말하는 습관이 있다는 것을 이미 오래전부터 잘 알고 있었기 때문이다. 노인은 경구를 섞어 말하기를 좋아했던 것이다.

"오, 그래요, 제 말이 그 말입니다." 그가 고집스럽게 말을 가로챘다. "한 사람의 지혜도 좋지만 두배가 되면 더 좋죠. 그런데 저 사람에게는 지혜를 지닌 다른 사람이 찾아오지 않았을 뿐 아니라 그는 자신의 지혜마저 허비한 거죠…… 지혜를 어디서 놓쳤는데, 그 단어가 뭐더라, 그 단어, 자신의 지혜를 어디서 놓쳤는데, 그만 단어를 잊어버렸군요." 그가 자기 눈앞에서 손을 휘저으며 말을 이었다. "아, 그 슈파치에른[6] 말입니다."

"놀러 나갔다고요?"

"맞아요, 놀러 나갔다, 제 말이 그 말입니다. 저 사람의 지혜는 놀러 나갔다가 어딘가 깊숙한 곳까지 가서 스스로를 잃어버린 겁니다. 하지만 저 사람은 감사할 줄 아는 감수성 예민한 젊은이입니다. 오, 나는 저 사람이 아버지의 집 뒷마당에 버려진 채 엉덩이까지 흘러내린 바지에 신발도 못 신고 흙바닥을 뛰어다니던 어린 아기 때의 모습을 아주 잘 기억하고 있습니다."

정직한 노인의 목소리에 문득 다정하고 연민 가득한 울림이 서렸다. 페쨔꼬비치는 몸을 부르르 떨더니 뭔가를 예감한 듯 순식간에 그의 말에 집중했다.

"오, 그래요, 저 자신도 그때는 아직 젊었습니다만…… 저는…… 예, 저는 당시 마흔다섯살이었고, 막 이곳에 왔을 때였지요. 그때 저는 소년이 불쌍해서 스스로에게 물었습니다. 저 아이에게 한근 사주면 안 될까…… 그래요, 그런데 무엇 한근이었지? 그걸 뭐라고 부르는지 잊었네요. 아이들이 아주 좋아하는 건데, 뭐더라, 자, 그게 뭐였지……" 의사는 다시 손을 내젓기 시작했다. "나무에서 자라는 건데, 그걸 모아서 모든 사람에게 선물하지요……"

"사과요?"

"오, 아-아-닙니다! 근, 근, 사과는 개수로 세지 근으로 세진 않지요…… 아니, 아주 흔한 건데, 죄다 작고, 입안에 넣고 꽈악 깨무는 건데!"

"호두요?"

6 독일어 spaziern은 '산책하다, 거닐다' 정도의 뜻이다.

“아, 네, 호두요, 그걸 말하는 겁니다.” 의사는 전혀 단어를 찾으려 애쓴 적도 없다는 듯이 아주 침착하게 확인해주었다. “소년에게는 아무도 호두 한번 주질 않아서, 저는 아이에게 호두 한근을 사다주고 손가락을 쳐들고 말했습니다. ‘얘야, 고트 데어 파터.’ 그러자 아이는 웃음을 터뜨리고 ‘고트 데어 파터’ 하더군요. 제가 ‘고트 데어 존’ 하자 아이는 다시 웃으면서 ‘고트 데어 존’ 하고 종알거렸습니다. 제가 ‘고트 데어 하일리게 가이스트’ 하자 아이는 또 웃으며 몇번이고 ‘고트 데어 하일리게 가이스트’라고 했습니다.[7] 그러고서 저는 자리를 떴죠. 사흘째 되는 날 그 옆을 지나는데 아이가 저한테 ‘아저씨, 고트 데어 파터, 고트 데어 존’ 하고 소리를 지르는 겁니다. 다만 ‘고트 데어 하일리게 가이스트’를 잊었더군요. 그래서 아이에게 상기시켜주었고, 저는 다시금 아이가 무척 가엽게 여겨졌습니다. 그런데 사람들이 그 아이를 데려가버려서 저는 더 이상 아이를 볼 수 없었지요. 그렇게 이십삼년이 흘렀고, 어느날 아침 제가 서재에 벌써 허옇게 센 머리로 앉아 있는데 한번도 본 적 없는 혈기왕성한 젊은이 한 사람이 들어오더니 손가락을 쳐들고는 웃으면서 말하는 겁니다. ‘고트 데어 파터, 고트 데어 존, 고트 데어 하일리게 가이스트! 저는 지금 막 도착했고 그길로 호두 한근을 주신 데 감사드리러 왔습니다. 그때 제게 호두를 준 사람은 아무도 없었거든요. 선생님 한분만이 제게 호두를 주셨지요.’ 그때 저는 행복했던 제 젊은 시절과 신발도 못 신고 마당에 뒹굴던 가련한 아이가 떠올라서 깊은 감회에 젖었습니다. 그래서 말했죠. ‘어린 시절

---

7 원문은 독일어로 각기 ‘Gott der Vater, Gott der Sohn, Gott der heilige Geist’이다. 성삼위일체를 가르치는 대목으로 ‘성부이신 하느님, 성자이신 하느님, 성령이신 하느님’의 뜻이다.

에 준 호두 한근을 평생 잊지 않다니, 자네는 고결한 젊은이일세.' 저는 젊은이를 안고 축복해주었습니다. 그리고 울었죠. 젊은이는 웃었지만, 역시 울고 있었습니다…… 러시아인은 울어야 할 때 자주 웃곤 하지요. 하지만 저 사람은 울기도 했습니다. 제가 봤어요. 그런데 지금은, 맙소사!"

"지금도 울고 있습니다, 독일인 아저씨, 지금도 울고 있어요. 아저씨는 하느님의 사람이십니다!" 미짜가 자기 자리에서 갑자기 소리쳤다.

어찌 됐든 간에 이 작은 일화는 방청객에게 상당히 좋은 인상을 주었다. 그러나 미짜에게 유리한 효과를 불러일으킨 중요한 증언은 이제부터 얘기할 까쩨리나 이바노브나의 증언이었다. 변호인측(à décharge) 증인들, 즉 변호사가 소환한 증인들의 심문이 시작되었을 때, 별안간 운명은 전반적으로 미짜에게 진심 어린 미소를 짓는 것 같았다. 무엇보다 주목할 것은 이는 변호인 자신도 전혀 예기치 못한 일이었다는 점이다. 그러나 까쩨리나 이바노브나에 앞서 알료샤가 심문을 받았는데, 그는 문득 유죄 의견에서 가장 중요한 한가지 항목에 반하는, 결정적 반증으로 보이는 사실 한가지를 기억해냈다.

4. 행운이 미짜에게 미소 짓다

그것은 알료샤 자신으로서도 전혀 뜻밖의 일이었다. 그는 선서 없이 호명되었고, 내가 기억하는 한 양측 모두에게서 첫 심문부터 무척이나 부드럽고 호의적인 대접을 받았다. 이전부터 평판이 좋았던 것이 분명했다. 알료샤는 겸손하고 차분하게 증언했지만 그의 증언에는 가련한 형을 향한 것이 틀림없는 뜨거운 동정이 불쑥불쑥 튀어나오곤 했다. 질문 하나하나에 답하며 그는 형에 대해 광포하고 격정에 빠진 사람일지 모르지만 또한 고결하고 자부심 강하고 관대하며, 필요하다면 희생도 마다하지 않을 사람으로 묘사했다. 그러면서도 그는 형이 최근에 그루셴까에게 품은 열정과 아버지와의 경쟁 때문에 견딜 수 없는 상태였다는 점을 인정했다. 그러나 3천 루블이 미쨔의 머릿속에서 거의 편집증적 망상에 가까운 것으로 변했고, 그 돈을 아버지가 속여서 빼앗은 자신의 유산이라 생각했으며, 전혀 탐욕스럽지 않은 사람임에도 3천 루블 얘기를 할 때면 미칠 듯 격분했다고 인정하면서도, 형이 도둑질할 목적으로 부친을 살해했다는 가정에 대해서는 화를 내면서 부인했다. 검사가 두 '여성'이라 표현한 그루셴까와 까쨔 간의 경쟁에 관해서는 얼버무렸고, 심지어 한두가지 질문에는 아예 답하지 않으려 했다.

"최소한 형님이 아버지를 죽일 작정이라고 말한 적은 있겠지요?" 검사가 물었다. "필요하다고 판단하시면 답변을 거부해도 됩니다." 그가 덧붙였다.

"직접적으로 말한 적은 없습니다." 알료샤가 대답했다.

"그럼 어떻게요? 간접적으로요?"

"아버지를 개인적으로 증오한다고 말한 적은 한번 있습니다. 적어도…… 혐오감이 드는 순간에는…… 어쩌면 아버지를 죽이게 될까봐 두렵다고 말한 적이 있습니다."

"그 말을 듣고 그렇게 믿으셨나요?"

"믿었다고 말하기 두렵군요. 하지만 저는 언제나 어떤 고결한 감정이 운명적인 순간에 형을 구할 거라고 확신했고, 실제로 그랬습니다. 왜냐하면 아버지를 죽인 사람은 형이 아니니까요." 알료샤는 확신에 차서 법정 전체를 향해 큰 소리로 말을 맺었다. 검사는 진군나팔 소리를 들은 군마처럼 몸을 부르르 떨었다.

"증인의 확신이 전적으로 진실하다는 것을 제가 믿고 있고, 그것을 불행한 형을 사랑하는 증인의 마음에 근거한 것으로 보거나 그것과 동일시하지도 않는다는 것만큼은 안심하셔도 됩니다. 집안에서 벌어진 이 비극적인 사건 전체를 보는 증인의 독특한 시각은 예심 때 이미 잘 알려진 바 있지요. 그 시각이 무척 독특하고, 우리 검사측에서 확보한 다른 모든 증언과 배치된다는 점은 감추지 않겠습니다. 따라서 이번에는 단도직입적으로 물을 필요가 있다고 봅니다. 어떤 사실이 증인으로 하여금 그런 생각을 하게 만들었는지, 무엇이 형의 무죄와, 반대로 예심 때 이미 직접 지목하신 다른 인물의 유죄를 확신하도록 만들었는지요?"

"예심 때 저는 질문에만 답했습니다." 알료샤가 조용하고 침착하게 대답했다. "직접 스메르쟈꼬프가 범인이라고는 하지 않았습니다."

"그래도 그 사람을 지목하셨지요?"

"저는 드미뜨리형의 말을 근거로 지목한 겁니다. 아직 심문을 받기 전에 저는 형이 체포될 때 무슨 일이 있었는지, 어떻게 형이 직접 스메르쟈꼬프를 지목했는지 자초지종을 들었습니다. 저는 형이 무죄라고 전적으로 믿고 있습니다. 만일 형이 죽인 게 아니라면, 그렇다면……"

"그렇다면 스메르쟈꼬프라는 건가요? 어째서 스메르쟈꼬프입니까? 어째서 형의 무죄를 그렇게 확고히 믿게 되셨나요?"

"형을 믿지 않을 수 없습니다. 형이 제게 거짓말을 하지 않으리라는 것을 저는 아니까요. 형이 거짓말하지 않았다는 것은 얼굴을 보고 알았습니다."

"얼굴만 보고서요? 그게 증거의 전부입니까?"

"다른 증거는 갖고 있지 않습니다."

"스메르쟈꼬프의 유죄에 대해서도 형님의 말과 얼굴 표정 외에 아무런 작은 증거도 없는 거죠?"

"예, 다른 증거는 없습니다."

이 대목에서 검사는 심문을 끝냈다. 알료샤의 답변은 방청객에게 가장 실망스러운 인상을 남길 만했다. 스메르쟈꼬프에 대해서는 이미 재판 전부터 누가 무슨 얘기를 들었으며, 누가 무엇을 지적했고, 알료샤가 형에게 유리하고 하인의 유죄를 증명할 어떤 결정적인 증거들을 모았다는 소문이 우리 도시에 파다했다. 그런데 이제 보니 피고의 친동생으로서 너무도 당연한 일종의 도덕적 확신 외에는 아무 증거도 없었던 것이다.

페쮸꼬비치도 심문을 시작했다. 피고가 그, 즉 알료샤에게 아버지를 죽일 수도 있다고 한 말과 아버지의 죽음에 자신은 죄가 없다고 한 말을 언제 들었는지, 예컨대 사건이 있기 전 마지막으로 만났을 때 그 말을 들었는지 묻는 질문에 알료샤는 대답하다 말고 지금 막 뭔가가 머릿속에 떠올랐는지 갑자기 몸을 부르르 떠는 것 같았다.

"저도 완전히 잊고 있던 상황 한가지가 지금 생각납니다. 당시에는 분명히 이해할 수 없었는데, 지금은……"

그러면서 알료샤는 분명 이제 막 갑작스럽게 생각이 난 듯, 수도원으로 가던 길에 미쨔와 마지막으로 만났을 때 미쨔가 자신의 '가슴 윗부분'을 치면서 몇번이고 그에게 명예를 회복할 수단이 있다고, 그 수단이 여기, 바로 여기, 자신의 가슴에 있다고 거듭 말했던 것을 기억해냈다…… "저는 그때 형이 자기 가슴을 치면서 자신의 심장에 대해 얘기하는 거라고 생각했습니다." 알료샤가 말을 이었다. "형이 직면해 있던, 저한테조차 차마 고백할 수 없는 어떤 끔찍한 치욕에서 벗어날 힘을 자기 심장에서 찾아낼 수 있다는 말인 줄 알았어요. 고백하지만, 저는 그때 형이 아버지에 대해 말하고 있다고, 아버지한테 가서 폭력을 가할 생각에 치욕스러워 몸서리를 치고 있다고 생각했는데, 실은 형은 그때 자기 가슴의 뭔가를 가리켰던 것 같습니다. 그래서 그때 제가 속으로 심장은 그쪽 가슴에 있지 않은데, 그보다 아래에 있는데 형은 훨씬 위쪽, 여기, 바로 목 아래를 치면서 계속 그곳만 가리키는구나 하고 생각했던 게 기억납니다. 그때는 제 생각이 어리석게 여겨졌지만, 형은 그때 1,500루블을 꿰매어둔 부적주머니를 가리켰던 것 같습니다……"

"바로 그거야!" 미쨔가 자기 자리에서 갑자기 외쳤다. "그거야, 알료샤, 나는 그때 그걸 주먹으로 쳤던 거야!"

페쮸꼬비치는 당황해서 그에게 달려들어 진정하라고 간청했지만, 곧이어 다시 알료샤를 물고 늘어졌다. 알료샤는 자신의 기억에 열중해서 그 치욕이라는 것이 까쩨리나 이바노브나에게 진 빚의 절반인 1,500루블을 돌려줄 수 있는데도 그냥 갖고 있으면서 돌려주지 않고 다른 데, 그러니까 그루셴까가 동의하기만 하면 그녀를 데리고 떠나는 데 쓰기로 한 생각을 말한 것 같다는 자신의 짐작을 열심히 토로했다……

"맞아요, 바로 그거예요." 알료샤가 갑자기 흥분해서 외쳤다. "형은 그때 바로 절반, 치욕의 절반(형은 절반이라는 말을 몇번이나 했어요)을 지금이라도 자기 몸에서 떼어낼 수 있지만 그러지 못할 만큼 성격이 나약해서 불행하다고…… 그걸 할 수 없고, 그럴 힘이 없다는 걸 미리 알고 있었다고…… 외쳤습니다!"

"증인은 형이 가슴의 바로 그 자리를 쳤다는 것을 확실히, 분명하게 기억하시는 거군요?" 페쮸꼬비치가 탐욕스럽게 물었다.

"분명하고 확실하게 기억합니다. 왜냐하면 그때 이런 생각이 들었거든요. '심장은 더 아래에 있는데 왜 저렇게 높은 곳을 치는 거지?' 그때 저는 제 생각이 어리석게 여겨졌습니다…… 어리석게 여겨졌던 걸 기억합니다…… 그런 생각이 언뜻 스쳤어요. 그래서 지금 그걸 기억해낼 수 있었던 겁니다. 어떻게 그걸 지금까지 잊고 있었는지! 형은 바로 부적주머니를, 돈이 있는데도 그 1,500루블을 돌려주지 않을 거라는 의미로 가리켰던 거예요! 제가 전해들어 아는데, 모끄로예에서 체포되었을 때도 형은 소리쳤어요. 형은 까쩨리나 이바노브나에게 진 빚의 절반을(바로 절반입니다!) 갚을 방법이, 그녀 앞에서 도둑이 되지 않을 방법이 있는데도 여전히 갚을 결심을 하지 못하고 돈과 헤어지기보다 차라리 까쩨리나 이바노브나의 눈앞에 도둑으로 남을 작정을 한 것을 자기 생애에서 가장 치욕스러운 일로 생각한다고 외쳤어요! 아, 형이 얼마나 괴로워했는데요, 그 빚 때문에 얼마나 괴로워했는데요!" 알료샤는 이렇게 소리치며 말을 마쳤다.

물론 검사도 개입했다. 그는 알료샤에게 다시 한번 있었던 일 전부를 묘사해달라고 부탁했고, 피고가 정확히 자기 가슴을 치며 뭔가를 가리키는 것 같았느냐고, 어쩌면 그냥 주먹으로 가슴을 친 게 아니었느냐고 몇번이고 집요하게 되물었다.

"주먹이 아니었어요." 알료샤가 외쳤다. "바로 손가락으로 가리켰습니다, 여기, 아주 높은 데를 가리켰어요…… 그런데 어떻게 지금 이 순간까지 그걸 새까맣게 잊을 수 있었을까요!"

재판장은 미짜에게 이 증언에 대해 할 말이 있느냐고 물었다. 미짜는 모든 것이 사실 그대로라고, 자신은 자신의 가슴, 목 바로 아래에 있던 1,500루블을 가리킨 것이며 물론 그것은 치욕이었다고, "제가 부인할 수 없는 치욕, 제 평생 가장 치욕스러운 짓이었습니다!"라고 외쳤다. "저는 갚을 수 있었지만 갚지 않았습니다. 그 여자 눈앞에 차라리 도둑으로 남겠다고 생각해서 갚지 않았고, 무엇보다 제일 큰 치욕은 제가 갚지 않으리라는 걸 스스로 알고 있었다는 겁니다! 알료샤 말이 맞아요! 고맙다, 알료샤!"

이것으로 알료샤의 신문이 끝났다. 여기서 중요하고도 의미심장한 점은, 단 한가지 사실이라 할지라도, 가장 작은 증거, 아니, 증거의 암시 정도에 불과하다고 할지라도 어쨌든 부적주머니가 진짜로 존재했고, 그 안에 1,500루블이 들어 있었으며, 피고가 모끄로예의 예심에서 1,500루블이 '내 것'이었다고 외쳤을 때 그 말이 거짓말이 아니었다는 것을 조금이나마 증명해줄 사실이 발견되었다는 것이다. 알료샤는 기뻤다. 온통 얼굴이 상기되어 자신의 지정석으로 돌아가면서 그는 한참 동안 혼잣말로 "어떻게 잊을 수 있지! 어떻게 이걸 잊을 수 있었을까! 어떻게 지금에야 갑자기 기억날 수가 있지!" 하고 되풀이했다.

까쩨리나 이바노브나에 대한 증인신문이 시작되었다. 그녀가 나타나자마자, 법정에는 뭔가 예사롭지 않은 분위기가 감돌았다. 부인들은 오페라글라스를 집어들었고, 남자들은 동요하기 시작했으며, 어떤 사람들은 더 잘 보려고 자리에서 일어나기도 했다. 나중에 모두가 이구동성으로 말하기로는 그녀가 들어오자마자 미짜가 갑자기 '종잇장처럼' 창백해졌다고 했다. 온통 검은 옷을 차려입은 그녀는 겸손하게, 거의 겁을 먹은 듯 지정석으로 다가갔다. 얼굴 표정만으로는 그녀가 흥분해 있다는 것을 알아챌 수 없었지만, 그녀의 어둡고 우울한 시선에는 결연함이 빛나고 있었다. 나중에 많은 사람이 단언했듯이, 그 순간 그녀는 놀랄 만큼 아름다웠다는 것을 말해두어야겠다. 그녀는 조용하면서도 법정 전체에 다 들리도록 분명한 목소리로 말했다. 그녀는 지극히 차분하게, 혹은 최소한 차분하려고 노력하면서 증언을 시작했다. 재판장은 '어떤 금선禁線'을 건드릴까봐 두려운 듯 조심스럽게, 큰 불행을 겪은 이를 존중하여 대단히 정중하게 질문하기 시작했다. 그러나 까쩨리나 이바노브나는 받은 질문 중 하나에 답하며 첫마디부터 "저이 스스로 저를 버리지 않는 한……" 자신이 피고의 정식 약혼녀라고 단호하게 선언했다. 친척들에게 송금해달라고 미쨔에게 맡긴 3천 루블에 대해 묻자 그녀는 분명하게 말했다. "저는 당장 우편으로 송금해달라고 그 돈을 저이에게 준 건 아니었습니다. 그때 저는 그 돈이 저이에게 무척 필요하다고 느꼈거든요…… 그 순간에요…… 저는 원한다면 한달 안에만 송금해주면 된다는 조건으로 3천 루블을 주었습니다. 나중에 저이가 그 빚 때문에 자신을 괴롭힌 건 공연한 짓이었어요……"

나는 모든 질문과 답변을 일일이 전하지는 않을 생각이고 그녀가 한 증언의 핵심적 의미만 전하도록 하겠다.

"저는 드미뜨리가 아버지로부터 돈을 받기만 하면 언제든 3천 루블을 송금할 거라고 굳게 믿고 있었습니다." 그녀는 질문에 답하며 말을 이었다. "저는 드미뜨리가 욕심이 없고 정직하다고 늘 믿고 있었어요…… 돈 문제에서는…… 너무도 정직하다고요. 드미뜨리는 아버지로부터 3천 루블을 받을 거라고 확신하고 있었고, 몇번이고 제게 그렇게 말했습니다. 저는 저이와 아버지 사이에 불화가 있다는 것을 알고 있었고, 지금까지도 저이가 아버지에게 부당하게 대접받았다고 확신하고 있습니다. 저는 저 사람이 아버지에게 위협을 가한 경우를 단 한번도 기억하지 못합니다. 저이는 최소한 제가 있는 데서는 어떠한 위협의 말도 한 적이 없습니다. 만일 그때 저이가 제게 오기만 했더라면, 저는 당장 제게 빚진 그 불운한 3천 루블로 인한 저이의 불안을 잠재웠을 겁니다. 하지만 저이는 더이상 제게 오지 않았고…… 저 자신은…… 저이를 부를 수 있는…… 그런 처지가 아니었습니다…… 그리고 저는 그 빚을 갚으라고 저이에게 요구할 만한 아무런 권리도 없습니다." 그녀는 갑자기 이 말을 덧붙였고, 그녀의 목소리에서는 어떤 단호함이 느껴졌다. "저 자신이 예전에 저이에게 3천 루블보다 훨씬 많은 돈을 빚진 적이 있습니다. 당시 저는 빚을 갚을 수 있을지 전혀 예측할 수 없는 상황이었는데도 저이의 돈을 받았습니다……"

그녀의 어조에는 어딘지 도전적인 느낌이 들어 있었다. 바로 그 순간 페쮸꼬비치가 심문할 차례가 되었다.

"그건 아직 이곳에 오기 전, 두분이 알게 된 초기에 있었던 일이지요?" 페쮸꼬비치는 단박에 뭔가 유리한 점을 느끼고 조심스럽게 접근하며 말을 받았다.(사실상 바로 까쩨리나 이바노브나에 의해 초빙되었음에도 불구하고, 그는 미쨔가 아직 저쪽 도시에 있을 때 그녀에게 준 5천 루블과 '땅에 닿을 듯한 절'에 대해 아무것도 몰랐다는 점을 이 괄호 안에서 지적해두어야겠다. 그녀는 그 일을 그에게 말하지 않고 감추었던 것이다! 이는 놀라운 일이었다. 그녀 자신이 마지막 순간까지도 그 일을 법정에서 얘기할 것인지 안 할 것인지 모르는 채 일종의 영감 같은 것이 떠오르기를 기다렸다는 것이 아마도 정확한 추측일 것이다.)

아니, 나는 그 순간을 결코 잊을 수 없다! 그녀는 이야기하기 시작했다, 모든 것을. 미쨔가 알료샤에게 얘기해준 그 사건, '땅에 닿을 듯한 절'과 그 이유, 아버지에 대해서, 자신이 미쨔의 방에 찾아간 것까지 전부 이야기했지만, 미쨔 자신이 그녀의 언니를 통해 '돈을 받으려면 까쩨리나 이바노브나를 보내라'고 제안했다는 것에 대해서는 단 한마디 암시조차 하지 않았다. 그녀는 관대하게도 그 사실을 감추고 제 발로 간 것이라고, 당시 자신이 젊은 장교에게 뭔가를 기대하는 마음으로…… 그에게 돈을 부탁하기 위해 자신의 충동에 끌려 달려갔던 것이라고 털어놓기를 부끄러워하지 않았다. 그것은 정말 충격적인 무엇이었다. 나는 그 이야기를 들으면서 등골이 서늘해져서 몸을 떨었고, 법정은 그 말 한마디 한마디를 숨죽여 들으며 얼어붙었다. 여기에는 유례없는 어떤 것이 있었는데, 그녀처럼 모든 것을 자기 뜻대로 하려 하고 남을 업신여기듯 오만한 아가씨에게서 그런 솔직한 증언, 그런 희생, 그런 자기희생을 기대하기란 거의 불가능했던 것이다. 게다가 무엇 때문에, 누구를 위해 이러는 것인가? 자신을 배신하고 모욕한 남자를 구하기 위해, 그에게 유리하도록 좋은 인상을 불러일으켜 아주 조금이나마 그의 구원에 도움이 되기 위해서다! 그리고 실제로, 인생에서 자신에게 남은 모든 것, 마지막 돈 5천 루블을 내주고 순진한 아가씨에게 존경심을 품고 절하는 장교의 모습은 상당히 훌륭하고 매력적으로 떠올랐다…… 그러나 내 심장은 아프게 죄어왔다! 어쩌면 나중에 험담이 나돌 수 있겠다고 느꼈던 것이다!(나중에 정말로 그렇게 되었다, 그렇고말고!) 장교가 '존경을 담은 인사'만 하고 아가씨를 자기 집에서 내보냈다는 바로 그 대목에 대해, 나중에 온 도시 사람이 지독하게 웃어대며 어쩌면 그 이야기가 완전히 다 정확하지는 않을 수도 있다고 수군댔던 것이다. 거기에는 뭔가 '빠진 것이 있다'고들 암시하기도 했다. "빠진 게 없다 하더라도, 모든 게 사실이라 하더라도," 심지어 가장 존경받는 부인들조차 말하곤 했다. "여전히 모를 일이죠, 아무리 아버지를 구하기 위해서라도 아가씨가 그렇게 행동하는 게 정말 고결한 건지는 말이에요." 과연 까쩨리나 이바노브나처럼 똑똑하고 병적일 정도의 통찰력을 지닌 여성이 그런 말들이 나돌리라는 것을 예감하지 못했을까? 틀림없이 예감했을 테지만, 그럼에도 모든 것을 밝히기로 결심했던 것이다! 물론 그 이야기의 진실 여부에 대한 지저분한 의심은 나중에야 시작되었고, 처음 순간에는 모두가 감동을 받았을 따름이다. 재판부로 말하자면, 경건하면서도 이를테면 수줍기까지 한 조심성이 담긴 침묵을 지키며 까쩨리나 이바노브나의 말을 경청했다. 검사는 이 주제에 관해 단 한마디도 더 묻지 못했다. 페쮸꼬비치는 그녀에게 깊이 몸을 숙여 절했다. 오, 그는 거의 승리를 거둔 듯했다! 많은 것을 얻어냈던 것이다. 고결한 열정을 품고 마지막 남은 5천 루블을 내준 사람이 나중에 3천 루블을 훔칠 목적으로 오밤중에 아버지를 죽인 바로 그 사람이라는 사실은 어지간히 사리에 맞지 않았다. 최소한 페쮸꼬비치는 이제 강도 혐의만큼은 배제할 수 있었다. '사건'은 갑자기 전혀 새롭게 조명받게 되었다. 뭔가 미쨔에게 유리한 호의적인 분위기가 만들어졌다. 사람들 말로 미쨔는…… 까쩨리나 이바노브나가 증언할 때 그는 한두번 자리에서 일어나려다가 다시 긴 나무의자에 주저앉아 두 손으로 얼굴을 가렸다고들 했다. 그러나 그녀가 증언을 마치자, 그는 갑자기 그녀에게 팔을 뻗으며 울먹이는 소리로 외쳤다.

"까쨔, 어째서 나를 파멸시킨 거요!"

그러고는 온 법정이 떠나가라 통곡하기 시작했다! 그러나 그는 금세 자신을 제어하고 다시 소리쳤다.

"이제 나는 선고를 받은 거다!"

그러고는 이를 악물고 팔짱을 낀 채 그 자리에 얼어붙은 것 같았다. 까쩨리나 이바노브나는 법정에 그대로 남아 지정석에 앉았다. 그녀는 창백한 얼굴로 눈을 내리깔고 있었다. 가까이에 있던 사람들 말로 그녀는 오한이라도 난 듯 오랫동안 몸을 떨었다고 한다. 드디어 심문의 자리에 그루셴까가 등장했다.

나는 갑작스럽게 벌어져서 정말로 미쨔를 파멸시켰다고 할 수 있는 파국적 사건을 향해 다가가고 있다. 이 일만 아니었다면 최소한 죄인에게 관대한 처분이 내려졌을 것이라고 나는 확신했고, 다른 모든 사람, 모든 법률가도 그렇게 말했던 것이다. 그 사건은 이제부터 이야기할 것이다. 그러나 그전에 그루셴까에 대해 두어마디만 해두겠다.

그녀는 온통 검은 옷을 입고 어깨에는 그 멋진 검은 숄을 두른 모습으로 나타났다. 통통한 여자들이 길을 때 송종 그러듯이 그녀는 몸을 살짝 이리저리 흔들면서, 좌우로는 고개도 돌리지 않고 재판장만 뚫어져라 바라보며 유연하고 소리 없는 걸음걸이로 증언대로 다가갔다. 내가 보기에 그 순간 그녀는 아주 아름다웠고, 나중에 부인들이 확언했듯이 그렇게 창백하지도 않았다. 사람들은 그녀가 뭔가 결심한 듯 독기 어린 얼굴이었다고들 단언하기도 했다. 하지만 나는 그녀가 탐욕스럽게 스캔들에 매달리는 방청객들의 경멸과 호기심 가득한 시선을 느끼고 예민해져 있었다고 생각한다. 그녀는 경멸을 참지 못하는 오만한 성격이었고, 누군가에게 경멸받고 있다는 의심이 조금이라도 들면 즉각 반발심에 싸여 분노와 격정으로 불타오르는 그런 사람들 중 한명이었다. 물론 소심한 면도 있었고 속으로는 그 소심함을 부끄러워하기도 해서, 이때 그녀의 이야기가 들쑥날쑥하고 때로 성을 내기도, 때로 경멸에 차 있거나 아주 거칠기도 하고, 갑자기 진심에서 우러난 자아비판과 자책감으로 가득 차기도 한 것은 당연한 일이었다. 가끔 그녀는 낭떠러지로 몸을 던지듯이 말하기도 했다. "결과가 어찌 되든 상관없어요, 그래도 난 말해버릴 거예요……" 표도르 빠블로비치와 어떻게 알게 되었는지에 관해 그녀는 "다 쓸데없는 소리고, 그 사람이 저한테 치근댄 건데 제가 무슨 잘못이 있나요?"라고 잘라 말했다. 그래놓고서 일분 후에는 이렇게 덧붙였다. "모두 제 잘못이에요. 제가 이 사람 저 사람 다 골탕 먹였어요, 노인도, 그리고 저이도요. 제가 두 사람을 이렇게 만든 거예요. 모든 게 저 때문이에요." 삼소노프 이야기까지 나오자 그녀는 곧바로 "그게 무슨 상관인가요" 하고 뻔뻔스럽고 도전적인 말투로 대들었다. "그분은 제 은인이에요. 친척들이 오두막에서 저를 내쫓았을 때 그분이 헐벗은 저를 받아주셨어요." 그러나 재판장이 그녀에게 곧이곧대로 질문에만 답하고 불필요한 세부사항은 상세히 얘기하지 말라고 아주 정중하게 상기시켜주었다. 그루셴까는 얼굴을 붉히고 눈동자를 반짝였다.

그녀는 돈이 든 봉투는 본 적이 없고, 다만 표도르 빠블로비치에게 3천 루블이 든 봉투가 있다는 말을 그 '악당'으로부터 들은 적이 있다고만 말했다. "그건 다 어리석은 짓이었고, 저는 비웃었어요. 절대로 그곳에 가지 않았을 테니까요……"

"'악당'이라니, 지금 누구를 얘기하시는 건가요?" 검사가 물었다.

"그 하인, 스메르자꼬프요. 자기 주인을 죽이고 어제 목을 맨 사람 말이에요."

물론 즉시 그녀에게 질문이 떨어졌다. 그렇게 단호하게 그를 지목하는 근거가 무엇인지 물었지만, 그녀 역시 아무 근거도 가지지 않은 것으로 드러났다.

"드미뜨리 표도로비치가 직접 제게 그렇게 말했어요. 저 사람 말을 믿어주세요. 저 이간질하는 여자가 저 사람을 파멸시킨 거예요. 그러니 이 모든 건 오로지 저 여자 때문이에요, 정말이라니까요." 그루셴까는 증오심으로 온몸을 부들부들 떨다시피 하면서 덧붙였고, 그 목소리에는 독기가 어려 있었다.

또다시 그녀에게 누구를 암시하는 것이냐는 질문이 나왔다.

"저 아가씨, 바로 까쩨리나 이바노브나요. 그때 저를 자기 집으로 불러다 초콜릿을 대접하면서 저를 구슬리려 했어요. 저 아가씨는 염치라곤 거의 없는 여자라고요……"

그러자 재판장은 그녀의 말을 멈추게 하고 표현을 조심하라고 엄중하게 지적했다. 그러나 질투심 가득한 여인의 마음은 이미 불타올랐고, 그녀는 무저갱으로라도 떨어질 기세였다……

"모끄로예 마을에서 체포될 때," 검사가 상기시키며 물었다. "당신이 다른 방에서 뛰어나와 '다 내 잘못이에요, 함께 징역이라도 살러 가겠어요'라고 외친 걸 모두가 보고 들었습니다. 그 순간 이미 당신에게는 피고가 부친 살해범이라는 확신이 있었던 거죠?"

"당시 제 감정은 기억나지 않아요." 그루셴까가 대답했다. "그때는 모두가 저 사람이 아버지를 죽였다고 외쳐대서 저는 그게 제 탓이라고, 저 때문에 저 사람이 살인을 했다고 느꼈어요. 저 사람이 자기가 지은 죄가 아니라고 했을 때 저는 곧바로 그 말을 믿었고, 지금도 믿고 있고 또 앞으로도 믿을 거예요. 저 사람은 거짓말할 사람이 아니에요."

심문은 페쮸꼬비치에게로 넘어갔다. 그런데 내가 기억하기로 그는 라끼찐에 대해, 그리고 그에게 '알렉세이 표도로비치 까라마조프를 데려온 값으로' 25루블을 준 데 대해 물었다.

"그애가 돈을 받은 게 뭐가 놀랍다는 건가요." 그루셴까는 경멸과 증오를 섞어 비웃었다. "그애는 늘 제게 찾아와 돈을 달라고 귀찮게 굴었어요. 한달에 한번씩 30루블 정도 받아가곤 했죠. 대개는 유흥비로 쓰는 경우가 많았고요. 저 아니라도 먹고살 돈은 있으니까요."

"어떤 이유로 라끼찐씨에게 그렇게 관대하셨나요?" 재판장이 심하게 고개를 젓는데도 페쮸꼬비치는 그 말을 잡아챘다.

"그애는 제 이종사촌 동생이에요. 제 어머니가 그애 어머니와 자매입니다. 그애는 저를 몹시 부끄럽게 여겨서 이 도시 아무에게도 그 얘기를 하지 말아달라고 줄곧 제게 애걸했지만요."

이 새로운 사실은 모든 이에게 완전히 의외의 것이었다. 그에 대해서는 지금까지 도시 전체, 심지어 수도원에서도 아무도 아는 사람이 없었고, 심지어 미쨔도 몰랐던 것이다. 라끼진은 수치심으로 자기 자리에 앉은 채 얼굴이 잿빛으로 변했다고들 했다. 그루셴까는 아직 법정에 들어오기 전에 그가 미쨔에게 불리하게 증언한 것을 알고 그에게 화가 나 있었던 것이다. 라끼찐씨가 아까 했던 발언, 그 발언의 고상함, 농노제와 러시아 시민사회의 무질서를 꼬집은 그의 모든 언동은 이참에 완전히 무덤 속으로 들어가 여론에서 사라지고 말았다. 페쮸꼬비치는 만족했다. 또 한번 하느님께서 가호를 베푸신 것이다. 대체로 그루셴까의 심문은 그리 길지 않았고, 물론 그녀 역시 특별히 새롭게 알려줄 것은 없었다. 그녀는 방청객들에게 상당히 불쾌한 인상을 남겼다. 그녀가 증언을 마치고 법정에서 까쩨리나 이바노브나와 멀찍이 떨어진 자리에 앉았을 때, 수백개의 경멸 어린 시선이 그녀를 쏘아보고 있었다. 그녀가 심문받는 내내 미짜는 마치 돌이 된 듯 시선을 바닥에 꽂은 채 침묵을 지켰다.

이반 표도로비치가 증인으로 등장했다.

5. 갑작스러운 파국

실은 그가 알료샤보다 먼저 호명되었다는 점을 말해둬야겠다. 그러나 그때 법정 감독관이, 증인이 갑작스럽게 건강 상태가 나빠졌는지 무슨 발작이 일어났는지 당장은 출석할 수 없으며, 몸이 괜찮아지는 대로 언제든 증언할 것이라는 말을 재판장에게 전했다. 그러나 그 말을 들은 사람이 아무도 없어서 나중에야 그런 사실이 알려졌다. 그의 등장은 처음에는 거의 시선을 끌지 못했다. 중요한 증인들, 특히 연적 관계인 두 이성이 이미 심문을 마쳤기 때문에 사람들은 어느정도 호기심을 충족한 터였다. 방청석에서는 벌써 피로감마저 느껴졌다. 아직 몇몇 증인의 진술을 더 들어야 했지만, 이미 알려진 모든 것을 고려해볼 때 그들이 특별히 더 진술할 것은 없어 보였다. 시간은 빠르게 흘렀다. 이반 표도로비치는 아무도 쳐다보지 않았고, 얼굴을 찡그리고 꼭 뭔가를 생각하는 듯이 고개마저 푹 숙인 채 놀랄 만큼 느릿느릿 걸어들어왔다. 흠 잡을 데 없이 잘 차려입었지만 그의 얼굴은, 최소한 내가 보기에는 병적인 인상을 불러일으켰다. 흙이라도 바른 듯한 안색이어서 죽어가는 사람의 얼굴 같았다. 눈동자도 흐릿했다. 그는 눈을 들어 천천히 법정을 둘러보았다. 알료샤가 갑자기 자기 자리에서 일어날 듯이 하면서 "아!" 하고 신음했다. 나는 그것을 기억한다. 그러나 이를 알아챈 사람은 거의 없었다.

재판장은 그가 선서 없이 증언할 수 있는 증인이며, 증언할 수도 침묵할 수도 있지만 모든 증언은 양심에 따라 이루어져야 한다는 등의 말을 하기 시작했다. 이반 표도로비치는 그 말을 들으며 흐릿한 눈으로 그를 바라보았다. 갑자기 그의 얼굴에 천천히 미소가 번지기 시작했고, 놀라서 그를 바라보던 재판장이 말을 마치자마자 그는 돌연 웃음을 터뜨렸다.

"또 뭐가 있습니까?" 그가 큰 소리로 물었다.

법정의 모든 사람이 뭔가를 느낀 듯 찬물을 끼얹은 것처럼 조용해졌다. 재판장은 불안해하기 시작했다.

"증인은…… 아직 건강이 그다지 좋지 못하군요?" 그가 눈으로 법정 감독관을 찾으며 말했다.

"걱정 마십시오, 재판장님, 저는 충분히 건강하고, 뭔가 흥미로운 얘기를 하려 합니다." 이반 표도로비치가 갑자기 아주 침착하고 공손하게 대답했다.

"뭔가 제시하실 만한 특별한 정보가 있습니까?" 재판장이 여전히 미심쩍어하며 말을 이었다.

이반 표도로비치는 눈을 내리뜨고 몇초 동안 지체하더니 다시 고개를 들고 마치 단어를 찾듯이 더듬더듬 대답했다.

"아니요…… 없습니다. 특별한 건 아무것도 없습니다."

그에게 질문이 던져지기 시작했다. 그는 전혀 내키지 않는 듯 억지로 짧게, 심지어 점점 더 혐오감 어린 목소리로 대답했지만, 그래도 답변은 조리 있었다. 많은 질문에 그는 모른다는 이유로 답변하지 않았다. 그는 아버지와 드미뜨리 표도로비치 사이에 있었던 재산싸움에 대해서는 전혀 아는 바 없다고 했다. "그 일에는 관심을 기울이지 않았습니다." 그가 말했다. 아버지를 죽이겠다는 위협은 피고에게서 들은 적이 있다. 봉투에 든 돈 얘기는 스메르쟈꼬프로부터 들었다……

"죄다 똑같은 얘기입니다." 지친 기색으로 갑자기 그가 말을 끊었다. "제가 이 법정에 특별히 알릴 것은 아무것도 없습니다."

"보아하니 건강이 좋지 않으시군요. 증인의 심정을 이해합니다……" 재판장이 말을 시작했다.

그는 검사와 변호사 양측을 향해 필요하다고 생각되면 질문하라고 말하려 했다. 그런데 그때 갑자기 이반 표도로비치가 기진맥진한 목소리로 청했다.

"이만 퇴정하게 해주십시오, 재판장님, 몸이 아주 좋지 않습니다."

이 말과 함께 그는 허락도 기다리지 않고 갑자기 몸을 돌려 법정에서 나가려 했다. 그러나 네걸음도 채 못 가서 갑자기 뭔가를 생각한 듯이 멈추더니 조용히 미소를 짓고는 다시 자리로 돌아왔다.

"저는, 재판장님, 저 시골 처녀와 같습니다…… 그게 어떤 건지 아십니까. '내키면 폴짝 뛰고, 안 내키면 안 뛰고' 하는 거요. 사라판[8]이나 모직 치마를 들고 처녀 뒤를 쫓아다니죠. 폴짝 뛰어 일어나라고요. 일어나면 묶어서 결혼시키러 데려가는 거죠. 그럴 때 처녀가 말하는 겁니다. '내키면 폴짝 뛰고, 안 내키면 안 뛰고……'[9] 이

8 소매 없는 원피스 형태의 러시아 여성의 전통의상.

9 B. 달리 『러시아 민중의 속담』(1957)에 따르면 고대 러시아에서는 처녀가 결혼

건 우리 민족성 안에 있는 건데……"

"무슨 뜻으로 하시는 말씀입니까?" 재판장이 엄중하게 물었다.

"자, 여기요." 이반 표도로비치가 갑자기 돈다발을 꺼냈다. "여기 돈이 있습니다…… 봉투 안에 들어 있었다던 그 돈이죠." 그는 증거물들이 놓인 탁자를 고갯짓으로 가리켰다. "이것 때문에 아버지가 살해당했죠. 어디다 놓을까요? 법정 감독관, 전해주십시오."

법정 감독관은 돈다발을 받아 재판장에게 건네주었다.

"어쩌다가 이 돈이 증인 손에 들어가게 된 겁니까? 만일 이게 그 돈이라면 말입니다." 재판장이 놀라서 말했다.

"살인자 스메르쟈꼬프에게서 어제 받았습니다. 저는 그자가 목을 매기 전에 그자의 집에 갔었습니다. 아버지를 죽인 건 스메르쟈꼬프지, 형이 아닙니다. 스메르쟈꼬프가 죽였고, 제가 죽이라고 교사했습니다…… 아버지의 죽음을 바라지 않는 사람이 누가 있겠습니까?"

"증인, 제정신입니까?" 재판장의 입에서 자기도 모르게 이런 말이 튀어나왔다.

"제정신이라는 거, 바로 그게 문젭니다…… 비열하게도 제정신인 거죠. 여러분과 마찬가지로, 여기 있는 이…… 상판들과 꼭 마찬가지로 그렇게 제정신인 거요!" 그가 갑자기 방청객을 향해 몸을 돌렸다. "모두 제 아비를 죽여놓고는 놀란 척들 하고 있네." 그는 광포한 경멸감을 내보이며 부드득 이를 갈았다. "서로가 서로 앞에서 얼굴을 찌푸리고 거드름을 피우고 있지. 거짓말쟁이들! 모두가 제 아비가 죽길 바라지. 한마리 뱀이 다른 뱀을 잡아먹는 거야……

하기로 동의하면 자신의 주위에 둥그렇게 둘린 허리띠나 치마를 뛰어넘는 풍습이 있었으며, 이를 두고 "원하면 폴짝 뛴다"라고 했다.

이게 부친 살해가 아닌 게 되면, 저들 모두 화를 벌컥 내고는 사악한 얼굴로 헤어질 테지…… 구경거리! '빵과 구경거리를 달라!'[10] 하긴 나도 마찬가지야! 여기 물 좀 있나요, 없나요, 물 좀 잔뜩 마시게 해줘요, 제발!" 그는 갑자기 자기 머리를 움켜쥐었다.

곧바로 법정 감독관이 그에게 다가갔다. 알료샤가 갑자기 일어나 소리쳤다. "형은 아픕니다. 그의 말을 믿지 마세요. 형은 지금 섬망에 빠져 헛것을 보고 있어요!" 까쩨리나 이바노브나는 자리에서 벌떡 일어나 공포에 질려 꼼짝도 못 한 채 이반 표도로비치를 바라보았다. 미쨔도 자리에서 일어나 기묘하게 일그러진 미소를 띠고 삼킬 듯 동생을 바라보며 그의 말을 들었다.

"안심하세요, 저는 미친놈이 아니라 살인자일 뿐입니다!" 이반이 다시 말했다. "살인자한테 달변을 요구할 수야 없죠……" 무엇 때문인지 그는 문득 말을 더 하려다가 일그러진 미소를 지었다.

검사는 눈에 띄게 당황하여 재판장 쪽으로 몸을 기울였다. 법정의 다른 재판관들도 서로 분주하게 속삭였다. 페쮸꼬비치는 온통 귀를 세우고 그들의 말을 듣고 있었다. 법정은 얼어붙은 듯 기다리고 있었다. 재판장이 돌연 정신을 차린 것 같았다.

"증인, 증인의 말은 이해할 수 없고 여기서 할 수 있는 말도 아닙니다. 가능하면, 진정하고 말씀해보세요…… 정말로 할 말이 있다면 말입니다. 무엇으로 그 자백을 증명할 수 있습니까…… 만일 헛소리를 하고 있는 게 아니라면 말입니다."

"바로 그게 문제입니다, 증인이 없다는 거요. 개 같은 스메르쟈꼬프가 저세상에서 증거를 보내주진 않을 테니까요…… 여러분께

---

10 1세기 말 2세기 초의 로마 시인 유베날리스(Decimus Junius Juvenalis)의 "사람들이 열렬히 갈망하는 두가지는 빵과 서커스 놀이이다"라는 말을 이용한 구절이다.

는 봉투 하나면 충분하지 않나요? 저한테는 증인이 없습니다…… 그자 한놈 말고는." 그가 생각에 잠겨 슬쩍 웃었다.

"누가 증인이란 거지요?"

"꼬리 달린 놈 말입니다, 재판장님, 제대로 된 모양새는 아니겠죠! 악마는 결코 존재하지 않는다(Le diable n'existe point)! 하면서요. 신경 쓰지 마십시오, 보잘것없는 작은 악마니까요." 그는 갑자기 웃음을 그치고 비밀을 말하듯 덧붙였다. "그 녀석은 아마 여기 어딘가에 있을 겁니다. 증거물들이 있는 이 탁자 밑에 있을지도 모르죠. 거기가 아니면 그 녀석이 앉을 데가 어디 있겠습니까? 보세요, 제 말을 들어주십시오. 제가 녀석에게 말했죠, 침묵하지 않겠다고요. 그 녀석은 지질학적 변동에 대해서 말했어요…… 어리석은 소리죠! 자, 저 악당을 풀어주세요…… 저 악당은 찬양을 시작했는데, 그러면 마음이 가벼워지니까요! 술 취한 악당이 '반까는 뻬쩨르로 떠났다' 하고 꽥꽥 소리를 지른다 해도 상관없어요. 나는 이 초의 기쁨을 위해서라면 1천조의 1천조 킬로미터라도 기꺼이 바칠 텐데. 당신들은 나를 몰라요! 오, 여러분의 이 모든 짓이 얼마나 어리석은지! 자, 형 대신 저를 잡아가세요! 제가 뭐 하러 여기 왔겠습니까…… 어째서, 어째서 이 모든 게 죄다 이렇게 어리석은지!"

그는 다시 깊은 생각에 잠긴 듯 천천히 법정을 둘러보았다. 그러나 이미 모두가 술렁이고 있었다. 알료샤는 자리에서 일어나 그에게 달려가려 했지만, 법정 감독관이 이미 이반 표도로비치의 팔을 붙잡았다.

"이건 또 무슨 짓이오?" 그는 감독관의 얼굴을 뚫어지게 바라보며 외치고는 갑자기 그의 어깨를 잡아 난폭하게 바닥으로 내동댕이쳤다. 그러나 법정 경위가 제때 와서 그를 붙잡았고, 그러자 그는 미친 듯이 울부짖기 시작했다. 데리고 나갈 때까지 그는 계속해서 울부짖으면서 뭔가 앞뒤가 맞지 않는 말들을 외쳐댔다.

한바탕 소동이 일었다. 여기서 모든 것을 순서대로 언급하지는 않겠는데, 나 자신도 흥분해서 모든 것을 주시할 수 없었기 때문이다. 다만 내가 아는 것은 나중에 모두가 안정을 찾고 무슨 일인지 사태를 파악하게 되었을 때 법정 감독관이 질책을 당했다는 것뿐인데, 그는 증인이 한시간쯤 전에 가벼운 어지럼증을 느껴서 의사가 살피긴 했지만 내내 건강 상태가 양호했고 입정 전까지는 말도 조리 있게 했기 때문에 그런 일이 일어나리라고는 예측할 수 없었다고, 오히려 그 자신이 반드시 증언하겠다고 고집을 부렸다고 상부에 합리적으로 해명했음에도 그랬다. 그러나 다들 안정을 찾고 채 정신이 들기도 전에 이번에는 그 소동에 뒤이어 또다른 소동이 벌어졌다. 까쩨리나 이바노브나가 히스테리를 일으킨 것이다. 그녀는 큰 소리로 비명을 지르며 흐느꼈지만, 자리를 뜨려 하지 않고 자기를 끌고 나가지 말아달라고 끊어질 듯한 목소리로 애원하며 재판장에게 소리쳤다.

"한가지 더 증언할 것이 있습니다, 낭상…… 즉시요! 여기 서류가, 편지가 있습니다…… 가져가세요, 어서 읽어보세요, 어서요! 이건 저 악당의 편지입니다, 저 악당, 저 악당요!" 그녀는 미쨔를 가리켰다. "아버지를 죽인 사람은 저 인간입니다. 이제 보시게 될 거예요, 자기가 아버지를 죽이겠다고 저한테 편지를 썼어요! 하지만 그분은 환자입니다, 환자예요. 그분은 섬망에 빠져 헛소리를 하고 있는 겁니다! 저는 그분이 섬망에 빠진 것을 벌써 사흘 전부터 알고 있었어요!"

그녀는 정신없이 소리쳤다. 법정 감독관이 그녀가 재판장에게 내민 종이를 받았고, 그녀는 의자에 주저앉아 얼굴을 가리고 경련을 일으킨 듯 온몸을 떨면서도 법정에서 내보낼까봐 두려운 나머지 작은 신음 소리마저 억누르며 소리 없이 흐느꼈다. 그녀가 내놓은 종이는 선술집 '수도'에서 미쨔가 보낸 바로 그 편지, 이반 표도로비치가 '수학적으로 중요한' 문서라고 부른 그것이었다. 아아, 맙소사! 모두가 그 편지의 수학적 명증성을 인정했으니, 그 편지가 아니었다면 아마도 미쨔는 파멸하지 않았을 것이고, 적어도 그렇게 끔찍하게 파멸하지는 않았을 것이다! 거듭 말하지만, 나는 모든 것을 일일이 주의 깊게 살피기는 어려웠다. 지금도 내게는 모든 것이 혼란스럽다. 틀림없이 재판장은 곧바로 재판관들과 검사와 변호사, 배심원들에게 이 새로운 서류를 보여주었을 것이다. 나는 증인신문만을 기억할 뿐이다. 재판장이 그녀에게 안정을 찾았는지 묻자 까쩨리나 이바노브나는 격렬하게 소리쳤다.

"준비되었습니다, 준비되었어요! 질문에 완벽하게 답할 수 있습니다." 그녀는 분명 자신의 말을 들어주지 않을까봐 여전히 몹시 두려운 듯 덧붙였다. 법정은 그녀에게 그것이 어떤 편지인지, 어떤 상황에서 그것을 받았는지 좀더 자세히 설명해달라고 부탁했다.

"저는 그 편지를 바로 범죄가 일어나기 하루 전날 받았습니다. 저 사람은 그 편지를 그보다 하루 전에, 그러니까 범죄가 일어나기 이틀 전에 선술집에서 쓴 거지요. 보세요, 편지를 무슨 영수증에다 썼잖아요!" 그녀는 숨을 헐떡이며 외쳤다. "저 사람은 그때 저를 증오했어요. 비열한 짓을 하고 저 몹쓸 여자를 따라간데다…… 저한테 3천 루블을 갚아야 했기 때문에요…… 오, 3천 루블 때문에, 자기 자신의 저열함 때문에 모욕감을 느낀 거예요! 3천 루블이 어떻게 된 건가 하면, 여러분께 부탁드릴게요, 부디 제 얘기를 잘 들어주세요. 아버지를 죽이기 삼주 전의 어느 아침에 저 사람이 저를 찾아왔어요. 저는 저 사람에게 돈이 필요하다는 것을 알고 있었고, 무엇에 필요한지도 알고 있었어요. 바로 저 여자를 유혹해서 달아나려고 했던 거죠. 그때 저는 저 사람이 저를 배신했다는 걸, 저를 버리고 싶어한다는 걸 알았어요. 그래서 그때 제 쪽에서 직접 저 사람에게 돈을 내밀었죠. 모스끄바에 있는 제 언니에게 송금해주길 바란다는 듯이 제안한 거예요. 돈을 주면서, 저는 저 사람의 얼굴을 보고 '한달 뒤에라도' 원할 때 보내주면 된다고 했죠. 저 사람의 눈을 보며 '저 나쁜 년과 함께 날 배신하기 위해 당신에겐 돈이 필요하고, 그래서 당신에게 이 돈을, 내가 직접 이 돈을 주니 가져가. 당신이 이 돈을 가져갈 만큼 파렴치하다면!' 하고 대놓고 말한 셈인데, 저 사람이 어떻게, 어떻게 그걸 모를 수가 있었겠어요. 저는 저 사람의 민낯을 폭로하고 싶었던 거예요. 그런데 어떻게 됐죠? 저 사람은 받았어요. 돈을 받아가서는 저 몹쓸 년이랑 하룻밤 사이에 탕진해버렸습니다…… 하지만 저 사람은 알았어요, 제가 모든 걸 알고 있다는 걸 알았습니다. 여러분께 확실히 말씀드리는데, 저 사람은 그때 제가 돈을 주면서, 제게서 돈을 받아갈 만큼 자기가 그렇게, 그렇게나 파렴치한지 아닌지 시험하고 있을 따름이라는 걸 알았어요. 저는 저 사람의 눈을 똑바로 봤고 저 사람도 제 눈을 똑바로 봤으니 모든 걸 알았던 거죠. 모든 걸 알면서도 받았어요, 제 돈을 받아서 가버린 겁니다!"

"사실이야, 까쨔!" 미쨔가 갑자기 부르짖었다. "당신의 두 눈을 보고 날 파렴치하게 만들려는 걸 알았지만, 그런데도 당신 돈을 받았어! 이 비열한 놈을 경멸해줘, 계속 경멸해줘, 그래도 싸!"

"피고," 재판장이 소리쳤다. "한마디만 더하면 법정 밖으로 끌어내겠습니다."

"그 돈이 저 사람을 괴롭힌 거예요." 까짜는 초조하게 서두르며 말을 이었다. "저 사람은 그 돈을 제게 돌려주길 원했어요, 그러길 원했어요. 그건 사실이에요. 하지만 저 사람은 저 몹쓸 년을 위해서도 돈이 필요했죠. 바로 그래서 아버지를 죽인 거예요. 그런데도 어쨌든 제게 돈을 돌려주진 않았고, 저 여자와 함께 시골로 떠났다가 체포된 거죠. 거기서 저 인간은 아버지를 죽이고 훔친 돈을 또 탕진해버렸죠. 아버지를 죽이기 하루 전에 제게 그 편지를 썼을 거예요. 아마도 증오심에 차서, 설사 사람을 죽인다 해도 제가 그 편지를 아무에게도 보여주지 않으리라는 걸 알고 썼을 거예요. 안 그랬으면 쓰지도 않았겠죠. 저 인간은 제가 자기에게 복수하고 자기를 파멸시키지 않으리라는 걸 알았던 거예요! 하지만 읽어보세요. 찬찬히, 더 주의 깊게 읽어보세요. 그럼 저 인간이 편지에다 아버지를 어떻게 죽일지, 아버지 집 어디에 돈이 있는지, 모든 걸 전부 미리 묘사해놓았다는 걸 아실 거예요. 보세요, 제발 한 글자도 빼지 말고 보세요. '이반이 떠나기만 하면 죽일 거다'라고 쓴 구절이 있는 걸요. 그 말은 어떻게 죽일지 미리 생각해두었다는 뜻이죠." 까쩨리나 이바노브나는 법정에 대고 심술궂고 독살스럽게 일러바쳤다. 오, 그녀는 그 운명적인 편지를 아주 세세한 데까지 꼼꼼히 읽고 구절구절 분석한 것이 틀림없었다. "취하지 않았다면 제게 편지를 쓰지도 않았겠죠. 하지만 보세요, 거기 모든 게 미리, 나중에 아버지를 어떻게 죽일지 모든 계획이 정확하게 적혀 있어요!"

그녀는 물론 자신에게 어떤 결과가 돌아올지를 전부 무시하고 극도로 흥분해서 외쳤다. 이미 한달 전부터 증오심에 몸을 떨며 '저걸 법정에서 읽어버릴까?' 하고 상상해왔고, 이 모든 일을 예견했을 것이 틀림없었다. 하지만 이제는 산꼭대기에서 뛰어내린 셈이었다. 내가 기억하기로, 바로 그때 서기가 큰 소리로 낭독한 편지는 그야말로 충격적인 인상을 불러일으켰다. 미쨔에게 "이 편지를 인정하십니까?"라는 질문이 던져졌다.

"제가 쓴 편지입니다, 제 편지예요!" 미쨔가 소리쳤다. "취하지 않았다면 안 썼을 텐데! 우리는 많은 것 때문에 서로를 증오해왔지, 까쨔. 하지만 맹세코, 맹세코 나는 당신을 증오하면서도 사랑했어. 그런데 당신은 나를, 그러지 않았던 거야!"

그는 절망해서 가슴을 쥐어뜯으며 자리에 주저앉았다. 검사와 변호사가 번갈아 질문을 시작했는데, 주로 '이런 문서를 조금 전까지는 숨기다가 이제 와서, 아까와는 기분과 어조를 완전히 달리해 보여준 이유는 무엇인가?' 하는 유의 질문이었다.

"네, 네, 조금 전에 저는 거짓말을 했습니다, 명예와 양심에 반해서 줄곧 거짓말을 했어요. 하지만 저는 저 인간을 구하고 싶었습니다. 저 인간이 저를 너무도 증오하고 너무도 경멸했으니까요." 까쨔는 미친 듯이 소리를 질렀다. "오, 저 인간은 저를 끔찍하게 경멸했어요, 언제나 경멸했어요. 아시겠어요, 아시겠어요, 저 인간은 제가 돈 때문에 무릎을 꿇은 그 순간부터 저를 경멸했어요. 저는 그걸 알고 있었어요…… 그때 곧바로 그걸 느꼈지만, 오랫동안 저 자신의 느낌을 믿지 못했죠. 저 인간의 눈에서 '어쨌든 너는 그때 스스로 내게 왔잖아'라는 말을 제가 얼마나 많이 읽었는지요. 오, 저 인간은 이해하지 못했어요. 제가 그때 왜 달려갔는지 이해하지 못했고, 그저 저열해서 그런 게 아닌가 의심할 줄만 알았다고요! 저 인간은 자기 잣대로 재고 판단해서 모두가 자기 같다고 생각하죠." 까쨔는 완전히 이성을 잃고 격분하여 이를 갈았다. "저 인간은 제가 유산을 받았기 때문에, 오로지 그것 때문에 저와 결혼하고 싶어 했어요. 그래서 그랬던 거예요, 그래서요! 저는 늘 그래서 그런 거라고 의심해왔어요! 오, 저 인간은 짐승이에요! 저 인간은 제가 그때 찾아갔던 수치심 때문에 평생 자기 앞에서 부들부들 떨 거라고, 그 때문에 저를 영원히 경멸할 수 있을 거라고 확신했던 겁니다. 바로 그래서 저 인간은 저와 결혼하고 싶어한 거라고요! 그런 겁니다, 모든 게 그런 거예요! 저는 제 사랑으로, 무한한 사랑으로 저 인간을 압도하려 했고 배신마저 견뎌내려 했지만 저 인간은 아무것도, 아무것도 이해하지 못했어요. 저 인간이 뭐든 이해라는 걸 할 수나 있을까요! 저 인간은 악당이에요! 저는 그 편지를 다음날 저녁에야 받았어요. 그 선술집에서 가져왔더라고요. 저는 그날 아침만 해도, 아침까지만 해도 모든 걸 용서하려고 했어요. 모든 걸, 심지어 배신까지도요!"

물론 재판장과 검사는 그녀를 진정하려 했다. 나는 아마도 그들 모두가 그녀의 흥분을 이용해 그런 고백을 듣는 것을 부끄럽게 여겼으리라고 확신한다. 그들이 그녀에게 한 말을 들은 것을 기억하는데, "얼마나 힘드셨을지 우리도 이해합니다. 믿어주세요, 우리도 감정이 있답니다" 같은 말로 어쨌든 히스테리에 빠져 분별력을 잃은 여자로부터 증언을 이끌어냈던 것이다. 마침내 그녀는 이반 표도로비치가 '악당이자 살인자'인 그의 형을 구하는 데 사로잡혀 이 두달 동안 어떻게 거의 광적인 상태에 이르렀는지를 지극히 명료하게 묘사했는데, 그렇게 긴장된 순간에조차 잠깐이지만 언뜻언뜻 그 명료함이 드러났다.

"이반 표도로비치는 스스로를 괴롭혔어요." 그녀가 외쳤다. "그분은 자신도 아버지를 좋아하지 않았고, 어쩌면 자신도 아버지의 죽음을 원했는지 모른다고 제게 고백하면서 형의 죄를 가볍게 해주려고 했어요. 오, 이 얼마나 깊디깊은 양심인지! 그분은 양심으로 스스로를 괴롭힌 거예요! 제게는 모든 걸 밝혔어요, 모든 걸. 매일 제 집에 찾아와 하나뿐인 친구와 대화하듯 저와 이야기를 나눴어요. 저는 그분의 유일한 친구가 되는 영예를 누렸습니다!" 그녀는 눈을 반짝이며 일종의 도전이라도 하듯 갑자기 소리를 질렀다. "그분은 스메르자꼬프에게 두번 찾아갔습니다. 한번은 제게 와서, 형이 죽인 게 아니라 스메르자꼬프가 죽인 거라면(이곳 사람 모두에게 스메르자꼬프가 죽인 거라는 터무니없는 소문이 퍼져 있었으니까요) 어쩌면 내게도 죄가 있는 거라고, 왜냐하면 스메르자꼬프는 내가 아버지를 좋아하지 않는다는 걸 알고 아버지의 죽음을 바란다고 생각했을 수도 있기 때문이라고 했어요. 그때 제가 그 편지를 꺼내서 보여주었고, 그분은 형이 죽였다는 걸 완전히 확신하게 되어 그 때문에 아주 충격을 받았습니다. 자신의 친형이 부친 살해범이라는 사실이 견딜 수 없었던 거예요! 저는 벌써 일주일 전부터 그분이 그것 때문에 아프다는 걸 알았어요. 최근에 그분은 저희 집에 앉아서도 헛소리를 했어요. 저는 이반 표도로비치가 제정신이 아니라는 걸 알았습니다. 그분은 걸어다니면서도 헛소리를 했고, 그런 그분의 모습은 거리에서 사람들도 봤습니다. 제 부탁으로 이곳에 오신 의사선생님은 사흘 전에 그분을 진찰하고 나서 섬망 증세가 보인다고 말씀하셨습니다. 이 모든 게 저 인간 때문이에요, 저 악당요! 그러다 그분은 어제 스메르자꼬프가 죽었다는 걸 알게 되자 너무 충격을 받아 정신이상이 된 거예요…… 모든 게 저 악당 때문입니다. 저 악당을 구하려다가 이렇게 된 거라고요!"

오, 물론 이렇게 말하고 이렇게 고백하는 것은 일생에 단 한번,

이를테면 단두대에 오르는 죽음 직전의 순간에나 가능할 것이다. 그러나 까쨔는 그 순간 그런 자신의 성정에 충실했다. 이때의 그녀는 아버지를 구하기 위해 젊은 방탕아에게 달려갔던 바로 그 저돌적인 까쨔였고, 조금 전 모든 방청객 앞에서 오만하고 정숙한 모습으로 미쨔를 기다리고 있는 운명을 어떻게든 가볍게 해주겠다는 일념에서 '미쨔의 고결한 행동'을 이야기함으로써 자신과 자신의 처녀로서의 수치심을 희생한 바로 그 까쨔였다. 그런데 지금 그녀는 조금 전과 꼭 마찬가지로 자신을 희생했지만, 이번에는 다른 사람을 위해서였다. 어쩌면 바로 지금 이 순간에야 그녀는 그 다른 사람이 자신에게 얼마나 소중한지 처음으로 느끼고 완전히 깨달았을 것이다! 그녀는 그가 아버지를 죽인 것이 형이 아니라 자기라고 고백함으로써 스스로를 파멸시켰다고 생각하고는 깜짝 놀라서 그를 위해 자신을 희생했으니, 그 자신, 그의 영광, 그의 명예를 구하기 위해 자신을 희생했던 것이다! 하지만 그 순간 무서운 생각이 들었다. 그녀가 미쨔와의 예전 관계를 묘사하면서 미쨔에 대해 거짓말을 했던 것은 아닌가, 바로 이런 의심이었다. 아니다, 아니다, 그녀는 미쨔가 이마가 땅에 닿을 정도로 절을 했다는 것 때문에 자기를 경멸한 것이라 외치면서 미쨔를 의도적으로 모함한 것은 아니었다! 그녀 자신이 그렇게 믿고 있었고, 어쩌면 절한 바로 그 순간부터 그녀는, 그때까지만 해도 아직 그녀를 숭배하고 있던 순박한 미쨔가 그녀를 비웃고 경멸한다고 깊이 확신했는지도 모른다. 다만 자존심 때문에, 상처받은 자존심 때문에 그녀 자신이 신경질적이고 병적인 사랑으로 그에게 매달렸던 것이고, 이 사랑은 사랑이라기보다 복수에 가까웠다. 오, 어쩌면 이 병적인 사랑은 진짜 사랑으로 자라날 수 있었을지 모른다. 까쨔는 그것 외에는 아무것도 바라는 게 없었지만, 미쨔는 배신함으로써 영혼 깊은 곳까지 그녀를 모욕했고, 그녀의 영혼은 그것을 용서할 수 없었다. 복수의 순간은 예기치 않게 날아들었고, 모욕당한 여인의 가슴에 그렇게 오래도록 고통스럽게 쌓여온 감정이 한꺼번에, 역시 예기치 않게 겉으로 터져나왔던 것이다. 그녀는 미쨔를 배반했지만, 자기 자신도 배반했다! 물론, 이제 겉으로 터뜨려 쏟아내자마자 긴장이 풀리면서 수치심이 그녀를 압도했다. 그녀는 다시 히스테리를 부리며 흐느끼고 울고불고 소리치다가 기절했다. 사람들이 그녀를 데리고 나갔다. 그녀를 데리고 나가는 순간 그루셴까가 통곡하며 자리에서 일어나 미쨔에게 달려갔고, 사람들은 미처 그녀를 제지하지 못했다.

"미쨔!" 그녀가 울부짖었다. "그 독사 같은 여자가 당신을 파멸시켰어! 저 여자가 여러분 앞에 본색을 드러낸 거예요!" 그녀는 적개심에 몸을 떨며 법정에 대고 소리를 질렀다. 재판장의 손짓에 따라 사람들이 그녀를 붙들어 법정 밖으로 데리고 나갔다. 그녀는 굴하지 않고 저항하며 미쨔에게 돌아가려고 몸부림을 쳤다. 미쨔 역시 울부짖으며 그녀에게 가려고 발버둥을 쳤다. 그는 제압당했다.

아무렴, 우리 부인네 관중들은 흡족해했다, 구경거리가 풍성했으니까. 이후로는 내가 기억하기로 모스끄바에서 온 의사가 등장했다. 그전에 재판장이 법정 감독관을 보내 이반 표도로비치에게 도움을 주도록 조치를 취했던 듯하다. 의사는 환자가 아주 위험한 섬망증 발작 상태에 있으므로 즉시 그를 데리고 나가야 한다고 재판부에 알렸다. 검사와 변호사의 질문에 의사는, 환자 스스로 사흘 전에 찾아왔었고 자신은 그때 곧 섬망증이 발병할 거라고 경고했지만 그는 치료받기를 원치 않았다고 확인해주었다. 의사는 "당시 그는 확실히 정신이 건강하지 못한 상태였고, 스스로도 제게 깨어 있을 때 헛것을 보거나 이미 죽은 사람을 여럿 거리에서 본다고, 그의 집에 저녁마다 악마가 찾아온다고 고백했습니다"라고 말을 맺었다. 증언을 마치고 이 유명한 의사는 자리를 떴다. 까쩨리나 이바노브나가 제출한 편지는 증거물에 포함되었다. 재판부는 협의 끝에 심리를 계속하되, 예기치 못한 두 증언(까쩨리나 이바노브나와 이반 표도로비치의 증언)을 조서에 기록하기로 결정했다.

그러나 이제 나는 이후의 심리에 대해서는 기술하지 않으련다. 더구나 나머지 증인들의 진술은 각자의 독특한 특징을 지니긴 했어도 이전 증언들을 되풀이하거나 확인하는 것에 불과했다. 하지만 거듭 말하는데, 모든 것은 검사의 논고에서 한 지점으로 수렴될 것이므로 이제 그 이야기로 넘어가려 한다. 모두 흥분해 있었고, 모두가 막판의 돌발 사태 때문에 몹시 조바심을 내며 타는 듯한 초조감 속에서 어서 결론이 나기를, 양측의 논고와 변론, 그리고 판결이 나기를 기다렸다. 페쮸꼬비치는 분명 까쩨리나 이바노브나의 증언에 충격을 받은 듯했다. 반면 검사는 쾌재를 불렀다. 심리가 끝나자 휴정이 선언되었고, 휴정은 한시간 정도 이어졌다. 마침내 재판장이 법정 공방 개시를 선언했다. 우리의 검사 이뽈리뜨 끼릴로비치가 자신의 논고를 시작한 것은 저녁 8시 정각이었던 것 같다.

6. 검사의 논고, 성격 묘사

이뽈리뜨 끼릴로비치는 논고를 시작했는데, 이마와 관자놀이에 차갑고 병적인 식은땀을 흘리고 온몸에 오한과 열을 번갈아 느끼면서 신경질적으로 몸을 떨었다. 이는 나중에 그가 직접 했던 말이다. 그는 이 논고를 자신의 걸작(chef d'oeuvre), 자기 평생의 걸작, 백조의 노래로 생각했다. 사실 그는 아홉달 후에 악성 폐결핵으로 사망했기 때문에, 이미 자신의 종말을 예감하고 있었다면 자신을 마지막 노래를 부르는 백조에 빗댈 권리를 실제로 지니고 있었던 셈이다. 그는 이 논고에 자신의 모든 열의와 지성을 쏟아부었고, 뜻밖에도 그의 내면에 시민으로서의 감정만 아니라 '저주스러운' 질문들 역시, 최소한 우리의 가련한 이뽈리뜨 끼릴로비치가 품을 수 있는 만큼은 최대한으로 숨기고 있었다는 것을 증명해 보였다. 무엇보다 그의 발언에 힘을 부여한 것은 진실성이었다. 그는 진심으로 피고의 유죄를 믿었다. 위임을 받아 의무감만으로 피고의 유죄를 입증한 것이 아니라, '복수'를 호소하며 진실로 '사회를 구하고자' 하는 열망으로 흥분했던 것이다. 결과적으로 이뽈리뜨 끼릴로비치에게 적대적이던 우리 도시의 부인 방청객들마저 그에게 엄청난 인상을 받았다고 인정했다. 그는 갈라져 툭툭 끊기는 목소리로 논고를 시작했지만, 곧 그 목소리에는 힘이 붙어 법정 전체에 울려 퍼졌고 그렇게 논고가 끝날 때까지 지속되었다. 그러나 논고를 끝내자마자 그는 거의 실신할 지경이었다.

"배심원 여러분," 검사가 말문을 열었다. "본 사건은 러시아 전역을 시끄럽게 만들었습니다. 하지만 뭐가 그렇게 놀랍고, 뭐가 그렇게 특별히 끔찍한 걸까요? 특히나 우리, 우리에게 말입니다. 우리는 이 모든 것에 익숙한 사람들이잖습니까! 우리의 공포는 바로, 이처럼 암울한 사건이 우리에게 끔찍하게 여겨지지 않았다는 점에 있습니다! 우리가 끔찍하게 생각해야 할 것은 이런 우리의 익숙함이지, 이런저런 개인들의 개별적인 악행이 아닙니다. 우리에게 달

갑지 않은 미래를 예견해주는 시대의 징조인 이 사건에 우리가 보이는 다소간의 미온적 태도, 우리의 무관심은 대체 어디에서 연유하는 것일까요? 우리의 냉소주의일까요, 아니면 아직 이토록 젊은데도 때아니게 시들어버린 우리 사회의 지성과 상상력의 이른 쇠퇴일까요? 근본까지 뒤흔들린 우리의 도덕적 원칙일까요? 그도 아니면, 결국 우리는 도덕적 원칙을 아예 갖고 있지조차 않은 걸까요? 제가 이 질문에 답을 제시하지는 못하지만, 그래도 이 질문들은 고통스러운 것이며, 시민이라면 누구나 이로 인해 그저 고민하는 것을 넘어서서 반드시 고민해야 할 의무마저 있다고 봅니다. 이제 막 출발한 우리의 언론은 아직은 조심스럽지만 그래도 이미 어느정도 사회에 기여를 했습니다. 언론이 없었다면 우리는 이 끔찍할 정도로 고삐 풀린 의지와 도덕적 타락을 이 정도나마 온전히 알 수는 없었을 테니까요. 언론은, 오늘날 제정하에서 우리에게 선사된 이 새로운 공개 법정[11]을 방문하는 사람뿐 아니라 모든 이에게 사건을 끊임없이 기사로 전하고 있습니다. 그래서 거의 매일 우리는 어떤 기사들을 읽고 있습니까? 오, 우리는 매순간 본 사건마저 퇴색시키고 거의 흔해빠진 것으로 보이게 만드는 사건들을 읽고 있습니다. 그러나 무엇보다 중요한 것은 우리 러시아의, 즉 우리 민족의 형사사건 대다수가 우리에게 익숙해진 보편적 악처럼 맞서 싸우기 어려운 어떤 보편적, 공통적 재앙을 증명해주고 있다는 점입니다. 저 상류사회의, 이제 막 인생과 출세의 길에 들어선 빛나는 젊은 장교가 조용한 곳을 택해 아무 양심의 거리낌도 없이 비열하게 어떤 면에서는 자신의 은인이라고도 할 수 있는 하급 관리와 그

11 1864년 알렉산드르 2세의 대개혁 때 공개적인 배심재판이 도입되었다.

하녀를 칼로 찔러 죽입니다. 자신의 차용증서와 관리의 나머지 돈을 강탈하기 위해서요.[12] '상류사회에서 내가 만족을 얻고 앞으로 출세하는 데 필요한 거야'라는 거였지요. 그는 두 사람을 찔러 죽인 다음 죽은 두 사람의 머리 밑에 베개를 받쳐주고 떠납니다. 한편, 그 용맹함으로 훈장을 받은 젊은 영웅은 대로에서 자신의 대장이자 은인인 사람의 어머니를 살인강도처럼 살해했는데, 친구들을 꾀어 끌어들이려고 '그 어머니가 자신을 친아들처럼 사랑하니 자신의 말이라면 모두 따르고 경계하지 않을 것'이라고 믿게 했답니다. 그 사람은 악당이라서 그렇다고 칩시다. 하지만 저는 오늘날 우리 시대에 오로지 이 사람 하나만이 악당이라고는 감히 말하지 못하겠습니다. 다른 사람 역시, 칼로 찔러 죽이지야 않을 테지만 그자와 똑같이 생각하고 느낄 것이며, 마음은 그와 꼭 마찬가지로 파렴치할 것입니다. 그는 조용한 곳에서 자신의 양심과 마주 앉아 자문해볼지 모릅니다. '명예라는 게 뭔가? 피라는 것도 편견 아닐까?' 하고요. 어쩌면 사람들은 제 말에 반대해서 소리를 지르면서 제가 병적이고 신경질적인 인간이라 기괴하게 비방하고 헛소리를 하며 과장한다고 말할지도 모르겠습니다. 좋습니다, 얼마든지 좋습니다. 맙소사, 정말로 그렇다면 제가 제일 먼저 기뻐할 겁니다! 오, 제 말을 믿지 않아도 좋고, 저를 환자 취급해도 좋지만, 그래도 제 말은 기억해주십시오. 만일 제 말의 십분의 일, 아니 이십분의 일만큼이라도 진실이라면, 그것만으로도 끔찍하지 않습니까! 보십시오, 여러분, 보세요, 얼마나 많은 우리의 젊은이가 자살을 하는지

12 1879년에 일어난 란드스베르그 사건을 가리키며, 그는 7등문관 블라소프와 여상인 세메니도바를 살해했다. 이 작품에는 당시 러시아 언론에 보도되었던 수많은 실제 형사소송이 반영되어 있다.

요. 오, 그들은 '저세상에는 무엇이 있을까?'라는 햄릿적인 질문[13] 같은 건 전혀 던지지 않고 그런 징후조차 없습니다. 마치 우리 영혼의 문제와 죽음 이후 우리를 기다리는 모든 것의 문제는 이미 오래전에 그들 본성에서 무덤 속으로 들어가 모래로 덮인 것 같습니다. 끝으로 우리의 타락, 우리의 호색한들을 보십시오. 본 소송의 불행한 제물인 표도르 빠블로비치는 그들 중 어떤 이에 비하면 거의 순진한 어린아이나 다름없습니다. 우리 모두가 그를 압니다. '그는 우리 사이에서 살았죠.'[14] 그렇습니다. 러시아의 범죄심리에 대해서는 언젠가 우리와 유럽의 최고 지성들이 연구할 겁니다. 그럴 만한 가치가 있으니까요. 그러나 그 연구는 훗날 언젠가 여유가 있을 때, 현재 순간의 이 온갖 비극적 무질서가 훨씬 먼 과거로 밀려나서, 예컨대 저 같은 사람들이 할 수 있는 것보다 훨씬 더 현명하고 훨씬 더 편견 없이 고찰할 수 있을 때 이루어질 것입니다. 지금 우리는 그저 두려워하거나 혹은 두려워하는 척하지만, 실은 오히려 기묘하고 강렬한 감각을 즐기는 사람들처럼 우리의 냉소적이고 게으른 무위를 자극하는 구경거리들을 보며 즐기거나, 끝으로 어린아이들처럼 손을 흔들어 무서운 허깨비를 내쫓고 그 무서운 환영이 지나갈 때까지 베개에 머리를 묻었다가 곧 또다시 즐거운 오락으로 그것을 잊으려 합니다. 그러나 언젠가는 우리도 냉철하고 신중하게 우리의 삶을 시작해야 하고, 사회는 물론이고 우리 자신에게도 시선을 돌려야 하며, 우리 사회의 문제에 대해 무엇이라도 그 의미를 이해하거나 혹은 적어도 이해를 시작하기라도 해야 합니

13 셰익스피어의 비극 『햄릿』 3막 1장에서 햄릿의 독백이다.

14 뿌시낀이 폴란드의 낭만주의 시인 미쯔끼에비치(Adam B. Mickiewicz, 1798~1855)에게 헌정한 무제시의 첫행이다.

다. 지난 시대의 위대한 작가는 자신의 가장 위대한 작품의 대단원에서 러시아를 미지의 목표를 향해 호기롭게 달려가는 러시아 삼두마차의 형상으로 그려내면서 '아, 삼두마차여, 새처럼 빠른 삼두마차여, 누가 너를 만들었더냐!'[15]라고 탄성을 발했습니다. 그리고 자랑스러운 환희 속에 달리는 삼두마차 앞에 모든 민족이 공손하게 고개 숙이며 길을 내준다고 말했습니다. 여러분, 그렇다고 칩시다. 공경을 하든 안 하든, 길을 내준다고 칩시다. 그러나 제 죄 많은 눈으로 보자면, 그 천재적 예술가는 어린아이처럼 순진한 낙천주의의 발작에 사로잡혔거나, 아니면 그저 당시의 검열이 두려워서 작품을 그렇게 끝낸 것입니다. 그의 삼두마차에 그의 작중인물들, 수많은 소바께비치, 노즈드료프, 치치꼬프를 태운다면 누구를 마부로 앉힌다 한들, 아무리 그가 영리하다 한들 그런 말들을 타고서는 도착하지 못할 테니까요! 하지만 그건 지금의 말들과는 거리가 먼 예전의 말들이고, 지금 우리 시대의 말들은 그들보다 훨씬 훌륭합니다……"

여기서 이뽈리뜨 끼릴로비치의 말은 박수갈채로 중단되었다. 러시아 삼두마차를 묘사한 장면에 담긴 자유주의가 사람들의 마음에 들었던 것이다. 하지만 실은 휘파람 소리가 두세번 터지고 만 것이어서, 재판장은 방청객들에게 '퇴정하라'고 위협할 필요까지는 느끼지 못하고 바람잡이들 쪽을 엄하게 노려보았을 뿐이다. 그러나 이뽈리뜨 끼릴로비치는 용기를 얻었다. 지금까지 그는 박수갈채를 받아본 적이 한번도 없었던 것이다! 그토록 오랜 세월 동안 사람들은 그의 말을 들으려고 하지 않았는데, 갑자기 전러시아를 향해 연

15 고골의 『죽은 혼』의 마지막 대목이다.

설할 기회가 생기다니!

"사실," 그가 말을 이었다. "심지어 전러시아에 걸쳐 갑자기 이렇게 슬픈 명성을 얻게 된 까라마조프 집안은 어떤 집안입니까? 어쩌면 제가 지나치게 과장하고 있는지도 모르지만, 제가 보기에 이 가정의 상황 속에는 우리 현대 지식인사회에 공통적인 어떤 근본 요소들이 어른거리는 듯합니다. 오, 모든 요소는 아니지만 그래도 뭔가가, '작은 물방울에 비친 태양처럼'[16] 극히 작은 모습으로라도 어른거리고, 뭔가를 말하고 있는 것처럼 보입니다. 저 불행하고 제멋대로이며 방탕한 노인, 자신의 삶을 그토록 슬프게 마감한 저 '가장'을 보십시오. 귀족 태생으로 가난한 식객으로서 삶의 이력을 시작했지만 예기치 않은 우연한 결혼을 통해 부인의 지참금으로 크지 않은 재산을 얻게 된 그는 처음에는 제법 상당한 지적 능력을 보일 싹을 지니고 있었으나 보잘것없는 사기꾼에 아첨쟁이 광대였고, 무엇보다 고리대금업자였습니다. 해가 지남에 따라, 그러니까 재산이 불어남에 따라 그는 점점 용기를 얻습니다. 비굴과 아첨은 사라지고, 그의 풍모에는 조롱을 일삼는 후안무치한 악한과 호색한만이 남습니다. 모든 영적 측면은 매장되고 삶을 누리고자 하는 욕망은 극한에 이릅니다. 육욕적 쾌락 외에는 삶에서 아무것도 보지 못하고, 자식들까지 그렇게 가르치는 지경에 이릅니다. 아버지로서의 정신적 의무 같은 것은 전혀 알지 못했습니다. 노인은 그런 것들을 조롱하며 자신의 어린 자식들을 뒷마당에서 키웠고, 사람들이 자식들을 데려가면 기뻐했습니다. 심지어 자식들을 완전히 잊어버리고 말았지요. 노인의 모든 도덕률은 '나 죽은 뒤라면 대홍

16 제르자빈(Г. Р. Державин, 1743~1816)의 시 「하느님」의 한구절이다.

수쯤이야'(après moi le déluge)[17]입니다. 여기서 우리가 보는 것은 시민 개념과는 정반대되는 모든 것, 사회로부터의 적대적이기까지 한 격리, 그것입니다. '온 세상이 불탄다 해도 나 하나만 좋으면 된다'라는 거지요. 그리고 그는 좋아서, 완전히 만족해서 이십년, 삼십년 더 살 욕심을 냅니다. 노인은 친아들에게 그 어머니의 유산을 내주기 싫어 아들을 속이고 그 돈으로 아들의 애인마저 빼앗습니다. 아니요, 저는 뻬쩨르부르그에서 오신 탁월한 재능의 변호인께 피고의 변호를 양보하고 싶지 않습니다. 저 자신도 진실을 말할 것이고, 저 자신도 노인으로 인해 아들이 얼마나 큰 분노를 쌓았을지 이해합니다. 그러나 충분합니다, 그 불행한 노인에 대해 말하는 건 이것으로 충분합니다. 노인은 자신의 응보를 받았습니다. 그러나 노인이 아버지, 현대의 아버지들 중 한명이었다는 것을 기억합시다. 노인이 수많은 현대의 아버지들 중 한명이었다고 말하면 제가 사회를 모욕하는 것이 될까요? 맙소사, 현대의 많은 아버지는 이 노인처럼 냉소적으로 말하지 않을 뿐입니다. 더 좋은 교육을 받고 더 많은 교양을 쌓아서 그런 것뿐, 본질적으로는 거의 그와 똑같은 철학을 가지고 있습니다. 제가 비관론자라고 치지요, 그렇다고 합시다. 우리는 벌써 약속을 한 셈입니다, 여러분이 저를 용서해주신다고요. 미리 약속을 하도록 하죠. 여러분이 저를 믿지 않으셔도 좋습니다, 믿지 않으셔도요. 그래도 저는 말할 것입니다, 믿지 않으신다 해도요. 그러나 그래도 제가 할 말을 할 수 있게 해주시고, 제 말 가운데 뭐든 하나라도 잊지 말아주십시오. 자, 그 노인의 아들, 그 가정의 아버지의 아들이 여기 있습니다. 한 사람이 우리 앞의 피고

17 1715~74년 프랑스를 통치한 루이 15세와 그의 애첩 뽕빠두르가 했다는 말이다.

석에 앉아 있습니다. 이제 그 아들에 대해 이야기하기로 하지요. 다른 아들들에 대해서는 잠시만 언급하고 지나가겠습니다. 다른 아들들 중에서 형은 훌륭한 교육을 받았고 상당히 뛰어난 지성을 지녔지만 아무것도 믿지 않으며, 그 아버지와 마찬가지로 많은 것을, 살면서 지나치게 많은 것을 부정하고 말소해버린 현대의 젊은이들 중 한명입니다. 우리 모두가 저 청년의 말을 들었고, 우리 사회는 저 청년을 우호적으로 받아들였습니다. 청년은 자기 의견을 숨기지 않았습니다. 심지어는 그와 반대였죠. 오히려 정반대였기 때문에 그로 인해 저는 저 젊은이에 대해, 물론 한 개인으로서가 아니라 까라마조프 집안의 일원으로서 저 청년에 대해 약간은 노골적으로 말할 용기를 낼 수 있었습니다. 어제 이곳 도시의 변두리에서 이 사건에 깊이 연루된 한 병든 백치, 즉 표도르 빠블로비치의 예전 하인이자 어쩌면 그의 사생아일지도 모르는 스메르자꼬프가 스스로 목숨을 끊었습니다. 이 하인은 예심 당시 젊은 까라마조프, 즉 이반 표도로비치가 자신을 정신적으로 얼마나 억누를 길 없이 두렵게 만들었는지에 대해 신경질적으로 눈물을 흘리며 이야기했습니다. '그분은 제게 세상 모든 것이 허용되고 어떤 것도 금지되어서는 안 된다고, 그렇게 가르치셨습니다'라고 하더군요. 그 백치에게 가르친 이 주장으로 인해 그는 완전히 정신이 나간 것 같았습니다. 물론 뇌전증도, 이들의 집에서 일어난 무서운 재앙도 이 백치의 정신적 파탄에 영향을 미쳤겠지만요. 그런데 이 백치는 자신보다 훨씬 영리한 관찰자도 신뢰할 만한 상당히 흥미로운 언급을 한가지 했고, 제가 이 얘기를 꺼낸 것도 그래서입니다. '만일,' 그 하인은 제게 말했습니다. '아들들 중에서 표도르 빠블로비치의 성격을 가장 많이 닮은 사람을 꼽으라면 그건 바로 이반 표도로비치입니다!' 그 하인이 한 성격 묘사를 여기서 더 언급하는 것은 조심스러운 사항이라고 생각되니 이 정도 지적에서 멈추고자 합니다. 오, 저는 더 나아가 결론을 맺고 싶지 않고, 그 젊은 사람의 운명에 까마귀처럼 불길하게 파멸 하나만을 예언하고 싶지도 않습니다. 우리는 이곳 법정에서 있는 그대로의 진실의 힘이 그 청년의 젊은 심장에 아직 살아 있으며, 가족에 대한 애착의 감정이 청년의 내면에서 불신과 도덕적 냉소주의로 인해 완전히 사그라들지 않았음을 보았습니다. 이 불신과 도덕적 냉소주의는 사상에 의한 진실한 고뇌로 인한 것이기보다 유전적으로 습득된 것이겠지요. 그리고 또다른 아들인데, 오, 그 아들은 아직 어린 청년으로 형을 암울하게 타락시킨 세계관과는 반대로 신앙심이 깊고 온유하며, 사유하는 우리나라 인텔리겐치야의 일부 이론에서 이른바 '민중적 근원'이라는 기괴한 단어로 일컬어지는 것에 합류하고자 애쓰는 사람입니다. 아시다시피 그는 수도원에 들어간 적이 있습니다. 그는 수도사로 살고자 거의 머리를 깎을 뻔했습니다. 아주 일찍부터 그의 내면에는 거의 무의식적으로 조심스러운 절망이 나타난 것 같습니다. 그런데 지금 우리 가련한 사회에는 그렇게 조심스러운 절망을 품고 냉소주의와 방탕을 두려워하며 모든 악을 유럽적 계몽의 탓이라고 잘못 판단하고서, '어머니 대지'라고 일컫는 것에 달려들어 마치 유령에 놀란 아이처럼 고향땅 쇠약한 어머니의 품과 시든 가슴에서 평온히 잠들기만을, 자신들을 놀라게 하는 공포를 보지 않을 수 있다면 평생이라도 잠들기만을 갈망하는 사람들이 너무도 많습니다. 저로서는 선량하고 재능 많은 이 어린 청년에게 모든 면에서 오로지 행운이 깃들기를 기원하며, 그의 젊은 이상과 민중적 근원에 대한 추구가 흔히 그러듯 이후 도덕적 측면에서 음울한 신비주의로, 시민적 측면에서 미련한 국수주의로 변하지 않기를 바랍니다. 이 두 요소는 어쩌면 그의 형을 고통스럽게 만든, 잘못 이해되고 거저 손에 넣은 유럽적 계몽으로 말미암은 때 이른 타락보다 더 큰 민족의 재앙일 수 있다고 저는 생각하기 때문입니다."

국수주의와 신비주의로 인해 또다시 두세번 정도 박수갈채가 터졌다. 물론 이뽈리뜨 끼릴로비치가 지나치게 열중하는 바람에 논고가 상당히 모호했을 뿐 아니라 현재 사건에 제대로 접근하지도 못했다는 점은 두말할 필요도 없겠다. 하지만 한 맺혀 있던 이 폐병 환자는 평생 한번만이라도 자신의 생각을 있는 대로 토로하기를 원했던 것이다. 나중에 우리 도시 사람들이 말하기로, 이반 표도로비치의 성격을 묘사할 때 그는 세련되지 못한 감정에 이끌렸는데, 이반 표도로비치가 전에 한두번 논쟁에서 검사의 콧대를 꺾은 적이 있어서 이뽈리뜨 끼릴로비치가 그 일을 기억하고 있다가 지금 복수하려 했던 것이라고들 했다. 하지만 그렇게 결론지을 수 있는 것인지는 나도 잘 모르겠다. 어쨌든 이 모든 것은 도입부였고, 이후 논고는 더 직접적으로 사건에 접근했다.

"그러나 우리 시대 가장의 또다른 아들," 이뽈리뜨 끼릴로비치가 말을 이었다. "그 아들이 우리 앞의 피고석에 앉아 있습니다. 우리 앞에 그의 행위와 그의 삶, 그의 사건이 놓여 있습니다. 마침내 때가 되어 모든 것이 펼쳐졌고, 모든 것이 드러났습니다. 그 형제들의 '유럽주의'와 '민중적 근원'에 대립하여, 그는 마치 러시아를 직접적으로 대변하고 있는 것 같습니다, 오, 러시아 전체는 아닙니다, 전체는 아니지요. 만일 전체라면, 주여, 보호하소서! 그러나 여기에는 우리의 러시아가 있습니다. 러시아 냄새가 나고, 어머니 러시아의 목소리가 들립니다. 오, 우리는 직접적입니다. 우리는 놀랄 만한 선과 악의 복합체입니다. 우리는 계몽과 실러를 좋아하는 동시에 선술집에서 난동을 부리고, 주정뱅이와 술친구들의 구레나룻을 쥐어뜯습니다. 오, 우리는 선하고 아름답지만, 우리 자신한테 좋고 멋질 때만 그렇습니다. 반대로 우리는 열정에 불타기도 합니다. 가장 고결한 이상 때문에 불타오르지만, 그러나 그 이상들이 저절로 성취된다는 조건, 그것이 하늘에서 우리 탁자 위로 뚝 떨어진다는 조건, 무엇보다 아무 대가 없이 거저, 거저 그것을 얻을 수 있다는 조건일 때만 그렇습니다. 우리는 대가를 지불하는 것은 끔찍이 싫어하지만, 받는 것은 무척 좋아합니다. 모든 점에서 그렇죠. 오, 주십시오, 삶에서 즉시 가능한 모든 복을 주세요. 더 싸게는 타협하지 않겠습니다. 특히 우리 기질은 어떤 경우에도 방해하지 마십시오. 그러면 우리도 우리가 선하고 아름다울 수 있다는 것을 증명하겠습니다. 우리는 탐욕스럽지 않습니다, 그럼요. 하지만 우리에게 돈을 쥐여줘보십시오. 조금 더, 조금 더, 가능한 한 더 많은 돈을 줘보십시오. 그러면 우리가 얼마나 통 크게, 얼마나 황금을 경멸하면서 하룻밤의 무절제한 술판으로 사방에다 돈을 뿌려댈 수 있는지 보시게 될 겁니다. 하지만 우리에게 돈을 주지 않는다면, 우리가 돈을 몹시 원할 때 어떻게 손에 넣는지 보여드리겠습니다. 그러나 이건 나중에 이야기하고, 지금은 순서대로 따라가보겠습니다. 무엇보다 먼저 우리 앞에는, 아아, 안타깝게도 태생이 외국인인 우리의 명예롭고 존경받아 마땅한 시민이 조금 전에 표현한 대로 '신발도 없이 뒷마당에' 버림받은 가련한 소년이 있습니다! 다시 한번 말씀드리는데, 저는 어느 누구에게도 피고의 변호를 양보하지 않겠습니다! 저는 검사이자, 변호인이기도 합니다. 그렇습니다, 우리도 사람이고 우리도 인간이라, 어린 시절과 태어나고 자란 둥지의 첫인상이 성격에 얼마나 영향을 주는지 헤아릴 수 있습니다. 그러나 그 소년은 이미 청소년이 되고, 청년이 되고, 장교가 되었습니다. 난폭한 행동과 결투 신청으로 청년은 우리 풍요로운 러시아의 변경 도시들 중 하나로 보내집니다. 거기서 청년은 군에 복무하며 방탕한 삶을 삽니다. 물론 배가 크면 항해 규모도 커집니다. 우리에게는 무엇보다도 자산이, 자산이 필요합니다. 그리하여 오랜 논쟁 끝에 청년과 아버지 사이에 마지막 6천 루블에 대한 결정이 내려지고, 그 돈이 그에게 송금됩니다. 기억하십시오, 그는 증서를 써 줍니다. 청년이 사실상 나머지 돈을 포기하는 것이며 이 6천 루블로 아버지와의 유산싸움을 끝내겠다고 쓴 편지가 존재하는 겁니다. 이때 청년은 훌륭한 교육을 받은 고결한 성품을 지닌 젊은 아가씨와 만나게 됩니다. 오, 저는 감히 상세히 되풀이하지는 않겠습니다. 여러분은 이 이야기를 방금 들으셨고, 여기에는 명예와 자기희생이 관련되어 있으므로 저는 입을 다물겠습니다. 경박하고 타락했지만 진정한 고결함, 고귀한 생각 앞에 머리를 숙인 젊은이의 모습은 우리 앞에 지극히 매력적으로 다가왔습니다. 그런데 이 모든 일이 밝혀진 이후, 이 법정에서는 전혀 뜻밖에 동전의 뒷면이 드러났습니다. 어쩌다 그렇게 되었는지에 대해서는 역시 감히 추측하려 들지 않겠습니다. 분석도 자제하겠습니다. 그러나 이런 일이 벌어진 이유는 분명히 있었습니다. 그 아가씨는 오랫동안 숨겨왔던 분노의 눈물을 흘리며 자신의 조심성 없고 무절제한, 그럼에도 어쨌든 고결하고 관대한 이유에서 우러나온 충동 때문에, 우리에게 자신을 먼저 경멸한 사람은 저 청년, 저 청년이라고 밝혔습니다. 저 청년, 즉 아가씨의 약혼자의 얼굴에는 무엇보다 먼저 조롱 섞인 미소가 어른거렸고, 아가씨는 그에게서 유일하게 그것만큼은 참아낼 수 없었던 것입니다. 아가씨는 청년이 이미 배신했다는 것을(청년은 아가씨가 이미 모든 것, 심지어 그의 배신까지 참아내야 한다고 확신하며 배신했다는 것을) 알았지만, 그것을 알면서도 일부러 청년에게 3천 루블을 제안했고, 그 돈을 자신을 배신하는 일에 쓰도록 제안하는 것임을 청년이 분명하게, 아주 분명하게 알도록 했습니다. '어떻게 할 건가요, 받을 건가요, 안 받을 건가요, 그렇게까지 파렴치해질 건가요?'라고 약혼녀는 청년에게 심판하고 시험하는 눈초리로 말없이 묻습니다. 청년은 자신의 약혼녀를 보고 그 생각을 완전히 이해하고서도(청년은 자신이 모든 것을 이해했다는 점을 여러분 앞에서 시인했지요), 무조건 3천 루블을 자신의 것으로 만들어 새 애인과 함께 이틀 만에 탕진합니다! 그러니 무엇을 믿어야 할까요? 첫번째 이야기, 생명을 위해서 자신의 마지막 재산을 내어주고 덕행 앞에 머리를 숙였다는 첫번째 이야기일까요, 아니면 지극히 추악한 동전의 뒷면일까요? 보통 인생에서 양극단이 나타날 경우에는 중간에서 진실을 찾곤 합니다. 하지만 이번 경우에는 그야말로 전혀 그럴 수가 없습니다. 첫번째 경우에 청년은 진심로 고결하지만 두번째 경우에는 신실로 저열하다는 말이 더할 나위 없이 맞겠지요. 왜인가요? 왜냐하면 이것은 우리의 본성이 광활하고 까라마조프적이며, 모든 가능한 극단을 수용할 수 있고 그와 동시에 두개의 심연, 우리 위에 있는 심연, 드높은 이상들의 심연과 우리 아래에 있는 심연, 가장 저열하고 악취 나는 타락의 심연을 관조할 수 있기 때문입니다. 저는 이런 결론에 도달했습니다. 조금 전에 까라마조프 집안사람 전부를 가까이에서 깊이 지켜봐온 젊은 관찰자 라끼찐씨가 진술한 훌륭한 생각을 상기해보십시오. '고삐 풀린 이 억제할 수 없는 본성에는 타락한 저열함의 감촉이 드높은 고결함의 감촉만큼이나 필수불가결하다.' 이것은 참으로 맞는 말입니다. 바로 이 부자연스러운 혼합이 그들에게 지속적으로, 끊임없이 필요합니다. 여러분, 동시에 두개의 심연, 두개의 심연입니다. 이것 없이 우리는 불행하고 만족할 줄 모르며, 우리의 존재는 온전하지 않습니다. 우리는 우리 어머니 러시아처럼 광활하고 광활합니다. 우리는 모든 것을 수용할 수 있고, 모든 것과 함께 살아갈 수 있습니다! 그런데 배심원 여러분, 방금 3천 루블에 대해 다루었는데, 제가 미리 말씀드려둘 것이 있습니다. 한번 상상해보십시오. 이런 성격의 청년이 그런 수치, 그런 치욕, 가장 수준 낮은 굴욕을 당하면서 그 돈을 받았다고 한번 상상해보십시오. 이 청년은 온갖 유혹과 극도의 곤궁함에도 불구하고 바로 그날 돈의 절반을 떼어 부적주머니 속에 넣고 꿰맨 뒤 굳세게도 한달 동안 목에 걸고 다녔다고 말합니다! 선술집마다 술판을 벌일 때도, 정부를 자신의 연적인 아버지에게서 빼내 떠나기 위해 필요한 돈을 누구한테서든 얻어내기 위해 도시를 떠나던 그날도, 청년은 부적주머니에 손을 댈 용기를 내지 못했다고 말입니다. 그가 그토록 질투한 노인의 유혹 속에 애인을 남겨두지 않기 위해, 오로지 그 목적을 위해서라도 청년은 부적주머니를 뜯었어야 했고, 사랑하는 여인을 떠나지 않는 파수꾼으로서 애인이 마침내 '나는 당신 거예요'라고 말하며 지금의 이 파멸적인 상황에서 멀리 데리고 달아나달라고 말할 순간을 기다리며 집에 남아 있어야만 했습니다. 그러나 아니었습니다, 청년은 자신의 부적주머니를 건드리지 않았습니다. 무슨 이유에서일까요? 앞서 말했듯이, 첫번째 이유는 바로 이것이었습니다. 애인이 청년에게 '나는 당신 거야, 어디든 좋으니 나를 데려가줘'라고 말할 때 그녀를 데리고 떠날 돈이 필요했다는 것이죠.

그러나 이 첫번째 이유는, 피고 자신의 말에 따르면 두번째 이유에 비해 가치가 없었습니다. 피고의 말로는, 내가 이 돈을 가지고 다니는 한 '나는 파렴치한이지만 도둑은 아니다,' 왜냐하면 언제든 자신이 모욕한 약혼녀에게 가서 속여서 얻어낸 돈의 절반을 그녀 앞에 내놓고 '봐, 나는 당신의 돈 절반을 탕진했고 이것으로 내가 나약하고 부도덕한 사람인 것을 증명했다, 내게 파렴치한이라 해도 좋아(저는 피고 자신의 말을 그대로 인용하고 있습니다), 그러나 파렴치한일지언정 도둑은 아니다, 도둑이라면 당신에게 남은 돈 절반을 가져오지 않고 처음 절반처럼 내 것으로 만들었을 테니까'라고 말할 수 있기 때문이라는 겁니다. 사실에 대한 설명이 참으로 놀랍지요! 난폭하기 짝이 없지만 나약한 인간, 그러니까 그런 치욕을 겪으면서도 3천 루블을 받을 유혹을 뿌리칠 수 없었던 사람이 갑자기 자기 내면에서 금욕적 단호함을 느끼고 목에 수천 루블을 걸고 다니면서도 감히 건드릴 생각을 못 했다니요! 이것이 지금 우리가 살펴보고 있는 성격에 조금이라도 부합합니까? 아닙니다. 정말로 자기 돈을 부적주머니에 넣고 꿰매두기로 결심했다 할지라도, 그런 경우 진짜 드미뜨리 표도로비치라면 어떻게 행동했을지 여러분께 말씀드려보겠습니다. 첫번째 유혹을 받았을 때, 그 돈의 처음 절반을 함께 탕진한 애인을 조금이라도 다시 즐겁게 해주기 위해서라도, 청년은 자기 부적주머니를 뜯어서 돈을 꺼낼 겁니다. 처음에는 100루블 정도만 꺼내겠지요. 꼭 절반, 1,500루블을 돌려줄 이유는 없고 1,400루블로도 충분하니까요. 그래도 여전히 '파렴치한이지만 도둑은 아니다, 1,400루블이라도 돌려주니까. 도둑이라면 전부 갖고 한푼도 돌려주지 않을 텐데'라는 것이죠. 그 뒤 또 얼마가 지나면 다시 주머니를 뜯어서 두번째 100루블을, 그

다음엔 세번째 100루블을, 그다음엔 네번째 100루블을, 한달도 채 되기 전에 마침내는 마지막 100루블만 남기고 다 꺼낼 겁니다. 그래도 남은 100루블은 돌려주니까 결과는 여전히 '파렴치한이지만 도둑은 아니다, 스물아홉번 100루블을 탕진했지만 남은 100루블은 돌려주니까. 도둑이라면 그 돈도 돌려주지 않았을 거야'라는 거지요. 그리고 마침내 마지막 직전의 100루블까지 탕진하고는 남은 마지막 100루블을 보면서 혼잣말을 할 겁니다. '정말로 이 100루블은 아예 돌려주나 마나다. 그러니 그냥 퍼마시자!' 우리가 알고 있는 진짜 드미뜨리 까라마조프라면 이렇게 행동했을 겁니다! 그 부적주머니의 전설은 도저히 상상도 할 수 없을 만큼 실제와 모순됩니다. 어떤 가정이든 할 수 있지만, 이것만은 아닙니다. 그러나 이 문제는 나중에 다시 거론하겠습니다!"

이뽈리뜨 끼릴로비치는 부자간의 재산싸움과 가족관계에 대해 예심에서 밝혀진 모든 것을 정연하게 다시 확인하고, 유산 분배 문제에 있어 누가 누구를 속여 돈을 적게 주었는지, 혹은 누가 누구한테서 돈을 떼어갔는지를 이제까지의 근거 자료에 따라 판정할 수 있는 가능성은 눈곱만큼도 없다고 다시 한번 결론지은 뒤, 미쨔의 머릿속에 고정관념으로 자리 잡은 3천 루블과 관련해 의학적 감정에 대해 언급했다.

7. 사건의 연대기적 개괄

"의사들은 정신감정을 통해 피고가 제정신이 아니라 조증 환자라는 것을 우리에게 증명하려고 애썼습니다. 저는 피고가 제정신이고, 바로 그것이 더 나쁜 점이라고 주장합니다. 제정신이 아니었다면 어쩌면 훨씬 더 현명하게 처신했을지 모르지요. 그가 조증이라는 것에는 동의할 수 있지만, 그것도 오직 한가지 점에서만 그렇습니다. 정신감정에서 지시하고 있는 것, 바로 아버지가 피고에게 미처 지불하지 않았다는 3천 루블에 대한 피고의 견해에서만 그렇다는 겁니다. 한편, 피고가 그 돈에 대해 항상 광분을 드러냈다는 점을 설명하기 위해서는 피고의 정신병적 성향보다 훨씬 더 타당한 관점을 찾아낼 수 있을 듯합니다. 제 관점으로는, 피고는 온전하고 정상적인 지적 능력을 지니고 있고 또 지녔었지만 초조함과 분노에 사로잡혀 있었을 뿐이라고 본 젊은 의사의 견해에 완전히 동의합니다. 문제는 바로 이것입니다. 피고가 지속적으로 격앙된 분노를 드러낸 대상은 3천 루블이라는 금액이 아니었습니다. 피고의 분노를 부추기는 특별한 원인은 따로 있었습니다. 그 원인이란 바로 질투심입니다!"

여기서 이뽈리뜨 끼릴로비치는 피고가 그루셴까에게 품었던 숙명적 열정이 만들어낸 장면들을 하나하나 장황하게 펼쳐 보였다. 이뽈리뜨 끼릴로비치는 피고 자신의 말을 그대로 인용해 피고가 이 '젊은 여인'을 '패주기 위해' 달려가던 장면부터 설명을 시작했다. "그러나 그는 패주는 대신 여인의 발치에 머물렀고, 그것이 바로 사랑의 시작이었습니다. 같은 시기에 피고의 아버지인 노인도 그 여인에게 눈독을 들였으니, 이것은 놀랍고 숙명적인 일치였습니다. 왜냐하면 이 사람도 저 사람도 전부터 이 여인을 알았고 만난 적이 있었음에도 두 심장이 갑자기 동시에 불타오르기 시작했으니 말입니다. 이 두 심장은 도저히 걷잡을 수 없는 가장 까라마조프적인 정열로 불타올랐습니다. 여기서 우리는 이 여인 자신의 고백도 들어 알고 있습니다. 여인은 말합니다. '제가 이 사람 저 사람 다 골탕 먹였어요.' 그렇습니다, 이 여인은 이 사람도 저 사람도 문득 골탕 먹이고 싶었던 것입니다. 전에는 그러고 싶지 않았는데 갑자기 여인의 머리에 그런 생각이 떠올랐고, 결국 두 사람 다 여인 앞에 굴복하여 쓰러지는 것으로 끝이 났습니다. 돈을 하느님처럼 숭배했던 노인은 오로지 그 여인이 자기 집을 방문하도록 만들기 위해 즉각 3천 루블을 준비했으며, 그녀가 자신의 합법적 아내가 되는 데 동의해주기만 한다면 자신의 명의도 전재산도 여자의 발아래 바치는 것을 행복으로 여길 지경에 이릅니다. 우리는 이에 대해 확실한 증거를 가지고 있습니다. 피고로 말할 것 같으면, 피고의 비극은 명확한 것이며 우리는 그 비극을 지금 눈앞에서 보고 있습니다. 그러나 젊은 여인의 '희롱'은 이러했습니다. 이 요부는 불행한 젊은이에게 한줄기 희망조차 주지 않았습니다. 희망, 진짜 희망은 피고가 자신의 고문자인 여인 앞에 무릎을 꿇고 아버지이자 연적의 피로 물든 손을 뻗었던 가장 마지막 순간에야 주어졌으니까요. 바로 이런 상황에서 피고는 체포되었던 것입니다. '저를, 저를 저이와 함께 감옥에 보내주세요. 제가 이 사람을 이렇게까지 만든 거예요. 제가 누구보다 큰 죄인이에요!' 이 여인은 피고가 체포된 순간에 진심으로 후회하며 이렇게 외쳤습니다. 본 사건을 기술할 임무를 자신의 과제로 삼은 재능 있는 젊은이, 제가 앞서 언급한 라끼찐씨는 이 여주인공의 성격을 다음과 같이 규정했습니다. '너무 이른 실망, 너무 이른 기만과 타락, 자신을 유혹하고 버린 약혼자의 배반과 이후의 가난, 체면을 중시하는 가족의 저주, 그리고 마지막으로 여인이 지금도 은인으로 생각하는 어느 부유한 노인의 후원. 많은 것을 품을 수 있었을 젊은 가슴속에는 어린 시절부터 너무나 많은 분노가 숨어 있었던 것이다. 그리하여 금전을 모으는 데 타산적인 성격이 형성되었다. 사회에 대한 냉소와 복수심이 형성되었다.' 이런 성격 묘사를 듣고 나면 이 여인이 오로지 희롱, 사악한 유희를 위해서만 이 사람 저 사람을 골탕 먹였으리라는 것이 이해가 됩니다. 희망 없는 사랑, 정신적 타락, 약혼녀에 대한 배신, 피고의 명예에 맡겨진 타인의 돈을 착복하는 일이 벌어진 그 한달 동안 피고는 이것들 외에도 끊임없는 질투심 때문에 거의 격분과 광란 상태에 이르렀는데, 그게 누구에게 느낀 질투심인가 하면 바로 자기 아버지를 향한 질투심이었습니다! 게다가 중요한 점은, 그 정신 나간 노인이 아들이 어머니의 유산이라 여기고 그 때문에 아버지를 비난해온 그 3천 루블을 가지고 자신이 정열을 바치고 있는 대상을 꼬이고 유혹했다는 것입니다. 그렇습니다, 저는 그것이 견디기 어려웠으리라는 데 동의합니다! 이런 경우에는 편집증도 나타날 수 있었겠지요. 돈이 문제가 아니라 그 돈 때문에 그토록 구역질 나는 냉소적인 방식으로 피고의 행복이 산산조각 난 것이 문제였습니다!"

다음으로 이뽈리뜨 끼릴로비치는 피고의 마음속에 부친을 살해하고자 하는 생각이 점차 어떤 식으로 생겨났는가 하는 이야기로 넘어가, 사실들에 근거해 이를 추적해갔다.

"처음에 피고는 선술집을 돌아다니며 소리칩니다, 한달 내내 소리칩니다. 오, 피고는 사람들 눈에 띄게 살면서 사람들에게 모든 것, 가장 악독하고 위험한 생각조차 곧장 털어놓기를 즐깁니다. 피고는 사람들과 생각을 나누기를 좋아하고, 왠지 모르지만 그 자리에서 당장 사람들이 피고에게 전적으로 우호적인 응답을 보여주기를, 피고의 모든 걱정과 불안을 함께하고 피고에게 맞장구치고,

피고의 성정을 거스르지 말 것을 요구합니다. 그러지 않으면 분통을 터뜨리면서 술집을 모조리 때려부수려 듭니다.(이등대위 스네기료프와 관련된 일화도 그렇게 된 것이죠.) 한달 동안 피고를 보고 피고의 말을 들은 사람들은 그것이 이미 아버지에게 외치고 위협하는 데서만 그치지 않고 위협의 광포함으로 봤을 때 실행에 옮겨질 수도 있겠다고 느꼈습니다.(이 대목에서 검사는 수도원에서 이루어진 가족모임, 알료샤와의 대화, 피고가 식사를 마친 아버지의 집에 쳐들어가 폭력을 휘두른 추악한 소동을 묘사했다.) 저는 이 소동 전까지 피고가," 이뽈리뜨 끼릴로비치가 말을 이었다. "아버지와의 관계를 살인으로 끝낼 작정으로 미리 용의주도하게 숙고했다고 완강히 주장할 생각은 없습니다. 그러나 이 생각은 이미 몇 번이고 피고 앞에 떠올랐고, 피고는 이 생각을 신중히 검토했습니다. 우리는 이를 증명하는 사실적 증거와 증인들, 그리고 피고 자신의 자백도 확보했습니다. 인정합니다, 배심원 여러분," 이뽈리뜨 끼릴로비치가 덧붙였다. "저는 오늘까지도 피고의 머릿속에 줄곧 떠오르던 그 범죄가 완전히 의식적이고 계획적인 것이었다고 생각하기를 주저해왔습니다. 저는 피고의 영혼이 이미 수도 없이 그 숙명적인 순간을 미리 숙고했지만, 숙고만 했을 뿐, 가능성으로만 그것을 상상했을 뿐 그 실행의 시기와 상황에 대해서는 아직 정하지 않았었다고 확신했습니다. 오늘까지는, 오늘 베르홉쩨바양이 법정에 제출한 그 치명적인 문서를 보기 전까지는 그랬습니다. 여러분, 여러분도 직접 그녀의 탄식을 들으셨습니다. '이건 계획이에요, 살인 실행 계획요!' 베르홉쩨바양은 불행한 피고가 '취해서 쓴' 불운한 편지를 이렇게 규정했습니다. 그 편지는 모든 실행 계획과 의도를 보여줍니다. 그 편지는 범행을 저지르기 이틀 전에 쓰였고, 그러므로 우리는 피고가 자신의 무서운 계획을 실행하기 이틀 전에 내일 돈을 얻지 못한다면, 그리고 이반이 떠나기만 하면 아버지를 살해하고 베개 밑에서 '분홍 끈으로 묶은 봉투'에 든 돈을 갖겠다고 맹세하며 선언한 것을 이제 확실히 알고 있습니다. 들어보십시오, '이반이 떠나기만 하면'이라니요. 그러니까 이때 이미 모든 것을 숙고했고, 상황을 신중히 고려한 것입니다. 그리고 어떻게 되었습니까. 이후 모든 것이 쓰인 대로 실행되었습니다! 사전에 계획하고 숙고했다는 것은 의심할 여지가 없습니다. 범죄는 틀림없이 강탈을 목적으로 실행되었습니다. 이는 대놓고 선포되었고, 쓰였고, 서명된 것입니다. 피고는 자신의 서명을 부인하지 않았습니다. 취중이었다고 말할 사람도 있을지 모릅니다. 그러나 그 사실은 죄를 조금도 경감해주지 않을뿐더러, 오히려 그 때문에 더 중요해집니다. 정신이 또렷할 때 생각한 것을 취한 상태에서 적은 것이니까요. 정신이 또렷할 때 숙고하지 않았다면 취했을 때 쓰지도 않았겠지요. 혹자는 말할 겁니다, 무엇 때문에 피고가 자신의 계획을 선술집마다 돌아다니면서 외쳤겠는가, 계획적으로 그런 일을 저지르기로 결심한 사람은 입을 다물고 마음속에 숨길 게 아닌가 하고요. 맞습니다. 그러나 피고가 소리치며 다닌 것은 아직 계획과 의도가 없을 때, 바람만 있을 때, 그 갈망을 생각만 하고 있을 때였습니다. 이후로는 피고도 점점 떠벌리지 않게 됩니다. 선술집 '수도'에서 술을 잔뜩 마신 후 이 편지를 썼던 날 저녁에 피고는 평상시와 달리 말이 없었고, 당구도 치지 않았고, 외떨어져 앉아 아무하고도 이야기를 나누지 않았고, 그저 이곳 한 상점의 점원을 내쫓기만 했을 뿐입니다. 그것도 싸우던 버릇 때문에 그랬던 거죠, 선술집에 들어선 이상 싸움 없이 지나칠 수 없었으니까요. 사실 최종 결정을 내린 피고는 머릿속으로 자기가 도시 여기저기에서 이미 너무 많이 떠들어대고 다녔고, 그래서 자신의 계획을 실행에 옮겼을 때 즉시 탄로나고 혐의를 사게 될까봐 상당히 걱정스러웠을 것임에 틀림없습니다. 그러나 어쩌겠습니까, 이미 그 일은 떠벌렸고, 되돌릴 수는 없고, 결국 전에도 운이 좋았으니 이번에도 그럴 것이라고 자신의 운에 기대를 걸었던 겁니다, 여러분! 그러나 저는 피고가 그 숙명적인 순간을 피하기 위해 많은 일을 했다는 것을, 피를 보지 않으려 상당히 많은 노력을 기울였다는 것을 인정합니다. '내일 모든 사람에게 3천 루블을 부탁해볼 거요,' 피고는 자신의 독특한 말투로 이렇게 쓰고 있습니다. '아무도 빌려주지 않으면 피를 흘릴 수밖에.' 취중에 썼지만 또한 맨정신에도 쓴 대로 실행에 옮깁니다."

이 대목에서 이뽈리뜨 끼릴로비치는 미쨔가 범행을 피하려고 돈을 구하기 위해 기울인 온갖 노력을 상세히 묘사했다. 그가 삼소노프의 집을 찾아간 것과 또 랴가비를 만나러 먼 길을 갔던 것을 조서에 근거해 묘사했다. "지칠 대로 지치고, 굶주리고, 조롱당하고, 그 여행을 위해 시계까지 판 피고는(그런데도 수중에 1,500 루블을 지니고 있었다는 듯이 말하는군요. 오, 마치 그랬다는 듯이요) 도시에 두고 온 사랑의 대상이 자기가 없을 때 표도르 빠블로비치에게 가지는 않을까 의심하며 질투심으로 괴로워하면서 마침내 도시로 돌아옵니다. 천만다행이었지요! 그녀는 표도르 빠블로비치에게 가지 않았습니다. 피고는 직접 그녀를 그녀의 후원자 삼소노프의 집에 바래다줍니다.(이상하게도 피고는 삼소노프에게는 질투심을 품지 않는데, 이는 이 사건에서 대단히 독특한 심리적 특징입니다!) 이후 그는 '눈에 띄지 않게' 감시 장소로 돌진합니다. 그리고 거기서 스메르쟈꼬프가 뇌전증 발작을 일으켰고 다른 하인도 아프다는 것을 알게 되지요. 판이 짜였고, 피고는 '신호'까지 알고 있으니, 이 얼마나 유혹적입니까! 그러나 그럼에도 불구하고 어쨌든 피고는 유혹에 저항합니다. 피고는 일시적으로 이곳에 머물고 있는, 우리 모두가 존경해마지 않는 호흘라꼬바 부인에게 찾아갑니다. 오래전부터 피고의 운명에 동정을 느끼고 있던 이 귀부인은 피고에게 여러 조언 가운데서도 가장 현명한 조언을 해줍니다. 술판에서 수치스러운 애정행각을 벌이고 방탕하게 술집을 전전하며 결실 없이 젊은 힘을 낭비하지 말고 시베리아로 금광을 찾아 떠나라는 조언입니다. '그곳에 당신의 날뛰는 힘, 모험을 갈망하는 당신의 낭만적 성품이 나아갈 돌파구가 있어요'라고요." 이뽈리뜨 끼릴로비치는 이 대화의 결말을, 뒤이어 피고가 삼소노프의 집에 그루셴까가 없다는 소식을 갑자기 듣게 된 순간을 묘사한 뒤, 그리고 그녀가 자신을 속이고 표도르 빠블로비치의 집에 있다는 생각에 신경이 날카로워질 대로 날카로워진 이 불행한 사나이가 질투심에 불타 순간적으로 느낀 격분을 묘사한 뒤, 이 사건의 숙명적 의미에 관심을 돌리며 다음과 같이 결론을 맺었다. "만일 하녀가 그때 피고의 애인이 '옛 남자', 즉 '저항할 수 없는 사람'과 함께 모끄로예에 있다는 것을 피고에게 말해주었더라면 아무 일도 일어나지 않았을 겁니다. 그러나 하녀는 겁에 질려 정신이 없어서 모른다고 맹세하며 하느님만 찾았지요. 피고가 그때 하녀를 죽이지 않은 건 부랴부랴 변심한 애인을 찾으러 달려나갔기 때문입니다. 그러나 보십시오, 그렇게 정신이 없었다면서도 피고는 구리공이를 잡아채 갔습니다. 왜 구리공이였을까요, 왜 다른 흉기가 아니었을까요? 한달 내내 살인을 숙고하며 준비했다면 뭐든 흉기가 될 만한 것이 눈에 띄기만 해도 그것을 흉기로 집어들게 마련입니다. 어떤 종류건 그런 물건을 흉기로 사용할 수 있다는 생각을 우리는 이미 한달 내내 해왔으니까요. 그랬기 때문에 피고는 순식간에, 달리 생각할 것도 없이 구리공이를 흉기로 받아들였던 것입니다! 그랬기 때문에 피고가 그 치명적인 구리공이를 집어들었던 것은 무의식적인 것만은 아니었고, 완전히 우연만도 아니었던 겁니다. 그리고 이제 그는 아버지의 정원에 있습니다. 판은 깨끗하게 마련되어 있습니다. 증인도 없고, 깊은 밤이며, 어둠과 질투심만이 존재합니다. 그녀가 이곳에 아버지와 함께, 피고의 연적과 함께 있고, 연적의 품속에 있으며, 그 순간 어쩌면 피고를 조롱하고 있을지도 모른다는 의심이 피고의 영혼을 사로잡았을지도 모릅니다. 더구나 단지 의심만은 아닙니다. 그 상황에서 무슨 의심이겠습니까. 기만은 명백하고 분명했습니다. 그녀는 이제 불빛이 내비치는 저 방 안에, 아버지의 방 병풍 뒤에 있는데요. 그런데 그 불운한 이는 창으로 몰래 다가가 조심스럽게 안을 들여다보고는, 점잖게 마음을 누그러뜨리고 뭔가 위험하고 부도덕한 일이 일어나지 않도록 현명하게도 얼른 재앙으로부터 멀리 도망친다는 겁니다. 피고의 성품을 알고 있고, 피고가 어떤 정신 상태였는지 이해하고 있는 우리에게 이 얘기를 믿게 하려는 사람들이 있습니다. 우리는 피고가 어떤 상태였는지 분명히 알고 있습니다. 무엇보다, 피고는 문을 열고 집 안으로 들어갈 수 있는 신호를 알고 있었잖습니까!" 여기서 이뽈리뜨 끼릴로비치는 '신호'와 관련하여 잠시 자신의 논고를 중단하고 스메르쟈꼬프에 대해 이야기할 필요가 있겠다고 판단했는데, 스메르쟈꼬프가 살인을 저질렀다는 혐의와 관련된 이 토막 에피소드를 철저히 파헤쳐서 그 생각을 단번에, 영원히 잘라내기 위해서였다. 그는 이 작업을 대단히 세밀하게 진행했고, 그래서 그가 그 가정에 경멸감을 표했음에도 그것을 아주 중요한 것으로 간주하고 있음을 모두가 알게 되었다.

8. 스메르쟈꼬프에 대한 논고

"첫째, 그런 혐의의 가능성은 어디서 나오는 걸까요?" 이뽈리뜨 끼릴로비치는 이런 질문으로 시작했다. "스메르쟈꼬프가 죽였다고 맨 처음 외친 것은 피고 자신으로, 그는 체포되는 순간에 그렇게 외쳤는데, 처음 외칠 때부터 법정에 선 지금 이 순간까지도 자신이 제기한 혐의를 확증할 단 하나의 사실도 제시하지 못했습니다. 사실은커녕 어느정도 상식에 부합하게 사실을 암시하는 증거조차 무엇 하나 제시하지 못했습니다. 이후로 이 혐의를 주장한 인물은 세명, 피고의 두 형제와 스베뜰로바양입니다. 하지만 피고의 큰동생은 오늘에서야 자신의 의심을 드러냈을 뿐으로 이는 명백히 정신착란과 섬망의 발작 상태에서 그런 것이며, 우리가 확실히 알다시피 이전 두달 동안에는 형이 유죄라는 확신을 공유했을 뿐 아니라 그 생각에 반박할 의사조차 없었습니다. 하지만 이에 대해서는 나중에 다시 다루겠습니다. 이후 피고의 막냇동생은 스메르쟈꼬프가 유죄라는 자신의 생각을 확증할 증거도 전혀 없이 피고 자신의 말과 '얼굴 표정만으로' 그런 결론을 내렸다고 조금 전 우리에게 말한 바 있습니다. 그렇습니다, 이 대단한 증거를 피고의 동생은 조금 전에 두번이나 말했지요. 스베뜰로바양은 심지어 더 대단하게 표현했습니다. '피고가 여러분께 말하는 것을 믿으세요, 저 사람은 거짓말할 사람이 아니에요.' 이것이 피고의 운명에 너무도 깊이 관여된 세 인물에게서 나온, 스메르쟈꼬프를 가리키는 사실 증거의 전부입니다. 그런데도 스메르쟈꼬프에게 혐의를 두는 얘기가 계속되었고 지금도 마찬가지입니다. 이게 대체 믿을 수 있는 일입니까? 상상이나 할 수 있는 일일까요?"

이 대목에서 이뽈리뜨 끼릴로비치는 '병적인 광증과 정신착란의 발작으로 목숨을 끊은' 고故 스메르쟈꼬프의 성격을 간략히 묘사할 필요가 있다고 생각했다. 그는 스메르쟈꼬프를 어렴풋이 교육받은 흔적을 지니고 있는 지적장애인으로 소개했다. 그는 자신의 지력에 걸맞지 않은 철학사상으로 인해 혼란에 빠졌고 의무와 도리에 대한 현대적 가르침에 놀랐는데, 그가 이런 가르침을 폭넓게 접할 수 있었던 것은 실제적으로는 고인이 된 그의 주인이자 어쩌면 아버지일 수도 있는 표도르 빠블로비치의 무분별한 삶을 통해서였고, 이론적으로는 주인의 둘째 아들 이반 표도로비치와의 다양하고 기이한 철학적 대화를 통해서였다는 것이다. "아마도 이반 표도로비치가 그런 오락을 자신에게 허락한 것은 분명 자신의 권태나 냉소적 욕구를 적용할 더 나은 상대를 찾지 못해서였을 겁니다. 스메르쟈꼬프는 주인의 집에서 지낸 마지막 며칠 동안의 자신의 정신 상태에 대해 제게 직접 말한 바 있습니다." 이뽈리뜨 끼릴로비치는 설명했다. "하기야 다른 이들도 똑같이 증언하고 있습니다. 피고 자신과 피고의 동생, 심지어 하인 그리고리까지, 스메르쟈꼬프를 아주 가까이에서 알았을 것이 분명한 모든 이가 그렇게 말하고 있는 겁니다. 이밖에도 뇌전증으로 인해 의기소침했던 스메르쟈꼬프는 '토끼처럼 겁쟁이'였습니다. '그 녀석은 내 앞에 엎드려 내 발에 입맞췄습니다'라고 피고 자신이 우리에게 알려주었는데, 이건 그런 말이 자신에게 불리하다는 것을 아직 의식하지 못했을 때 피고가 했던 진술입니다. '녀석은 뇌전증에 걸린 암탉이에요'라고 피고는 자신만의 독특한 언어로 스메르쟈꼬프에 대해 표현했습니다. 바로 그렇기 때문에 피고는 스메르쟈꼬프를 (그 자신이 진술한 대로) 믿을 만한 하수인으로 택해서 몹시 겁을 주었고, 결국 스메르쟈꼬프는 염탐꾼이자 정보 전달자로 피고에게 봉사하겠다고 동의하게 되었던 겁니다. 집안의 염탐꾼으로서 스메르쟈꼬프는 주인을 배신하고 피고에게 돈이 든 봉투의 존재에 대해, 주인의 방에 들어갈 수 있는 신호에 대해 알려줍니다. 어떻게 알려주지 않을 수 있었겠습니까! '죽일 겁니다, 저를 죽일 거라는 게 바로 보였습니다'라고 그 하인은 예심 당시 말했는데, 당시에 그를 위협한 학대자는 이미 체포되어 그를 벌하러 올 수 없었음에도 그는 우리 앞에서 온몸을 부들부들 떨었습니다. '매순간 저를 의심했습니다. 그분의 분노를 사지 않기 위해 두려워 벌벌 떨면서 온갖 비밀을 얼른 알려드렸습니다. 그렇게 해서 제 무고함을 알리고 저를 산 채로 놓아주도록 말입니다.' 이게 바로 스메르쟈꼬프 자신이 한 말입니다. 제가 기록하고 기억해두었지요. '때로는 제게 얼마나 소리를 지르던지, 그럴 때면 저는 그분 앞에 무릎을 꿇었습니다.' 천성이 아주 정직한 젊은이로, 잃어버린 돈을 주인에게 찾아주었을 때 그 정직함을 알아본 주인이 그를 신뢰하게 되었기 때문에, 불운한 스메르쟈꼬프는 자신이 은인으로 사랑한 주인을 배반한 것을 후회하며 끔찍이 괴로워했으리라는 점을 생각해볼 필요가 있습니다. 탁월한 전문성을 지닌 정신과 의사들의 증언에 따르면, 뇌전증으로 심하게 고통받는 사람들은 끊임없이 병적인 자책에 빠지는 경향이 있다고 합니다. 이런 사람들은 자신이 누군가에게 뭔가 잘못했다는 '죄의식'으로 괴로워하고, 아무 근거도 없이 과장하여 자신의 갖가지 죄와 범죄까지 상상해내기도 합니다. 또한 이런 사람들은 바로 공포와 경악 때문에 실제로 죄인이 되고 범죄를 저지르기도 하지요. 그런데다 이 사람은 눈앞에서 벌어지는 상황을 보고 뭔가 좋지 않은 일이 일어날 수 있다고 강하게 예감했습니다. 표도르 빠블로비치의 둘째 아들 이반 표도로비치가 참극이 있기 전날 모스끄바로 떠날 때, 스메르쟈꼬프는 소심한 습성 때문에 감히 자신의 걱정을 분명하고 단호하게 말하지 못하고 그에게 남아 있어달라고 애걸했습니다. 스메르쟈꼬프는 단지 암시하는 것으로 다 되었다고 생각했는데, 사람들은 그 암시를 이해하지 못했던 것입니다. 스메르쟈꼬프는 이반이 자기를 보호해줄 수 있다고 생각한 듯했고, 이반 표도로비치가 집에 있으면 재앙이 일어나지 않을 거라는 보장이 된다고 여겼던 듯하다는 점을 지적해두겠습니다. 드미뜨리 까라마조프의 '취중' 편지에 나온 표현을 기억해보십시오. '이반이 떠나기만 하면 노인을 죽일 거요.' 그러니 이반 표도로비치의 존재는 모든 이에게 집안의 평온과 질서의 보장처럼 여겨졌던 것입니다. 그런데 그런 이반 표도로비치가 떠나자, 스메르쟈꼬프는 젊은 주인이 떠난 지 불과 한시간쯤 지나 곧바로 뇌전증으로 쓰러집니다. 충분히 이해할 수 있는 상황이지요. 여기서 언급해둘 것은 공포와 그 나름의 절망으로 의기소침해 있던 스메르쟈꼬프가 최근 들어 곧 뇌전증 발작이 일어날 수 있으리라는 것을 특히 강하게 예감했다는 점입니다. 전에도 정신적 긴장과 충격이 있는 순간이면 늘 발작이 일어나곤 했기 때문입니다. 물론 뇌전증 환자가 발작의 날짜와 시간까지 예측하는 것은 불가능하지만, 발작의 조짐은 환자 모두 미리 느낄 수 있습니다. 의학이 그렇게 말하고 있지요. 이반 표도로비치가 마당을 나서자마자 스메르쟈꼬프는 자신이 이를테면 고아가 되었고 아무한테서도 보호받을 수 없다는 느낌에 사로잡힌 채 집안일을 하러 지하창고로 가서 계단을 내려가며 생각합니다. '발작이 일어날까, 아닐까. 만일 지금 일어나면 어쩌지?' 바로 그런 기분, 그런 의심, 그런 질문 때문에 언제나 발작에 앞서 오는 목구멍의 경련이 그를 사로잡았고, 그는 의식을 잃고 창고 바닥으로 굴러떨어지고 맙니다. 바로 이렇게 가장 자연스러운 우연으로 벌어진 일임에도, 어떻게 여기서 그 하인이 교활하게도 일부러 환자인 척했다는 의심, 그런 실마리, 모종의 암시를 찾아낼 수 있겠습니까! 설사 일부러 그런 것이라 해도, 그 즉시 무엇을 위해서 그랬느냐는 의문이 생깁니다. 무슨 속셈으로, 무슨 목적으로요? 저는 이제 의학에 대해서는 말하지 않겠습니다. 과학도 거짓말을 하고, 과학도 실수를 하며, 의사들은 진짜와 꾀병을 구분할 줄 모른다고 합니다. 그렇다고 칩시다, 그러라지요. 그러나 이 질문에 대해 제게 답해주십시오. 그는 무엇을 위해 그런 척했던 것입니까? 살인을 계획한 다음 발작을 일으켜 미리, 조금 더 빨리 집안의 관심을 자신에게 쏠리게 하려고요? 아시다시피, 배심원 여러분, 범죄가 일어난 날 밤에 표도르 빠블로비치의 집에는 다섯 사람이 드나들었습니다. 첫째, 표도르 빠블로비치 자신입니다. 그러나 자기가 자기를 죽일 수는 없지요. 그건 분명합니다. 둘째, 하인 그리고리입니다. 그러나 그리고리는 그 자신이 살해당할 뻔했습니다. 셋째, 그리고리의 아내인 하녀 마르파 이그나찌예브나인데, 그러나 이 여인을 그 주인의 살인자로 추론하는 것은 그저 수치스러울 뿐입니다. 따라서 눈앞에 남은 것은 두 사람, 피고와 스메르쟈꼬프뿐입니다. 그러나 피고는 자기가 죽이지 않았다고 주장하니, 그렇다면 스메르쟈꼬프가 죽인 게 됩니다. 다른 어느 누구도 찾을 수 없고 다른 살인자를 갖다댈 수도 없으니 다른 방도가 없지요. 이렇게 해서, 바로 이렇게 해서 어제 자기 목숨을 끊은 불행한 백치를 지목하여 '교활하고도' 어마어마한 고발이 등장한 것입니다! 다른 사람을 찾을 수 없다는 바로 그 이유 하나 때문에 말입니다! 무슨 그림자라도 있었다면, 누구든 조금이라도 의심할 만한 구석이 있는 여섯번째 사람이 있었다면, 저는 심지어 피고 자신도 스메르쟈꼬프를 지목하는 것이 부끄러워 그 여섯번째 사람을 지목했을 것이라고 확신합니다. 왜냐하면 스메르쟈꼬프에게 살인 혐의를 씌우는 것은 완전히 황당무계한 일이니까요.

여러분, 심리학은 제쳐둡시다. 의학도 내버려둡시다. 심지어 논리 자체도 내버려두고 다만 사실, 오로지 사실에만 관심을 기울여 그 사실들이 우리에게 무엇을 말하는지 살펴봅시다. 자, 스메르쟈꼬프가 죽였습니다. 어떻게요? 혼자서일까요, 아니면 피고와 공모했을까요? 우선 첫번째 경우, 스메르쟈꼬프가 혼자서 죽였을 경우를 살펴봅시다. 만일 그가 죽였다면 물론 뭔가를 위해서, 어떤 이익을 바라고 그랬겠지요. 그러나 피고가 가진 살인 동기들, 즉 증오, 질투 등의 그림자조차 지니지 않았던 스메르쟈꼬프는 의심할 여지없이 오직 돈, 자기 눈으로 주인이 봉투에 넣는 것을 본 바로 그 3천 루블을 자기 것으로 만들기 위해서 죽인 것일 수밖에 없습니다. 살인을 결심한 후 그는 다른 인물, 그 돈에 가장 관심을 보였던 인물인 피고에게 미리 돈과 신호와 관련된 모든 정황을 알려줍니다. 돈봉투가 어디 있는지, 봉투에 뭐라고 쓰여 있는지, 무엇으로 묶었는지, 그리고 무엇보다 주인의 방에 들어갈 수 있는 '신호'를 알려줍니다. 왜 그랬을까요? 스메르쟈꼬프가 곧장 자신의 정체를 드러내기 위해서 그랬을까요? 아니면 들어가서 돈봉투를 갖고 싶어하는 경쟁자를 자신에게 끌어들이려고? 네, 그야 겁이 나서 알려주었겠지, 하고 말할 사람들도 있을 겁니다. 그러나 이건 어찌 된 일입니까? 그렇게 대담하고 짐승 같은 짓을 눈 하나 깜빡하지 않고 계획하고 나중에는 실행에 옮긴 사람이 세상천지에서 자기만 아는, 자기만 입을 다물면 온 세상 어느 누구도 짐작도 못 할 그런 정보를 알려주다니요. 아니요, 사람이 아무리 겁이 많다 해도 그런 일을 계획했다면 최소한 돈봉투와 신호에 대해서만큼은 아무에게도 결코 말하지 않을 겁니다. 그건 미리 자신의 정체를 드러내는 거나 마찬가지니까요. 설사 누군가 정보를 요구한다 해도 일부러라도 뭐든 꾸며서 거짓말로 둘러대고 그것에 대해서만큼은 입을 다물었을 게 틀림없습니다! 오히려, 거듭 말하지만, 만일 스메르쟈꼬프가 돈 얘기는 하지 않고 있다가 나중에 죽인 뒤에 그 돈을 가져갔다 해도, 적어도 강도짓을 하기 위해 살인을 저질렀다고 그를 고발할 사람은 세상천지에 아무도 없었을 겁니다. 그 하인 말고 집에 돈이 있는 것을 본 사람은 아무도 없었고, 아는 사람도 없었으니까요. 설사 스메르쟈꼬프가 혐의를 받는다 해도 틀림없이 다른 동기 때문에 죽였을 거라고들 생각했을 겁니다. 그러나 스메르쟈꼬프에게서 다른 동기를 알아차린 사람은 아무도 없었고, 오히려 그가 주인의 사랑을 받았고 주인의 신임을 얻었다는 것을 모두가 알고 있었으니 그는 물론 제일 마지막으로 의심을 받았을 겁니다. 제일 먼저 의심을 받는 것은 동기를 지닌 사람, 스스로 동기가 있다고 소리치고 다닌 사람, 그 동기를 숨기지 않은 사람, 모든 사람 앞에서 다 드러낸 사람이었겠지요. 한마디로 말해서, 살해당한 사람의 아들 드미뜨리 표도로비치를 의심했을 겁니다. 스메르쟈꼬프가 죽이고 훔쳤는데 그 아들이 혐의를 쓴다면 물론 살인자 스메르쟈꼬프에게 유리한 일이 아니겠습니까? 자, 그런데 스메르자꼬프가 살인을 계획하고서 미리 돈, 봉투, 신호에 대해 아들인 드미뜨리에게 알려주었다니, 이게 어떻게 논리적이고 어떻게 명백한 일입니까!

계획한 살인 날짜가 닥치자, 스메르자꼬프는 뇌전증 발작이 일어난 척 꾸미고 굴러떨어집니다. 무엇을 위해서요? 물론 첫째로는, 자기 몸을 치료할 생각이었던 하인 그리고리가 집을 지킬 사람이 아무도 없는 것을 보고 치료를 미루고 집을 지키게 하려고 그랬겠지요. 둘째로는, 물론 주인 자신도 아무도 자기를 지킬 사람이 없는 것을 알고 아들이 올까 두려운 마음에 더 의심하고 더 조심하게 만들려고 그랬겠지요. 주인은 그 두려움을 숨긴 적이 없으니까요. 마지막으로는, 이것이 가장 중요한데, 물론 발작으로 쓰러진 스메르자꼬프를 언제나 그가 다른 사람들과 떨어져 자며 별도 출입문이 있는 부엌으로부터 곁채의 다른 쪽 끝에 있는 그리고리의 방, 두 사람의 침대에서 세발짝 떨어진 칸막이 뒤로 옮겨 눕히도록 하기 위해서입니다. 아주 오래전부터 스메르자꼬프가 뇌전증으로 쓰러지기만 하면 주인과 동정심 많은 마르파 이그나찌예브나의 배려로 늘 그렇게 해왔으니까요. 그곳 칸막이 뒤에 누워 스메르자꼬프는 더 확실하게 환자로 보이기 위해 물론 신음 소리를 냈을 겁니다. 즉, 부부가 밤새도록 깨어 있게 하려고요.(그리고리와 그 아내의 증언에 따르자면 실제로 그랬다고 합니다.) 이 모든 것이, 이 모든 것이 그럼으로써 벌떡 일어나 더 손쉽게 주인을 죽이기 위한 것이었단 말입니까!

그러나 또 제게 이렇게 말하는 사람도 있을 수 있겠습니다. 스메르자꼬프가 환자인 척한 것은 자신을 의심하지 않게 하기 위해서였으며, 피고에게 돈과 신호를 알려준 것은 피고가 유혹에 빠져 직접 와서 죽이도록 하기 위해서였다고, 그리고 피고가 살인을 저지른 뒤 돈을 갖고 도망치는 와중에 소란이 벌어지고 큰소리가 나서 모든 증인을 깨울 때, 아시겠습니까, 그때 스메르쟈꼬프도 일어나서 나갈 거라고요. 그런데 무엇 하러 나가는 걸까요? 바로 주인을 다시 죽이고, 이미 훔쳐간 돈을 다시 훔치러 나가는 겁니다. 여러분, 웃으십니까? 저도 이런 가설을 내세우는 것 자체가 부끄럽습니다. 하지만 생각해보십시오, 피고는 바로 이런 주장을 하고 있는 겁니다. 자신이 떠난 다음에, 그러니까 자신이 그리고리를 쓰러뜨리고 온갖 소란을 피우고 집을 떠난 후에 스메르쟈꼬프가 일어나 가서 죽이고 훔쳤다고요. 저는 스메르쟈꼬프가 그 모든 것을 어떻게 다 미리 계산하고 손금 보듯 알 수 있었는지, 그러니까 분기탱천한 아들이 찾아와 조심스레 창 안을 들여다보고, 신호를 다 알면서도 스메르쟈꼬프에게 모든 먹이를 남겨두고 물러나기만 하리라는 것을 스메르쟈꼬프가 어떻게 미리 알 수 있었는지에 대해서는 말도 꺼내지 않겠습니다! 여러분, 저는 진지하게 질문을 제기하는 바입니다. 스메르쟈꼬프가 범죄를 저지를 시간이 언제 있었습니까? 그 순간을 말씀해주십시오. 그러지 않으면 혐의를 입증할 수 없으니까요.

'어쩌면 발작은 진짜였을 수도 있다. 환자는 갑자기 정신이 들어 비명 소리를 듣고 나가보았다.' 그래서 어떻다고요? 둘러보고서 그럼 주인을 죽이러 가볼까, 혼잣말을 했을까요? 거기서 무슨 일이 벌어졌는지, 어떻게 되었는지 스메르쟈꼬프가 어떻게 알았겠습니까? 그때까지 정신을 잃고 누워 있었는데요. 아니, 여러분, 공상에도 한계가 있는 겁니다.

'그렇다면,' 섬세한 사람들은 말하겠지요. '그 둘이 합심했다면,

둘이 함께 죽이고 돈을 나눴다면 그때는 어떻게 하겠나?'

예, 사실 이 혐의는 중요한 것입니다. 첫째, 그것을 확증하는 어마어마한 증거들이 즉각 제시되니까요. 한 사람은 살인을 하고 갖은 수고를 도맡아 하고, 다른 공범은 뇌전증 발작이 일어난 척 드러누워 있습니다. 미리 모든 사람에게 의심을 사고 주인과 그리고리에게 불안을 불러일으키기 위해서였다는 겁니다. 대체 무슨 동기에서 이 두 사람은 이런 미친 계획을 생각해냈단 말입니까? 어쩌면 스메르쟈꼬프 쪽에서 적극적으로 공모하지 않았을 수도 있습니다. 이를테면 수동적이고 괴롭힘을 당하는 공범이었던 거죠. 어쩌면 겁을 집어먹은 스메르쟈꼬프가 살인에 반대하지 않겠다는 정도만 동의했고, 그럼에도 주인을 죽이게 내버려둔 채 소리치거나 저항하지 않았다는 이유로 기소당할 것을 예상하고 그동안 뇌전증 발작이 일어난 것처럼 누워 있게 해달라고 드미뜨리 까라마조프에게 미리 허락을 받았을 수도 있습니다. '나리는 원하는 대로 살인하세요, 저는 제 구석 자리에 있을 테니' 하는 식으로요. 그러나 만일 그랬다 해도, 그 발작이 집에 큰 소동을 불러일으킬 것이 분명한데 그걸 아는 드미뜨리 까라마조프가 그런 설득에 동의할 리 없었을 겁니다. 그러나 제가 양보해서 드미뜨리가 동의했다고 칩시다. 그 경우에도 드미뜨리 까라마조프는 살인자, 직접적 살인자이자 주동자이고 스메르쟈꼬프는 수동적 가담자, 아니 아예 가담자도 못 되고 공포 때문에 본의 아니게 묵인한 방관자가 됩니다. 법정은 이것을 분명히 판별할 수 있겠지요. 하지만 이 경우 우리가 보는 상황은 어떻습니까? 피고는 체포되자마자 순식간에 모든 것을 스메르쟈꼬프에게 뒤집어씌우고 그 한 사람만의 범행이라고 주장하고 있습니다. 자신과 공모한 것이 아니라 스메르쟈꼬프 혼자

일을 꾸미고, 죽이고 도둑질했다고, 그 손이 한 짓이라고 말하는 겁니다! 자, 당장 서로에게 죄를 뒤집어씌우는 공범들이 어디 있습니까? 그런 경우는 결코 없습니다. 또한 그것이 까라마조프에게 얼마나 위험한 일일지 생각해보십시오. 피고가 살인의 주범이고, 스메르쟈꼬프는 주범도 아니고 칸막이 뒤에 누워 있던 방관자일 뿐입니다. 그런데 피고는 누워 있던 사람에게 죄를 뒤집어씌우고 있습니다. 이렇게 되니 그 사람, 누워 있던 사람은 화가 나서 자기방어를 하기 위해서라도 속히 진실을 밝히려 하겠지요. 둘 다 가담했지만 자신은 두려워서 용인하고 허락했을 뿐 죽이지 않았다고요. 그 사람, 스메르쟈꼬프는 법정이 잘못의 정도를 판별해서 처벌한다면 자신에게 모든 것을 뒤집어씌우려 하는 주범보다 자신이 비할 수 없이 작은 벌을 받으리라는 것을 계산할 수 있었을 겁니다. 그렇다면 마지못해서라도 자백을 했겠죠. 그런데 우리는 그런 것을 보지 못했습니다. 스메르쟈꼬프는 살인자가 자기에게 확실한 혐의를 씌우고 줄곧 자신을 단독 살인자로 지목하는데도 공모 사실에 대해서는 입도 뻥끗하지 않았습니다. 더구나 그는 예심에서 돈이 든 봉투와 신호를 피고에게 자신이 직접 알려주었다고, 자기가 아니었다면 피고는 아무것도 알 수 없었을 것이라고 밝혔습니다. 만일 스메르쟈꼬프가 정말로 공범이었고 죄가 있었다면 예심에서 이 일에 대해, 그 자신이 피고에게 모든 것을 알려주었다는 것을 그렇게 쉽게 밝혔을까요? 오히려 입을 꽉 닫거나 사실을 왜곡하고 축소했을 게 틀림없습니다. 그러나 스메르쟈꼬프는 왜곡하지도 축소하지도 않았습니다. 무죄인 사람만이, 공범으로 고발당하기를 두려워하지 않는 사람만이 그렇게 할 수 있습니다. 그런데 스메르쟈꼬프는 뇌전증과 벌어진 모든 재앙으로 인한 병적인 우울증의 발작으로 어제 목을 맸습니다. 목을 매면서 독특한 언어로 쓰인 쪽지를 남겼습니다. '누구에게도 죄를 돌리지 않기 위해 내 의지와 뜻에 따라 나 스스로 목숨을 끊는다.' 자, 쪽지에 '살인자는 까라마조프가 아니라 나다'라고 덧붙일 수도 있었습니다. 그러나 그는 그런 말을 덧붙이지 않았습니다. 전자를 고백할 양심은 충분하고 후자를 고백할 양심은 부족했단 말인가요?

그리고 또 조금 전 여기 법정에 3천 루블의 돈이 제출되었습니다. '봉투 속에 들어 있던 돈으로, 어제 스메르쟈꼬프로부터 받은 것입니다'라는 증언이 있었습니다.(지금 그 돈은 다른 증거물과 함께 탁자 위에 놓여 있습니다.) 그런데 배심원 여러분, 여러분은 조금 전의 슬픈 장면을 기억하실 겁니다. 상세히 되짚지는 않겠지만, 가장 사소한 것 중에서 두세가지만 택해서 제 의견을 말씀드리고자 합니다. 왜냐하면 그것들은 사소한 탓에 모두의 머릿속에 들어오지 못하고 잊혔기 때문입니다. 첫째, 다시 말하는데, 스메르쟈꼬프가 양심의 가책 때문에 어제 돈을 내놓고 스스로 목을 맸다는 것입니다.(양심의 가책 없이 그가 돈을 내놓지는 않았을 테지요.) 물론, 이반 까라마조프 자신이 말했듯이 스메르쟈꼬프가 이반 까라마조프에게 자신의 범죄 사실을 처음으로 고백한 것은 어제였습니다. 그렇지 않다면 어째서 이반 까라마조프가 지금까지 입을 다물었겠습니까? 그런데 그렇게 자백해놓고, 다시 한번 말하지만 내일이면 죄 없는 피고에게 무서운 심판이 내려질 것을 알면서도 왜 스메르쟈꼬프는 죽기 전에 쪽지에다 모든 진실을 밝히지 않았을까요? 돈만으로는 증거가 되지 않습니다. 예컨대, 저와 이 법정에 있는 두분은 이미 일주일 전에 이반 표도로비치 까라마조프가 금리 5퍼센트의 장당 5천 루블짜리 유가증권 두장을 주청 소재 도시로 보내 현금 1만 루블로 교환했다는 사실을 아주 우연히 알게 되었습니다. 제 말은, 누구에게나 언제든 돈이 생길 수 있으므로 3천 루블을 가져왔다고 해서 그 돈이 바로 그 돈, 즉 그 상자 혹은 봉투에서 나온 돈임을 증명할 수는 없다는 겁니다. 마지막으로, 이반 까라마조프는 어제 진짜 살인범에게서 그렇게 중요한 정보를 듣고도 가만히 있었습니다. 하지만 어째서 그는 즉각 그것을 알리지 않았을까요? 왜 이반 까라마조프는 모든 것을 아침까지 미루었을까요? 제게는 왜 그랬는지 이유를 추측해볼 권리가 있다고 생각합니다. 이반 까라마조프는 벌써 일주일 전부터 건강이 나빠졌고 의사와 지인들에게 환영을 보고 죽은 사람을 만난다고 스스로 고백했습니다. 오늘 그를 쓰러뜨린 섬망증에 걸리기 전, 어제 갑작스런 스메르쟈꼬프의 죽음을 알게 된 증인은 이런 궁리를 해낼 수 있었던 겁니다. '녀석은 죽었으니 녀석에게 죄를 씌울 수 있다. 그러니 형을 구하자. 나한테는 돈도 있다. 돈다발을 들고 가서 죽기 전에 스메르쟈꼬프가 내게 주었다고 말하자.' 여러분은 이것이 정직하지 않다고 말씀하실 겁니다. 아무리 죽은 사람한테라도 그런 거짓말을 하는 것은 부정직한 짓이라고요. 하지만 형을 구하기 위해서라면요? 만일 증인이 무의식적으로 거짓말을 한 것이라면, 만일 하인이 갑작스럽게 죽었다는 소식에 결정적으로 이성을 잃고 정말로 그렇게 되었던 거라고 상상한 것이라면 어떻게 하시겠습니까? 여러분은 조금 전의 장면을 보셨습니다. 증인이 어떤 상황에 있었는지 보셨습니다. 이반 까라마조프는 두 발로 서서 말을 했지만, 그 증인의 정신은 어디에 있었습니까? 섬망증 환자의 조금 전의 증언에 뒤이어 범행 이틀 전에 피고가 베르홉쩨바양에게 쓴, 상세한 범죄 계획을 담은 편지가 나왔습니다. 자, 그럼 왜 우리는 계획과 그것의 작성자를 찾고 있는 겁니까? 정확하게 그 계획에 따라 실행되었고, 다른 사람이 아닌 그 작성자에 의해 범죄가 자행되었는데 말입니다. 그렇습니다, 배심원 여러분, '쓰인 그대로 실행되었습니다!' 아버지의 집에 사랑하는 여인이 있다고 확신한 피고는 아버지의 창 앞에서 결코, 결코 겁을 먹고 조심스럽게 달아나지 않았습니다. 아니요, 그건 터무니없고 있을 수 없는 일입니다. 피고는 들어가서 일을 끝냈습니다. 틀림없이 피고는 증오의 대상, 즉 자신의 연적을 보자마자 적의에 불타서 분노한 가운데 살인을 저질렀을 겁니다. 아마도 구리공이로 무장한 팔을 한번 휘둘러 대번에 해치운 다음, 샅샅이 살펴 여자가 거기 없다는 것을 확인하고는 베개 밑에 손을 넣어 돈이 든 봉투를 꺼내는 걸 잊지 않았을 겁니다. 그 뜯긴 겉봉이 지금 여기 증거물이 놓인 탁자 위에 있습니다. 제가 보기에 대단히 특징적인 한가지 상황이 있는데, 저는 여러분께서 그것에 주목해 주시기를 바라며 이 이야기를 하고 있습니다. 만일 능숙한 살인자였다면, 오로지 도둑질만을 위해 살인을 저지른 사람이라면, 자, 과연 그 봉투를 사람들이 찾기 쉽게 시체 옆의 바닥에 그렇게 남겨두었을까요? 예컨대, 스메르쟈꼬프가 도둑질을 위해 살인을 했다면 그는 희생자의 시신 앞에서 애써 봉투를 뜯어볼 필요도 없이 그냥 가져갔을 겁니다. 그가 있는 자리에서 돈을 넣고 봉인을 했기 때문에 봉투 안에 돈이 들었다는 것을 그는 알고 있었으니까요. 게다가 스메르쟈꼬프가 돈을 봉투째로 가져갔다면 도둑질이 벌어졌는지 아닌지도 알 수 없었을 테고요. 여러분께 묻겠습니다. 배심원 여러분, 스메르쟈꼬프라면 과연 그렇게 행동했을까요? 봉투를 바닥에 남겨두었을까요? 아닙니다. 그렇게 한 것은 광분해서 이미 앞뒤 분간을 못 하게 된 살인자가 틀림없습니다. 그 살인자는 도둑이 아니고 이제까지 한번도 무엇을 훔쳐본 적이 없습니다. 그때도 이부자리 밑에서 돈을 꺼냈지만 도둑으로서가 아니라 자기 물건을 훔쳐간 도둑에게서 되가져가는 사람으로서 그런 겁니다. 그 3천 루블에 대한 드미뜨리 까라마조프의 생각이 그러했고 결국은 망상증에까지 이르렀지요. 그래서 살인자는 전에 한번도 본 적 없는 봉투를 손에 넣자 돈이 있는지 확인하려 겉봉을 찢은 뒤 돈은 주머니에 쑤셔넣고, 자신에게 엄청난 혐의점을 남겼다는 걸 생각할 겨를도 없이 방바닥에 찢긴 겉봉을 던져놓고 도망친 겁니다. 이 모든 것은 스메르자꼬프가 아니라 까라마조프이기 때문에, 미처 생각지 못하고 헤아리지도 못해서 벌어진 일입니다. 피고가 그럴 여유가 어디 있었겠습니까! 피고는 도망치다가 하인의 외침을 듣게 되고, 그와 마주친 하인은 피고를 붙들어 막으려다가 구리공이에 맞고 쓰러집니다. 피고는 연민과 동정심에서 도울 게 있을까 살펴보려고 그 하인에게로 뛰어내립니다. 생각해보십시오, 그 순간이 그런 동정심을 보일 만한 순간입니까? 아닙니다, 피고는 자신의 악행을 목격한 유일한 증인이 살아 있는지 확인하기 위해 뛰어내렸던 겁니다. 그밖의 다른 감정, 다른 동기는 부자연스러운 것일 테지요! 여기서 주의할 것은 피고가 그리고리를 위해 애를 쓰며 수건으로 머리를 닦아주고 하다가 그가 죽었다고 확신하자 정신 나간 사람처럼 온통 피에 젖은 채 다시 그곳, 사랑하는 여인의 집으로 달려갔다는 점입니다. 피고는 자신이 온통 피에 젖었다는 것을, 자신의 범행이 즉각 발각되리라는 것을 어떻게 생각지 못했을까요? 그러나 피고는 자기가 피투성이라는 데는 관심도 기울이지 않았다고 우리에게 주장합니다. 그것은 그럴 수 있는 일이고, 그런 순간에 범죄자들은 흔히 그런다고도 말할 수 있습니다. 한편으로는 흉악한 계산을 하면서도 다른 한편으로는 생각이 모자라지요. 그런데 피고는 그 순간 오직 그 여인이 어디 있을지만 생각했습니다. 그녀가 어디 있는지 빨리 알아내야 했고, 그래서 그녀의 거처로 달려간 피고는 예기치 못한 엄청난 소식을 듣게 됩니다. 그녀가 자신의 '옛 남자' '틀림없는 그 사람'을 만나러 모끄로예로 떠났다는 것입니다.

9. 불꽃 튀는 심리분석, 질주하는 삼두마차, 검사 논고의 대미

신경이 예민한 연설가라면 누구나 솟구치는 열정을 자제하기 위해 일부러 엄격하게 마련된 틀을 추구하며 연대기적으로 기술하기를 특히 선호하게 마련으로, 이뽈리뜨 끼릴로비치도 논고에서 이 기술 방법을 택했는데, 이 대목에 이르자 '옛 남자' '틀림없는 그 사람'에 대해 특히 장황하게 언급하며 이 주제와 관련해 그 나름의 흥미로운 생각을 전개했다.

"미칠 지경에 이를 만큼 모든 사람을 질투하던 까라마조프는 돌연 이 '옛 남자' '틀림없는 그 사람' 앞에서 한꺼번에 무너져 움츠러들게 된 것 같습니다. 더욱 이상한 점은 피고가 예기치 못한 연적의 얼굴로 다가온 이 새로운 위험에 거의 관심을 기울이지 않았다는 점입니다. 피고는 계속해서 그런 일이 일어나려면 아직 멀었다고 생각해왔는데, 까라마조프는 언제나 현재의 순간만을 사니까요. 아마도 피고는 이 연적을 허구로 생각했던 듯합니다. 그러나 피고는 돌아온 연적이 자신의 애인에게는 전혀 환상이나 허구가 아니며 모든 것, 그 여인의 삶의 기쁨이기에 여인은 그 새로운 연적을 숨기고 조금 전까지도 자신을 속였던 것임을 순식간에 깨닫고는 이에 순종합니다. 배심원 여러분, 저는 피고의 마음에 일어난 이 갑작스러운 변화에 대해 침묵한 채 지나칠 수 없습니다. 피고에게서는 결단코 볼 수 없었을 듯한 진실을 향한 확고부동한 욕구, 여인을 존중하는 마음, 그녀의 마음의 권리를 인정하려는 욕구가 갑작스럽게 나타난 것인데, 그게 언제였습니까. 그 애인 때문에 피고가 자신의 손을 아버지의 피로 물들였던 그 순간이 아닙니까! 그 흘린 피는 사실 그 순간 이미 복수를 외치기 시작한 것인데, 자신의 영혼과 지상에서의 자신의 모든 운명을 파멸시킨 피고는 그 순간 어쩔 수 없이 이렇게 느끼며 스스로에게 물었어야만 하니까요. '언젠가 자신이 파멸시킨 여인에게 돌아와 참회하고 새로운 사랑과 행복한 삶의 부활을 약속하며 정직하게 청혼하는 '옛 남자' '틀림없는 그 사람'과 비교했을 때 나는 무슨 의미일까? 내가 나 자신의 존재보다 더 사랑하는 여인에게 나는 지금 어떤 의미를 지닐까? 이 불행한 나는 여인에게 지금 무엇을 해줄 수 있고 무엇을 제안할 수 있을까?' 까라마조프는 이 모든 것을 깨달았습니다. 피고는 그 범죄가 자신의 모든 길을 가로막았으며, 자신은 사형 선고를 받은 범죄자일 뿐 삶이 허용된 사람이 아니라는 것을 깨달았던 겁니다! 이 생각이 까라마조프를 짓누르고 파괴했습니다. 그래서 피고는 까라마조프의 성격으로 보아 끔찍한 상황에서 벗어날 유일하고 숙명적인 출구로 생각할 수밖에 없었을 어떤 미친 계획에 단박에 사로잡히고 맙니다. 그 출구란 자살입니다. 피고는 저당 잡힌 권총을 찾으러 관리 뻬르호찐씨에게로 내달리는 도중에 방금 자신의 손을 아버지의 피로 물들이게 만든 그 돈을 전부 호주머니에서 꺼냅니다. 오, 이제 돈은 피고에게 더욱 필요해졌습니다. 까라마조프가 죽는다,

까라마조프가 권총 자살을 한다, 사람들은 이것을 기억하게 될 것이다! 그가 공연히 시인인 게 아닙니다. 공연히 넘치도록 삶을 즐긴 게 아닙니다. '그루셴까에게, 그루셴까에게 가자. 거기서, 오, 거기서 온 세상이 떠들썩하게, 사람들이 오래도록 기억하고 이야기하도록 전에 없던 잔치를 베풀리라. 거친 고함 소리, 미친 듯한 집시들의 노래와 춤 가운데서 건강을 기원하는 축배를 들고, 내가 숭배하는 여인의 새로운 행복을 축하하고, 그런 다음 그녀의 발 앞에서, 그녀 앞에서 내 두개골을 부수고 삶을 벌할 것이다! 그녀도 언젠가는 미짜 까라마조프를 떠올리고 미짜가 자신을 얼마나 사랑했는지를 깨닫고서 미짜를 불쌍히 여기겠지!' 수많은 그림 같은 이미지, 낭만적 광기, 까라마조프적인 거칠고 억제할 수 없는 감수성이 작동합니다, 자, 또다른 무엇이 있나요? 배심원 여러분, 피고의 영혼 속에서 소리치며 머릿속을 끊임없이 두들기고 그의 심장을 죽도록 갉아먹는 무엇이 있습니다. 그 무엇, 그것은 양심입니다, 배심원 여러분, 이것은 양심의 심판이고, 무서운 양심의 가책입니다! 그러나 권총이 모든 걸 화해시켜줄 겁니다. 권총만이 유일한 출구일 뿐, 다른 길은 없습니다. 그런데 이 대목에서 까라마조프가 그 순간 저세상에 무엇이 있을까 생각했을지 아닐지, 까라마조프가 햄릿식으로 저세상에는 무슨 일이 있을지 생각할 수 있는지 아닌지에 대해서는 저도 모르겠습니다. 아니요, 배심원 여러분, 저들에게는 햄릿들이 있지만 우리에게는 아직 까라마조프들만 있으니까요!"

여기서 이뽈리뜨 끼릴로비치는 미짜가 사람들을 모으는 장면, 즉 뻬르호찐의 집과 상점에서 마부들과 흥정하던 장면을 아주 자세하게 묘사했다. 그는 증인들이 확인해준 수많은 말과 격언과 몸짓을 인용했는데, 중요한 것은 이것들이 종합적으로 방청객들에게 영향을 미쳤다는 것이다. 이 미친 듯이 날뛰며 스스로를 지키지 못하는 사람의 죄가 논박할 수 없이 드러났다. "피고는 자신을 지킬 이유가 전혀 없었습니다." 이뽈리뜨 끼릴로비치는 말했다. "그는 두세차례 거의 완전히 자백할 뻔했습니다. 거의 암시하다시피 했는데 끝까지 말하지 않았을 따름입니다.(이에 대한 증인들의 증언이 줄줄이 인용되었다.) 그는 심지어 도중에 마부에게 소리치기까지 했습니다. '자네 아나, 자네는 지금 살인자를 데려가고 있는 거야!' 그러나 어쨌든 피고는 끝까지 다 말할 수는 없었습니다. 우선 모끄로예 마을로 가서 거기서 서사시를 마쳐야 했으니까요. 그런데 그곳에서 이 불행한 사람을 기다린 것은 무엇이었을까요? 문제는 모끄로예에 도착한 거의 첫 순간부터 그 '틀림없는' 연적이 전혀 틀림없는 그 사람이 아니며, 새로운 행복을 축하하고 축배를 나누기를 피고에게 바라지도, 받으려 하지도 않는다는 것을 알게 되었고 마침내 사태를 완전히 파악하게 되었다는 것입니다. 배심원 여러분, 여러분은 이미 예심을 통해 모든 사실을 알고 계십니다. 연적을 이긴 까라마조프의 승리는 명백한 것으로 드러났습니다. 오, 이때 이 사람의 영혼에는 전혀 새로운 국면이 시작됩니다. 그리고 그 국면은 이 영혼이 언젠가 겪었고 또 앞으로 겪게 될 모든 국면 중에서 가장 무서운 것이기까지 했습니다! 단언할 수 있는 것은, 배심원 여러분," 이뽈리뜨 끼릴로비치가 목소리를 높였다. "훼손당한 본성과 죄를 지은 심장은 그 자체로 지상의 어떤 심판보다 더 온전하게 스스로에게 복수를 자행했다는 것입니다! 그뿐만이 아닙니다. 심판과 지상의 형벌은 오히려 본성에 의한 형벌을 가볍게 해주고 그 순간 절망에서 그의 영혼을 구원해주는 까닭에 범죄자의 영혼에는 필수불가결한 것입니다. 여인이 자신을 사랑하여 자신을 위해 그녀의 '옛 남자' '틀림없는 그 사람'을 거부하고 함께 새로운 삶을 살자고 자신을, 이 사람 '미쨔'를 부르며 행복을 약속하고 있는 것을 알았을 때 까라마조프가 느꼈을 공포와 정신적 고뇌를 저는 상상조차 할 수 없습니다. 게다가 그 일이 언제 일어났습니까? 피고에게 모든 것이 끝나고, 이미 아무것도 가능하지 않을 때였습니다! 말이 나온 김에, 피고가 당시 처한 상황의 진정한 본질을 설명하기 위해 우리에게 아주 중요한 사실 한가지를 살짝 지적하고자 합니다. 이 여인은 최후의 순간까지, 심지어 체포되기 바로 직전까지도 피고에게는 도달할 수 없는 존재로, 열정적으로 소망하지만 붙잡을 수 없는 존재로 남아 있었습니다. 그런데 이 사람은 왜 그때 권총 자살을 하지 않았을까요? 왜 실행하려던 계획을 버리고 어디에 권총을 두었는지조차 잊었을까요? 피고를 붙든 것은 바로 사랑에 대한 열정적 갈망과 그것이 그 자리에서 즉시 충족될 수도 있다는 희망이었습니다. 술판에 푹 빠져 함께 주연을 벌이며 피고는 그 어느 때보다 더 사랑스럽고 매혹적으로 보이는 연인에게 꼭 붙어 있었습니다. 피고는 연인에게 도취해 그 곁을 떠나지 않았고, 연인 앞에서 녹아내렸습니다. 이 열정적인 갈망으로 인해 한순간 체포의 두려움뿐 아니라 양심의 가책마저 억누를 수 있었던 것입니다! 저는 세가지 요소에 노예처럼 종속되어 있었던 게 틀림없는 당시 범죄자의 정신 상태를 상상해봅니다. 범죄자의 정신은 세 요소에 완전히 짓눌려 있었습니다. 첫째, 취기와 도취, 왁자지껄한 소음, 발을 구르며 춤추는 소리, 째지는 노랫소리, 그리고 연인, 포도주로 발그레하게 얼굴을 붉힌 채 노래하고 춤추며 술에 취해 미소를 보내는 연인! 둘째, 숙명적인 대단원은 아직 멀리 있다, 최소한 코앞에 있지는 않다, 내일에야, 아침에야 와서 잡아갈 것이라는, 기운을 북돋는 막연한 바람. 그러니 몇시간은 더 남아 있고, 그거면 시간은 많다, 끔찍하게 많다는 생각! 그 몇시간이면 많은 것을 생각해낼 수 있는 법이죠. 저는 이 사람에게 죄인이 사형장, 교수대로 끌려갈 때와 비슷한 일이 일어났다고 생각합니다. 한걸음씩 천천히 걸어서 아직 기나긴 거리를 지나야 하고 수천명의 사람들이 모여 있는 옆을 지나야 한다, 조금 뒤에는 다른 거리로 들어설 테고, 그 거리의 끝에 가서야 무서운 광장이 있다! 선고를 받은 자는 호송마차에 앉아 행진을 시작할 때는 자기 앞에 아직 영원한 삶이 존재한다는 느낌을 받을 것이 틀림없습니다. 그러나 곧 집들을 뒤로하고 마차는 굴러갑니다, 오, 그건 괜찮습니다. 두번째 거리로 들어서려면 아직 멀었기 때문에 사형수는 여전히 씩씩하게 자신에게 냉담하고 호기심 어린 시선을 박고 있는 수천명의 사람들을 좌우로 살피며 여전히 자신도 그들과 똑같은 사람이라고 생각합니다. 그러나 곧 벌써 다른 거리로 들어섭니다. 오! 괜찮습니다, 괜찮습니다, 아직 거리 하나가 고스란히 남아 있습니다! 수많은 집들을 스쳐보내지만 사형수는 여전히 생각할 겁니다. '아직 많은 집들이 남아 있다.' 그리고 마침내 끝까지 가서 형장 바로 앞에 다다르는 것이죠. 저는 당시 까라마조프가 그랬다고 상상합니다. '아직 저쪽에서 무슨 조처를 취할 순 없었을 것이다.' 이 사람은 생각합니다. '아직 방도를 찾을 수 있다. 오, 방어 계획을 세우고 반격을 생각할 시간이 아직 있을 것이다. 그런데, 지금, 지금 그녀는 얼마나 매혹적인가!' 마음은 이렇게 혼란스럽고 두려운데, 그럼에도 까라마조프는 자기 돈의 절반을 떼어 어딘가에 숨기는 데 성공합니다. 그렇지 않고서야 방금 아버지의 베개 밑에서 훔쳐온 3천 루블의 절반이 어디로 사라질 수 있었는지 저로서는 설명할 길이 없습니다. 이 사람은 모끄로예에 온 것이 처음이 아니었고, 이미 거기서 꼬박 이틀 동안 술판을 벌인 적이 있습니다. 낡고 큰 목조 가옥과 거기에 딸린 창고와 회랑을 이 사람은 속속들이 알고 있었습니다. 저는 돈의 일부를 그때, 체포되기 직전에 그 집의 어떤 구멍이나 틈새, 마루 밑, 어느 구석이나 지붕 밑에 숨겼으리라 추정합니다. 무엇을 위해서 그랬을까요? 무엇을 위해서냐고요? 당장 파국이 벌어질지 모르고 물론 그것을 어떻게 맞을지 아직 대비도 되어 있지 않은데, 시간도 없는데, 머리는 쿵쿵 울리고 마음은 온통 연인에게 쏠려 있는데, 그런데 돈은요? 돈은 어떤 경우에도 꼭 필요합니다! 돈 있는 사람은 어디서나 사람대접을 받으니까요. 그 순간에 그런 계산을 한 것이 여러분은 부자연스럽게 여겨지십니까? 그런데 이 사람 자신은 한달 전에, 역시 가장 불안하고 운명적인 순간에 3천 루블에서 절반을 떼어 자신의 부적주머니에 넣고 꿰맸다고 주장합니다. 물론 제가 증명하듯 이것은 사실이 아님에도, 이 사람은 그런 생각을 이미 한 적이 있기 때문에 이 모든 생각이 낯익었던 것입니다. 그뿐 아니라 1,500루블을 부적주머니에 떼어두었다고(사실은 전혀 그렇지 않았습니다만) 예심판사에게 단언했을 때, 이 사람은 그 순간 갑작스럽게 떠오른 영감에 따라 부적주머니를 생각해냈을지도 모릅니다. 왜냐하면 두시간 전에 그는 만일에 대비해 자기 수중에 지니고 있지 않기 위해 돈의 절반을 떼어 아침까지라도 모끄로예 어딘가에 숨겨두기로 했을 테니까요. 두개의 심연이 있습니다, 배심원 여러분, 까라마조프는 두개의 심연을 관조할 수 있다는 것을 기억해주십시오, 두개를 동시에요! 우리는 그 집을 수색했지만 찾지 못했습니다. 어쩌면 그 돈은 지금도 아직 거기에 있을지 모릅니다. 또 어쩌면 다음날 사라져서 이제는 피고의 수중에 있을지도 모르지요. 여하튼 피고는 애인 곁에서, 애인 앞에 무릎을 꿇은 채 체포되었습니다. 침대에 누워 있던 애인에게 손을 내민 채 그 순간 이 사람은 체포조가 다가오는 소리도 못 들을 만큼 모든 것을 잊고 있었습니다. 이 사람은 미처 아무것도 대답할 준비가 되어 있지 않았습니다. 피고는 정신을 차릴 새도 없이 갑작스럽게 체포되었던 겁니다.

이제 까라마조프는 재판관들 앞에, 자기 운명의 결정자들 앞에서 있습니다. 배심원 여러분, 자신의 직무를 수행함에 있어 우리도 사람 앞에서 두려움까지 느끼고 사람 때문에 두려워지는 그런 순간이 있습니다! 범죄자가 이미 모든 것이 끝났음을 알면서도 여전히 싸우고 있고 앞으로도 싸우려 들 때 그가 느끼는 동물적인 공포를 목격하는 순간입니다. 범죄자의 내면에서 자기보호 본능 전부가 한꺼번에 솟구치면서 범죄자는 자신을 구하기 위해 찌르는 듯한 눈초리로, 괴로워하는 시선으로 캐묻듯이 여러분을 보면서 여러분과 여러분의 얼굴, 여러분의 생각을 세심히 살피고, 여러분이 어느 쪽에서 공격할지 기다리면서 떨리는 마음으로 순식간에 수천 개의 계획을 세우지만, 그럼에도 여전히 말하기를 두려워하고 입을 잘못 놀릴까봐 두려워합니다! 인간 영혼의 이 비참한 순간들, 그 영혼의 계속되는 고통, 자기구원을 향한 동물적 갈망은 정말 끔찍해서 때로는 예심판사에게도 전율과 범죄자를 향한 동정을 불러일으킵니다! 그리고 우리 또한 당시 그 모든 일의 목격자였습니다! 처음에 까라마조프는 놀라고 공포에 질린 나머지 그 입에서 치명타가 될 만한 몇마디 말을 내뱉었습니다. '피 때문이야! 그럴 만해!' 그러나 피고는 재빨리 자신을 제어했습니다. 무슨 말을 할지, 어떻게 대답할지 아직은 머릿속에 무엇 하나 준비되어 있지 않았지만 한가지, 막무가내의 부정만은 준비되어 있었던 것이죠. '아버지의 죽음에 대해서는 죄가 없다!'입니다. 여기서 우리는 장벽을 만납니다. 그런데 그 장벽 너머 저 뒤쪽에서 우리는 또다른 바리케이드를 만나게 될지도 모릅니다. 우리의 질문을 예견한 이 사람은 선수를 쳐서 치명타가 될 자신의 첫 탄식에 대해 자신은 하인 그리고리의 죽음에만 죄가 있다고 생각해서 했던 말이라고 서둘러 설명합니다. '그 피에 대해서는 죄가 있습니다. 그러나 아버지는 누가 죽였을까요, 여러분, 누가 죽였습니까? 내가 아니라면 대체 누가 아버지를 죽일 수 있었을까요?' 이 말이 들리십니까? 이 사람은 바로 그 질문을 들고 찾아간 우리에게, 도리어 우리에게 묻고 있는 겁니다! 여러분, 이 선수 치는 말, '내가 아니라면'이라는 말이, 이 동물적인 교활함, 순진함, 까라마조프적인 조급함이 들리십니까? 내가 죽이지 않았다, 나라고는 생각도 하지 말라는 것이죠. '죽이고 싶었습니다, 여러분, 죽이고 싶었습니다.' 이 사람은 거의 자백하다시피 합니다.(서두릅니다, 오, 끔찍하게 서두릅니다!) '하지만 그럼에도 죄를 짓지 않았습니다. 내가 죽이지 않았습니다!' 이 사람은 죽이고 싶었다고 우리 앞에서 한걸음 물러섭니다. 내가 얼마나 진실한지 보십시오, 그러니 내가 죽이지 않았다는 것을 어서 믿으시오 하는 겁니다. 오, 이런 경우에 범인은 때로 믿기 어려울 정도로 경솔하고 순진해집니다. 바로 그때, 전혀 우연인 것처럼 문득 예심판사가 피고에게 아주 순진한 질문을 던집니다. '스메르쟈꼬프가 죽인 것은 아닐까요?' 그러자 우리가 기대했던 그 일이 일어납니다. 피고는 미처 자신이 스메르쟈꼬프를 끌어들이기에 가장 적합한 순간을 준비해 고르고 포착할 시간이 없었던 상황에서 다른 사람이 앞질러 불시에 그 순간을 포착했다고 무섭게 화를 냅니다. 자신의 천성에 따라 피고는 즉각 극단까지 내달아 스메르쟈꼬프가 죽였을 리 없다, 그는 죽일 능력이 없다고 온 힘을 다해 우리를 설득합니다. 그러나 이 사람의 말을 믿지 마십시오. 이건 그저 이 사람의 교활함을 보여줄 뿐입니다. 이 사람은 스메르쟈꼬프를 아직 전혀 포기하지 않았고 오히려 그 말고는 내세울 사람이 없기 때문에 앞으로 이 하인을 내세우긴 할 텐데, 지금은 그렇게 할 수 없게끔 모든 게 틀어졌으므로 다른 때 그렇게 하려는 것입니다. 이 사람은 자신이 우리에게 큰소리칠 수 있는 순간을 찾아낸 다음에, 어쩌면 다음날이나 아니면 며칠 뒤라도 스메르쟈꼬프를 내세울 겁니다. '보세요, 나 자신이 당신들보다 더 스메르쟈꼬프를 부인했고 여러분도 그것을 기억하고 있잖습니까, 하지만 지금은 나도 스메르쟈꼬프가 죽였다고, 어떻게 스메르쟈꼬프가 아닐 수 있겠느냐고 확신하고 있습니다!' 까라마조프는 우리 앞에서 암울하고 신경질적으로 범행을 부인하는 와중에도 그 초조함과 분노 때문에, 자신은 창으로 아버지를 들여다보고는 공손히 자리를 떴다는 서툴고 터무니없는 변명을 하게 됩니다. 무엇보다 이 사람은 아직 상황을, 정신이 든 그리고리가 어떤 증언을 했는지를 모르고 있었던 것입니다. 우리는 수색과 심문에 돌입합니다. 수색은 이 사람을 화나게 하지만 한편으로 고무시키기도 합니다. 3천 루블을 다 찾지 못하고 절반만 찾아냈기 때문입니다. 그리고 당연하게도, 분노에 차서 침묵하고 부정하던 바로 그 순간에야 난생처음으로 이 사람의 머리에 부적주머니 생각이 떠오른 것입니다. 물론 이 사람 자신도 스스로 생각해낸 거짓말이 믿을 만하지 못하다고 느끼고 고민합니다. 그걸 좀더 믿을 만하게 만들고 전체적으로 그럴듯한 이야기가 되게끔 꾸며내려고 엄청나게 고심하지요. 이런 경우에 수사를 하며 맨 처음 해야 할 가장 중요한 임무는 범인에게 준비할 시간을 주지 않고 불시에 덮쳐서 범인이 숨기고 있던 생각을 진실과 진실 같지 않은 말들과 모순 속에서 저절로 드러내고 발설하도록 만드는 것입니다. 범인이 말하도록 만드는 방법은 그 자체로 대단한 의미를 지녔지만 그때까지 범인이 결코 예상할 수 없었고 절대 알아챌 수 없었던 어떤 새로운 사실, 사건의 어떤 정황을 우연인 것처럼 불쑥 흘려주는 것입니다. 그런 사실이 우리에게 준비되어 있었습니다, 오, 이미 오래전에 준비되어 있었지요. 그것은 그리고리가 정신이 든 뒤 한 증언, 피고가 열려 있던 문으로 도망갔다는 증언입니다. 까라마조프는 그 문에 대해 완전히 잊고 있었고, 그리고리가 그걸 볼 수 있었으리라고는 전혀 예상하지 못했습니다. 효과는 엄청났습니다. 피고는 별안간 벌떡 일어나 우리에게 소리를 지르기 시작했습니다. '그럼 스메르쟈꼬프가 죽인 겁니다, 스메르쟈꼬프가요!' 바로 그때 피고는 가장 터무니없는 형태로 감춰두었던 자신의 가장 중요한 생각을 내뱉었던 것입니다. 왜냐하면 스메르쟈꼬프는 까라마조프가 그리고리에게 상해를 입히고 도망간 후에야 살인을 저지를 수 있었기 때문이지요. 그리고리가 기절하기 전에 문이 열린 것을 보았고 자기 침실에서 나오면서 칸막이 뒤에서 스메르쟈꼬프가 신음하는 소리를 들었다는 말을 전하자, 까라마조프는 그야말로 폭삭 기가 꺾였습니다. 제 동료이자 우리가 존경하는 예리한 니꼴라이 빠르페노비치는 나중에 말하길, 그 순간 까라마조프가 눈물이 날 만큼 불쌍하게 여겨졌다고 했습니다. 그리고 바로 그 순간에 피고는 상황을 타개하기 위해 우리에게 그 악명 높은 부적주머니에 대해 서둘러 알립니다. 그렇게 된 일이니 자기 말을 들으라는 거지요! 배심원 여러분, 저는 이미 여러분께 피고가 사건이 있기 한달 전에 돈을 부적주머니에 넣고 꿰맸다는 이야기 전부가 왜 이런 경우에 터무니없는 소리일 뿐 아니라 가장 진실성 없는 날조라고 생각하는지 제 의견을 말씀드렸습니다. 더 황당무계한 것을 상상해서 말해보자고 내기를 한다 해도 이보다 더 심한 것을 생각해낼 수는 없을 겁니다. 여기서 이 기세등등한 소설가의 기를 꺾고 산산이 부서뜨릴 수 있는 것은 무엇보다 세부사항들입니다. 이 세부사항들은 언제나 현실에 가득한 것으로서, 불가피하게 작가가 된 불행한 이들은 완벽하게 무의미하고 불필요하며 자질구레한 것으로 치부해서 그들 머릿속에 결코 떠올리지 못하게 마련입니다. 그 순간 그들은 미처 거기까지 신경 쓸 겨를이 없고 그들의 이성은 오로지 거대한 전체 윤곽을 꾸며내는 데 정신이 팔려 있는 것입니다. 그런데 그때 그들에게 감히 이런 사소한 것들을 들이대다니! 하지만 바로 그 대목에서 그들이 걸려드는 겁니다! 피고에게 질문을 던집니다. '자, 당신의 부적주머니를 만들기 위한 재료는 어디서 구하셨습니까, 누가 그걸 만들어주었습니까?' '제 손으로 만들었습니다.' '천은 어디서 구하셨나요?' 피고는 벌써부터 화를 내면서 그것이 자신에게는 모욕적인 사소한 질문이라고 생각합니다. 믿으실지 모르겠지만 피고는 진심으로, 진심으로 그렇게 생각합니다! '좋습니다, 그러면 내일 당신의 빨랫감에서 작은 조각을 잘라낸 셔츠를 찾아보도록 하죠.' 생각해보십시오, 배심원 여러분, 우리가 정말로 그런 셔츠를 찾아낸다면(그런 셔츠가 정말로 존재하기만 한다면 피고의 여행가방에서든 서랍장에서든 왜 못 찾아내겠습니까) 그건 바로 사실, 피고의 증언에 신빙성을 주는 명백한 사실이 될 겁니다! 그러나 피고는 이런 것을 차분히 생각할 수 없습니다. '기억이 나지 않습니다. 어쩌면 셔츠였을 수도 있고, 하숙집 안

주인의 두건으로 만들었을 수도 있습니다.' '어떤 두건 말입니까?' '제가 안주인에게서 얻었는데, 방에 뒹굴고 있던 낡은 옥양목 조각이었던 것 같습니다.' '그것을 확실히 기억하십니까?' '아니요, 확실히는 기억나지 않습니다……' 그러면서 피고는 화를 내고 또 냅니다. 그런데 생각해보십시오, 그게 어떻게 기억나지 않을 수 있을까요? 인간으로서 가장 무서운 순간에, 이를테면 사형장으로 끌려갈 때 같은 그런 순간에는 온갖 사소한 것들이 기억나게 마련입니다. 사형수는 다른 건 다 잊어도 길에서 언뜻 눈에 비친 웬 녹색 지붕이나 십자가 위에 앉은 갈까마귀 같은 것은 기억하는 법입니다. 피고는 집안사람들 몰래 숨어서 부적주머니를 꿰맸을 테니, 손에 바늘을 든 채 누가 자기 방에 들어와서 보지는 않을까 공포에 떨며 굴욕적으로 괴로워했다는 것은 기억하고 있어야 합니다. 문 두드리는 소리만 들려도 벌떡 일어나 칸막이 뒤로 달려갔겠지요(피고의 숙소에는 칸막이가 있습니다)…… 하지만 배심원 여러분, 무엇을 위해 제가 여러분께 이 모든 것을, 이 모든 이야기를 세세하고 사소한 것까지 말씀드리는 걸까요!" 이뽈리뜨 끼릴로비치가 갑자기 소리를 높였다. "그건 바로 피고가 지금 이 순간까지도 그 터무니없는 말을 완강하게 고집하고 있기 때문입니다! 피고에게 숙명적이었던 그날 밤부터 시작해 이 두달 동안 피고는 아무것도 해명하지 못했고, 이전의 기괴한 진술에 실제적인 해명이 될 만한 아무런 정황도 덧붙이지 못했습니다. 이 모든 게 사소한 일들이라고 말씀하시겠지만, 제 말을 명예를 걸고 믿어주십시오! 하고 말하는 듯이요. 오, 믿을 수 있다면 우리도 기쁘겠고, 명예를 위해서라도 믿기를 갈망합니다! 우리는 어떤 사람들인가요, 사람의 피를 탐하는 들개들이기라도 한가요? 피고에게 유리한 사실을 하나라도 우리에게 알려주십시오, 그러면 우리도 기쁠 겁니다. 그러나 그것은 손에 잡힐 듯 구체적인 사실이어야만 합니다, 피고의 얼굴 표정을 보고 그의 친동생이 내린 결론이거나, 피고가 틀림없이 가슴을 치면서 부적주머니를 가리켰다고, 그것도 어둠 속에서 그랬다는 말이 아니라요. 우리는 그 새로운 사실에 기뻐할 것이고, 우리가 먼저 기소를 취하할 겁니다, 즉시 취하할 겁니다. 그러나 이제 정의가 부르짖고 있으니, 우리는 주장을 굽히지 않고 아무것도 포기하지 않겠습니다." 이뽈리뜨 끼릴로비치는 여기서 대미로 넘어갔다. 그는 마치 열병에 걸린 듯 흘린 피에 대해, '돈을 훔치려는 저열한 목적 때문에' 아들의 손에 살해당한 아버지의 피에 대해 개탄했다. 놀랍기 짝이 없는 비극적인 사실들의 총합도 정확하게 지적했다. "여러분이 탁월한 재능으로 명성 높은 피고의 변호인으로부터 무슨 이야기를 들으시든 간에," 이뽈리뜨 끼릴로비치는 마침내 자신을 억제하지 못하고 말했다. "여기서 여러분의 감수성을 자극하는 달변과 감동적인 말들이 얼마나 많이 울려퍼지든 간에, 이 순간 여러분은 우리의 공정한 재판이 이루어지는 신성한 전당에 와 계시다는 점을 명심해주십시오. 여러분은 우리 진실의 수호자들이며 우리의 성스러운 러시아, 그 토대와 가정, 그 모든 성스러운 것의 수호자임을 명심해주십시오! 그렇습니다, 여러분은 이 순간 이곳에서 러시아를 대표하고 계십니다. 여러분의 평결은 이 법정 한곳만이 아니라 전러시아에 울려퍼질 것이고, 전러시아는 여러분을 자신의 수호자이자 판관으로 간주하고 여러분의 목소리에 귀 기울이며, 여러분의 평결에 고무되거나 비탄에 빠질 것입니다. 러시아와 러시아의 기대를 저버리지 마십시오. 우리의 숙명적인 삼두마차는 쏜살같이 파멸을 향해 질주하고 있는지도 모릅니다. 이미 오래전부터 러시아 전역에서 사람들이 손을 뻗어 그 미친 듯한 파렴치한 질주를 멈추라고 호소하고 있습니다. 만일 다른 민족들이 그 질주하는 삼두마차 앞에서 물러선다면, 그것은 시인이 바랐듯이 존경을 표하기 위해서가 아니라 공포 때문일지도 모른다는 점을 유념해주십시오. 그것은 공포 때문이거나, 아니 어쩌면 삼두마차에 품은 혐오감 때문일지 모릅니다. 아직은, 그들이 물러날 동안은 다행일 것입니다. 그러나 그 민족들은 조만간 물러서기를 그치고 그들 자신을 구하고 계몽과 문명을 구하기 위해 이 질주하는 환영 앞에 견고한 벽이 되어 우리의 고삐 풀린 듯한 미친 질주를 멈추게 할지도 모릅니다! 우리는 이미 유럽으로부터 이러한 경고의 목소리를 들었습니다. 그 목소리는 이미 울려퍼지기 시작했습니다. 친아들의 손으로 저질러진 부친 살해를 정당화하는 평결로 그 목소리를 부추기지 마시고, 그 목소리 안에서 계속해서 커져가는 증오를 고조시키지 마십시오!"

한마디로 이뽈리뜨 끼릴로비치는 매우 몰입하기는 했어도 어쨌든 감동적으로 논고를 마쳤다. 사실 그가 불러일으킨 인상은 엄청난 것이었다. 그 자신은 논고를 마친 후 서둘러 퇴정하여, 다시 말하지만 다른 방에서 거의 실신하다시피 했다. 방청석에서 박수가 터진 것은 아니었지만, 진지한 사람들은 만족스러워했다. 그다지 만족스러워하지 않은 것은 부인들뿐이었는데, 그래도 역시 달변은 마음에 들어했다. 더구나 그들은 논고의 결과를 두려워하지 않고 페쮸꼬비치에게 전적으로 기대하고 있었던 것이다. '마침내 변호인이 변론을 시작하기만 하면 물론 완전히 이길 거야!' 모두가 미쨔를 바라보았다. 검사가 논고를 펼치는 동안 그는 팔짱을 끼고 어금니를 꽉 문 채 시선을 떨구고 말없이 앉아 있었다. 이따금 고개를 들고 귀를 기울이기도 했다. 특히 그루셴까에 대한 이야기가 시작되자 그랬다. 검사가 그녀에 대한 라끼찐의 의견을 전했을 때 그는 경멸 어린 분노의 미소를 지었고, 상당히 잘 들리도록 "베르나르들이야!"라고 내뱉었다. 이뽈리뜨 끼릴로비치가 모끄로예에서 자신을 어떻게 심문하고 괴롭혔는지 이야기할 때 미쨔는 고개를 들고 무서운 호기심을 품고 그 말에 귀를 기울였다. 논고 중 한 대목에서는 심지어 벌떡 일어나 뭔가를 소리치고 싶은 듯했지만 간신히 자제하며 경멸스럽다는 듯이 어깨만 으쓱하고 말았다. 논고의 결론 부분, 즉 범인을 심문할 때 모끄로예에서 검사가 올린 성과와 관련해서는 나중에 우리 사교계에서 말들이 많았고, "자기 능력을 자랑하지 않고는 못 배긴 거야"라면서 이뽈리뜨 끼릴로비치를 비웃기도 했다. 법정은 아주 잠시, 십오분 내지 길어야 이십분 정도 휴정했다. 방청객들 사이에서는 대화와 탄성이 이어졌다. 나는 이런 말들을 기억한다.

"진지한 논고예요!" 어느 무리에서 신사 한 사람이 심각한 얼굴로 지적했다

"심리분석이 너무 많았어요." 다른 목소리가 울렸다.

"그래도 전부 사실이잖아요, 반박할 수 없는 사실이지요!"

"네, 검사는 그쪽으로는 달인이에요."

"결론을 잘 내렸죠."

"우리, 우리한테도 결론을 잘 내려준 거죠." 세번째 목소리가 끼어들었다. "논고 초반에, 기억나십니까, 우리 모두 표도르 빠블로비치 같은 사람들이라고 한 말?"

"논고 말미에도요. 다만 좀 허풍을 떨었어요."

"맞아요, 모호한 데도 있었죠."

"너무 몰입했어요."

"그렇게 보는 건 불공정해요, 불공정하다고요."

"아니, 그렇지 않아요. 어쨌든 절묘했어요. 그 사람은 오래 기다렸다 할 말을 다 한 겁니다, 하하!"

"변호사는 무슨 말을 할까요?"

다른 무리에서는 이런 말들이 오갔다.

"뻬쩨르부르그 사람을 공연히 자극했어요. '감수성을 자극하는' 이라는 말, 기억하시죠?"

"예, 그건 적절치 못했죠."

"좀 서둘렀어요."

"신경질적인 사람이에요."

"우리는 이렇게 웃고 있지만, 피고는 심정이 어떨까요?"

"그렇죠, 미쩬까는 마음이 어떨까요?"

"그런데 변호사는 뭐라고 할까요?"

세번째 무리에서는 이렇게들 말했다.

"저쪽 끝에 오페라글라스를 든 부인, 뚱뚱한 부인은 누구지요?"

"어떤 장군 부인인데, 이혼한 여자예요. 나는 저 부인을 압니다."

"아하, 그래서 오페라글라스를 들고 있었군요."

"쓰레기 같은 사람이에요."

"아니요, 매력적인데요."

"그 여자 옆으로 두자리 건너 금발이 있는데, 저 여자가 더 나아요."

"모끄로예에서는 피고를 아주 절묘하게 붙잡았죠?"

"절묘했죠, 절묘했어요. 하지만 또 그 얘기를 하다니. 검사는 그 얘기를 여기 집집마다 다니며 몇번이나 했는데요."

“오늘도 자제를 못 한 거죠. 그 자존심이라니.”
“모욕감을 잘 느끼는 사람이라니까, 하하!”
“상처를 잘 받는 사람이죠. 더구나 수사가 너무 많고, 문장도 길고.”
“그리고 위협조예요. 생각해보세요, 내내 위협조였습니다. 그 삼두마차 얘기 기억나세요? ‘저들에게는 햄릿들이 있지만 우리에게는 아직 까라마조프들만 있으니까요!’ 참 교묘하게 말을 잘합니다.”
“검사는 그렇게 자유주의를 배척하는 거지요, 두려워하는 겁니다!”
“맞습니다, 그리고 변호사도 두려운 거예요.”
“페쮸꼬비치가 무슨 말을 말할까요?”
“페쮸꼬비치가 무슨 말을 해도 촌놈들을 일깨우진 못해요.”
“그렇게 생각하세요?”
네번째 무리에서는 이렇게들 말했다.
“삼두마차 얘기는 좋았습니다. 다른 민족들에 대해 한 얘기요.”
“맞는 말이죠, 다른 민족들이 기다리지 않을 거라고 한 대목을 떠올려봐요.”
“어째서요?”
“지난주에 영국 의회에서 한 의원이 일어나서 니힐리스트 관련 문제를 내각에 질의했습니다.[18] 우리 같은 야만적인 민족을 교화하

18 도스또옙스끼는 여기서 약간의 시간 착오를 일으키고 있다. 관련 사건은 1876년에 일어났는데, 이 소설 속 사건은 10년 전을 다루고 있기 때문이다. 1876년 러시아와 영국은 긴장관계였는데, 영국은 러시아가 발칸반도의 슬라브인들을 터키의 지배에서 해방하려 애쓰는 것이 콘스탄티노플과 지중해로 세력을 뻗기 위한 핑계라고 생각했기 때문이다. 1876년 9월의 정치적 사설에서 도스또옙스끼는 “유대인 혈통의 비콘스필드 자작은 한 연회의 연설에서, 슬라브인들을 구하

기 위해 자신들이 개입할 때가 되지 않았느냐고요. 이뽈리뜨는 그 의원에 대해 얘기한 겁니다. 제가 알기로는 그래요. 지난주에도 검사가 그 얘기를 했거든요."

"그놈들, 어림도 없지."

"어림도 없다니요? 어째서 그렇단 거죠?"

"우리가 끄론시따뜨를 닫으면 그놈들은 빵을 못 구하죠.[19] 어디서 빵을 구할 겁니까?"

"지금도 아메리카에서 갖다 먹잖아요."

"말도 안 되는 소리."

그러나 종이 울렸고, 모두 자리로 돌아갔다. 페쮸꼬비치가 연단에 올랐다.

10. 변호인의 변론. 양날의 검

명성 높은 연설가의 첫마디가가 낭랑하게 울려퍼지자, 모두가 조용해졌다. 법정의 시선은 일제히 그에게로 쏠렸다. 그는 지극히 직설적이고 간단명료하게 확신에 찬 어조로 시작했지만 오만한 구

기 위해 터키로 돌진해간 체르냐예프를 따르는 모든 러시아인은 사회주의자, 공산주의자, 빠리꼬뮌의 지도자로 유럽에 위협이 되며, 러시아와 동유럽에 장차 사회주의를 건설함으로써 영국 농민들에게 위협을 가할 것이라는 극비사항을 갑자기 유럽에 누설했다"라고 썼다.

19 이는 서유럽과 중유럽에 대한 러시아, 특히 우끄라이나의 밀 수출을 언급한 것이다. 나뽈레옹의 패배 이후 19세기 내내 러시아제국은 막대한 밀 수출국이었으며 주요 수출항은 끄론시따뜨와 오데사였다. 1914년 미국과 캐나다 곡물시장이 열리면서 러시아제국의 밀 수출은 점차 경쟁력을 잃었다.

석은 전혀 없었다. 장황한 수사를 늘어놓지 않았고, 격정적 어조나 감정이 실린 단어도 전혀 사용하려 들지 않았다. 오히려 서로 공감하는 친밀한 사람들이 모인 자리에서 말문을 연 사람 같았다. 그의 목소리는 아름답고 크고 매력적이었고, 심지어 이 목소리에 이미 뭔가 진실하고 솔직한 기운이 실린 것 같았다. 그럼에도 모두가 이 연설가가 불현듯 진정한 감동의 경지까지 날아올라 '알 수 없는 힘으로 심장을 뒤흔들 수 있는' 사람이라는 것을 즉각 알아차릴 수 있었다. 그는 어쩌면 이뽈리뜨 끼릴로비치보다 격식을 덜 갖추어 말했을 수 있지만, 장황한 문구가 없었고 심지어 더 명료하기까지 했다. 다만 한가지가 부인들의 마음에 들지 않았다. 특히 변론 초반에 그는 웬일인지 계속 등을 구부렸던 것이다. 절을 하는 것도 아니었다. 마치 자신의 청중을 향해 돌진해 날아가려는 듯이 긴 허리를 절반으로 구부려 길고 가느다란 등의 중간을 꺾인 경첩처럼 만들었는데, 그 바람에 몸이 거의 직각이 될 지경이었다. 변론 초반에 그는 어쩐지 산만하고 체계가 없는 듯이 사실들을 조각조각 끌어댔으나 마침내 그것들로 하나의 전체가 나오게끔 만들었다. 그의 변론은 크게 두 부분으로 나눌 수 있겠다. 전반부는 비판으로, 때로는 신랄하게 빈정거리기도 하면서 기소 내용을 반박했다. 그러나 변론 후반부에는 어조가 바뀌었고 심지어 논법마저 바뀌어 격정적으로 단번에 비상했는데, 법정은 마치 그것을 기다리고 있었다는 듯이 환희로 가득 차 전율했다. 그는 곧장 본 사건으로 들어가, 자신의 활동 무대가 뻬쩨르부르그이긴 하지만 이미 그 결백함을 확신했거나 예감하는 피고들을 변호하기 위해 러시아 여러 지방 도시를 방문한 적이 이번이 처음은 아니라는 말로 변론을 시작했다. "이번 경우도 마찬가지였습니다." 그가 설명했다. "첫 신문 보도에서부터 벌써 피고에게 유리하게 작용할, 저를 대단히 놀라게 한 뭔가가 눈에 들어왔습니다. 무엇보다 먼저 제 흥미를 끈 것은 한마디로 말해 일종의 법률적 사실인데, 이것은 실제 재판 과정에서 자주 반복되지만 본 사건에서만큼 온전하게 그 현저한 특징을 드러낸 적은 이제까지 한번도 없었던 듯합니다. 이 사실은 제가 변론 말미에서 제 말을 마치면서 명료히 밝혀야 할 성질의 것이지만, 극적 효과를 숨기거나 의도한 인상을 아끼지 않고 곧장 본론에 돌입하는 것이 저의 약점이라, 제 생각을 처음부터 밝히도록 하겠습니다. 이것은 어쩌면 저로서는 영리하지 못한, 그러나 진심 어린 행동입니다. 저의 생각, 저의 기본적인 생각은 다음과 같습니다. 피고에게 불리한 사실들이 압도적으로 많지만, 그와 동시에 그 자체로 개별적으로 살펴보면 비판을 이겨낼 만한 사실은 단 하나도 없다는 것입니다. 이후의 소문과 신문 보도를 추적하면서 저는 제 생각에 더욱 확신을 가지게 되었고, 그러던 차에 갑자기 피고의 친지들로부터 피고의 변호를 요청받게 되었습니다. 저는 즉각 서둘러 이곳으로 왔고, 이곳에서 결정적인 확신을 얻게 되었습니다. 저는 이 무서운 사실들의 총합을 무력화하고 기소 내용의 사실들이 끝까지 말하지 않은 점과 허무맹랑한 점을 하나하나 개별적으로 드러내기 위해 이 사건의 변호를 맡기로 한 것입니다."

이렇게 시작한 변호인은 갑자기 큰 소리로 선언했다.

"배심원 여러분, 저는 이곳에 새로 온 사람입니다. 제가 받은 모든 인상에는 어떤 선입견도 없습니다. 성격이 불같고 고삐 풀린 듯한 피고가 제게는 모욕을 가한 적이 없습니다만, 이 도시의 수많은 사람들은 그에게 모욕을 당했고 그 때문에 많은 분이 피고에게 미리부터 적대감을 품게 되었겠지요. 이에 대해서는 물론 저도 이곳 사교계의 도덕적 감정이 정당하게 작동한 것이라 생각합니다. 피고는 난폭했고 고삐 풀린 망아지 같았습니다. 그럼에도 이곳 사교계는 피고를 받아들였고, 심지어 능력 있는 검사님의 가정에서도 피고를 환대했습니다.(특별히 언급해둡니다Nota bene. 이 말을 하자 방청객들 사이에서 두세차례 웃음이 일었는데, 곧 잦아들었지만 모두가 들을 수 있었다. 우리 도시 사람은 모두 아는 일이지만, 검사는 오로지 자기 부인이 호기심을 보였기 때문에 자신의 뜻에 반해 미쨔를 집에 드나들게 했던 것이다. 검사 부인은 무척 덕망 있고 존경받는 여인이었지만 다소 괴팍하고 변덕스러운데다 어떤 경우에는 주로 사소한 일로 남편에게 맞서기를 좋아했다. 하지만 미쨔가 이 부부의 집을 방문한 적은 아주 드물었다.) 그럼에도 저는 감히 이런 생각을 해봅니다." 변호인이 말을 이었다. "저의 논적처럼 독자적 식견과 정의로운 성품을 지니신 분도 충분히 제 불행한 의뢰인에게 불리한 어떤 잘못된 선입견을 품으실 수 있다고 말입니다. 오, 그건 아주 자연스러운 일입니다. 이 불행한 사람은 편견을 가지고 대할 만한 행동을 너무 많이 했으니까요. 모욕당한 도덕적 감정, 나아가 미학적 감정은 때로 결코 누그러지지 않지요. 물론 우리는 재능이 번뜩이는 논고를 통해 피고의 성품과 행동에 대한 엄정한 분석, 사건에 대한 엄중한 비판적 입장을 들었습니다. 논고는 사건의 본질을 설명하기 위해 그토록 깊이 있는 심리분석을 선보였는데, 무엇보다 피고의 인격에 대해 다소라도 의도적인 악의적 편견을 가졌다면 그런 심리적 깊이까지 통찰하기란 불가능했을 것입니다. 그러나 이와 같은 경우에 사건을 대하는 가장 의도적인 악의적 태도보다 더 나쁘고 더 치명적인 것이 있습니다. 그것은 일종의 예술적 유희, 예술작품에 대한 창작 욕구, 이를테면 소설을 창작하고자 하는 욕구가 우리를 사로잡는 경우인데, 하느님께서 특별히 풍성하게 심리학적 재능을 부여하신 경우에 더욱 그렇습니다. 제가 아직 뻬쩨르부르그에 있을 때, 이곳으로 올 채비를 할 때부터 사람들이 미리 일러주었습니다만, 실은 미리 일러주지 않았어도 저는 이곳에서 가장 깊이 있고 예리한 심리학자를 논적으로 만나게 되리라는 것을 알고 있었습니다. 저분은 아직은 젊은 우리 법조계에서 그러한 자질로 말미암아 이미 오래전부터 그 나름의 특별한 명성을 얻으신 바 있습니다. 그런데 심리학이란, 여러분, 심오한 학문이긴 하지만 어쨌든 양날의 검을 닮았습니다.(방청객들 사이에서 웃음소리가 들렸다.) 오, 물론 여러분은 제 보잘것없는 비교를 용서해주시리라 믿습니다. 저는 달변에는 도무지 재주가 없어서요. 그러나 아무튼 여기서 한가지, 검사님의 논고에서 처음 생각나는 것으로 예를 들어보겠습니다. 피고는 밤중에 정원에서 담장을 넘어 도망치다가 피고의 다리를 붙든 하인을 구리공이로 다치게 합니다. 그 즉시 피고는 정원으로 뛰어내려 다친 사람을 무려 오분 동안이나 돌보며 자기 손으로 그를 죽인 건지 아닌지 알아내려 애씁니다. 그런데 검사님은 그리고리 노인이 불쌍해서 뛰어내렸다는 피고의 진술이 사실이라는 것을 결코 믿으려 들지 않습니다. '아니, 그 순간에 그런 동정심을 보이는 것이 가능할까요? 그건 부자연스럽습니다. 피고는 자기 악행의 유일한 증인이 살았는지 죽었는지 확인하려 뛰어내린 것입니다. 그러므로 피고가 그 악행을 저질렀다는 것이 증명됩니다. 왜냐하면 그가 어떤 다른 동기나 충동, 혹은 감정 때문에 정원에 뛰어내렸을 리 없기 때문입니다.' 바로 이런 것이 심리분석입니다. 그러나 그 심리분석을 취하되 다만 다른 관점에서 사건에 적용해보면, 이에 못지않게 신빙성 있는 전혀 다른 결론이 나옵니다. 살인자는 조심성 때문에 증인이 살았는지 아닌지 확인해보기 위해 아래로 뛰어내렸는데, 검사님 자신의 증언에 따르자면, 한편으로 그는 이제 막 자신이 살해한 아버지의 서재에다 시신과 뜯긴 봉투라는 자신에게 치명적인 증거물을 남겨둔 상태입니다. 그리고 그 봉투에는 3천 루블이 들었다고 적혀 있지요. '만일 피고가 봉투를 가져갔더라면, 그 봉투가 존재했고 그 안에 돈이 있었고 그러므로 피고가 그 돈을 훔쳤다는 걸 알 사람은 세상에 아무도 없었을 것입니다.' 이것은 검사님 자신이 하신 말씀입니다. 보시다시피, 어떤 경우에는 조심성이 부족한데다 당황한 나머지 바닥에 증거를 남겨두고 겁에 질려 도망치는 사람인데, 불과 이분 뒤에 또다른 사람을 때려죽이고는 놀랍게도 곧바로 가장 무자비하고 타산적인 조심성을 드러냅니다. 하지만 그렇다고 칩시다, 그렇다고 치죠. 바로 이런 점에 심리분석의 미묘함이 있는 것이니, 이런 상황에서 지금은 깝까스의 독수리처럼 피에 굶주려 있고 명민하지만 다음 순간에는 가련한 두더지처럼 눈이 어두운 겁쟁이가 된다는 거죠. 하지만 만일 제가 살인을 저지른 뒤 오로지 저를 목격한 증인이 살았는지 죽었는지 보기 위해 뛰어내릴 정도로 잔인하고 냉혹하게 타산적이라면, 저의 새로운 희생자에게 오 분이나 매달려 있음으로써 새로운 증인을 만들어낼지도 모르는 짓을 할 이유는 전혀 없어 보이지 않습니까? 어째서 다친 사람의 머리에서 피를 닦아주느라 수건을 적셔야 할까요? 그 수건은 나중에 저에게 불리한 증거가 될 텐데요. 아니, 만일 제가 그렇게 타산적이고 잔혹하다면 다친 하인을 완전히 죽이기 위해, 증인을 제거함으로써 마음속의 모든 근심을 벗어버리기 위해 뛰어내린 즉시 그의 머리를 공이로 한번 더 내리치는 편이 낫지 않을까요? 그리고 끝으로, 저는 저를 목격한 증인이 죽었는지 살았는지 확인하기 위해 뛰어내리면서 바로 그곳, 오솔길에 다른 증거를 버립니다. 그것은 바로 두 여인에게서 가져온, 두 여인이 나중에 언제든 자기들 것이라고 확인하면서 제가 그들 집에서 가져갔다고 증언하게 될 그 공이입니다. 저는 그 공이를 오솔길에 두고 잊은 것이 아니고, 정신이 없거나 방심해서 떨어뜨린 것도 아닙니다. 아니, 저는 제 흉기를 던져버린 것입니다. 왜냐하면 그 공이는 그리고리가 부상당해 쓰러진 장소로부터 열다섯걸음이나 떨어진 곳에서 발견되었으니까요. 당연하게도 의문이 생깁니다. 무엇 때문에 그랬을까? 그것은 바로 사람을, 늙은 하인을 죽인 데 속이 상했기 때문으로, 그 때문에 화가 나고 저주스러운 심정에서 살인 흉기인 공이를 던져버렸던 것입니다. 다른 이유는 있을 수 없습니다. 아니라면 대체 무엇 때문에 피고가 그렇게 힘껏 팔을 휘둘러 공이를 던져버렸겠습니까? 만일 한 사람을 죽인 데 대해 고통과 동정을 느낄 수 있었다면, 그것은 물론 아버지를 죽이지 않았다는 뜻이 됩니다. 아버지를 죽였으면서 동정심 때문에 쓰러진 또다른 사람에게 뛰어내리지는 않았을 테니까요. 그때는 또다른 감정이 생겼을 것인데, 그것은 물론 동정심이 아니라 자신을 구하고자 하는 마음이 더했겠지요. 그건 물론입니다. 거듭 말씀드리지만, 오분 동안이나 노인에게 매달려 있지 않고 정반대로 노인의 머리를 완전히 박살냈을 겁니다. 동정심과 선한 감정이 그의 마음을 차지할 수 있었던 것은 그의 양심이 깨끗했기 때문이지요. 자, 이렇게 해서 우리는 전혀 다른 심리분석을 마주하게 됩니다. 배심원 여러분, 저는 심리분석으로 원하는 결론은 무엇이든 도출해낼 수 있다는 것을 분명히 보여드리기 위해 스스로 심리분석에 기댔습니다. 모든 것은 심리분석이 누구의 손에서

행해지느냐에 달린 것입니다. 심리분석은 가장 진지한 사람조차 허구로 이끌 수 있으며, 본인도 전혀 모르게 그렇게 됩니다. 배심원 여러분, 저는 지나친 심리분석에 대해 말하고 있습니다. 심리학의 악용에 대해서 말입니다."

이때 방청객들 사이에서 다시금 그 말에 수긍하는 웃음소리가 들렸는데, 그 웃음은 검사를 향한 것이었다. 나는 변호인의 변론을 모두 상세히 기술하지는 않고, 그중 가장 중요한 몇군데만 골라 옮기도록 하겠다.

11. 돈은 없었다. 도둑질도 없었다

변호인의 변론 중에서 모두에게 충격을 던진 발언이 있는데, 그 숙명적인 3천 루블의 존재를 전면 부인하고, 그럼으로써 그 돈의 강탈도 없었다는 주장이었다.

"배심원 여러분," 변호인이 본격적으로 변론에 돌입했다. "본 사건에는 편견 없는 순수한 사람이라면 누구나 놀랄 만한 아주 눈에 띄는 독특한 특징이 한가지 있습니다. 그것은 바로 도둑질에 대해 기소했음에도 그와 동시에 도대체 무엇을 강탈당했는지 지목하기가 사실상 전혀 불가능하다는 점입니다. 돈 3천 루블을 강탈당했다곤 하지만, 정말로 그 돈이 존재했는지는 아무도 알지 못합니다. 한번 판단해보십시오. 첫째, 3천 루블이 있었다는 것을 우리는 어떻게 알았으며, 누가 그걸 보았습니까? 그 돈을 보았고 그 돈이 수신자 이름이 적힌 봉투 속에 들어 있었다고 얘기한 사람은 단 한 사람, 하인 스메르자꼬프뿐입니다. 하인은 아직 참극이 일어나기 전에 그 정보를 피고와 피고의 동생 이반 표도로비치에게 알려주었습니다. 그리고 스메뜰로바양도 알게 되었지요. 그러나 이 세 인물 모두 돈을 직접 본 적이 없고, 본 사람은 스메르쟈꼬프 한 사람뿐입니다. 따라서 여기서 자연스럽게 의문이 떠오릅니다. 만약 돈이 있었고 그걸 스메르쟈꼬프가 본 것이 사실이라면, 그는 그걸 언제 마지막으로 보았을까요? 만일 주인이 그 돈을 매트리스 밑에서 꺼내서 하인이 못 보게 다시 보석함에 넣었다면요? 스메르쟈꼬프의 말에 따르면 돈은 침대 매트리스 밑에 있었다는 점에 주목해주십시오. 피고는 그 돈을 매트리스 밑에서 끄집어내야만 했는데, 이부자리는 조금도 흐트러지지 않았고, 이 점은 조서에 아주 공들여 기록되어 있습니다. 피고는 어떻게 이부자리를 그렇게 조금도 흐트러뜨리지 않을 수 있었을까요? 이번에 특별히 씌워둔 깨끗하고 부드러운 침대보를, 더구나 피에 젖은 손으로 어떻게 더럽히지 않을 수 있었을까요? 하지만 사람들은 말할 겁니다, 봉투가 바닥에 떨어져 있지 않았느냐고요. 자, 바로 그 봉투야말로 한말씀 드릴 가치가 있겠습니다. 조금 전 저는 약간 놀라기까지 했습니다. 탁월한 재능의 검사님께서 논고 중에 그 봉투에 대해 말씀하시면서 스메르쟈꼬프가 죽였다는 가정의 허황함을 지적하는 대목에서 문득 스스로, 듣고 계시지요, 여러분, 그분 입으로 이렇게 말씀하셨습니다. '만일 봉투가 없었다면, 강도가 마룻바닥에 두지 않고 가져가버렸다면,' 이 세상에서 아무도 그 봉투가 존재했고 그 속에 돈이 있었고 그러므로 피고가 그 돈을 훔쳤다는 것을 알지 못했을 겁니다.' 그러니 검사님 자신의 호소에 따르면 수신인이 적힌 그 찢긴 종잇조각이 피고가 도둑질했다고 기소당할 유일한 근거가 되는 것입니다. '그렇지 않다면 도둑질이 있었다는 것, 어쩌면 돈이 있었다는 것조차 아는 사람은 아무도 없었을 것입니다.' 그러나 종잇조각 이 바닥에 버려져 있었다는 것만으로 정말로 그 속에 돈이 있었고 그 돈이 강탈당했다는 것을 증명할 수 있을까요? '하지만 그 봉투 속에 돈이 들어 있는 것을 스메르자꼬프가 봤잖습니까'라고 답변 하실 수도 있겠지요. 그러면 저는 스메르자꼬프가 돈을 마지막으로 본 것이 언제인가, 대체 언제인가고 묻겠습니다. 저는 스메르자꼬프와 이야기를 나눠봤는데, 스메르자꼬프는 그 돈을 참극이 있기 이틀 전에 보았다고 말했습니다! 그렇다면 예컨대, 표도르 빠블로비치 노인이 집에 갇혀 지내며 사랑하는 여인이 오기만을 초조하게 기다리다가 할 일이 없다보니 봉투를 꺼내서 봉인을 뜯을 생각을 했으리라는 가정을 얼마든지 해볼 수 있지 않겠습니까? '어떨까, 봉투만으로는 믿지 못할 수도 있으니 그 속의 무지갯빛 지폐 서른장을 보여주면 더 효과가 좋겠지. 군침을 삼킬지도 몰라'라고 생각해서 봉투를 뜯어 돈을 꺼낸 다음 주인이 자기 손으로 봉투를, 물론 증거물이 될지도 모른다는 두려움 따위는 없이 보란 듯이 바닥에 던져버렸을 수도 있습니다. 들어보십시오, 배심원 여러분, 이런 가정보다, 이런 사실보다 더 그럴듯한 게 있을 수 있을까요? 이것이 왜 불가능하단 말입니까? 만일 이런 가정이 조금이라도 가능하다면, 그때는 도둑질 혐의는 자연스럽게 소멸됩니다. 돈은 없었고, 그러므로 도둑질도 있을 수 없었던 것입니다. 봉투가 바닥에 떨어져 있었던 것이 피고가 훔쳤다는 증거가 된다면, 왜 반대의 경우는 주장할 수 없는 걸까요? 봉투가 바닥에 떨어져 있었던 이유는 주인 자신이 미리 그 속에 들었던 돈을 빼서 돈이 이미 거기 없었기 때문이라고 말입니다. '좋습니다, 하지만 그 경우 만일 표도르 빠블로비치가 봉투에서 돈을 꺼냈다면 그 돈은 어디로 간 건가요?

그의 집을 수색했을 때 돈을 못 찾았잖습니까?'라고 물으실 수도 있겠지요. 첫째, 노인의 보석함에서 돈의 일부를 발견했고, 둘째, 노인은 그 돈을 이미 그날 아침에, 심지어 그 전날에 꺼내서 지불하거나 송금하는 등 달리 처분했을 수도 있습니다. 마지막으로, 자신의 생각을, 행동계획을 가장 근본부터 바꾸고서 그걸 스메르쟈꼬프에게 미리 얘기할 필요를 전혀 느끼지 못했을 수도 있지 않겠습까? 그렇게 가정할 수 있는 가능성이 조금이라도 존재한다면, 피고가 도둑질을 하기 위해 살인을 저질렀고 실제로 도둑질을 했다고 어떻게 그렇게 확고하고도 집요하게 피고의 혐의를 단정할 수 있겠습니까? 이렇게 해서 우리는 소설의 영역에 들어서게 되는 겁니다. 만일 어떤 물건이 도둑질을 당했다면 그 물건이 명시되어야만 하고, 최소한 그 물건이 존재했다는 것이 의심의 여지 없이 증명되어야만 합니다. 하지만 아무도 그걸 본 사람조차 없습니다. 얼마 전에 뻬쩨르부르그에서 작은 노점을 운영하던, 소년이라고 해도 될 만한 겨우 열여덟살짜리 청년이 백주 대낮에 환전상에 도끼를 들고 들어가 전형적인 대담무쌍함을 발휘해 상점 주인을 죽이고 1,500루블의 돈을 훔쳐갔습니다. 청년은 대략 다섯시간 후에 체포되었는데, 이미 써버린 15루블을 제외한 나머지 돈을 고스란히 찾을 수 있었습니다. 그뿐 아니라 살인 사건 뒤에 선술집으로 돌아온 점원이 도난당한 액수뿐 아니라 그 돈이 어떤 지폐로 이루어져 있었는지, 무지갯빛 지폐가 몇장, 푸른 지폐는 몇장, 붉은 지폐는 몇장이고 금화는 얼마나 있었고 어떤 상태였는지 경찰에 알려주었고, 체포된 살인자의 수중에서는 그와 똑같은 지폐와 동전 들이 발견되었습니다. 더구나 뒤이어 살인범 본인이 자기가 죽였고 돈을 훔쳤다고 전부 솔직하게 자백했습니다. 배심원 여러분, 저는 바로 그런 것을 증거물이라고 부릅니다! 바로 그런 경우에 저는 돈을 알 수 있고, 볼 수 있고, 손으로 만질 수 있기 때문에 그 돈이 없다거나 또는 없었다고 말할 수 없습니다. 그런데 이 경우에는 과연 그렇습니까? 더욱이 지금 진행되는 것은 삶과 죽음, 한 사람의 운명과 관련된 일입니다. '아무튼 피고는 그날 밤 술판을 벌여 돈을 탕진했고 그의 수중에서 1,500루블의 돈이 발견되지 않았느냐, 그 돈이 어디서 났겠느냐?'라고 하시겠지요. 그러나 다 합해봐야 1,500루블밖에 발견되지 않았고 나머지 절반의 금액은 끝내 찾지 못했으며 확인할 수 없었다는 그 이유 때문에라도, 그 돈은 결단코 어떤 봉투에도 들어가본 적 없는 다른 돈이라는 것이 증명되는 것입니다. 게다가 (아주 엄밀히) 시간을 계산해볼 때, 피고가 하녀들이 있는 곳에서 나와 관리 뻬르호찐에게 달려갔고 이후 자신의 거처에 들르지 않았으며 아무데도 들르지 않았다는 점과, 그뒤로 계속해서 사람들 눈에 띄는 곳에 있었으므로 3천 루블에서 절반을 떼어낼 수도, 도시 어딘가에 감출 수도 없었다는 점은 예심을 통해 확인되었습니다. 바로 이런 점을 고려해 검사님은 돈이 모끄로예 마을 어느 집의 틈새에 숨겨져 있을 것이라 가성하셨습니다. 아니, 그 돈은 혹시 우돌포성[20]의 지하실에 있는 것은 아닐까요, 여러분? 그런 가정은 너무 환상적이고 소설적이지 않습니까? 여기서 주목해주십시오, 이 가정만 무너진다면, 즉 돈이 모끄로예에 숨겨져 있다는 가정만 무너진다면, 도둑질을 했다는 혐의는 모두 공중분해가 될 겁니다. 1,500루블은 어디에 있고 또 어디로 간 걸까요? 피고가 아무데

20 『우돌포의 신비』는 19세기 전반 러시아에서 유행했던 영국 작가 래드클리프(Ann Radcliffe, 1764~1823)의 소설로, 도스또옙스끼는 어린 시절부터 이 소설가의 작품에 심취했다.

도 들르지 않았다는 것이 증명된 마당에, 돈은 무슨 기적이라도 일어나 사라졌단 말입니까? 이런 소설 같은 이야기로 우리는 한 사람의 인생을 파멸시키려 하고 있습니다! 사람들은 말할 겁니다, '그래도 어쨌든 그는 지니고 있던 1,500루블을 어디서 구했는지 설명하지 못했고, 게다가 그날 밤 이전까지 그에게 돈이 없었다는 걸 모두가 알고 있지 않느냐?'라고요. 하지만 대체 누가 그것을 알았습니까? 그러나 피고는 돈이 어디서 났는지 명확하고 확고하게 증언했습니다. 원하신다면 말씀드리겠는데, 배심원 여러분, 이보다 더 신빙성 있고 나아가 피고의 성격과 영혼에 더 걸맞은 진술은 없었고 또 있을 수도 없습니다. 검사님은 자신이 지어낸 소설이 마음에 드셨습니다. 의지가 박약해 약혼녀가 치욕스럽게 제안한 3천 루블을 받기로 결심한 사람이니 절반을 떼어 부적주머니에 꿰매어두었을 리 만무하다고, 오히려 만일 꿰매어두었다 해도 이틀도 지나지 않아 주머니를 뜯고 100루블씩 꺼냈을 것이고 그런 식으로 한 달 만에 다 썼을 거라는 말씀이시죠. 상기해보십시오, 이 모든 것이 어떤 반박도 용납지 않을 듯한 어조로 기술되었습니다. 그러나 만일 일이 전혀 그렇게 진행되지 않았다면 어떻게 하시겠습니까? 여러분이 소설을 지어내신 것이라면, 거기에 전혀 엉뚱한 인물이 등장한다면요? '참극이 있기 한달 전에 그가 베르홉쩨바양에게서 받은 3천 루블을 모끄로에 마을에서 단숨에 몽땅, 마치 1꼬뻬이까인 것처럼 탕진하는 것을 목격한 사람들이 있다, 그러니 절반을 떼어놓았을 리 없다'라고 반박하실지 모르겠습니다. 그런데 그 목격자라는 사람들이 누굽니까? 그 목격자라는 사람들의 신빙성이 어느 정도인지는 법정에서 이미 드러난 바 있습니다. 더구나 남의 떡은 커 보이게 마련이지요. 끝으로, 그 목격자들 중 돈을 직접 세어본 사람은 아무도 없고 모두 눈대중으로만 판단했을 뿐입니다. 증인 막시모프는 피고의 손에 2만 루블이 있었다고 진술했잖습니까. 보십시오, 배심원 여러분, 심리분석은 양날의 검이니, 이제 제가 다른 면을 보여드릴 수 있게 허락해주십시오. 과연 같은 결과가 나올지 한번 보십시다.

참극이 일어나기 한달 전에 피고는 베르홉쩨바양으로부터 3천 루블을 우편으로 부쳐달라는 부탁을 받습니다. 여기서 의문이 생깁니다. 조금 전에 선언되었듯이 그렇게 치욕스럽고 모욕적인 방식으로 부탁을 했다는 증언이 타당한가 하는 것입니다. 같은 일에 대한 베르홉쩨바양의 첫번째 증언은 달랐습니다. 전혀 달랐습니다. 두번째 증언에서 우리는 분노, 복수심, 오랫동안 숨겨온 증오의 외침을 들었습니다. 그러나 증인은 첫번째 증언에서 그릇된 증언을 함으로써 우리가 두번째 증언 또한 그릇된 것일 수 있다는 결론을 내릴 수 있게 해주었습니다. 검사님은 그 로맨스를 건드리기를 '원치 않고 또 감히 그럴 수 없다'(그분의 말씀입니다)라고 하십니다. 좋습니다, 저 역시 그 부분은 건드리지 않겠습니다만, 한가지, 더할 나위 없이 존경받는 베르홉쩨바양 같은 분이, 그처럼 순결하고 고상하신 분이 갑자기 재판정에서 피고를 파멸시키려는 목적으로 대놓고 자신의 첫번째 증언을 번복하신다면, 저는 그분의 증언이 공평한 것도 냉철한 것도 아니라는 점을 지적하고 싶습니다. 복수심에 사로잡힌 여인이 많은 것을 과장했을 수 있다고 결론지을 권리를 이 법정이 앗아가시지는 않겠지요? 그렇습니다, 베르홉쩨바양은 다름 아니라 돈을 제시하면서 함께 안겨준 수모와 치욕을 과장했던 겁니다. 오히려 베르홉쩨바양은 받아들일 만하게, 특히 우리의 피고처럼 경박한 사람이 받아들일 만하게 제시했던 겁니다. 중요한 것은, 피고가 자신의 계산에 따르면 자신이 받아야 할 돈 3천 루블을 아버지로부터 곧 받으리라고 생각했다는 점입니다. 이는 경솔한 생각이었지만, 그 경솔함 때문에 피고는 아버지가 그 돈을 줄 것이고 자신은 그 돈을 받을 테니, 베르홉쩨바양이 우편으로 보내달라고 맡긴 돈을 그것으로 청산할 수 있으리라고 굳게 믿었습니다. 그러나 검사님은 그날, 혐의를 받고 있는 그날, 받은 돈에서 절반을 떼어 부적주머니에 넣고 꿰맸다는 것을 결코 인정하지 않으려 하십니다. '피고는 그럴 성품이 아니다, 그런 걸 느낄 만한 성품이 아니다'라는 것이죠. 그러나 검사님은 스스로 까라마조프의 성품은 폭이 넓다고 외치셨고, 까라마조프가 통찰할 수 있는 두개의 극단적 심연에 대해 역설하셨습니다. 까라마조프는 두 측면, 두 심연을 지닌 성품으로, 술판을 벌이고 싶은 참을 수 없는 욕구에도 불구하고 뭔가 다른 측면에서 자극을 받으면 그 욕구를 잠재울 능력 또한 가지고 있습니다. 그 다른 측면은 바로 사랑, 당시 화약처럼 불타오른 새로운 사랑이었으며, 그 사랑에는 돈이 필요했습니다. 무척이나 필요했지요. 오! 사랑하는 여인과 벌인 술판에 들인 것보다 훨씬 더 많은 돈이 필요했습니다. 여인이 피고에게 '나는 당신 거야, 표도르 빠블로비치는 싫어'라고 말한다면 피고는 여인을 낚아채 멀리 데려갈 것입니다. 그러려면 데려갈 돈이 있어야 할 테지요. 이것은 술판보다 더 중요한 일입니다. 까라마조프가 이걸 몰랐겠습니까? 그렇습니다, 피고는 바로 이 문제로 병이 날 지경이었고 이 걱정으로 힘들었습니다. 피고가 그 돈을 떼어 만일의 경우를 대비해 숨겨놓았다는 것을 왜 믿을 수 없단 말씀인가요? 그런데 시간은 흘러가는데 표도르 빠블로비치는 피고에게 3천 루블을 주지 않고 오히려 그 돈으로 자기가 사랑하는 여인을 유혹하기로 했다는 얘기를 듣습니다. '만일 표도르 빠블로비치가 돈을 주지 않으면 나는 까쩨리나 이바노브나 앞에서 도둑이 되는 것이다' 하고 피고는 생각합니다. 그러자 피고에게는 베르홉쩨바양에게 가서 부적주머니에 내내 넣고 다니던 1,500루블을 그 앞에 내놓고 '나는 파렴치한이지만 도둑은 아니다'라고 말하겠다는 생각이 들었던 것입니다. 바로 그렇기 때문에 1,500루블을 눈동자처럼 간직한 채 결코 부적주머니를 뜯지 않고 100루블씩 쓰지도 말아야 할 이유가 이중으로 생기는 것입니다. 어째서 여러분은 피고가 명예심을 품을 수 있음을 부정하십니까? 아니요, 피고의 내면에는 명예심이 있습니다. 비정상적인 것이라 해도, 종종 잘못된 길로 이끈다 해도, 그에게는 명예심이 있습니다. 열정에 가까운 명예심이 있고, 피고는 그걸 증명했습니다. 그러나 이제 사태는 복잡해집니다. 질투의 고통이 최고조에 이르고, 이전의 두가지 질문이 가뜩이나 흥분한 피고의 머릿속에서 날카롭게 떠올라 더욱 고통스럽게 합니다. '까쩨리나 이바노브나에게 돈을 돌려주면 무슨 돈으로 그루셴까를 데려가지?' 피고가 그 한달 내내 그토록 분별없이 행동하고 술을 퍼마시고 선술집마다 다니며 사납게 날뛰었다면, 그건 어쩌면 스스로 너무도 괴로워 감당할 수 없어서였는지도 모릅니다. 마침내 두 질문은 너무도 첨예해져서 결국 피고를 절망에 빠뜨립니다. 피고는 마지막으로 막냇동생을 아버지에게 보내 3천 루블을 부탁하게 했으나, 대답을 기다리지 못하고 직접 쳐들어가 사람들이 보는 앞에서 노인을 때리는 것으로 끝을 냈지요. 이런 일이 벌어졌다는 것은 돈을 받을 데가 없어졌다는 뜻이 되지요. 피고에게 맞은 아버지가 돈을 내줄 리 만무하니까요. 바로 그날 저녁 피고는 자기 가슴을, 바로 부적주머니가 있던 가슴 윗부분을 치면서 자신은 비열한이 되지 않을 방법이 있지만 그 방법을 쓰지 않을 것을 예견하고, 자신은 정신력도 부족하고 의지도 부족하므로 어쨌든 비열한으로 남을 수밖에 없다고 동생에게 고백합니다. 왜, 어째서 검사님은 그토록 순수하고 진실하게, 아무 계산 없이 성실하게 진술한 알렉세이 까라마조프의 증언을 믿지 않으시는 겁니까? 어째서 오히려 제게 그 돈이 우돌프성 지하실의 어느 틈새에 끼어 있다고 믿을 것을 강요하시는 걸까요? 그날 저녁 동생과 대화를 나눈 뒤 피고는 그 치명적인 편지를 썼고, 바로 그 편지가 피고의 도둑질을 입증하는 가장 중요하고 대단한 증거가 된 것입니다! '모든 사람한테 돈을 구해볼 거요. 사람들한테서 못 구하면, 아버지를 죽이고 아버지의 베개 밑에서 분홍 끈으로 묶인 봉투 속에 든 돈을 훔쳐낼 거요, 이반이 떠나기만 하면.' 피고가 아니라면 누가 이런 완벽한 살인 계획을 세우겠습니까, '쓰인 대로 실행되었습니다'라고 검사님은 외치십니다. 그러나 첫째, 편지는 극도로 흥분한 상태에서 취중에 쓴 것입니다. 둘째, 피고는 스메르쟈꼬프에게 들은 봉투에 대해 또 한번 쓰고 있을 뿐입니다. 왜냐하면 그 자신은 봉투를 본 적이 없으니까요. 셋째, 편지를 그렇게 쓴 건 사실이지만, 쓰인 대로 실행되었는지는 무엇으로 증명할 수 있습니까? 피고는 베개 밑에서 봉투를 꺼냈을까요? 돈을 발견했을까요? 심지어 그 돈이 존재하기는 했을까요? 더욱이, 피고는 정말로 그 돈을 훔치러 달려갔던 걸까요? 기억을 떠올려보십시오, 떠올려보세요! 피고는 돈을 훔치기 위해 부랴부랴 달려갔던 것이 아니라 여인이 어디 있는지, 자신을 무릎 꿇린 그 여인이 어디 있는지 알아보기 위해 달려갔던 것입니다. 그러므로 계획에 따라서가 아니라, 편지에 쓴 대로, 즉 계획한 대로 도둑질을 하러 간 것이 아니라 갑작스럽게, 돌발적으로 미친 듯한 질투심에 사로잡혀 달려갔던 겁니다! 그래도 사람들은 말할지 모르겠습니다. '좋아, 아무튼 달려가서 죽이고 돈도 훔쳤잖아'라고요. 그런데 끝으로, 과연 피고가 죽인 걸까요? 아닐까요? 저는 도둑질 혐의에 대해서는 분개하며 부정하는 바입니다. 무엇을 도난당했는지 정확하게 명시할 수 없다면 도둑질로 기소할 수 없습니다. 이것은 원칙입니다! 그럼, 과연 피고가 죽인 걸까요? 도둑질은 하지 않고 살인만 한 걸까요? 그것은 증명되었습니까? 그것 역시 소설은 아닐까요?"

12. 그리고 살인도 없었다

"배심원 여러분, 지금 이것은 사람의 생명이 달린 문제이므로 더욱 신중을 기할 필요가 있습니다. 기소 자체가 증명하듯이 가장 마지막 날까지도, 재판 당일인 오늘까지도 피고를 완전한 계획 살인으로 기소하기에는 근거가 취약했음을, 오늘 법정에 치명적인 '취중' 편지가 제출되기 전까지만 해도 근거가 취약했음을 우리는 보았습니다. '쓰인 대로 실행되었다!'라고 검사측은 말합니다. 그러나 거듭 되풀이하는데, 피고는 오로지 여인이 어디 있는지 알아내기 위해 여인에게로, 여인을 찾아 달려갔던 것입니다. 이것은 확고한 사실입니다. 만일 그녀가 집에 있었다면 피고는 아무데도 가지 않았을 것이고, 그 집에 남아서 편지에서 약속한 것을 행하지 않았을 것입니다. 피고는 느닷없이, 돌발적으로 달려갔고, 당시 자신의 '취중' 편지는 전혀 기억도 못 했을 겁니다. '공이를 집어들었잖은가'라고 할 수도 있겠지요. 그 공이 하나로 얼마나 완벽한 심리분석이 도출되었는지 여러분은 기억하실 겁니다. 어째서 피고가 그 공이를 흉기로 생각하고 그것을 움켜쥐게 되었는가 하는 등의 주장을 말입니다. 저는 여기서 지극히 평범한 생각 하나를 머리에 떠올리게 됩니다. 만일 그 공이가 눈에 띄는 곳에 놓여 있지 않았더라면, 즉 피고가 집어든 그 선반에 놓여 있지 않고 장식장 안에 보관되어 있었다면 어땠을까요? 마침 그때 피고의 눈에 띄지 않았다면 피고는 흉기 없이 빈손으로 뛰쳐나갔을 것이고, 그러니 어쩌면 아무도 죽이지 않았을 수 있습니다. 어떻게 공이를 피고가 살인을 계획하고 흉기로 소지했다는 증거로 단정할 수 있습니까? 자, 피고는 아버지를 죽이겠다고 이틀 내내 선술집마다 외치고 다녔고, 취중 편지를 쓴 그날 밤에는 조용히 지내다가 그저 상점 점원 한명과 싸우기만 했는데, 그건 '까라마조프가 싸움 없이 지나칠 수 없는 사람이라 그랬던 것뿐'이라고 말합니다. 하지만 이에 대해 저는, 만일 그런 살인 계획을 세웠다면, 더구나 계획에 따라 쓴 대로 실행할 작정이었다면 점원과도 싸우지 않았을 것이고 나아가 선술집 같은 데는 아예 들르지도 않았을 것이라고 답하겠습니다. 그런 일을 계획한 사람은 고요함과 어둠을 찾게 마련이고, 아무도 보고 듣지 못하게 몸을 숨길 방법을 찾았을 테니 말입니다. '가능한 한 나를 잊어주시오', 이는 계산이라기보다 본능에 따른 것입니다. 배심원 여러분, 심리분석은 양날을 가지고 있으며 우리 역시 심리를 이해할 줄 압니다. 피고가 한달 내내 선술집에서 떠들어댄 말에 관해서라면, 아이들이나 취한 건달들이 술집을 나오면서 싸우는 일이 한두번이겠으며, 어디 한번만 그러겠습니까? 그들도 서로 '죽여버릴 테다' 하고 소리치지만 실제로 죽이지는 않지요. 그리고 그 치명적인 편지에 관해 말하자면, 그것 역시 취중의 분노, 즉 술집을 나오면서 '죽여버릴 테다, 너희 모두 죽여버릴 테야'라고 소리치는 사람의 외침과 똑같은 것 아니겠습니까? 왜 그게 아니라는 건가요? 왜 그럴 수 없다는 겁니까? 왜 그 편지가 우스꽝스러운 것이 아니라 치명적인 편지라는 겁니까? 그것은 살해당한 아버지의 시신이 발견되었기 때문이고, 흉기를 든 채 도망치는 피고를 정원에서 본 증인이 있기 때문이며, 그 증인 자신이 피고에 의해 상해를 입었고, 그러므로 모든 것이 쓰인 대로 되었기 때문입니다. 그러니 그 편지도 우스꽝스러운 것이 아니라 치명적인 것이라는 거죠. 다행스럽게도 우리는 이제 이 핵심적인 지점에 이르게 됩니다. '그가 정원에 있었다면 그가 죽였다는 뜻이다'라는 거죠. '정원에 있었다면'이라는 이 두 단어로 틀림없이 그랬다는 의미가 되고, 그것으로 모든 것이 종결되고, 기소의 모든 근거가 성립합니다. '거기 있었으니, 그가 한 짓이다'가 되는 것이죠. 그런데 거기 있었더라도 그걸 의미하지 않는다면요? 오, 저는 누적된 사실들, 부합하는 사실들이 실제로 상당히 의미심장하다는 데 동의합니다. 하지만 이 사실들에 총체성을 부여하지 말고 그것들을 개별적으로 살펴봐주시기를 부탁드립니다. 예를 들면, 왜 검사님은 아버지의 창가에서 도망쳤다는 피고의 진술의 진실성을 결코 인정하지 않으려 하실까요? 문득 살인자를 사로잡은 '존경스럽고' '경건한' 감정을 접하고 논고에서 보여준 조롱을 상기해보십시오. 하지만 정말로 그때 그 비슷한 감정이 일어났다면, 그러니까 존경심까지는 아니더라도 경건한 마음이 일어났다면 어쩌실 겁니까? 피고는 예심에서 '틀림없이 어머니가 그 순간 저를 위해 기도를 시작하셨나봅니다'라고 진술했고, 그래서 피고는 스메뜰로바야이 아버지의 집에 없다는 것을 확인하자마자 곧바로 도망쳤습니다. '그러나 피고는 창을 통해서는 확인할 수 없었습니다'라고 검사측은 반박합니다. 왜 확인할 수 없었다는 겁니까? 피고가 보낸 신호에 따라 창문은 열려 있었습니다. 그때 표도르 빠블로비치가 뭐라고 한마디 내뱉거나 뭐라고 소리쳤을 수 있습니다. 피고는 스베뜰로바양이 거기 없다는 것을 대번에 알 수 있었겠지요. 어째서 우리는 상상하는 대로만, 상상하기로 작정한 대로만 가정하는 걸까요? 가장 섬세한 소설가라도 현실에는 그가 관찰하지 못하고 지나치는 수천가지 일들이 있을 수 있습니다. '좋다, 하지만 그리고리는 문이 열려 있는 것을 보았다, 그러니 피고는 집 안에 있었을 것이고, 그러니 그가 죽인 거다.' 그 문에 관해 말하자면, 배심원 여러분…… 아시다시피, 그 열린 문에 대해 증언하는 사람은 단 한명, 그 자신 당시 그런…… 상태에 있던 인물뿐입니다. 하지만 그렇다고 칩시다. 문이 열려 있었다고 치죠. 피고가 열었고, 그 상황에서 충분히 이해할 만한 자기방어심 때문에 피고가 거짓말을 했다고요. 피고가 집 안으로 들어갔고, 집 안에 있었다고 칩시다. 그래서 어떻다는 겁니까? 거기 있었다고 해서 왜 죽인 게 틀림없다는 뜻이 되나요? 피고는 뛰어들어가 방마다 돌아다녔을 수 있고, 아버지를 밀쳤을 수도, 심지어 아버지를 때렸을 수도 있지만, 스베뜰로바양이 아버지 집에 없다는 것을 확인하자 그 사실에 기뻐하며, 아버지를 죽이지 않고 도망갈 수 있게 된 데 즐거워하며 달아났던 것입니다. 바로 그랬기 때문에, 잠시 후 피고는 자신이 흥분 상태에서 상해를 입힌 그리고리를 향해 담에서 뛰어내렸던 겁니다. 아버지를 죽이려는 유혹에서 벗어났기 때문에, 아버지를 죽이지 않았다는 기쁨과 순결한 마음을 자기 안에서 느꼈기 때문에 동정과 연민, 순수한 감정이 생겨났을 테니까요. 검사님은 사랑이 다시 한번 피고를 새로운 삶으로 초대하며 피고 앞에 열렸는데, 뒤에는 아버지의 피투성이 시신이 놓여 있고 그 시신 뒤에는 형벌이 기다리고 있기에 더이상 사랑할 수 없게 되었을 때 모끄로예 마을에서 피고가 느꼈을 무서운 상태를 대단한 웅변으로 묘사하셨습니다. 그럼에도 검사님은 여전히 그 사랑을 인정하셨고, 그것을 자신의 심리분석에 따라 설명하기도 하셨습니다. '취한 상태였다거나, 범인이 형장으로 끌려갈 때는 아직 형장이 멀리 있다고 느낀다는 등등'의 말씀을 하셨지요. 하지만 검사님, 다시 묻겠습니다만, 검사님은 혹시 전혀 다른 인물을 창조하신 것은 아닙니까? 정말로 아버지의 피에 책임이 있음에도 피고가 사랑을 생각하고, 법정에서 이리저리 발뺌할 생각을 할 만큼 그렇게 야비하고 비정한 사람이라는 건가요? 아닙니다, 아닙니다, 아닙니다! 만일 그의 뒤에 아버지의 시신이 누워 있었다면, 연인이 피고를 사랑하고, 피고를 부르고, 피고에게 새로운 행복을 약속하고 있다는 것이 밝혀지자마자 오, 맹세컨대 피고는 그 순간 스스로를 죽이고 싶은 욕구를 두배 세배로 느꼈을 것이고 틀림없이 자신을 죽였을 겁니다. 오, 아닙니다, 권총이 어디 있는지 피고가 잊었을 리 없습니다! 저는 피고를 압니다. 논고가 피고에게 뒤집어씌운 야만적이고 목석같은 비정함은 피고의 성격과 부합하지 않습니다. 피고는 자살했을 것이 틀림없습니다. 그가 자신을 죽이지 않은 것은 바로 '어머니가 그를 위해 기도했기' 때문이고, 피고의 심장이 아버지의 피에 죄가 없었기 때문입니다. 그날 밤 모끄로예에서 피고는 자신이 쓰러뜨린 노인 그리고리 때문에 괴로워하고 슬퍼했으며, 속으로 노인이 일어나 정신을 차리기만을, 자신이 가한 타격이 치명적이지 않아서 그로 인해 자신도 처벌을 면할 수 있기만을 하느님께 빌었습니다. 왜 사건에 대한 이런 해석을 받아들이지 않는 겁니까? 피고가 우리를 속이고 있다는 확실한 증거가 어디 있습니까? 즉각 아버지의 시신이 있지 않느냐, 하고 또다시 말씀하시겠지요. 피고가 죽이지 않고 달아났다면, 그럼 대체 누가 노인을 죽였다는 것이냐, 하고 말입니다.

거듭 말하지만, 기소의 모든 논리는 여기에 있습니다. 피고가 아니면 누가 죽였겠느냐, 그 대신 상정할 사람이 아무도 없다는 것이죠. 배심원 여러분, 과연 그렇습니까? 과연 정말로 그 대신 내놓을 사람이 아무도 없을까요? 우리는 검사님이 그날 밤 그 집에 있었거나 드나들었던 사람들을 손으로 꼽으며 호명하는 것을 들었습니다. 다섯명이 거론되었습니다. 그중 세명은 저도 동의하는데, 책임을 물을 수 없는 사람들입니다. 피살자 자신, 그리고리 노인, 그리고리의 아내지요. 그러므로 피고와 스메르쟈꼬프가 남습니다. 검사님은 피고가 그 말고는 지목할 사람이 없어서 스메르쟈꼬프를 허겁지겁 지목한 것이며, 만일 누구든 거기 여섯번째 사람이 있었다면 그게 유령이라 할지라도 피고는 스메르쟈꼬프를 지목한 것이 스스로 부끄러워 곧장 그를 버리고 그 여섯번째 사람을 지목했을 것이라고 열정적으로 외치셨습니다. 그러나 배심원 여러분, 제가 정반대로 결론을 내리면 안 될 이유는 어디 있겠습니까? 여기 두 사람, 피고와 스메르쟈꼬프가 있습니다. 여러분이 제 의뢰인에게 혐의를 두는 것은 오로지 그 외에 달리 혐의를 둘 사람이 아무도 없기 때문이라고 제가 말하면 왜 안 되는 것입니까? 그런데 왜 피고 말고 아무도 없는가 하면, 여러분이 미리부터 스메르쟈꼬프를 모든 의심에서 배제했기 때문입니다. 그렇습니다, 사실, 스메르쟈꼬프를 지목한 사람은 피고 자신과 피고의 두 형제, 그리고 스베뜰로바양뿐입니다. 그러나 증인들 가운데서도 비슷한 얘기를 하는 사람들이 더러 있습니다. 어렴풋하게나마 의문과 의혹이 세간에 떠돌고 있고, 분명치 않은 소문이 들리며, 어떤 기대가 존재하는 것이 느껴집니다. 끝으로, 몇몇 사실들의 대조도 증거가 되는데, 저도 인정하지만 그 대조는 명료하진 않아도, 대단히 특징적인 것입니다. 첫째, 바로 참극이 벌어진 그날 뇌전증 발작이 일어났다는 점입니다. 검사님은 웬일인지 그 발작을 몹시 열정적으로 옹호하고 고수하셔야만 했습니다. 다음으로, 공판 전날 갑작스럽게 스메르쟈꼬프가 자살했다는 점입니다. 그다음으로, 그에 못지않게 갑작스럽게 피고의 큰동생이 오늘 법정에서 한 증언입니다. 피고의 큰동생은 지금까지 형의 유죄를 전적으로 믿고 있었는데, 별안간 오늘 돈을 가지고 나타나 살인자로 역시 스메르쟈꼬프의 이름을 선포했습니다! 오, 저는 이반 까라마조프가 섬망증에 걸린 환자이고, 그의 증언은 죽은 자에게 모든 것을 뒤집어씌워 형을 구하고자 섬망 상태에서 생각해낸 절망적 시도일 수 있다는 것을 재판부와 검사님과 함께 확신하고 있습니다. 그러나, 그러나 말입니다, 또다시 스메르쟈꼬프의 이름이 거론되었고, 또다시 뭔가 수수께끼 같은 소리가 들립니다. 여기에는 뭔가 전부 말해지지 않은 것이 있습니다, 배심원 여러분, 뭔가 종결되지 않은 것이 있습니다. 어쩌면 그것은 앞으로 더 이야기되어야 할 무언가이겠습니다. 하지만 이 문제는 여기서 그치고 나중에 얘기하도록 하지요. 조금 전 법정은 심리를 속개하기로 결정했습니다만, 여기서 대기하는 동안 저는 고인이 된 스메르쟈꼬프의 성격과 관련해 몇마디 언급하고자 합니다. 검사님은 스메르쟈꼬프의 성격을 아주 섬세하고 탁월하게 묘사해주셨습니다. 그러나 저는 그 능력에 탄복하면서도 그 성격 묘사의 본질적 내용에는 전적으로 동의할 수 없었습니다. 저는 직접 스메르쟈꼬프를 찾아가 만나서 이야기를 나누어보았는데, 전혀 다른 인상을 받았습니다. 스메르쟈꼬프가 건강이 좋지 않았다는 것은 사실입니다. 그러나 그의 성격과 심성은, 오, 아니요, 검사님이 내리신 결론처럼 그 사람은 전혀 그렇게 나약한 사람이 아닙니다. 특히 저는 검사님이 그렇게나 특징적으로 묘사해주신 소심함, 그 소심함을 발견할 수 없었습니다. 그에게는 순박함이라곤 전혀 없었고, 오히려 저는 순진함 뒤에 숨기고 있는 무서울 정도의 경계심과 많은 것을 통찰할 수 있는 지적 능력을 발견했습니다. 오, 검사님은 너무도 단순하게 그를 정신박약으로 간주하셨던 것입니다! 그는 제게 명백한 인상을 남겼습니다. 저는 그 존재가 의심의 여지 없이 사악하고, 더할 수 없이 야심이 크며 복수심이 강하고, 숨 막힐 만큼 시기심이 많은 인물이라는 확신을 품고 그 자리를 떴습니다. 제가 모은 이런저런 정보에 따르면, 그는 자신의 출생을 증오하고 수치스러워해서 이를 갈며 '스메르쟈샤야의 몸에서 태어났다'는 사실을 되새겼습니다. 그는 어린 시절의 은인인 하인 그리고리와 그 아내를 불손하게 대했습니다. 그는 러시아를 저주했고 조롱했습니다. 스메르쟈꼬프는 프랑스인이 되기 위해 프랑스로 가기를 꿈꾸었습니다. 그는 자신에게 돈이 부족하다고 이전에도 여러번, 많이 얘기했습니다. 제가 보기에 그는 자기 자신 말고는 아무도 사랑하지 않았으며, 이상하리만큼 자존심이 강했습니다. 스메르쟈꼬프는 좋은 옷, 깨끗한 셔츠, 잘 닦인 장화에서 계몽을 보았습니다. 자신을 표도르 빠블로비치의 사생아로 여긴 이 사람은(이에 대해서는 근거가 있습니다) 주인의 합법적 아들들과 비교해 자신의 처지를 증오했을지도 모릅니다. 그 아들들은 모든 것을 가졌는데 자신에게는 아무것도 없고, 그 아들들은 모든 권리가 있고 유산도 받는데 자신은 요리사에 불과하다고 말이지요. 그는 자기가 직접 표도르 빠블로비치와 함께 돈을 봉투에 넣었다고 제게 알려주었습니다. 그 돈의 용도, 그만하면 자신의 성공의 바탕이 될 수도 있을 만한 그 돈의 용도는 그에게 물론 증오스러웠을 것입니다. 더구나 그는 밝은 무지갯빛 지폐로 된 3천 루블을 직접 보았습니다.(저는 일부러 그에게 그 점을 물어보았습니다.) 오, 질투심 많고 자존심 강한 사람에게는 절대로 큰돈을 한꺼번에 보여주지 마십시오. 그는 그런 거금이 한 손에 들려 있는 것을 난생처음 보았던 것입니다. 처음 봤을 때 그 무지갯빛 지폐뭉치는 아무런 결과도 낳지 않았을지 모르지만, 그의 상상력에는 병적인 인상을 남겼을 수 있습니다. 탁월한 재능을 지니신 검사님은 스메르쟈꼬프를 살인죄로 기소할 가능성이 충분하다는 모든 찬pro반contra의 경우를 드물게 상세하게 설명한 뒤, 무엇 때문에 그가 뇌전증 발작이 일어난 척했겠느냐고 특별히 물어보셨습니다. 그렇습니다, 그는 전혀 그런 척하지 않았는지도 모르고, 발작은 정말로 자연스럽게 일어났을 수 있으며, 그 발작이 정말로 자연스럽게 지나가서 환자가 깨어났을 수도 있습니다. 완전히 회복된 것은 아니지만, 뇌전증이 늘 그렇듯이 언제든 정신이 돌아와 깨어났다고 가정해봅시다. 검사님은 물으십니다, 스메르쟈꼬프가 살인을 저지를 시간이 어디 있었느냐고요. 하지만 그 시간을 찾아내는 건 지극히 쉬운 일입니다. 그는 노인 그리고리가 담장에서 달아나는 피고의 다리를 붙잡고 사방에 '애비 죽인 놈'이라고 울부짖던 순간에 깊은 잠에서 깨어 일어났을 수 있습니다. 조용한 어둠 속에서 비명 소리가 엄청나게 크게 울려서 스메르쟈꼬프를 깨웠을지도 모르지요. 그때 그는 깊이 잠들어 있지 않았을 수도 있습니다. 어쩌면 한시간쯤 전에 자연스럽게 잠이 깼을 수도 있어요. 자리에서 일어난 그는 거의 무의식적으로, 아무런 의도도 없이 무슨 일인가 보려고 비명 소리가 나는 곳으로 나갔습니다. 머릿속은 발작 뒤라 멍했고 판단력은 아직 흐릿했지만, 정원으로 나가 불이 밝혀진 창으로 다가간 그는 물론 그가 온 것을 반기는 주인으로부터 무서운 소식을 듣습니다. 순식간에 머릿속에서 판단력이 작동하기 시작합니다. 스메르쟈꼬프는 겁에 질린 주인으로부터 모든 것을 자세히 듣게 됩니다. 점차 그의 병들어 혼란스러운 뇌 속에서 어떤 생각이, 끔찍하지만 유혹적이고 반박할 수 없이 논리적인 생각이 만들어집니다. 살인을 하고 3천 루블을 훔친 뒤 나중에 모든 걸 주인의 아들에게 뒤집어씌우자는 생각이지요. 주인의 아들이 아니면 누가 그랬다고들 생각하겠는가? 주인의 아들 말고 누구에게 혐의를 두겠는가? 모든 증거가 있고, 아들이 여기 있었는데 말이다. 돈을 갈취하고자 하는 무서운 열망이 처벌받을 리 없다는 생각과 함께 하인의 마음을 사로잡았을 것입니다. 오, 기회만 닿으면 이런 갑작스럽고 물리칠 수 없는 충동은 일어나게 마련인데, 이런 충동은 무엇보다, 일분 전까지만 해도 자신이 살인을 할 줄은 몰랐던 살인자들에게 갑작스럽게 찾아오는 것입니다! 그래서 스메르쟈꼬프는 주인의 방에 들어가서 자신의 계획을 실행했을 것입니다. 무엇으로, 어떤 흉기로요? 그가 정원에서 처음 집어든 돌멩이로 그랬을 수도 있습니다. 그러나 무엇을 위해서, 어떤 목적으로요? 3천 루블, 그건 사회적 성공을 가져다줄 테니까요. 오! 저는 앞서 한 말과 모순된 말은 하지 않았습니다. 돈은 정말로 존재했을 수도 있으니까요. 그리고 그걸 어디서 찾을 수 있는지, 그게 주인의 방 어디에 놓여 있는지는 어쩌면 스메르쟈꼬프 혼자만 알고 있었을 겁니다. '그럼, 돈을 싼 봉투는, 바닥에 찢긴 채 버려져 있던 봉투는 뭐냐?'라고 하시겠지요. 조금 전 검사님이 봉투 얘기를 하시면서, 그걸 바닥에 버려둘 수 있는 사람은 자신을 지목하는 증거는 결코 남기지 않을 스메르쟈꼬프 같은 사람이 아니라 까라마조프처럼 서툰 도둑일 것이라는 지극히 섬세한 견해를 토로하셨을 때, 배심원 여러분, 저는 그 얘기를 들으면서 문득 뭔가 아주 익숙한 이야기를 듣는 것 같다고 느꼈습니다. 상상해보십시오, 까라마조프가 그 봉투를 어떻게 했을 것 같으냐는 추측과 똑같은 추측을 저는 정확히 이틀 전에 스메르쟈꼬프 자신으로부터 들었습니다. 그뿐 아니라 그는 심지어 이렇게 말함으로써 제게 충격을 던지기까지 했는데, 거짓으로 순진한 척하면서 선수를 쳐서 제게 그 생각을 불어넣음으로써 저 스스로 그런 판단을 도출하도록 암시하는 것처럼 느껴졌거든요. 혹여 그가 그 생각을 예심 때에도 했던 것은 아닐까요? 탁월한 능력의 검사님께도 그 생각을 불어넣었던 것은 아닐까요? 사람들은 말할 겁니다. 그럼 노파는, 그리고리의 아내는? 노파는 환자가 자기 옆에서 밤새도록 신음하는 소리를 듣지 않았는가 하고요. 들은 것은 사실이지만, 그 생각 자체는 대단히 믿기 어려운 것입니다. 제가 아는 어느 부인은 마당에 있는 강아지가 밤새 짖는 통에 자다 깨어 더이상 한숨도 못 잤다고 괴로움을 호소했습니다. 그러나 나중에 알고 보니 그 가련한 강아지는 밤새 겨우 두세번 짖은 것에 불과했습니다. 이것은 자연스러운 일입니다. 사람이 자다가 문득 신음을 듣게 되면 눈이 뜨여 자기를 깨웠다고 불평하지만 금세 다시 잠이 들게 마련입니다. 두시간 정도 지나 다시 신음이 들리면 다시 깼다가 잠이 듭니다. 그리고 두시간쯤 지나 또 다시 신음이 들리면, 그 밤에 다 합해봐야 세번 정도 신음이 들린 겁니다. 그런데 다음날 아침 일어난 사람은 누군가가 밤새도록 신음해서 한잠도 못 잤다고 불평을 하지요. 그러나 분명히 그 사람에게는 그렇게 여겨진 것입니다. 잠의 간격, 즉 두시간마다 한번씩 깼다가 다시 잤지만, 그 사람은 잔 것은 기억하지 못하고 깼던 순간만 기억해서 밤새 한잠도 못 잤다고 느끼는 것이지요. 그러나 왜, 어째서 스메르쟈꼬프는 유서에서 자백하지 않았는가? 검사님은 소리 높여 말씀하십니다. '전자를 고백할 양심은 충분하고 후자를 고백할 양심은 부족했단 말입니까?' 하고요. 그러나 잠시만요, 양심, 그것은 이미 뉘우침을 의미하는데, 자살자에게는 아마도 뉘우침은 없었을 것이고 있는 것은 오로지 절망뿐이었을 겁니다. 절망과 후회, 이 두가지는 전혀 다른 것입니다. 절망은 사악하고 타협을 모르는 것일 수 있으며, 자살자는 자신의 목숨에 손을 대던 그 순간 평생 질투했던 사람들을 갑절이나 더 증오했을 수 있습니다. 배심원 여러분, 오심이라는 실수를 범하지 않도록 조심해주십시오! 제가 지금 여러분께 제시하고 설명드린 것 가운데 무엇이, 무엇이 사실에 부합하지 않습니까? 제 설명에서 실수를, 불가능을, 부조리를 찾아주시겠습니까? 만일 제 가정 속에 가능성의 그림자라도 있다면, 개연성의 그림자라도 있다면, 부디 유죄 평결을 자제해주십시오. 하지만 과연 여기에 그림자만 있습니까? 모든 성스러운 것을 두고 맹세하건대, 저는 지금 여러분께 제시한 살인에 대한 제 해석을 믿습니다. 무엇보다, 무엇보다 저를 당혹스럽게 하고 분노케 하는 것은, 피고를 기소하며 제시된 첩첩이 쌓인 수많은 사실 중에서 정확하고 반박할 수 없는 것이 단 하나도 없음에도 불구하고, 저 불행한 사람이 오로지 그 누적된 사실들 때문에 파멸당할지 모른다는 점입니다. 그렇습니다, 누적된 사실들은 끔찍합니다. 피, 그 손에서 흐르던 피, 피투성이 셔츠, '애비 죽인 놈'이라는 외침으로 귀가 먹먹했던 그 어두운 밤, 머리통이 부서져 비명을 지르며 쓰러지는 사람, 그리고 이후의 수많은 말, 진술, 몸짓과 비명 소리, 오, 이런 것들이 너무나 큰 영향을 미칠 것이고 확신은 이렇게 매수될 수 있습니다. 그런데 배심원 여러분, 여러분의 확신도, 여러분의 확신마저 그렇게 매수될 수 있는 것입니까? 여러분께는 무한한 권력이, 매고 풀 수 있는 무한한 권력[21]이 주어졌다는 것을 기억해주십시오. 그러나 권력이 막강할수록 그것이 짊어진 무게는 더욱 무서운 것입니다! 저는 제가 지금 말한 바에서 한발짝도 물러서지 않을 터이지만, 그렇다고 칩시다. 불행한 제 의뢰인이 그의 손을 아버지의 피로 물들였다는 기소장에 잠시나마 동의한다고 칩시다. 거듭 말하지만 이는 가정에 불과하고, 저는 단 한순간도 그의 무죄를 의심한 적이 없습니다만, 저의 피고가 부친 살해죄를 범했다고 가정해봅시다. 그러나 설사 그 가정을 허용한다손 치더라도, 제 이야기를 주의 깊게 들어주십시오. 저는 여러분의 마음과 머리 사이에 큰 갈등이 있을 것을 예상하기 때문에, 제 마음속에는 여러분께 꼭 드리고 싶은 말씀이 아직 있습니다…… 여러분의 마음과 생각을 함부로 추론한 저를 용서하십시오, 배심원 여러분. 그러나 저는 끝까지 정직하고 진실할 것입니다. 우리 모두 진실해집시다!"

이 지점에서 상당히 뜨거운 박수갈채가 변호인의 말을 중단시켰다. 정말로 그는 이 마지막 말을 아주 진실한 울림이 있는 어조로 해서 모두가 정말로 그에게 뭔가 꼭 해야 할 말이 있나보다고, 이제부터 그가 할 말이야말로 가장 중요한 것이리라고 느꼈다. 그러나 재판장은 박수소리를 듣고는 '비슷한 일'이 다시 한번 반복되

21 마태오의 복음서 18:18 "나는 분명히 말한다. 너희가 무엇이든지 땅에서 매면 하늘에도 매여 있을 것이며 땅에서 풀면 하늘에도 풀려 있을 것이다"에서 나온 구절이다.

면 모두 '퇴정할 것'을 명하겠다고 위협했다. 모두가 조용해졌고, 페쮸꼬비치는 이제까지 들려준 것과는 전혀 다른, 새롭고 영혼을 파고드는 목소리로 변론하기 시작했다.

13. 사상을 타락시키는 매문 평론가

"사실의 누적만이 제 의뢰인을 파멸시키는 것이 아닙니다, 배심원 여러분." 그가 선언하듯 말했다. "아니, 실제로 제 의뢰인을 파멸시키는 것은 단 하나의 사실뿐입니다. 그것은 늙은 아버지의 시신입니다! 단순한 살인이었다면, 누적된 사실들을 총체적으로가 아니라 개별적으로 살펴본 다음 하찮거나 증거 능력이 없는 것들, 공상적 사실들에 대해서는 기소를 취하했을 것이고, 적어도 제 의뢰인에 대한 적대적 편견 하나 때문에, 물론 피고가 그런 편견을 갖게끔 행동하기는 했지만, 그럼에도 그것 하나 때문에 한 사람의 운명을 파멸시켜야 하는가에 의구심을 품었을 것입니다! 그런데 이것은 단순한 살인이 아니라 부친 살해입니다! 이 자체가 너무도 큰 충격을 주는 바람에 기소 내용의 가장 하찮고 증거 능력이 없는 것들조차 더이상 하찮지도, 증거 능력이 없는 것도 아니게 되어버렸습니다. 심지어 가장 편견 없는 사람들조차 그렇게 생각합니다. 아니, 그런데 어떻게 이런 피고에게 무죄 판결을 내릴 수 있는가, 이 사람이 죽였는데 어떻게 벌을 받지 않고 풀려날 수 있는가, 모든 사람이 마음속으로 거의 자기도 모르는 사이에 본능적으로 그렇게 느끼는 것입니다. 그렇습니다, 아버지의 피를 흘린다는 것, 낳아준 사람의 피, 사랑해준 사람의 피, 나를 위해 자신의 목숨도 아끼지 않는 사람의 피, 어린 시절부터 내가 아프면 같이 아파해준 사람의 피, 나의 행복을 위해 평생 고생한 사람의 피, 나의 기쁨과 성공을 위해 살아온 사람의 피를 흘린다는 것은 정말로 무서운 일입니다! 오, 그런 아버지를 죽이다니, 이는 있을 수 없는 일이고 생각도 할 수 없는 일입니다! 배심원 여러분, 아버지, 진정한 아버지란 무엇입니까, 이 위대한 단어는 대체 무슨 뜻을 지니고 있으며, 이 이름 속에는 얼마나 무섭도록 위대한 관념이 담겨 있는 걸까요? 방금 우리는 진정한 아버지란 무엇인지, 어떠해야 하는지에 대해 부분적으로 지적했습니다. 하지만 지금 우리가 다루고 있는, 우리 영혼이 안타까워하고 있는 본 사건에서 아버지인 고 표도르 빠블로비치 까라마조프는 지금 우리 마음속에 떠오르는 아버지의 개념에 조금도 가깝지 않습니다. 이것은 재앙입니다. 그렇습니다, 정말로 어떤 아버지는 재앙이나 다름없습니다. 그 재앙을 좀더 가까이에서 살펴보지요. 배심원 여러분, 앞에 닥친 평결의 중요성을 고려해볼 때 결코 두려워해서는 안 됩니다. 특히 지금은 결코 두려워해서는 안 됩니다. 이를테면, 탁월한 재능의 검사님께서 적절히 표현하신 대로 어린아이들이나 겁먹은 여자들처럼 어떤 생각 앞에서 몸을 사려서는 안 됩니다. 그러나 자신의 열렬한 논고에서 존경하는 저의 경쟁자는(제가 첫마디를 내뱉기도 전부터 저의 경쟁자이셨지요) 몇번이나 탄식하셨습니다. '아니요, 저는 어느 누구에게도 피고의 변호를 양보하지 않겠습니다. 저는 뻬쩨르부르그에서 오신 변호인에게 피고의 변호를 양보하고 싶지 않습니다. 저는 검사이자, 변호인이기도 합니다!'라고 몇번이나 외치셨지요. 그러나 검사님은, 이 무시무시한 피고가 아직 부모의 집에 있을 때 아이였던 자신을 달래준 유일한 사람으로부터 받은 호두 한근을 이십삼년 동안 감사하게 생각했다면, 그와 반대로, 인정 많은 의사 게르쩬시뚜베의 표현에 따르자면, 그런 사람은 자기가 신발도 못 신고 단추 하나만 매달린 바지를 입고서 아버지 집 뒷마당에서 맨발로 뛰어다닌 것 또한 이십삼년 동안 기억에 담아두었을 게 틀림없다고 말씀하시는 것을 잊으셨습니다. 오, 배심원 여러분, 어째서 우리는 이 '재앙'을 좀더 가까이에서 살펴보아야 하고, 모두가 이미 아는 것을 되풀이해야 합니까! 이곳의 아버지에게로 왔을 때 제 의뢰인이 본 것은 무엇입니까? 어째서, 어째서 제 의뢰인을 비정한 인간, 이기주의자에 괴물이라고 칭하시는 겁니까? 물론 제 의뢰인은 자제력이 부족하고 거칠고 난폭합니다. 이 때문에 우리는 지금 그를 심판하고 있지요. 그러나 그의 운명에 책임이 있는 사람은 누구일까요? 훌륭한 기질과 고결하고 감수성 예민한 마음을 지닌 그가 그토록 불합리한 교육을 받은 것은 누구의 책임입니까? 누구든 그에게 사리분별을 가르친 사람이 있습니까, 학문으로 일깨워준 사람이 있습니까, 어린 시절에 그를 조금이라도 사랑해준 사람이 있습니까? 제 의뢰인은 하느님의 보호만 받으며 짐승이나 다름없이 자라났습니다. 제 의뢰인은 아마도 오랜 이별 뒤에 아버지를 만나기를 열망했을 것입니다. 어쩌면 그전에 자신의 어린 시절을 회상하면서 어린 시절 꿈에 보았던 추악한 환영들을 수천번 내쫓고 온 마음으로 자기 아버지를 정당화하고 끌어안기를 열망했는지 모릅니다! 그런데 어땠습니까! 그를 맞이한 것은 문제가 되고 있던 돈으로 인한 냉소적 조롱과 의심, 형식적 관계뿐이었습니다. 제 의뢰인은 매일 '잔을 기울이며' 그 앞에서 정나미 떨어지는 이야기와 하나 마나 한 잔소리만 듣던 차에 마침내 자신에게서, 아들에게서, 아들의 돈으로 애인을 빼앗으려는 아버지를 보게 됩니다. 오, 배심원 여러분, 얼마나 혐오스럽고 잔혹한 일입니까! 그 노인은 아들이 불손하고 무자비하다고 모든 사람에게 불평을 늘어놓고, 사회에서 아들의 명예를 더럽히고 훼손하며, 아들을 비방하고, 아들을 감방에 처넣기 위해 아들의 차용증을 사들입니다! 배심원 여러분, 이런 영혼들, 제 의뢰인처럼 겉보기에는 잔인하고 난폭하고 건잡을 수 없는 사람들은 실은 지극히 마음이 부드러운데도 그걸 겉으로 표현하지 못할 뿐인 경우가 많습니다. 웃지 마십시오, 제 생각을 듣고 비웃지 말아주십시오! 탁월한 재능의 검사님은 조금 전 제 의뢰인이 실러를 좋아하고 '아름답고 고원한 것'을 사랑한다고 주장하며 제 의뢰인을 냉혹하게 비웃으셨습니다. 제가 저 자리에, 검사님의 위치에 있었다면 저는 그것을 결코 비웃지 않았을 겁니다! 그렇습니다, 이런 마음들, 오, 저로 하여금 이런 마음들, 너무도 제대로 이해받지 못하고 또 흔히 부당하게 오해받는 이 마음들을 변호하게 해주십시오. 이런 마음들은 무척 자주 부드럽고 아름답고 공의로운 것을 갈망하는데, 그 자신과 자신의 난폭함, 잔혹함의 반대극을 추구하듯이 무의식적으로 그것들을 갈망하는 것입니다. 그야말로 갈망합니다. 겉보기에는 욕망덩어리에 잔혹하지만 이들은 고통스러울 만큼 사랑할 수 있는 능력을 갖고 있으며, 예컨대 여성에 대해서도 틀림없이 정신적이고 고상하게 사랑할 수 있습니다. 다시 한번, 저를 비웃지 말아주십시오. 이는 이런 천성에는 무엇보다 흔히 있는 일입니다! 이런 사람들은 자신의 열정, 때로 대단히 난폭한 열정을 숨길 수 없을 뿐입니다. 그래서 그 점이 사람들을 놀라게 하는 것이고, 또 그 점을 본 사람들은 그 사람의 내면을 보지 못하는 것입니다. 이런 사람들의 열정은 오히려 금세 충족되며, 겉보기에 거칠고 냉혹한 이들은 고결하고 아름다운 존재 주변에서 갱생을 추구하고, 스스로를 바로잡고 더 나아져서 더 고상하고 정직한 사람이 될 가능성, 이 단어들이 아무리 비웃음을 산다 할지라도, '고상하고 아름다운' 사람이 될 가능성을 추구합니다! 조금 전에 저는 제 의뢰인과 베르홉쩨바양 사이의 로맨스에 대해서는 감히 건드리지 않겠다고 말씀드렸습니다. 그러나 반마디 정도만 하지요. 우리가 조금 전에 들은 것은 증언이 아니라 복수심에 극도로 흥분한 여성의 비명일 뿐입니다. 상대가 변심했다고 그녀가, 오, 그녀가 비난할 수는 없는 일입니다. 그녀 자신이 변심했으니까요! 조금이라도 생각해볼 여유가 있었다면 그녀는 그런 증언을 하지 않았을 겁니다! 오, 그녀의 말을 믿지 마십시오. 아니요, 제 의뢰인은 그녀가 칭했듯이 '악당'이 아닙니다! 십자가에 못 박힌 박애주의자께서는 십자가를 지고 가시며 말씀하셨습니다. '나는 착한 목자이다. 착한 목자는 자기 양을 위하여 목숨을 바친다. 나는 내 양들을 알고 내 양들도 나를 안다. 나는 내 양들을 위하여 목숨을 바친다……'[22] 우리 또한 사람의 영혼을 파멸시켜서는 안 됩니다! 저는 방금 물었습니다, 아버지란 무엇이냐고, 그 위대한 말, 귀한 이름이 의미하는 바가 무엇이냐고요. 배심원 여러분, 그 말은 정당하게 사용될 필요가 있고, 저는 대상을 그에 합당한 말, 합당한 이름으로 부르고자 합니다. 살해당한 노인 까라마조프 같은 아버지는 아버지라 불릴 수 없고, 그럴 자격도 없습니다. 응답하지 않는 아버지를 사랑하기란 무의미하고 불가능합니다. 무에서는 사랑을 드러낼 수 없습니다. 무에서 창조하시는 분은 오직 하느님 한분뿐입니다. 어느 사도는 '어버이들은 자녀들을 못살게 굴지 마십시오'[23]라고

22 요한의 복음서 10:11, 14-15을 인용했다.
23 사도 바울의 서신인 골로사이인들에게 보낸 편지 3:21을 인용하고 있다.

불타는 사랑의 마음으로 쓰고 있습니다. 저는 제 의뢰인을 위해 이 거룩한 말씀을 인용하는 것이 아니라, 모든 아버지를 위해 이 말씀을 상기시켜드리는 것입니다. 누가 제게 아버지를 가르치도록 이 권위를 주었습니까? 아무도 주지 않았습니다. 그러나 저는 한 인간이자 시민으로서 호소하는 바입니다. 살아 있는 자들에게 호소합니다(vivos voco). 우리가 이 지상에서 살날은 길지 않고, 우리는 나쁜 짓을 많이 하며 나쁜 말을 많이 합니다. 그러므로 서로 모이기에 좋은 시간을 잡아 서로에게 좋은 말을 하기 위해 애씁시다. 저도 그러겠습니다. 제가 이 자리에 있는 동안 저는 제게 주어진 시간을 이용할 것입니다. 이 연단이 하느님의 뜻에 따라 우리에게 주어진 것이 공연한 일은 아닐 것입니다. 이 연단에서 울려퍼지는 우리의 말을 전러시아가 듣고 있으니까요. 저는 여기 계신 아버지들에게만이 아니라 모든 아버지에게 외칩니다. '어버이들은 자녀들을 못살게 굴지 마십시오.' 맞습니다, 우리 스스로 먼저 그리스도의 말씀을 지킨 다음에야 비로소 우리의 자녀에게도 요구할 수 있습니다. 그렇지 않으면 우리는 아버지가 아니라 우리 자녀의 적이 되고, 자녀는 우리의 자녀가 아니라 우리의 적이 됩니다. 우리 스스로가 자녀를 적으로 만드는 것입니다! '남을 저울질하는 대로 너희도 저울질을 당할 것이다.'[24] 이것은 제가 하는 말이 아니라 복음서가 전하는 바입니다. 여러분이 그들을 헤아리는 대로 여러분도 같은 헤아림을 받게 된다는 뜻입니다. 아이들이 우리의 잣대로 우리를 헤아린다고 해서 어떻게 아이들을 책망할 수 있겠습니까? 얼마 전에 핀란드에서 결혼하지 않은 한 하녀가 몰래 아기를 낳았다는

---

24 마태오의 복음서 7:2, 마르코의 복음서 4:24, 루가의 복음서 6:38 등에 나오는 구절이다.

혐의를 받았습니다. 하녀를 조사해서 그 집 다락방 구석의 벽돌 뒤에서 아무도 몰랐던 궤짝을 발견했고, 그것을 열자 그녀의 손에 살해당한 신생아의 시신이 나왔습니다. 같은 궤짝에 이전에 태어나 탄생의 순간에 그녀의 손에 죽임을 당한 아기들의 해골 두구가 더 있었고, 하녀는 죄를 인정했습니다. 배심원 여러분, 이 사람을 아이들의 어머니고 할 수 있을까요? 그렇습니다, 아이들을 낳긴 했지만 그녀가 아이들의 어머니일 수 있습니까? 우리 중에서 누가 감히 그 하녀에게 어머니라는 성스러운 이름을 붙이겠습니까? 배심원 여러분, 용기를 가지십시오. 나아가 담대해지십시오. 이 순간 우리는 그래야 할 의무가 있고, '금속'과 '유황' 같은 말을 두려워하는 모스끄바의 장사꾼 아내들처럼[25] 어떤 단어나 관념을 두려워해서는 안 됩니다. 아니, 오히려 최근의 진보가 우리에게서 발전을 이루고 있음을 증명하기 위해서라도 솔직히 말씀드리겠습니다. 낳았다고 아버지는 아니며, 낳고 책임을 다한 사람이 아버지라고 말입니다. 오, 물론 '아버지'라는 단어에는 다른 의미와 다른 해석도 있습니다. 내 아버지가 아무리 악당이고 자식들에게 아무리 악한이라 할지라도 그 아버지가 나를 낳았다는 것만으로도 그는 여전히 아버지로 남는다고 주장하는 해석이지요. 그러나 이런 해석은 이른바 신비주의적인 것인 까닭에 제 이성으로는 이해할 수 없는 것이라, 그저 믿음으로만 수용하거나 더 정확히 말해 덮어놓고 믿을 수 있는 것일 뿐이니, 제가 이해하지 못하지만 종교가 제게 믿으라고 명하는 다른 많은 것들과 마찬가지입니다. 그러나 그런 경우 그것은

25 '금속'과 '유황'은 요한의 묵시록 9장에 나오는 말세의 징조로, 변호사의 말은 도스또옙스끼를 비판한 자유주의 작가이자 비평가 E. Л. 마르꼬프를 도스또옙스끼가 패러디한 것이다.

현실적인 삶의 영역 바깥에 머무르게 해야 합니다. 고유한 권리뿐 아니라 스스로에게 엄청난 의무까지 부여하는 현실적 삶의 영역에서, 그 영역 안에서 우리가 인도주의적이기를 원한다면, 궁극적으로 그리스도인이 되기를 원한다면, 우리는 오로지 이성과 경험으로 정당화된, 분석의 용광로를 통과한 확신만을 가져야 하고, 한마디로 말해 사람에게 해를 끼치지 않도록, 사람을 괴롭히고 파멸시키지 않도록, 비이성적으로가 아니라 이성적으로 행동해야만 하고 또 그럴 의무가 있습니다. 바로 이렇게 할 때만 이것은 참된 그리스도교적 행위가 되며, 신비주의적인 것이 아닌 진정으로 합리적이고 박애주의적인 행위가 될 것입니다……"

이 대목에서 법정의 구석구석에서 맹렬한 박수갈채가 터졌지만, 페쮸꼬비치는 끝까지 말을 마칠 수 있도록 얘기를 끊지 말아달라고 애원하듯이 팔을 흔들었다. 즉각 조용해졌다. 연설가는 말을 이었다.

"배심원 여러분, 여러분은 우리 아이들, 그러니까 우리의 청년들, 이를테면 막 판단력이 생기기 시작한 젊은이들이 이런 문제에 무관심할 거라고 생각하십니까? 아닙니다, 그들은 그럴 수 없을 뿐 아니라, 우리는 우리 아이들에게 불가능한 자제를 요구할 수도 없습니다! 특히 다른 아버지들, 다른 집 또래 아이의 아버지들과 비교할 때, 자격 없는 아버지의 모습은 젊은이에게 불가피하게 고통스러운 질문을 떠올리게 합니다. 사람들은 이 질문에 상투적으로 답하겠지요. '아버지가 너를 낳았고 너는 아버지의 피를 받았으니, 아버지를 사랑해야 한다.' 젊은이는 어쩔 수 없이 생각에 잠깁니다. '나를 낳았을 때 아버지가 정말로 나를 사랑하기는 했을까?' 젊은이는 점점 더 의문을 품게 됩니다. '아버지가 나를 위해 나를 낳

왔을까. 아버지는 그 순간에, 어쩌면 술에 후끈 달아 정열을 불태운 그 순간에 나를 알지도 못했고 심지어 내가 남자인지 여자인지도 몰랐을 텐데, 아마도 내게 기껏해야 음주벽이나 물려주었을 텐데, 그게 아버지가 베푼 은덕의 전부인데 말이야…… 나를 낳았다는 이유 하나만으로, 이후 평생 나를 사랑하지도 않았는데 왜 나는 아버지를 사랑해야 하는 거냐?' 하고 말입니다. 오, 여러분께는 이 질문이 졸렬하고 잔혹하게 여겨질 수도 있겠지만, 그렇다 해도 젊은 정신에 불가능한 자세를 요구하지는 마십시오. '천성을 문밖으로 내쫓으면 창문으로 날아들어온다'[26]라는 말이 있죠. 중요한 것은, 중요한 것은 '금속'과 '유황'을 두려워하지 말고, 신비주의적 개념이 명하는 대로가 아니라 이성과 박애가 명하는 대로 문제를 해결하자는 겁니다. 그러면 이 문제를 어떻게 해결해야 할까요? 이렇게 해보지요. 아들이 자기 아버지 앞에 서서 영민하게 묻는 겁니다. '아버지, 말씀해보세요, 제가 무엇 때문에 아버지를 사랑해야 하나요? 아버지, 제가 아버지를 사랑해야 한다는 것을 제게 증명해주세요.' 만일 아버지가 아들에게 답할 수 있고 증명할 수 있으며 또 그럴 만한 상태라면, 그것은 신비주의적 편견이 아니라 이성적이고 명확하고 확고하게 인도주의적 기초 위에 세워진 참으로 정상적인 가정입니다. 반대의 경우, 만일 아버지가 증명하지 못한다면, 그 가정은 곧바로 끝장이 날 겁니다. 아버지는 더이상 아들에게 아버지가 아니며, 아들은 자유를 얻어 앞으로 아버지를 타인으로, 심지어 적으로 여길 권리를 얻게 되니까요.[27] 배심원 여러분, 우리의 연단

26 라퐁텐(Jean de La Fontaine, 1621~95)의 우화 「여자로 변한 고양이」에서 인용한 구절이다.

27 실러의 『군도』 1막 1장에서 프란츠 무어의 대사이다.

은 진리와 건전한 개념의 교육장이 되어야만 합니다!"

여기서 연설자의 말은 거의 광란에 가까운 걷잡을 수 없는 박수 소리 때문에 중단되었다. 물론 법정의 모든 사람이 박수를 친 것은 아니었지만 절반 정도는 쳤으므로 법정 전체가 박수를 쳤다고 해도 과언이 아니었다. 아버지들과 어머니들이 박수를 보냈다. 위쪽 부인석에서는 찢어질 듯한 외침도 들렸다. 여인들은 스카프를 흔들었다. 재판장은 있는 힘껏 종을 울렸다. 그는 분명 방청객들의 행동에 화가 난 듯했지만, 조금 전에 위협했듯이 단호하게 '퇴정을 명'하지는 못했다. 뒤편의 특별석에 앉은 고관대작들, 연미복에 별을 단 노인들마저 연사에게 박수를 치고 손수건을 흔들었으니, 소음이 가라앉자 재판장은 전처럼 법정에서 '퇴정시키겠다'는 엄중한 경고를 던지는 정도로 만족해야 했고, 의기양양하여 흥분한 페쮸꼬비치는 다시 변론을 이어가기 시작했다.

"배심원 여러분, 아들이 담을 넘어 아버지의 집으로 숨어들어가 마침내 자신을 낳아준 적이자 자신을 모욕한 자와 얼굴을 맞대게 되었던, 오늘 너무나도 많이 언급된 그 무서운 밤을 여러분은 기억하실 것입니다. 저는 온 힘을 다해 주장합니다. 그 순간 피고는 돈을 훔치러 달려갔던 것이 아닙니다. 도둑질 혐의는 앞서 말씀드렸듯이 언어도단입니다. 또한 아들은 아버지를 죽이려 쳐들어간 것도 아닙니다. 오, 아닙니다. 만일 사전에 그럴 계획이었다면, 최소한 흉기라도 미리 생각해두었어야 합니다. 그런데 피고는 구리공이를 본능적으로, 자기도 이유를 모른 채 집어들었습니다. 설사 아들이 아버지를 신호로 속였다고 칩시다. 그래서 아버지의 방으로 들어갔다고 칩시다. 저는 이미 그런 터무니없는 얘기를 단 한순간도 믿은 적이 없다고 말씀드렸습니다만, 한순간이라도 그랬다고 가정해봅시다! 배심원 여러분, 제가 모든 성스러운 것을 두고 맹세하는데, 만일 그 사람이 아버지가 아니라 아무 혈연 없이 그저 자신을 모욕한 자였다면, 피고는 이 방 저 방 뛰어다니며 여인이 집에 없는 것을 확인하고는 연적에게 아무런 위해도 가하지 않고 쏜살같이 뛰쳐나갔을 겁니다. 어쩌면 그 사람을 때리거나 밀쳤을지 모르지만 그저 그뿐이지요. 피고는 그 사람에게 신경 쓸 겨를도, 정신도 없었을 테니까요. 자신의 여인이 어디 있는지부터 알아내야 했으니까요. 그러나 그는 아버지, 아버지였습니다, 오, 형상만 아버지였지 어린 시절부터 피고를 미워했던 사람이며, 적이었고, 피고를 모욕한 이였습니다. 게다가 그 당시는 괴물 같은 연적이었지요! 자기도 모르게 걷잡을 수 없는 증오심이 피고를 사로잡았습니다. 이미 분별력은 사라졌고, 한순간에 모든 것이 치밀어올랐을 겁니다! 그것은 광기와 광란의 발작, 자연의 모든 것이 그렇듯 자신의 영원한 법칙을 지키기 위해 제어할 수 없이, 무의식적으로 복수하고야 마는 자연의 발작이었습니다. 그러나 이 대목에서도 살인자는 죽이지 않았습니다. 저는 이것을 힘주어 주장하고 외치는 바입니다. 그렇습니다, 그는 다만 혐오감 가득한 분노를 품고 공이를 한번 휘둘렀을 뿐, 죽일 마음도 없었고 죽이는 줄도 몰랐습니다. 만일 그의 손에 그 숙명적인 공이가 없었다면 그는 아버지를 때리기는 했을망정 죽이지는 않았을 것입니다. 달아나면서도 그는 자기가 상해를 입힌 노인이 죽었는지 아닌지 몰랐습니다. 이런 살인은 살인이 아닙니다. 이런 살인은 부친 살해가 아닙니다. 아니, 이런 아버지를 죽인 것은 부친 살해라고 이름 붙일 수도 없습니다. 이런 살인은 오직 편견에 의해서만 부친 살해에 포함시킬 수 있을 것입니다. 그러나 정말로 살인이 있었습니까, 정말로 있기는 했습니까. 저는 여러분께 다시 한번, 다시 한번 마음 깊은 곳에서부터 호소합니다! 배심원 여러분, 우리가 피고에게 유죄 평결을 내린다면, 피고는 자신에게 이야기할 겁니다. '이 사람들은 나의 운명을 위해, 양육을 위해, 나의 교육을 위해, 나를 더 나은 사람으로 만들기 위해, 나를 사람으로 만들기 위해 아무것도 하지 않았다. 내게 먹을 것도 마실 것도 준 적이 없으며, 헐벗은 채 감옥에 있는 나를 찾아준 적도 없는데, 이제 나를 유형지로 보냈다. 나는 내 죄를 청산했으니 이제 아무 빚진 것이 없고, 영원히 누구에게도 빚진 것이 없다. 저들이 사악하게 대하니 나도 사악해질 것이다. 저들이 잔혹하게 대하니 나도 잔혹해질 것이다.' 이제 피고는 이렇게 말할 것입니다, 배심원 여러분! 단언하건대, 여러분의 유죄 평결은 피고의 마음을 가볍게 해줄 뿐이고, 피고의 양심을 편하게 해줄 뿐입니다. 피고는 자기가 흘리게 한 피를 저주할 테지만, 그 피를 안타까워하지는 않을 것입니다. 그와 동시에 여러분은 그의 내면에 자리한 아직은 가능성 있는 인간을 파멸시키는 것이니, 피고는 평생 악하고 맹목적인 상태로 남을 것이기 때문입니다. 그럼에도 여러분은 피고를 상상할 수 있는 가장 끔찍한 형벌로 무섭게, 위협적으로 벌함으로써 동시에 그 영혼을 영원히 구원하고 부활시키고자 하십니까? 만일 그렇다면 여러분의 자비로 피고를 압도해주십시오! 여러분은 그 영혼이 몸서리치며 두려워하는 것을 보고 듣게 되실 겁니다. '내가 이런 은혜를 감당할 수 있을까, 내가 이런 자비를 감당할 수 있을까? 내가 그럴 자격이 있을까?' 피고는 이렇게 외치게 될 것입니다! 오, 저는 압니다. 저는 이 마음을, 거칠지만 고결한 이 마음을 압니다, 배심원 여러분. 이 마음은 여러분의 위업 앞에 무릎을 꿇고 위대한 사랑의 행위를 갈망하며 불타올라 영원히 부활할 것입니다. 자신의 한계 속에 갇힌 채 온 세상을 비난하는 그런 영혼들이 있습니다. 그러나 이런 영혼을 자비로 압도하고, 이런 영혼에게 사랑을 베풀어주십시오. 그러면 이 영혼은 자신이 한 짓을 저주할 것인데, 자기 안에 선한 씨앗을 많이 지니고 있기 때문입니다. 이 영혼은 하느님이 얼마나 자비로우신지, 사람들이 얼마나 아름답고 정의로운지 마음을 열고 보게 될 것입니다. 이제부터 마주할 수많은 의무와 뉘우침이 이 영혼을 두렵게 하고 짓누를 것입니다. 그때 이 영혼은 '내 죄를 청산했다'라고 말하지 않고, '나는 모든 사람 앞에 죄인이고, 누구보다 무가치한 존재입니다'라고 말할 것입니다. 고행과도 같은 뜨거운 감동과 회오의 눈물을 흘리며 '나를 파멸시키지 않고 나를 구하고자 했으니 사람들은 나보다 훌륭하다!'라고 외치게 될 것입니다. 오, 여러분이 이 일, 이 자비의 행위를 행하시기는 참으로 쉽습니다. 왜냐하면 조금이나마 진실에 가까운 증거가 하나도 없는 상황에서 여러분이 '그렇다, 피고는 유죄다'라고 선고하기는 대단히 어려운 일이니까요. 한명의 죄 없는 자를 벌하기보다 열명의 죄 있는 자를 풀어주는 편이 더 낫다[28], 여러분은 지난 세기 우리의 영광스러운 역사에서 이 위대한 목소리가 들리십니까? 듣고 계신가요? 저같이 하찮은 사람이 여러분께 러시아의 재판은 단지 처벌만이 아니라 파멸한 사람의 구원이라는 점을 상기시켜드릴 필요가 있겠습니까! 다른 민족들에게는 법조문과 처벌만 있지만, 우리에겐 정신과 뜻, 파멸한 사람의 구원과 부활이 있도록 합시다. 만일 그렇다면, 러시아와 러시아의 재판이 정말로 그렇다면 러시아는 앞으로

28 뾰뜨르 1세가 군사 규정에서 한 말을 변형한 것으로, В. Д. 스빠소비치가 연설에서 인용한 것을 도스또옙스끼가 여기서 재인용하고 있다.

나아가고 있으니, 오, 우리를 겁주지 마십시오, 모든 민족이 옆으로 물러서며 지켜볼 미친 듯한 삼두마차 운운으로 우리를 겁먹게 하지 마십시오! 미친 듯한 삼두마차가 아니라 위엄 있는 러시아의 전차가 장엄하고도 침착하게 목표에 다다를 것입니다. 여러분의 손안에 제 의뢰인의 운명이 있습니다. 여러분의 손안에 우리 러시아의 정의의 운명이 있습니다. 여러분은 러시아를 구원하실 것이고, 여러분은 러시아를 지켜내실 것이고, 여러분은 러시아를 수호하는 사람들이 있다는 것을, 러시아가 훌륭한 손안에 있다는 것을 증명해주실 것입니다!"

14. 촌사람들이 고집을 부리다

페쮸꼬비치는 이렇게 변론을 마쳤고, 이번에 폭발한 환호는 폭풍처럼 걷잡을 수가 없었다. 이 환호를 제어한다는 것은 생각조차 할 수 없는 일이었다. 여자들은 울고 또 울었고, 많은 남자들도, 심시어 누명의 고관조차 눈물을 흘렸다. 재판장도 상황에 굴복하여 심지어 종도 마지못해 울렸다. "그런 열광을 제지한다는 건 성물을 훔치는 짓이나 마찬가지예요." 나중에 우리 도시의 부인들은 이렇게 소리쳤다. 연사 자신도 진정으로 감동한 상태였다. 그런데 바로 그 순간에 우리의 이뽈리뜨 끼릴로비치가 '반대의견을 내기 위해' 다시 한번 일어났다. 사람들은 증오 어린 시선으로 그를 바라보았다. "뭐라고요? 이게 무슨 소리예요? 어떻게 감히 또 반박할 수가 있죠?" 부인들이 속닥였다. 그러나 온 세상의 부인들이 모두 속닥인다 할지라도, 검사 부인, 이뽈리뜨 끼릴로비치의 아내가 앞장선다 할지라도, 그 순간에 그를 제어할 수는 없었을 것이다. 그는 창백했고, 흥분으로 온몸을 떨었다. 그가 내뱉은 첫 단어, 첫 어구는 알아들을 수조차 없었다. 그는 숨을 헐떡이며 제대로 말도 못 하고 횡설수설했다. 그러나 그는 곧 회복했다. 나는 그의 두번째 논고 가운데 몇마디만 여기서 소개하고자 한다.

"……우리가 소설을 지어냈다고 비난하십니다. 그러나 변호인이야말로 소설에 소설로 답하신 게 아니면 무엇입니까? 그저 운문만 부족할 뿐입니다. 표도르 빠블로비치가 애인을 기다리던 중에 봉투를 찢어 바닥에 던진다. 이렇게 놀라운 경우에 더해 변호인께서는 그가 했다는 말까지 그대로 인용하십니다. 이게 서사시가 아니고 무엇입니까? 그가 돈을 꺼냈다는 증거는 어디 있으며, 그가 무슨 말을 했는지 들은 사람이 누가 있습니까? 사생아라는 이유로 사회에 복수하는 무슨 바이런적인 주인공으로 변모한 지적 장애를 가진 백치 스메르자꼬프는 바이런적 취향의 서사시가 아니면 무엇입니까? 아버지 방에 침입해 아버지를 죽였으나 동시에 죽인 것은 아닌 아들, 심지어 이것은 아예 소설도 아니고 서사시도 아니며, 자신도 물론 해결하지 못할 수수께끼를 내는 스핑크스입니다. 죽였다면 죽인 것이지, 죽였지만 죽인 것이 아니라니, 이건 또 무슨 말입니까? 누가 이걸 이해하겠습니까? 변호인께서는 우리에게 이 연단이 진리와 건전한 상식의 연단이라고 선언하셨습니다. 그런데 이 '건전한 상식'의 연단에서 아버지를 죽인 것을 부친 살해라고 부르는 것은 편견에 불과하다는 말이 공리처럼 맹세와 함께 울려퍼졌습니다! 그러나 만일 부친 살해가 편견이고 모든 자식이 아버지에게 '아버지, 어째서 제가 아버지를 사랑해야 하나요?'라고 묻기 시작한다면, 우리는 어떻게 될까요? 사회의 기반은 어떻게 될 것이며, 가정은 어디로 가게 될까요? 부친 살해, 이것은 여러분이 들으신 대로 모스끄바 장사꾼 아내들의 '유황'에 불과하다고 합니다. 러시아 법정의 사명과 미래에 대한 가장 귀중하고 가장 성스러운 약속이, 오직 변호할 수 없는 것을 성공적으로 변호하고 목적을 달성하기 위해 왜곡된 모습으로 경박하게 제시되었습니다. '오, 피고를 자비로 압도해주십시오'라고 변호인은 외치시지만, 범인이 원하는 것이 바로 그 자비이고, 내일이면 범인이 그 자비에 어떻게 반응할지 모두가 보시게 될 겁니다! 더구나 피고에 대한 무죄 평결만을 요구하다니, 변호인께서는 지나치게 온건하신 것 아닙니까? 후세와 어린 세대에게 그의 위업을 길이길이 알리기 위해 부친 살해범 명의로 장학금이라도 제정하자고는 왜, 어째서 요구하지 않으십니까? 복음서와 종교도 수정됩니다. 이런 것은 모두 신비주의에 불과하다, 우리가 믿는 진정한 그리스도교는 이미 이성과 건전한 상식의 분석을 통해 검증을 받았다고 말씀하십니다. 그러면서 지금 우리 앞에 거짓된 그리스도상을 제시하고 있습니다! 변호인께서는 남을 저울질하는 대로 너희도 저울질을 당할 것이다라고 외치면서, 그리스도는 너희가 저울질하는 그 잣대로 너희를 저울질할 것이라 가르치셨다고 결론을 맺으셨습니다. 이것이 진리와 건전한 상식의 연단에서 울려퍼진 말이라니요! 본디 우리는 연설 전날이면 복음서를 들여다보는데, 어쨌든 이 상당히 독창적인 저작을 알고 있음을 과시할 수 있는데다 필요에 따라, 필요한 정도로 효과를 거두는 데 적합하니까요! 그러나 그리스도는 악한 세계가 그렇게 행한다고 너도 똑같이 행하지 말라고, 그렇게 행하지 않도록 조심하라고 명하십니다. 우리는 용서해야 하고, 우리의 뺨을 내밀어야 하고, 우리를 모욕한 이들이 저울질하는 그 잣대로 저울질해서는 안 됩니다. 우리의 하느님은 우리를 이렇게 가르치셨지, 자식이 아버지를 죽이지 못하게 금하는 것이 편견이라고 가르치신 것이 아닙니다. 우리는 진리와 상식의 연단에서 우리 하느님의 복음을 수정하지 않을 것입니다. 변호인께서는 '십자가에 못 박힌 박애주의자'라고만 불렀으나,[29] 이는 '당신은 우리의 하느님이시니'[30]라고 외치는 러시아정교 전체에 반하는 것입니다."

이 대목에서 재판장이 개입하여 흥분한 검사를 자제시키면서, 이런 경우에 재판장들이 으레 그러듯이 과장하지 말고 지켜야 할 선을 지키라는 등의 요청을 했다. 더구나 법정도 뒤숭숭했다. 방청객들은 술렁였고, 분노해서 소리를 지르기도 했다. 페쮸꼬비치는 반박하려고도 하지 않고 연단에 올라 손을 가슴에 얹은 채 모욕당한 사람의 목소리로 아주 품위 있는 말 몇마디를 뱉었을 뿐이다. 그는 조롱기 섞인 어조로 가볍게 다시 한번 '소설'과 '심리분석'을 언급하고는 한 대목에서 덧붙여 "유피테르여, 그대가 노함은 곧 그대가 옳지 못함이라"[31]라는 말 한마디를 끼워넣었다. 이 말은 방청객들 사이에서 수많은 공감의 웃음을 불러일으켰는데, 이뽈리뜨 끼릴로비치는 유피테르와 전혀 닮지 않았기 때문이었다. 이후 페쮸꼬비치는 자신이 젊은 세대에게 아버지 죽이기를 허용한다는 식의 비난에 대해서는 굳이 반박하지 않겠노라고 아주 품위 있게 일축했다. '거짓된 그리스도상'과 그가 그리스도를 하느님이라 부르지 않고 그저 '십자가에 못 박힌 박애주의자'라고만 불렀으며, '진

29 즉 변호사가 예수 그리스도를 인간으로만 인정할 뿐 신으로 인정하지 않았다는 뜻이다.

30 그리스도를 향한 수많은 기도문에 들어 있는 구절이다.

31 이 구절의 정확한 출처는 확인되지 않지만 '분노한 유피테르'에 대한 언급은 여러 문학작품에 등장한다.

리와 건전한 상식의 연단에서 정교회에 반하는 말을 발설하는 것은 있을 수 없는 일이다'라는 말과 관련해서는, 그것은 '중상모략'이며, 이곳으로 오면서 자신은 최소한 이곳의 연단이 "시민이자 충직한 신민으로서 자신의 인격에 위협적인" 비난으로부터 안전하리라고 생각했다고 돌려서 말했다. 그러나 그랬음에도 불구하고 재판장은 그 또한 제지했고, 페쮸꼬비치는 절을 하고 방청석 전체의 호응을 받으며 답변을 마쳤다. 우리 도시 부인들의 견해에 따르자면, 이뽈리뜨 끼릴로비치는 '영원히 납작해지고 말았다.'

이후 피고 자신에게도 발언 기회가 주어졌다. 미쨔는 자리에서 일어났지만 말을 많이 하지는 않았다. 그는 육체적으로도 정신적으로도 끔찍이 지쳐 있었다. 아침에 법정에 들어설 때 보여준 당당함과 기운찬 모습은 거의 사라졌다. 그는 그날, 평생을 두고 전에는 이해하지 못했던 매우 중요한 뭔가를 배우고 깨닫게 된 것 같았다. 그의 목소리는 약했고, 더이상 아까처럼 소리를 지르지도 않았다. 그의 말에서는 뭔가 새로운 것, 체념과 패배로 굴복한 듯한 뭔가가 느껴졌다.

"제가 무슨 말을 할 수 있겠습니까, 배심원 여러분! 제 심판의 때가 이르렀고, 저는 저를 붙들고 계신 하느님의 오른손을 느낍니다! 그러나 하느님께 고백하듯이 여러분께 말씀드리겠습니다. '제 아버지의 피에 대해서는, 아니요, 저는 죄가 없습니다!' 마지막으로 거듭 말씀드립니다. '제가 죽인 게 아닙니다.' 저는 행실이 방탕했지만 선을 사랑했습니다. 매순간 스스로를 고치려고 애쓰면서도 야만적인 짐승처럼 살았습니다. 저도 몰랐던 저에 대해 많은 말씀을 해주신 검사님께 감사드립니다만, 제가 아버지를 죽였다는 건 사실이 아닙니다. 검사님께서 잘못 아신 겁니다! 변호사님께도 감사드립니다. 말씀을 들으며 울었습니다. 하지만 제가 아버지를 죽였다는 건 사실이 아닙니다. 가정할 필요도 없습니다! 의사들을 믿지 마세요. 저는 완전히 제정신이고, 마음이 괴로울 따름입니다. 만일 용서해주신다면, 저를 석방해주신다면, 여러분을 위해 기도하겠습니다. 더 나은 사람이 되겠습니다. 약속합니다, 하느님 앞에서 약속합니다. 유죄 평결을 내리시더라도 저는 스스로 머리 위에서 장검을 꺾겠습니다.[32] 꺾어서 그 파편에 입맞추겠습니다! 하지만 용서해주십시오. 제게서 제 하느님을 앗아가지 말아주십시오. 저는 저 자신을 잘 압니다. 저는 원망하게 될 겁니다! 제 마음이 괴롭습니다, 여러분…… 자비를 베풀어주십시오!"

그는 자리에 쓰러지듯 주저앉았고, 그의 목소리는 드문드문 끊겨서 마지막 말은 거의 들릴 듯 말 듯했다. 이후 재판부는 논점들을 요약하고 양측에 그들이 내린 결론을 요구하기 시작했다. 그러나 나는 이를 자세히 묘사하지는 않으련다. 마침내 배심원들이 평의評議를 위해 퇴정하려고 자리에서 일어났다. 재판장은 몹시 지쳐서 힘없는 목소리로 그들에게 "공정하게 판단하시고, 변호인의 화려한 능변에 휘둘리지 마십시오. 아무튼 잘 판단하시고 여러분의 책무가 아주 크다는 것을 기억해주십시오" 같은 조언만 했을 뿐이다. 배심원들은 퇴정했고, 재판은 휴정했다. 사람들은 자리에서 일어나 이리저리 돌아다니며 그간 쌓인 인상들을 나누고 뷔페에서 음식을 먹기도 했다. 이미 시간이 많이 늦어서 벌써 자정이 지났음

32 18~19세기 러시아와 몇몇 나라에서 시행된 처벌의식 중 하나에서 유래한 표현이다. 죄인을 광장에 세워 치욕의 기둥에 묶고 머리 위에서 장검을 꺾음으로써 재산권, 귀족으로서의 특권, 관등 같은 시민으로서의 모든 권리의 상실을 선포하는 관습이 있었다.

에도 아무도 돌아가려 하지 않았다. 모두가 긴장해서 가만있을 수 없는 기분이었다. 모두가 심장을 졸이며 기다렸다. 물론 모두가 심장을 졸인 것은 아니었다. 부인들은 신경질적인 초조함만 느꼈을 뿐 심장은 평온했다. "무죄 선고는 피할 수 없어요"라는 것이었다. 그들 모두 법정 전체가 열광하게 될 그 감동적인 순간을 고대하고 있었다. 솔직히 말해서 방청객 중 남자들도 절반은 틀림없이 무죄 선고가 내려질 것이라고 굳게 믿고 있었다. 어떤 이들은 기뻐했고, 다른 이들은 얼굴을 찌푸렸으며, 또다른 이들은 낙담했다. 그들은 무죄 선고를 원치 않았던 것이다! 페쮸꼬비치 자신은 성공을 굳게 믿고 있었다. 그는 사람들에게 둘러싸여 축하를 받았고, 사람들은 다들 그를 치켜세웠다.

"그게 말이지요," 훗날 전하는 말로 그는 어느 무리에서 이렇게 말했다고 한다. "변호사와 배심원을 연결하는 보이지 않는 끈이 있습니다. 변론할 때 이미 그 끈이 이어지고, 느껴지기도 합니다. 저는 그것을 느꼈습니다, 끈이 이어져 있습니다. 우리가 이겼으니 안심하세요."

"그런데 우리의 촌사람들이 이제 무슨 말을 할까요?" 뚱뚱하고 얼굴이 얽은 어느 신사가 대화를 나누고 있던 한 무리의 신사들에게 다가와 찌푸린 얼굴로 말했는데, 그는 교외에 사는 지주였다.

"촌사람들만 있는 게 아니니까요. 관리도 네 사람 있습니다."

"그렇죠, 관리도 있지요." 자치의회 의원이 다가와 말했다.

"그런데 당신은 그 나자리예프, 그러니까 쁘로호르 이바노비치를 아시나요? 훈장을 단 상인 배심원 말입니다."

"왜 그러시는데요?"

"아주 지혜로운 사람입니다."

"그런데 그 사람은 내내 아무 말이 없던데요."

"입을 다물고 말이 없지만 그게 더 낫습니다. 그 사람에게 뻬쩨르부르그적인 것을 가르칠 게 아니라, 그 사람이 뻬쩨르부르그를 가르쳐야 할 거예요. 자식도 열둘이나 되니 생각을 좀 해보세요."

"그럴 리가요, 정말로 무죄 평결을 내리지 않을까요?" 다른 무리에서 우리 도시의 젊은 관리들 중 한명이 외쳤다.

"틀림없이 무죄 평결을 내릴 겁니다." 단호한 목소리가 들렸다.

"수치스러운 일입니다. 무죄 평결을 내리지 않는다면 치욕스러운 일이에요!" 관리가 외쳤다. "설사 저 사람이 죽였다 쳐도, 아버지가 그런 아버지였잖습니까! 게다가 그밖에도 저 사람은 그런 광분 상태에 있었으니…… 정말로 공이를 한번 휘두르기만 했을 수도 있어요. 그런데 아버지가 쓰러진 거지요. 다만 하인을 끌어들인 건 안 좋았습니다. 그건 그냥 우스꽝스러운 에피소드에 불과합니다. 내가 변호사 입장이었다면 곧바로 이렇게 말했을 겁니다. 죽였다, 하지만 무죄다, 제기랄!"

"네, 변호사도 그렇게 말한 겁니다, '제기랄'이라는 말만 안 했다 뿐이지."

"아니요, 미하일 세묘니치, 그렇게 말한 거나 다름없습니다." 세번째 사람이 호응하며 말했다.

"그런 말씀을. 여러분, 사순절 때 애인의 조강지처의 목을 자른 여배우에게도 무죄 판결이 내려졌잖습니까."[33]

"목을 다 자르진 않았으니까요."

"상관없어요, 상관없어. 목을 자르려 한 건 사실이니까요!"

---

33 1876년 『작가 일기』 1장에서 도스또옙스끼가 상세히 분석한 까이로바 사건을 가리킨다.

"자식들에 대한 얘기는 어땠습니까! 정말 훌륭했지요!"

"훌륭했지요."

"그 신비주의는, 신비주의는 또 어땠고요, 예?"

"신비주의 얘기는 꺼내지 마세요." 누군가가 또 소리쳤다. "이제부터 이뽈리뜨한테나, 그 사람의 운명에나 관심을 기울여봅시다! 내일이라도 검사 부인은 미쨔 때문에 그 사람 눈을 할퀴어버릴걸요."

"검사 부인이 여기 왔나요?"

"어떻게 여기 왔겠습니까? 여기 왔더라면 여기서 할퀴었겠지요. 이가 아파서 집에 있대요, 하하하!"

"하하하!"

세번째 무리에서는 이런 얘기가 오갔다.

"미쨴까에게 무죄 판결을 내릴 겁니다."

"아마 내일이면 '수도'로 달려가 열흘은 술판을 벌일 걸세."

"에이, 그럼 그건 악마지."

"악마는 악마지. 이런 데가 아니면 악마가 어디 있겠나. 악마 없이는 일이 안 되지."

"여러분, 달변이긴 했어요. 그래도 손저울로 아버지의 머리를 부수면 안 되지요. 그렇지 않으면 세상이 어떤 지경까지 가겠습니까?"

"바퀴, 바퀴 얘기 기억나십니까?"

"예, 수레로 전차를 만들어냈지요."

"내일이면 전차에서 수레를 만들어낼 겁니다. '필요에 따라, 필요한 정도로'요."

"약삭빠른 인간들이 많이 생겨났어요. 우리 루시에 정의라는 것이 있기는 한가요, 여러분, 아니면 전혀 없는 겁니까?"

그때 종이 울렸다. 배심원들은 더도 덜도 아니고 정확히 한시간 동안 평의를 했다. 다시 방청객들이 자리를 잡자, 깊은 침묵이 지배했다. 나는 배심원들이 법정에 들어오던 장면을 기억한다. 드디어 들어온 것이다! 나는 그 질문들을 조목조목 소개하지는 않을 테고, 대개 잊어버리기도 했다. 다만 재판장의 첫번째이자 가장 중요한 질문, 즉 "도둑질을 목적으로 계획적으로 살인을 저질렀는가?"에 대한 답변만큼은 기억한다. 모두가 얼어붙었다. 법정이 쥐 죽은 듯이 조용한 가운데 배심원장인 제일 젊은 관리가 큰 소리로 분명하게 선언했다.

"예, 유죄입니다!"

이후 모든 항목에 대해 같은 대답이 되풀이되었다. 유죄입니다, 유죄입니다. 조금의 관용도 없었다! 아무도 이러리라고 예상치 못했다. 최소한의 정상참작 정도는 거의 모든 사람이 확신하고 있었던 것이다. 죽음 같은 침묵이 계속되는 가운데, 유죄 판결을 바랐던 사람도, 무죄 판결을 원했던 사람도 말 그대로 모두가 얼어붙은 것 같았다. 그러나 그것은 처음 순간뿐이었다. 곧이어 무서운 혼돈이 일었다. 남자 방청객들 가운데는 아주 만족스러워하는 사람이 많았다. 어떤 사람은 기쁨을 감추지 못해 손을 비벼댔다. 불만족한 사람들은 한대 얻어맞은 듯이 어깨를 움츠리고 속삭였지만 여전히 상황이 잘 납득되지 않는 듯했다. 그러나 맙소사, 우리 부인들은 대체 어찌 되었겠는가! 나는 그들이 폭동이라도 일으킬 것이라 생각했다. 처음에 그들은 자신의 귀를 의심하는 것 같았다. 그러더니 갑자기 법정 전체에서 비명 소리가 울렸다. "이게 무슨 소리야! 이게 도대체 무슨 소리냐고요?" 그들은 자리에서 펄쩍펄쩍 튀어일어났다. 지금이라도 당장 이 모든 것을 바꾸고 조정할 수 있다고 여기는 것 같았다. 그 순간 갑자기 미쨔가 일어나 손을 앞으로 뻗으며 가슴을 쥐어뜯는 듯한 목소리로 울부짖었다.

"하느님과 최후의 심판을 두고 맹세하는데, 아버지의 피에는 죄가 없습니다! 까쨔, 당신을 용서하겠어! 형제들이여, 친구들이여, 또다른 여인을 불쌍히 여겨주세요!"

그는 말을 마치지 못하고 온 법정을 향해 무섭게 통곡하기 시작했는데, 어디서 그런 소리가 나오는지 모를 만큼 전혀 그의 목소리 같지 않은, 뜻밖의 낯선 목소리였다. 위쪽의 이층 방청석 맨 뒤 구석자리에서 찢어질 듯한 여자의 울부짖음이 들렸다. 그루셴까였다. 그녀는 누군가에게 간청해서 변론이 시작되기 조금 전에 법정에 들어와 있었던 것이다. 미쨔가 끌려나갔다. 형의 선고는 내일로 연기되었다. 법정 전체가 아수라장이 되었지만, 나는 더이상 기다리지도, 듣지도 않았다. 다만 현관 출입구에서 몇몇 외침이 울렸던 것을 기억할 뿐이다.

"이십년은 탄광 냄새를 맡아야겠군."[34]

"그보다 덜하진 않을 거야."

"그래, 우리 촌사람들이 고집을 부린 거야."

"그 통에 우리 미쩬까만 끝장난 거지."

마지막 제4부의 끝

34 러시아제국의 법에 따르면 정상참작이 되는 경우에만 유형 기간이 정해지며, 미쨔처럼 모든 항목에서 유죄로 인정되는 경우에는 종신형을 받는다. 그러나 도스또옙스끼는 드미뜨리 까라마조프의 실제 모델로서 부친 살해 누명을 쓰고 기소된 일리인스끼 소위가 받은 형량 20년을 그대로 드미뜨리에게 구형하고 있다.

에필로그

1. 미쨔를 구할 계획

미쨔의 재판이 있은 지 닷새째 되는 날 이른 아침, 8시 무렵에 알료샤는 까쩨리나 이바노브나를 찾아왔는데, 그들 두 사람에게 중대한 몇가지 일을 최종적으로 논의하기 위해서뿐 아니라 부탁받은 심부름도 있어서였다. 그녀는 언젠가 그루셴까를 맞이했던 그 방에 앉아 그와 이야기를 나누었다. 그 방과 나란한 옆방에서는 이반 표도로비치가 섬망에 빠져 의식불명으로 누워 있었다. 까쩨리나 이바노브나는 당시 법정에서 그런 소동을 벌인 이후, 앞으로 일어날 게 뻔한 세간의 온갖 구설수와 비난을 무릅쓰고 병으로 의식을 잃은 이반 표도로비치를 자기 집으로 데려왔다. 그녀와 함께 살던 친척 여인 두 사람 중 한명은 법정 소동 직후 곧바로 모스끄바로 떠났고 다른 한명은 그냥 남아 있었다. 그러나 설사 두 사람이 모두 떠났다 하더라도 까쩨리나 이바노브나는 자신의 결정을 바꾸지 않고 환자를 돌보고 그의 시중을 들기 위해 밤낮으로 곁에 있었을 것이다. 바르빈스끼와 게르쩬시뚜베가 그를 치료하고 있었다. 모스끄바에서 온 의사는 병의 예상 가능한 결과에 대한 자신의 소견도 밝히려 하지 않고 모스끄바로 돌아가버렸다. 남은 의사들은 까쩨리나 이바노브나와 알료샤의 기운을 북돋아주었지만, 아직 확실한 희망을 줄 수는 없는 듯 보였다. 알료샤는 아픈 형에게 하루에 두번씩 들렀다. 그러나 이번에는 특별히 마음이 많이 쓰이는 일이 있었고, 그래서 말문을 열기가 힘들겠다고 예감하고 있었다. 하지만 한편으로는 마음이 급했다. 그날 아침에 다른 곳에서 미룰 수 없는 또다른 일이 있었기 때문이다. 그들은 벌써 십오분 정도나 이야기를 나누는 중이었다. 까쩨리나 이바노브나는 창백하고 몹시 지쳐 있었으며, 그러면서도 대단히 병적인 흥분 상태였다. 그녀는 지금 알료샤가 왜 자신을 찾아왔는지 짐작하고 있었던 것이다.

"그 사람의 결정은 걱정하지 마세요." 그녀는 완강하게 고집을 부리며 알료샤에게 말했다. "어차피 그 사람도 결국은 그런 결론에 이를 거예요. 그 사람은 탈출할 수밖에 없어요! 불행한 사람은, 명예와 양심의 주인공은 드미뜨리 표도로비치가 아니라 형을 위해 자신을 희생한, 저 문 뒤에 누워 있는 바로 저 사람이에요.(까쨔는 눈빛을 번쩍이며 이렇게 덧붙였다.) 저이는 오래전에 제게 이 탈출 계획을 알려줬어요. 아시겠어요, 저이는 이미 교섭에 들어갔던 거예요. 당신에게도 제가 이미 좀 말씀드린 적이 있지요…… 그래요, 유형수 무리가 시베리아로 호송될 때 여기서부터 세번째 역에서 그 일이 실행될 것 같아요. 오, 그때까진 아직 멀었어요. 이반 표도로비치는 벌써 세번째 역의 책임자를 찾아갔었어요. 다만 누가 호송대 책임자가 될지는 아직 모르고, 미리 알 수도 없다네요. 아마 내일이면 제가 계획서 전체를 보여드릴 수 있을 것 같은데, 만일의 경우를 대비해 이반 표도로비치가 재판 전날 밤 제게 두고 간 거예요……기억하실지 모르겠지만 그때, 당신이 우리가 싸우는 모습을 보았던 바로 그날 저녁에 말이에요. 저이가 계단을 내려갈 때 제가 당신에게 저이더러 돌아오게 하라고 부탁했죠, 기억나세요? 우리가 그때 무슨 일로 싸웠는지 아세요?"

"아니요, 모릅니다." 알료샤가 대답했다.

"그렇겠죠, 저이는 그때 당신에겐 숨기고 있었으니까요. 그건 이 탈출 계획 때문이었어요. 저이는 그러기 사흘 전에 제게 중요한 부분만 알려주었는데, 그때부터 우리는 싸우기 시작해서 그후 사흘을 내리 싸웠어요. 유죄 판결이 날 경우에 드미뜨리 표도로비치가 그 몹쓸 여자와 함께 외국으로 도망칠 거라고 저이가 말해서 제가 별안간 화를 벌컥 냈거든요. 왜 화가 났는지는 말하지 않을래요, 저도 왜 그랬는지 잘 모르니까…… 오, 물론, 그 여자 때문에, 바로 그 몹쓸 여자 때문에 화가 났던 거죠. 그 여자도 드미뜨리와 함께 외국으로 도망칠 거라고 해서요!" 까쩨리나 이바노브나는 분노로 입술을 떨면서 돌연 소리쳤다. "이반 표도로비치는 제가 그 몹쓸 여자 때문에 화를 내는 것을 보자 대번에 제가 드미뜨리 때문에 그 여자를 질투한다고, 그러니 여전히 드미뜨리를 사랑하는 거라고 생각했던 거예요. 그래서 그때 처음으로 싸웠지요. 저는 변명하고 싶지 않았고, 용서를 구할 수도 없었어요. 저런 사람마저 옛사랑을 못 잊는다고 저를 의심하는 것이 정말 괴로웠어요…… 게다가 저는 이미 오래전에 저이에게 대놓고 나는 드미뜨리를 사랑하지 않는다, 오직 당신 한 사람만을 사랑한다고 솔직하게 말했는데도요!

저는 그 몹쓸 여자에 대한 앙심 때문에, 오직 그것 때문에 저이한테 화를 냈던 거예요! 사흘 뒤, 당신이 찾아왔던 날 저녁에 저이는 자기한테 무슨 일이 생기면 즉시 열어보라면서 봉인한 봉투를 제게 가져왔어요! 오, 저이는 자신의 발병을 예견했던 거예요! 봉투 안에 자세한 탈출 계획이 있다고 털어놓으면서, 만일 자기가 죽거나 위중해지면 저 혼자라도 미쨔를 구출했으면 좋겠다고 하더라고요. 그때 제게 거의 1만 루블이나 되는 돈도 맡겼고요. 검사가 누군가한테서 알아내고 논고에서 언급했던, 저이가 채권을 보내 환전했다던 그 돈 말이에요. 이반 표도로비치가 여전히 저 때문에 질투하면서도, 제가 여전히 미쨔를 사랑한다고 확신하면서도 형을 구할 생각을 버리지 않고 제게, 바로 제게 구출 계획을 맡겼다는 데 저는 무섭도록 놀랐어요! 오, 그건 희생이에요! 아니요, 당신은 이런 자기희생을 온전히 이해하진 못할 거예요, 알렉세이 표도로비치! 저는 경외심으로 저이의 발 앞에 엎드리기라도 하고 싶었는데, 저이는 그저 제가 미쨔를 구하게 되어 기뻐서 그러는 거라고 생각하겠지, 하는 생각이 들자, 저이 쪽에서 그런 부당한 오해를 할지 모른다는 가능성만으로도 어찌나 화가 나던지. 저는 다시 분통을 터뜨리고 저이 발에 입 맞추는 대신 또 대판 싸웠던 거예요! 오, 저는 불행해요! 제 성미가 이렇거든요. 고약하고 한심한 성미죠! 오, 저이도 드미뜨리처럼 저를 버리고 함께 살기 편한 다른 여자를 찾는 걸, 제가 하는 짓이 그렇게 만드는 걸 당신은 또 보게 될 거예요. 하지만 그때는…… 아니, 그때는 저도 더이상 감당할 수 없어요, 자살하고 말 거예요! 그때, 당신이 들어오고 제가 소리를 지르며 저이에게 돌아오라고 했을 때, 저이가 당신과 함께 들어와서는 저를 바라보던 그 증오와 경멸에 찬 시선 때문에 제가 분노에 사로잡혀,

기억나세요, 갑자기 당신에게 저 사람이라고, 제게 형 드미뜨리가 살인자라고 확신시킨 사람은 저 사람 하나뿐이라고 소리쳤잖아요! 저는 또 한번 저이에게 상처를 주려고 일부러 비난했던 거예요. 저이는 한번도, 단 한번도 형이 살인자라고 제게 확언한 적이 없어요. 오히려 반대로 제가, 저 자신이 저이에게 확언했죠! 오, 이 모든 일, 이 모든 일은 제가 광분했기 때문이에요! 법정에서 그 저주스러운 소동을 준비했던 것도 저, 바로 저예요! 저이는 제게 자신은 고결한 사람이며, 제가 자기 형을 사랑한다고 해도 자신이 복수심과 질투심 때문에 형을 파멸시키지 않으리라는 것을 증명하고 싶어했어요. 그래서 저이가 법정에 나갔던 거예요…… 모든 게 저 때문이에요, 모든 책임은 제게 있어요!"

까쨔는 이제까지 알료샤 앞에서 이런 고백을 한 적이 없었으므로, 알료샤는 그녀의 더없이 오만한 마음이 슬픔에 짓눌려 무너지는 바람에 지금 그녀가 견딜 수 없는 고통을 겪고 있음을 느꼈다. 오, 미쨔가 유죄 판결을 받은 후 이 며칠 동안 그녀가 아무리 숨기려 했어도 지금 그녀가 느끼는 고통에 한가지 더 끔찍한 이유가 있음을 알료샤는 알고 있었다. 그러나 그는 그녀가 완전히 무릎을 꿇고 지금 당장 자신에게 그 이유를 말하기로 마음먹었다면 어쩐지 몹시 마음이 아플 것만 같았다. 그녀는 법정에서 자신이 저지른 '배신' 때문에 괴로워했고, 알료샤는 그녀가 양심의 가책으로 인해 눈물과 비명과 히스테리 속에 바닥에 머리를 찧으며 그, 알료샤 앞에서 사죄하게 될 것을 예감하고 있었다. 그러나 그는 그 순간이 두려웠고, 고통받는 여인을 용서하고 싶었다. 그런 만큼 자신이 부탁받고 온 일이 더 어렵게 느껴졌다. 그는 다시 미쨔에 대해 얘기를 꺼냈다.

"괜찮아요, 괜찮아, 형님에 대해서는 걱정하지 마세요!" 까쨔는 다시 고집스럽고 날카롭게 말했다. "그 사람이 그러는 건 전부 잠깐일 뿐이에요. 저는 그 사람을 알아요, 그 사람 마음을 너무도 잘 알아요. 그 사람이 탈출에 동의하리라는 것은 확신하셔도 돼요. 무엇보다, 지금 당장 하는 것도 아니니까요. 그 사람이 결정할 시간은 아직 있어요. 이반 표도로비치도 그때쯤엔 건강해질 것이고, 그가 직접 모든 걸 주도할 테니 저는 아무 할 일도 없을 거예요. 걱정 마세요, 그 사람은 탈출에 동의할 거예요. 게다가 벌써 동의한 거나 마찬가지고요. 그 사람이 그 몹쓸 여자를 과연 버리고 갈 수 있겠어요? 유형지에 그 여자를 데려가게 하진 않을 테니, 그 사람이 탈출하지 않고 어쩌겠어요? 중요한 건 그 사람이 당신을 두려워한다는 거예요. 당신이 도덕적인 면에서 탈출을 찬성하지 않을까봐 두려운 거죠. 그러니 만일 당신의 승인이 꼭 필요하다고 하면 당신은 너그럽게 허락해주셔야 해요." 까쨔가 독기를 품고 말했다. 그녀는 입을 다물었고, 일그러진 미소를 지었다.

"그 사람은 감옥에서," 그녀는 다시 말문을 열었다. "무슨 찬송가에 어떻고, 자기가 져야 하는 십자가가 어떻고, 무슨 의무가 어떻고 하는 얘기를 하고 있대요. 지난번에 이반 표도로비치가 그런 이야기를 전해줘서 기억하고 있어요. 저이가 어떤 말투로 이야기했는지 당신이 안다면," 까쨔는 갑자기 감정이 북받친 듯 목소리를 높였다. "그 불행한 사람에 대해 말하면서 그 순간 저이가 그 사람을 얼마나 사랑했는지, 그 순간 또 얼마나 증오했는지 안다면! 그런데, 저는, 오! 그때 저는 저이의 눈물 섞인 이야기를 들으면서, 저이의 눈물을 보면서 오만하게 비웃었어요! 오, 몹쓸 여자! 제가 몹쓸 여자예요, 바로 제가요! 저이를 섬망에 빠지게 만든 건 저예요!

그런데 그 사람, 유죄 판결을 받은 그 사람은 과연 고통을 당할 준비가 되어 있을까요?" 까쨔가 신경질적인 어조로 말을 맺었다. "그런 사람이 고통을 감당할 수 있을까요? 그런 사람들은 결코 고통을 받아들이지 못해요!"

이 말에서는 이미 증오와 혐오 가득한 경멸감이 묻어났다. 그런데 그를 배신한 것은 사실 그녀였다. '어쩌겠어, 형 앞에서 죄를 지었다고 느끼기 때문에 불쑥불쑥 형이 증오스러운 건지도 몰라.' 알료샤는 속으로 생각했다. 그는 그것이 '불쑥불쑥'이기만을 바랐다. 까쨔의 마지막 말에서 그는 도전의 기색을 느꼈지만 그것을 들추지는 않았다.

"저는 그 사람을 설득하겠다는 약속을 받아내려고 오늘 당신을 부른 거예요. 아니면, 당신 생각에는 탈출은 역시 떳떳하지 못하고 용감하지 못한 일이고, 혹은 뭐랄까…… 그리스도교적이지 못한 일인가요?" 까쨔가 더욱 도전적인 어조로 덧붙였다.

"아니요, 그렇지 않습니다. 제가 형님에게 말하겠습니다……" 알료샤가 중얼거렸다. "형님은 당신이 오늘 와주셨으면 하던데요." 그는 그녀의 눈동자를 뚫어지게 바라보며 갑자기 내뱉었다. 그녀는 온몸을 부르르 떨더니 그에게서 떨어져 소파에서 몸을 뒤로 뺐다.

"저를요…… 어떻게 그럴 수가?" 그녀가 낯빛이 창백해져서 중얼거렸다.

"그럴 수 있고 또 반드시 그래야 할 일이지요!" 알료샤가 기운을 되찾아 고집스럽게 말했다. "형님에게는 당신이 정말로 필요합니다, 바로 지금요. 꼭 필요하다고 생각지 않았다면 저도 이런 얘기로 당신을 괴롭히지 않았을 거예요. 형님은 아파요. 꼭 미친 사람 같습니다. 형님은 내내 당신이 와주기를 청해왔습니다. 화해하자고 당신에게 와달라는 게 아니에요. 그냥 와서 문간에서 얼굴만 보여주십사 하는 겁니다. 그날 이후 형님은 많이 변했어요. 형님은 자신이 당신 앞에 헤아릴 수 없이 많은 잘못을 저질렀다는 것을 깨달았어요. 당신의 용서를 바라는 게 아니에요. '나는 용서받을 수 없어'라고 스스로도 말하고 있거든요. 그저 문간에서 얼굴만 보여달라는 거예요……"

"갑자기 저를……" 까쨔가 중얼거렸다. "그동안 줄곧 당신이 그 일로 저를 찾아올 거라고 예감하긴 했어요…… 그 사람이 저를 찾으리라는 건 알고 있었죠! 하지만 그럴 순 없어요!"

"그럴 수 없다 해도 꼭 해주십시오. 기억해주세요, 형님은 자신이 얼마나 당신을 모욕했는지 처음으로, 난생처음으로 깨닫고 충격을 받았다는 것을요. 그전에는 한번도 이렇게 제대로 깨달은 적이 없었습니다! 형님은 당신이 찾아주길 거절한다면 자신은 '평생 불행할 거야'라고 말합니다. 들어보세요, 이십년 유형을 선고받은 사람이 아직도 행복해지려 하다니, 가련하지 않습니까? 생각해보세요, 당신은 죄 없이 파멸당한 사람을 찾아가시는 거예요." 알료샤의 입에서 이런 도전적인 말이 터져나왔다. "형님의 손은 깨끗합니다. 피를 묻히지 않았어요! 장차 형님이 겪을 수많은 고난을 위해 지금 찾아가주세요! 가셔서 어둠 속으로 들어가는 형님을 배웅해주세요. 문간에 서 계시기만 해주세요, 그뿐입니다…… 그렇게 해주셔야 해요, **반드시요!**" 알료샤는 '반드시요'라는 말을 더할 수 없이 강조하며 말했다.

"반드시 그래야겠죠. 하지만…… 저는 그럴 수 없어요." 까쨔가 신음하듯 말했다. "그 사람이 저를 바라보겠죠…… 전 못 해요."

"두분이 마주 보셔야 합니다. 지금 결심하지 못하면 평생 어떻게 살아가려고 그러세요?"

"평생 괴로운 게 나아요."

"반드시 가셔야 합니다. 반드시 가셔야만 해요." 알료샤는 다시 한번 엄숙하게 강조했다.

"하지만 왜 오늘, 왜 지금이어야 하죠? 저는 환자를 두고 갈 순 없어요……"

"잠깐은 괜찮아요, 잠깐일 뿐인데요. 만일 가시지 않으면, 형님은 오늘 밤 열병에 걸리고 말 겁니다. 거짓말이 아니에요. 가엾게 여겨주세요!"

"저도 좀 가엾게 여겨주세요." 까쨔는 슬프게 비난하듯 말하고는 울기 시작했다.

"아무튼 가시는 겁니다!" 알료샤가 그녀의 눈물을 보면서도 강하게 고집했다. "저는 형님에게 가서 당신이 곧 오실 거라고 전하겠습니다."

"아니요, 절대로 말하지 마세요!" 까쨔가 놀라서 외쳤다. "갈게요, 하지만 그 사람에게 미리 말하진 마세요. 가더라도 안으로 들어가진 않을지도 모르니까요…… 저는 아직, 모르겠어요……"

그녀의 목소리가 끊겼다. 힘겹게 숨을 쉬고 있었다. 알료샤는 떠나려고 일어섰다.

"만일 누구라도 마주치게 되면요?" 그녀가 갑자기 다시 창백해져서 나지막이 말했다.

"거기서 아무도 만나고 싶지 않으시면 더구나 지금 가셔야 합니다. 아무도 없을 겁니다, 분명히 말씀드려요. 기다리겠습니다." 그는 다짐하듯 말을 마치고 방을 나섰다.

2. 한순간에 거짓이 진실이 되다

그는 지금 미쨔가 누워 있는 병원으로 서둘러 갔다. 법정의 판결이 있은 지 이틀째 되는 날 그는 신경성 열병을 일으켜 우리 도시의 시립병원 수감자 병동으로 옮겨졌다. 그러나 알료샤와 여러 다른 사람(호흘라꼬바와 리자 등)의 요청에 따라 미쨔는 다른 죄수들과 함께 있지 않고 전에 스메르쟈꼬프가 누워 있던 작은 병실에서 따로 의사 바르빈스끼의 진료를 받게 되었다. 사실 복도 끝에는 보초가 서 있었고 창에는 쇠창살이 설치되어 있었으므로 바르빈스끼는 아주 합법적이지는 않은 이런 관대한 예외에도 마음이 편할 수 있었다. 그는 선량하고 동정심 많은 젊은이였던 것이다. 그는 미쨔 같은 사람이 갑자기 살인자와 사기꾼 무리에 처음 발을 들이는 것이 힘든 일이며, 천천히 익숙해질 필요가 있다는 점을 잘 이해하고 있었다. 친척과 지인이 방문할 수 있도록 의사도, 교도관도, 심지어는 경찰서장까지도 허락해주었고, 모든 것은 비밀리에 이루어졌다. 그러나 그동안 미쨔를 방문한 것은 알료샤와 그루셴까뿐이었다. 라끼찐이 벌써 두번이나 그를 만나려고 애썼지만, 미쨔는 그를 들여보내지 말아달라고 바르빈스끼에게 간곡하게 부탁했다.

알료샤가 들어가보니 미쨔는 미열이 있어 초산수에 적신 수건을 머리에 두르고 환자복 차림으로 침대에 앉아 있었다. 그는 병실에 들어서는 알료샤를 몽롱한 눈빛으로 맞이했으나, 그럼에도 그 시선에는 어쨌든 놀란 것 같은 기색이 역력했다.

대체로 그는 재판이 시작된 순간부터 무섭도록 깊은 생각에 잠긴 모습이었다. 어떤 때는 반시간이나 침묵하면서 함께 있는 사람들조차 잊고 뭔가에 단단히 사로잡혀 고통스럽게 고뇌하는 모습이었다. 그러다 깊은 생각에서 벗어나 말문을 열 때면 언제나 느닷없이, 정말로 해야 할 말이 아닌 엉뚱한 얘기를 꺼내곤 했다. 가끔씩 그는 고통스러운 얼굴로 동생을 바라보았다. 그에게는 알료샤보다 그루셴까가 더 편한 듯했다. 사실 그는 그녀와 거의 말을 하지 않았지만, 그녀가 들어오기만 하면 그의 얼굴은 온통 기쁨으로 환하게 빛났다. 알료샤는 침대 위, 그의 곁에 말없이 앉았다. 이번에 그는 알료샤를 초조하게 기다렸지만 감히 아무것도 묻지 못하고 있었다. 그는 까쨔가 오겠다고 동의한다는 것은 상상도 할 수 없는 일이라 생각하면서도, 그와 동시에 그녀가 오지 않는다면 그야말로 전혀 생각도 못 한 일이 일어나리라는 느낌이었다. 알료샤는 그의 심정을 이해했다.

"뜨리폰이 말이야," 미쨔가 부산스럽게 말문을 열었다. "뜨리폰 보리시치가 말이다, 자기 여인숙을 죄다 망가뜨렸다더라. 마룻장을 전부 뜯고, 널빤지를 다 뽑아내고, '회랑' 전체를 조각조각 다 부쉈대. 아직도 보물찾기를 하고 있는 거지. 내가 거기 숨겨놨다고 검사가 말한 그 1,500루블을 찾는 거야. 집에 돌아가자마자 온통 뒤집어엎기 시작했다던데. 그 사기꾼이 오죽하겠냐! 이곳 교도관이 어제 나한테 말해주더라. 거기 출신이거든.

"그런데 형," 알료샤가 말했다. "까쩨리나 이바노브나가 올 거예요. 하지만 언제 올지는 모르겠어요. 오늘 올지, 며칠 내로 올지, 그건 모르겠지만 오긴 올 거예요. 그건 틀림없어요."

미쨔는 몸을 부르르 떨고 뭔가를 말하려는 듯했지만 입을 다물었다. 그 소식은 그에게 엄청난 충격을 주었다. 그는 그들이 나눈 대화를 자세히 알고 싶어 괴로울 지경이었지만 묻기가 두려운 것이 분명했다. 까짜가 했을지 모를 잔혹하고 경멸 어린 말이 이 순간 그에게는 비수처럼 여겨질 듯했다.

"그건 그렇다 치고, 그분은 저더러 탈출에 대해 형이 양심의 부담을 느끼지 않도록 안심시켜주라고 말하기도 했어요. 만일 그때까지 이반형이 건강을 회복하지 못하면 그분이 직접 그 일을 맡을 거예요."

"그 얘기는 벌써 나한테 해줬잖아." 미짜가 생각에 잠겨 말했다.

"그럼, 형은 이미 그루샤에게 말했고요?" 알료샤가 지적했다.

"그래." 미짜가 인정했다. "그루샤는 오늘 아침에는 오지 않을 거야." 그는 동생을 조심스럽게 바라보았다. "저녁에나 올 거다. 까짜가 이런저런 일을 하고 있다고 어제 말해줬더니 입술이 일그러지더구나. '그러라고 해요' 하고 속삭이고 말더라고. 중요한 게 뭔지 이해한 거지. 나는 감히 더이상 속내를 캐물을 수가 없었어. 이젠 그루샤도 까짜가 사랑하는 사람이 내가 아니라 이반이라는 걸 이해한 것 같지?"

"그럴까요?" 알료샤의 입에서 갑자기 이런 물음이 터져나왔다.

"뭐 아닐 수도 있고. 아무튼, 오늘 아침에는 오지 않을 거야." 미짜가 다시 한번 서둘러 이 점을 강조했다. "내가 그루샤에게 한가지 부탁을 했거든…… 들어봐, 이반은 누구보다 뛰어나지. 우리가 아니라 이반이 살아야 해. 이반은 건강을 회복할 거야."

"생각해봐요, 형, 까짜는 이반형을 무척 걱정하면서도 이반형이 건강해질 거라고 거의 믿고 있어요." 알료샤가 말했다.

"그 말은 죽을 거라고 확신하고 있다는 뜻이군. 두려워서 나을 거라고 믿는 거야."

"이반형은 건강한 체질이에요. 저 역시 형이 꼭 나을 거라는 희망을 갖고 있어요.” 알료샤가 걱정스러운 얼굴로 말했다.

“그래, 나을 거다. 그런데 그 여자는 이반이 죽을 거라고 확신하고 있는 거야. 그 여자도 참 걱정이 많을 거다……”

침묵이 찾아왔다. 뭔가 아주 중요한 일이 미쨔를 괴롭히고 있었다.

“알료샤, 나는 그루샤를 끔찍이 사랑해.” 그가 갑자기 눈물에 젖어 떨리는 목소리로 말했다.

“그루셴까를 형이 가는 곳으로 가게 허락해주진 않을 거예요.” 알료샤가 곧바로 말을 받았다.

“또 한가지 네게 얘기하고 싶은 게 있는데,” 미쨔가 갑자기 쩡하고 울리는 목소리로 말을 이었다. “만일 유형지로 가는 도중이나 혹은 거기서라도, 나를 때리면 나는 참지 않을 거야, 그놈들을 죽여버릴 테다. 그럼 나를 총살하겠지. 무려 이십년이야! 여기서도 벌써부터 ‘너’라고 부르기 시작했어. 교도관도 나한테 하대한다니까. 밤새 누워서 나 스스로를 판단해봤는데, 나는 준비가 되어 있지 않아! 받아들일 힘이 없어! ‘찬송가’라도 부르고 싶지만, 교도관의 하대는 참을 수가 없어! 그루샤를 위해서라면 모든 걸 감내하겠지만, 모든 걸…… 그래도 구타는 안 돼…… 하기야 그루샤를 그곳으로 보내주지도 않겠지.”

알료샤는 조용히 미소를 지었다.

“들어봐요, 형, 이번 딱 한번만 말하고 그만할게요.” 그가 말했다. “저는 이 문제를 이렇게 생각해요. 제가 형에게 거짓말하지 않으리라는 것은 형도 알잖아요. 그러니 잘 들어줘요. 형은 준비가 되지 않았고, 그런 십자가는 형에게 맞지 않아요. 그뿐 아니라 준비도 되지 않은 형에게 그런 위대한 고난의 십자가는 필요하지도 않지요. 만일 형이 아버지를 죽였다면 형이 자신의 십자가를 거부하는 걸 저는 안타까워했을 거예요. 하지만 형은 죄가 없고, 그런 십자가는 형에게 너무 지나쳐요. 형은 그런 고난을 통해 형 안에 있는 다른 사람을 소생시키고 싶겠지요. 제 생각에는, 어디로 도망치든 간에 형은 평생토록 늘 그 다른 사람을 기억하기만 하면 돼요. 형에게는 그거면 충분해요. 크나큰 십자가의 고난을 받아들이지 않았다는 것 때문에 형은 내면에서 무거운 의무감을 느낄 거예요. 그리고 그 끊임없는 의무감은 앞으로 평생토록 형 자신이 다른 사람으로 부활하는 데 도움을 줄 거예요, 어쩌면 **그곳으로** 가는 것보다 더 많이. 왜냐하면 형은 그곳에 가면 십자가를 감당하지 못해 원망하게 될 거고, 결국은 틀림없이 '나는 빚을 다 갚았다'고 말하게 될 테니까요. 이 점에 대해서는 변호사가 진실을 말한 거예요. 모두가 다 무거운 짐을 질 수 있는 건 아니고, 어떤 사람에게는 불가능하죠…… 형이 제 생각을 듣고 싶다면, 이게 제 생각이에요. 만일 형이 탈출해서 다른 사람들이, 장교와 병사가 책임을 져야 한다면 저도 형이 탈출하는 걸 '허락하지 않겠지만'요." 알료샤가 미소를 지었다. "하지만 요령껏 잘 하면 일대수색이 벌어지지 않고 별것 아닌 일로 처리될 수 있다고들 자신 있게 말하니까요.(호송대장 자신이 이반형에게 이렇게 말했대요.) 물론 그런 경우에도 뇌물을 주는 건 떳떳하지 못한 일이지만, 저는 이 일에 대해선 절대 따지려 들지 않을 거예요. 만일 예컨대 이반형과 까쨔가 형을 위한 이 일에 저더러 거들라고 일을 맡겼다면 저도 사람을 매수하려 했을 테니까요. 저는 형에게 모든 걸 솔직하게 말하지 않을 수 없어요. 그러니까 저는 형이 하려는 일을 심판할 수 있는 사람이 아니에요. 제가 형을 절대로 비난하지 않으리라는 걸 알아줘요. 제가 어떻게 이 일에서 형의 심판자가 될 수 있다는 건지, 그건 이상하잖아요. 자, 이제 제가 할 말은 다 한 것 같네요."

"하지만 내가 나 자신을 비난하게 될 거다!" 미쨔가 외쳤다. "나는 탈출할 거야. 이건 네가 말하기 전부터 결정된 거다. 미찌까 까라마조프가 어떻게 도망치지 않을 수 있겠냐? 하지만 나 자신이 나를 비난하게 되겠지. 영원토록 내 죄를 용서해달라고 기도할 거다! 내가 꼭 예수회 사람들처럼 말하고 있구나, 그렇지? 너와 내가 지금 말하는 투가 그렇지?"

"맞아요." 알료샤가 조용히 미소를 지었다.

"너는 언제나 완전히 사실대로 말하고 아무것도 감추지 않지. 그래서 나는 너를 좋아해!" 미쨔가 기쁘게 웃으며 소리쳤다. "그러니까 나는 나의 알료시까가 예수회파라는 걸 알아냈단 말이로군! 이것 때문에라도 너한테 뽀뽀를 잔뜩 퍼부어야겠다! 자, 이제 나머지 얘기를 들어봐라, 네게 내 영혼의 나머지 절반을 펼쳐 보일 테니. 내가 무슨 생각을 하고 어떤 결정을 내렸는지 말이야. 비록 내가 돈과 여권을 가지고 심지어 아메리카로 도망친다 해도 나를 북돋아주는 생각이 하나 있는데, 내가 기쁨을 위해, 행복을 위해 도망가는 게 아니라 실제로 그에 못지않게 흉악한 유형지로 간다는 거야! 그에 못지않게 흉악한 곳이야, 알렉세이, 그에 못지않게! 나는 아메리카를, 제기랄, 지금부터 벌써 증오해. 그루샤가 나와 함께 간다고 치자. 하지만 그루샤를 봐라, 그 여자가 아메리카 여자가 될 수 있을까? 그루샤는 러시아 여자야, 뼛속까지 러시아 여자지. 그 여자는 태어난 모국땅을 그리워하게 될 거고, 나는 매시각 그 여자가 나 때문에 향수병에 걸려 괴로워하는 것을, 나를 위해 그런 십자가를 지게 된 것을 보게 될 거야. 그 여자가 무슨 죄냐? 게다가 그곳 사람들이 하나같이 나보다 낫다고 해도, 그곳의 시정잡배를 과연 내가 견뎌낼 수 있을까? 나는 벌써부터 아메리카를 증오해! 그곳 사람들이 하나같이 무슨 대단한 기술자든 뭐 다른 대단한 사람이든 간에, 제기랄, 그 사람들은 나와 다른 사람들이고 나와 다른 영혼을 가졌어! 나는 러시아를 사랑해, 알렉세이, 러시아의 하느님을 사랑해, 비록 나 자신은 비열한이라도! 그래, 나는 그곳에서 숨이 막힐 거야!" 그는 갑자기 눈을 번득이면서 소리쳤다. 그의 목소리가 눈물에 젖어 떨렸다.

"자, 그래서 나는 이렇게 결심했다, 알렉세이, 들어봐라!" 그가 흥분을 누르고 다시 말했다. "그루샤와 함께 거기 가면 말이야, 거기서 어디 멀리 떨어진 곳을 찾아 곧바로 농지를 개간하고 일을 할 거다. 야생 곰들과 함께 어느 깊은 벽지에서! 사람들 말로 거기에는 아직 붉은 피부 인디언들이 산다던데, 그곳의 지평선 끝 어딘가에, 땅 끝에 최후의 모히칸들에게로 가는 거지.[1] 그리고 곧바로 문법을 배우는 거야, 나하고 그루샤가. 일하고 문법을 익히면서 삼년을 보내는 거야. 그 삼년 동안 영국 사람이나 다름없게 영어를 배워버리는 거지. 언어를 익히자마자 그 순간 아메리카여, 안녕이야! 아메리카 시민이 되어 이곳 러시아로 달려오는 거지. 걱정 마라, 이 도시에는 나타나지 않을 테니까. 북쪽이나 남쪽 어딘가로 숨어들어갈 거야. 그때쯤이면 내 모습도 변했을 테고, 그루샤 역시 그렇겠지. 아메리카에서 의사가 내게 가짜 사마귀라도 만들어줄 거야. 그 사람들이 괜히 기술자는 아닐 테니까. 아니, 내가 눈 하나를 찌르고 허연(러시아가 그리워 허옇게 세겠지) 턱수염을 70센티쯤 기르지

---

1 미국 작가 쿠퍼(James Fenimore Cooper, 1789~1851)의 소설 『모히칸족의 최후』를 언급한 것이다.

뭐. 아무도 못 알아볼 거야. 만일 알아보면 유형을 보내라지, 상관없어. 그럼 그게 운명인 게지! 여기서도 역시 어느 벽지에서 땅을 파며 살 거다, 평생 아메리카인 행세를 하면서. 그 대신 고향땅에서 죽게 되겠지. 이게 내 계획이야. 이건 변경 불가다. 찬성해주겠니?"

"찬성해요." 알료샤는 그의 말에 반박하고 싶지 않아서 이렇게 말했다.

미쨔는 잠시 입을 다물었다가 갑자기 말했다.

"그들이 법정에서 어떻게 그렇게 못되게 일을 꾸몄을까? 정말 못되게 일을 꾸몄어!"

"못되게 꾸미지 않았어도, 그랬어도 유죄 판결을 내렸을 거예요." 알료샤가 한숨을 내쉬고 말했다.

"그래, 방청객들도 나한테 진절머리를 냈을 거다! 됐다, 그래도 힘들구나!" 미쨔가 고통스럽게 신음했다. 그들은 다시 잠깐 동안 침묵했다.

"알료샤, 차라리 지금 나를 칼로 찔러 죽여라!" 그가 갑자기 외쳤다. "까짜가 지금 올까, 오지 않을까, 말해봐! 까짜가 뭐라더냐? 어떻게 말하더냐?

"오겠다고 했어요. 하지만 오늘일지는 모르겠어요. 그분에게도 힘든 일이니까요!" 알료샤는 조심스럽게 형을 바라보았다.

"왜 아니겠냐, 어떻게 힘들지 않겠어! 알료샤, 나는 이것 때문에 미치겠다. 그루샤는 나를 보고만 있어. 나를 이해하는 거지. 맙소사, 주여. 날 좀 봐라, 난 뭘 요구하는 거지? 까짜를 요구하고 있어! 뭘 요구하는 건지 내가 이해나 하고 있을까? 까라마조프다운 무절제, 뻔뻔한 무절제야! 아니, 나는 고통을 감당할 능력이 안 돼! 비열한일 뿐이야. 말 다 했지!"

"그분이 왔어요!" 알료샤가 소리쳤다.

그 순간 문간에 돌연 까쨔가 나타났다. 그녀는 잠시 어쩔 줄 모르는 시선으로 미쨔를 바라보며 멈춰서 있었다. 그는 펄쩍 튀어일어났다. 그의 얼굴은 경악으로 창백해졌지만, 곧 수줍게 애원하는 듯한 미소가 그의 입술에 번졌다. 그는 갑자기 참을 수 없다는 듯 까쨔를 향해 두 손을 내밀었다. 그것을 본 그녀가 쏜살같이 달려왔다. 그녀는 그의 손을 잡고 거의 억지로 그를 침대에 앉힌 뒤 자신도 그 옆에 앉았고, 내내 그의 손을 놓지 않고 부들부들 떨며 그 손을 쥐고 있었다. 두 사람은 몇번이나 무슨 말인가를 하려 했지만 멈추었고, 다시 침묵한 채 이상한 미소를 짓고서 못 박힌 듯이 뚫어져라 서로를 바라보았다. 그렇게 이분 정도가 흘렀다.

"나를 용서한 거요, 아니오?" 마침내 미쨔가 웅얼거렸고, 그 순간 그는 알료샤에게로 몸을 돌려 기쁨으로 일그러진 얼굴로 소리쳤다.

"내가 뭘 묻고 있는지 들리지, 들었지!"

"당신이 너그러운 마음을 지녀서 내가 당신을 사랑했던 거예요!" 갑자기 까쨔가 이런 말을 쏟아냈다. "그리고 당신한테는 내 용서가 필요치 않아요, 내게 당신의 용서가 필요하지. 당신이 나를 용서하든 안 하든 상관없이 당신은 평생 내 영혼에 상처로 남을 거예요. 나도 당신에게 상처로 남겠죠. 그럴 수밖에 없어요……" 그녀는 잠시 말을 멈추고 숨을 골랐다.

"내가 무엇 때문에 온 줄 알아요?" 그녀는 몹시 흥분해서 서둘러 다시 말문을 열었다. "당신 발을 안고, 당신 손을 잡으려고, 이렇게 아프도록 잡으려고. 내가 모스끄바에서 당신 손을 꼭 잡았던 것, 기억하겠죠. 그렇게 다시 당신한테 당신은 내 하느님이고 내 기쁨이라고 말하려고, 미친 듯이 당신을 사랑한다고 말하려고." 그녀는 고통 가운데서 신음하듯 말하고 갑자기 그의 손에 입술을 갖다댔다. 그녀의 눈에서 하염없이 눈물이 흘렀다.

알료샤는 당황한 채 말없이 서 있었다. 그는 이런 장면을 보게 되리라고는 전혀 예상치 못했던 것이다.

"사랑은 지나갔어요, 미쨔!" 까쨔가 다시 시작했다. "하지만 지나간 그것이 내게는 아플 만큼 소중해. 그것만은 영원히 알아줘요. 하지만 지금 한순간만이라도, 우리 사이에 있었을 수 있는 그 일이 일어나도록 해봐요." 그녀는 다시 기쁜 얼굴로 그의 눈을 바라보며 일그러진 미소를 띠고 웅얼거렸다. "당신은 지금 다른 여자를 사랑하고 나도 다른 사람을 사랑하지만, 그래도 나는 당신을 영원히 사랑할 거고, 당신은 나를 영원히 사랑할 거예요. 당신도 이걸 알고 있었나요? 들어봐요, 나를 사랑해줘요, 당신은 평생토록 나를 사랑해줘!" 그녀는 거의 위협하듯 떨리는 목소리로 외쳤다.

"사랑할 거요, 그리고…… 알아요, 까쨔," 미쨔는 한마디 한마디 숨을 고르며 말을 이었다. "나는 당신을 닷새 전, 바로 그날 저녁에도 사랑했소…… 당신이 쓰러졌을 때, 당신이 끌려나갔을 때도…… 평생 그럴 거요! 그럴 거요, 영원히 그럴 거요……"

그렇게 그들 두 사람은 거의 무의미하고 정신 나간 듯한, 심지어 진실이 아닐지도 모르는 말들을 서로에게 속삭였지만, 그 순간에는 모든 것이 진실이었고 그들 스스로 자신의 말을 진정으로 믿고 있었다.

"까쨔," 미쨔가 돌연 소리쳤다. "당신은 내가 죽였다고 믿는 건가? 지금은 믿지 않는다는 걸 알지만, 그때는…… 증언했을 때는…… 정말로, 정말로 믿었지!"

"그때도 믿지 않았어요. 단 한번도 믿은 적 없어요! 당신을 증오해서 갑자기 나 자신에게 우겼던 거죠, 바로 그 순간만…… 증언했을 때만…… 스스로에게 우겨서 믿었던 거예요…… 증언을 마치자마자 곧바로 다시 믿을 수 없었고. 그건 알아줘요. 잠시 잊었네요, 내가 나 자신을 벌하러 왔다는 걸!" 그녀는 갑자기 방금, 조금 전 사랑을 속삭일 때와는 전혀 다른 새로운 말투로 말했다.

"얼마나 힘든가, 여자란!" 미쨔가 별안간 걷잡을 새도 없이 이런 말을 내뱉었다.

"나를 보내줘요." 그녀가 속삭였다. "또 올게요, 지금은 힘들어!"

그녀는 자리에서 일어나다가 갑자기 큰 소리로 비명을 지르며 뒷걸음질을 쳤다. 기척도 내지 않고 느닷없이 그루셴까가 방 안으로 들어왔던 것이다. 그녀가 오리라고는 아무도 예상치 못하고 있었다. 까쨔는 쏜살같이 문 쪽으로 걸음을 옮겼지만, 그루셴까와 어깨를 나란히 하게 되자 갑자기 멈춰섰다. 그리고 온통 백묵처럼 새하얘진 얼굴로 거의 속삭이다시피 조용히, 신음하듯 그녀에게 말했다.

"나를 용서하세요!"

그루셴까는 그녀를 뚫어지게 바라보고는, 잠시 기다렸다가 증오서린 표독스러운 목소리로 대답했다.

"나는 악한 사람이고 당신도 악한 사람이죠! 둘 다 악해요! 우리 같은 사람이 누굴 용서하나요? 당신이? 내가? 저 사람을 구해줘요, 그럼 평생 당신을 위해 기도할 테니."

"용서하지 않겠다는 거군!" 미쨔가 그루셴까에게 미친 듯이 비난하는 투로 외쳤다.

"걱정 말아요, 구해서 당신한테 줄 테니!" 까쨔는 재빨리 속삭이고 방에서 뛰쳐나갔다.

"까쨔가 당신한테 '용서해줘'라고 말하는데도 당신은 용서할 수 없는 거야?" 미쨔가 다시 슬프게 외쳤다.

"미쨔형, 그루샤를 나무라지 말아요. 형은 그럴 자격이 없어요!" 알료샤가 형에게 열띤 목소리로 외쳤다.

"그 여자는 오만한 입술로만 그렇게 말했지, 속마음은 아니에요." 그루셴까가 혐오감을 드러내며 말했다. "당신을 구하면 내 용서해주지……"

그녀는 마음속의 뭔가를 억누르는 듯 입을 다물었다. 아직 진정할 수가 없었던 것이다. 나중에 알게 되었지만 그루셴까는 그녀와 마주치리라고는 전혀 예상치 못하고 그저 우연히, 무심코 들어왔던 것이다.

"알료샤, 까쨔 뒤를 따라가봐라!" 미쨔가 동생에게 황급히 부탁했다. "까쨔에게 얘기해줘…… 몰랐다고…… 그렇게 그냥 가게 두지 마!"

"그럼 저녁 전에 다시 올게요!" 알료샤는 외치고 까쨔의 뒤를 쫓아 달려나갔다. 그는 병원 울타리 밖에서야 그녀를 따라잡을 수 있었다. 그녀는 빠른 걸음으로 서둘러 걷고 있었지만, 알료샤가 따라잡자마자 빠르게 말했다.

"아니요, 저는 그 여자 앞에서는 스스로를 벌할 수 없어요! 제가 그 여자에게 말했죠, '나를 용서해줘요'라고. 그건 끝까지 저 자신을 벌주고 싶어서였어요. 그 여자는 용서하지 않았죠…… 그래서 저는 그 여자가 좋아요!" 까쨔는 악에 받친 목소리로 덧붙였고, 그녀의 눈동자에는 맹렬한 증오가 번득였다.

"형은 전혀 예상 못 했어요." 알료샤가 중얼거렸다. "형은 그루샤가 오지 않을 거라고 확신했거든요……”

“물론 그랬겠지요. 그 문제는 됐어요.” 그녀가 잘라 말했다. “그건 그렇고, 저는 지금 당신과 함께 장례식에 갈 순 없어요. 작은 관을 장식할 꽃은 보냈어요. 그 사람들에게 돈은 아직 있는 것 같고요. 그들에게 전해주세요, 필요하다면 저는 앞으로도 그 가족을 절대로 버려두지 않을 거라고…… 자, 이제 저를 놔주세요. 그냥 두고 가주세요, 제발. 당신도 그쪽에 늦으시겠어요. 늦은 오전예배 종이 울리네요…… 저를 두고 가세요, 제발!”

3. 일류셰치까의 장례식, 바위 옆에서의 조사

정말로 그는 지각이었다. 그를 기다리다 못해 사람들은 그 없이 꽃에 둘러싸인 아름다운 관을 교회로 옮기기로 이미 결정한 참이었다. 그것은 가여운 소년 일류셰치까의 관이었다. 그는 미쨔의 판결이 있은 지 이틀 뒤에 숨을 거두었다. 알료샤가 겨우 그 집 대문에 도착하자 일류샤의 친구인 소년들이 환호하며 그를 맞았다. 그들은 가슴 졸이며 그를 기다리고 있다가 마침내 그가 오자 기뻐 어쩔 줄 몰랐던 것이다. 모두 열두명이 모였고,[2] 모두 배낭과 책가방을 어깨에 메고 있었다. “아빠는 우실 거야, 아빠와 함께 있어줘.” 일류샤는 죽어가며 그들에게 이런 말을 남겼고, 소년들은 그것을 기억하고 있었다. 그들의 대장은 꼴랴 끄라소뜨낀이었다.

“당신이 와서 얼마나 기쁜지 몰라요, 까라마조프씨!” 그가 알료

2 예수 그리스도의 열두 제자를 상기시킨다.

샤에게 손을 내밀며 외쳤다. "여긴 참혹해요. 차마 볼 수가 없어요. 스네기료프씨는 취하지 않았고 우리도 그분이 오늘 술이라곤 입에도 안 댄 걸 잘 아는데, 꼭 취하신 것 같거든요…… 저는 언제나 꿋꿋하려 하지만 이건 정말 끔찍하네요. 까라마조프씨, 잠시 시간을 내주신다면 들어가기 전에 질문 하나만 드려도 될까요?"

"뭔가요, 꼴랴?" 알료샤가 멈춰섰다.

"당신 형님은 유죄인가요, 무죄인가요? 당신 형님은 아버지를 죽였습니까, 아니면 하인이 한 짓인가요? 당신이 말씀하시는 대로 믿겠습니다. 저는 이 생각 때문에 나흘이나 잠을 못 잤어요."

"하인이 죽였고, 형님은 죄가 없어요." 알료샤가 대답했다.

"저도 그렇게 말했어요!" 소년 스무로프가 돌연 소리쳤다.

"그러니까 당신 형님은 진리를 위해 죄 없는 희생양이 되어 파멸하는 거군요!" 꼴랴가 외쳤다. "파멸했다 해도 그분은 행복한 거예요! 저는 그분이 부러워 질투가 날 지경이에요!"

"그게 무슨 말인가요, 어떻게 그럴 수 있죠? 그리고 왜요?" 알료샤가 놀라서 소리쳤다.

"오, 저도 언젠가 진리를 위해 저 자신을 희생할 수만 있다면요." 꼴랴가 열띤 어조로 말했다.

"하지만 그런 일로, 그렇게 치욕스럽게, 그렇게 끔찍하게는 말고요!" 알료샤가 말했다.

"물론…… 저는 전인류를 위해 죽고 싶습니다. 치욕에 관해서라면, 그건 상관없어요. 우리의 이름은 소멸할지어다.[3] 저는 당신 형

3 1789년 프랑스혁명 당시 국민공회 회의에서 정치가이자 유명한 연설가로 대부르주아지의 이익을 대변한 지롱드파 베르니오(Pierre Vergniaud, 1753~93)의 말을 인용한 것이다.

님을 존경합니다!"

"저도요!" 그때 언젠가 트로이를 세운 사람이 누군지 선언했던 소년이 무리 가운데서 아주 느닷없이 소리쳤고, 그는 그렇게 소리치고는 전처럼 귀까지 온통 작약처럼 붉어졌다.

알료샤는 방으로 들어갔다. 주름 잡힌 흰 천으로 장식된 푸른색 관 속에 손을 모으고 눈을 감은 일류샤가 누워 있었다. 여윈 그의 얼굴 윤곽은 정말 거의 변하지 않았고, 이상하게도 시신 냄새 또한 거의 없었다. 그의 얼굴 표정은 생각에 잠긴 듯 진지했다. 십자 모양으로 포갠 손은 대리석으로 깎은 듯 특히 아름다웠다. 그의 손에는 꽃이 쥐여져 있었고 관 안팎도 온통 해 뜨기 전에 리자 호홀라꼬바가 보내온 꽃으로 장식되어 있었다. 하지만 까쩨리나 이바노브나도 꽃을 보내와서, 알료샤가 문을 열었을 때 이등대위는 떨리는 손에 꽃 한다발을 들고 사랑하는 아들에게 또다시 꽃을 뿌리고 있었다. 그는 들어오는 알료샤에게 거의 눈길을 주지 않았다. 사실 그는 아무도, 심지어 울고 있는 정신 나간 아내, 아픈 두 다리로 일어서서 조금이라도 가까이에서 죽은 아들을 보려고 줄곧 애쓰고 있는 '엄마'도 보려 하지 않았다. 아이들은 니노치까를 의자째로 들어 관에 바짝 붙여주었다. 그녀는 관에 머리를 꼭 붙인 채 조용히 울고 있는 것이 분명했다. 스네기료프의 얼굴은 활기를 띠고 있었지만 어딘지 얼이 빠진 동시에 악에 받친 듯한 표정이었다. 그의 몸짓과 느닷없이 내뱉는 말들도 어딘지 정신 나간 듯했다. "아가, 사랑스런 아가!" 그는 일류샤를 바라보며 끊임없이 외쳤다. 일류샤가 아직 살아 있을 때 '아가, 사랑스런 아가!' 하며 다정스럽게 어르던 버릇이 있었던 것이다.

"아빠, 나한테도 꽃을 좀 줘, 저애 손에서 빼서 줘. 그 흰 꽃 좀 달라고!" 넋이 나간 '엄마'가 흐느끼며 부탁했다. 일류샤의 손에 쥐여진 작은 흰 꽃이 마음에 들었는지, 아니면 아들 손에 들린 꽃을 기념으로 갖고 싶었는지, 그녀는 꽃을 달라고 손을 뻗으며 온몸을 버둥거렸다.

"아무한테도 안 줄 거야, 아무것도 안 줘!" 스네기료프가 매몰차게 소리쳤다. "저애 꽃이지 당신 게 아니야. 모두 저애 거야. 당신 건 아무것도 없어!"

"아빠, 엄마한테 꽃을 주세요!" 니노치까가 갑자기 눈물 젖은 얼굴을 들었다.

"아무것도 안 줄 거야, 엄마한테는 더구나 안 줄 거야! 엄마는 일류샤를 사랑하지 않았어. 엄마는 일류샤한테서 대포도 빼앗았어. 그런데도 일류샤는 엄마에게 선-물-로 줬다고." 이등대위는 그때 일류샤가 자신의 대포를 엄마에게 양보했던 일을 떠올리고 갑자기 목 놓아 통곡했다. 가련한 미친 여인도 두 손으로 얼굴을 가리고 조용히 흐느꼈다. 소년들은 관을 내갈 때가 되었는데도 그 아버지가 관을 붙들고 내주지 않으려 하는 것을 보고 마침내 빽빽이 무리를 지어 관을 둘러싸고 들어올리기 시작했다.

"공동묘지에는 묻고 싶지 않아!" 스네기료프가 갑자기 울부짖었다. "바위 옆에 묻을 거야, 우리의 바위 옆에! 일류샤가 그러라고 했어. 절대 못 내간다!"

그는 그전부터 사흘 내내 바위 옆에 묻겠다고 말해왔다. 그러나 알료샤, 끄라소뜨낀, 그 집의 주인 노파와 그 여동생, 모든 소년이 말리고 나섰다.

"도대체 무슨 생각을 하는 건가, 그런 부정한 바위 옆에는 목매고 죽은 사람이나 묻는 거지." 주인 노파가 엄하게 말했다. "교회

옆 공동묘지는 십자가가 있는 땅이네. 거기 있으면 사람들이 그애를 생각하며 기도해줄 거야. 교회에서 찬송가 소리도 들리고 부제가 맑은 음성으로 말씀도 읽어줄 테고, 그 모든 게 그때마다 그애한테까지 날아들 테니 꼭 그애 무덤 위에서 읽어주는 것 같을 게야……"

이등대위도 마침내 손을 내저었다. "어디든 원하는 대로 데려가세요!" 소년들은 관을 들어올렸지만, 어머니 옆을 지날 때는 그녀 앞에 잠시 멈추고 일류샤와 작별인사를 할 수 있도록 관을 내렸다. 그러나 사흘 동안 조금 떨어진 데서만 보던 귀한 아들의 얼굴을 갑자기 가까이에서 보자 그녀는 돌연 온몸을 떨면서 자신의 허옇게 센 머리를 관 위에서 발작하듯 앞뒤로 흔들기 시작했다.

"엄마, 그애에게 성호를 그어 축복해주고, 입맞춰주세요." 니노치까가 그녀에게 외쳤다. 그러나 그녀는 타는 듯한 슬픔에 얼굴을 일그러뜨리고는 자동인형처럼 말없이 계속 머리를 흔들면서 갑자기 주먹으로 자기 가슴을 치기 시작했다. 관을 밖으로 내갔다. 니노치까는 그녀 옆으로 관을 내갈 때 마지막으로 죽은 동생의 입술에 입을 맞추었다. 알료샤는 그 집을 나서면서 주인 노파에게 남은 사람들을 돌봐달라고 부탁하려 했지만, 그 말을 다 맺기도 전에 주인 노파가 말했다.

"뭘 해야 할지 안다오. 저 사람들과 함께 있으리다. 우리도 그리스도인이라오."

노파는 이렇게 말하고는 울었다. 교회까지는 멀지 않아서 삼백 보 정도밖에 안 되었다. 맑고 고요한 날이었다. 얼음이 얼긴 했지만 많이 춥지는 않았다. 아직 미사를 알리는 종이 울리고 있었다. 스네기료프는 거의 여름용이나 다름없는 낡고 짤막한 외투를 입고 낡고 부드러운 챙 넓은 모자를 손에 들고서 맨머리로 당황한 듯 허둥지둥 관 뒤를 쫓아 뛰었다. 그는 무슨 해결되지 않은 걱정에 사로잡힌 듯 갑자기 관머리 쪽을 잡으려고 손을 뻗었다가, 운구하는 사람들에게 방해만 되자 옆에서 뛰어다니며 어디든 끼어들 데를 찾아헤맸다. 꽃 한송이가 눈 위에 떨어지자 마치 그 꽃을 잃으면 큰일이라도 나는 듯이 그것을 집으려 몸을 던지기도 했다.

“빵껍질, 빵껍질을 잊었네.” 별안간 그가 깜짝 놀라서 외쳤다. 그러나 소년들이 곧바로 그가 조금 전에 이미 빵껍질을 챙겨 주머니에 넣었다고 알려주었다. 그는 얼른 주머니에서 그것을 확인하고서 안심했다.

“일류셰치까가 그러라고 했습니다, 일류셰치까가.” 그가 즉시 알료샤에게 설명했다. “그애가 밤에 누워 있을 때 내가 그 옆에 앉아 있었는데, 갑자기 그러는 겁니다. ‘아빠, 제 무덤에 흙을 덮을 때 참새가 날아오도록 빵껍질을 부숴서 그 위에 뿌려주세요. 참새들이 날아오는 소리를 들으면 기쁠 것 같아요. 저 혼자 누워 있는 게 아니니까요.’”

“좋은 생각이네요.” 알료샤가 말했다. “더 자주 가져와야겠어요.”

“매일, 매일요!” 이등대위는 완전히 기운이 난 듯 중얼거렸다.

마침내 교회에 도착해 교회 한가운데 관을 놓았다. 소년들 모두 관 주변을 에워싼 채 예배가 진행되는 동안 점잖게 서 있었다. 교회는 오래된데다 상당히 초라했고 서 있는 성상들도 아예 덮개도 없는 것이 많았지만, 그런 교회들이 기도하기에는 더 좋은 법이다. 오전미사 동안 스네기료프는 어느정도 진정된 듯했지만 이따금 무의식적으로, 종잡을 수 없이 걱정을 해댔다. 그는 관에 다가가 덮개나 머리띠[4]를 바로잡거나, 촛대에서 초가 넘어지자 갑자기 그걸 다시 세우겠다고 달려들어 끔찍이 오랫동안 씨름을 했다. 그후로는 안정을 되찾았는지, 미심쩍고 걱정 가득한 멍한 얼굴을 하고서 관 머리에 서 있었다. 사도들의 기록[5]이 낭독된 뒤에는 갑자기 그의 옆에 서 있던 알료샤에게 제대로 봉독하지 않았다고 속삭였지만, 자기 생각을 분명히 밝히지는 않았다. 그는 게루빔 송가[6]를 따라 부르다가 끝까지 부르지 못하고 무릎을 꿇고 이마를 교회의 돌바닥에 대고는 오랫동안 엎드려 있었다. 마침내 추도가를 부를 시간이 되어 초들을 나누어주었다. 넋이 나간 그 아버지는 다시 부산을 떨었지만, 마음을 울리는 감동적인 추도 찬송이 그의 영혼을 일깨우고 뒤흔들어놓았다. 갑자기 그는 온몸을 떨면서 자주 짤막하게 울먹였고, 처음에는 목소리를 죽였으나 나중에는 큰 소리로 흐느꼈다. 사람들이 흩어지고 관뚜껑을 덮기 시작하자 그는 일류셰치까를 덮게 내버려두지 않겠다는 듯 두 손으로 아들의 관을 붙들고 죽은 아들의 입술에 쉴 새 없이 입을 맞추며 막무가내로 떨어지지 않으려 했다. 겨우 그를 설득해서 마침내 계단에서 데리고 내려오려는 참에, 갑자기 그는 맹렬하게 팔을 뻗어 관에서 꽃 몇송이를 잡아챘다. 그는 그 꽃들을 보고는 무슨 새로운 생각이 떠오른 듯, 잠시 이 중요한 일을 잊은 것 같았다. 그는 점점 더 깊은 생각에 빠져들어 사람들이 관을 들어 무덤으로 옮길 때는 이미 저항도 하지 않았다. 묘

4 러시아정교에서는 죽은 이 머리에 예수 그리스도, 성모마리아 혹은 성 요한이 그려진 머리띠를 둘러준다.

5 여기서는 신약성서의 사도행전, 사도들의 서신, 요한계시록을 포함한 여러 기록을 가리킨다.

6 러시아정교에서 게루빔은 날개를 단 아이의 모습이다. 게루빔 송가는 정교회 찬송가 중 하나다.

지는 멀지 않아서 교회 바로 옆 울타리 안에 있었다. 가격이 비쌌는데, 그 비용은 까쩨리나 이바노브나가 내주었다. 일반적인 의식을 진행한 후 묘지기가 관을 내렸다. 스네기료프가 손에 꽃을 든 채 열린 무덤 위로 몸을 너무 깊이 숙여서 소년들은 깜짝 놀라 그의 외투를 붙잡아 뒤로 끌어당겼다. 그러나 그는 이미 무슨 일이 벌어지고 있는지 제대로 이해하지 못하는 것 같았다. 무덤에 흙을 뿌리기 시작했을 때, 그는 갑자기 근심에 싸여 떨어지는 흙을 가리키며 무슨 말인가를 했지만 아무도 이해하지 못했다. 그러다가 그는 조용해졌다. 사람들이 빵껍질을 부숴서 뿌려야 한다고 상기시키자, 그는 무섭게 흥분해서 빵껍질을 꺼내 뜯어 무덤 위에 뿌리기 시작했다. "자, 날아오너라, 새들아. 여기로 날아오너라, 참새들아!" 그가 근심에 찬 얼굴로 중얼거렸다. 소년들 중 누군가가 그에게 손에 든 꽃 때문에 빵껍질을 뜯기 불편하겠다고, 꽃을 잠시 누구한테 맡기라고 알려주었다. 그러나 그는 아무에게도 주지 않았고 갑자기 누가 꽃을 영영 빼앗아가기라도 하듯 놀라기까지 했는데, 무덤을 둘러보고 모든 것이 이루어졌고 빵껍질도 부숴서 뿌렸다는 것을 확인하자 뜻밖에도 별안간 아주 평온한 모습으로 집을 향해 천천히 걷기 시작했다. 그러나 그의 발걸음은 점점 더 빨라지고 급해졌다. 그는 몹시 서두르며 거의 뛰다시피 했다. 소년들과 알료샤는 그를 놓치지 않으려 애쓰며 함께 걸었다.

"엄마에게 꽃을 갖다줘야지, 엄마에게 꽃을! 엄마의 기분을 상하게 했어." 그가 갑자기 소리쳤다. 누군가가 그에게 모자를 쓰라고, 지금은 너무 춥다고 외쳤지만, 그는 그 말을 듣자 화가 난 듯이 모자를 눈 위에다 힘껏 내던지고 말했다. "나는 모자 쓰기 싫다, 모자 쓰기 싫다고!" 소년 스무로프가 모자를 주워들고 그의 뒤를 따라갔다. 모든 소년이 한목소리로 울었지만 누구보다 꼴랴와 트로이의 시조를 안다던 소년이 더 크게 울었다. 대위의 모자를 손에 든 스무로프도 몹시 울었지만, 거의 뛰다시피 하면서도 눈 덮인 보도를 붉게 장식한 벽돌조각을 집어 빠른 속도로 날아가는 참새떼를 겨냥해 던질 수 있는 순간을 포착했다. 물론 맞히지는 못했고, 그는 울면서 계속 달려갔다. 길을 절반쯤 왔을 때 스네기료프는 갑자기 멈추더니 뭔가에 놀란 듯이 잠시 섰다가 교회 쪽으로 몸을 돌려 두고 온 무덤을 향해 뛰기 시작했다. 그러나 소년들은 순식간에 그를 따라잡아 사방에서 그를 붙잡았다. 그러자 그는 힘이 빠진 듯, 넋이 나간 듯 눈 위에 쓰러져 몸부림을 치고 흐느끼다 통곡하면서 "아가, 일류셰치까, 사랑스런 아가!" 하고 소리쳤다. 알료샤와 꼴랴는 그를 일으켜서 달래고 설득하기 시작했다.

"대위님, 그만하세요! 대장부는 견뎌내셔야 하는 거예요." 꼴랴가 중얼거렸다.

"그 꽃도 망가지겠습니다." 알료샤가 말했다. "'엄마'가 꽃을 기다리고 있잖아요. 대위님이 조금 전 일류셰치까의 꽃을 주지 않았다고 엄마가 앉아서 울고 있을 겁니다. 거기 일류샤의 작은 침대도 아직 놓여 있잖아요……"

"그래그래, 엄마한테 가야지!" 스네기료프는 불현듯 다시 기억을 떠올린 듯했다. "사람들이 침대를 치울 거야, 치워버렸을지도 몰라!" 그는 정말로 침대를 치울까봐 몹시 겁이 난 듯 덧붙이고는 벌떡 일어나 다시 집을 향해 달리기 시작했다. 그러나 이미 거리는 멀지 않았고, 모두가 함께 집에 도착할 수 있었다. 스네기료프는 쏜살같이 문을 열고 아까 그렇게 매몰차게 다투었던 아내를 향해 부르짖었다.

"엄마, 소중한 사람, 일류셰치까가 꽃을 보내왔어, 당신 다리가 아프다고 말이야!" 그는 눈 위에서 몸부림칠 때 얼어서 꺾인 꽃다발을 그녀에게 내밀며 소리쳤다. 그러나 바로 그 순간 일류샤의 작은 침대 앞 구석에 이제 막 주인 노파가 가지런히 정리해둔 일류샤의 장화, 낡아서 불그스레하고 딱딱해진, 군데군데 헝겊을 덧댄 장화가 그의 눈에 들어왔다. 그것을 본 그는 두 팔을 쳐들고 달려들어 무릎을 꿇고 장화 한짝을 집어들고는 입술을 대고 "아가, 일류셰치까, 사랑스런 아가야, 네 발은 어디 있니?" 하고 외치면서 정신없이 입을 맞추기 시작했다.

"그애를 어디로 데려간 거야? 어디로 데려간 거야?" 정신 나간 엄마가 가슴 찢어지는 목소리로 울부짖었다. 그러자 니노치까도 흐느꼈다. 꼴랴는 방에서 뛰쳐나갔고, 그 뒤를 따라 소년들도 나갔다. 마침내 알료샤도 그들의 뒤를 따라 밖으로 나왔다. "실컷 울게 두죠." 그가 꼴랴에게 말했다. "물론 무엇으로도 위로할 길이 없어요. 잠시 기다렸다가 다시 들어가봅시다."

"그래요, 위로가 안 되죠. 정말 끔찍해요." 꼴랴가 맞장구쳤다. "아세요, 까라마조프씨," 그는 아무도 듣지 못하게 목소리를 낮추었다. "저는 너무 슬퍼요. 그애를 부활시킬 수만 있다면, 저는 세상 모든 걸 내줄 거예요!"

"아, 나도요." 알료샤가 말했다.

"어떻게 생각하세요, 까라마조프씨, 오늘 저녁에 여기로 와야겠죠? 스네기료프씨는 술을 진탕 마실 거예요"

"그럴지도 모르지요. 꼴랴와 나, 둘만 옵시다. 저분들, 어머니와 니노치까와 함께 한시간쯤 앉아 있으면 될 거예요. 모두가 한꺼번에 오면 저분들은 죄다 다시 생각날 겁니다." 알료샤가 조언했다.

"저기 저쪽 집에서는 지금 주인 할머니가 식탁을 차리고 있어요. 추도식인지 뭔지가 있을 예정이고 신부님이 오실 거래요. 저쪽으로 지금 다시 가봐야 하지 않을까요, 까라마조프씨?"

"꼭 가야죠." 알료샤가 말했다.

"이 모든 게 이상해요, 까라마조프씨, 이런 슬픔에 별안간 블린[7]이라니, 우리 종교에 따른 이 모든 것이 얼마나 부자연스러운지요!"

"그분들 집에서는 연어도 내올 거예요." 트로이의 시조를 안다던 소년이 느닷없이 큰 소리로 말했다.

"진지하게 부탁하는데, 까르따쇼프, 더이상 그런 어리석은 소리를 하면서 끼어들지 마, 특히 너와 이야기하는 게 아닐 때는, 그리고 네가 세상에 존재하는지조차 알고 싶어하지 않을 때는!" 꼴랴가 신경질적으로 그를 향해 말을 잘랐다. 소년은 얼굴을 확 붉혔지만 감히 아무 대꾸도 하지 못했다. 그러는 사이 모두가 오솔길을 서성이고 있었는데, 갑자기 스무로프가 외쳤다.

"일류샤가 묻히고 싶어했던 일류샤의 바위다!"

모두가 말없이 그 큰 바위 옆에 멈춰섰다. 알료샤도 바위를 보았고 언젠가 스네기료프가 일류셰치까에 대해 한 얘기가, 그가 울면서 아버지를 안고 '아빠, 아빠, 어떻게 그 사람이 아빠한테 그렇게 모욕을 줄 수가 있어!'라고 외쳤다던 장면이 순식간에 그의 머릿속에 되살아났다. 뭔가가 그의 마음을 크게 뒤흔드는 것 같았다. 그는 진지하고 엄숙한 표정으로 일류샤의 친구인 학생들의 사랑스럽고 밝은 얼굴을 죽 둘러본 뒤 돌연 말했다.

"여러분, 나는 여기, 바로 이 자리에서 여러분에게 하고 싶은 말

7 러시아식 팬케이크로 추도식뿐 아니라 여러 절기에 먹는다.

이 한가지 있습니다."

소년들이 그의 주변에 둘러서서 이내 기대 가득한 눈길로 그를 뚫어져라 바라보았다.

"여러분, 우리는 곧 헤어질 겁니다. 나는 당분간 두 형님과 함께 하려 합니다. 두 형님 중 한 사람은 유형을 떠날 테고, 다른 한 사람은 사경을 헤매고 있으니까요. 나는 곧 이 도시를 떠날 것이고, 어쩌면 아주 오래 떠나 있을지 모릅니다. 그렇게 우리는 헤어지게 되겠지요, 여러분. 하지만 우리는 여기, 일류샤의 바위 옆에서 약속합시다. 첫째, 일류셰치까를, 둘째, 서로서로를 절대로 잊지 말자고요. 장차 우리 인생에 무슨 일이 생길지라도, 앞으로 이십년 동안 우리가 만나지 못할지라도, 그래도 예전에 우리가 이 가련한 소년의 장례를 치른 일만은 꼭 기억합시다. 모두 기억하지요, 작은 다리 옆에서 이 소년을 향해 돌을 던졌지만 나중에는 우리 모두 이 소년을 얼마나 사랑했는지를? 일류셰치까는 멋진 소년이었습니다. 명예를 존중했기에 아버지가 받은 쓰디쓴 모욕을 느끼고 그에 맞서 분연히 일어선 선량하고 용감한 소년이었습니다. 그러니 여러분, 첫째로, 이 소년을 평생토록 기억합시다. 우리가 아무리 중요한 일에 종사할지라도, 사회적으로 높은 지위를 얻을지라도, 혹은 엄청난 불행에 빠질지라도, 우리가 예전에 여기서 선하고 아름다운 감정으로 함께 하나가 되었던 것이 얼마나 좋았는지 절대로 잊지 맙시다. 그 좋은 감정은 이 가련한 소년을 사랑하는 동안 우리를 실제 우리 자신보다 훨씬 훌륭하게 만들어주었습니다. 나의 사랑스러운 비둘기들, 내가 여러분을 이렇게 부르는 것을 허락해주세요. 여러분의 선하고 사랑스러운 얼굴을 보는 이 순간, 여러분 모두는 저 어여쁜 회청색 새들을 몹시 닮았으니까요. 사랑스런 나의 여러분, 여러분은 지금 내가 하는 말을 잘 이해하지 못할지도 모르지만, 나는 자주 잘 알아듣지 못할 말을 하니까요, 그래도 기억해준다면 나중에 언젠가는 내 말에 고개를 끄덕이게 될 겁니다. 앞으로 살면서 좋은 기억보다, 특히 어린 시절에 부모님 밑에서 지내며 얻은 좋은 기억보다 더 숭고하고, 더 강렬하고, 더 건강하고, 더 유익한 것은 없다는 것을 명심하세요. 사람들은 여러분의 교육에 대해 많은 얘기를 하지만, 어린 시절부터 간직해온 이런 멋지고 성스러운 기억이야말로 가장 훌륭한 교육일 겁니다. 그런 추억을 많이 가지고 삶으로 나아간다면 그 사람은 평생토록 구원을 받은 겁니다. 심지어 우리 안에, 우리의 마음속에 단 한가지라도 좋은 기억이 남아 있다면 그것은 언젠가 우리의 구원을 도울 겁니다. 어쩌면 우리도 나중에 나쁜 사람이 될지 모르고, 나쁜 행동 앞에서 버텨낼 힘을 잃고, 인간적인 눈물을 조롱하며, 얼마 전에 꼴랴가 외친 것처럼 '모든 사람을 위해 고통받고 싶다'라고 말하는 사람을 못되게 비웃게 될지도 모릅니다. 부디 그렇게 되지는 말아야겠지만, 아무리 우리가 악해진다 해도 우리가 어떻게 일류샤의 장례를 치렀는지, 이 마지막 날들 동안 그를 얼마나 사랑했는지, 지금 여기, 바로 이 바위 옆에서 우리가 함께 얼마나 우정 어린 말들을 나누었는지 기억한다면, 우리 중 가장 잔인하고 가장 조롱하기 좋아하는 사람이라도, 설사 우리가 그런 사람이 된다 해도, 자기가 지금 이 순간 얼마나 선량하고 훌륭했는지만은 감히 마음속으로 비웃지 못할 겁니다! 그뿐 아니라 어쩌면 바로 이 추억 하나 때문에 그 사람은 거대한 악을 저지르기를 그치고 생각을 바꾸어 '그래, 나는 그때 선량했고 정직했어'라고 말하게 될 수도 있겠지요. 혼자서는 흥, 코웃음을 칠지도 모르겠지만, 그래도 괜찮습니다. 사람은 때로 선량하고 훌륭한 것을 조롱하니까요. 그건 그저 경솔해서 그런 겁니다. 그러나 확언하는데, 여러분, 아무리 코웃음을 친다 해도 그는 곧 마음속으로 말할 겁니다. '아니야, 코웃음을 친 건 내가 잘못한 거야. 이런 일은 비웃으면 안 되는 거야!' 하고요."

"틀림없이 그럴 거예요, 까라마조프씨, 저는 이해합니다, 까라마조프씨!" 꼴랴가 눈을 반짝이면서 외쳤다. 소년들도 흥분해서 역시 뭐라고 외치고 싶었지만 참고서 감격에 찬 뜨거운 눈길로 연설자를 바라보았다.

"나는 우리가 나쁜 사람이 될까 두려워서 이 말을 하고 있습니다." 알료샤가 말을 이었다. "하지만 우리가 왜 나쁜 사람이 되겠습니까, 안 그런가요, 여러분? 첫째로, 우리는 무엇보다 선량하고 정직해집시다. 다음으로, 절대로 서로를 잊지 맙시다. 이건 내가 다시 한번 거듭 말하는 겁니다. 나는 약속합니다, 여러분, 여러분 중 단 한 사람도 잊지 않을 겁니다. 삼십년이 지난다 해도 내가 지금 보고 있는 얼굴 하나하나를 기억할 겁니다. 조금 전에 꼴랴는 까르따쇼프에게 우리는 '네가 세상에 존재하는지 안 하는지' 알고 싶지도 않다는 것처럼 말했습니다. 그러나 까르따쇼프가 이 세상에 존재한다는 것을, 저 소년이 지금은 트로이의 시조를 안다고 말할 때처럼 얼굴을 붉히지도 않고 멋지고 선량하고 명랑한 눈으로 나를 바라보고 있다는 것을 내가 어떻게 잊을 수 있겠습니까? 여러분, 사랑스러운 여러분, 일류셰치까처럼 우리 모두 관대해지고 용감해집시다, 꼴랴처럼 영리하고 용감하고 관대해집시다.(물론 꼴랴는 자라면서 훨씬 더 현명해지겠지요.) 그리고 까르따쇼프처럼 부끄러워할 줄 알고 영리하고 사랑스러워집시다. 아니, 왜 이 두 사람에 대한 이야기이기만 하겠습니까. 여러분, 여러분 모두가 내게는 사랑스럽습니다. 여러분 모두를 내 마음속에 간직할 겁니다. 여러분도 나를 여러분 마음속에 간직해주기를 부탁합니다. 자, 누가 우리를 이렇게 좋은 감정으로 묶어주었나요? 이제부터 우리가 평생토록 언제나 기억하게 될, 기억하기로 마음먹은 이 선량한 소년, 사랑스러운 소년, 우리에게 영원토록 소중한 소년 일류셰치까 아니겠습니까! 그를 절대로 잊지 맙시다. 그에 대한 멋진 추억을 우리 마음속에 영원히 간직합시다, 지금부터 영원히!"

"그래요, 그래요, 영원히, 영원히." 모든 소년이 감동한 얼굴로 낭랑한 목소리로 외쳤다.

"그의 얼굴을, 옷을, 낡은 장화를, 작은 관을, 그의 불행하고 죄 많은 아버지를, 그가 아버지를 위해 혼자서 용감하게 반 전체를 상대로 일어섰던 것을 기억합시다."

"기억할 거예요, 기억할 거예요!" 소년들이 다시 큰 소리로 외쳤다. "그 친구는 용감했어요, 착했어요!"

"아, 내가 그애를 얼마나 사랑했는지!" 꼴랴가 소리쳤다.

"아, 아이들아, 아, 사랑스런 친구들아, 삶을 두려워 말아요! 뭐든 선하고 옳은 일을 한다면 삶은 얼마나 좋은 것입니까!"

"그래요, 그래요." 소년들이 신이 나서 되풀이했다.

"까라마조프씨, 우리는 당신을 사랑해요!" 까르따쇼프인 것 같은 목소리가 터져나오듯 크게 외쳤다.

"우리는 당신을 사랑해요, 사랑해요." 모두가 그 말을 받았다. 많은 아이들의 눈에서 눈물이 반짝였다.

"까라마조프 만세!" 꼴랴가 열광적으로 외쳤다.

"죽은 소년이 기억 속에서 영원하기를!" 알료샤가 다시 열띤 어조로 덧붙였다.

"기억 속에서 영원하기를!" 소년들이 다시 그 말을 받았다.

"까라마조프씨!" 꼴랴가 외쳤다. "종교는 우리 모두가 죽은 자들 가운데서 되살아날 것이고 서로를, 모두를, 일류셰치까도 다시 보게 될 거라고 말하는데, 그게 정말인가요?"

"틀림없이 부활할 겁니다. 틀림없이 서로를 보게 될 것이고,[8] 그동안 있었던 모든 일을 기쁘고 즐겁게 서로에게 얘기할 겁니다." 알료샤가 반쯤 웃으며 반쯤 감격해서 대답했다.

"아, 그렇게만 되면 얼마나 좋을까요!" 꼴랴의 입에서 이런 말이 터져나왔다.

"자, 이제 얘기는 마치고 추도식에 갑시다. 블린을 먹게 되어도 당황하진 말아요. 이건 오랜 전통이고 앞으로도 계속될 것인데다, 좋은 점도 있으니까요." 알료샤가 웃었다. "자, 갑시다! 이제 이렇게 서로 손을 잡고 갑시다."

"영원히 이렇게, 평생토록 이렇게 손을 잡고 가요! 까라마조프 만세!" 꼴랴가 다시 열광적으로 외쳤고, 모든 소년이 그의 외침에 화답했다.

8 사도신경의 "몸의 부활과 영생을 믿습니다. 아멘"에서 나온 구절이다.

작품해설

『까라마조프 형제들』, 도스또옙스끼의 사상과 예술세계의 집대성[1]

도스또옙스끼가 살았던 시대는 지성사적으로 보아 대단히 역동적인 시기였다. 1821년에 태어난 도스또옙스끼는 10대를 러시아 국민문학의 아버지이자 자유의 상징이던 뿌시낀(Александр Пушкин)의 영향하에서 보내고, 20대였던 1840년대에는 서구주의자인 벨린스끼(Виссарион Белинский)의 영향 속에서 서구주의자로 성장했다. 그는 1847년에 서구의 정치·사회 모델을 공부하기 위해 뻬뜨라솁스끼(Михаил Буташевич-Петрашевский)의 금요독회에 참여했고, 더 나아가 민중봉기까지 꿈꾸던 두로프(Сергей Дуров)

1 본 해설은 졸저 『도스토예프스끼』(살림 2005) 1장 작가론 일부를 수록하고 2장 작품론에서 『까라마조프 형제들』 부분을 줄이고 수정한 것이다.

의 모임에 가담했다가 체포되어 사형을 언도받는다. 사형이 집행되기 일보 직전에 감형된 그는 시베리아 유형에 처해지고, 그곳에서 성경을 읽으며 심오한 사상적 전환을 겪게 된다. 1859년 유형지에서 뻬쩨르부르그로 돌아온 그는 1860년대에 체르니셉스끼(Николай Чернышевский)와 삐사레프(Дмитрий Писарев)로 대변되는 당대의 계몽주의적 합리주의 사상과 일대 논쟁을 벌이며, 스뜨라호프(Николай Страхов), 그리고리예프(Аполлон Григорьев) 등과 함께 '대지주의'라는 철학적 관념을 내세우게 된다. 1860년대 중반과 후반에 그는 서구 유럽을 몇차례 여행하고 약 4년 동안 거주하며 서구 자본주의의 비참한 현실을 목격하고 서구 사회를 혐오하게 된다. 한편 1867년에는 바꾸닌(Михаил Бакунин)의 연설을 듣고 기반 없는 봉기는 진정한 대안이 될 수 없다며 그의 사회전복 사상을 비판한다. 1860년대 후반부터 창작된 그의 대작들은 이런 그의 서유럽 여행과 거주 경험, 당대 러시아 지식인들의 마음을 사로잡았던 계몽주의적 유토피아 사상, 인민주의자들의 사회혁명·정치혁명 사상과의 일대 논쟁을 담은 작품들이다. 도스또옙스끼는 이들 사상을 서구의 반신(反神)주의·인본주의 사상의 영향을 받은 인신(人神)의 사상[2]이라고 보았고, 이에 대립하는 것으로서 러시아정교에 뿌리를 둔 신인(神人) 사상[3]을 작품 속에 끊임없이 도입하여

2 신의 존재를 부정하고 인간이 곧 신이며 인간의 힘으로 지상 유토피아를 건설하자는 인본주의 사상. 도스또옙스끼의 여러 작품의 수많은 주인공들 중 『죄와 벌』의 라스꼴리니꼬프, 『악령』의 뾰뜨르 베르호벤스끼와 끼릴로프, 그리고 이반 까라마조프가 대표적으로 인신사상을 구현한 인물들이다.

3 신인사상이란 가톨릭, 러시아정교, 개신교에 공통적인 '복음'에 뿌리를 둔 사상으로, 하느님의 아들 그리스도가 인류의 죄를 대속하기 위해 인간의 모습으로 지상에 내려와 십자가에 못 박혀 죽고 사흘 만에 부활한 구속사역에 기초를 둔

논쟁하도록 만들었다. 그의 장편소설들은 자신이 겪은 시대의 사상적 경향에 대한 작가 나름의 답변이자 고뇌의 결과였고, 그의 마지막 작품 『까라마조프 형제들』은 그의 고뇌와 예술을 집대성한 작품이다.

작품의 구상

도스또옙스끼가 이 작품의 집필에 착수한 시기는 1878년 초 『작가 일기』(*Дневник писателя*)의 발간을 끝낸 직후로, 『작가 일기』로부터 자유로워진 도스또옙스끼는 3년여에 걸쳐 이 방대한 걸작 『까라마조프 형제들』에 몰두한다. 이 작품의 많은 부분이 1860년 말과 초에 이미 작가가 구상한 『무신론』(*Атеизм*)과 『위대한 죄인의 생애』(*Житие великого грешника*)에서 나온 것인데, 특히 알료샤의 생애의 많은 부분이 그러하다. 드미뜨리의 부친 살해 혐의와 기소, 유형은 도스또옙스끼가 『죽음의 집에서 쓴 수기』(*Записки из Мёртвого дома*)에 기술한 유형수 일리인스끼의 얘기에서 따온 것으로, 책임감 없고 변덕스런 귀족 일리인스끼는 부친 살해 혐의를 받고 10년간 유형생활을 하다가 훗날 진범이 밝혀져 누명을 벗고 풀려나게 된다. 1878년 세살배기 아들 알료샤의 죽음도 이 작품에 영향을 미친다. 철학자 솔로비요프(Владимир Соловьёв)가 뇌전증으로 죽은 아들 때문에 실의에 빠져 있던 작가를 옵찌나 뿌스찐 수도원의 암

사상이다. 도스또옙스끼의 작중 인물들 중에서 『죄와 벌』의 소냐, 『악령』의 찌혼 신부, 『까라마조프 형제들』의 조시마 장상, 알료샤가 신인사상을 구현한 인물들이다.

브로시 장상에게 데려가는데, 조시마 장상의 외모와 거처, 수도원의 풍경, 아기를 잃은 아낙과의 대화는 이때의 경험들을 재구성한 것이다. 『까마라조프 형제들』은 1879~80년 『러시아 소식』(*Русский вестник*)에 게재되었고, 1881년에 단행본으로 출판된다.

서술자, 중심 플롯, 인물의 구도

방탕한 부자 표도르 까라마조프는 배다른 형제들 드미뜨리, 이반, 알료샤, 스메르쟈꼬프를 아들로 두고 있다. 큰아들 드미뜨리는 아버지로부터 어머니의 유산을 되찾기 위해 고향에 왔다가 아버지가 구애 중이던 그루셴까에게 반하고, 그로 인해 분노와 갈등의 관계에 얽혀든다. 드미뜨리는 까쩨리나 이바노브나와 약혼한 상태지만 두 사람 사이는 보은 관계로 얽혀 어색하다. 드미뜨리가 돈 문제로 위기에 빠진 까쩨리나의 가족을 구했고, 그 보답으로 까쩨리나가 그에게 청혼했기 때문이다. 사실 까쩨리나 이바노브나는 이반 까라마조프를 사랑하고 이반 또한 마찬가지이지만, 드미뜨리와의 관계 때문에 둘 다 내놓고 고백하지는 못한다. 이런 상황에서 어느날 표도르 까라마조프가 살해당한다. 드미뜨리가 살인범으로 기소되지만 진범은 스메르쟈꼬프이다. 그는 이반의 사상 '하느님이 없으면 모든 것이 허용된다'에 기초해 아버지를 살해하고 결국 자살에 이른다. 이반은 까쩨리나와 함께 드미뜨리를 구하기 위해 노력하지만 드미뜨리는 살인범으로 20년 시베리아 유형을 선고받는다. 이반은 사상적 혼미와 양심의 가책에 시달리다 섬망증에 걸려 사경을 헤매게 된다. 알료샤는 아버지와 형제들 간의 이러한 갈등과 다툼을 지켜보며 조시마 장상이 남긴 '유업'들을 실천하기 위해 노력한다. 그는 아버지와 드미뜨리 간의 갈등으로 피해를 입은 이등대위 스네기료프의 가정을 돌보고, 스네기료프의 아들 일류샤의 친구들과 교류하며 미래 세대를 준비시킨다는 것이 이 소설의 뼈대이다.

이 작품의 서술자는 까라마조프 집안과 같은 도시에 살면서 사건을 직접 겪은 후 훗날 이를 서술하는 제한된 전지적 서술자의 시점을 취함으로써 서술의 핍진성을 확보하고 있다. 이 작품의 작자는 저자 서문에서 알렉세이 까라마조프의 전기를 쓰는 전기작가로 자신을 소개하면서 본디 알료샤가 진정한 주인공으로 활동하는 2부까지 쓸 작정임을 알리지만, 2부는 세상에 나오지 못한다. 작품은 부친 살해를 플롯의 정점으로 하여 세 아들과 그를 둘러싼 인물들의 갈등을 중심으로 진행된다. 플롯의 움직임에 역동성을 부여하는 인물은 큰아들 드미뜨리로, 그는 유산상속 문제와 그루셴까라는 여인을 두고 아버지와 갈등하며, 큰동생 이반과는 까쩨리나 이바노브나를 사이에 두고 미묘하게 대치한다. 드미뜨리를 둘러싼 세계는 도박과 술, 질펀한 노래와 잔치, 결투, 여인들로 이루어진다. 드미뜨리를 사이에 두고 알료샤와 이반은 신앙적 관점에서 유신론과 무신론을 대변하고 있다. 이반을 둘러싼 세계는 그의 사상의 천박한 변이형인 스메르쟈꼬프와 악마이다. 알료샤를 둘러싼 세계는 수도원과 조시마 장상과 새로운 세대의 어린이들이 된다. 조시마 장상은 알료샤가 앞으로 실천하게 될 종교적 신념의 지주이고, 알료샤를 둘러싼 12명의 어린이는 알료샤를 통해 전수될 조시마의 가르침을 실천할 미래의 새싹들이다.

어머니들과 아버지

네 아들의 아버지 표도르는 음탕하고 원초적인 색욕을 구현하는 인물로, 타락한 인간의 생명력을 보여준다. 표도르의 세 아내 미우소바, 소피야, 리자베따 스메르쟈샤야는 러시아의 세가지 영성을 대변하는 존재들이다. 신여성으로 자유주의적 우상파괴주의자인 첫번째 아내 미우소바는 세속적인 정욕의 화신 드미뜨리를 낳는다. 성상 앞에서 크게 성호를 그으며 절을 하다가 기절하곤 하던 두번째 아내 소피야의 순수하고 소박한 신앙은 알료샤에게 계승되지만, 학대당하는 그녀의 신앙적 고뇌는 이반에게 계승된다. 선천적 지적장애인 스메르쟈샤야는 이반의 이념적 사생아인 스메르쟈꼬프를 낳지만, 스메르쟈샤야의 정신적 백치성은 이반의 이념에 대한 단세포적 수용과 적용, 그 이념의 불모성과 파괴성으로 계승된다. 러시아의 타락한 생명력은 세 종류의 어머니인 대지 혹은 영성과 만나 그 아들들을 낳는 것이다.

아버지 표도르의 아들들에 대한 관계는 『악령』(*Бесы*)에서와 마찬가지로 방기와 무관심으로 점철된다. 표도르는 생물학적 아버지는 되었을망정 진정한 의미에서 정신적·영적 아버지는 되어주지 못하는 것이다. 그러므로 도스또옙스끼는 표도르가 타락한 아버지의 전형이며, 2세들의 문제는 전적으로 아버지에게 책임이 있다고 본다. 표도르가 아들들에게 뿌린 씨의 역할은 적지 않다. 표도르는 치마만 둘렀으면 어떤 여자에게나 욕정을 느끼는 천하의 호색한이며, 사악한 광대, 냉소주의자, 신성모독자이다. 표도르의 심리적 특징은 수치심, 상처받은 자존심, 복수심, 체면을 버리고 저열한 짓을 했다는 자각에서 오는 쾌감이다. 그는 자유주의를 '치욕을 저지를 권리로' 이해하는 날라리 자유주의자이며, 죄의식 때문에 지옥을 두려워하면서도 그 두려움을 극복하기 위해 내세가 없기를 바라는 겁쟁이이며, 한편으로 아내 소피야를 보면서 아름다움과 선을 인식하고 사랑할 줄 알고, 자신을 꾸짖으며 정의에 목말라하기도 하는 인물이다. 그의 한계를 뛰어넘는 색욕, 신과 내세에 대한 회의, 진선미에 대한 막연한 갈증이라는 씨는 세 여인들의 영성과 만나 그의 아들들에게 전수된다.

드미뜨리와 그루셴까

드미뜨리는 아버지가 지닌 호색 기질과 어머니의 세속적 정열을 물려받은 인물이다. 그러나 아버지와 달리 한계를 뛰어넘는 색마는 아니다. 오히려 드미뜨리의 생애는 조시마의 생애와 유사한 부분이 많은데, 난폭하고 방탕한 삶을 산 장교였지만 자신이 죄인임을 깨달아 구원과 갱생의 길로 나아가려는 인물이기 때문이다. 우직함, 난폭함과 고결함, 한 여인에 대한 끝없는 열정과 정직함, 죄에 대한 섬세한 의식은 그만이 지닌 독특한 자질이다. 그는 끊임없이 선과 악 사이에서 갈등하면서 끊임없이 하느님이 자신을 지켜주기를 간구하고 기대한다. 그러므로 그의 영혼은 신과 악마의 전쟁터이다. 도스또옙스끼의 다른 작품들에 나오는 정욕에 찬 주인공들과 달리 그는 신앙의 면에서 러시아 농부들과 동질성을 드러낸다. 드미뜨리가 예심 뒤에 꿈을 꾸고 고통을 통해 정화되겠다고 다짐하면서 농부들에게 자신이 지은 모든 죄를 용서해달라고

하자, 농부들이 그의 말에 수긍하면서 오히려 그에게 용서를 구하는 장면이 그 예이다. 그가 차갑고 이지적이며 도도한 까쩨리나가 아니라 그루셴까에게 빠지는 이유도 그에게는 그루셴까가 지닌 러시아 아낙네의 숨겨진 신심이 더 가깝기 때문이다. 겉으로 보기에만 타락한 그루셴까의 종교성은 그녀가 러시아 신부의 딸이라는 점에서, 알료샤의 슬픔을 이해하고 동정하며 파 한 뿌리라 할지라도 작은 선을 갈구하며 구원에 대한 소망을 품고 자신의 죄와 잘못을 알고 인정한다는 점 등에서 드러난다. 드미뜨리와 그루셴까는 성경의 돌아온 탕아와 회개한 탕녀 이야기의 변주이다.

이반과 대심문관

이반은 아버지로부터 자유주의적 기질과 무신론, 허무주의를, 어머니로부터는 신에 대한 고뇌를 물려받았다. 그는 이성적이며 반박하기 힘든 논리로 무장한 사상가이다. 그의 직접적인 예술적 선조는 『죄와 벌』(*Преступленіе и наказаніе*)의 라스꼴리니꼬프로, 라스꼴리니꼬프의 고뇌와 가책, 비판의식, 자기 내면세계인 '지하실'로의 몰입, 분열성 등이 고스란히 이반에게 계승되어 있다. 라스꼴리니꼬프의 비범인(非凡人) 사상은 이반에게 와서 대심문관에 관한 서사시와 국가화된 교회론으로 발전한다. 사회주의 사상이 서구 가톨릭 문명의 귀결점이라는 도스또옙스끼의 견해가 이반의 대심문관이 가톨릭의 추기경으로 설정됨으로써 예술적으로 구현되는 것이다.

이반은 알료샤와 대면하여 신에 대한 자신의 고뇌를 토로한다. 신을 인정할 수는 있지만, 신의 세계를 받아들일 수는 없다는 것이다. 그가 창조주 하느님을 받아들일 수 없는 가장 대표적인 이유는 세상에 존재하는 아이들의 고통 때문이다. 그는 선악과를 따먹지 않은 순수한 어린아이들이 지상에서 당하는 여러가지 학대를 언급하면서, 그 아이들이 흘리는 눈물과 기도의 대가로 얻어지는 천국은 대가가 너무 비싸서 받아들일 수 없다고 선언한다. 그의 이런 말은 어찌 보면 신앙인과의 논쟁에서 무신론자가 흔히 하는 공격, 즉 신이 완벽하다면 세상이 왜 이렇게 엉망이냐는 질문의 변주이다. 이반은 인간이 저지르는 모든 죄악과 고통의 원인을 신의 책임으로 돌린다. 사악한 신은 신이 아니므로 신은 실재하는 존재가 아니라 어리석은 인간이 창조한 관념에 불과하다는 것이다. 고통을 허락하는 신의 개념은 필요하지 않으니 인간의 의식 속에서 조용히 사라져주었으면 좋겠다는 것이 이반의 변증방법이다. 이반이 보기에 신 개념은 인간에게 선과 악을 구분하는 도덕적 문명의 탄생을 위해 필요했던 것뿐이다. 이런 면에서 그는 '유클리드적 기하학'에 근거해 사고하는 합리적 인본주의자이다. 이에 대해 알료샤는 이반의 논리가 무신론 외에 아무것도 아니라고 지적한다.

이반은 인간의 범죄에 대해 환경론을 주장한다. 살인자 리샤르의 얘기에서 이반은 무엇보다 먼저 리샤르의 범죄를 있게 한 어른들의 학대와 범죄에 주목한다. 대심문관도 "범죄는 없다고, 그러므로 죄도 없고 다만 배고픈 자들만 있을 뿐이라고"(제2부 제5편) 말한다. 이렇게 이반과 대심문관은 인간을 오직 환경의 산물인 단세포적 존재로 격하시킴으로써 인간이 지닌 고도의 자율성과 책임의식을 희석한다. 이반과 대심문관의 세계에는 추상적인 인류에 대한 막연한 박애주의는 있을망정 여러 가능성 앞에 열려 있는 개별적 인격에 대한 존중과 사랑은 보이지 않는다. 그들에게 인간은 노예적 군중으로만 존재하는 것이다.

이반의 대심문관은 무엇보다도 그리스도에게 반기를 든다. 그리스도가 인간을 대우한 방법이 잘못되었다는 것이다. 대심문관은 인간을 '먹을 빵이 없으면' 쉽게 죄에 빠지는 존재로 보기 때문에 그런 인간에게 부여된 자유의지는 인간에 대한 신의 무책임한 방기를 증명하는 예에 불과하다고 생각한다. 그러나 대심문관은 그리스도의 의도를 잘 이해하고 있다. 그리스도는 어려운 상황 가운데서도 자유로운 의지에 따라 인간이 믿음과 선을 택하기를 바랐다. 그러나 그럴 수 있는 인간은 풀뿌리와 메뚜기만으로 살아가는 고행을 감수할 수 있는 소수에 불과하므로 그리스도는 소수를 위한 존재라는 것이다. 소수를 위해 다수를 방기하느니, 구원을 반납하는 한이 있더라도 어리석은 다수의 현세에서의 삶을 구원하겠다는 것이 대심문관의 변(辯)이다. 그는 사탄이 예수에게 제안했으되 예수가 거부한 기적과 신비, 권력을 취해 지상 유토피아의 건설을 꿈꾸며, 자신의 국가가 그리스도의 자리를 대신하는 참칭자인 적그리스도의 왕국임을 숨기지 않는다. 그는 이런 원칙하에 카이사르나 칭기즈칸, 알렉산드로스 대왕처럼 세계 전체를 하나로 통합하는 국가를 세우고자 한다. 그리고 진실을 알고 진정한 그리스도를 찾는 소수의 사람들을 파문과 처형으로 다룬다. 즉, '빵'과 '평등'은 자유 말살의 대가로 주어지는 것이다. 도스또옙스끼는 대심문관의 서사시를 통해 예수 그리스도가 인간 자유의 수호자라는 것을, 사회주의 유토피아 사상은 그 자유를 억압하는 인본주의적 적그리스도의 사상이라는 것을 펼쳐 보여주는 것이다.

그러나 이반은 자신이 말하는 대심문관의 서사시와 믿음, 신을 부정하는 마음에서 확고한 것만은 아니다. 그는 철저한 인본주의자로서 인류의 고통 때문에 신의 존재를 받아들일 수 없는 마음과, 그럼에도 불구하고 신을 믿고 싶은 마음 사이에서 갈등하고 있다. 조시마 장상은 이반에 대해 이반 스스로가 자신의 논리, 즉 '불멸이 없다면 선행도 없다'는 논리를 믿지 않는다고 지적한다. 이반은 세상이 아무리 받아들일 수 없는 절망으로 가득 차 있다 할지라도 자신은 살고 싶은 열망으로 끓어오른다고 말한다. 그러면서 그는 한편으로 '무덤과 같은 유럽'에 향수를 느낀다. 이렇게 이반의 내면에는 러시아적 생명력(신앙)과 유럽적 죽음(사상)이 싸우고 있는 것이다. 이반의 서사시에서 그리스도가 대심문관의 입술에 입맞추는 장면은 시사하는 바가 크다. 이 장면은 이반 자신이 그리스도의 인정과 사랑을 갈망하는 마음을 표현한 것이기 때문이다. 그러므로 알료샤는 그 마음을 읽고 그리스도처럼 그에게 입맞춤을 해준다. 이렇게 이반은 대심문관처럼 의지적으로 신을 부정하는 존재가 아니라, 신에 대해 무한히 고뇌하는 존재로 남는다.

스메르쟈꼬프와 악마

스메르쟈꼬프는 이반의 사상을 천박하게 왜곡하여 실천하는 존재이다. 그는 작품 초기부터 신앙의 문제를 기적과 연결시켜 이해한다. 스메르쟈꼬프는 대심문관처럼 기적과 신비를 신앙과 복종의 기본조건으로 본다. 그래서 "너희에게 겨자씨 한 알만 한 믿음이라도 있다면 이 산더러 '여기서 저기로 옮겨져라.' 해도 그대로 될 것이다"(마태오 17:20)라는 성경 구절을 인용하면서 현실에서 실현되지 않는 기적을 두고 그리스도의 부재를 증명하려 든다. 이반이 유럽에 향수를 느낀다면, 스메르쟈꼬프는 설익은 유럽주의자이다. 나뽈레옹이 러시아를 정복해 지배하는 것이 옳았다고 주장하고, 러시아를 증오하며, 아버지의 3천 루블을 들고 외국에서 가서 살 꿈을 꾸기 때문이다. 스메르쟈꼬프는 이반처럼 형제를 돌아보지 않고 형제를 시기하는 카인의 영을 지녔다. 이반은 까쩨리나 때문에 드미뜨리를 질투하며, 스메르쟈꼬프는 단순히 적자(嫡子)라는 이유로 난폭한 드미뜨리가 대접받고 자기보다 사회적으로 존중받는다는 것에 시기와 질투를 느낀다. 스메르쟈꼬프는 지상의 행복을 이루기 위해서는 초인에게 모든 것이 허용된다는 이반의 사상을 부친 살해로 실현한다. 그러므로 스메르쟈꼬프는 이반의 사상이 낳은 추한 분신이다. 그러나 그런 그 또한 양심의 가책에서 자유롭지 않다. 그의 죽음의 원인은 뚜렷이 드러나 있지 않지만, 고대의 교부 시리아의 성 이삭의 글을 읽는 모습에서 그의 가책을 엿볼 수 있다. 그러나 그는 진실을 밝히지 않고 자신을 직접 처벌하는 것으로 생을 마감한다. 이런 죽음은 『악령』에서 자신의 죄를 자살로 처벌하는 스따브로긴의 극도의 허무주의를 상기시킨다.

이반은 자신의 숨겨진 자아가 아버지의 죽음을 원했고, 그 바람을 스메르쟈꼬프에게 암시하여 그의 피살을 도왔다는 생각에 정신적으로 분열되어간다. 악마는 이반의 의식 속에서 분열된 자아이기를 거부하고 독립된 개성임을 주장하며 이반에게 도전한다. 이반은 이 악마를 "가장 추악하고 어리석은 생각과 감정의 구현"(제4부 제11편)이라고 칭한다. 악마는 이반의 사상을 끊임없이 단순화하면서 그를 조롱한다. 이반은 악마의 말을 알료샤에게 옮기면서 양심의 문제를 언급한다. "양심! 양심이 뭔가? 그건 나 자신이 만드는 거지. 나는 어째서 괴로워하는가? 습관 때문이다. 칠천년간의 전인류의 습관 때문이야. 그 습관을 버리면 우리는 신이 된다."(같은 곳) 악마는 이반에게 양심의 가책을 떨쳐버리라고 부추기지만, 이반은 그럴 수 없다. 알료샤는 이반이 괴로워하는 모습을 보고 그가 스스로 믿지 않는 신과 진리에 여전히 복종하고 있다고 말한다. 인간 이성이 아무리 부정하려 해도 인간에게 내재한 신의 빛으로서의 양심은 여전히 인간에게는 넘어서는 안 될 도덕률과 경계, 선이 있음을 무언으로 지시한다는 것이 이반의 사상에 대한 도스또옙스끼의 반론인 것이다.

알료샤의 시험, 기적과 신앙의 문제

알료샤는 밝고 수줍음 많고 온유하며 건강하고 아름다운 청년으로 조시마 장상의 제자이다. 알료샤는 조시마 장상의 죽음으로 큰 신앙적 시험에 빠지는데, 장상이 죽은 뒤 그의 시신이 일반적인 경우보다 더 빨리 썩었기 때문이다. 그는 공의의 관점에서 조시마처럼 고결한 인물이 오욕에 빠지는 것을 용납할 수 없었기 때문에 이반과 같은 회의, '과연 신의 세계를 용납해야 할 것인가?'라는 회의에 빠진다. 그러나 그는 그루셴까와의 만남에서 새로운 깨달음을 얻는다. 이반이나 스메르쟈꼬프가 생각하듯이 기적에서 신앙이 생기는 것이 아니라, 신앙에서 기적이 일어난다는 것을 깨닫는 것이다. 그루셴까의 파뿌리 이야기와 성경 속 '가나의 혼인 잔치에서의 기적', 조시마 장상에 대한 꿈을 통해 알료샤는 신앙은 작은 일에서 구체적인 선을 행함으로써 기쁨을 나누고 사람들과 함께 순박하고 평범한 즐거움에 참예함으로써 그 힘을 발휘하게 된다는 것을 알게 된다. 그것이 구원을 이루는 기적이며, 기적은 바로 믿음과 사랑 안에서 실현된다는 것이다. 깨달음을 얻은 그는 믿음을 회복하고 일류샤를 둘러싼 아이들에게로 간다. 알료샤는 작은 파뿌리를 일류샤와 그 친구들에게 베풂으로써 아이들에게 용서와 사랑을 가르친다. 이로써 알료샤는 이반에게 대척되는 실천적 사랑, 추상적 인류애가 아닌 구체적 사랑을 실현하는 것이다.

알료샤와 열두명의 아이들은 일류샤가 죽은 뒤 그의 바위 옆에서 서로 용서하고 사랑한 소중한 추억을 잊지 말자고 맹세한다. 알료샤는 일류샤에 관한 아름다운 추억이 미래에 어떤 경우에도 아이들로 하여금 타락하지 않고 갱생하고 구원받을 수 있게 하는 소중한 씨앗이 될 것이라고 예언한다. 이런 소중한 기억에 대한 테마는 조시마 장상의 성당을 방문했던 어린 시절과 형에 대한 기억, 드미뜨리의 호두 한근에 대한 기억, 알료샤의 어머니에 대한 기억 등으로 이어진다. 즉 가장 사소한 순간이라도 인간이 서로에게 베푼 작은 사랑과 정성, 그것에 대한 기억은 인간의 마음속에서 한 알의 밀알처럼 작용하여 싹트고 자라나 결국은 열매를 맺게 된다는 것이다. 여기서 작품 전체의 제사 "정말 잘 들어두어라. 밀알 하나가 땅에 떨어져 죽지 않으면 한알 그대로 남아 있고 죽으면 많은 열매를 맺는다."(요한 12:24)의 의미가 드러난다. 이들이 마지막 장면에서 확인하고 소망을 가지는 것은 영생과 부활에 관한 것이다. 이들은 나중에 모두가 부활해 서로를 보게 되리라는 희망 속에서 헤어진다. 이렇게 부활의 모티프와 소중한 기억의 모티프가 나란히 놓임으로써 소중한 기억이 무엇을 위한 밀알이 되는지가 분명해진다. 사랑과 정성의 '파뿌리'와 이에 대한 소중한 기억은 부활과 영생, 구원을 위한 밀알이 되는 것이다.

조시마 장상

조시마 장상은 이반의 사상에 맞서서 도스또옙스끼 자신의 사상을 구현한 인물이다. 조시마 장상은 무엇보다도 이반과 대립되는 위치에 선다. 이반과 조시마의 사상이 가장 극명하게 차이 나는 부분이 바로 어린아이의 고통에 대한 것이다. 이반에게 그것은 신의 세계를 용납하지 못하게 만드는, 즉 신의 잘못과 책임을 드러내는 예이지만, 조시마 장상에게 그것은 인간의 죄악성을 드러내는 예일 뿐이다. 고난을 바라보고 해석하는 면에서도 조시마 장상은 이반과 대치된다. 이반이 신의 존재를 회의하는 데서 고난을 예로 활용한다면, 조시마 장상은 오히려 고난이 하느님의 놀라운 섭리와 기쁨에 참여하는 하나의 과정이라고 해석한다. 작가는 조시마 장상의 사상을 조시마 장상의 형 마르껠과 일류샤의 고난에 대한 이야기로 뒷받침해준다. 마르껠은 폐결핵이라는 고통을 통해 그리스도를 만나고 구원에 이른다. 일류샤가 겪은 고통은 알료샤와 친구들의 사랑으로 치유되고 정화된다. 스네기료프는 아들을 잃는 고통과 슬픔의 과정 속에서 점차 고결함과 선량함을 회복해간다. 아이들 또한 비난과 정죄, 놀림과 폭력의 도가니에서 벗어나 알료샤의 선한 뜻에 따라 사랑과 용서, 화해와 나눔의 길로 나아간다. 이렇게 개인의 고통과 아픔은 변화의 기초가 되어 그 개인으로 하여금 구원을 향해 갈 수 있도록 돕는다는 것이다.

이반의 대심문관이 설파하는 지상의 유토피아 사상은 조시마 장상의 다른 유토피아 사상과 대립한다. 이반은 죄인은 없으며 굶주린 인간만이 있을 뿐이라고 말하는 반면, 조시마 장상은 인간의 죄악성을 부정하지 않으며 그것을 변화시킬 거룩한 가르침을 강조한다. 조시마 장상은 러시아의 귀족과 지식인 들이 모든 범죄는 환경에 기인한다는 사상에 젖어 인간 본성의 죄악성을 부정하고 그리스도 없이 공명정대한 사회를 이루려 하는 데 문제의식을 느낀다. 또한 러시아 지식인들이 분배를 통해 평등을 이루려 하는 데 반해 평등은 인간의 정신적 존엄 속에서만 존재한다고 주장한다. 그리스도 안에서의 형제애의 발견을 통해서만 진정한 평등과 분배가 가능하다고 설파하는 것이다. 그는 예전 부하 아파나시와의 만남을 그 예로 드는데, 두 사람은 신분 차이를 극복하고 그리스도 안에서 형제로서 온전하게 교제하고 서로의 것을 나눈다. 신분 고하를 막론하고 서로가 서로를 그리스도 안에서 종의 모습으로 섬기는 형제애 속에서 인류의 결속이 가능하다는 것이다. 이반이 개인을 배제한 집단 전체에 대한 분배와 통제를 제시하는 반면, 조시마 장상은 개인 한 사람 한 사람의 내적 변화와 깨달음에서 유토피아의 가능성을 발견한다. 이런 점에서 조시마 장상은 철저한 종교적 개인주의자이다. 그는 이반과 달리 교회가 국가로 변하는 것이 아니라 국가가 교회화해야 한다고 주장한다. 교회는 사회를 보호하기 위해 범죄자를 교화하고 자신의 죄를 깨닫게 만들어 갱생시키는 작업을 해야 하며, 그런 부단한 과정을 통해서만 이교적 결집체에 불과한 모든 사회가 교회로 바뀌고, 모든 국가가 교회의 수준에 이르러 전지상의 교회가 될 때 유토피아가 가능해진다는 것이다. 이런 변화를 위해서는 개별적 인간 하나 하나의 변화와 갱생이 필요하다. 또한 조시마 장상은 그러한 교회의 역할을 부여받은 지상 유일의 교회가 러시아정교라고 생각하는데, 그 근거는 러시아 민중에 내재한 깊은 신앙심이다. 조시마 장상은 그 신앙을 부단히 일깨우고 가르치고 교육할 것을 수도사들에게 당부한다.

이반과 조시마의 차이는 인간에 대한 태도에서도 드러난다. 조시마 장상은 인간의 죄악을 본다 할지라도 겸손히 사랑하라고 명한다. 사랑의 겸손함은 무서운 힘이라는 것이다. 조시마 장상의 가르침의 핵심은 무엇보다 '모든 이가 모든 사람과 모든 것에 죄가 있다'라는 사상이다. 사람이 결코 다른 사람의 심판자가 될 수 없는 이유는, 설사 내가 가시적 죄를 짓지는 않았다 할지라도 타인들에게 빛을 비춰주지 않은 죄를 범했기 때문이라는 것이다. 유토피아의 기초를 개인의 내적 깨달음에 둔다는 점에서 조시마 장상은 철저히 개인주의적이지만, 죄의 문제에서만큼은 공동의 책임과 형제애를 강조한다는 점에서 공동체 지향적이다. 누구도 인간의 고통과 죄의 문제에서 책임을 회피할 수 없다는 것이 그의 사상이다. 조시마 장상의 이러한 생각은 이 작품 전체의 플롯을 통해 작가의 사상을 대변한다.

부친 살해와 '모두가 모두에게 책임이 있다'

도스또옙스끼는 인간의 원죄성을 가장 극명하게 드러내기 위해 인간이 생각할 수 있는 가장 신성모독적이며 파괴적 범죄인 부친 살해를 소재로 사용했다. 또한 그는 인간의 범죄성을 행동뿐 아니라 마음과 무의식의 영역에서도 찾음으로써 죄를 바라보는 관점에서 최대주의를 취한다. 아들들의 범죄성은 단순히 죽였다는 행위뿐 아니라 죽이려는 마음을 품었다는 데도 있다는 것이다. 표도르의 아들들은 모두 부친 살해에 책임이 있다. 그루셴까를 두고 아버지와 경쟁한 드미뜨리는 아버지를 죽이진 않았지만 죽이고 싶어한 죄가 있고, 이반은 무의식적으로 스메르쟈꼬프의 범죄를 부추기고 아버지의 죽음을 외면한 죄를 저질렀으며, 알료샤는 장상의 명을 어기고 드미뜨리를 잊은 죄와 아버지에게 무관심했던 죄를 범한다. 스메르쟈꼬프는 그야말로 친부를 살해한다. 드미뜨리는 그루셴까를 찾으러 아버지에게 감으로써, 이반은 아버지의 집을 떠남으로써, 알료샤는 조시마 장상의 죽음으로 인해 아버지와 형제들의 일을 완전히 잊음으로써 스메르쟈꼬프에게 범행의 기회를 제공한다. 그러므로 부친 살해를 두고 형제들은 모두 아버지에게뿐 아니라 서로에게 죄를 지은 것이다. 이 죄에는 그루셴까와 까쩨리나도 참여한다. 그루셴까는 장난을 칠 요량으로 아버지와 아들의 관계를 이용하고 조롱했기에, 까쩨리나는 돈 3천 루블을 드미뜨리에게 주면서 '그루셴까에게 그 돈을 쓸 정도로 타락한 사람이냐'라고 드미뜨리를 정신적으로 시험함으로써 그의 범죄를 부추긴다. 까쩨리나는 자신의 감정에 솔직하지 못함으로써 이반에게 형에 대한 질투심을 심어준 죄도 있다. 그리고 까라마조프 집안의 갈등은 일류샤와 친구들 사이의 다툼까지 야기한다. 이들의 죄는 형사적 범죄는 아니지만 신과 양심 앞에서의 죄이다. 이렇게 작품의 인물구도와 관계는 도스또옙스끼가 조시마 장상을 통해 설파하는 사상, '모든 이가 모든 사람과 모든 것에 죄가 있다'라는 사상을 전달하는 도구가 된다. 이 죄의 문제는 스스로를 책망하거나 자살하는 것으로 해결되지 않는다. 죄가 있음을 인정하고 겸손히 받아들이며 회개하고 자신을 용서할 때에만 진정한 의미에서 신으로부터의 용서도 마음속에 실현되고 타인과의 화해와 용서도 가능하다. 언제까지나 죄의식에 사로잡혀 자학으로 파멸의 길을 가거나 다른 이를 탓하는 것은 죄의 문제를 해결하는 방법이 아니라는 것이다. 그러므로 알료샤는 이반에게 '형이 아버지를 죽인 것이 아니다'라고 강조해서 말한다.

맺음말

청년 시절 서구주의에 경도되었던 도스또옙스끼는 무신론적 주인공들의 인본주의적 관점에 서 있었을 것이다. 그러나 신념의 재탄생을 겪고 말년에 신본주의적 관점으로 넘어오면서 그는 청년 시절에 꿈꾸었던 유토피아를 하느님의 법과 사랑, 질서가 지배하는 신정주의적 유토피아로 바꾸기에 이른다. 도스또옙스끼는 천국의 아름다움과 조화, 화해, 기쁨과 환희, 황홀경을 뇌전증 발작 직전의 1초 동안 느꼈다고 『백치』(*Идиот*)의 미시낀 공작을 통해 말한다. 그가 한순간에 도달했고 러시아의 대지 속에서 끊임없이 발견한 조화의 순간을 영원히 포착하는 방법은 조시마 장상이 제시한 길, 즉 서로가 서로에게 죄인임을 깨달아 서로를 용서하고 화해하며, 인격적 평등관계 속에서 파 한 뿌리도 나누고, 개개인의 변화를 위해 부단히 '말씀'의 씨앗을 심고 키우는 구체적인 사랑의 실천이다. 도스또옙스끼는 진선미가 하나로 어우러진 완벽한 세계, 잃어버린 선에 대한 간절한 희구를 지닌 "옳은 일에 주리고 목마른"(마태오 5:6) 주인공들의 고뇌를 사랑하지만, 창조자 하느님을 부정하는 그들의 길은 인간의 자유를 말살하고, 범죄마저 양심에 의거해 정당화하며, 감시와 처형으로 일관하는 사회를 만들 수밖에 없으므로 잘못되었다고 폭로한다. 가장 아름다운 존재로서의 그리스도를 통해 하느님의 형상을 회복하지 못하고 죄에 묶인 채로 실현하는 추상적 인류애, 무신론적 유물론은 인간에 대한 증오와 파괴, 자유의 억압만을 불러일으키리라는 것이다. 그의 이러한 사상은 불과 50여년 후 두차례의 세계대전과 소비에뜨 혁명, 그리고 그 결과를 통해 옳았음이 입증되었다.

이반의 사상을 가장 단순화한 두 문장, '하느님이 없으면 모든 것이 허용된다' '불멸이 없으면 선행도 없다'라는 구호는 도덕과 윤리의 절대적 기준의 존재를 의심하며 상대주의를 절대화하는 포스트모더니즘 시대의 '구호'로 사용되어도 손색이 없어 보인다. 하느님이 없으므로 모든 것이 허용되는 세상은 양심에 의해 부모 살해는 물론 그 어떤 범죄도 '죄'가 아니라 단지 사회적 불평등의 결과, 경제적 문제, '돈의 문제'일 뿐이라는 무도하고 잔혹한 윤리의식을 팽배하게 하지 않을지 경각심을 갖게 한다. 표도르의 모습에서 알 수 있듯이 모든 질서와 도덕적 경계의 파괴, 개인의 무제한적 자유의 허용, 더구나 이에 대한 비판의 금지는 결국 인간성의 파괴만을 가속화할 것이다. 기독교 신앙이 옅어지고 유럽과 러시아에서 무신론적 유물론, 사회·정치혁명에 대한 논의가 치열하던 시기에 러시아정교 문화에 뿌리를 둔 대문호 도스또옙스끼의 예언적 통찰력은 오늘날에도 개인의 무제한적 타락에 경종을 울리는 동시에 물질적 지상낙원의 건설이라는 유혹적인 구호에 넘어가 이 땅의 '빵'을 위해 '자유'를 내어주는 우를 범하지 말라고 강력하게 권고하고 있다.

홍대화(노문학자, 번역가)

작가연보*

1821년 10월 30일 모스끄바 마린스끼 빈민구제병원 소속 의사인 미하일 안드레예비치(Михаил Андреевич)와 마리야 표도로브나(Мария Фёдоровна)의 7남매 중 둘째 아들로 태어남.

1834년 형 미하일과 함께 체르마끄 중등학교에 입학.

1837년 1월 29일 뿌시낀의 사망에 크게 흥분, 2월의 어머니 사망에도 불구하고 자신이 상복을 입은 것은 뿌시낀의 죽음 때문이라고 공언함. 5월 공병학교 입학을 위해 형 미하일과 함께 뻬쩨르부르그로 감.

1838년 1월 16일 뻬쩨르부르그 공병학교에 입학. 형 미하일은 신체검사에

*여기서 사용한 날짜는 구력으로, 19세기에는 서구의 날짜보다 12일 늦는다.

서 낙방.

1839년 6월 다로보예 영지에서 아버지 사망. 농노들이 살해했다는 소문이 퍼져 조사가 벌어짐.

1842년 소위로 승진.

1843년 8월 육군공병학교 졸업 후 상뜨뻬쩨르부르그의 육군성에 취직. 12월 발자끄의 『외제니 그랑데』 번역.

1844년 9월 육군성을 그만둠.

1845년 5월 『가난한 사람들』(*Бедные люди*)의 원고를 네끄라소프, 벨린스끼에게 보여줌. 벨린스끼가 도스또옙스끼의 재능을 높이 사 자신의 그룹에 넣어줌.

1846년 1월 『가난한 사람들』을 네끄라소프가 출간한 『상뜨뻬쩨르부르그 문집』(*Петербургский сборник*)에 발표. 뒤이어 2월 『분신』(*Двойник*)을, 10월 「프로하르친씨」(Господин Прохарчин)를 잡지 『조국 수기』(*Отечественные записки*)에 발표. 이해 봄 진보적 독서서클의 대표 뻬뜨라솁스끼(Михаил Буташевич-Петрашевский)와 처음 만남.

1847년 1월 「아홉통의 편지로 된 소설」(Роман в девяти письмах)을 잡지 『동시대인』(*Современник*)에 발표. 4~6월 『뻬쩨르부르그 연대기』(*Петербургской летописи*)를 신문 『상뜨뻬쩨르부르그 통보』(Санкт-Петербургские ведомости)에 발표. 4월부터 뻬뜨라솁스끼 서클에 자주 참석. 10월 중편 「여지주」(Хозяйка)를 『조국 수기』 10권과 11권에 발표.

1848년 「이상한 아내」(Чужая жена), 「연약한 마음」(Слабое сердце), 「정직한 도둑」(Честный вор) 「크리스마스트리와 결혼식」(Ёлка и свадьба) 「백야」(Белые ночи) 「질투하는 남편」(Ревнивый муж)

을 『조국 수기』에 잇달아 발표.

1849년 1~2월 『네또츠까 네즈바노바』(*Неточка Незванова*)를 『조국 수기』에 발표. 4월 뻬뜨라셉스끼 서클에서 고골에게 보내는 벨린스끼의 편지를 낭독. 4월 22일 뻬뜨라셉스끼 서클 회원에 대한 체포령 발동으로 4월 23일 체포되어 뻬뜨로 빠블롭스끄 요새에 감금. 12월 22일 상뜨뻬쩨르부르그의 세묘놉스끼 광장에서 사형집행 도중 감형되어 4년 수감과 4년 군복무형을 언도받음.

1850년 1월 10일 또볼스끄에 도착, 제까브리스트 부인들의 방문을 받고 폰비지나 부인으로부터 성경을 선물받음. 1월 23일 서시베리아의 옴스끄 감옥에 수감.

1854년 3월 출감해 세미빨라찐스끄의 보병대대에서 사병으로 복무. 이해 봄 첫번째 아내가 될 마리야 이사예바(Мария Исаева)를 만나 교제 시작.

1855년 하급 장교로 진급. 니꼴라이 1세 사망, 알렉산드르 2세 즉위.

1856년 10월 비정규 사관으로 진급.

1857년 2월 6일 마리야 이사예바와 결혼. 4월 17일에 복권.

1859년 소위로 진급, 우랄의 서쪽으로 돌아와도 된다는 허락을 받음. 8~11월 뜨베리에 정착, 그러나 수도로의 여행은 금지됨. 12월 뻬쩨르부르그에 입성.

1860년 『아저씨의 꿈』(*Дядюшкин сон*)을 『러시아의 말』(*Русское слово*)지에, 『스쩨빤치꼬보 마을 사람들』(*Село Степанчиково и его обитатели*)을 『조국 수기』에 발표. 『죽음의 집에서 쓴 수기』(*Записки из Мёртвого дома*)의 초반부를 『러시아 세계』(*Русский мир*)지에 발표.

1861년 1월부터 형과 함께 월간 문학잡지 『시간』(*Время*)을 발행하기 시작.

1~7월 『멸시받고 모욕당한 자들』(*Униженные и оскорблённые*)을 『시간』에 게재.

1862년 『죽음의 집에서 쓴 수기』의 후반부를 『시간』에 연재. 6월 7일 처음으로 유럽 여행에 오름. 독일, 프랑스, 영국을 방문하고 빠리에서 게르쩬을, 런던에서 바꾸닌을 만남.

1863년 2~3월 『여름 인상에 대한 겨울 메모』(*Зимние заметки о летних впечатлениях*)를 『시간』에 게재. 8월 애인 수슬로바(Суслова)와 함께 두번째 유럽 여행을 떠나 9월에 바덴바덴에서 뚜르게네프를 만남. 『시간』이 정치적 이유로 발행금지처분을 받음.

1864년 3월 두번째 잡지 『시대』(*Эпоха*) 발행을 시작. 『지하에서 쓴 수기』(*Записки изъ подполья*)를 『시대』에 발표. 4월 15일 첫 부인 마리야 드미뜨리예브나 이사예바 사망, 7월 10일 형 미하일 사망. 형 대신 『시대』의 편집인이 됨.

1865년 4월 안나 꼬르빈끄루꼽스까야(Анна Корвин-Круковская)에게 청혼하지만 거절당함. 6월 재정난으로 『시대』 정간. 형의 개인적 부채와 잡지의 실패로 인한 부채를 모두 떠안음. 악덕 출판업자 스쩰롭스끼와 3천 루블에 3권 분량의 전집 및 새 작품의 출판권을 주고 1866년 12월 1일까지 작품을 쓰지 못하면 전작품에 대한 독점권을 넘기는 계약서에 서명. 스쩰롭스끼로부터 단돈 174루블만 받고 8월에 세번째로 유럽으로 도망치듯 떠남.

1866년 1~12월 『죄와 벌』(*Преступленіе и наказаніе*)을 『러시아 소식』에 게재. 10월 4일부터 두번째 부인이 될 속기사 안나 그리고리예브나 스니뜨끼나(Анна Григорьевна Сниткина)에게 『도박꾼』(*Игрок*)을 구술해 10월 말에 탈고. 11월 8일 안나 그리고리예브나에게 청혼.

1867년 2월 15일 안나 그리고리예브나 스니뜨끼나와 결혼. 4월 14일 아내와 함께 유럽 여행길에 올라 이후 4년 반 동안 드레스덴, 제네바, 피렌쩨 등지에서 거주. 9월 제네바에서 열린 '평화와 자유 동맹' 회의에 참석해 바꾸닌의 연설을 들음.

1868년 1월 『백치』(*Идиот*)를 『러시아 소식』에 발표하기 시작. 5월 24일 첫딸 소피야가 출생 후 석달 만에 사망.

1869년 1월에 『백치』의 마지막 두 장을 『러시아 소식』에 보냄. 9월 26일 드레스덴에서 둘째 딸 류보피 출생. 12월 3일 모스끄바 근교에서 비밀결사 '인민재판'의 혁명가 네차예프(Сергей Нечаев) 살해사건에 대한 기사를 접함. 이는 『악령』(*Бесы*)의 소재가 됨. 12월 20일부터 『까라마조프 형제들』로 발전하게 될 『위대한 죄인의 생애전』(*Житие великого грешника*)에 대한 메모를 시작.

1870년 1~2월 『영원한 남편』(*Вечный муж*)을 『새벽』지에 발표.

1871년 7월 8일 뻬쩨르부르그로 돌아옴. 7월 16일 첫아들 표도르 출생. 『악령』을 『러시아 소식』에 발표.

1873년 잡지 『시민』(*Гражданин*)의 편집인이 됨. 『작가 일기』(*Дневник писателя*)를 발행하기 시작, 1881년까지 지속함. 「보보끄」(Бобок)를 『시민』 6호에 발표.

1874년 1월 『시민』 편집인 자리에서 사퇴.

1875년 1~12월 『미성년』(*Подросток*)을 『조국 수기』에 연재. 8월 10일 셋째 알료샤 출생.

1876년 1월에 「예수의 크리스마스트리에 초대된 아이」(Мальчик у Христа на ёлке)를, 11월에 「온순한 여자」(Кроткая)를 『작가 일기』에 발표.

1877년 4월 「우스운 사람의 꿈」(Сон смешного человека)을 『작가 일기』

에 발표. 12월 29일 러시아학술원 어문학분과 회원으로 선출됨.

1878년 5월 16일 세살 난 알료샤가 뇌전증으로 사망. 6월 철학자 블라지미르 솔로비요프(Влади́мир Соловьёв)와 함께 옵찌나 뿌스찐 수도원을 방문.

1879년 1월 『까마라조프 형제들』을 『러시아 소식』에 게재 시작.

1880년 6월 8일 뿌시낀 동상 제막 기념연설에서 뿌시낀에 관한 연설로 사람들의 마음을 사로잡음. 11월 8일 『까마라조프 형제들』의 에필로그를 『러시아 소식』에 송고, 12월 『까마라조프 형제들』을 단행본으로 출간.

1881년 1월 28일 뻬쩨르부르그에서 폐공기증으로 사망. 2월 1일 장례식이 거행되어 알렉산드르 넵스끼 수도원 묘지에 안장됨.

고전의 새로운 기준, 창비세계문학

오늘날 우리는 인간의 존엄과 개성이 매몰되어가는 시대를 살고 있다. 물질만능과 승자독식을 강요하는 자본주의가 전지구적으로 확산되면서 현대사회는 더 황폐해지고 삶의 질은 크게 훼손되었다. 경제성장만이 최고의 선으로 인정되고 상업주의에 물든 문화소비가 삶을 지배할수록 문학은 점점 더 변방으로 밀려나고 있다. 삶의 본질을 성찰하는 문학의 자리가 위축되는 세계에서는 가진 자와 못 가진 자 할 것 없이 모두가 불행할 수밖에 없다.

이 시대야말로 인간답게 산다는 것의 의미가 무엇인지 근본적인 화두를 다시 던지고 사유의 모험을 떠나야 할 때다. 우리는 그 여정에 반드시 필요한 벗과 스승이 다름 아닌 세계문학의 고전이라는 점을 강조한다. 고전에는 다양한 전통과 문화를 쌓아올린 공동체의 경험이 녹아들어 있고, 세계와 존재에 대한 탁월한 개인들의 치열한 탐색이 기록되어 있으며, 새로운 세상을 꿈꾸는 아름다운 도전과 눈물이 아로새겨 있기 때문이다. 이 무궁무진한 상상력의 보고이자 살아 있는 문화유산을 되새길 때만 개인의 일상에서 참다운 인간적 가치를 실현하고 근대적 삶의 의미와 한계를 성찰하는 지혜를 얻을 수 있을 것이다.

'창비세계문학'은 이러한 문제의식에서 출발한다. 세계문학의 참의미를 되새겨 '지금 여기'의 관점으로 우리의 정전을 재구성해야 할 필요성이 그 어느 때보다 절실하다. '정전'이란 본디 고정된 목록으로 존재하는 것이 아니라 그때그때 주어진 처소에서 새롭게 재구성됨으로써 생명을 이어가는 것이다. 우리는 먼저 전세계 문학들의 다양성과 차이를 존중하면서 국가와 민족, 언어의 경계를 넘어 보편적 가치에 기여할 수 있는 가능성에 주목하고자 한다. 근대를 깊이 성찰한 서양문학뿐 아니라 아시아와 라틴아메리카, 중동과 아프리카 등 비서구권 문학의 성취를 발굴하고 재평가하는 것 역시 세계문학의 지형도를 다시 그리려는 창비의 필수적인 작업이 될 것이다.

여러 전집들이 나와 있는 세계문학 시장에서 '창비세계문학'은 세계문학 독서의 새로운 기준이 되고자 한다. 참신하고 폭넓으면서도 엄정한 기획, 원작의 의도와 문체를 살려내는 적확하고 충실한 번역, 그리고 완성도 높은 책의 품질이 그 기초이다. 독서시장을 왜곡하는 값싼 유행과 상업주의에 맞서 문학정신을 굳건히 세우며, 안팎의 조언과 비판에 귀 기울이고 독자들과 꾸준히 소통하면서 진정 이 시대가 요구하는 세계문학이 무엇인지 되묻고 갱신해 나갈 것이다.

1966년 계간 『창작과비평』을 창간한 이래 한국문학을 풍성하게 하고 민족문학과 세계문학 담론을 주도해온 창비가 오직 좋은 책으로 독자와 함께해왔듯, '창비세계문학' 역시 그러한 항심을 지켜나갈 것이다. '창비세계문학'이 다른 시공간에서 우리와 닮은 삶을 만나게 해주고, 가보지 못한 길을 걷게 하며, 그 길 끝에서 새로운 길을 열어주기를 소망한다. 또한 무한경쟁에 내몰린 젊은이와 청소년 들에게 삶의 소중함과 기쁨을 일깨워주기를 바란다. 목록을 쌓아갈수록 '창비세계문학'이 독자들의 사랑으로 무르익고 그 감동이 세대를 넘나들며 이어진다면 더없는 보람이겠다.

2012년 가을

창비세계문학 기획위원회

김현균 서은혜 석영중 이욱연 임홍배 정혜용 한기욱

창비세계문학 87

까라마조프 형제들 3

초판 1쇄 발행/2021년 6월 15일

지은이/표도르 미하일로비치 도스또옙스끼
옮긴이/홍대화
펴낸이/강일우
책임편집/정편집실·오규원
조판/전은옥
펴낸곳/(주)창비
등록/1986년 8월 5일 제85호
주소/10881 경기도 파주시 회동길 184
전화/031-955-3333
팩시밀리/영업 031-955-3399 편집 031-955-3400
홈페이지/www.changbi.com
전자우편/lit@changbi.com

ISBN 978-89-364-6486-8 03890

* 책값은 뒤표지에 표시되어 있습니다.